U0893928

Staread
星文文化

尤四姐——著

〔完美珍藏版〕

临渊

LIN YUAN

（上）

长江出版社
CHANGJIANGPRESS

图书在版编目（CIP）数据

临渊 / 尤四姐著.
—武汉：长江出版社，2020.6
ISBN 978-7-5492-6956-3
Ⅰ.①临… Ⅱ.①尤… Ⅲ.①长篇小说—中国—当代 Ⅳ.① I247.5
中国版本图书馆 CIP 数据核字（2020）第 090484 号

临渊 / 尤四姐 著

出　版	长江出版社 （武汉市解放大道 1863 号）
选题策划	林　璧
市场发行	长江出版社发行部
网　址	http://www.cjpress.com.cn
责任编辑	陈　辉
特约编辑	林　璧
印　刷	三河市嘉科万达彩色印刷有限公司
版　次	2020 年 6 月第 1 版
印　次	2020 年 6 月第 1 次印刷
开　本	700mm × 1000mm 1/16
印　张	32
字　数	620 千字
书　号	ISBN 978-7-5492-6956-3
定　价	72.00 元（全两册）

长相思 · 其一

【唐】李白

长相思，在长安。

络纬秋啼金井阑，

微霜凄凄簟色寒。

孤灯不明思欲绝，

卷帷望月空长叹。

美人如花隔云端。

上有青冥之高天，

下有渌水之波澜。

天长路远魂飞苦，

梦魂不到关山难。

长相思，摧心肝。

目录

楔子

溺死是什么样的感觉？一百个人，有一百种说法。

弥渡下葬的时候没有棺材，只有一张破草席。沙子绵软，无孔不入。她静静躺在那里，听见汹涌的流沙声从四面八方涌来，涌进她的耳朵里，落在她的脸上。然而灵魂和躯壳分离，耳边流沙声不绝的时候，神志却飘浮在高处。可能是停于一株沙棘的顶端吧，俯视着一个衣衫褴褛的道士，用一片竹篾刨挖她身上覆盖的沙土。

她被埋得并不深，大概只有两尺左右，如果有力气，一撑身子说不定就能坐起来。可惜现在不行，她控制不了四肢，得有人帮忙。

她从枝头飘下来，蹲踞在道士对面，仔细端详他的脸，瘦瘦的，有点脏，但是眉目清和，应该是个好人。他挖得很快，沙子扬起来，压住他的袍角。终于看见草席的边缘了，他丢了竹篾两手去掣，奋力向上一提，把草席拽出了沙坑。

弥渡很高兴，欢呼雀跃，向他道谢，他听不见。他撕开草席上的一个豁口，露出她的脸，弥渡借着月光仔细端详，第一次从旁观者的角度看清自己的长相。和铜镜中的倒影有差异，原来天庭更饱满一些，下巴更玲珑一些。她和这里高鼻深目的胡人不同，她有柔和的轮廓和五官，同这个道士一样，都是中原人。

道士拿袖子拂去她脸上的沙土，拍打她，掐她的人中。弥渡起先有点事不关己，后来感觉到疼痛，突然被一股强大的力量吸附进去，像落进一个无底洞，不停下坠，重重落地，四肢百骸被击得粉碎。

道士喂了她一点水，燃烧的食道和胃瞬间淬了火，冷却下来，她能发出声音了。她张了张嘴，听见自己悲凉的语调，哀戚地唤着“阿爷”。

其实她并不知道她的阿爷是谁，也不知道为什么自己明明活着却被下葬。她的记忆有断层，是一截一截的。比如她记得某个场景，深幽的庭院里，累累花树下，两个总角的孩子坐在台阶最上层吃胡饼……她记得自己的名字叫弥渡，也许是取自家乡的某一个地方、某一条河流，但她不知道自己的姓，她的记忆里没有痛苦。

道士把她带回他落脚的地方，是鸣沙山崖壁上众多洞窟中的一个。道士的俗名叫王朗，敦煌人都叫他王阿菩，意思是像菩萨一样慈悲。

一个道士却被唤成菩萨，可见这里佛教相比道教更为鼎盛。王阿菩给她食物，她略好些了就坐在栈道边缘，边吃边眺望茫茫戈壁，头顶是朗朗星光，饼屑落下万丈深渊。

王阿菩蹲在她旁边，问她还记不记得自己叫什么，从哪里来。她说：“我叫弥渡，不知道从哪里来。”

王阿菩看她的目光越发怜悯了，稍后又释然：“懂得越多，烦恼越多。都忘记了，才能涅槃重生。”他笑了笑，“我给你重新取个名字，以后就叫莲灯吧。《大正藏》里说莲花有四德，一香、二净、三柔软、四可爱。希望你四德兼备，从今天起，做一个崭新的你。”

于是弥渡这个名字就随着沙坑一起被填埋起来，她喜欢自己的新名字，很洁净，很光辉。那年她十三岁。

· 第一章 ·

神宫

她和王阿菩相依为命，莲灯曾问过他为什么来敦煌，他说是为了完成好友的遗愿。

王阿菩的朋友是个有理想的僧人，立下宏愿要将佛教发扬光大，夜以继日地在石窟中作画，画神众和伎乐天。但是世人不理解他，他孤身一人染病圆寂，事隔几个月才被发现。

“他没有走完的路，我来替他走。虽然我是个道士。”王阿菩笑的时候，唇边有深深的纹路。这里的气候中原人终究难以适应，他来敦煌五年，人看起来已经苍老了十岁。

莲灯看着那片墙，墙上绘满了裙带飘扬、凌空奏乐的飞天。她说：“这个洞窟里的神仙都长着相同的脸。”

王阿菩的笔尖顿下来，退后几步审视，怅然道：“我画的其实一直是同一个人。”他化开颜料，继续填充菩萨的裙裾。

莲灯想那个人必定是王阿菩的心上人。她从洞窟里走出来，远望城郭，城里灯火阑珊，还不及天上的星明亮。她坐在沙丘上，脚下的沙子呜呜作响，她捧着脸哼唱：“红狐狸红狐狸，在戈壁滩上跳来跳去。你的窝在哪里？在彩虹的尽头，月亮城以西……”

歌声渐渐低下去，今晚月色分外皎洁，沙丘那头平整的表面出现一个黑影，匍匐着，慢慢向前蠕动。莲灯拍拍袍子站起来，看不清是什么，也许是只羚羊，也许是匹骆驼。她噌地抽出弯刀走过去，距离比她想象的要远，她向前跑，靴子里灌满了沙子。走近时才发现是个人，那人趴在地上，两条手臂保持着向前攀爬的姿势，一动不动。

莲灯的胆子一向很大，她用刀尖挑了挑他的头发："喂，你死了吗？"

没有声息，可能真的已经死了。她很失望，如果是个动物，可以宰了带回去，给王阿菩加菜。

她叹了口气，打算离开。因为王阿菩不让她接触陌生人，以前白天是不能走出鸣沙山的，直到半年前安西换了都护，才许她晚间在外走动。

她正准备转身，一只手按在她的脚背上，沙砾间传来断断续续的呻吟："救救我……"

原来她还活着，听嗓音是个姑娘。莲灯扶她坐起来，摘下水囊喂她，她一定渴了很久，把水囊高举过头顶，直着嗓子往下灌。水流得太急了，呛进她的鼻子里，她把剩下的水浇在头上，成绺的头发粘在两颊，深深吸了口气，然后艰难地对她笑笑："有吃的吗？"

莲灯急忙掏出一块烤饼递过去，她狼吞虎咽地吃完，仰天倒下，又不动了，最后莲灯把她背回了洞窟。

她身上有很多刀伤，有的伤口很深，看得见骨头，王阿菩说她能活着，简直是个奇迹。莲灯在一旁打下手，看着王阿菩替她包扎。血污下的衣裳华美，腰间还别着一柄金银钿装横刀，看来不是普通人。

王阿菩是男的，只能处理四肢的伤，胸背上的太隐秘了，还需莲灯动手。莲灯仔细替她清洗了嵌在肉里的沙子，然后上药包扎。她一直不醒，昏迷中谵语连连，莲灯抱着两膝坐在她身旁，一直等到天明。

第二天她才恢复意识，说她叫昙奴。

莲灯问她："你是被仇家追杀的吗？中了那么多刀！"

昙奴扬了扬眉："没什么，打架。"

于是晚间的沙丘上多了一个人，和莲灯并肩坐着，她听莲灯唱歌，莲灯听她讲故事。

昙奴绘声绘色描摹的世界是她从来没有想象过的，故事里有丰艳的美妇、热情洋溢的诗歌，还有一个空前繁荣的都城，叫长安。

莲灯当时咦了一声："我听过这个地方，名字真美。"

"是王阿菩告诉你的吗？"昙奴说，"你应该知道的，你是中原人，长安是中原都城。"

可是莲灯对以前的事没有更多的记忆了，想了很久，尴尬地笑道："我只记得这个名字。"

昙奴枕着后脑躺在沙丘上："你真奇怪，为什么想不起以前？"

莲灯没有把自己的来历告诉她，随口道："可能是生了什么病吧。现在也很好，自由自在，就像洞窟里的神仙。"

"你没有父母吗？王阿菩看不出年纪，但应该不是你父亲。你不想找回自己的爷娘？"

莲灯语气淡淡的："王阿菩说不知道我的爷娘是谁……你呢？你的爷娘在哪里？"

昙奴说："我是孤儿，从小在定王的军营里长大。那里有很多像我一样的人，经过层层选拔成为定王的近侍，为定王效命。我们这些人没有未来，随时可能会死，所以不需要父母。"

莲灯对官阶不太了解，反正王应该是级别很高的大官："那你还回定王身边去吗？"

昙奴嗤地一笑："傻子才回去。我们奉命为定王铲除异己，经过一场很残酷的厮杀，我受了重伤。他们以为我死了，把我扔在半道上，我为什么还要回去卖命？"她顿了顿又道，"可能你也是个孤儿，你的名字与佛有缘。"

她说："我以前叫弥渡，莲灯是王阿菩给我取的。"

昙奴却有些诧异："你叫弥渡？姓什么？"

姓什么她说不上来，昙奴自顾自道："我记得安西有位副都护，他有个独生女，曾经被带到定王府做客，名字就叫弥渡。可是百里都护在两年前因通敌罪伏诛，妻女也遭连坐……"

莲灯没有听她说完就跑回了洞窟里，追问王阿菩自己的身世，王阿菩看了昙奴良久："救你救错了。"

昙奴面红耳赤，但知道自己猜得没错。王阿菩希望莲灯有个平顺的未来，那些深仇大恨能不追究就不要追究。她父亲是个铁骨铮铮的战将，不可能勾结突厥。但是朝中风向不稳，利益牵扯太多，她一个孤女，知道了真相也只有徒增烦恼。

莲灯倒很平静："我想去中原看看，明天就动身。"

王阿菩和她相处两年，能够猜到她的想法，但他不愿意她这样做："我救你，是想让你活下去。你阿爷的案子翻不了，你没有这个能力。”

其实莲灯的记忆依旧没有恢复，感受不到刻骨的仇恨。只是有种复仇的天性，要给爷娘一个交代。她摇了摇头：“我不想翻案，我有我的打算，事情办完了我还回敦煌来。”

她说得很坚决，没有咬牙切齿的愤怒，但心沉似铁。

王阿菩知道难以改变她的决心，很多事从开始就已经注定了结局，他无法左右她的人生。现在唯一能做的，就是为她安排好退路。他瞥了昙奴一眼：“你的命是她救的，如果要报恩，就将她安全送抵长安。”

昙奴正羞愧得无地自容，听了他的话忙长揖下去：“一切因我而起，敢不从命。”

他又取出一块木牌交给莲灯，切切叮嘱：“守住自己的秘密，即便是父族母族，亦不能投奔。到了长安，找到这个地方，求见国师临渊。我和他有些交情，他虽然不问俗事，但看在我的面子上，一应都会替你安排妥当的。”

莲灯双手把木牌接了过来，低头看，繁复的纹饰中央有四字篆书，婉而通地刻着“太上神宫”。

没想到王阿菩不声不响，居然认识那么厉害的人物。关于国师临渊，已经不是一个简单的传奇了，昙奴讶然张大了嘴，团团绕着王阿菩打转：“我听说自大历建国起临渊就任国师，至今一百六十余年，如此算来，国师少说也有一百八十岁了。他是不是神仙？普通人哪里能活那么久，我猜他一定得道了。阿菩结交他时他多大年纪？阿菩与他走得很近吗，给我们讲讲吧！”

王阿菩一脸无可奉告的样子：“人不能太好奇，不该知道的不要胡乱打听。”又对莲灯道，“咱们定个三年之约，三年之后你必须回敦煌，助我完成壁画。长安不是久留之地，时候耽搁得太长，对你没有好处。记住我的话，三年后回来，我还在这里等你。”

莲灯点了点头：“如果我能全身而退，一定回来找你。可如果我死了，阿菩要保重身体，别像你的和尚朋友那样，圆寂了都没人发现。”

她和昙奴退出来，回到她们的洞窟里。没有点灯，月正当空，坐在洞口，银辉洒在蹋踏的靴子上。莲灯对那位国师一无所知，扭身问：“你刚才说国师有一百八十岁了，人能活那么久吗？我没有走出过敦煌，不知道中原的情况，国师究竟是干什么的？”

昙奴道：“你听说过太史局吗？掌记载史事、编写典籍、起草文书，兼管天文历法等事。太史局最大的官是太史令，不过那是前朝的旧称，到了本朝不设太史令，太史局由国师一人掌管。据说大历开国初期朝政不稳，与太祖共同打下江山的大将不甘屈居人下，曾率大军欲破皇城。彼时太祖受困，是国师登城楼，以一人之力击退三万大军。国师没有姓，只知道叫临渊，常年隐居在太上神宫。连陛下想见他都要移驾亲访，可见是多尊贵的大人物。王阿菩同他有来往，说明阿菩的出身也一定不俗。”

莲灯听得云里雾里：“他会呼风唤雨吗？会撒豆成兵吗？”

昙奴耸肩道：“那就不清楚了，我想应该是会的，否则如何破三万大军？反正不管会不会仙术，天文地动、风云气色、律历卜筮必定精熟。咱们这趟若能求得国师相助，要杀个把人还不容易吗？”

莲灯抚抚木牌上的字迹：“王阿菩说他不问俗务，我想他是跳出三界外了，未必愿意帮我。一百多岁的人，老得连路都走不动了，所以君王要见，也只得屈尊前往。我们到了长安，若非万不得已，不要去惊动他老人家。毕竟我是去报仇，牵连无辜不好。”

昙奴忖了忖：“也是，中原人说清白一辈子，最后坏了名誉，叫什么？”

“晚节不保。”莲灯想都不想答道。

昙奴说：“就是这个！”她虽然也是中原人，但自小生活的环境只教导他们如何卖命，读书习字概不注重，所以她对中原文化还没有莲灯懂得多。不过莲灯很佩服她的见识，她讲述长安可以讲得人浮想联翩，莲灯觉得有她在，应该会少走很多弯路。可是后来证明对她希望过高了，其实昙奴就是半瓶醋，所见所闻全是道听途说，她从来没有真正去过长安。

王阿菩给她们预备了水和食物，靠以前替人写经的积蓄买了匹骆驼。第二天傍晚她们准备上路了，临走他没有去送她们。莲灯站在山脚下回望他作画的洞窟，洞里点着油灯，有亮光倾泻，但是不见他的踪影。昙奴怅然问道：“我们走了，阿菩会不会寂寞？”

莲灯没答话，翻身上骆驼，把昙奴也拉了上去。

骆驼走得很慢，却是丝绸之路上最好的代步工具。河西走廊漫天风沙，换作马，恐怕经受不住这样的考验。骆驼一摇三晃地走过嘉峪关，向酒泉进发，敦煌离长安三千六百多里，不知要走多久才能到达。

莲灯自从被王阿菩救下，便没有离开过鸣沙山，突然长途跋涉，感觉很新奇。但沙漠的边缘依旧是沙漠，沙漠里也有小山包，山体的岩层比较松散，经年累月的风沙侵蚀，留下不同深浅的沟槽。她们走在六月里，正是最热的季节，白天不能行动，只得早晚赶路。朦胧中看到这种支离破碎的地貌，就如一座座斑驳的高塔，写满了沧桑和荒凉。

驼铃当当，在大漠上回荡。昙奴问她："你打算怎么报仇？长安那么多人，会不会有误伤？"

莲灯控着驼绳，月亮的清辉在她眼里洒下一层浮光："听说都护不是小官，要想扳倒，总要费一番工夫弹劾。我会想办法打探，等确定了再动手。"

昙奴哦了声："你的身手好吗？单打独斗一次能撂倒几个？"

莲灯已经很久没有和人打架了，上次还是在一年前，因为一队波斯马贩子途经月牙泉，把死了的牲口扔进湖里。干旱地区的人都知道，水在沙漠里比金子还宝贵，周围的人都靠月牙泉生存。腐坏的尸体污染了水源，简直比挖坟掘墓更可恨。那天她恰好站在山头往下看，然后匆匆赶去，马队有十几个人，还有一条狗，全被她打趴下了。

她耙了耙头皮："二十个没问题。"

昙奴觉得很意外，转而用一种自夸的口吻赞许她："还不错，至少不会拖我后腿。"

莲灯回头笑了笑，露出雪白的一口银牙。

两个女孩子同行，即便是奔着报仇去的，也走得不慌不忙。路过酒泉夜市的时候四处逛逛，各选了一顶中原人称作幕篱的帽子戴上。这种帽子的帽檐上缀有细纱，长及脚踝，可以遮挡风沙，比胡人眼睛部位开天窗的障面强多了。傍晚走在沙丘上，突然发现半空中有海市蜃楼，又驻足看了很久，看到鳞次栉比的灰瓦屋舍，还有宽阔的大路和招展的酒旗，景致与大漠不同。不知是哪里，也许是神仙住的地方。

复向东，走走停停，没有规定必须什么时候到达，一直在赶赴的路上。渐渐行至甘州境内，甘州在河西走廊的中段，这里有大片的绿洲，还有祁连山上皑皑的白雪。气温和沙漠也不同，好在甘州的八月还能忍耐，便远远跟着一队胡商，在城外一片开阔的地上安营扎寨。她们有自备的帐篷，三根竹竿搭起锥形的架子，上面覆上厚毡，就能在底下将就一晚。边陲长大的女孩，没有那么斤斤计较，她们犷悍豁达，生存能力极强。头顶一轮月，面前生一堆火，烤饼飘出淡淡的香味时，就觉得很满足、很快乐了。

昙奴躺在草地上计算："我们已经走完了一千里，还有两千六百里。骆驼慢，一天最多走二十里，换上马，可以翻倍。这么算来，两个月后可以到长安。你说长安十月会不会下雪？"

莲灯脸上茫然："敦煌通常要到十二月才下雪，我没有去过长安，不知道。"

昙奴说："敦煌下雪时间太短，有时候还盖不住沙丘。我曾听宿卫说起，长安的雪下起来很大，有棉絮那么大。下一夜，就能没过小腿肚。"

莲灯听后倒是很向往，想了想，又觉得不太好："那有多冷啊，到时候还得添衣裳。"

昙奴哈哈大笑："王阿菩不是让我们去找国师吗，连皇帝都要逢迎的人，一定很有钱，不愁没衣裳给我们穿！"正说着，突然听见一声尖叫，她顿住了话头，和莲灯面面相觑。

莲灯提刀一跃而起："是个姑娘，肯定遇到麻烦了。"她没等昙奴，一个人趁着夜色悄悄潜了过去。

喊声是从龟兹人的营帐方向传过来的，莲灯伏在一处略微突起的土丘后，看见圈禁牲口的木栅栏里有两个人正厮打着。魁梧蛮狠的男人摔倒了女人，一脚踩住女人的裙角，狞笑着撕开了女人的衣襟。

昙奴挨在她身边，咬牙骂道："畜生！"

莲灯似懂非懂，但知道绝对不是好事。不过真要相救，还是有些犹豫。看那个女人的打扮似乎也是龟兹人，别人族中的事，随意插手恐怕会惹麻烦。

可是昙奴没想那么多，抽刀便杀了过去。好在那里偏僻，龟兹男人为避人耳目，特地选了远离大帐的地方施暴。昙奴的身形矫捷得像头豹子，只一个错眼，那龟兹男人便无声无息栽倒在了地上。

被剥出一身白肉的女人呼呼喘气，却没有因为见了血大喊大叫。她合上衣襟站起身，扶了扶头上的簪环。用龟兹语咒骂着，狠狠在尸体上踹了两脚。然后笨拙地翻出栅栏，一面向前狂奔，一面回身招手："别看啦，跑吧！"

于是队伍又扩充了，救来的龟兹女人自己买了坐骑，一副要跟她们亡命天涯的架势。

"那个猪猡是商队的萨保，萨保就是首领的意思。我叫转转，是伎乐……伎乐懂吗？"她两手相接，波浪一样环绕在艳丽的脸颊旁，在她们面前载歌载舞，"就是这个，舞乐。龟兹伎有很悠久的历史，中原人喜欢看我们跳舞，也喜欢龟兹乐。我不能回商队去了，你们杀了萨保，回去会被他们绞死的。我要跟着你们，我会赚钱，不用你们养活。"

莲灯有点为难："我们自己尚且前途未卜，带上你不方便。"

昙奴救人是一时冲动，现在也觉得麻烦缠身，便皱着眉头责怪转转："既然他是商队的萨保，那你有什么可叫的？"

转转眨着一双琥珀色的眼睛重申："我是伎乐，不是乐妓！我出卖自己的歌舞，但是绝不出卖身体！你们要去中原吗？我可以给你们带路。我去过中原很多地方，江南、长安、洛阳……我还结交了一些朋友，三教九流的都有。你们带上我，我很有用处，真的！"

这么一说，果然是很有用处，能带路，有人脉，必要的时候还可以充当诱饵。莲灯和昙奴笑起来，愉快地接受了她的加入。

多个人，也更热闹了，转转是个风趣的姑娘，她无牵无挂，和她们一样。三个意气相投的人凑在一起是缘分，昙奴和转转没有生活目标，一切大方向来自莲灯。别说莲灯要报仇，就算要上天入地，她们也愿意一同前往。

有了转转，一路上再也用不着兜绕了。九月初进入关内道，走得不甚匆忙，一晃眼的工夫到了十月，长安便近在眼前了。

莲灯没有来过长安，长安的繁华以前只在书里看过，身在其中，有些不真实的感觉。她各处留意，仔细观察，长安贵族女子的装束比她想象中的开放，上等面料做成宽宽的领褖，领下洁白的皮肤在帷帽垂挂的轻纱后若隐若现，让她想起壁画上的菩萨，温柔艳情，又大气端庄。

"长安好吧？"转转笑道，神情仿佛是在炫耀她的家乡，"这里富庶繁华，还有很多诗人和书法大家。长相思，在长安……你们听过这句诗吗？"

莲灯迟疑着看向她："你有喜欢的人了？他在长安？"

转转含羞地点了点头："只不过是单相思。有一次乐坊邀龟兹乐师献艺，我在台上看见一位郎君。小郎君二十上下年纪，生得眉目朗朗，站在明暗交接的地方，人如珠玉一样。"她脸颊酡红，连声音都变得旖旎起来，"他穿着绣金的袍衫，乌黑的头发高高束着……可惜歌舞散后他就离开了，我向人打听也没寻见他的下落，不知是谁家公子，家中可有妻房。"

昙奴哦了声："难怪你那么热心陪我们来长安，原来是为了圆你的相思。"

转转摇了摇手上马鞭："也不尽然，长安是个适合谈情说爱的地方，这里满街都是才情纵横的诗人，遇不见小郎君也不要紧，我可以另择佳偶。"

莲灯和昙奴立刻对她摇摆的立场表示唾弃，不在一棵树上吊死，倒也懂得变通。不过她们生活的地方几乎都是高鼻深目的西域人，黄沙漫天养不出她描述的那种长相，如珠如玉究竟是什么，完全不可想象。

"所以我觉得一切都不重要，不管遭遇多大的变故和挫折，哪怕目的不能达成，只要能轰轰烈烈爱一场，也算不虚此行。"转转见多识广，年纪是她们之中最大的，满脑子缠绵悱恻。莲灯和昙奴对此一窍不通，她试图引导她们，无奈再多感悟，也是对牛弹琴。

不过现在委实不是讨论风花雪月的时候，长安多客商，治安也尤为注重。这里是帝国的中心，城防比边陲强百倍。人口多，房舍也多，正正方方的里坊，每坊人员都有定数。府兵往来巡逻，看见可疑的便上前盘问。她们一直在敦煌，官话说得不流利，加上转转的长相一看就是西域人，于是麻烦就找上门来了。

那天初到，找不到落脚的地方，徘徊在街市，迎面走来两个身穿甲胄的府兵，单手一抬，拦住了她们的去路："从何处来？到长安是投亲还是靠友？可有过所？"

所谓的过所，就是通过水陆关隘时必须出示的交通证明。大历为保证正常的商业贸易往来，实行严格的过所制度。她们这一路为躲避盘查大费周章，可惜抵达长安，最后还是撞到刀口上了。

莲灯摸了摸怀揣的木牌，原本不打算立刻去太上神宫的，可眼下形势逼人，长安不像大漠，恐怕不好糊弄。京畿遍地兵士，万一起了冲突，只要他们声张起来，势必一呼百应。她们刚到这里，还是大事化小为好，便揖手道："路上匆忙，不慎将过所丢失了，正准备去补办。我们从敦煌来，欲往太上神宫。"

府兵抬眼审视她，仿佛那四个字从她口中说出来是种亵渎，锐声道："你可知太上神宫是什么地方？"

莲灯谦卑一揖："是国师清修之所。我师父是国师挚友，命我来长安拜见国师。"

府兵对她们的身份无从判断，脸上神情满是狐疑："拜见国师？你们？"上下打量一番，似乎觉得不可信，恶声恶气道，"不管去何处，无公文私从关门过，徒一年。关不由门，津不由济而度者，徒一年半。拿不出过所就押你们去见官，还有这龟兹女子，可是你们贩卖来长安的？"

转转眼看毫无通融的余地，忙赔笑道："侍官误会了，奴奴是她们半路上捡回来的，她们是好人。"那两个府兵不听她解释，伸手要拉人，她尖叫着上前阻拦，"慢来，我认识中书令尚定芳尚相公！"

府兵们斜眼觑她："满嘴胡诌！先是国师，后是中书令。"冲昙奴一努嘴，"你呢？难道认得当今圣上？"

昙奴是急性子，见他们挑衅便要拔刀。亏得莲灯了解她，抢先一步将她的手压回去，掏出木牌让府兵过目："京畿重地，不敢有假话。请容我们去太上神宫，等见了国师，一切自有交代。"

两个府兵顿住了，这牌子确实是太上神宫的信物，若果真和国师有牵扯，别说他们，就是上大夫，只怕也不好交代。

“无论如何……”其中一人舔了舔唇道，“还是先随我们回衙门。我等不敢擅作主张，须回禀上锋，请上锋定夺。”

武侯府肯定是不能去的，去了那里难免要验明正身。昙奴是定王家奴，她是罪臣之后，转转又和商队萨保的死脱不了干系，这样查下来，三个人简直称得上虎狼一窝。莲灯做了最坏的打算，如果不放她们走，那么一场恶斗在所难免。

她和昙奴对视，昙奴一点就通，暗暗握住了拳，准备伺机而起。

正是暗流涌动的时候，突然听见背后传来嗒嗒的马蹄声，一人控缰停住，高声质问：“出了什么事？”

那两名府兵叉手呼将军：“这三人从敦煌来，身上没有过所，末将正要拿她们回武侯府，听候发落。”

马上人哦了一声：“从敦煌来……敦煌距此三千多里，水路关禁少说上百，竟能避开盘查抵达长安，不可思议。”

莲灯抬头看，那是位穿着明光铠的年轻人，胸前护心镜在阳光下亮得耀眼。他脸上似笑非笑，神情疏懒而雍容。视线与她相接，唇角笑意渐隐：“来长安什么目的？城里有没有亲友投靠？”

莲灯重新估量了下双方实力，事情有点棘手，官职越高越难周旋。只是没等她回话，边上府兵向上敬献木牌：“据说要前往太上神宫，求见国师。”

木牌落进他手里，他翻来覆去地看，没有要交还的意思。莲灯也沉得住气，两眼只管盯着，语调依旧从容：“还请将军行个方便。”

那位将军却不然，寒着嗓子道：“牌子是死物，来路尚且存疑。国师不是想见就能见的，若你们妄图对国师不利，到时候守军项上人头难保。这牌子先由本将代为保管，待事情查明了，再去太上神宫告罪不迟。”

昙奴哪里容得他戏弄，纵身将木牌夺去：“要抓就抓我，信物还她，放她去找国师。”

昙奴拼杀起来不留余地，大漠里生长的人，一旦结交，肝胆相照。在她看来，自己的命是莲灯救的，她随时做好了为报恩牺牲的准备，因此招招势如雷霆。

两人对垒，昙奴不落下风，莲灯便没有相帮。然而打斗引发了混乱，府兵振臂高呼，不远处一队巡城禁军应声而至。莲灯将转转护在身后，拔出金错刀横于胸前，不愿意束手就擒，势必要战个惊天动地了。

那将军遇上了对手，一面喝令旁人不许插手，一面与昙奴缠斗。他起先是不提防，也没有料到一个女人有那么凌厉的手段，一时大意了。待后来全力以赴，昙奴在力量上难以抗衡，渐渐露出颓势。但败也败得不难看，徒手不行就拔刀。刀锋的浪纹寒光四溢，直向对方面门劈了过去。

能做将军的必然不是等闲之辈，他还是截住了昙奴的攻势，扣着她的手腕瞥了眼，笑道："好俊的身手，今日不便，待他日再讨教。你们先前不是说要去太上神宫吗，我送你们一程。"

昙奴回头看莲灯，大惑不解。莲灯心里却明白，问题可能出在昙奴的那柄刀上。虽然刀鞘被缠裹起来，但内行相刀看刀身，金银钿装刀不是一般人能用的，因此才会令这位将军临时改了主意。

不知究竟是福是祸，她只有尽可能地辞让："多谢将军，实在不敢劳烦将军。"

他说："无妨，我卖个人情与国师，和你们不相干。"也用不着向府兵交代，骑在马上介绍自己，"某是三品云麾将军萧朝都，若国师问起，你们好回话。碍于你们无过所，我须向国师求证，若国师认可则罢，否则数罪并罚，不只关押，还要流放。"

事到如今，骑虎难下，昙奴和转转审度莲灯的脸色，见她不再推托，方扬鞭跟上了萧朝都。

太上神宫不在都城内，而是位于长安东南神禾原。神禾原古来就是福地，诸峰竞秀，四时清流不断，曾是皇亲韦氏发源的地方。后来圣上在龙首原建造大明宫，因仰仗国师，于神禾原建太上神宫以奉养。国师不同于平常人，在中原人眼里是类似神明一样的存在。太宗曾说"国师在则天下安"，对于大历王朝的统治者来说，国师更是心头明灯。只是这样声名显赫的人不喜浮华，一年中有大半时间在闭关。因为太神秘，引发了萧朝都的兴趣，所以才想借此机会窥得国师的真面目。

既然有神宫的信物，必定与太上神宫有千丝万缕的联系。萧朝都转头看那位年轻女郎，三人之中她最冷静自持。同行的另两个，一个冒失一个略有风尘味，领头的定是她。他减慢了速度，扬声问："给你牌子的是何许人？姓什么叫什么，家住哪里？"

独自跑到大漠画壁画，大多是为了避世。莲灯不知道王阿菩的来历，他自己没有主动透露，她也没有问过他，便垂眼道："遗失过所是我们的疏漏，和家师无关。将军追问他，恕我无可奉告。"

倒是个颇有性格的人，萧朝都牵唇一笑："送你们来神宫，并不表示过所的事不予追究了。既然有牵连，问清原委是我的职责。"

莲灯拱了拱手："将军亲自相送，我等感激不尽。只是家师离群索居久矣，过去的事从来不和我提起，因此他的情况，我不得而知。”

萧朝都沉了嘴角：“那国师呢？你既然来拜访他，应当是知根底的。”

其实说来说去，他想打听的还是国师。她突然觉得这位将军有些可笑，简直像个妇人一样好奇心重。她摇了摇头：“我们来长安谋生路，临行前家师才给了我那面牌子。我们长在大漠，对中原一无所知，只听过一些关于国师的传闻，了解的不比将军多。”

萧朝都知道从她口中探不到任何消息，便缄默下来不再说话了。

长安到神禾原有段距离，策马需花上一个时辰，远远看见宫墙轮廓，已经将近日暮时分。

夕阳下的神宫有层诡秘的色彩，飞檐翘角笼在袅袅香烟之后，半在尘世半入蓬莱。莲灯对这里的第一印象就是竹子多，和别处的枯黄萧瑟不同，层层叠叠的竹叶在寒风里摇曳，发出巨大的声浪。殿宇建在无尽的竹林之后，虽称作宫，其实更偏向于浮屠，是个阴阳参半的所在。仿佛晦暗中隐藏着一头不知名的兽，随时凶相毕露，准备将人一口吞噬。

萧朝都负手看去，国师精通奇门遁甲，人入其境，平常连宫门都难找到。这次倒是很顺利，大约知道有人来访，将那些术数撤了。他上前叩门，宫门开启一道缝，一名宫人探身往外看，脸上表情漠然。

自报家门是没有用的，除了今上，国师不接受任何不请自来的到访者。萧朝都将木牌递过去：“这三人有信物，求见国师。”

宫人这才开门放他们进去，引入一处别馆奉上茶汤，揖手道：“国师闭关不见客，但入关前吩咐某，凡持木牌到访者，暂且安顿在宫内，待国师出关再做定夺。多谢将军一路护送，将军辛苦。”

萧朝都知道这是委婉的逐客令，一面虚应着，一面四下环顾。这宫里的一砖一瓦都有玄妙，时值仲冬，四野草木凋零，唯有太上神宫内芳菲正盛。国师喜欢鹿，奇石间偶见跳脱的身影，淙淙流水伴着呦呦鹿鸣，倒像误入了世外桃源。他向来对国师的一切持怀疑态度，可是进了他的道场，看见这与时令有违的景象，不得不佩服，即便他是个术士，也是个比较成功的术士。

“国师何时能出关？”他搁下茶盏说，“某在街市上巡检，恰巧遇见这三人。她们从敦煌来，身上没有过所，原本应该拘押的，但她们提起太上神宫，碍于国师情面，特送来请国师处置。”

宫人迟迟看他一眼，话却应得很干脆：“闭关时间可长可短，尚且不敢断定座上哪天出关。座上早就算到有远客来访，嘱咐某仔细接待。客人一时不便，将军容情，座上心中有数。”言罢一笑，“将军也太谨慎了，既然国师认可，还有什么可担心的？一封过所而已，这点小事不足挂齿。”

太上神宫有国师徒众及侲子[1]，但守护门庭、负责洒扫的一般都是宫中派遣的成年黄门，这类人应对官场，有他们四两拨千斤的窍门。萧朝都听后只得颔首：“既送到神宫来，一切听国师意思。”多留无益，起身抖抖袍角辞了出去。

转转和昙奴很高兴，在外漂泊好几个月，终于到了目的地，又恰好是人间仙境一样的地方，满意程度不消细说。

“哎，真不错。”转转低头轻声道，“以前在北里，连吸口气都有铜臭味，没想到这辈子还能踏上神禾原。要是有机会见一见国师，就不虚此行了。”

莲灯原本犹豫要不要离开神宫，只是见昙奴和转转都没有要走的意思，她把话又咽了回去。

宫人交叠着两手，白胖的脸上笑容可掬：“时候不早了，三位娘子随我去住处吧！再过三五日，国师应当出关了。”门上侲子挑了灯笼来引路，他比手说请，“神宫常年没有外客，国师闭关前嘱托，请阿菩高徒居琳琅界，陪同前来的住琥珀坞。”

一路上三个人互相照应，同榻而眠，突然要分作两处，实在不太习惯。可是客随主便，不能要求什么，不过脚下略缓，莲灯问：“国师知道我们的来历？”

宫人笑了笑：“因为他是国师。”看出她们不情愿分开，也不在意，只道，“三位没有过所，出了神禾原举步维艰。敦煌距离长安三千多里，一路上舟车劳顿，还是先安住下来，再图后计吧。”

这么一说也确实是，要是又落入那位姓萧的将军手里，恐怕就没有那么容易脱身了。

宫人领她们各寻去处，神宫的边边角角都是殊景，花草侍弄得异常葱郁。宫人边走边道：“琳琅界与琥珀坞相距不远，也就几十步距离，往来很方便。不过有句话要知会三位，尽量不要四处走动。神宫是国师道场，很多地方布了阵，要是不小心误入，转一天都出不来。”他复笑了笑，“我初来神宫时就吃过这样的亏，国师的神鹿要喂食，有一天发现走丢了一头，四处寻找，没想到入了阵，就再也寻不到出路了。幸好那时有翠微夫人，才将我解救出来。”

转转咦了声：“神宫里有夫人？国师可以娶亲吗？”

1　侲子：又叫侲僮，即男巫，为进行祭祀活动的一类执行人员。

宫人忙摆手道："慎勿妄言，翠微夫人是国师师妹，因救驾有功封陇西夫人。平时图叫得顺口，都称她翠微夫人。夫人有旨意在身，暂且不在神宫内。待过两日回来了，再为娘子引见。"说着已经到了琥珀坞，他抬手指派，命侲子送昙奴和转转进去，和声道，"二位且安顿，饭菜我再命人送到园里来。"

转转她们并不像莲灯一样心思重，愉快地挥挥手，跟着侲子去了。宫奴复挑灯往前引，正是日夜交接的当口，天地间弥漫着浓重的深蓝，庭院和树木的轮廓镶上了一圈黑边，勉强能看清周围布局。琳琅界和琥珀坞不同，溪水环绕，有木桥渡之。这里没有院墙，放眼都是怪石，摆得很有野趣。敦煌黄沙漫天，莲灯没有见过这样灵巧的江南式布局，人在其中，觉得心旷神怡。

宫人同她搭讪："娘子路上很辛苦吧？"

她说："还好，刚开始骑不惯马，坐得屁股疼。"

宫人哑然失笑，如今的世道学问越多越懂得掩饰，明明很寻常的字眼也羞于启齿。中原人太讲究，不及西域成长的落落大方，想什么就说什么，反倒耿直可爱。

莲灯跟他穿过翠竹林，一间黑瓦红柱的大木柞屋子就在眼前。那屋子建得大气，屋檐深远，鸱吻[1]粗犷，沿路民居没有这样构造的。宫人拉开直棂门请她入内，垂手道："娘子就在此间歇下，缺什么只管派侲子来同我说。我叫卢庆，是神宫长史，专管零碎事体。来者是客，千万不要拘礼。"一面说，一面俯身替她燃了一炉香，颔首示意，抚膝退了出去。

莲灯初来乍到，站在这考究的屋子里有些无所适从。在敦煌的时候不是住洞窟就是幕天席地，到了这里才体会到中原人无处不在的精细。她静静四顾，看见铜镜前的白瓷碟子里有清水养着的九里香和天竺果，红白交错的色彩撞进眼里，忽然心头一震，莫名觉得似曾相识。可是再细想，又是茫然一片，没有头绪。

也许是以前残存的记忆吧！她阿爷镇守安西，毕竟还是中原人。但凡读过书的，骨子里总有割不断的旖旎和乡愁，家里的布置一定和西域人不同。比方燃香、养花，精致到一把香炉一个碟盏，遵从的是中原约定俗成的审美。

这么想来就没什么可奇怪的了，她很快释然，到镜前照了照，虽然一直在路上，脸色相比之前还略好些，大概是中原的水土更养人。梳妆匣里有漂亮的犀角梳子，成套的。她拣了一把梳头，看见长安贵妇把头发盘得精心，自己也打趣似的绾起来，比画一下，觉得很可笑，又放弃了。

---

1 鸱吻：中国古代建筑屋脊正脊两端的一种饰物。

一整天费心费力，实在有点累了，放下包袱打算休息，刚坐到榻上，突然听见外面有动静。透过门上桃花纸往外看，朦朦胧胧看不真切。莲灯屏息侧耳，细碎的脚步声到了台阶上，踟蹰徘徊，并不进屋里来。又等了片刻，依然是这样，她咬咬牙，提起金错刀跃了出去。

原本以为有人，可是出门一看，只有一头鹿在屋前。

桥堍的桅杆上吊着灯笼，莲灯环顾四周，一切如常，那么声响是这鹿弄出来的吧。

她松了口气，低头看，这里的鹿是豢养的，所以不怕人。见她闯出来，只是瞪着无辜的大眼睛看她，也不走远。她试着摸了摸它的脑袋，它昂起头，反转脖子蹭她的手，无邪的样子非常讨人喜欢。

莲灯放下防备坐在台阶上，把刀搁在一旁，专心致志地逗弄它。想起身上有炒豆子，解开荷包倒在掌心喂它。这鹿嗅了嗅，大概不合胃口，没有赏脸。莲灯托着两手追问："不喜欢吗？真的不喜欢？豆子很好吃……"它没有搭理她，把头偏向另一边。莲灯遗憾地收回来，鹿不走，她就抱着膝头怔怔看它。寒冷的夜里一人一鹿相伴，也有种慰心的感觉。

这梅花鹿身上的花纹不像其他鹿那样密集，疏疏朗朗的，间或飘过来一两朵云头。头上犄角才长出寸许长，没有学会成年雄鹿耀武扬威的气势。莲灯和它对视，它有很漂亮的眼睛，眼里波光潋滟，让她想起月牙泉的湖水。她再想伸手触摸它，它灵巧地一纵，躲开了。莲灯怅然看着它走进黑暗里，忽然有点想念王阿菩，不知道他现在好不好，一个人寂寞得太久，会不会变得又傻又迟钝。她捡起块石子，在青砖上胡乱划了两笔，抬起头，发现那鹿又出现了，嘴里叼了枝花，慢吞吞朝她走过来。

她很惊讶："给我的吗？"扔了石子扑扑手，小心地接过花，放在鼻前嗅嗅，一股清冷的香气。那鹿见她喜欢，便小跑着转圈，蹄子在青砖上笃笃敲击，一纵一跳前行，走了一程顿下来望她。她不明白它的意思，迟疑着追了两步，它又把她往木桥那头引，甚至担心她没有跟上，中途会停下等她。

奇怪这里的鹿有灵性，简直像人一样。莲灯跟随它至界口，记起卢庆的话，不敢再追赶，站在桥上惆怅地招了招手。它顿足摇头，似乎对她很失望。

长安十月已经很冷了，虽然没有下雪，却呵气成云。莲灯一直很怕冷，敦煌入冬前她会储备好足够的干柴，只要有火烤，绝不考虑晒太阳。这里的冬天比敦煌冷得多，在外停留久了，手脚有点发僵。正打算回屋里去，忽然听见风里送来一阵笛声，清脆婉转，似乎就在不远处。

莲灯略通音律，听曲调不是龟兹乐。自从被王阿菩救活，虽然想不起以前的事，却每每有灵光一现的时候。她在十三岁前应该受过不少熏陶，所以对中原文化有无限的向往。站在冷风里倾听，笛声无喜无悲，仿佛出世一般。好的曲子能勾人魂魄，她循声而去，细细辨认方位，是从琳琅界东南传来的，但愿不太远。

有时候做事很难样样说出条理来，仅仅因为不由自主。

她把卢庆的警告抛在脑后，踏着被露水浸湿的草地过去，渐渐近了，就在前面。走在半道上细想，不知道寻见了又能怎么样，大概只为打听曲子的名字吧。

她又看见那头鹿，在她前面奔跑，很快隐入竹林里。她借着错落的守夜灯一路向前，越近，听那笛声越震心。灯光幽暗，照出一座九层宝塔，宝塔遗世独立，和周边布局格格不入。长安的大型建筑都有很高的夯土层，莲灯没有走正门，而是借由边缘的竹子从侧面攀上去，及至上部，眼前豁然开朗。空旷的平台四围燃着灯，一块巨石上坐着个衣袂飘飘的人，这样冷的天气穿得非常单薄，有风吹过来，吹起乌发和洁白的广袖，恍如谪仙。

转转曾和她们说起人群里昙花一现的小郎君，用上了很美的字眼来形容。莲灯以前不懂，也不相信世上有这样的男子。有一回她偷溜进城，听龟兹乐师唱过，说女人是清流，男人是浊泉。西域男人满脸大胡子，连五官都看不清，还谈什么美丑。她一度觉得歌词很可信，现在却怀疑起来，因为眼前这人实在好看得难以描述。他有颀长的身形、白净的皮肤，他的手指修长，每一次按压笛孔都是一幅如诗画卷。跳动的火光晕染了他的脸，银钩在眉，星辰在眼。

如果说西域人生得粗犷，那么今天遇见的萧朝都算得上中原人里俊俏的，可是同这个人比起来，依旧有很大悬殊。曲子心平气和，人也如其乐，澄澈得仿佛不属于这十丈红尘。莲灯很纳罕，心里掀起了一点微澜，原本注意力在笛声上，见了人却什么都忘了。

不知道他是谁，也许是国师的徒众，大晚上吹笛子，长安人果然好兴致。莲灯心里思忖着，笛声却戛然而止。再细看，巨石上空荡荡的，吹笛人凭空消失了。

不过一眨眼的工夫，怎么能说没就没了？她左右观望，不见踪影。风吹过竹林，震起竹浪一片。翠竹顶端稠密的枝叶间隐约有银铃叮当作响，她抬头看，愕然发现一根细如筷子的竹梢上停着那个吹笛的男子，因为站得高，似是以一种悲天悯人的角度俯视着她。

莲灯吓了一跳，下意识地去摸腰上弯刀，才想起放在屋前的台阶上了。他倒没有更进一步的动作，只是静静看着她，因为离得略远，分辨不清神情，应该不至于被人偷看两眼就恼羞成怒吧！

莲灯摸了摸后脖子，从夯土底座上跳了下来。似乎应该说点什么解释一下，她搜肠刮肚，最后说：“你的笛子吹得真好。”

他没有说话，脚下的竹子受重，呈现出一个流利的弧度。他依旧立在那里，居高临下，白衣从风。

莲灯觉得很无趣，哪怕他再好看，如今也没有欣赏的兴趣了。她学王阿菩的样子背着两手，故作镇定地往回走。直觉他的视线应该追随着她，她芒刺在背，不敢回头。奇怪她平时胆大包天，这次居然感觉恐惧。那个人好厉害，一句话都没说，就让她落荒而逃了。

回到琳琅界，再回想刚才的事，简直像做梦一样。还好她一向迟钝，除了提醒自己牢记卢庆的话，心里并没有留下什么阴影。

天已经黑透了，到了晚饭的时候，穿着红衣白裤的侲子给她送来食盒，揭开盖子把碗筷一样一样布置好，弓着腰说：“请娘子用饭。”

她道了谢，问琥珀坞的情况，侲子道：“那里的供应和琳琅界一样，娘子不用担心。”边说边招呼后面的人呈上红漆托盘，里面平整地叠着一套衣裳。提起来让她看，是一件金枝绿叶短襦和一条梨花白长裙。

“长史怕娘子没有中原衣裳替换，这是神宫内巫女的行头，请娘子暂且将就。”侲子含笑作揖，“娘子用过了饭早些休息，夜里要下大雪，回头小的再送两个炭盆来。明天是下元节，神宫里有场祈福的法事要做，动静略大，娘子只管歇息，不用过问。”

莲灯点头说好，想起那个吹笛人，试探着问：“国师闭关，法事由谁主持？”

侲子道：“下元是道教的节日，打醮祈福而已，不算太盛大，由灵台郎主持。”

她咬着嘴唇又想了想：“国师有几位高徒？有没有一位穿白衣，会吹笛的？”

侲子一脸茫然：“国师徒众甚多，但是没有真正收入门下的弟子。小娘子是不是遇见谁了？要是想寻他，我去回禀长史，请他替娘子打探。”

莲灯摇了摇头：“随口问问，不必回禀长史。”

侲子应了，躬身施礼，退出了琳琅界。

昙奴和转转不在，她一个人有点寂寞，草草用了饭就去洗漱，收拾妥当便躺下了。神禾原地势高，风比别处更大，呼啸着刮擦过门窗，桃花纸翕动，要不是韧性好，恐怕早就吹破了。她拽起被褥紧紧裹住自己，可是一闭上眼睛就看见那个吹笛人。她对别人的长相没有太精准的记忆，只知道他很好看，如果转转的小郎君如珠如玉，那么吹笛人就是如云如絮。他立于竹枝顶端的样子真神奇，该有多了不起的身手才能在那地方站稳！莲灯觉得自己飞檐来去不是问题，却没有办法做到像他那样。太上神宫里的一切都很神秘，三更半夜出现，也许那人是个地仙也不一定。

她胡思乱想了一阵，迷迷糊糊地睡着了，梦里又回到那座幽深的庭院。天气很好，她站在院里的台阶上，看着两只蝴蝶从高墙那头来，款款飞过花荫，飞到葡萄架底下。她追着去扑，蝴蝶沿着架子一直向上，飞得太高，她踮起脚尖也够不着。然后有脚步声传来，几个奴婢打扮的提着竹篓进院子摘葡萄，熟透的葡萄经不起颠踬，离开藤的时候略震动了下，果子就脱落了，骨碌碌滚到她脚边。那些婢女看了眼，毫不在意，她弯腰捡起来，托在掌心里吹了吹，发现这颗葡萄大得惊人，有鸡蛋那么大。

那些婢女提着装满的竹篓离开了，她捧着葡萄四处看，台阶旁的水缸上搭着收集雨水的半爿毛竹，一个用竹筒做成的端子漂在缸沿。她跑过去，弯腰打算舀水，看见倒影里的自己梳着双环髻，还是十来岁的样子。她大惑不解，不知道怎么突然变小了。凑近看自己的脸，鼻尖几乎贴到水面。

她依稀记得自己小时候很胖，只要伸直手，手背上就有一排窝。她的脸在十三岁之前一直是圆圆的，眼睛鼻子揉在一处，看上去可怜兮兮。现在再打量，也算得上眉清目秀。

她蘸了点水，抹在自己的眉毛上，等水纹平复又去照，倒映出来的五官不知怎么变成了那个吹笛人，定着两眼，面无表情地同她对视。

她悚然一惊，从梦里挣脱出来。环顾屋内一切如常，心里才略微安定。只是乏累得很，蒙眬间掀了掀眼皮，又闭上了眼。可恍惚感觉上方有个人悬浮着，离得很近，几乎和她面贴着面。他的长发低垂，从两颊倾泻下来，扫在她耳畔。那种触感太真实了，她惊恐异常，然而手脚好像被缚住了，无法移动。混乱里壮起胆向上看，还是那个人，这次没有横笛遮挡，可以清楚地看清他的相貌。他略有些苍白，但眼眸深邃，眼神冷而硬，直直看着她，仿佛能看进人心里去。

“你不懂得入乡随俗的道理。”他的嗓音听不出喜怒，但每一个字都如锤如炼。

莲灯没有应，攥紧双拳蓄势待发。因为靠得太近，能闻见他身上清幽的书纸气息。她有很强的防备心理，不熟悉的人，突破了一定距离便会令她不安。四周迷迷蒙蒙，案上的灯台却照得眼前异常清晰。他的脸只离她寸许远，不知他是人是鬼，呼出来的气息冰凉。莲灯心里惶骇，可就在他开口的瞬间四肢陡地一松，约莫可以活动了。她暗暗运了十分的力，朝他挥出一拳，打不死他，绝对打歪他的脸。

没想到这拳竟落空了，他的影像突然碎成了粉末，弥漫在空气里。拳头隐约扫到了什么，弹出去，打在炭盆上，叮的一声脆响。

她猛然一震醒过来，才发现是从一个梦境跳进了另一个里。脑子乱糟糟的分不清真伪，坐起身抚抚额头，背上中衣被汗浸湿了，有点冷。

青铜炭盆里的煤核窝在灰里，发出微弱的光。她粗喘了口气，下榻拨亮炭火，蹲在那里抱住膝头，感觉胸口直发紧，半天才松懈下来。

真是奇怪得很，以前她很少做梦，从敦煌到长安，半路上坑蒙拐骗也干，杀人越货也干，从来不会心虚。到了这里不过偷看别人吹笛子，回来就被魇住了，实在有点说不通。

她伸出两手烤火，视线游移，落在玉兰鹦鹉屏风前。青砖上躺着一颗雕琢过的核桃，上有纽袢下有回龙须，做成了坠子模样。大约时常把玩，表面像玉一样起了包浆，泛出油润的光泽。她挪过去，静静看了很久，然后捡起来握在手心里。

这一夜安然无恙，踏踏实实睡到天亮。第二天就如侲子说的那样，拉开直棂门，外面已经被冰雪覆盖了。

界口传来一声尖厉欢愉的长啸，转转和昙奴从木桥上跑过来，皑皑白雪里出现两个绿色的身影，一纵一跳到了她面前。

“莲灯你看，下雪了！”转转冻得脸发红却很高兴，弯腰抄起一把雪揉成团，朝不远处的鹿砸了过去。回身抖抖裙角的雪末子，仰脸笑道，“前面大殿里热闹得很，听说在做下元的法事，咱们去看看吧！”

莲灯摇了摇头：“我原想今天就走的，可是国师正在闭关，不告而别怕失了礼数，所以才打算多停留两天。”她说着往外看，琳琅界还是昨天的琳琅界，只是白天和晚上观感不太一样。晚上幽深沉郁，到了白天银装素裹，又是一派明丽堂皇。她想起那座九重塔，向东南眺望，塔建得很高，隔着细雪看上去迷迷滂滂。她眯起眼，喃喃道，“这地方有古怪，还是早些离开的好。”

昙奴比转转警觉，她一说便自动接上了，压声问：“可是有什么发现？”

莲灯回身进屋，把那个核桃坠子放在矮几上。转转和昙奴对视一眼，不明所以。

莲灯说：“我昨晚被一头鹿引了出去，听到一阵笛声，鬼使神差想一探究竟。就在那座九重塔前，看见一个临风奏曲的白衣人。那个人动作很快，也很玄妙，我不小心被他发现了，他居然站在竹枝顶上眈眈看着我。我不想惹事，回到琳琅界，他又追进我梦里来……”

“追进梦里来？”转转听得发笑，“你先同我们说说，那个人长得什么样，你看清了吗？他年轻吗？长得好看吗？”

莲灯被她问住了，回忆了下，迟疑道：“大概二十多岁，长得很好看。”

转转笑得更灿烂了：“这就对了，我那时看到小郎君，连着半个月夜夜梦见他。

不是他追进你梦里来，是你一直在回忆他。没什么，别怕，女孩子长大了，总会有情窦初开的时候。”

莲灯以为她会有什么独到的见解，转了一大圈，又回到儿女情长上来。她无奈地把坠子往前推了推：“不是你想的那样，我本来也以为自己在做梦，梦里我挥了一拳，没有击中他，但是打落了这个。”

这下转转和昙奴都变了脸色：“你的意思是他果然追来了，只不过在你半梦半醒间？抑或是他施了什么幻术，让你以为自己在做梦？”

转转看着那个吊坠，目光惊恐：“说不定是什么山精野怪，神禾原本来就是块福地，地面上是太上神宫，地底下全是妖怪。还有那座九重塔，也许是国师用来镇妖的……”越说越激动，尖细的手指指着面前的吊坠，“难道是个核桃精？被你打出了原形？”

莲灯和昙奴对她的想象力表示佩服，一个龟兹人，满脑子精怪，比中原人还要热衷巫傩。

昙奴说：“哪来这么多妖怪！这是太上神宫，你以为是深山荒庙，妖怪敢来作祟？别自己吓唬自己了，没准就是神宫中人。这里的徒众少说也有三五十，国师总会有几个得力的护法。你们是没见识过，但凡大人物都这样。比方说定王，四个贴身随从须臾不离左右，他们是近侍里最厉害的，统管营下所有死士，我们这等小卒都要听他们差遣。如果能做国师的护法，飘到竹枝顶上算什么难事？至于他为什么追来，一定是人家不满意被你偷看，想教训你一下。”

莲灯听得怔怔的，转念想想，点了点头道：“是我的错，过于好奇了。因为那曲子似曾相识，觉得能让我想起以前的事来，便想过去问问出处。可后来他的反应太奇怪了，我什么都没做，值得他这样大动干戈？”

昙奴瞥了转转一眼，笑着调侃：“也许人家看上你了呢。要真是这样，三年后我得一个人回敦煌了。你放心，我会和王阿菩好好解释的。”

莲灯还是那个木讷的样子，别的姑娘十六岁正是怀春的年纪，她却连脸红都不会。王阿菩教她武艺自保，给她讲为人处世的道理，但对于感情方面爱莫能助。她就像她的名字，自顾自地开放，孑然地照亮自己。

转转对精怪的恐惧变淡了，注意力又放在她的某句话上：“你说他很好看，怎么个好看法？比我的小郎君更好看吗？”

莲灯仔细想了想道：“我没见过你的小郎君，但是拿昨天的云麾将军和他比，萧朝都恐怕连他的一半也不及。”

转转哦了一声：“那得好看成什么样啊，可惜我没遇见他，否则真要会他一会。”复兴高采烈地拽着莲灯的衣袖说，“多好的开端，不打不相识嘛。只要我们在神宫里，总会有再见的时候。从今天起好好打扮你自己，说不定仇还没报，先撞上好姻缘了。”

她们早就习惯了转转艳色流光的论调，也不拿她当回事。莲灯对昙奴说：“再等三日，见过国师我们就离开神禾原，进长安找个地方落脚，照我们路上商定的计划行事。北里虽然是勾栏，但来往的人多，消息也多。转转曾经在那里卖过艺，带着我们混进去，总比留在这里强。”

转转不会拳脚，但是行事颇有侠气，豪迈地一拍胸口：“包在我身上，大历不禁官员狎妓，别看那些郎君相公穿上官袍人模人样，一进北里立刻原形毕露。几杯龙膏酒下肚，癫狂得连他阿爷都认不得了，要套话，易如反掌。”言罢上下审视她们，“可北里不是个干净地方，进去后难免受些委屈，不能一时兴起就杀人，得学会周旋。我怕你们戾气太重，到底要我这倾国倾城的西域美人出马。我还认得几位章台[1]中的状元，托她们打探，枕席间更好说话。”

昙奴却有些犹豫：“知道的人越多越危险，那些青楼女子未必靠得住。”

转转说：“这你放心，交情深的我才会去托付。当然要是有钱，那就更好了。”

莲灯觉得可行：“自己牵扯其中，未必会把我们供出来。但万一……”

昙奴寒声道：“万一管不住嘴，就只好送她去见阎王了。”

转转摆了摆手：“别动不动想杀人，有时候人情还是靠得住的。不过离开了这里，再想回来就不容易了。太上神宫是个颐养天年的好地方，看看这山清水秀的景致，多住两天就能多活十年，说要走，还真有些舍不得。”

地方是好地方，但她们不属于这里。莲灯还有愿望没达成，等她们开始行动，难免在朝中掀起波澜。国师是大历的国师，他有义务维持国泰民安的局面，怎么能容许始作俑者在他的道场里？莲灯总觉得要对付几个朝臣不是难事，但与国师为敌，绝对是自寻死路。他人在神宫，却能够洞察先机，那么她此行的目的他必定了然于心。铲除奸佞他可以睁一只眼闭一只眼，但杀皇帝呢？

她踱过去撑开直棂窗，外面雪花纷飞，环绕琳琅界的那圈活水始终没有结冰。几片花树的叶子跌进水里，落叶逐着流水，从她眼前奔涌而过。

前殿的铙钹声随风飘过来，她侧耳，听见朗朗的祈福祝词，咬文嚼字地重申着什

1 章台：代指青楼妓馆。

么。略顿了会儿，一个倀子从木桥上疾步跑来，看她在窗前站着，叉手行了个礼，到廊下通传说：“娘子们遗失过所，尚书省派人与娘子补办。请三位娘子随小的来，有些情况要询问娘子。”

莲灯心里跳了下，长安果然管辖得很严格，并不是进了神宫就能作罢的。过所遗失了必须补办，补办就要问清来龙去脉。她倒无所谓，名义上已经死了的人，还能搪塞，昙奴和转转怎么办？万一把文书发往都护府查证，那事情就难办了。

她定了定神问：“卢长史可在？”

倀子道：“正是长史派小的来请娘子。”

有卢庆在，尚书省的人多少会担待些。三个人整了整衣裳跟倀子出门，沿着迂回的游廊到了一处屋舍前。太上神宫按照宫殿的规格建造，因此正殿分外宽阔。莲灯抬眼看去，两个穿圆领袍，戴展脚幞头的官员面东正襟危坐。再向右一瞥，发现那位云麾将军也在。心里恨他不依不饶，等打发了尚书省的人，非要找机会给他点颜色瞧瞧！

她沉下心，提裙上台阶。殿门上慢悠悠踱过来一个人，穿着阔大的襕袍，背门而立，看身形竟有些眼熟。她脚下略缓，攒起眉头回忆，一时想不起来在哪里见过。殿里众人听见脚步声，掉转视线往外看，那个人也回过身来，因为站得高，显得身量特别长。和王阿菩的不修边幅不同，他的每一处都精雕细琢，耐人寻味。只是面貌并不熟悉，之前一瞬的犹疑都是错觉。

她不再停顿，快步入殿内，向萧朝都和两位朝廷官员行了一礼。

卢庆比手道：“萧将军不必介绍，娘子们都认识。这二位是萧将军带来为娘子们补办过所的尚书省左丞及员外郎，要问娘子一些事，娘子不必惊惶。国师目下未出关，但有春官在，一切据实说就是了。”

莲灯回头，原来那个站在门上的人是司天监春官。她在路上听昙奴讲过，司天监虽然只是太史局的一个分支，然而在太上神宫，却是正根正枝的嫡系。司天监下有春、夏、秋、冬、中五官灵台郎，其中春官是五人之首，官职不算高，胜在是国师的左膀右臂，因此即便朝中二三品的大员，也要买他些许面子。

她打量着他，见他眉眼温煦，笑得极其耐烦，觉得春官这个称谓和他的人甚是相配。想必转转也是这么认为的，不然不会拽她的衣袖，看人的时候两眼放光。

她呆滞地打了个躬，春官微微抬手，踅身在一旁坐了下来。

那两位尚书省的官员职责在身，问得十分仔细，从哪里来，途经多少关隘，过所在哪里丢失，为什么丢失，一样都不放过。莲灯暗自思量，随意胡诌是不行的，因为每一道关禁都必须签署存档，如果想求证，派个差役跑上几座城，一问便知。所以关内道的州郡不做考虑，还是要在陇右道上做文章。

“行至酒泉，路上遇见一队马贼劫人……”她冲转转一指，“就是劫她。我们为了救她和马贼缠斗，才不慎将过所丢失的。”

转转很配合地点头，哀戚道：“不敢隐瞒相公，奴奴是孤女，跟着叔父卖艺讨生活。叔父对奴不好，原本就过得十分艰难，没想到落进马贼手里，他们说要把奴卖进勾栏，走投无路时恰好遇见她们，求她们把奴救出了火坑。奴是死里逃生的人，身上委实没有过所。相公要捉拿，奴跟你们去，但这两位恩人，还请相公开恩才好。”

左丞闻言沉吟：“在酒泉时就丢失了，也就是说三千多里全是私渡？”他似乎转过弯来，讶然问，“那时还未出河西走廊，为什么不补办？”

昙奴不懂拐弯，直截了当地说：“补办过所每人要五百钱，三个人一千五，补不起。”

京城官员只了解奏章上的边陲，对于地方通行文书具体的操作并不熟悉。长安补办过所没有额外费用，大漠却要另收，如果是真话，细究起来当地的府衙甚至都督府都有大罪。

左丞和员外郎交换了眼色，心下难以拿捏，这时春官站起身来，笼着两手慢吞吞道：“既然如此，倒也情有可原。所谓的过所，是为防止偷漏国税、逃避赋役、拐卖人口。这三位娘子一不是商贩，二不是男丁，胡女也并非遭到贩卖，所以有没有过所，似乎不那么重要……”转而对萧朝都一笑，“将军说呢？至于补办的费用，丝绸之路上胡商往来频繁，府衙所耗人力巨万，征些经费也是因地制宜……当然这只是在下愚见，是否具表上奏，还请左丞定夺。某以为这些年来相安无事，切不要因为神宫贵客到访引出麻烦来，到时候惊动圣上与国师，未免小题大做了。”

那两位命官当然知道里面的利害，一面笔尖飞快记载，一面道：“行至秦州境内方遗失，十日后入长安补办。经询问且差人查阅门禁记档，无可疑，准予补发过所……”

莲灯转头看向昙奴和转转，三个人都松了口气。

这回多亏了这位春官，全赖他的好口才，一番晓以大义替她们解了围，否则追究起昙奴的那些话，把她们推到人前来，那以后就寸步难行了。

莲灯对于人情世故不太通，感激也不过投去一次注目。但不知他明白没有，只见他施施然转过身，神情不以为意。

过所交到她们手上，加盖了大历王朝和尚书台的朱印，掂上去很有分量。春官含笑与左丞寒暄，办完了公事，少不得谈谈“积雪巷深酬唱夜”。昙奴却盯上了萧朝都，吊着半边嘴角道："将军恁地费心，又为我们专程走一趟。今日补办了过所，真要好好谢谢将军。"

萧朝都脸上淡淡的："长安禁卫是北衙分内的事，过所遗失补办也是理所应当，某肩上担着责任，不敢懈怠。"

昙奴不听他那些鬼话，笑一笑，露出尖尖的虎牙，狡黠道："那天在城内没能施展开手脚，心里一直抱憾。待过两天再寻将军，向将军讨教。"

萧朝都看她一眼，这蛮夷女人泼辣的架势简直令人记忆犹新。他是皇亲贵胄，以前没遇见过这种情况，挨了她一掌，现在想来还隐隐作痛，便赌着一口气颔首说好："要找我，到神第军大营来，随时恭候大驾。"

他们说话时，莲灯和转转退到了一旁，两个人抱胸分析他们的表情。转转说："昙奴两眼直勾勾的，要吃人了。"

莲灯啧啧咂嘴："你又看出什么来了？"

这回转转居然没有发表谬论，耸了耸肩，不置可否。

来人起身告辞，卢庆将他们送出神宫，殿里只余下她们三人和春官。转转平时是个热情但不多礼的人，这次却把她的客套发挥到了极致，追着那位春官不住道谢。人家倒没放在心上，曼声道："我职责所在，娘子不必多礼。"复坐到窗下牵袖斟茶，斟完一盏，抬眼一瞥，"不过刚才答左丞的话，我听来觉得甚蹊跷呢。"

他笑的时候眉眼含春，风韵二字一般用在女人身上，但是看着他，不知怎么凭空冒出这种词来。要是换了转转，恐怕绷不住把老底全抖出来了，莲灯还好，对待美丑都是一样的心境，忖了忖道："我是王阿菩的弟子，太上神宫的木牌是阿菩亲手交给我的，这点千真万确。至于无伤大雅的一点敷衍，多谢神使替我们周旋过去。我们来长安，给神宫添了不少麻烦，心里有愧。待国师出关当面向他道谢，就辞行去别处了。"说着顿下来，迟疑道，"只是听闻国师年事已高，怕不愿意见我。如果不方便，我留个帖子可使得？还请神使指教。"

春官听后并没有立刻作答，转过眼看窗外飞雪，轻抚一下指尖道："国师见不见你，我不敢肯定，但年事已高这种话在神宫中是大忌，还是少说为妙。"

莲灯立刻会意，一般道破天机的真话都不招人喜欢，所以可以想象，国师大概已经老得不成样子了。

· 第二章 ·
国师

关于国师的情况，后来陆续又探听到一些，莲灯记得最深的就是春官的一句话，称他“野鹤精神云格调”。这么一来勾勒出了国师的大致轮廓，须发皆白，却又道骨仙风。也许挥一挥衣袖，就有惊天动地的神功。

昙奴和转转热衷于打探那些秘密，莲灯和她们不同，心里有事，多在神禾原待一天都觉得煎熬。这些日子以来她努力回忆过去，可惜被王阿菩刨挖出来之前的一切依旧渺茫。她不是个思想复杂的人，但是从他们口中听来的身世让她感到颓败。她给自己树立了一个目标，打算不顾一切去完成，然后回敦煌，继续过平静的日子。

外面的雪停了，厚重的白覆盖住葱翠的枝叶。草木虽然没受任何影响，气温却很低。她在屋里笼了半天火，早就不耐烦了，翻出包袱里的布口袋，提着便出门了。

屋前有活水，岸边有青石。她扫开石头上的积雪，把袋子里柳叶形的铁片倒出来，蘸了点水，捻在手里一片一片磨亮。她喜欢听铁片的声音，用力一吹会发出绵长的嗡鸣，像胡女弹奏的五弦一样。不过这些铁片不是乐器，扔出去的时候形成一个声网，杀敌是次要，主要作分散敌人注意力之用。

天很冷，全部磨完冻得十指发僵，她往手上呵热气，回身看，不远处就是宫墙。琳琅界位于神宫东北角，略走一段路攀上角楼，就可以看见整个长安。

她把铁片收进口袋别在腰上，穿过竹林到宫墙底下，附近不见有阶梯。仰头看，墙建得很高，恐怕有三四丈。她估算了一下退后两步，把裙裾扎进绦带里，点足往上一纵，轻松登上了女墙。

神宫里的景色再好，到底没法和墙外的世界比。不谈白雪红梅，只说开阔的视野，穹顶低垂笼罩四野，百年长安在风雪里迸发出沧桑而磅礴的美感。

她凝眉思量，留在这里什么都做不了，必须进城去。她在墙顶跺了一脚，打算这就上琥珀坞找昙奴和转转商量行程。王阿菩说国师念及往日交情会替她安排妥当，所谓的安排无非是过所和住处。过所如今办好了，住处还是自己解决吧！初来长安就在禁军和尚书省的人跟前露了脸，似乎并不是个好开端。日后行事要更小心了，万一有个闪失，连累的恐怕就是一大片。

她转身从垛口跳了下去，奇怪刚才上来轻而易举，下去的时候竟出了点意外。墙根下被雪覆住了，看不出有什么端倪，落地才知道那里有个坑，也许是排水用的。反正她就像支投壶的箭，不偏不倚插进了凹槽里，落势难以控制，脚下迈不开步子，扑通一下双膝着地。

她吓了一跳，脚踝有点痛，不知有没有崴到。稍稍活动一下，幸好没什么大碍，顶多是拉伤。她抓着两把雪安慰自己：“不要紧，人有失手，马有失蹄……”怪长安人喜欢挖坑，还有这裙子，裙裾太长了，否则以她的身手，不可能跌得这么狼狈。

总之十分懊丧，唯一庆幸的是附近没人。不过老天爷似乎没有愚弄够她，在她还没来得及站起身时，一片刺有金银丝流云纹的袍角飘进她的视线。她愣了下，保持着跪姿抬头往上看，那个人掖着两手，面无表情地垂眼打量她。

她打了个激灵，一跃而起，居然是昨晚的吹笛人！他的相貌她还有印象，只是今天的眉目看上去格外冷，这种冷并非带着戾气，相反称得上慈眉善目。可就是这样俯视众生的味道，让人感到不寒而栗。

她往后退了一步，戒备地看着他。天上又飘起细雪，他静静站在那里，深衣和皮肤都是雪白的，像个冰雕美人。

莲灯总感觉哪里不对劲，和他对视半晌才发现，他几乎不眨眼睛。然而那双眼太漂亮，深邃宁静，让她想起晴空万里时的天宇。她有点紧张，不知道他来见她是为什么，嗫嚅了下，却又无从说起。

“王朗两年前救的就是你？”还是他先开口，嗓音淡淡的，像清水里落进了一片柳叶、一片花瓣。

莲灯点了点头，他能说出王阿菩的俗家名字，应该是神宫里举足轻重的人物吧！他的身份先不深究，把他和昨晚那个虎视眈眈入梦来的吹笛人对比，却渐渐恍惚了。分明是同样的脸，为什么神情和语气相差那么多？也许不是同一个人，说不定是她认错了。

他微挑了挑唇角，眯起眼，眼里细碎的金芒仿佛浮在水光之上，缓声道：“我与王朗是君子之交，你不必行此大礼。”

莲灯脑子里嗡地一响，不明白他到底是误会了，还是有意调侃她。她本来口齿就不伶俐，这下被他堵住了，顿时觉得又尴尬又气恼。刚才还自我开解他们不是同一人，看来都是她太傻。然而他说和王阿菩有交情，那么他必定是国师身边人，也许比春官的职务还要更高一筹。

她暂且顾不上私怨，作了一揖道：“请问神使，国师何时出关？”

他踱上石板路，悠然道：“已经出关了。”

她心里一喜，跟在他身后问：“我想拜见国师，但不知该往哪里找他？”

天上的雪纷纷扬扬，落在他的头发上。他和长安城里的男子不同，不戴冠，也不戴巾帽，只用一条玉带松松束着发。偶尔有风吹过，发梢撩动起来，填满她的视线。他往南指了指：“国师通常在神宫正殿，要见他，可以请卢长史通传。”

莲灯得了指点惦记着找卢庆，匆匆向他道了谢就要往南，他转头看她一眼：“今日神宫中做下元法事，你现在去找长史，怕人家抽不出空来。”

不说她竟忘了，前殿铙钹震天，这时候再去添麻烦未免不识时务，便绞着丝绦顿住了脚。没想到他也停下了步子，负手问她：“过所办好了吗？”

她应了个是：“多亏卢长史和春官，尚书省已经替我们补办了。”

他嗯了声，略顿一下道：“我和王朗有五年多没见了，不知他境况可好？”

他和她聊起家常来，这个人算是第一次正面出现，却什么都了如指掌似的。莲灯有些疑惑：“神使和我师父认识很久了吗？”

他低头算了算：“大概……有二十多年了吧！”

这么说来算是长辈，那昨晚的事如果是真的，就太匪夷所思了。她摸摸袖里的核桃配饰，对于那个梦一直存疑，很想把来龙去脉弄清楚，又不确定到底该不该戳穿，一面暗自思量着，一面道：“阿菩一切都好，身体也很健朗。只是常年作画，洞窟里光照不好，对他的眼睛很有影响。我曾劝他放弃，他不答应，说有生之年会不停画下去，直到圣上下旨，派工匠进驻敦煌为止。”

他慢慢点头：“圣上年迈，未立储君，这两年明争暗斗不断，谁也无暇顾及敦煌。其实他大可不必那么执着，再等上一阵子，朝中纷争平息，一切自然迎刃而解。”

“阿菩说闲不下来，闲下来就觉得自己已经死了。”她把核桃捏在掌心，目光灼灼望着他道，“神使觉得一个人有执念可不可怕？”

他还是点头："一念起，可建功立业，也可生灵涂炭。"

她听后笑了笑："阿菩的执念，是最诗情的建功立业。不光他，他的那位和尚朋友也很令人敬佩。"她下定决心，把那枚核桃配饰递了过去，"神使可见过这个？"

他的眼里平静无波，稍一顿，伸手来接。广袖袖沿的云纹镶绲盖住手背，只露出修长的指尖，掠过她的手心，玲珑而寒冷。他把核桃掂在手里摩挲，语调还和先前一样："你从哪里得来的？"

莲灯仔细观察他的神色，奇怪没有一丝异样，她歪着脖子说："从我屋子里捡来的，昨晚有人闯进琳琅界，我没能抓住他，被他逃了。不过他落下这个，特交给神使，请神使辨认。"

他重新把两手对掖起来，将核桃也掩进他的袖子里，不再看她，淡然道："这是我随身的东西，不过两个月前遗失了，今日失而复得，幸甚。"

他继续徉徉前行，过了回廊已经有侲子驻守了，看见他，毕恭毕敬叉手行礼。莲灯没有追上去，昨晚那人是不是他都不重要，这神宫里的一切都难以捉摸，她除了受到点惊吓，没有别的损失。能够物归原主，也是一桩好事。

她在风雪里目送他，把长裙的勒带往胸上提提，宽宏大量地感慨："算了，每个人都有秘密。"她对某些事看得很开，人行至一段旅程，有不同的风景，遇见不同的人事，只要没有形成伤害，便不会在生命里留下痕迹。

她搓了搓手，掸掉肩头堆积的雪花，腰畔被什么顶了一下，垂首看看，是昨天那只鹿。

它喜欢同她亲近，她笑着在它的犄角上抚抚："你记得我吗？你叫什么名字……"突然想起来，她还不知道刚才那人是谁。匆匆抬眼张望，他在风雪的那一头，渺渺的，渐行渐远。她冲口喂了一声，他听见了，回身看她，她踮着脚尖说："你把东西拿回去，怎么不说谢谢？"

他大概有点吃惊，但依旧遥遥冲她拱手。

她一鼓作气又喊："你叫什么名字？"

他站在那里，似乎在思考。莲灯觉得这人很奇怪，她失忆了，至少还记得自己的名字，难道他的症状比她还严重，连自己叫什么都要考虑半天？

她卷起衣袖擦掉眼睫上的雪末子，那边有人弓腰上前替他打伞，猩红的伞面嵌进琉璃世界，突兀但又分外绮丽。他站了一会儿，到最后也没有回答她，转身登上丹陛，往殿宇深处去了。

莲灯回到琳琅界，收拾包袱准备辞行。那只鹿跟随她过了木桥，一直没有走远。

她偶尔抬头看，它嚼着枝叶踩着碎步，在积雪里漫行。碰巧对上视线，短小的鹿尾快速摇动，大概是在向她示好。

她笑了笑，把刀打横放在包袱上。窗外白雪皑皑，耳边水声潺潺，是个蛮清静的午后。突然那鹿惶然跳开了，瞪着一双大眼睛回望，她站起来，看着昙奴和转转从那边跑了过来。

“听说国师出关了。”转转说，“前殿的法事做得差不多了，现在就剩几个侲子在打醮，咱们看准了时候请人通传吧。”

昙奴瞥了她一眼：“是请人为莲灯通传，我们隔着一道，凑什么热闹！”

转转噘嘴说：“我等了很久了，就想看看一百多岁的人长成什么样。我曾经见过当今圣上，戴着冕旒，脸上全是指甲盖大小的黑斑。今上七十岁尚且老得像烂树桩，国师一百多岁，岂不是老妖怪？”

莲灯听她口没遮拦，蹙眉道：“嘴上留神，被人听见了会惹麻烦的。”

昙奴吓唬她，抓着她的下巴做了个挥刀的动作：“胡说八道，先把舌头割了，再挑断手筋脚筋。”

转转用力推开她，叉腰说：“你总同我作对，我说什么你都针对我，可是嫉妒我长得好看，有心打压我？凭什么你总骑在我头上，我不服气！”

她大喊大叫，昙奴轻轻嗤了一声：“命都是我救的，还敢和我叫板？”

转转顿时泄了气，坐在矮榻上踢了两脚：“我会还你人情的，等出去你就知道了，外面是我的天下。”

她们总在吵，但是吵完之后不影响感情，可能谁也没有真正讨厌谁吧。越是斗嘴，越是亲密。

昙奴见莲灯换回了原来的衣裳，行囊搁在榻头上，自顾自道：“我们没什么可收拾的，两件胡服，卷起来就走。你打算去见国师了吗？”

莲灯嗯了声：“我先前得到消息，国师在神宫正殿，等卢长史忙完了请他为我引见。”

转转还在惆怅：“我当真不能见国师吗？莲灯你带上我吧，让昙奴在外面候着。”

莲灯不明白她为什么这么好奇，难道就因为国师的年纪比大历还大？她摊手道：“我也不知国师会不会见我，如果卢长史不阻拦，你大可以进去。”

转转很高兴，往后撑着双臂，突起两个圆润的肩头，自在笑道：“我以前听说国师能通神，圣上六十岁那年泰山封禅，卤簿行至山脚，道旁有神人长揖迎接，圣上问身边人，竟没一个看见的，后来和国师提起，国师却能够准确说出神人的衣着打扮。

可见皇帝神遇要靠机缘，国师开了天眼，早就见怪不怪了。”

国师从来都不缺乏奇闻，但在莲灯看来，有这样的能力并不是什么好事。天子代天巡狩，却和神祇没有任何交集，便要借国师之口来传达。里面孰真孰假不必论证，中原人敬鬼神，敬则生惧怕，这正是统治者需要的。现在到了江山易主的当口，大历的朝堂渴望新鲜血液激活头脑。当今圣上的五个皇子和雄踞关外的十六皇叔定王都明白，谁能得国师相助，谁的一只脚就踏上了御座，稍加努力，君临天下指日可待。这样敏感的身份，国师要独善其身不容易，所以他才会在神宫内外布阵，常年闭关不见外客。

莲灯有很多方面不通，经历一次大难，就像莲蓬被堵上了眼儿，什么都是“只差一点”。但偶尔也有神思清明的时候，比方她连中原的五谷都分不清，政治方面却有她独到的见解，也许全得益于有个百里济那样的父亲吧！

“你为什么一心想见国师？难道要请国师为你算姻缘吗？”昙奴好奇地问转转，“就算国师能知过去未来，也没有沦落到替人算命的地步。你敢提这种要求试试，小心侲子把你扔出去。”

转转摸了下鬓角，把散落的头发绕到耳后，别过脸道：“反正都要离开这里了，扔出去正好。”稍后又挪了挪位置，低声道，“看姻缘是次要的，我们龟兹也有法师，替我看过面相，说我将来大富大贵，少说活到九十八。要是没有好郎君，能这样长寿？我是希望国师替莲灯算算，看她什么时候能想起以前的事，什么时候能完成心愿。”

一个没有过去的人，大概就像半傻一样。不过莲灯心态不错：“我无所谓，就算想起来也都是痛苦。人一旦愤怒就沉不住气，办事容易出错，现在这样很好，我能心平气和地部署，就算仇人在面前也不会鲁莽。我有一双手，有一柄刀，知道自己该干什么就够了。”说完看了眼更漏，“快到未时了，赶在宵禁前入城，应该可以找到落脚的地方。”她把一张叠得很平整的飞钱扔给昙奴，“去钱庄碰碰运气，也许还来得及兑现。”

到了外面一应都需要花钱，转转去北里活动也需要开销。这飞钱是当初从粟特商队劫来的，西域离长安有段路程，报官后处理起来也不那么及时，说不定还能用。

昙奴把单子掖进袖笼里：“我听说少陵原有家阴阳客栈，那里能接黑市买卖。你替人办事，别人付你酬劳，只是风险大，但来钱很快。”

那种地方无非是人命交易，不到走投无路时，不考虑走这条路。她抿唇笑了笑：“王阿菩给我取名叫莲灯，我不忍心让他太失望。这件事出去后再说，这里是神宫，别玷污了圣地。”说罢起身到廊下，撑起黄栌伞眺望连绵的宫殿，喃喃道，“铙钹声小了，我去找长史探探情况。”

她一个人走了，转转跳起来要跟出去，被昙奴一把拽了回来：“我从不信命数，小时候有人说我活不过七岁，现在还不是好好的！你知道为什么我们住琥珀坞，莲灯住琳琅界？因为她是王阿菩的徒弟，我们不是。”

中原人的确讲究亲疏，转转听后灰心丧气。扒着窗棂往外看，雪下得很密，莲灯过了木桥就不见踪影了。

太上神宫说不上是按照哪种范本建造的，似乎佛与道并行，有种奇怪的庄严感。莲灯迈出界口尽可能傍着廊沿走，怕不小心误入了什么阵法，弄得难以脱身。

从琳琅界到神宫中枢有一段路，雪太大，坠在伞面上沙沙作响，不多久堆积起来，微微一抖，成块地跌落在石板路上。渐渐行至一所殿宇前，殿门森然洞开，台基筑得很高，合围粗的赤柱林立，地上不知铺的什么砖，一块一块打磨得极其光亮，乍一看，生出波光潋滟的错觉。她四下张望，看见那条架在半空中的长廊，再往前是上午走过的竹园。只是四周一个人都没有，不知先前侍立的都到哪里去了。

她犹豫了下，到台阶前翕了伞，正要举步，空旷的天街两边凭空出现了很多侲子，一样的穿戴一样的身量，列着队低着头，从她身旁走过。

这个阵仗有些惊人，她被夹在两队之间，更奇怪的是这群人有无穷多，永远走不完似的。她呆呆站着，才明白这地方是不能轻易来的，没人引领，到底出问题了。

卢庆说入了阵很难再出来，听上去十分玄妙。她将信将疑，回身往相反的方向走，走了几步才发现前面的一切都不见了，没有长廊也没有竹园，回身看，连那所宫殿都消失了，眼前只有莽莽的天地，还有那些穿着白衣红裳、行动像傀儡一样的侲子。

她站定了，有点迷茫。前后移动不行，要不要试试往上蹿？她跳起来，用了很大的力气高高纵起，可是她在哪里，侲子就在哪里，仿佛是被关进了一个匣子，高墙虽然看不到，但真实存在。于是落地后再也不做无谓的挣扎了，撑开伞架在肩头，安然等着别人来解救她。

殿前台阶上的人看了很久，扬声笑道：“我以为她会惊慌失措，没想到是个随遇而安的人。当初你被困在阵中可不是这样的，我看着你急得满头大汗，现在想起来都觉得好笑。”

卢庆冷着脸，漠然看了他一眼：“我记得那时是六月里，天热得厉害，春官连看了两个时辰。所以我后来一直很敬佩春官，做一件事，就要做得彻底。”

放舟原本笑得很开怀，被卢庆绵里藏针地扎了一下，便不好意思继续了。他这个人，有时的确不那么厚道，明明举手之劳，偏喜欢兜个大圈子。照品级来说，卢庆虽然是内宦，但出任神宫长史，无论如何是从三品的职务，比他这七品显贵得多。他却不买他的账，朝中法度严明，神宫里也有自己的章程。宫门一关，还是司天监说了算。

当然他并不当真那么恶劣，彼此熟悉了，还是可以融洽相处的。

他调过视线睨那身影，蹀躞带束出了蜂腰，她穿着胡服，有种英姿飒爽的味道。从他的视角看，天街空旷，只有她一个人静静站着。但在她眼里，那些幻象一刻也没有停止，因此一动不如一静，懒得浪费力气。十五六岁的女郎有这份从容，倒也难得。

他抱胸而立，正斟酌要不要去搭救她时，殿里传出一记尖锐的竹哨声，穿云破雾直击天街上方。他眯眼看去，结界破溃时镜面般的一漾，阵法被解开了。卢庆立刻提着袍角下去迎她，不住安抚“娘子受惊了”。她倒没什么表示，对他揖手致谢，脸上连半点惊恐都没留下。

真是个奇怪的姑娘，不知究竟该说她大胆还是麻木，唯一可以断定的是目的明确，攻击性也很强。他勾了勾唇角，转身回殿内，看着卢庆引她从他面前走过。她低声说：“我来求见国师，但不知眼下方不方便。”

卢庆道：“座上适才还问起娘子，请娘子稍候片刻，我进去为娘子通传。”

她的眉心舒展开，敛袖向卢庆道谢，然后像个泥塑木雕，直愣愣地站在那里，一动也不动。放舟为了引她注目，有意清清嗓子，她这才转过头来，欠身叫了声春官。

他笑得相当坦荡，仿佛刚才那个兴高采烈看热闹的人同他毫不相干。待要上前搭讪，卢庆叠着两手从后殿出来，和声道：“座上有请，娘子随我来吧。”

莲灯跟他入内，发现这里的殿宇没有前后之分，同样朱红的抱柱和莲花金砖，不过一边面北，一边朝南。但愈是深幽，愈是阴森。四周寂静无声，宽阔的落地罩顶上悬挂半透明的绡纱，殿门上突然吹进一阵风，满殿的帷幔鼓胀飞扬起来，霎时弥漫起无依无靠的寒冷。

卢庆将她送进来后就离开了，她一个人站在那里，无所适从，因为太静，自己的心跳声变得空前地响。渐渐掺进了别的什么，与地面相击嗒嗒作响。她屏息细听，节奏越来越短促，忽然从殿堂那头滚出个东西来，指甲盖大小，一直滚到她足旁。

她弯腰拾起来看，是颗半透明的珠子，就着光能分辨出里面麦芒一样的丝缕。捏了捏，硬得厉害，不知是个什么物件。正纳罕，垂帘后传出一道嗓音，听不出任何情绪：“这是鲛珠，随身佩戴，可御百毒。”

她讶然握在手掌心里，再看帘后，影影绰绰的，有人负手而立。只是保持了一定的距离，看不清五官。

她对这声音有印象，应当在哪里听到过。她一直以为国师很老，上了年纪的人，不可能有这样清冽的声线。难道一开始就猜错了吗？或者所谓的与大历同寿，完全就是以讹传讹？

她被勾起了好奇心，努力往那边探看，但终究有顾忌，不好太过放肆。可惜眼睛里长不出手来，不能撩开那道帘子。觉得无望，后来就放弃了，隔帘长揖道："贸然拜见，打扰了国师清修，还望国师恕罪。不知长史先前有没有代我通禀，我从敦煌来，拜在王阿菩门下为徒两年余……"

"你父亲是安西副都护百里济？"

她的根底有点复杂，但介绍自己，总要尽可能说得圆融些。谁知他只问了一句，便把她的话全堵住了。这样也好，用不着粉饰太平，倒也本色。

她缓了缓心绪，垂手道是："我是阿菩从戈壁滩上挖出来的，那时我还有一口气在，侥幸活了下来。但我对以前的事一无所知，是阿菩告诉我身世，说我父亲是百里济。"

国师沉默不语，帘后的人影缓慢移动，离那道垂帘更近了些，隔了很久方问："既然死里逃生，为什么不找个地方藏身，反而要到长安来？"

其实那天初到太上神宫，卢庆就已经透露国师是知情的。加上先前遇见的那人，谈起王阿菩也很熟稔，那么她的秘密，在太上神宫里也许根本称不上是秘密。索性说透彻吧，如果他有心阻止，也不会收留她这两日了。

"国师面前，不敢有假话。"她抬起眼，答得十分坚定，"我曾经向人打探家父生平，当初家父获罪，是因朝中流传他勾结突厥的传闻。可是我长于西域，大漠上的人都知道，百里都护三次平定战乱，为大历立下汗马功劳。这样的人，如果有心勾结突厥，如今焉有安西都护府的存在？百里济一门获罪，只剩下我一人，既然我还活着，就不能让父母白死。"

帘后人静静听完，对她的直言不讳不感到惊讶，唯一奇怪的是从她的语气里品咂不出任何愤怒。没有刻骨的恨，甚至连眉毛都未蹙一下，那她的执着又从何处来？他缓缓叹了口气："百里都护确实可惜，但五世而斩，是许多开国功臣难逃的宿命。倒不如想开些，今日刀俎，明日鱼肉，你不动手，自有他人代劳。"

莲灯不声不响，心里明镜一样透亮。百里氏祖上随太祖征战，曾经是太祖皇帝最倚重的武将。百里氏子孙骁勇善战，衣钵传到百里济这代，正好是第五世。第五世，仿佛是所有望族的坎。经过了一辈又一辈的积累，没有败落便有功高盖主的嫌疑，后果当然很严重。

百里都护每战大捷，当常胜成了习惯，偶尔的失手反倒不能被容忍了。三年前在一次对抗突厥的战争中失利，求援不得，欲退入关内。皇帝震怒，锁闭阳关，将八千兵马遗弃在茫茫戈壁上。她不能想象他遭遇的是怎样的打击和痛苦，但是他奇迹般地扎下了根，击退突厥大军，一度将战线延伸至波斯。

战败是耻辱，战胜了又无法理解。朝中养尊处优的大脑被富贵浸泡得发涨，所有的不合常理都必定有诈。如果不是突厥人放他一马，他怎么能够活下来？遂有人上疏君王，诛杀百里济于碎叶城，开国功臣世袭的荣耀也到此为止了。

也许每个人都有难以逃脱的劫数，莲灯听了个大概，自己可以将前因后果串联起来，以旁观者的角度，扼腕但冷静。

可是她不太相信因果报应，也没有那个耐心去等。

"与其指望别人，不如靠我自己。我时间有限，办完了要立刻回敦煌。阿菩一个人在鸣沙山，我放心不下。既然到了长安，也没有无功而返的道理。"她拱了拱手，"我此来一则向国师道谢，二则是道别。叨扰了两日，也该告辞了……"

殿外风渐起，细雪翻卷着扫到廊下，扫进殿里来。她站在那里一板一眼地说话，突然分了心。转过眼看垂帘，飘飘荡荡的，随时一阵骤风就掀起来半幅。

看见国师的袍角了……她毕竟年纪不大，表面稳重老成，其实心还是孩子的心。国师不露面，就像只贴出谜面、没有公布谜底一样。她有一探究竟的欲望，但还是勉强敛起神，清了下喉咙继续道："自入长安以来，先后与云麾将军及尚书省两位堂官有过交集，日后我在外会多加留意，定不给神宫招致麻烦，请国师放心。"一面说，一面微微弯下腰，心里希望风大点、再大点……

看见国师佩在襟上的镏金球形香囊了，她一阵雀跃。那香囊别致，精巧到每一个圆弧的镂空铜雕，与他一尘不染的襕袍相得益彰。不多奢华，但是有种直击人心的力量。

帘内人大概对她未太留意，听了她的话，淡然道："长安不比敦煌，风雪太大寸步难行，待雪停了再走不迟。王朗既然让你来神宫，我也不能有负旧友所托，若遇见什么麻烦，告知卢长史就是了。"

莲灯口中应是，却没有听清他说了什么。她的注意力全在纱幔上，风带着戏谑，总是只差半点，又徐徐落回去。她不死心，顺着帘脚的走势越弓越矮，最后半侧着腰，几乎要撞到抱柱上。

帘内人掖起广袖，依旧平静地看着她。到刚才为止，她的所言所行都合乎少年老成的规范，没想到过了半盏茶，竟成了这样。所以孩子就是孩子，容易被一样东西分散注意力。也或者是对王朗过于信任，太上神宫让她觉得很安全吧。

他松开两手侧过身，风从他背后猎猎而过，卷起面前的纱幔。他看到了她的脸，年轻，充满朝气。大漠和朔风没有对她的皮肤造成任何伤害，她不像大多数西域长大的人，还未老，面容已经写满沧桑。她是鲜焕的，有美丽的轮廓、明净的眼眸。恰到好处的美貌，恰到好处的气度，不偏不过，一切都刚好。

对莲灯来说，帘幔撩起那瞬的惊鸿一瞥，已经足够把她震得魂不附体了。

她一直在等国师出关，谁知早在初进神宫的当晚就见过他了，甚至不久之前她从墙头跳下来后，还曾同他说过话。难怪她觉得之前那个人和王阿菩相熟，原来他就是国师。她从没像现在这样埋怨过昙奴的不靠谱，她说国师比大历还老，足有一百八十岁，眼前这人到底是怎么回事？除了很久才眨一次眼以外，没有任何一点和老态龙钟这个词沾得上边。

好在她善于控制情绪，脑子里转得飞速，五官已经回到了它们该待的地方。她开始怀疑神宫里是不是有另一个人和国师长得一模一样，否则昨晚的一切就太难解释了。她想过直接问，但又提不起勇气来。就像佛祖面前不敢放肆一样，这种问题本身就是对他的亵渎。

她把疑惑藏在心里，刚才还可以交谈，现在竟无言以对了。她犹豫了很久，试探道：“恕我唐突……阁下可是国师？”

他走了出来，云头履踩踏过莲花砖，静而无声，到她面前掉转视线一瞥：“我是。王朗应该告诉过你，国师名叫临渊。”

她心头一跳，才想起不久前曾隔着风雪大声问他名字。他可能觉得被冒犯了吧，当时并没有回答，可是隔了几个时辰她又找上门来，现在用不着问，他可以直截了当告诉她，这两个字足够她消化半天的了。

莲灯窘迫不已，没想到会有这样奇怪的际遇。她退后一步向他行礼：“先前是我莽撞了，失礼之处万请国师见谅。”自己想想，丢脸得很，强挤出个笑容来，干巴巴地阿谀，“阿菩曾对国师的风骨大加赞扬，今日有幸得见国师，果然高山仰止令人敬畏。”

临渊自动忽略了她那些艰涩的溢美之词，喃喃道：“王朗会说我好，听来真稀奇。彼时他来找我对弈，常为一子争得面红耳赤。现在去了那么远，这辈子也许不会再相见，反而想起我的好处来了。”

莲灯被他说得越发尴尬，王阿菩当然没有称赞过他，给她们送骆驼来的时候提起他，评价无非四个字——孤高、凉薄。可是这些话怎么能抖出来？她咳嗽了声打掩护：“下棋是雅玩，即便因此起了争执，也当不得真。阿菩孤身在外，嘴上说敦煌好，有时候看他对月惆怅，其实他也思念家乡。神宫的木牌他保管得很妥当，可见很珍惜与国师的情义。我有两个朋友，常常和她们斗嘴，谁也不生谁的气，但与陌生人说话却很讲究分寸，客套是因为见外。”她为了圆个谎，一本正经解释了一圈，自觉十分合情合理了，最后总结，“阿菩和国师不见外，国师是阿菩最好的朋友。长相思，长相忆，国师在阿菩心里。所以我们来长安，临行前阿菩千叮咛万叮嘱，定要我们来拜访国师。”

临渊听她长篇大论，那句“长相思，长相忆”倒叫他一笑。他知道王朗让她来太上神宫的用意，不过她似乎并不打算走捷径。就像她之前说的，不靠别人只靠自己，还真有百里济的傲骨。

他背着手，缓缓踱到檐下，枝头一阵轻悄的呼啸，两袖便装满了风。

今年的气候不太好，仲夏连着两个月没有降雨，入了冬，雪也下得比往年大。可惜了他的那些花草，他眯眼远望，枝头几乎看不到半点翠意，只有无尽的白，纯净，但也沉闷。

“每个人都有选择人生的权利，既然你做了决定，别人无权置喙。”他转过头看她一眼，复又调开视线，“但你是阿朗亲手救的，他对你有再造之恩。你在一心为父报仇的同时，可否也顾及他？你有没有想过他为什么救你？敬佩你父亲为人之余，我想更多是因为寂寞。我与他二十多年交好，他的脾气我知道。为人不圆融，处事也不练达，长安的一切都让他无法忍受，所以宁愿放弃一切，把自己流放到敦煌去。”

莲灯低头站在一旁，静下来思量，对于王阿菩，她确实是有愧。从昙奴口中得知自己来历的那刻起，她心里就没有真正放下过。她在鸣沙山浑浑噩噩生活了两年，不知道自己为什么存在，也不明白活着的意义。现在终于有个目标让她奋不顾身，她一顿足就把王阿菩扔在了脑后。对她来说，王阿菩的寂寞永远无法和她爷娘的惨死相提并论。她并不是忘恩负义，可事有轻重缓急。先解开心里的结，然后再回敦煌陪他也是一样。当然如果她死了，那么救命之恩只有来世再报了。

“国师是想劝我放弃吗？”她摇了摇头，“有些人可以得过且过，有些人不能。我在离开敦煌前和阿菩订了三年之约，三年之内不管事情有没有了结，我都会回敦煌。”她笑着换了个轻松的口吻，“我也曾经劝阿菩找个师母，像他这样的道士不是可以娶亲的吗？可是他不愿意，说自己太穷，没人愿意嫁给他。”

她说完了看他反应，他面向宽阔的天街站立，只看到侧脸温润的线条，不喜也不悲，像洞窟里庄严的菩萨。

莲灯同别人接触得少，昙奴和转转自不用说，烈火烹油一样的性格。王阿菩呢，上次捡到一只兔子，大喊大叫了半天。所以一个人没有任何情绪波动，说起来有点可怕。国师就是这样的人，从他脸上看不到七情六欲。他的微笑可以代表很多内容，或者他的满意与不满，全在一次注视、一次转身里。

他对她的话不置可否，隔了一会儿才道："三年说短也不短，你觉得能够保得住自己的性命吗？"他抬手遥指长安，"那里是中原最繁华的所在，很多人只看到表面的升平，看不到盛世掩盖下的暗涌。朝堂是大历的头脑，朝堂之上没有一个是简单角色。玩弄权术者，谁也不会引颈待戮，你有好身手，他们身边也不乏这样的人才。有些事一旦开了头，便不死不休。届时不单你，恐怕鸣沙山上那个一心作画的，也难逃这场浩劫。"

莲灯突然醒悟过来，她踏进长安就走错了第一步。被府兵盘查时不应该牵扯太上神宫，可她那时为脱身没来得及考虑，甚至急于证明神宫木牌的来历，把敦煌也说了出来。如此看来似乎是活得起死不起了，活着能藏匿，死了落进别人手里，矛头难免会指向神宫和王阿菩。

她霎时感到千斤重压，现在后悔也来不及了，这张脸露过相，再小心，也有百密一疏的时候。

她想了想问："如果变得面目全非，没有人知道我的来历，是否就不会连累阿菩了？"

他闻言转回身来，颔首道是："可你所说的面目全非，究竟指什么？"

她几乎没有任何犹豫，仰脸道："如果这张脸会引出祸端，那就舍弃了，划上几刀，或者有什么异药，用来试试也无不可。"

他显然吃了一惊，不过惊讶只有一瞬，复又换上了平淡的神情，曼声道："决心下得这样大，看来再怎么规劝都没有用了。要面目全非，也不是只有自毁容貌这一个办法。王朗把所学都传授给了你，难道没有同你提起中原的一种秘术，叫易容？"

既然这里连鲛珠都有，那么易容当然也不是不可想象的了。她说："阿菩的确曾经同我说起过，可惜他自己也不精熟，因此没有详谈。"她心里有些急切，趋前两步道，"国师神通广大，想必对此极有心得。可否请国师赐教？我学东西很快，不会耗费国师多长时间的。学成了于我自己是自保，于神宫和阿菩也降低风险，国师说可是吗？"

他回头望她，清泉一样的眼波流淌过她的脸："我不愿王朗的心血化成泡影，你要做的那些事，不犯到我门上，我太上神宫不会干涉。但若是有朝一日神宫受命，到那时生死有命，就要看你的造化了。"

他没有立刻答复她好或不好，但莲灯明白他的意思，在他未牵扯进去之前，他可以给她些小小的帮助，然后袖手旁观。可是万一今上要动用神宫的力量，王阿菩的面子再大也不管用，他会捍卫他国师的威严，任何人情都是空谈。

各有各的立场，这点无可厚非。她虔心揖手向他拜谢："国师仁至义尽，莲灯感激涕零。"

他负手又望远处，寒声道："易容有两种，一种源于自身，另一种借助工具。第一种以银针封正营、哑门、天柱，银针入七分，剧痛难忍，但不必借助外力，因此毫无破绽。另一种是人皮面具，有细微破绽，没有痛苦，对身体也无损害。依你看，哪种更好些？"

莲灯是个下得了狠心的人，要做就做到最好，便道："我不怕痛，请国师教我第一种。"

他眉梢轻轻一挑，声音里带了笑意，摇头道："只怕你经不得折磨，况且长期用这种手段，将来五官移位，连神仙都恢复不了，岂非得不偿失？还是选第二种吧，虽然制成要花点时间，起码不会糟得难以补救。他日回了敦煌，王朗面前我也好交代。"

莲灯自然是没有异议的，俯身道："一切听国师的安排。只是不知道一张面具要做多久？"

他说："看天气，少则半月多则一月。"

她满脸愧怍，垂下眼不敢望他，细声道："那我只得再叨扰国师几日了……说实话我内疚得很，阿菩曾说国师不问世事，现在却被我连累得管起这种俗务来，国师如此大恩大德，莲灯粉身碎骨也难报了。"

他倒不以为然，只摆了摆手，算是打发了。

这时雪渐小，风也似乎不那么烈了，他没有交代一句话，转身回了殿内。莲灯独自立在廊下，一时进退不得。想来说了半天，国师累了吧。不过这趟有收获，能得一张人皮面具，进了城也不必偷偷摸摸了。她很高兴，搓了搓冻僵的脸颊，打算回去把好消息告诉昙奴她们。刚要走，却见国师又从殿内出来，提着一个陶罐，默默踏进了风雪里。

她抬眼看天，毕竟下着雪，不打伞总不好。再说她也不知他要去干什么，说不定是去做面具，她在边上打打下手也好。

她想起来时撑的那把伞，忙回前殿取来，匆匆追了上去。

他在雪中穿行，走得不紧不慢。莲灯擎着伞，不敢离他太近，努力将伞面遮在他上方。他意态闲适，到了一株桃树前，把枝头的积雪收集进陶罐里，指尖拈起一片花瓣，回身递到她面前："你知道这个有何用吗？"

莲灯茫然，但是料定功效了得，她认真想了想："难道要用它染面具吗？我记得诗歌里常说人面桃花，用桃花的汁液晕染血色，可以以假乱真？"

他听后若有所思，右手的陶罐往上提了提："这个呢？又有什么用处？"

"也许……用雪水铸模子？雪水纯净，做出来的面具纹理更细腻？"莲灯觉得自己的思维突然变得非常敏捷，现在才明白为什么世人都愿意结交有才识的人，一位良师可以激发灵感。她不再只关注布袋里的铁片和金错刀的刀锋了，往外发散，能够想到一些更宽泛的东西。

谁知他把花瓣扔了，盖上陶罐说："桃树上的初雪用来煎茶最好，雪不能有杂质，所以桃花和枝丫都必须清理干净。"

他挥了挥衣袖，扫去袍角的细雪，一副云淡风轻的样子。莲灯却张口结舌，活跃的脑子瞬间萎靡下来，原来是自己想得太复杂了，他收集花树上的积雪，仅仅只是这么简单的一个用途……

但就是这么简单，又有什么不可以呢！她很快释然了，世间的事也是如此，表面幻象丛生，也许只为掩饰一个最没有悬念的真相。事情本身不复杂，复杂的不过是人心罢了。

她依旧毕恭毕敬为他打伞，送他回到正殿，复作揖告退。他让她稍待，仔细端详着她的两眼道："易容最大的妙处在换型，做成个老妪可好？"

莲灯没有任何要求："一切但凭国师做主。"

他点了点头："今日天色不早了，明日午时再来。"言罢提着他的陶罐，往垂帘深处去了。

莲灯站了一会儿，确定他不会去而复返，方打伞回琳琅界。

昙奴和转转还在等她，见她出现在木桥那头，忙跑出屋子迎她。转转追问："怎么样？国师说得动话吗？要不要卢长史在旁转述？"

她看了昙奴一眼："你从哪里听来的消息，说国师一百八十岁了？"

昙奴眨了眨眼睛："怎么？难道不是吗？我的消息很准确，《太祖本纪》里就有关于国师的记载。后来中宗时期编纂的《实弭录》里也提到过他，说'国师司天百余年，帝尤重之'，这些不都是史实吗？"

转转也帮腔："我以前长安东都两头跑，听过不少有关国师的传闻，昙奴说的都是真的。一百多年来国师只有临渊一人，除非后来继任的每位国师都叫临渊，否则他的年纪就是板上钉钉的事……说了这半天，国师到底如何？"

莲灯倚着凭几，现在回忆起来还是有种不真实的感觉，有气无力道："我不敢问他岁数，怕触怒了他。反正和你们口中说的不一样，国师很年轻，顶多三十岁罢了。”

当然对他和吹笛人身份的怀疑绝对不能说，没有把握的事信口雌黄，万一泄露出去，便大事不妙了。

昙奴和转转瞠目结舌，哗然道：“你唬我们，史书上明明记载的，绝不会出错！”

这个问题莲灯想过，像转转说的那种情况不是不可能，就如皇帝一辈传一辈，临渊也许已经成为一种职务，不再单纯只是名字了。帝王需要树立一个神化的国师形象，类似于西域各族的图腾崇拜，国师不单单是风调雨顺的保证，更是天子俯治万民的有力佐证。

不过她不愿意再探究那些，她来中原有她的目的，国师究竟是长生不老还是出于某种政治原因需要永葆青春，那都不是她该关心的。她说：“我刚才同国师详谈，听得出他的意思，他和王阿菩一样，希望我能放下仇恨，回敦煌去。”

昙奴对她的决定持完全支持的态度：“那你说怎么办？反正你要报仇，我们和你并肩作战。你说回敦煌，我们现在就去置办干粮，立刻上路。”

莲灯摇了摇头：“我和他说了自己的想法，这一路花费那么多时间精力，到了长安却放弃了，我对不起死去的爷娘，也对不起你们。只是我考虑了很久，不能把你们牵扯进来。这次入神宫，动静闹得有点大，只怕萧朝都和府兵都注意到了，日后出不得半点纰漏。我早把生死置之度外了，但你们是局外人，不要为了我枉送性命。”她顿下来，拉起她们的手，脸上神情哀致，“天下没有不散的宴席，多谢你们陪我到长安，这几个月来我很高兴，没想到能结交你们这样仗义的朋友。可是现在我得同你们分开了，你们回西域吧，万一我出了差池，也不会累及你们。”

转转挺了挺胸，当即回绝了：“我们三个人说好生死在一起的，我的命是昙奴救的，昙奴的命是你救的，所以我们两个都亏欠了你。死怕什么？黄泉路上曼珠沙华开得正艳呢，就当是换了一个地方游玩，我们绝不同你分开。你的事就是我们的事，你要杀人，我们替你磨刀，你只管放心大胆地去实施，遇神杀神，遇佛杀佛，我们在后面给你接着。”

昙奴头一次满心景仰地看转转，以前她觉得伎乐只会搔首弄姿唱些靡靡之音，现在转转的义气令她肃然起敬。她用力握了握莲灯的手：“遇见你之前，我以为自己死定了，可是你把我背回去，让我活到今天。既然命是捡来的，丢了也没什么可惜。我们虽不是男人，但为朋友两肋插刀，也不会皱一下眉头。连转转这个胆小鬼都这么说了，我还有什么可推托的？我的横刀很久没喝血了，晚上能听见它渴得嗡鸣，就等着你一声令下，我们杀他个日月无光。”

莲灯心里感激她们，毕竟性命攸关时不离左右的朋友难得，她们凭借的是一腔热血，她却无以为报。

她垂下眼，感觉眼眶泛湿，不想让她们看见，匀了气息道：“你们不愿意走，我也不强求。不过要约法三章，报仇的事一概不用你们出手，我自己去办。你们要是答应就留下，要是不答应，那只有一别两宽了。”

她是经过深思熟虑的，昙奴看她的眼睛，和坐在沙丘上唱《红狐狸》的莲灯截然不同了。长安是她的战场，上场前迷茫彷徨，上了战场她就是将军，像百里都护一样。

她和转转交换了眼色，不得不应允：“那我们现在就进城吗？”

转转弯腰去挽包袱，莲灯拉了她一把：“暂时还不能走，我求国师替我易容，等面具做成，恐怕要花上半个多月。萧朝都负责京畿禁卫，城里一旦有异动，他会第一个赶到。我担心他认出我，到时候少不得要查到太上神宫来。国师地位尊崇，不能让他卷进这场是非，所以最好的办法就是易容。只要我还活着，就没人知道我是谁。”

易容术古来就有，但是只在传说中出现，从来没有亲眼见到过。让昙奴惊讶的并不是这项秘技，反倒是国师的态度：“你去见国师，我一直在担心，这神宫诡秘，并不是我们想象的那么简单。不论国师立场如何，他终究是大历的国师，平衡法度、不令长安混乱是他的职责。万一他突然改变主意，将我们拿住了交给大理寺，那后果不堪设想。你说他愿意替你易容，我听来有些不可思议，怎么觉得其中有诈？”

转转在旁哧地一笑：“你难得用脑子，用得果然不在点子上。我们人在神宫，国师要拿我们烤着吃还是蘸盐吃，全凭他的喜好。我们这样的人，他还用得着忌惮吗？他是反对莲灯报仇的，可是莲灯不听，他又不能杀了她，于是看在王阿菩的面子上略施援手，保住莲灯，也保住太上神宫，一举两得。”

要这么解释，似乎也说得通。昙奴不再为此纠结了，看看天色道：“今晚在琥珀坞住一夜，明日一早我就和转转动身去长安。你在这里等国师的面具，我们先入北里打听，待你来会合时，说不定已经有眉目了。”她又拍了拍腰间，“这飞钱再不兑恐怕要成废纸了，三千贯呢，可不是一笔小数目。交给那些粉头，不愁她们不为你尽心办事。可要是来不及兑换，你也不用担心，转转先去北里，我去阴阳客栈走一趟，就什么都有了。”

莲灯听了不放心，忙道：“别去，接买卖的不止你一人，你资历浅，好办的事必定都有人应了。剩下些棘手的，风险太大，会出事的。如果不得不去，还是等我出了神宫吧，两个人也好有个照应。”

昙奴含笑答应了，不过私底下有自己的打算。她是定王的死士，没有一技之长，如果非要从她单调的生命里择点什么出来，大概就是杀人如麻了。她对刀下的亡魂没什么挑拣，莲灯是要报仇，杀大官的。那些蝼蚁用不着她出手，既然莲灯不让她参与报仇，那她唯一能做的就是为她铺好路，让她后顾无忧。

三个人算是商定了，昙奴和转转依旧回琥珀坞。转转踏出门槛的时候还在遗憾："没能和春官多接触，真可惜。你替我打听一下他叫什么名字，今年多大，有没有定亲。"她扒着门框说，"司天监的属官大多白衣出身，是可以娶亲的。我很喜欢春官，你替我牵线搭桥，将来我们成亲，一定多谢你这个大媒。"

莲灯一脸木讷："你已经打算嫁给他了？"

昙奴直翻白眼："嫁个鬼，这么一厢情愿，就因为他长得好看？君子重德，小人才重色。像你这种肤浅的人，终究难堪大任。"

转转气得跺脚："胡说，我哪里不重德了？今天补办过所，没有春官为我们解围，事情有那么好办？我代你们感激他，以身相许不可以吗？"

昙奴捧腹大笑："原来是代我们嫁给他，转转小娘子真是义薄云天！且等着吧，等大事办完了我们回敦煌，你想嫁谁就嫁谁，我才懒得说你。"

转转不高兴，鼓着两腮像只蛤蟆。莲灯等昙奴往桥上去了才安抚她，小声道："你别声张，我会留心替你打探的，等问清了，同你们会合时再告诉你。"

转转这才露出笑脸，点点头，脚步轻快地往琥珀坞去了。

就寝的时候细雪纷纷，似乎有些后继无力。莲灯夜里两次推窗，将近子时雪基本停了，到天亮只余刺骨的北风。

她醒时听见檐角铁马响得热闹，睁开眼，发现有光照在窗棂上。几天没见太阳，天一放晴，连心情都变得好起来。起身穿戴，盘好了头发往琥珀坞去，到那里见转转正坐在窗下梳妆，灵巧的笔尖蘸了青黛画眉，一双凤尾描得弯而长。

"好看吗？"转转从镜子里看她，"等以后我也替你打扮。你长得比我美，如果装点起来，能让郎君们趋之若鹜。"

莲灯一笑，没有应她。她从来不觉得自己美，也没有试过梳妆。转转五颜六色的脸看起来惊心动魄，她不敢想象自己顶着这样的盛装是什么模样。

她摸摸转转的脸颊，粉太厚，在指尖留下一层白。她指了指她唇边的红点："这是什么？"

转转说："是面靥，是不是很可爱？很像笑窝？"见莲灯傻傻的，她又一处一处比给她看，"这是斜红，这是额黄……打扮得隆重才能引人重视，北里都是势利眼，太过寒酸没人理你。”说着从梳妆匣里拈起一片翠地红花钿，哈了几口热气替她贴在眉心，拉她来照镜子，赞叹道，“媚骨天成，一片花钿就能增色。”

莲灯看镜子里的自己，眉间多了点颜色，果真变得灵动起来。她笑着，伸出手指轻轻触了触：“像只飞鸟。”

“就是照着飞鸟的翅膀做成的。”转转一面说，一面系好披风，挑起帽檐下垂挂的细纱叮嘱，“我们走后你一个人要多加小心，到了北里找一个叫撷彩苑的地方，要是不出意外，我们应当在那里。”

莲灯道好：“少则半月多则一月，我一定去撷彩苑找你们。”

昙奴在廊下等了半天，看转转收好了包袱，便戴上帷帽招呼：“过不了几天就要见面的，用得着这样难舍难分吗？！快些上路吧，别等日头旸了雪，到时候满地泥泞，反而不好赶路。”

莲灯送她们出门，卢庆早预备了两匹好马在门上候着，侲子牵过来时鬃毛迎风飘扬，马掌是新钉的，踩得青砖嗒嗒作响。

长史身为宫中执事，很懂人情世故，赠了马还要赠钱帛，被昙奴婉拒了：“这两日承蒙收留，多谢。钱我们不能收，只借长史两匹马，下次一定送还。”

卢庆听后抿唇一笑，也不勉强。明事理的人不让人讨厌，她们前途未卜，能不沾染就尽量不要沾染。尤其和钱财有关的，将来万一坏事，被人说起赠了多少金、给了多大的协助，对太上神宫没有好处。

莲灯扶转转上马，转转在她肩头按了下，拨转马头和昙奴并驾。该说的话在住处都说过了，人前不方便赘言，她们向她挥了挥手，便策马往神禾原出口方向去了。

天色晴好，雪后的阳光虽然热力不够，但照在身上也觉得熨帖。莲灯掖着两袖看她们渐渐走远，有风吹过来，吹散了枝头的积雪，簌簌一阵跌落的声响。

“她们把你扔下，自己走了？”

身后突然有人说话，莲灯回过头看，是那位妖娆的春官。

说他妖娆不一定准确，他的谈吐长相没有任何女气的地方，但就是给莲灯这样的感觉。她是个直白的人，不懂得他那么多的迂回委婉。比如他看人，并不是直勾勾瞪着，而是微微眯着，把人含住，或是迟上半拍，慢回娇眼，总之很奇妙。人的第一印象会影响一辈子，反正这位春官被她打上了鲜明的烙印，转转单方面叫嚣着准备嫁给他时，着实让她吃了一惊。不是说他不好，只是让人琢磨不透，良人有颗七窍玲珑心，也是很费力的一件事。

然而受人之托，她要尽力完成转转的托付，因此很愿意和他交谈。

“她们进城找人，先走一步，我过两日再去同她们会合。”她微微笑着，“神使今日有闲暇，出来晒太阳吗？”

他转过头朝东方看：“不痛不痒的阳光，晒着也没有暖意。我是听闻有人要走，特来相送的。”他低头看她，唇角扬起，“你没走就好。”

莲灯对他这种故弄玄虚的语调没有多大反应，唔了声道：“多谢神使好意，我还有些事要麻烦国师，得在这里多逗留两日。”神宫外天街深远，只有几根阀阅[1]高高立着，没甚遮挡，风一吹冻得人缩脖。她往宫门指了指，“这里好冷，神使进去吗？”

他似乎不怕冷，袍子的面料薄而垂坠，把人的轮廓拉伸得颀长飘逸。交领随意地扣起来，脖颈露在寒风里，面不改色。别人在过寒冬，他的打扮倒像在消夏。莲灯单看他的样子就觉得冷，他却不然，背着手道：“神禾原地势高，往来的风都在这里汇集。等明日吧，明日起风就小了。”似乎才留意到她的话，抬手指了指，“进去吧，闲来无事，带你到园里走走。”

其实莲灯只想回去抱火盆，但他既然说出口了，也不便拒绝，遂颔首应了。不过心里嘀咕，雪刚停不久，假山树木也看不清本来面目，不知道有什么可逛的。但见他有兴致，只得舍命陪君子。

可她料错了，穿过一道类似八卦布局的门禁，里面的风光和她预想的大相径庭。这里的雪似乎化得比外面快，刚才送走昙奴和转转时，神禾原周边还是冰天雪地，到了这里，雪以一种看得见的速度消融。她定睛盯着一块山石，石头表面积雪覆盖的范围一点一点变小，慢慢白色收拢成碗口大、杯口大，然后变成一个白点，消弭殆尽。

她伸手去摸，石头表面冰冷。她讶然看他，他儒雅地微笑：“神宫里的花草树木都是国师的宝贝，要是冻坏了怎么了得？”也不多解释，笼着两手继续前行。

说起国师，确实像谜一样。他和你说话，并不是高高在上难以企及的，可彼此间就是有道看不见的鸿沟，跨不过去，只能隔河仰望。

她觉得好奇：“春官来神宫多少年了？”

他眨了眨眼：“我幼时被国师收留，至今有二十三年了。”

二十三年，还是被国师收留的……莲灯迟迟哦了声：“我昨日求见了国师，国师比我想象的年轻……我从敦煌到长安，路上走了四个月，也听过很多关于国师的传闻，所以初见国师真面目，我还以为认错人了。”她停下脚步，犹豫地问他，“春官，国师是神仙吗？”

1　阀阅：仕宦人家门前题记功业的柱子。

他略顿了下，认真考虑后方道：“世人都说国师是仙，他也的确有过人之处。如果这便可称作仙，那他就是吧！”

这个答案模棱两可，和没回答一样。莲灯有点失望，但也不动声色，只道：“难怪那日春官说神宫里忌讳谈国师年纪，我现在知道了。多亏有春官告诫，否则恐怕要闹大笑话了。”

“岂止闹笑话，恐怕还有性命之虞。”他朗声笑道，复一副告密者的姿态，压着嗓子窃窃低语，“你在我这里问及国师年纪犹可，国师面前千万不能提起。他平时脾气好得很，可万一惹恼了他，大事就不妙了。”

怎么个不妙法他没说，但莲灯从他忽而转淡的眼眸里看出了些东西，心头倒被他弄得惶惶起来。

也许是她反应过度了，春官见她这模样似乎很高兴，转而又宽慰她：“莫怕，我不过这么一说，为你好罢了。其实国师的年纪我也不清楚，也从未想过去问。你且把他当神仙吧，神仙的年纪本来就成谜嘛！”

莲灯听他告诫，只管点头。又往前走了一程，大半枝叶褪了银装，雪化成水，绵绵从枝头滴落。突然他往她这里靠过来，广袖一扬，将她罩在底下。莲灯不是娇弱的闺秀，一旦感到危险，所有动作都是本能的。她不知他要干什么，他来得迅猛，容不得她多考虑，于是一掌便劈了出去。

春官的身手应当非常不错，也料到她会反击吧，眼明手快地抓住了她的腕子，扯过衣袖给她看，无奈道：“我不过为你遮挡坠雪，娘子是贵客，神宫中没有人会伤害你，你大可放心。”

莲灯看他广袖的外延湿了一片，有些愧疚，退后一步拱手道：“对不住，我未及细想便出手，是我莽撞了。”

他笑得很宽容：“保持警惕是好事，神宫里自是不必担心的，将来到了外面却不同……娘子的武艺是王阿菩教授的？两年能有这样的积淀，很了不起。”

她说：“阿菩教了我一些，我自己原本也有根基，所以学得快。”

他半仰起头，长长哦了声，不再说别的了，在前面引路，分花拂柳而行。

莲灯跟在他身后，两手不由自主地攥了起来。她还记得那晚吹笛人追进琳琅界，悬浮在她上方，彼时相距只有一尺远，她能闻见他身上的书墨气息。可是刚才春官突如其来地一抬手，他袖中的气味随风扬起来，与那个吹笛人竟很像。她对人的长相也许不太注重，但是对气味有敏锐的洞察力。就像沙尘暴来前空气里的味道近似硫黄，雨来前沙丘挟带皂荚的味道，一旦记住了，终生都忘不掉。

如果易容对他们不算难事的话，她开始怀疑那晚的人会不会是他。可国师毕竟不是寻常人，恐怕他未必有这种胆色敢假冒他。

她抚了抚额头，觉得自己也许想得太多了。这件事到此为止吧，把那晚忘掉，说不定真的只是个梦。

春官开始滔滔讲解起一草一木的由来，这是泰山奇石，那是西湖的产物，样样说得有声有色。

“中原除了长安以外，还有很多美丽的地方，娘子若有兴致，可以四处游历一番。”

她随口应允，想了想道：“春官不必见外，以后就叫我莲灯吧！”说完眨着大眼睛看他，中原人讲究礼尚往来，她先报了自己的名字，他作为回馈，是不是也应该有所表示？

他偏过头问：“这名字是王阿菩给你取的？莲灯对放舟，有缘到家了。”

所以他叫放舟吗？果真有异曲同工之妙。莲灯笑道：“阿菩是随意取的，好像来自《大正藏经》，没想到和春官的名讳对上了，巧得很。”

他的表情似快意又似怅惘，一面抚触发梢，一面摇头：“一点都不随意，在我看来王朗倒像是把你托付给我似的。既然连名字都有牵连，以后少不得要多照应你些了。”

因为名字都水汽氤氲，就非要归到一类里去吗？莲灯没有想过同他有什么交集，语气不疼不痒地道：“春官别多心，阿菩绝没有这个意思。再说我也不用谁来照应，自己可以活得很好。”

他站住脚回望她，似笑非笑地说道：“活得很好，是因为目前没有遇到挫折。”

莲灯窒住了，对于莫名其妙的攀搭总是不知怎么应付。她现在盘算的是转转的托付，名字打听到了，年纪在二十三岁以上，看来不会过而立。还有什么？似乎只剩他的婚姻状况了。这个不太好开口，怎么问呢，直接说神使可曾定亲吗？她虽然长在西域，对于这种问题也羞于启齿。

她迈着缠绵的步子，边走边思量，似乎可以旁敲侧击一下，便道：“我刚到长安，对一切都不熟悉。在神宫里逗留了两天，只知道卢长史和你。我听说灵台郎有五位，其余四位没有见过，不在神宫中吗？”

放舟道：“他们这几日在太史局，长安城中也有住处，暂且没有回神宫。”

“那春官呢？在长安也建了府邸吗？”

他悠然道：“我无家无口，建宅邸做什么？神宫远离尘嚣不好吗？何必同那些世俗的臭人凑作堆！”

莲灯松了口气，这下算是把转转的问题全都探明了。至于做媒，不急于一时，等再相熟些，或者托付卢长史也行。

放舟却没有打算这么轻易让她糊弄过去，抱着胸，微侧着头，斜眼打量她："你对我的事很好奇吗？都说西域人豪放，你在西域长大，怎么没有学到他们的精髓？有什么话直说，何必拐弯抹角呢！"

莲灯觉得自己已经很委婉了，没想到还是被他听出来了。她摸了摸后脑勺，尴尬道："既然神使这么爽快，我就不客气了……请问神使有没有定过亲？或者有没有心仪的姑娘？"

他听后表情变得扑朔迷离，笑起来也别有深意，伸出一根手指挠了挠头皮，拖着长腔道："这个问题真叫我无所适从了……娘子久不居中原，不懂中原人的习惯。但凡问及婚配，一般都是有结亲的意愿。"他曼声问她，"娘子今年多大？"

莲灯说："过年十六了。"疑惑地觑他，"春官不要误会，我是替别人打听的。"

他却对她的后半句话置若罔闻，喟叹道："十六岁啊，正是花儿一样的年纪。"

她突然感觉有点恐怖，好像哪里出了错，事态往她看不懂的方向一去不回头了。她忙摆手："神使……神使，我并不是为自己打听，是为刚刚离开的那位龟兹姑娘。她的名字叫转转，人长得美，性情也很温和，神使若是有心，等我把话传到，可以择一日和她面谈。"

大历是个相对开放的朝代，女人在婚姻方面有一定的话语权。假如看上哪家的郎君，女方请媒妁登门求亲，也是司空见惯。所以在莲灯看来交代明白就没什么大问题了，但那位春官径直喃喃起来："放舟、莲灯……"然后抿嘴轻轻一笑，神情颇为娇羞。

莲灯骇然，头皮隐隐发麻。再要解释，见他忽然掉转了视线，脸上笑容也收敛起来。她不解，回头一望，不远处的回廊上走过一行人，领头的穿绯色大袖衫，下着行裳，腰上组绶窸窣，一派隆重打扮。

如果说先前见到的国师淡如清风，那么现在则是艳若牡丹。大历的具服是历朝历代中最奢华的，且品级越高越繁复。绯色通常是王公们的用色，具服外罩素绫，绛丝上的妆花若有似无地显透出来，隔着一层，反而美得震心。

·第三章·
观星

放舟先前还谈笑风生，国师一出现，他的脸上立刻现出敬畏的神情，和前一刻判若两人。

国师没有停留，只寥寥一瞥，便往回廊那头去了。放舟匆匆对她拱手："在下有事在身，要先走一步了。娘子一个人回琳琅界去吧，今天没有说完的话，等我得了空再去找你详谈。"说罢温存一笑，眼波里似有千言万语。可惜不能再停留，施展身形跃过勾片栏杆，那襕袍被风吹得猎猎招展，眨眼便消失在了回廊尽头。

莲灯望着他们离开的方向，突然有些怅然。抬头看天色，应该快到巳时了。昨天国师让她午时再去找他，如果手上的事一时半刻解决不了，恐怕今天就要耽搁了。

不过究竟是怎样的人或事，才能让他这么隆重对待？下元的法事刚做完，没听说有更盛大的庆典。下了三天雪，今天放晴了，似乎称不上天灾，也用不着国师向天祈求什么。那么没猜错的话，应当是大明宫来人了，能令国师具服相迎的，除了今上不作第二人想。

她有些蠢蠢欲动，很想跟过去看个究竟。但终究地点不对，在神宫里多少要受些限制，万一触怒了国师，岂不是往自己脖子上架刀吗？！

她流连了一阵子，没有遇见半个能够打探的人。这里规矩很严，各人有各人的职责，不得允许不可擅自走动，所以偌大的宫阙常常显得冷清空旷。她环顾四周，脑子里有点发蒙，不知道这是哪里，怎么才能回去。担心又误入了什么阵，不敢继续往前，想了想还是重新折返宫门，按原路退回了琳琅界。

昙奴和转转不在，她一个人有点孤单，还好有那头鹿，它似乎等了她很久，一直在界口踽踽徘徊。看见她回来，纵身跃到她面前，小小的犄角在她身上亲昵地剐蹭，仿佛老友久别重逢。

莲灯蹲下来抱了抱它的脖子，它很温顺地倚着她，她起身过木桥，它跟在她身边，一刻也没有离开。她看它一眼，坐在台阶上叹息："过两天我就要离开神宫，你同我这么好，分别的时候难免伤心，还不如一开始就陌路呢。"

不知它听不听得懂她的话，一双大而圆的眼睛直直望着她。她笑了笑，仰头看天上掠过的飞鸟，想起国师给她的鲛珠还在盘子里放着，便进门跽坐在席垫上，托着两腮仔细观察。

据说随身携带可以百毒不侵，真是个好东西！她拿手拨了拨，珠子在盘里滴溜溜地旋转，她开始考虑放在哪里比较保险，塞进荷包怕弄丢了，那就打个眼挂在脖子上吧！

她去包裹里翻找工具，举着针回来的时候，发现盘里的鲛珠不见了。她盯着空盘想了半天，确定自己没有动过，便把视线转向了那头鹿。

依旧是清如山泉的眼神，到她面前快速摇摆尾巴，莲灯不看它献媚的样子，沉声问它："鲛珠是你拿走的吗？现在还回来还来得及。"

它眨了眨眼，显然听不懂她的话。于是她撑着腰自言自语："神宫里有那么多鹿，少一头应该也没人注意的。我知道一定是被你吃了，这样吧，剖开肚子看一看，到时自然见分晓。"她说着，当真从矮靴里抽出匕首，然后那鹿的眼神变得惊恐异常，张嘴把鲛珠吐回盘子里，头也不回地逃了。

她看着湿漉漉的鲛珠，又气又好笑。垂手捡起来，发现表面不像原来那样坚硬，拿针一捅，居然轻易就穿过去了。

所以鲛珠遇到唾沫会变得柔软吗？她讶然看向窗外，那鹿在界口回望她，骄傲地一拧脖子，撒蹄跑远了。莲灯知道自己错怪它了，它不是想偷吃，只是想帮忙。可是她实在想不通，为什么这鹿会这么通人性，简直到了神奇的地步。

她提着鲛珠看，没有任何异样。打来清水冲洗，一沾水立刻变得冷硬如铁，如果没有那鹿，怕是用尽力气也穿不透吧！只是她要宰它，把它给得罪了，下次再遇上，不说好话肯定是不行了。

她到铜镜前，挽个结把鲛珠戴在脖颈上。还有转转给她贴的花钿，照了照也觉得很新鲜、很好看。女孩子爱美是天性，其实她和普通的姑娘没什么两样。

正想找篦子梳个头，门外传来脚步声，是侲子送食盒过来，到了台阶下一递一声地唤她：“娘子……娘子可在吗？”

莲灯从内间走出去，那几个侲子才进门来，一面布置一面问她：“娘子与国师有午时之约，千万别忘了。”

她点了点头：“可我先前看到国师穿着官服走过，生怕国师有事要忙，没空见我。”

侲子笑道：“已经办完了，命小的传话，请娘子午时到陶然亭相见。娘子不认得路，过会儿小的来接娘子，娘子先用饭吧。”

莲灯道好，时间充裕，饭后又郑重其事换了衣裳绾了头，静静等到巳时末，方跟着侲子往陶然亭去。

神宫有许多地方她没有来过，就比方这个亭子，建在一片假山之间，三面环山，一面向阳，朔风被山石挡住了，正午的阳光就变得格外温暖。她深吸一口气，感叹是个过冬的好地方，可惜国师盘踞在这里，寻常时候大概也没有人敢来。侲子把她送到就离开了，她独自往前，待到亭前才看见他，倚着一根亭柱闭着眼，正在晒太阳。

莲灯没见过这么白净的男人，不说丝绸之路上那些粗陶一样的西域人，就说王阿菩，风吹日晒也失了本来的颜色。国师过着宁静悠闲的生活，他的所有优渥完全体现在这张脸上。雪地里可以与雪一较高下，头顶日光耀眼时，那皮肤就剔透得琼脂一样。

他站在那里，其实离得很近，却又隔着洪荒。莲灯不确定该不该上前，万一扰了他的禅定，会不会惹他不快？

她站住脚，叠着两手静待，等了有一盏茶工夫，才听见他轻轻叹息，睁开眼瞥她：“来了怎么不说话？”

她提袍上台阶，对他行揖礼：“不敢打扰国师。难得这样的好天气，却要为我那点私事劳烦国师，莲灯很觉惭愧。”

他嗯了声，也不多言，转身往亭子后面的石洞里去。莲灯快步跟上，才听他慢声慢气道：“做模子就要选这样的好天气，阴天不能成形，你就得在太上神宫多逗留两个月。”

莲灯听了脸上顿时一热，她是旧友托付的，不照应唯恐对阿菩难以交代。其实说穿了也嫌她累赘，想早早打发她去吧！她低头咬住唇，换作以前也许会赌这口气，宁愿被人拿住也不愿有求于他。现在却不行，形势所迫，容不得她桀骜。她只能尽量按捺，等面具做成立刻走就是了。

莲灯没想到会得他夸赞，总觉得他不是个愿意屈尊应付的人，从他口里说出的好，那必定是真的好。

她是个女孩，女孩子喜欢听些好话，她也不例外。以前在鸣沙山上没有换洗衣裳，王阿菩总说她邋遢，她觉得很苦恼。后来拿几张黄羊皮换了一身胡服，他眼睛一乜，也只说凑合能看。国师是第一个夸她好看的男人，虽然这好看也许单指花钿，不过她已经觉得很高兴了。

她抿唇微笑，笑得有点羞涩，一边笑，一边却在用心寻找破绽。从他的发际到下颌，再到耳后，所有可能出现接口的地方都看了一遍，奇怪没有发现任何异常，那么这张脸应该是真的……是真的，如何维持百年如一日？或者史书的记载都是帝王操控的，王朝要他寿与天齐，那么他就必须长生不老？

她这里猜得兴起，冷不防他把手里的油泥扣到她脸上。她还没做好准备，顿时眼前一黑，然后下半截糊了上来，连她的嘴也一并封上了。

他的手隔着一层柔软的附着，在她脸上流连盘旋，就如越窑的瓷匠，每一个细微之处都要再三雕琢。她的五官透过泥胎逐渐显现出来，那么奇怪，眉眼竟和上年相国寺新铸的观音有几分相像。

“我有两句忠告，你一定要记住。”他抚过她的嘴角，慢慢道，“假的终究是假的，再高明的手段都会有破绽。如果你懂得自己的短处，尽量掩盖，没有人会发现你的秘密。但如果你忘了自己的身份，靠近甚至直面你的敌人，那就犯了易容的大忌。比方你我之间现在的距离，一个闪失就会暴露自己。如果我易容，我不会离你这么近……还有另一点要切记，入了长安不可滥杀无辜。你能不能报仇看天意，作孽太多，连天也不容你。”

莲灯隐藏在油泥之后，心里慌乱，脸上热辣辣地烧灼起来。佛教有种能力叫他心通，不必对方开口就能洞悉人心，难道国师也有这样的神通吗？她一直怀疑他的年纪，会不会被他窥到？春官先前的告诫言犹在耳，她难免担心，要是惹毛了他，她大概也不用费那么大的劲进城找仇家了，他手起刀落就能把她了结了。

她不敢有违他，眼睛被遮挡住，什么都看不见，只听见他寒冰一样的嗓音绵绵在她耳边回荡。她不能答话，只有尽力点头，他还算满意，手上未停，语气变得轻快了些，喃喃道：“王朗这个师父拜得不错，他倒是处处为你着想。将你引荐进太上神宫，原本就有他的打算。百里济的案子发生在三年前，彼时本座虽不在朝中行走，对这件事的始末倒有耳闻。你从来没有想过要向我打听吗？”

莲灯闻言微抬起头，那姿势也说明了想法。他看着那张泥胎脸，轻轻仰起唇角：“你的意思是即便问了我，我也不会告诉你？”

难道不是吗？如果替她易容是为护王阿菩和神宫周全，那么将仇家的名册提供给她，国师所谓的“不问世事”就成空谈了。任何人任何事，相帮成全都有度。他的援手到此为止她尚且感激他，要是更深入，那她就要怀疑他的用意了。

果然他只是逗她，半天嗯了一声：“猜得不错，我的确不会告诉你。照王朗的意思，我替你把事办完才合他的心意。可是升米恩斗米仇，过犹不及的道理自古就有。”一面说，一面审视她的脸，看样子差不多了，趋身从她耳下揭起，小心翼翼地将油泥取了下来。

她的轮廓落进他手里，他转过身，缓步朝洞口去。莲灯也顾不得脸上黏腻，偏过头在肩上蹭了蹭，快步跟了上去。

洞里光线太暗，及至洞口，阳光亮得刺眼。她拿两手遮挡，踉踉跄跄上了陶然亭。国师在亭边坐下，陶模放在预先备好的草垫上，不见有其他更精密的工作，似乎只剩下晒太阳了。

她不太明白，垂手站在一旁轻声问：“国师，这是要将模子晒干吗？”他微颔首，她又问，“陶坯放在火里烧不是更好吗？”

他抿着唇，不太愿意回答她的问题，顿了顿才道：“我要这陶模吃透阳气，拿火烧，烧出一个瓦当来怎么办？”

莲灯窒了下，暗道模子既然不是见不得光，那刚才为什么不在太阳底下做拓片呢？偏要在山洞里挨冷受冻，等寒气入了骨髓再搬出来，不是给自己找不自在吗？！可是想归想，不敢多嘴。就算问出口，他一句忘了，话就进死胡同了。

她也知情识趣，见他偏过头不再理会她，揖了揖手打算告辞。临要走时他忽然叫住她，蹙眉道：“上半晌见过春官？在园里说了些什么？”

想起和放舟的那段对话她就脑仁发涨，从头至尾都是鸡同鸭讲。越聪明的人越不好打发，她费了很大的力气想替转转完成心愿，可惜春官完全没有这个意思，否则简短的几句话，不会有意绕得那么复杂。

不过这种牵钱搭桥的事有点蠢，说出来恐怕惹他反感，便有意搪塞，只说没什么：“我送走同伴的时候正巧遇上春官，春官说闲来无事，领我到处看看。后来见到国师经过，春官就同我分开了……”她觑他一眼，他脸上无波无澜，她略松了口气，忙又把话题引回了面具上，“铸完模之后还有什么要我做的吗？我虽帮不上忙，干些零碎的杂事还是可以的。”

但他并不欢迎她参与，起身道：“这是秘术，不外传，你若想学，恐怕要拜我为师了。可惜本座不收徒，所以你只管回去等我的消息，待做成了，我自然派人传话给你。”一壁说着，一壁走下台阶，刚迈了一步，想起什么来，回身向她伸出手。

莲灯不解他的意思，但见他半握着拳，大约是有什么要交给她吧！她迟疑地摊掌去接，他松开手，一个轻飘飘的分量落在她掌心。低头看，是她额上的那个花钿，小而羸弱地，像断翅的蝴蝶，歇在她指缝里。

她有点吃惊，以为已经丢了，毕竟那么小，风一吹就不知所终。刚才从山洞里出来，她连想都没有想到，不料却在他的手心里，临走还不忘交还给她。这么一来反倒让她心里涌起空荡荡的悲凉，说不清道不明的，只感到怅然。

这位国师总给人一种难以捉摸的感觉，说他孤傲，其实未必，至少从宫墙下遇见开始，他都是正常的。也因王阿菩的托付，尽心尽力地给她行方便；可是说他和善，实在说不上。他在出其不意的时候不忘刁难，虽然无伤大雅，却也够叫人苦闷一阵子的了。

莲灯依然没有转过弯来，视线追随着他，看那长长的衣裾拖曳过青石板，随风往草地那头去了。

他走了，那这陶模怎么办？就这样放着，吸收日月精华吗？她叠着两袖细看那眉眼，从她脸上拓下来的，可是感觉陌生，和灵魂出窍时旁观自己又不一样。她立在那里犹豫半晌，如果守着，不知道要守到什么时候。徘徊了一阵，想不出办法，最后还是回到了琳琅界。

后来的几天没有踏出界口，也没有得到国师的消息。侲子每天按时给她送饭，除了他们她没有见到其他的人。昙奴和转转在时不停斗嘴，她有时也嫌她们烦。现在她们不在了，她和外界失去联系，就像被圈禁起来，同那些鹿一样。

面具没做成，她就得老老实实留在这里。无聊了搬个木盘坐在台阶上，自己设局和自己打双陆。天黑之后爬上房顶，躺在瓦片上晒月亮。

不知昙奴她们现在怎么样，安顿下来没有，探没探到些消息。还有王阿菩，天冷了，有没有提前准备柴火，洞窟里冷，别又冻得打战。

她是个恋家的人，鸣沙山算不得是她的家，可是离开敦煌，没有一天不在想念四壁空空的洞窟。百无聊赖，双手枕着后脑哀哀歌唱：“红狐狸站在沙丘上，谁家娶新娘？噫，迎亲的队伍十里长，黑鹅骑白马，鹌鹑做红娘……”

她正唱着，蓦然传来一阵笑声，声音是从她头顶上方飘过来的，她倒仰着脖子看，月色下一人头冲下脚冲上，站在离她不远的地方，看身形是放舟。

她忙撑身坐起来：“春官怎么来了？”

他在她旁边坐下，笑道：“睡不着，出来散散，听见有人唱歌，特意来捧场。”

然后仔细咀嚼那些歌词，不解道，“红狐狸站在沙丘上，它在等它的新娘？”

莲灯说不是：“红狐狸在太阳落山的时候穿上草鞋，就能变成人。它是沙漠里的信差，日落开始送信，日出回到月亮城。”

他出入长安，听够了九部的雅乐和燕乐，还是第一次听说这种歌。什么红狐狸，什么信差，闻所未闻。

“这是西域的儿歌？和中原的不一样。”

莲灯摇摇头：“是我自己编的，在敦煌时无事可做，只有练功唱歌打发时间。”

放舟哦了声：“大漠的一切都很玄妙，还有一只穿草鞋的狐狸精。”

她听后也不见怪，两眼望着月亮道：“算是吧！”转过头对他咧了咧嘴，“既然来了，我从头唱给你听好吗？”

他说好，两手捧着脸看她。她一点都不小家子气，清了清嗓子，嘴角带着笑，讲故事似的，春花秋月娓娓道来。

他从她的歌声里能听出一个不一样的世界，有广袤的沙漠，还有类似天宫一样的月亮城。年轻女孩子的想象力是无穷无尽的，即便被困在一个狭小的地方，行动受到阻碍，心却自由。同她比起来，那些禁锢着灵魂翻云覆雨的人，就变得尤为可笑可叹了。

他沉默了好一阵方问她：“听说国师答应为你易容？”

她应了个是：“神使怎么知道？”

“我是国师身边的人，什么事能瞒得了我？”他笑着一摆手，“不单这个，连你的身世和此行的目的我都知道。不过我倒是很好奇，为什么你一心报仇，却没有想过为你父亲翻案，还百里氏清白？”

莲灯的唇角弥漫起讥讽的笑：“清白有那么重要吗？人都死了，要清白做什么？我是个怕麻烦的人，不想花那么多心思收集证据。我喜欢速战速决，让害过我们的人死在我面前就可以了，其他诸如功勋和声望，对我来说一点都不重要。”

她这样的性格倒是极为干脆利落的，恐怕比很多男人更坚定。放舟转过头看她，月色下的她挺直了脊梁，莫名有种昂扬之美。只是少年意气，恐怕走不长远。

“你知道驻守京畿的禁军共有多少人？我记得泰山封禅时调动兵马警跸，在档人数就有八万余。靠你和那个死士，还有一个不通武艺的龟兹伎，能够刺杀朝廷官员吗？”他的嗓音单寒，不需要夸大渲染，心平气和地把长安城里的情况逐样分析给她听，“城里和西域不同，西域夜市繁荣，长安入夜有宵禁。届时坊门紧闭，府兵往来不断，脚程稍慢些就会被人拿住，更别提伺机报仇了。如果选在白天动手，牙门[1]守卫森严，等到诸官员下值，他们身边有近从，所以在我看来困难重重，你还是三思而后行的好。”

莲灯却有她的打算：“再精心防备，也有百密一疏的时候。宵禁的事我也知道，对于普通百姓来说意味着闭门不出，可对于大历的相公们，宵禁从来就不是值得重视的问题。人人都依照法度行事，不说别的，北里的粉头们首先就得饿死。狎妓不是都在晚上吗，难道大历官员在白天？”

她这两句话叫放舟应付不上，说得的确不错，不管哪个朝代，律法都只对平民有用。一个官员若想犯，可以有一百种理由为自己开脱。他原先是想试试她的决心，看来决心是有了，还不小。

“我不过是想劝你重视罢了，有些事想起来容易做起来难。若我料得没错，头一两个不设防，或许能够让你成功，以后的有了提防，再要得手就难了。”

她望着月亮，笑得眉眼弯弯：“没关系，杀一个也是赚，我有三年时间，可以逐个击破。”

谈生死时能用这么轻快的语调，着实令他意外。她似乎从没把这件事看得有多严重，就像做个无本的买卖，赚了亏了都不在心上。

他慢慢长出一口气：“如果什么时候要我帮忙，尽管开口。”

莲灯起先没留意，后来才反应过来，转过头奇怪地打量他：“神使愿意帮我的忙？”

他自我解嘲般地笑起来：“就冲着你我的名字，我也应该帮你一把。”

提起名字真有点尴尬，虽然莲灯并不以为有什么共同点，但他能表这样的态，也让她很觉得感激。她领他这份情，不过他的善意还是婉拒了：“我做的不是什么好事，和神宫撇清关系都来不及，不敢把神使拉下水。你放心，我会估量自己的能力，能够办到的不遗余力，不能办到的，也会审时度势。”她抿唇笑了笑，“神使真是个好人，转转的眼光真不错。”

他略往后仰，像听了笑话似的，笑得肩头颤抖：“这个赞美与众不同，从来没人说过我是好人，乍一听真叫我心花怒放。既然如此就不要见外了吧，总是神使春官的，我不缺人这样称呼我。就叫放舟，叫着叫着就亲近了，或许将来还可以称兄道弟。”

称兄道弟这个词她喜欢，比莫名其妙的套近乎强多了。她向他拱了拱手：“那我就唐突了，放舟兄。”

1　牙门：古时驻军，主帅或主将帐前树牙旗以为军门，称“牙门”。

他听后脸上表情古怪，摸了摸后脑勺说：“大概把前面两个字省略了，叫阿兄更好些，你说呢？”

于是从放舟到阿兄，三言两语间，关系就发生了巨大转变。

其实同他的交情一点都不深，除了他自以为阿菩将她托付给他，彼此之间没有半点渊源。莲灯结交朋友并不是任谁都推心置腹，当初的昙奴和转转也是再三考量，所以对这位春官自然也保留三分。不过细想起来，她的一切在他眼里一目了然，自己没钱也没权，别人图她什么呢！

她笑了笑，低头摆弄自己做的竹笛，他伸手接过去，试了试音色，蹙眉摇道：“膜孔上贴芦膜或竹膜为好，你贴的是什么？宣纸吗？”

她迟迟啊了声：“我知道用竹膜好，可是花了半天力气也没能揭下来。后来干脆就用宣纸了，反正只是玩意儿，用不着那么讲究。”

她在这些方面缺乏女孩子的精细，比如转转为做一片花钿愿意耗费两天时间，在她看来两天可以做很多事，她宁愿打磨十袋铁片，也不愿意在指甲盖大小的云母上浪费工夫。所以转转常撇着嘴说她没有一点女人气，她则不以为然，没有女人气，难道还有男人气概不成？她觉得自己就是心大了点儿，等哪天放下包袱突然开窍，未必会比她差吧！

放舟把竹笛揣在了袖子里：“交给我，我替你重做，做好了再给你送来。”

她说好，然后转过头看月色，今晚的月亮又大又圆，一探手就能够到似的。只是可惜，星星没有敦煌的亮。她说：“中原什么都好，就是星辉太黯淡。我从敦煌到长安，一路上没有过所，不能投宿客栈，和昙奴转转在野外搭帐篷过夜，吃过了烤饼无事可做，就躺成一排看月亮。中原的灯火很美，可是把星星都比下去了……”她摇摇头，自言自语道，“不好。大漠上没有人烟，一切却都是最纯粹的。”

他把手肘撑在膝头上，眼神涣散：“我从来没发现大历哪块疆土上的星星有什么不一样，不过神宫里有个聚星池，湖面能敛尽星光。明日吧，明日我带你去那里看看，把船划到湖中央，万点星光就在脚下，那种景致才叫漂亮。”

她听得讶然，往他身边挪近了些：“阿兄说真的吗？”

他欣然笑起来：“就冲你这声阿兄，此话也必然当真。”

莲灯很欢喜，她对那些花草树木没有特别的兴趣，因为戈壁滩上缺乏，即便新奇，也没有更深的感情。反倒是星星月亮啊，能让她想起在敦煌的日子。白天不见人，晚上才下山，躺在呜呜作响的沙丘上，看一看满天星斗，心里有什么烦闷都渐渐淡了。

放舟静静听她说话，她的侧脸染上了一层月色，温婉清和，很动人。如果没有之前的种种，也许她会是高楼上最尊贵的女郎吧！有时候命运不由自己，一个疏漏满盘皆输，从天上坠入地狱，只在弹指之间。

他调过视线怔怔望着那轮满月：“等长安的事情解决之后，你有什么打算？”

莲灯说：“我要回敦煌去，帮助王阿菩完成壁画。”

“活着就一直画壁画吗？没有别的了？”

别的她还没来得及考虑，如果能活着回到敦煌，若干年后想起长安之行，也许是生命里最辉煌的一笔。有的人生来甘于平庸，她就是这样。她说：“我没有理想，先把计划好的事做完，如果哪天有了新的目标，再重新规划以后的路。不过大抵就是作画，除了这个，我想不出我还能干什么。”

一个人丢了过去，有记忆的两年又简单得像白纸一样，所以才会漫无目的。放舟试着引导她：“你应该有自己的人生，女孩子将来都会嫁人，爷娘离世固然哀伤，等有了自己的家，这种伤痛就可以减淡。”

“嫁人？”她是第一次直面这个问题，听上去有点可笑，“为什么要嫁人？王阿菩一直是一个人，他也过得很好。不过还是看阿菩的意思，如果他觉得我应该嫁人，那就在敦煌找个人许配了，只要不必迁徙，离他近一些就可以。”

能够无欲无求到这个程度，实在令人感叹：“你对将来的郎子一点要求都没有？只要离王道士近，嫁个莽汉也无所谓吗？”

莲灯依旧茫茫然，从来没人和她深聊过这个话题，连转转都没有。转转整天只会念叨她那个如珠如玉的小郎君，大概郎君长得好看也很要紧。可是她对这些不太懂，只知道嫁人之后要和这个人一起放羊，一口锅里吃饭，美丑其实对生活也没什么影响。

她耸了耸肩：“如果他对我不好，我可以打到他对我好为止。”

放舟险些被自己的口水呛到，果真是个直截了当的脾气，普天之下似乎没有武力解决不了的问题。可是不应该这样，她快满十六了，十六岁应该有自己的思想。他突然升腾起一种暖老温贫的热情来，耐着性子和她解释：“郎子不是朋友，更不是给洞窟里找个石匠，那是你一辈子要朝夕相对的人。长安的女郎们通常会挑出身名门的世家子弟，或是温文有礼、长得好看的才俊，就像我这样的。找到这个人，与他相爱，甜甜蜜蜜地过日子，这才是嫁人的真正意义。”

她想了半天，体会不到相爱是个什么东西，含糊地微笑着，摇头说：“不谈这个了，我暂时不会嫁人，等到时候再说吧！”

到时候岂不是晚了吗？回到那个人口复杂的地方，然后找个满脸油汗的当地人？他看了看眼前这张脸，实在有点不敢想象，眼睛一眨便是一条妙计：“认真说起来，我同你阿爷也相熟。十年前你阿爷回长安面圣，那时我们就有来往。不知你还记不记得我，你那时只有五六岁，你阿爷还同我开玩笑，说将来要把你许配给我。”

莲灯吓了一跳，惶然抬眼看他：“有这样的事？”

有没有的，还不是他说了算，谁让她失忆了呢！他笑得风吹柳条一样：“中原人讲究父母之命，如今王道士也有意暗示，只看你拿不拿这些当回事吧。”

莲灯晕头转向，不明白怎么一下子牵扯出这些纠葛来。她不大相信，再三再四地审视他，他一派光风霁月的模样：“怎么？信不实？也对，或许令尊那时是随口一说，我和你提起也只当玩笑，你别放在心上。”

她果然没放在心上，安然点了点头：“事情过去太久了，不提也罢。再说你大我好多岁，年纪不合适。”

这下子轮到放舟郁卒了，她这是什么意思？嫌他老吗？他一手撑住身子，不妨用力过大，压断了青瓦，喀的一声轻响。

他平时不羁，戏弄别人从来不吃亏，这回被她反将一军，气恼之下打算假戏真做，略平了心绪笑道：“怎么会大很多呢，不过十来岁罢了。我是不想当真的，但又怕你阿爷不满。这样吧，你且记住和我有婚约，也好管束自己的言行。这事不必告诉任何人，只有你我知道，你看可行？”

行什么？莲灯忽然被人套上了犁头，明明八竿子打不着，说有婚约就有婚约吗？

他被她一双大眼看得心虚，站起身道：“日后有事先与我商议，看上谁家郎君也同我说，记住自己有婚约在身，我不会害你就是了。”说完震震衣袖，跳下房檐走远了。

莲灯开始发愁，不知道他的话是真是假，也不好向人求证，只有自己一个人较劲。

如果真是她阿爷的意思，她遵照父命是应该的。可转转事先表明了喜欢春官，她要是抢了转转的郎君，转转面前怎么交代？所以这件事暂且不要放在心上，等将来回到敦煌问阿菩，如果阿菩能证实，到时候见机行事。如果阿菩表示不知情，多半是放舟为戏弄她有意编造的，大可不必理会。

不过他说的彼此相爱，倒叫她有些向往。走了三千多里路，她曾经看到郎君扶娘子下轿时脸上温暖的笑容，也看到贫寒的夫妇在檐下避雨，妻子回望丈夫时眼里的光芒。也许那就是爱吧，莲灯没有体会过，不太能理解，但她喜欢这种感觉，两个人互相依靠，一点都不孤单。

她盘腿坐在重席上，撑着脸颊思量，想象自己在敦煌找了个人，放羊的时候他把怀里的烤饼分她一半，这样似乎也不坏。

胡思乱想半天，临要就寝拆下头发找梳子，打开妆匣看到那片花钿，动作不由得顿了下。伸手轻抚两翅，试着往眉心粘贴，可惜粘不上，看来以后只能孤零零躺在角落里了。

日子慢悠悠地过，一天又一天，已经离铸模有段时间了。这期间没得到国师的任何消息，她等得有点心焦。那天夜谈后放舟也消失了，给她做竹笛、带她去聚星池都成了空谈。太上神宫依然神秘着，即便进到里面来，也不觉得对这里有任何了解。唯一值得庆幸的是她还记得路，算算日子今天是第十六天，过去问问情况应该不算失礼吧！不过走到界口犹豫了，不知道应该往正殿还是陶然亭。远远看见有几个穿绿衣的巫女走过，她上前揖手，打探国师在哪里。

巫女们都是十七八岁年纪，丰胸柳腰，很有成熟韵致。太上神宫里的气候似乎比外间回暖得快，这些巫女都换上了轻便的衣裳，袒领下束着桃红的诃子，映得胸前一片明媚如雪。看见她，齐齐还了一礼，笑道："娘子就是前几日来的贵客吗？我们随翠微夫人进宫，到今日才得见娘子……与娘子问安了。国师在何处我们并不知道，不过先前召见夫人，大约一同往东去了。"

莲灯顺着她们指引的方向看，应当是陶然亭，便向她们道谢。那几个巫女笑得很甜，然后打量她的穿着，赞叹道："这种胡服才是真正的胡服，坊间卖的都经过改良，领子做得铜盆一样，反而失了味道。过两日等娘子得闲，我们借娘子的衣裳裁剪几件，可好吗？"

女孩子爱美，到了一起话题都是柔艳的。这些巫女和昙奴转转还不同，不像她们惯常风浪里漂泊，心里有斑驳的裂痕。她们生活在神宫和龙首原，虽然地位不高，但是一向无甚波折，所以脸上有安和的神气。

莲灯毕竟年轻，有点害羞，捏着衣角说："荒漠打扮，粗鄙得很，要是不嫌弃，随时可以来我住处取。"

那几个巫女很高兴，又说了几句客套话，牵着手往竹林那头去了。

莲灯忘了挪步，看着她们的衣裙感慨不已。中原的面料大多轻薄，上次侲子送来的是短襦，捂得十分严实，没想到天气稍暖就换成这样的了。年纪大些真好，胸口可以堆积出一片壮丽的风景。她抬手悄悄掩了掩自己的胸，同她们相比差了很远，看来天生是穿胡服的命。不过她还有机会，等她十八岁的时候，说不定也能长出大胸脯来。

她骄傲地往上托了托，很有不甘人后的雄心。忽然觉得自己有点可笑，左右看看没人，吐出一口气，快步往陶然亭方向赶去。

幸好这次没有撞进什么阵里，可能神宫里人一多，阵法全撤了吧。总之很顺利地踏进了山水间，陶然亭依旧是原先的样子，四周无人，只有婉转的鸟鸣。

她先去亭子里看了一眼，那个拓模已经收走了，心里一块石头落了地。如果顺利，面具应该已经制得差不多了，只是不见国师，不知在不在山洞里。

她勾着亭柱探望，不敢随意进去。背手在附近徘徊，反正她时间充裕，打算等到太阳落山，如果国师在，早晚会出来的。

艳阳高照，碧空如洗，她转了几圈停下，背靠山石晒太阳。渐渐眼皮沉重，便找个地方坐下打盹。蒙眬里听见有人起了争执，并不激烈，但句句铿锵。莲灯起先迷糊着，待听清了他们话里提到敦煌和王朗，顿时清醒过来。一跃而起时，人也已经到了她面前。

她看清来人，是国师同一位容色姝丽的美人。美人穿银波金鱼蛟罗襦，披一围红帔，如画的眉眼，冷而惊艳。莲灯从没见过她，可是那张脸却熟悉得令她诧异。她怔怔望着她，冥思苦想，突然醒过神来，她居然和洞窟里的神众那么像。同样不俗的长相，同样矜贵的神情。原来阿菩笔下的人物是有原型的，她隐约猜了个大概，只是不知有多深的感情，才能将一个人融入一笔一画里。

那位美人不豫，冷冷看了国师一眼："就是她？"

国师颔首，却不做介绍，美人余怒未消，但不宜在外人面前发作，复对他道："我言尽于此，是好是歹请师兄斟酌。"也不多言，与莲灯错身，拂袖而去。

莲灯有点尴尬，原来她就是国师师妹，封了陇西夫人的那位？这样美好的人，对她的存在很反感，即便不说，莲灯也感觉得到。

她寄人篱下实属无奈，被旁人厌弃也不是没有道理，这么一个麻烦找上门来，会扰乱他们平静的生活。她是蝼蚁一样的人，他们高高在上，不该与她为伍。

国师还在，褒衣博带负手而立，刚才翠微的话没有对他造成任何影响。他看着她走远，掉转视线瞥了莲灯一眼："你来做什么？"口气生硬，语调倒还好。

莲灯敛神揖手："我想问问面具做得怎么样了，我算过时候，到今天已经半月有余，这段时间一直都是好天气，应当做得很顺利吧！我和朋友分开好些天了，着急进城找她们，如果做成了，我也好早些告辞。"

临渊是个聪明人，她的沮丧他自然能够觉察到。翠微落在她面上的那些话不过是皮毛，姑娘家心思细腻，她看似脾气随和，也有傲骨，所以急于离开，不愿意受这份窝囊气。

"我刚才看过，略微有些不足，大概还要两三日。"他想了想，似乎应该打个圆场，便道，"翠微同王朗也是旧相识，其实我们的顾虑都一样，你来长安，注定会弄得硝烟四起，京畿太平了很久，谁也不希望看到动荡。趋吉避凶是人之常情，所以她的话莫放在心上，她办事不留情面，心地却还是善良的。”

莲灯的好处就在于万事不走心，也许上一刻还很难过，有个人宽慰两句，转头就看开了。她笑了笑，笑得很真挚：“每个人的立场都不同，我不能要求人人像阿菩那样纵容我。但对于国师，我心里满怀感激，将来就算不在长安了，也会时时记起国师的好。”

“时时记起？”他寂寥地一挑唇角，“如果神宫参与进去，你恐怕就再也感激不起来了。我还是那句话，但愿善始善终，你不负王朗的救命之恩，我也不负旧友的清风高谊。”

可是世间的事，能两全的毕竟少之又少，所以日后会怎么样，现在还未可知。莲灯诺诺应了，知道面具还要再过两天，站在这里也不知为了什么。她抬眼看他，他的眼眸里含着远山，目光不小心碰上，竟让她心头打了个激灵。

她忙转过头，有些慌张，随意寻了个话题道：“好几天没见到春官了，不知他去了哪里……”

他垂眼拨了拨腰上熏球：“他闲得厉害，本座派他出去办事了，一时半刻回不来。怎么，你找他有事？”

莲灯忙道：“没什么，我的笛子做砸了，春官答应替我重做，本来说好第二天给我送来的，可我等了很久也没见他人影。”

他转过身，漠然看着一只隼子掠过松树，长唳着冲向天宇，隔了很久方道：“笛子神宫中多的是，回头让卢长史给你送几支过去。听说你这几天都在房顶过夜，琳琅界住得不舒心吗？”

莲灯愣了下，没想到连她在哪里睡都难逃他的法眼，难堪地抚了抚后颈：“琳琅界很好，是我爱上房顶看星星，看久了就在上面睡着了。”

他听后颔首：“中原不比大漠，入夜天凉，在外过夜小心身子。”

他一向话里不带温度，偶尔的体恤让人受宠若惊。她惊讶之余忙俯身：“莲灯记住了，多谢国师关心。”

他没有应她，叠着两手缓步踱下台阶，边走边道：“神宫中这两日不设结界，你若有兴致四处看看，未为不可。”

他袍带翩翩越走越远，莲灯每每被撇下也成了习惯。对着他的背影长揖一礼，想起他留下的话，暗暗觉得高兴。她起初惊异于神宫里的花草逆时而生，后来身在其中，除了对季节产生混乱，也没有别的感触。倒是那个聚星池听上去很神奇，过不了几天面具做成她就要离开，以后也不一定能再进来，趁着这个机会去饱饱眼福似乎不错。

她打定主意，沾沾自喜，看天色离月出还有一阵子，回到琳琅界无事可做，把内外都打扫了一遍。渐渐日头西沉，用过饭眼巴巴地坐在院子里等星星出来。那只鹿大概看她的模样憨蠢，踩着碎步过来嗅了嗅，像是嗅到了傻味，表情鄙薄地把头转向了另一边。

莲灯在它背上捋了几把："我都和你赔过不是了，你还要闹到几时？一只鹿，哪里来的那么大气性？"说着捧它的脸，"我打算去聚星池看星星，一个人很孤单，你陪我一道去好吗？我知道你听得懂我的话，不许装傻！我不认得路，你带我去，在那儿坐上一个时辰就回来，好不好？"等了一会儿不见它有表示，心安理得地点点头，"你不说话我就当你答应了，那好，现在就走吧！"

这是欺负它不会说话吗？那鹿一脸无辜，被她拽着犄角拖出去好远。最后发现难以摆脱，用力挣了下脖子从她的魔爪中成功逃离，刨了刨蹄子，昂首阔步走在她前面。

凉风飒飒，月淡星稀，莲灯抬头看天，似乎不是个观星的好天气，不过既然出来了，也还是满怀希冀。

她挑灯前行，那头梅花鹿果然给她做向导，一纵一跳地在离她一丈远的青石路上奔走，短小的鹿尾和圆滚滚的臀瓣在她视线里转腾，看着有点好笑。

聚星池离琳琅界有段距离，在九重塔以东，需穿过一片桃林。莲灯没有来过这里，只管跟着鹿前行。走了一程，开始怀疑这厮是不是报复她，有意带着她绕圈。正犹豫，渐渐到了桃林边缘，原来桃林建在一处高坡上，她一个不提防，险些踏空摔下去。待定了神再看，顿时被眼前的景致震得神魂荡漾。

聚星池虽名为池，确切来说是个湖泊，不怎么大，但湖水湛蓝。就如放舟描述的那样，湖面敛尽星光。从高处看下去，如同一只碧碗盛满了细碎的琉璃，天光一照，反射出极致的绚烂。她掉过头问鹿："无名啊，你说太上神宫究竟是不是仙界？如果不是，怎么会有这么美的地方？"

那鹿一直对她称它无名很不满，可惜不能像人一样斜眼，便从鼻子里喷出一声哂笑，表示她眼界太窄，没见过大世面。

莲灯不在乎它的鄙视，尖啸着从上面俯冲下去，到了岸边绕水奔跑，啧啧赞叹。虽说水里的东西难以捉摸，但比天上更近了一层，反而显得触手可及。也许这里是国师观星相的地方，莲灯那颗简单的脑袋里构建不出这种玲珑，只知道大漠的美豪迈悲壮，中原的美细致奇幻，无论将来如何，走了这一遭，实在不枉此生了。

她招无名来，示意它看岸边的小船："我载你泛舟，好不好？"

那鹿居然退后一步，摇了摇头。她也不勉强："鹿不会凫水吗？那你在岸上等我，不许走远。"她一面嘱咐，一面跳上船，抓起竹篙往下点了点，点碎一池星光。心里很觉得快意，笑着唱起她的《红狐狸》，一直往湖的那头划过去。

沙漠里长大的人，像莲灯这样会划船的不多见。彼时有个商队从中原前往波斯，途经山脚掉了一包菱，被她捡到种在月牙泉里，后来多次往返湖上，练了一手撑篙的好本事。

聚星池当然比月牙泉大得多，也深得多。她放轻了手脚划行，没有激起涟漪，转身回望，船尾一串长长的轨迹震碎了镜面，船帮两掖依旧一片星芒。索性收回竹篙随意泊在湖中央，抱着膝头坐下来，盯着水面看，恍惚觉得天幕都被踩在脚下了。人在这时候什么都不用想，她闭上眼轻轻叹息，湖上吹过一阵凉风，略带了些寒意，撩人肌骨。

四周寂静，只听见微波漾在船底，发出空洞的咕咚声。她起先不以为意，渐渐水声变得清晰起来，潺潺的，连绵不断。她直起身，有些紧张，小船随风摇曳，往南往南，水声也变得越发大了。她忙去摸竹篙，可是摸遍了船舷也没找到，回过头看，不知什么时候落进了水里，浮在离船很远的地方。

这船似乎有自己的意志，要带领她去某个地方。莲灯胆子再大也有点怯，握起拳紧盯前方，船头拐过弯，才见一处突起的岩角下有个人，月华照亮他裸露的脊背，头顶清涧直泻而下，激起细碎的水雾，将他笼在虚实之间。

莲灯骇然，在船上急得团团转，又不敢发出声响，怕吸引了那人的注意。急看两眼，只知道是个男人，暂时身份不明。她慌忙趴在船尾拿两手当桨，事实证明有时人的力量的确有限，她没能改变航道，船依旧固执地照它的意思前进，一直驶到了他的身旁。

莲灯终于和他打了照面，月色下视线模糊，可是五官依旧可辨，不是别人，正是国师。

她一辈子都忘不掉国师惊慌失措的脸，朱唇微启，眼睛睁得大大的，就像岸上的无名一样。莲灯对他的印象除了冷酷遥远就没有其他了，谁知这位神仙一样的人物莫名其妙被她亵渎了，一瞬从天上坠入人间，沦落到和她大眼瞪小眼。

原来这不是他观星相的地方，是他的澡堂！

这一刻的国师纯质自然，脆弱得让人难以想象。莲灯听见他颤抖的声线，愤怒而窘迫地连说了好几个"你"。她背上寒毛都竖起来了，垮着脸瘫坐在船上，嗫嚅了很久自作聪明地啊了声，支起两眼说："这里有人吗？我是夜盲，什么都没看见……没看见……”

国师当然不信她的鬼话，欲站直身子，想起什么来，忙又往下沉了沉，恨声道：“待我上岸，非杀了你不可！”

神仙怎么能杀人呢！莲灯想逃，可是船纹丝不动，她得继续直面国师，连躲都没处躲。她心里也紧张，紧张得胡言乱语：“我是误入，不是有心的啊。再说我晚上眼神不好，当真什么都没看见……长安一片月，万户捣衣声……我听见捣衣声了，你在浆洗衣裳对不对？”最后以一串尴尬的哈哈作为收场。

其实她觉得这是个很好的台阶，顺着下了就什么事都没有了。可是国师太执拗，他的怒火难以平息，也不愿自己就这么被人白白玷污了。于是莲灯晕头转向地看着他扯来衣裳裹住身子，轻描淡写地一跃，直接跃上了船头。

她吓了一大跳，撑着两手往后挪，挪到船尾蜷成一团。然后听见他说话，嗓音里夹带刀片，几乎把她割成丝缕：“看不见本座是谁，你再说一遍！”

莲灯哆嗦着摆手：“当真看不见……看不见……我夜盲。”

他哼了声，先前吹灭的灯笼忽然自己点燃了，火光跳跃，照亮他鬼魅一样苍白的脸。他蹲下身凑近她，湿漉漉的长发贴着两颊，莫名有种妖冶的美。

“这下子看清了吧？”他说，冰冷的水汽扑面而来，弥漫她的眼眶。

莲灯克制不住想尖叫，她平时自诩女侠，谁知遇上这种情况完全施展不开拳脚。国师太厉害，她潜意识里早就认定不是他的对手，所以在他面前连个普通人都不如。她慌里慌张地点头：“看清了……这下看清了。”说完陷入更大的恐慌，坐实了她的罪行，难道真的打算动手吗？她困难地咽了口唾沫，“可也只看清现在的国师，先前的……还是没什么印象。”

如果国师的脑子结构够复杂，会听出一种让他在灯下再脱一遍的意思。果然他显得惊异且不齿：“下作鬼，贪生怕死不认账，这样的人早晚会连累王朗和神宫，不如现在就结果了你，免得后患无穷。”

她不能束手就擒，也绝不承认自己会这么不讲信义，翻身而起同他对峙：“我有错在先，国师想如何发落悉听尊便。可是有句话我要说明白，是国师知会我神宫里撤了结界，我可以四处游玩的。我事先并不知道国师在这里，更没想到这么冷的天，会有人露天洗浴，所以即便有错，也是无心之失，国师大人大量，不应当同我一般见识。至于国师担心我会出卖阿菩和神宫，完全就是杞人忧天。我受阿菩和国师恩情，即便千刀万剐，也绝不做背信弃义的事，请国师放心。”

莲灯觉得自己这番话说得有理有据，不管他怎么想，先把责任分清最要紧。如果他没有特许她踏出琳琅界，她不会到这聚星池来。没有他光天化日之下随便沐浴，她也不能撞见他赤身裸体的样子……不过国师的身形真不错，今夜虽然月色不佳，聚星池上星光却正璀璨，那身腰那线条，想起来就气血上涌。像他这样的身份受惯了膜拜，没想到一遭被人看光，大概会觉得威严扫地生不如死吧！

再觑他的脸，因为气愤显出凛冽的肃杀，她心跳漏了一拍，知道自己言多必失，国师要下死手了。

她抬臂挡于胸前，期期艾艾道："国师与阿菩是挚友，不会忍心让阿菩伤心吧！再说中原人不都觉得这种事吃亏的是女人吗？男人大丈夫，就算被人看见也没什么，前朝文人服了寒食散还袒胸露腹呢……我不会同别人说的，明天天一亮我就走，走得远远的，今生再不在国师面前出现，如此可行？"

他冷冷望着她，唇角古怪地扬起来："事了拂衣去，你打得一把好算盘。"

莲灯品出了《苏幕遮》里被郎子辜负的女人那般的幽怨，细想她也没把他怎么样，敦煌天热，常有赤膊的男人行走在沙漠，如果人人不依不饶，那她连渣滓都不能剩下。国师不同，比他们高贵，看了一眼就得赔上性命。她无力反驳，脑子里一片空白，想不出有什么好办法弥补。

她深深喘了两口气："这样吧，国师要是觉得吃了大亏，我也脱了让国师看个遍。我不是怕死，是父仇未报，不敢死。待我收拾了那些奸佞再回神宫来，到时候任国师宰割。"说完了可怜巴巴地看着他，往前挪半步，背手摘银钩，把蹀躞带扔在了脚下。

这么做算是以进为退，国师是个清高的人，绝不能让自己再受一次侮辱。莲灯料定他会拒绝，所以解了蹀躞带安然等他喝止，谁知并没有，他紧抿着唇，完全一副要看回来的姿态。她僵住了，不知道接下来该怎么办，却听他质问："怎么不脱？"

她觉得他大概是太气愤了，以至于气伤了脑子："国师当真要看？"

他眯着两眼，红唇如血："是你自己提议的，现在却来问本座？还是为了公平起见，把灯吹灭？"

莲灯进退维谷，她读过中原的书，知道羞耻。女人的身体被人看到，半辈子就毁了，国师一把年纪，难道连这个道理都不明白吗？她原先只觉得他高坐云端不食人间烟火，没想到还有睚眦必报的好习惯。她向来敢做敢当，既然他坚持，连本带利还给他，以后两不相欠就是了。

她说："不必灭灯，免得国师看不清。"言罢果真解了交领上的系带，把罩衣敞开，开始脱里面的中衣。

其实他只是在气头上吧，毕竟清心寡欲的人，不能让俗物脏了双眼，在她解中衣纽带的时候终于出声了，狠狠叫她住手。莲灯的心咚的一声落了地，这下好了，都过去了。可是国师脸上出现了诡异的神色，阴沉道：“天下的事，有些无伤大雅，有些却很难姑息。我可以收留你在神宫，也可以为你易容，唯独今天这件事让我很不高兴。你可知你犯了什么罪过？”

莲灯乖乖点头：“我看到国师洗澡，让国师蒙羞了。”

她的回答显然不够圆融，国师嘴角抽搐了一下，勉强平复心绪后又道：“大历是礼仪之邦，西域如何我不管，中原的旧俗是不能偷看人洗澡，看了就得负责，你懂吗？”

莲灯迟迟啊了声：“要负什么责？”

她的推诿让他更加恼火，一反常态厉声呵斥：“你拜在王朗门下，王朗是诗书大族出身，连这点礼义廉耻都没有教会你？你读了洞窟里那么多书，读到哪里去了？”言罢一哼，“足恭伪态，礼之贼也！”

她被他一顿抢白弄得说不出话来，斯文人骂人就是厉害，什么礼之贼也，她怎么就成贼了？可毕竟自己理亏，他不杀她已经是莫大的恩惠，还有什么可反驳的！

她垂头丧气：“国师教训得是，是我孟浪，我甘愿领罪。该怎么负责，还请国师明示。”

他裹着袍子又哼一声：“不能挖出你的眼珠，你说怎么负责？回去仔细想想，想明白了后天来陶然亭见我，我要听你的打算。”

他大约也发现自己光着一双脚不太雅观，怒而怨地看了她一眼，支使她两手划船，硬把他送到岸边，然后纵身一跳，扬长而去了。

·第四章·
夜奔

莲灯看着他的背影，已经无力抱怨了。刚才的一切想来还迷迷茫茫，她看清了吗？只看到一点儿罢了。起先是背，白得像缎子一样。后来同他面对面，他的头发把前面都挡住了，挡住了能看到什么？简直不讲道理！现在声称要她负责，她一无所有，拿什么负责？

她失魂落魄地回到岸上，看见鹿，心头当真无名火起，指着它道："你为什么不跟我上船？一定是知道国师在那里，为求自保不肯同行。一头鹿怎么能这么坏？你将来可是要做神兽的，应该积德行善。现在你看看我……"她仰头长号，"我可怎么办呢！"一面说，一面踉跄着往回走。

谁也帮不了她，能够目睹国师洗澡真是三生有幸，可是接下来的问题很严重，国师没有她想象的大度，他要她拟订计划，如何负责，或者说如何赎罪。中原人一般会怎么处理这种难题？他们的角色有点别扭，如果她是个男人，还可以一拍胸口答应娶他。现在她是个女人，女人要怎么补偿男人呢？

她捧着脑袋想了很久，无计可施。看看更漏，快到丑时了，忽然一个念头蹦出来，决定连夜逃跑。

什么易容，和她现在的处境比起来根本不算什么。同样是在保证不死不被活捉的情况下才起作用，那她蒙面不也一样吗？

人被逼到绝路上，什么都看开了。她后悔留在这里，当初要是和转转她们一块儿走，就不会遇上今天这样尴尬的事了。她翻身起来，手忙脚乱地收拾包袱，就算对不起国师吧，她打算脚底抹油，也比再次面对他好。神宫内外不设阵，可说是天赐良机，她只要翻出宫墙，外面天大地大可以任她闯荡。可惜没有马，只能徒步进城。那也没什么，孑然一身，独与天地往来嘛。

她把包袱斜挎起来，摸黑潜出了琳琅界。国师的五位灵台郎都不在，夜也已经那么深了，就算有戍卫，绕过他们应当不难。东面那片宫墙她曾经栽过跟头，算得上熟门熟路。她顺着竹林间的小道摸索，远远看见城墙下有两盏灯笼闪烁，等守夜的侲子走远，深一脚浅一脚地蹚过去，终于到了墙根底下。

仰头看，墙头黑黝黝的，像堆叠起来的乌云。她往后退了几步，确定脚下扎实就打算跃上去，可是才蹦起一尺来高，就被人一把拽住，顺势一推，逼得倒退了四五步。

她心里一慌，知道这人修为不错，唯恐又遇上国师。脚下站定了借着光看，那人长身玉立，眉眼森然，居然是翠微夫人。

翠微夫人面色不善："百里娘子这是做什么？神宫款待不周，你要漏夜潜逃吗？"

这时候不管遇上谁都不是好事，不过这位翠微夫人本来就对她没有好感，如今她想走，说不定翠微夫人会乐于成全。

她拱手作了一揖："莲灯有事在身急于离开，还请夫人通融。"

翠微夫人蹙眉打量她："既然如此怎么不拜别座上，不从正门离开？偏要偷偷摸摸翻墙，你是何居心？"

她顿觉舌根一苦，本来就是背着国师的，哪里敢让他知道！可是看翠微面带怒色，恐怕糊弄不过去。到了万不得已的时候她也只有说实话了，这种事换作女人应该更好理解，天底下哪有抓着女人要求负责的！

她拱手长揖："我有苦衷，不能与国师道别，望夫人见谅。"

翠微冷冷一笑，看她的眼神分外轻蔑："他重情义，为了王朗敢冒天下之大不韪，将你收留在神宫，为你易容，结果你就这样报答他？你小小年纪，心机倒颇深。还是偷了神宫的宝物，打算一走了之？"

她这么说，让莲灯想起了国师的那句"礼之贼也"。本来就很反感别人拿这个字眼来侮辱她，因此立刻冷了眉眼："夫人也算德高望重，妄加揣测似乎有些欠妥。我不会偷神宫的东西，要离开也有我自己的理由，夫人要是想听，我为求脱身不得不告诉你。但将来国师怪罪起来，我少不得要拖夫人下水，到时候夫人千万别怪罪我。"

是个人都有好奇心，翠微夫人虽然不待见她，但既然牵扯到国师，必然有一探究竟的冲动。她古怪地打量莲灯，斥了句："装神弄鬼，你要是说不出所以然来，用不着国师问罪，我第一个饶不了你。"

莲灯时间有限，再耽搁下去天都要亮了，便长话短说，把如何进入聚星池、如何撞破国师沐浴的事都同她交代了。说完自觉羞愧，她捂住了脸道："我原本答应国师不告诉任何人的，可我担不起这个责，也不敢再见他，思前想后无计可施，就想趁着夜黑风高离开神宫。夫人既然是国师的师妹，这事告诉夫人也没什么。我知道不该畏罪潜逃，但是留下怎么办呢，我现在回想起来还觉得五雷轰顶。我是不得已，要是个男人，娶他就是了，可我是个女的，叫我怎么负责？我不逃，还等着国师找我算账吗？"

她边说边看翠微，果然那张冷艳的脸也起了变化，一时五颜六色相当好看。

翠微觉得不可思议，怎么也没法把临渊同这件事联系在一起。按着他平常处世的态度，震惊过后无非两种可能，或者不以为意，或者除之而后快。现在算怎么回事？追着一个十五六岁的姑娘要人家负责任，负什么责任？清修太久，把脑子修坏了吗？

她有点怀疑，睨着眼睛审视她："你说的都是真话？"

莲灯点头不迭："我离开神宫不会走远，还在长安城里。夫人要是查出有假，随时可以找到我。我也知道只要国师想拿我，跑到天边也不顶用。可是我现在害怕，能躲一时是一时，等国师消了气，我再给他赔罪不迟。"

这是个难题，连翠微都觉得棘手。她自小和临渊在一起，知道他的为人，什么都看得淡，什么都不上心，因为太冷漠，对别人造成伤害也不自知。但他不是个无理取闹的人，就算平时自恋到莫名其妙的程度，也不至于因为这样一个意外不依不饶。

她重新打量眼前的女孩，在陶然亭外第一次见到她时，就觉得明艳不可方物。她的脸上没有厚重的铅粉，也没有螺黛勾勒出来的蛾眉，缺乏精雕细琢，却有另一种莹洁的美。生活在沙漠里的人，皮肤应该黑而干燥，可她却没有，倒像珠帘后精心作养的，温润得浑然天成。

美丽的女郎总会特别受眷顾，也许因为长得好，连临渊都对她另眼相看吧！

她突然惊觉了什么，一脸骇然地笑："说不定座上只是同你开玩笑罢了……不过你既然要走，那就走吧，风口浪尖上避一避，对你没有什么坏处。"

莲灯一阵狂喜，不管翠微夫人是出于何种考虑放她走，只要能够悄无声息地离开，目前是救了她的命了。

她道了声谢，看准了附近没人，起身一跃跳上垛口，消失在茫茫黑夜里。

翠微静站了片刻，心里渐渐安定下来。敛起衣袖往道场去，遣退了侍立的人，只余贴身的巫女侍候，坐回座上合眼吩咐："今晚做禁咒的事不要对外提及，万一有人问起我的行踪，只说一直在中殿，没有外出过。"

巫女不太明白："禁咒是皇后特许的，夫人也有疑虑吗？"

大历医巫不分家，宫中女医进太医署习学，除了安胎、针灸外，最要紧的一项就是禁咒。今上的五子中，只有梁王一人是皇后所生，所以皇后对梁王妃也是爱护有加。梁王妃染疾，久病难愈，怕女医的手段不过关，下令要陇西夫人亲自过问。既然有皇后懿旨，还有什么可怕的？

翠微摇了摇头，并不作答。

巫女在旁看了她半天，见她心事重重，料想必定和来客有关，便掖手道："婢子今天在琳琅界外见到个小娘子，听说她是王道士的高徒。"一面说，一面窥她脸色，"夫人与王道士也有五六年没见了吧，不知他现在怎么样，夫人可问过吗？"

提起这个她就有些不快，她和王朗之间的关系说简单很简单，说复杂也很复杂。有时候被一个人单方面爱着，时间太久不做回应，简直像亏欠了他一样。她讨厌这种半带胁迫的感情，所以对他越来越冷淡。王朗受了情伤，一个人远走西域，躲到敦煌的洞窟里作画去了。不是她心坏，他一走，她的世界重新亮了起来，那种轻松难以描述。但他既然已经离开了，为什么五年后又弄出个徒弟来，送到太上神宫，还和临渊搅和在一起，难道是为了报复她吗？

她睁开眼，恨恨道："问他作甚？总不至于死了。他这人阴魂不散，唯恐别人忘了他，变着法子往神宫凑。以后不要提起他，再让我听见，宫规处置！"

巫女唬得一吐舌头，以前没见夫人那么讨厌王朗，今天却有些失态了。也不敢多言，垂手退到殿外关上门，下了台阶回望，直棂里透出昏暗的光，里间银铃杂乱无章地响起来。

那厢莲灯出了神宫，脚步轻快，赶在城门开前已经到了明德门外。

长安是个繁荣的都城，就如放舟说的那样，宵禁严格，城门开闭也有精准的时间。天蒙蒙亮时城门外已经聚集了好多人，有百姓也有胡商。莲灯混在人群里，拿厚绢掩住了半边脸。外面的天气果然不能和神宫里比，如同从暖春踏进严冬，风吹在脸上，刀割一样冷。

她瑟缩着跺了跺脚，转过头看天色，时辰大约快到了。又等了片刻，不知从哪个方向传来第一记鼓声，然后城中鼓楼次第传开，四面八方连接成阵，像夏季打雷，山摇地动，声势震天。

没有来过长安的人无法想象，这座城池醒来的时候会发起这样一场咆哮。神禾原离这里有段路，神宫里的生活悠闲舒缓，即便日上三竿也没有半点声响。不像这里，鼓楼起了个头，里坊的冬冬鼓和寺院的钟声也交错而鸣，不多不少三百下，持续三盏茶。真是老天开眼，转转一到冬天就像条冻僵的蛇，早上起来要历尽千辛万苦。这下好了，闹成这样，困意再浓只怕也躺不住了。

城门在喧哗里缓慢开启，莲灯踏上长街的那刻，正好有日光照在她脸上。昨夜的惊惶已经淡了，她放眼远望，城池宽广，屋舍连云，长安不论什么时候都能够激起她的斗志。她沉淀下来，将脸上的厚绢往上提了提，低下头，挤进了汹涌的人潮里。

内城西北角的云头观里，两个人正坐在台阶上兴叹。

“你说莲灯能找见我们吗？”

昙奴看了她一眼：“你不是同撷彩苑的鸨母知会过吗，有人找我们就引她到这里来。”

转转折了根枯枝在地上划拉：“那种地方的人办事靠不住，我看明日再去打探一下……你身子好些了吗？”

昙奴木着脸，把视线调到半空中，仔细品咂了一下，胸口隐隐作痛，但还忍得住。她耙了耙头皮叹口气：“再歇两天吧，应当会慢慢好起来的。都怪我自己不留意，要不然也不必从撷彩苑搬到观里来。”

转转难得没有和她抬杠，在她肩头抚了几下道：“别这么说，人情毕竟有限，加上钱就不一样了。那些粉头手上金银来去，不给她们点好处，嘴上答应，转过头就忘了。现在好了，有那五百吊钱，她不办也得办。只是难为你，吃了几服药也不见好，不知道要熬到什么时候。”

她们从神宫出来，其实也遇上了一些困难。先说那个飞钱，都护府这次办事很利索，大概是看数目比较大吧，钱庄里很早就把这笔钱扣住了，她们去兑换的时候险些被拿个正着。既然没有钱，就得想办法去挣，她们做人还是有原则的，寻常百姓的东西不碰。在河西走廊上干点难登大雅之堂的事，都是找那些不做正经生意的奸商。到了城里不想惊官动府，唯有和阴阳客栈牵头。

昙奴早就有盘算，路也打听清楚了，让转转一个人留在北里，自己孤身一人就去了。接的什么活儿转转起先不知道，提心吊胆等了三天她才回来，带了八百吊钱，还有好几处伤。

据说杀的是个很有名气的江湖人物，昙奴一直在大漠，没有听说过他的名号。等办完了事领钱，才知道之前已经有几个人折在他手里了。他善用芒针和毒，兵刃上淬毒倒还好，以昙奴的身手可以避开，芒针上用毒就难办了。所谓的芒针，一根只有仙人掌刺大小，又短又细，扎得深浅不一。转转在灯下给她挖了半宿的刺，最后一根游进经络里，不知会随着血液流向哪里。这是个隐患，对昙奴的身体有很大的影响，她起先浑身麻痹，后来人是清醒了，又开始心慌咳血。转转怕北里人多眼杂引起注意，便带她借宿到云头观来了。

不管怎么样，昙奴是功臣，要好好照顾她。打探的事交给撷彩苑的谢三娘，已经有眉目了，只等莲灯来同她们会合，三个人凑在一起再想主意。

昙奴身上的毒却让人摸不着头脑，不发作的时候没什么，除了萎靡些，看上去没有大碍。但若是突然之间犯起来，可能连榻都下不了。云头观里的弗居和转转有交情，替昙奴开了方子控制病情，这两天略微有了点起色，但是要痊愈，实在办不到。

转转掉过头看她，她坐在阳光下，嘴唇发白，脸上没有血色。转转突然有点难过：“昙奴，你不会有事吧？”

昙奴嗯了声：“一根针罢了，死不了。就算要死，也要等莲灯报完仇，我才能安心上路。”

转转瓢了嘴：“你别胡诌，我们说好了不分开的。实在不行，就去神禾原求国师吧，他一定有办法。”

两个人坐在山门下，茫然望着小路尽头。渐渐看到有个人从远处过来，头脸包得严严实实，可是身材纤瘦窈窕，分明就是莲灯。

转转啊的一声，扔了树枝往前奔去，阔别多年似的，一把抱住了她。莲灯被她勒得喘不过气，推搡道：“山中方一日，世上已千年吗？半个多月没见，亲热得叫我受不住。”

转转说：“我们刚才还在担心你走失了，打算明天去北里看看呢！”

莲灯和她打趣了两句，随她到山门前，见昙奴脸色有异，心里登时一跳。昙奴自小练武，身体底子很好，从两个人相识起就没见她生过病。今天乍一看，精神全无，莲灯立刻便察觉出不妙来。

“你去阴阳客栈了？”莲灯看着昙奴艰难站起来，想怨她，可是鼻子发酸，“你怎么不听我的话呢！谁把你弄成这样，我去杀了他！”

昙奴不以为意：“那人早被我杀了，我还赚了八百吊钱呢！”

为了八百吊钱就要拿命去换吗？莲灯没想到从神宫出来就遇上这样的事，放舟说得对，她觉得自己活得很好，是因为没有遭受过挫折。外面的世界瞬息万变，她一只脚刚踏出来，果真立刻迎来了重击。

她咬着唇，自觉没脸面对她们。转转见势不妙，忙在一旁招呼：“在外面坐了很久啦，我们回去吧！”

昙奴腿里力道不够，莲灯和转转一左一右架住她，才把她搀回卧房。

云头观的弗居听说有人到了，也来打照面。弗居是个女道，二十多岁年纪，在这小道观里做观主。大历的女道和男道不同，成分更复杂，有些是富人家发还的小妾，有些是从良的风尘女。弗居来历不明，私生活也混乱，用她的话说是“心在红尘不净根”，换了个清静的地方继续享受罢了。她是个有才情的人，放纵也达观，喜欢龟兹乐，和转转成了莫逆之交，所以才会收留她们，又替昙奴治病。

“这种毒不是产自中原，极阴极寒，很难解。况且那根芒针不知到了哪里，得找到它，靠内力把它震出来。”弗居抱着麈尾观昙奴气色，凝眉道，“前天的方子似乎没有大作用，待我今天再换几味药试试……其实这世上的毒千千万，能找到下毒的人最好，隔了一道手，难免事倍功半。”

转转捶桌道：“那个下毒的人已经死了，上哪里去找解药？你再想想办法，不管花多大的代价，我们都要医好她。”

弗居连连点头：“我知道，我也把自己能想到的全掏出来了，实在不行只有最后一个法子了，只是损阴鹭[1]，药好配，药引子难找。”

莲灯向她作揖：“请观主指教，就算要龙肝凤胆，我也一定替她弄来。”

弗居的麈尾撑在桌面上，字斟句酌道：“这毒极阴极寒，那么药引子就要极阳极盛。阴阳相生相克，万变不离其宗……”看她们一脸茫然，干脆直截了当地说，“去找最旺的生辰八字，要阳年阳月阳日阳时出生的人，取他一盏血加进熬成的药里，说不定有用。”

“一剂就能见效吗？”转转追问，“去哪里找这样的人？”

弗居摊手道：“能不能立刻见效我不敢保证，要试过才知道。反正我的能耐就这么多了，成功当然最好，但要是仍旧没有起色，那也只有另请高明了。至于去哪里找这纯阳之人，去太史局查阅卷宗吧！但凡特异的人和事，太史局里都有记载。”

转转讶然转过头来：“太史局？是国师的那个太史局？”

莲灯忽然有种宿命难违的感觉，她刚从太上神宫逃出来，结果昙奴这里就出了意外，似乎冥冥中早就安排好的，她跳不出国师的五指山。想起脖子上的鲛珠，摘下来递了过去：“观主看看这个，对昙奴能不能有帮助？”

弗居也算见多识广，赞叹一番，最后还是摇头：“这个只能御毒，不能治毒。你自己留着吧，昙奴用不上。”

莲灯有些遗憾，回身把鲛珠挂在转转脖子上。转转要推辞，她用力压住了转转的手，转身问弗居：“药引子现在就要吗？”

1　阴鹭：阴德。

弗居说："不急，容我换了方子先试试，实在不见好再去找。纯阳的血太冲，用得不恰当反而会殒命，不到万不得已不做打算。"说着拧起眉头絮絮盘算，什么白芷牛黄，一面细数一面往外去了。

莲灯看昙奴，她歪着脖子闭着眼，大概睡着了，过去替她掖好被角，摸摸她的额头，微有些烫。莲灯心里着急，站在榻前看了好久，转转拉了她一把："让她睡吧，她每天临近午时都要昏沉一阵子，到了未时就好了。"

两个人退出来，坐在房前的葡萄架下，转转说："撷彩苑的谢三娘给我传了话，当年百里都护的案子有三人主要参与，门下侍郎高筠、谏议大夫张不疑、御史中丞李行简。"

莲灯点点头，复又一笑："这个谏议大夫的名字真讽刺，天天谏言，却叫不疑，天下没有比他更名不副实的了。"

转转踢踏着双脚也发笑："我初听到的时候和你一个想法，觉得那人一定是个伪君子，要开刀就先从他开始。你阿爷谋反的罪议是他提起的，他是始作俑者。"

莲灯问："能确定是这些人吗？"

转转道："我也有点担心，毕竟人命关天的事，马虎不得。我曾经同你说过吧，我认识中书令尚定芳。那个老不修有意要纳我做妾，后来因要服他母亲的丧，不了了之了。商队离开长安时他扶灵南下，现在过去将近一年，他应该已经回来了。前两天我放心不下昙奴，一直陪在她身边，既然你来了，我也好抽身上北里。尚定芳寻花问柳不去勾栏，他在里坊有处别院。我去打探他何时出门，制造个巧遇，用我的美色迷惑他。他是朝中大员，从他嘴里证实，应当八九不离十了。"

莲灯听惯了她自吹自擂，她谈及自己的容貌，夸奖起来一向不遗余力。可毕竟是大事，中书令既然对她有别样的心思，那她出面实在犯险。莲灯细忖："死了命官必然朝野震惊，到时候缉拿，头一个嫌疑就是你。"

转转哈哈一笑："真要怕败露，把他杀了就是了。不过我料定他不敢吭声，朝中大事是机密，他随意宣扬出去，罪责比我更重，说不定会因此丢了乌纱帽，你觉得他会向大理寺供出我来吗？"

她太通世故，却忽略了最直接的后果，莲灯提醒道："他明里不会将你怎么样，暗中就不好说了。也许会命人捉拿你，审问你受谁指使。再不济直接杀你灭口，永绝后患。"

这下转转笑不出来了，怔着一双狐狸一样的眼睛望着她："那怎么办？我究竟该不该去找他？"

莲灯仍旧摇头："另想别的办法吧，北里终究得去一趟。再过几天就要过年了，年前无望只好等上元。我知道上元有三天放夜，到时候金吾弛禁，是个动手的好机会。"

转转数了数日子："还有二十来天……你的面具做成了吗？戴上让我看看吧。"

她窒了下，吞吞吐吐道："我在神宫遇上点事，没能等到面具做成就出来了……仔细想想，有没有都不重要。上元唱百乐戏，胡女们都戴面纱，我打扮好混进去，不会引起怀疑的。"

转转不知道她遇上了什么事，以至于苦等半月最后作罢，她不想说，自己也不便追问，只是惆怅道："我不会功夫，昙奴又成了这样，你现在连个帮手都没有，我有些担心。"

莲灯倒无所谓，不过昙奴的病势让她忧心如焚。她蹙眉回望神禾原的方向，喃喃道："再看两天吧，倘若没有好转，我就算负荆请罪，也一定要求国师治好昙奴。"

谢三娘收了昙奴拿命换来的五百吊钱，自然要尽全力替人办事。转转委婉地表示一人之言不敢确信，谢三娘让她们扮成婢女侍立在一旁，酬唱的时候由她挑起话头，引同坐的郎君们随意议论，到底是与不是，请她们自行甄别。

话题当然是从丝绸之路开始，对大历的贸易极力赞扬一番，然后延伸到波斯楼兰。既然在安西都护府的辖界内打转，怎么能少了碎叶城？于是从现任都护谈到了百里济身上。

百里都护战功彪炳，谁也没有怀疑他的作战能力。可是他的罪名同样令人唾弃，所以外界对他的评价褒贬不一，有说他狂妄自大的，有说他占城为王的。无论如何他的死已经成了定局，没有人敢质疑今上的决策，当初弹劾的人也就有了定国之功。

"煌煌天道，忠臣居多。如果没有几位相公力谏，如今的大历不知是什么光景。河西走廊那块肥肉，说不定早就归突厥所有了。万一陇右道失守，接下来就是灵州和长安。百里济是什么人？他老祖是开国皇帝钦封的神将军，打进中原熟门熟路，到时候就算北衙四军加上南衙十二卫，恐怕也对付不了他。"

百里济在他们嘴里是英勇有余忠诚不足的叛将，几个酸儒一唱一和时，转转唯恐莲灯按捺不住，几次偷眼看她反应。反正换了自己，有人敢这么唾骂她的父亲，她一定扑上去咬死他们。可是莲灯没有，她的眼底风平浪静，只是紧紧扣住了鸳鸯莲花银壶的壶耳，扣得十个指甲凝固了血色。

有时转转觉得她很可怜，没有父母的孤女，失怙的过程又那么惨烈，她有满心的恨，一点都不怨她。可有的时候转转又觉得她一点都不需要别人同情，她有很强大的内心，强大到令人望而生畏。做一件事带着情绪，往往会办砸。反倒是像她这样，心无旁骛地前进，就可以办得妥善圆满。

那几个人嘴里锄奸的相公终于被打探清了，正是谢三娘事先提供的名单。莲灯下了决心，那几个名字像摩崖石刻一样凿在她脑子里，她执壶又敬了一圈酒，却行退出了青帐。

帐中暾暾的酒气醺人欲醉，帐外天高月小，空气清冽。她走到一株桃树下摘了障面，里坊很热闹，丝竹伴着调笑，不单撷彩苑，整个北里都蒸腾在纸醉金迷里。转转从里面追出来，笑嘻嘻道："你看，一点都没错吧？其实当年的案子没有人认为里面有冤屈，所以经办的官员也用不着隐瞒，略加打听就全出来了。我原本以为有十个八个呢，没想到只有三个。你这么俊的功夫，一定像砍瓜切菜一样，把他们全收拾了。"

莲灯的思维和她不在一条线上："我要先弄清他们的长相，摸清他们的行踪。接下来的事不必你参与，你在云头观里照顾昙奴，我一个人能够解决。"

转转知道她是怕连累她们，可是三个人相依为命，她不放心她们，她们也放心不下她。她搂了莲灯的胳膊说："北里我熟，只要他们到这里来，我都可以为你安排。"

莲灯携她往外走，笑了笑道："就因为你都熟，我才不要你出面。你替我照看好昙奴，弗居这次的药似乎比先前的有用些，再看看情况吧，实在不行我想办法进太史局，弄到药引子，好给昙奴去病根。"

说到太史局，转转就想起放舟来，含羞带怯地拿肩拱了她一下："可以请春官帮忙嘛，司天监不就隶属于太史局吗？我上次托你替我打听的消息，打听得怎么样了？"

莲灯嘴角一抽，长长呃了声："春官的名字叫放舟，二十五六岁年纪，幼时受国师收留，没有亲人，也没有妻房。"

转转拊掌道："甚好，也就是说他孑然一身，无牵无挂。我最喜欢这样的，和我们是一类人，没有三姑六婆，将来也少好些麻烦。"一边说一边搡她，"你同他提我了吗？他对我印象怎么样？"

莲灯不知道应该怎么回答她，放舟的话有几分真假暂且不能确定，他说和她有婚约，叫她怎么同转转交代？她想起这个就难受，什么狗脚婚约，无媒无凭的，作不得准。可是转转跟前她还是得提醒一下："人心隔肚皮，光是长得俊不顶用。据我看春官心眼太多，不好应付，你若真对他有意，将来得了机会好好观察，然后再做定夺。至于他对你的印象……尽是东拉西扯，没听出什么端倪。"

转转怅然若失："可见是个不为美色所惑的人啊！"好感又进一层。

莲灯落荒而逃，再也没敢同她继续这个话题。

次日她开始打探那位谏议大夫的一切，从住宅到平时活动的场所，甚至多从哪条路上经过都在掌握之中。连着跟上三天，终于等到个好机会，张家娘子要往蒲州省亲，张不疑送出城，带的人不多，两三个仆从，很容易解决。她挨在胡姬酒家的幌子后面暗暗咬牙，在城中动手怕落人眼，还是跟到城外再行事更稳妥些。

平头辇往这里来了，她背过身避让，正要提起厚毡蒙脸，不妨一道人影遮挡住了阳光。她抬眼往上看，高坐马上的将军背后霞光万丈，见了她一笑："人生何处不相逢啊，这不是太上神宫的贵客吗？！"

莲灯怔了下，不知他留意她多久了，不过看样子并未起疑，否则不会这时候来同她搭讪。她对他没有好感，他要寻衅倒没什么，可惜害她错过了好契机。她拿余光瞥了街头一眼，车辇越走越远，且不管能不能尽快打发他，既然被他撞上，张不疑暂且是动不得了。她有些懊丧，但不能发作，只得装作巧遇，拱手叫了声将军。

萧朝都四下打量："上次同我交手的不在吗？还有那个龟兹娘子呢？怎么只有你一人？"

莲灯应得很含糊："的确只有我一人。将军找她们有事？过所已经办好了，难道有哪里出了差池？"

他微微一笑："倒也没什么事，上次神宫一别，昙奴说要与我再切磋的，我等了很久，没见她到北衙来寻我。现在遇上娘子，便向娘子打听打听，她人在哪里，约定是否算数？"

原来还惦记着那天的事，昙奴出手狠了些，刚开始胜他半招，就让他耿耿于怀到今天。看来大人物的官威是有了，气量却都小得可以，这位云麾将军是这样，太上神宫里的国师也是这样。

她说："对不住，昙奴近来身子不好，恐怕不能赴将军的约了。等她痊愈了吧，或是将军着急，我代她向将军讨教也可以。"

他听后眨了眨眼，西域来的女郎真不简单，一个个彪悍得叫人咋舌，打架这种事也可以代劳。不过他的本意倒不在这上头，勒定马缰只管问："她身子不好？染了风寒？请郎中没有？"

莲灯点了点头："多谢将军关心，已经看过大夫了，我就是出来替她抓药的。"

他坐在马上半晌未语，隔了一会儿才道："原以为能同她再战，可惜了。娘子刚才说她这程子一直病着吗？要是郎中不济，我派个人过去给她诊脉吧。"

莲灯眯眼往上看，这份热心来得没道理。不过她要进太史局查卷宗，偷偷潜进去怕会遇上那些灵台郎，如果能够仗着他的身份走走人情，那事情就好办了。可是后面她要做的事避他唯恐不及，要不要和他扯上关系，还得再斟酌。

她复向他作揖："将军的好意心领了，现在这位郎中的医术精湛，就算换人也未必管用。不瞒将军，昙奴病得很重，试了很多药都不见起色，我心里急得厉害。方子上的几味药大多配上了，只差最后一味，这几日一直在寻访，可惜遍寻不得。"

他哦了声："是什么药，说不定我能帮上忙。"

缘从何处起，说不清楚，会有各种千奇百怪的由头。萧朝都和昙奴是打出来的，有种感情叫英雄惜英雄，他们之间就是这样。莲灯看得出他有心帮忙，但是不确定说出纯阳血会不会引发他的怀疑，便搪塞道："将军莫问，市面上找不到。但我听说太史局的典库里有关于这味药的记档，可惜太史局等闲进不去，将军能否替我想想办法？"

萧朝都觉得蹊跷："太史局由国师掌管，娘子既然同神宫有来往，要进去只需向国师说明，应当不难。"

她道是："可将军忘了国师时常闭关，要见他并不容易。再说我们初到长安就多次麻烦神宫，现在离开了又折返，实在有些不好意思。"她抿唇笑了笑，谦和道，"我也是病急乱投医了，将军若能施以援手，我等感激不尽。若是有难处便作罢，我大不了厚着脸皮再往神禾原走一趟，到底救昙奴要紧。"

萧朝都思忖了下，竟点头应了："我恰好有个朋友在太史局任职，你说的那个典籍库算不上机要，略疏通疏通，进去也就进去了。不过娘子且稍待，我得先同他商议。国师的治下马虎不得，万一办不成，不至于叫你白跑一趟。"

莲灯很高兴，忙向他致谢，他含笑道："我是为一己私欲，上次交手险胜，赢也赢得不痛不痒。治好了她的病，向她请教擒拿手罢了。"又问，"你们如今住在哪里？待事情说定了，我再派人通知你们。"

莲灯不想让他知道住处，因此推托道："不敢再有劳将军了，我们一直在外走动，随时可以去北衙听消息。昙奴这两天试了个新方子，不知道疗效如何，若实在不见好转，最后免不得要烦扰将军。"

萧朝都显然不嫌麻烦，大而化之地一摆手，拨转马头巡视去了。

莲灯目送他走远，再探张不疑的车辇，早已没了踪影。她叹了口气，意兴阑珊地牵马往回走，仰头看看天色，日正当空。等夜里吧，正牌夫人出了远门，他在广德坊有个外室，早晚会上那里去的。

打定了主意要办一件事，她就有那个毅力坚持下去。不再没头苍蝇似的乱转了，专在广德坊里蹲守。

毕竟没人知道百里济的女儿还活着，当初是官兵眼看着入土的，百里氏正房的这一支成了绝户，长安的相公们大可高枕无忧。察觉不到危险，日子当然过得不那么惊心了，即便怕死，身边安插高手护卫，到了外室这里也要避人耳目。一位专管弹劾官员、奉劝皇帝言行的谏官，偷了亲兄弟的外宅，说出来脸是要不成了。

莲灯坐在房顶上，临近年尾了，一弯下弦月细而淡。她嚼着胡饼，透过凄迷的薄雾看院门上，高杆顶端架着两只灯笼，照亮了台阶下一片空旷地。这里平常是不点灯的，今天有意留了门，看来错不了。

果然不久就见一顶小轿悄无声息地从院墙下斜插过来，莲灯直起身紧紧盯着，小轿到了门上停下，垂帘里出来一个人，正是张不疑。下轿后左右探看，确定没人方进了院子。

莲灯的斗志被点燃了，像豹子发现了猎物，身心都紧绷起来。她伏在瓦上仔细看，抬轿的被引进了后院，他近身只有一个长随，看脚步和身姿应当没练过武。

打扮得花枝招展的女人出来相迎，亲亲热热地挽着他进门，莲灯叼着胡饼顺屋脊攀过去，附耳听，能听见底下喁喁低语，无非是“郎君如何现在才来，奴家等得好心焦”之类的。

她小心翼翼地揭开一片黑瓦，底下人影往来，是在为他筹办酒席。

张不疑道：“圣上派五郎入剑南道督办粮运，清明前是回不来了，家下夫人又去了蒲州，每每要两个多月才折返，这期间天天费脚程，又要同坊间的武侯通气，实在麻烦。倒不如你收拾换洗衣裳跟我去别院，在那里住到五郎回来，也是可行的。”

那外室道：“卿卿，我知道你怜我。我这两日浑身酸痛得慌，癸水也晚了十来日，恐怕有了身孕。别院我是去不成了，你心里有我，多往此间走两趟，我也心满意足了。”

张不疑长长哦了声：“可请郎中看过？算了日子没有？是谁的？”

那外室一阵娇嗔：“叫我如何算得清，左不过是你兄弟两个，还有外人不成？”

张不疑嘿嘿笑起来：“这话也是，肉烂在锅里，是谁的又有什么打紧呢……”

房里人的谈话不堪入耳，房顶上的人直唾弃。这就是长安显贵们的生活，简直肮脏得难以描摹。现在想来国师当真是出淤泥而不染，洗澡被人撞破就一副悲恸欲绝的样子，再看这位名声在外的大吏，很难想象他们是同朝为官的。

底下推杯换盏，莲灯蹲在房顶等得极有耐心。酒过三巡淫声浪语一片，她翻着白眼发狠，待会儿刀要多锯两下，谁让她耳朵受罪，她就让谁付出代价。

终于屋里的灯灭了，她拔出竹筒里的迷香，从椽子的间隙扔了进去。隔了两盏茶，底下渐渐没有声息了，她翻下房檐潜进屋里，就着朦胧的光看，张不疑赤身裸体搂着娇娥，睡得正香甜。

她抽出刀比了比，刀尖碰不到那女人。她报仇的时候没有特别快意的感觉，只是很平静地在做一件事。一刀下去，血喷涌而出，像水囊破了个细小的口子，水从里面争先恐后地涌出来，发出断断续续的声音。

床上的女人睡得无知无觉，张不疑蹬了几下腿就完了。明天他的死讯传开，因为案发地很有议论性，死后会名声扫地，想来也是蛮解恨的。

她笑了笑，把刀镶回刀鞘。出来的时候不忘掩好门，重新跃上房顶，几个起落便消失在茫茫夜色里。

不远处的飞檐上立了个人，星辉晕染了他袍角上回旋的银纹，他静静站了很久，从她蹲守到离开一直都在。看她动作轻盈，想必事情办得很顺利。他沿她遁逃的方向眺望，夜色寂静，连一声狗吠都没有激起。他牵了牵嘴角，初出茅庐行动缜密，孺子可教也。

莲灯回到云头观，怕自己身上沾带血腥，在院子里洗漱过后才进卧房。转转坐在灯下守着昙奴，见她回来忙起身，上下左右都查看了一遍，压着声道："两天不见踪影，多叫人着急！怎么样？办成了吗？"

她点点头，笑道："还有两个。"

转转看她脸上神情，似乎有些不认识她了，睁着一双大眼睛惊恐地望着她："莲灯，你害怕吗？"

她迟迟抬起眼："为什么要害怕？我以前也杀过人，和寻常没什么区别。"边说边到榻前看昙奴，她消瘦了很多，莲灯跽坐下来握她的手，"你好些了吗？"

昙奴喘了两口气说："好多了，知道你出门办事，我又没法帮上忙，心里很着急。杀了一个就好，剩下的慢慢处置，别急于一时，落进人家的陷阱里。"

她嗯了声："我知道，无论如何年前是不会再动手了，下次定在上元，你快点好起来，给我出谋划策。"

昙奴咧嘴一笑："我也想呢，天天躺着，筋骨都不灵便了。"说着仰头看窗上，"明天长安城内就要不太平了，你动手的时候有没有特别留心，别叫人拿住把柄。"

她说："原本是要连同他的枕边人一起结果的，不过国师曾经告诫我不要滥杀无辜，这才放过那女人。拿迷香把人迷住了进屋子，宅中仆婢也都歇了，没人发现我。张不疑参劾了很多人，在外仇家应该不少。再说他死在兄弟的外宅，大理寺就算要追查，里面的恩怨情仇太多，且得费一番工夫呢！”

昙奴听了畅快地一拍褥子：“地方选得好，出师大捷，可喜可贺。”

莲灯心里很安定，刚才的事过去便不放在心上了。想起萧朝都来，替她掖了掖被角道：“前两天在街市上遇见了那个云麾将军，他同我问起你。”

昙奴不解地望着她：“他？问我什么？”

“你说过要去找他的，人家等了许久也不见你上门，实在按捺不住了。”莲灯回头看了转转一眼，“我觉得萧朝都对昙奴很上心，我说昙奴身上不好，他还打算遣郎中来替她治病，我怕昙奴的伤势被探出来，婉言谢绝了。不过和他提了太史局，他也答应替我想办法，让我进去查看卷宗。我想明天去找他，正好探一探案子有什么说法。”

转转斜起眼睛看昙奴，啧啧道：“真是个假正经，还说我心思活络，自己不声不响就搭上郎君了。”

昙奴躺在那里叫嚣：“你再胡说试试，别以为我不敢打你。”

转转现在有恃无恐，笑道：“你有本事就起来啊，真要有力气打人，说明病也痊愈了。”

昙奴挣扎了很久没能成功，第二天竟然人事不知了。转转急得大哭，莲灯默默看了一会儿，扎起腰带便出门了。

去北衙，找神策军。本来昙奴的情况还算不错，不知怎么一下就垮了，莲灯没什么闲心管其他的了，找到萧朝都，只求他带她到太史局去。

萧朝都这里正处理张不疑的案子，她来时忙得分身乏术。但听说昙奴不妙，略沉吟了下，唤副将来顶替他，自己扔下手头的事便将她送到了太史局。

有熟人总归好办事，萧朝都的朋友任著作郎，专掌史任，撰写名臣传，同典籍库也沾得上边。但外人进库终究不合法度，于是想了个办法让她换身行头，冒充局里的杂役，以打扫的名义混了进去。

她以前觉得洞窟里的藏书够多了，但和这里比起来简直少得可怜。幸好民间异文有专门的收纳处，但是几十部档案排列在一个架子上，一页页翻找恐怕要花上好几天。

她心里焦急，不能挨着顺序来，靠直觉抽取，但愿运气够好，能让她一下找到那部分记录。可是连着翻了五六本，都是近百年内发现的祥瑞和异象，根本没有关于生辰八字的记载。她脑子里浑浑噩噩，想起昙奴的样子，眼睛里蓄满泪。咬着唇抽出一本来，不是，再抽一本，依然没有。她匆匆跑到架子那头，众多典籍排列得很紧实，从中挑了本线装集。书取下来的一瞬间看到对面的光景，几乎不做其他考虑，很快把书又塞了回去。

刚才看到了什么？她愕然站着，眼泪攒得够多了，从眼眶里流下来，她却忘了哭。

是不是眼花了？为什么她看到国师的脸？

她的手没有从书上移开，想了想，还是把那本集子取了下来。

这一下头皮发麻，她目瞪口呆地看着对面，手里的书啪的一声落在了地上。

哪怕视线被豁口压缩成了窄窄的一道，她依然能品咂出国师的傲慢和愤怒。他的眉心紧蹙，一双眼睛把她射得千疮百孔，寒声道：“不告而别，你打算始乱终弃？”

这个词似乎用得有点奇怪，莲灯想了半天，觉得自己大概是读书太少，不能理解中原文化的博大精深。她慌忙捡起书抱在胸前，结结巴巴地说：“国师怎么还没闭关？”

他缓步绕过架子到她面前来，负手道：“闭关的时间由本座决定，本座想闭就闭，不想闭，便可满城抓贼。”

莲灯咳嗽了一声，讪讪笑道：“这里没有贼。”

他不说话，上下打量她，莲灯才想起来自己不该出现在这里，先前是礼之贼，这回变成偷书贼了。她暗中哀叹，既然逃不开，这件事早晚是要解决的，与其哀告求饶，不如拿出点骨气来，便点了点头说：“我是贼，不过罪行不算重，我觉得还有挽救的余地。”

他挑了挑眉，眼波一转别开脸，姿态骄矜但又似乎愿意听一听她的方案。其实她离开太上神宫就认为已经逃出生天了，完全没有给他交代的打算。现在他来了，她总要有点诚意，万一他心情好，愿意救昙奴呢。

“我替国师办事吧！”她舔唇道，“国师有用得着我的地方尽管吩咐，莲灯为国师上刀山下油锅，在所不辞。”

他闻言一哂：“本座徒众甚多，挥挥衣袖四方皆动，有什么事缺了你办不成？你又能为我做什么？”

他拿话噎她，她也不气馁，一本正经道：“国师麾下都是泰山巨石，然而棱角相抵，总有中空的地方。我虽然不起眼，却未必毫无用处。国师目下想不起来哪里能用上我，我先赊国师人情，待国师想起来了，我随时听候国师差遣。”

他转过身，华美的衣角撩起个惊艳的圆弧，寒声道：“这种账是你想赊就能赊的吗？你连夜潜逃，毫无诚意，叫本座如何相信你？况且我这里也不缺小石子，你对本座来说毫无用处。”

莲灯愣着两眼看他，那他究竟想怎么样？这不行那不行，她也无计可施了。

她重重叹了口气："中原负责任的办法无非是娶，但国师是男人，我是女人，我娶不了你啊。"

他猛然回过身来，脸色不佳："你说什么？"

她吓了一跳，忙转圜道："不是的，国师千万不要误会，我没有半点要亵渎你的意思。我是说……中原约定俗成的办法，一娶了之，不都是这样嘛！国师当然和那些女郎不同，国师是一国之柱，断不肯委屈下嫁我的。我是沙漠里来的人，没宅没地……"她突然发现越说越糟糕了，心慌意乱地停住看他。他果然生气了，那张脸白得发凉。莲灯心有戚戚焉，搓着手道，"国师……我除了为你卖命，别的当真无能为力啊……"

她"啊"字刚出口，见他弹指一挥，不知什么笔直飞进她的喉咙，她还没来得及反应，咕的一声就咽下去了。

她心想这下大概死定了，绝望地捂住了脖子："带话给阿菩，就说我今生报不了他的大恩了……"

他皱眉看着她，她穿着灰褐的缺胯袍，歪戴着帽子，纵然面孔再漂亮，那副垂死挣扎的样子也实在不敢恭维。以为他下毒要毒死她吗？真想要她的命，用得着这样麻烦？他拂了拂衣袖："闭上嘴，吵死了！你有鲛珠，可以抵御百毒，还怕什么？"

她有些后悔："鲛珠不在我身上，我要不治身亡了。"想了想，只杀了一个张不疑，另两个还在逍遥着，顿时觉得有点死不瞑目。

他的脸色越发难看了："这么难得的东西，你竟然弄丢了？"

她说："我让转转戴着，怕她遭人毒手。"

所以别人赠予的东西在没有知会一声的情况下转赠他人，这是她表示感激的方式？他冷冷抿上唇不再说话，只是缓慢点头，每点一下，应该会让她的恐惧更深一分。

莲灯却还木讷着，想起卧床不起的昙奴，张嘴欲求他，可是一看他的脸色，吓得把话又咽了回去。

总觉得他对她有很多不满，可是这种不满又难以表达，究竟是什么，除了聚星池上发生的一切，大概还有其他。他森森的眸子，看一眼就浑身发冷，可不知为什么，他站在这里已经没有往日那种触不可及的感觉了，她甚至觉得自己能透过那袭华美的衣袍，看到他不着丝缕的样子……

她慢慢红了脸，以前心里平静，不知脸红为何物，现在见到国师就心慌惧怕，这种慌来得没道理，也难以自持。

他起先横眉怒目，彼此一旦沉默下来，便隐约咂出了不同的味道。她不时抬眼瞥他胸前，湖上那晚的情景便在他眼前再现了，还有随之而来的淡淡的羞耻感，令他不自觉地退后了一步："你这是什么眼神？到底在看什么？"

她唔了一声："没有什么，瞎看。"

他额角一跳，瞎看又是什么意思？抓紧了衣袖的手想抬起来遮挡，迟疑了一下，最后还是忍住了。别过头提醒她："鲛珠得来不易，太上神宫里总共只有五颗。本座赠你，是想让你作傍身之用，不是让你拿来当人情随意兜售的。你要办事，不随身携带，万一遇上兵刃淬毒，到时候怎么办？死吗？还是再入神宫来求本座？"他斜眼一瞥，"本座不救无用之人，你免开尊口。还有那颗鲛珠，去要回来，不准落入外人手里。若是你不拿它当回事，就请你送还本座，免得糟蹋了圣物。"

莲灯听了忙答应，愧怍道："鲛珠珍贵我知道，正因为如此，我才放在朋友身上。我自己不要紧，唯恐朋友出事。国师不知道，陪我来长安的两个同伴里有一个中了毒，性命垂危，我害怕另一个有闪失，就把鲛珠留给她防身了。"

她一面说，一面觑他神色。虽然他已经明确表示不救人了，但把昙奴的情况说出来，好歹碰碰运气。谁知他果然无关痛痒，哼道："自己生死未卜，还有闲情管别人的事。"

经他提醒莲灯才想起来，刚才吞了不知名的药，到现在都没毒发，间隔时间好像有点长了。她低头细品，其实依旧毫无反应，心里实在没底，便小心翼翼地问他："国师刚才给我吃的是什么？总不会是太上老君的仙丹吧！"

他露出想得美的神情，骄傲地抬了抬头，下颌曲线绷得紧而玲珑，半晌方道："这药是奇药，你对本座忠贞不贰时它不会将你如何，可你一旦有了贰心，且不知悔改，它就会折磨你，让你痛不欲生，最后肠穿肚烂而死。"他说着垂下头，凑近她神秘一笑，"所以你只要俯首帖耳，它会助你功力大涨，但你若是背叛本座，那它就是毒药，随时会要你的命，就算戴着鲛珠也不管用，可明白吗？"

莲灯骇然望着他："说了这么多，不就是蛊毒吗？！国师是名门正派，怎么还干这样的事？"

他白了她一眼："本座何时说太上神宫是名门正派了？再说遇正则正，遇邪则邪，凭你的所作所为，有什么资格来指责本座？"

莲灯一直以为国师修炼多年，已经到了半神的境界，应该比任何人通达无量。可是现在她看到了他的小肚鸡肠和斤斤计较，简直与正殿中初见时判若两人。这还是原来的国师吗？这么蛮不讲理，他的手下知道吗？

她憋了一口气想发泄，但是看到他的脸，又萎靡下来。反正现在药下了肚，再说什么都晚了，她只有尽量问明情况，能规避就规避，因为实在不想死得那么难看。

“忠贞不贰我可以做到，只要国师有吩咐，莲灯一定竭尽全力。”她顿了一下嗫嚅，“我就是想知道，这药的药效能维持多久，等我离开了长安，是否还起作用？”

她显然是没有理解所谓的“忠心”是什么意思，是为他卖命，赴汤蹈火吗？不是。他笼着两袖索性解释给她听：“事事以本座为先，不问对错都要站在本座这边。本座让你往东，你不能往西，本座让你站着死，你不能坐着死。期限嘛……似乎没有时间地点的限制。总之有生之年你都要对本座唯命是从，还有一点最要紧，心里不能有别人，如果你的儿女私情影响了你的判断，后果怎么样，你应当知道。”

莲灯惊得合不拢嘴：“那就是说我以后都不能嫁人了？”

他脸色骤变：“你做下这种无耻的事，还想太太平平嫁人？”

莲灯啊了一声，突然有种前程尽毁的感觉。她到底干了什么，要接受这样不公平的对待。不就是看到了他的背吗，连前面是什么样都没分辨清，就要为此赔上一辈子？她眼泪汪汪地望着他：“国师不觉得惩罚过重吗？我过年才十六，还有好几十年的寿命。”

他转过头，不为所动：“本座允许你在太上神宫住到老死。”

她简直连同归于尽的心都有了，仍不愿屈服：“我只看到一点儿！”

“你还想看多少？”他狠狠扔过来一句，“觉得本座待你不公吗？谁叫你自作孽！”

本座长本座短，夜郎自大不讲情面。可是不能和他硬碰硬，莲灯放低姿态讨饶：“我是王阿菩的徒弟，不能通融通融？”

他连看都不看她一眼，转身就往外走，边走边道：“如果不通融，你现在应该在大理寺的天牢里。”

莲灯看着他的背影干瞪眼，罢了，事已至此，看来都是她的命。现在针尖对麦芒没有用，等国师心情好些再慢慢求情不迟。眼下要紧的是昙奴，她的毒入了肌理，弗居说再晚就来不及了。她顾不得许多，忙提袍追了上去。

“国师……国师……”她矮着身子跟在他身侧哀求，“我的朋友快不行了，求国师救救她吧。”

他恍若未闻，穿过光影斑驳的回廊继续前行。莲灯不得不加紧步子，眼看要追不上，壮起胆子拉住了他的衣袖。

国师何等尊贵，衣料必然是最上好的锦缎，摸上去滑得流水一样。可惜他不喜欢她的触碰，往后一扯，把她甩开了：“我说过不救无用之人，你的朋友是死是活，和本座有什么相干？”

莲灯说：“记在我的账上，算我又欠国师一笔，不成吗？”

他牵着半边嘴角，似乎在微笑，可眼神却不是那么回事：“你在本座这里还有赊账的余地吗？”

她被回了个倒噎气，呆站着不知道怎么办才好。他要走，她也没有再纠缠，只是觉得昙奴如果死了，自己报完了仇，想必要陪她共赴黄泉了。

她抬袖擦了擦眼睛，他不愿救，不能怪人家铁石心肠，毕竟他不欠她的。她叹了口气，转身打算回库，没想到他行至回廊尽头，脚下倒停住了。踅身看，她拱肩缩背，样子落寞可怜。他动了点恻隐之心，唤她一声问：“你偷偷潜进太史局是为什么？”

她忙转头回话：“昙奴的药方里差了一味药引子，我听说太史局有关于长安异人的记载……我要纯阳的血，救昙奴的命。”

他的眉头几不可见地一蹙：“要纯阳血？谁同你说的方子？”

莲灯说：“是转转的朋友，她通医理，已经替昙奴治了十来天了。”

她满以为他既然过问总不会见死不救的，谁知他没有那么好的兴致，只说：“世上没这样的人。”说完缓步下了回廊，往别处去了。

莲灯呆住了，没这样的人，那昙奴岂不是没救了？昙奴的命是她捡回来的，结果最后还是毁在她手里，那当初救昙奴又有什么意义呢！

她觉得无望，垮着双肩出了太史局。萧朝都还在门上候着，见她出来忙迎上前，追问：“有没有找到？”

她摇了摇头：“没有，世上没有这样的人。”

萧朝都听得一头雾水：“你不是去找药的吗，怎么又变成人了？”

她看他一眼，答得有气无力：“人就是药，药就是人……”实在无心说话，漫无目的地沿着安上门街往前，自己也不知道该去哪里。

身边行人络绎，她停下脚步站了很久，不知道人群里有没有她要找的人。现在有些惧怕回云头观了，怕看见昙奴的样子，也害怕面对转转的追问。可是躲着不是办法，当真能够不管昙奴的死活吗？

她还是回到云头观，进门便红了眼圈。转转却显得很高兴，拉着她让她看桌上的瓷瓶：“刚才有个人送了这个来，说是你要的东西。我闻了闻是血，正要问你从哪里找来的呢！”

她讶然拔了木塞，里面黑黝黝的看不清，但有股甜腻的味道隐隐飘出来，果真是血。她愣住了，国师明明说没有这个人的，转头就送来了，那么先前只是为了打击她吧！她忽然欲哭无泪，心里又是怨恨又是感激，抱着瓶子哽咽起来。

转转不明所以，只当她是担心昙奴，宽慰道：“你别急，弗居已经在熬药了，不多会儿就能用上。”

她忙擦了眼泪去看昙奴，她还是昏昏沉沉不认人。转转在旁叹气：“已经到了这个地步，死马当成活马医吧。弗居把看家本事都拿出来了，如果再不成，恐怕就要准备棺材了。”

这时弗居端着药进来，墨黑的药汁子，装了满满一大碗。转转把瓶里的血加进去，拿勺搅了搅，三个人合力将昙奴扶坐起来，一口一口喂完，剩下的就只有等了，成败在此一举，谁的心里都没底。

不知过了多久，大概足有两刻，昙奴居然自己撑身坐起来了，喊了句莲灯。莲灯和转转惊叫一声，上去紧紧抱住她，转转涕泪纵横：“这下好了，且死不了了。”

可是弗居一句话就打破了她们的美好愿望：“别忘了那根芒针还在她身体里，要想痊愈，得把病根祛除了。还有这碗药，只能解燃眉之急。接下来每隔七天发作一次，就需要不停从那个人身上取血，你们得同人家知会一声，看看他愿不愿意长期提供。”

莲灯不知道那人是谁，回头再去问国师吧！她也下了狠心：“反正不管怎么样，血是一定要取的。他答应则罢，不答应就怨不得我手黑了，绑也要把人绑了来。”

·第五章·
灯市

到节下了，处处张灯结彩预备过年。太上神宫平时杂事不多，国师隐居神禾原，神龙见首不见尾。但终究是吃朝廷俸禄的，年终时露个面，入宫觐见皇帝陛下，也算是分内的事。

皇帝病重好几个月了，不能临朝，颐养在大明宫里。上了年纪的人喜欢忆旧，见国师来，草草问了星相年景，便让人搀扶着躺在门前的躺椅里，絮絮同他说起年轻时候的事。

今天日光丰沛，几近凋零的生命看见太阳，总有无尽的感触。圣上眯着眼仰望天空，脸上有种空洞的伤感：“临渊，你与朕相识有多少年了？”

国师俯首：“到上元，恰满五十载。”

圣上怅然：“五十年啊，一晃眼就过去了。朕还记得那时的境况，朕行三，在众兄弟中并不受阿爷宠爱，是你慧眼识珠，断言朕必能飞龙御极。果然你说得没错，朕登上帝位，执掌江山四十余年，不求有功，但求无过。幸而上天垂怜，大历这些年富庶依旧，朕就算下去，也有脸面对列祖列宗了。”

人越老，心就变得越柔软。国师在旁安静听着，见他竟泫然欲泣，从内侍手中接过丝绢替他拭泪，温声道：“陛下别说这样的话，一时身上不适，人人都有。心境开阔些，往好处想，慢慢身体也就康复了。臣近些时候一直在为陛下调制金丹，眼看炼成在即，陛下千万放宽心，不说保陛下长生不老，延年益寿还是可以的。”

圣上呼出一口浊气，调过视线看他，笑了笑道：“朕不学秦始皇，对丹药也从来不感兴趣。你彼时劝朕戒荤腥、远女色，朕做不到。到如今皮囊渐老，已经是无可挽回了。倒是你，这些年容颜不改，五十年前的结袍挚友，现在竟像祖孙似的，想来好笑。不过神仙岂是人人做得的，要看机缘，也要看命。朕这一辈子熏灼鼎盛，同常人比起来还有什么不足？只是到如今太子的人选还没有议定，有些不安稳罢了。我曾问你谁有升龙之相，你讳莫如深，现在呢？依旧如此吗？”

他含笑摇头：“陛下忘了，彼时你的命数，我也从未同高宗说起。有些事是天机不可泄露，道破了反倒乱了章程，还是顺其自然的好。臣只能请陛下宽心，我大历三代之内必出英主，到那时会崛起一个空前繁荣的盛世，大历也会成为史书上最无与伦比的朝代。”

圣上听后欣然而笑：“果真这样，朕在地下也得告慰了。前有英主后有国师，大历会千秋万代一直兴盛下去。”他心满意足地长叹，“如此甚好……甚好……”

行将就木的人，气弱支撑不了多久，今天算是好的了，能同他说上这么多话。他站了一会儿，见今上昏昏欲睡，便随内侍退出了紫宸殿。

今年春交在年前，算是个早春。天气虽阴冷，东内的景致却因过节精心打理过，苍柏劲松，衬托着连绵的宫殿，有种难以描绘的恢宏。他缓步踱出宫门，到游廊底下唤了声九色，草地上正乱嗅的鹿立刻蹦过来，在他腿上亲昵地蹭了两下。他垂手抚抚鹿头，喃喃道：“该回去了……如果我也把你丢在这里，你会不会很难过？”

九色是鹿里的翘楚，心智和四五岁的孩子无异。听他这么一说，让它想起混得很熟、临走却没有同它告别的某个人，顿时伤心起来，抬起大大的眼睛看向他，眼里莹然有泪。

临渊失笑，在它额上轻轻一点：“她跑不远的，哪天想她了，本座带你去看她。”复招招手，领它往丹凤门上去。

中路两旁金吾擎矛而立，国师具服华美缓步前行，身后跟着一头颈戴银铃的幼鹿，一路走，一路掀起悦耳的铃声。

金吾侧目，他们眼里的国师实在是个高深莫测的人，从来与周围的一切格格不入，看上去慵懒散漫，不显得功利。活了一百多年，样貌不变，且永远有颗年轻的心。只不过岁月定格住，对一个人来说不知道是不是好事。活得太久也会寂寞吧！所以他的身边从来不缺宠物，鹿之前曾经养过豹子，养过蛇，后来那些动物渐渐都老了，寿终正寝时他会难过一番，然后重新物色，再出现时又有新鲜的生命相伴。

明光铠在太阳底下泛出杀气腾腾的芒，那头鹿年幼并不惧怕，在剑戟之间流连穿梭。他有这个耐心停下等它，百步的金砖路走得旁若无人，也许在他看来，他们这些肉体凡胎存在和不存在都一样吧！

终于到了尽头，但等着等着，等来了梁王。

国师与大历同寿，辈分太高，梁王虽然是皇后嫡出，在未登极之前，见了国师仍旧要行礼。他迎上来，长长打了个躬："小王先前还说要去神宫拜会国师，没想到在这里遇见，真巧得很。"

国师是谦和的人，至少外人看来从不自视过高，揖手还了一礼道："许久不见殿下，殿下安好？"

梁王应了个是，比手将国师引到门楼下，满脸堆笑道："听说国师寿诞将至，小王备了薄礼，命长史送到神禾原，连去三次，只可惜每次都不得其门而入。今天既然见了国师，请国师赏脸，小王设宴，聊表寸心。"

他迟迟啊了声："寿诞将至……殿下有心，臣都快忘了自己的寿诞是什么时候了。每庆一回生，就提醒臣又老了一岁，这种滋味不好受，所以早就取消了。"说罢见梁王脸上尴尬，抿嘴一笑道，"殿下的情臣还是领的，至于宴席，臣滴酒不沾，去了也是扫兴。"见他手里有奏疏，便问，"殿下进宫来是为上奏？"

梁王道是："国师先前见了圣上，圣上精神还使得吗？"

他慢慢摇头："说了几句话就乏累，现在已经睡下了。"

梁王捏着奏疏进退两难，便向他讨教："国师听说谏议大夫遇刺一事了吗？小王就是为这个来的。按说朝中大臣枉死，应当回禀圣上一声。但目下圣上龙体违和，再为这件事烦扰，不知圣上可会反感。"

他听后敛袖道："圣上器重殿下，命殿下监国，殿下就应当担起这份责任来。谏议大夫从四品，位不在三公九卿之列，照臣的意思，殿下完全不必惊扰圣上。如今多事之秋，满朝文武都在看着殿下，殿下如果能将案子办下来，也好叫众人心服口服。"

他的话不说破，但对梁王的提点足够了。梁王的资质其实并不高，全因子凭母贵，格外得些眷顾罢了。他现在需要机会证明自己，所以国师的话自然也颇顺耳。

"那么依国师看，这件案子当往哪里查呢？"

临渊想起那个摸黑潜进人家宅邸的身影，嘴角扭曲了下："臣对查案并不精通，不过依臣愚见，张公乘坐的那顶小轿上倒可以多做文章。殿下是极聪明的人，不会连这么浅显的门道都看不出来，臣班门弄斧，叫殿下笑话了，惭愧得很啊。"

梁王被他说得一头雾水，可既然聪明人都能看出来，他要是再追问，岂不是变得驽钝至极了？于是拖着长腔啊啊了两声，脸上带着会心的笑，表示自己一点就通了。

国师露出欣慰的笑容："臣忙于为陛下炼制丹药，不便久留，就此告辞了。"

梁王晕头晕脑地相送，拱手请国师走好，再回过头细想，还是想不出所以然来。

国师负手而行，怡然自得。刚才那番话别说梁王不明白，连他自己都不明白，完全是为快速摆脱纠缠想出来的托词。莲灯看着不太聪明，但是她的胆色用在了刀刃上，如今疑点全集中在外宅，谁想得到死了几年的仇家会来找张不疑索命呢！

他的车辇停在宫门上，银辕金顶好不奢华。随行的秋冬二官来搀扶，他提袍坐定，敲了敲车帷，九色一跃到他脚下，在锦垫上伏了下来。

车轮滚动，漾得铁马叮当。他静心合上眼，走了不多久，突然车身一震。他茫茫睁开眼，冬官隔帘禀告，说有位小娘子求见座上。

他动动手指勾起垂帘，看见帘外人，唇角轻轻挑了挑："本座今日没空，有什么事，让她明日来神宫。"

车内的嗓音幽幽传出来，车外的人当然也听得见，她急忙摊手拦住了他的去路："莲灯着急求见国师，国师见一见我吧！"

车内半天没有声息，隔了好一会儿才道："总没有好事……到底有多急？"

莲灯想了想，很急似乎不够表达现在的心情，便道："急不可待。"

帘内传来哧的一声，所幸还算容情，开恩式地扔了句："去太史局吧，路上不好说话。"顶马踢着小步嗒嗒走起来，车内的九色听见莲灯的声音，从垂帘的间隙里把脑袋探了出去。

莲灯起先没注意它，等到了太史局见它向自己奔过来，生生撞了她一个趔趄，把她脸上的纱罗都撞落了。她哎哟一声，仔细辨认，讶然叫了声无名。

国师徉徉走来，乜斜她一眼："它有名字，叫九色。"

九色昂了昂脖子，表示她以前太不拿它当回事，无名来无名去，作为国师爱宠觉得很掉价。

莲灯却不这么认为，难怪这鹿这么聪明，原来一直是国师养在身边的。可它既然和别的鹿不同，为什么要不停对她表亲近？几次观察下来都觉得它不单纯，还有点小心机，果然谁养的就像谁。

她偷偷啐它一口："妖兽！"

九色顿时火了，一记顶牛，顶得她差点找不着北。她这厢被国师欺负也就罢了，现在还要被鹿欺负，真是没天理。莲灯愤愤扬起手，气恼之下打算教训它，可是它却不逃，大大的眼睛定定望着她，她突然觉得有点舍不得，凑手在它的犄角上摸了一把。

“是叫酒色吗？国师这么有学问，居然坑害你！”她咂了咂嘴，“早知如此我给你取个名字多好，我叫莲灯，你叫莲麓，看看多亲近。”

九色果然有点动摇了，转头看国师，国师皱了皱眉：“不是酒色，是九色！‘出海云霞九色芒，金容滉漾水中央’，你没听过这句话？”

莲灯立刻顿住了，咬着嘴唇没敢吭声。

他也不搭理她，背手往厅堂里去，穿过几道门禁，才至司天监别馆。

司天监算是太史局里最重要的一个类别，这里的陈设和别处不同，大得惊人的几座铜物件高高伫立着。莲灯第一次看到这样构造复杂的东西，站在底下观察了很久。铜仪的主体是几层交错的圆圈，两角各有玉虬一条，吐水入壶，壶底的漏孔滴水推动圆圈，圆圈就按着刻度慢慢转动，一刻不停。

国师见她看得出神，曼声道：“这是浑天仪，日月星辰、二十四节气、二十八列宿皆在其中。”往另一个形似酒樽的仪器指了指，“那是地动仪，桶身八条金龙对应八个方位，哪里有地动，哪条龙口中的金珠就会落进蟾蜍嘴里。”

莲灯在敦煌时也读过书，但是基本没有接触过天文历法之类的知识，因为不懂，所以敬畏，看国师的眼神又多了几分崇拜。

国师清了清嗓子，做出一副不以为意的样子来：“你适才不是急不可待要见本座吗，是有事还是怎的？”

莲灯忙说是：“国师上次送来的那壶血救了昙奴的性命，我是专程来感谢国师的。”

他的眉毛微微拱起，点头说好：“既然有用，就说明她命不该绝。”顿了顿转回身，高高在上地睥睨她，“还有吗？你来就只为了说这些？”

“不止。”她绞着手指怯怯望他，“我想问国师血是怎么得来的，那个宿主现在在哪里？”

他有些不解：“血已经给你了，还找宿主做什么？”

她略犹豫了下，小声道：“昙奴的毒每隔七天发作一次，每次发作都要服药。所以我想找到那个人同他商议，看看拿什么交换能让他心甘情愿供血。如果条件不苛刻最好，可万一他不答应，我打算把他抓起来带回去，以后随需随取，就不用再麻烦国师了。”

谁知他听后脸色发寒，咬牙道：“人心不足，恩将仇报！人家不愿意就强逼，还说什么随需随取，你是打算把人当鹿养吗？！”

他突然发怒，她不知如何是好，小声道：“我是救友心切，再说每次一盏血，不会要人命的。”

他回身怒目看着她，那双眼睛深渊似的，有点可怖。幽幽接口道：“量不多，确实不会要人命，可是为了取血每每拿刀划伤口，你知道有多疼吗？”

他的表情简直感同身受，莲灯呆滞道：“应该不会有多痛吧，划完了我会买鸡炖汤给他滋补，用不了多久伤口就长好了。国师上次既然把血送来，那一定知道宿主是男是女吧？”

他缓缓吸了口气：“问这个做什么？”

莲灯道：“我怕是个女郎，给人家身上留下疤痕不好。”

他皱起了眉头：“照你的意思，男人身上留疤就没什么妨碍？”

应该是这样的吧！莲灯的印象里男人皮糙肉厚，身强体壮，隔七天一小盏血，完全能够承受得住。想当初昙奴身中那么多刀，将养了半个月也痊愈了，一个男人怎么能经不得这点小伤小痛呢！

她不说话，看表情是默认了。他慢慢平静下来，笼着两手道：“你说得心安理得，本座倒是很好奇，凭什么别人要为你的朋友伤害自己？给过一次已经仁至义尽了，你却打算长期索取，这是你做人的道理？”

莲灯果然仔细考虑了很久：“国师说得是，这样的确没道理。”在他觉得她良知未泯时，又补充了一句，“可我本来就是个没道理的人，同我讲道理也是枉然。我只知道对身边的人好，不想她们莫名其妙地死掉，所以为了她们，我可以做任何事。”

他被她回得一愣：“难道你忘了和本座订下的协议？本座念你大仇未报没有将你捉拿回神宫，你却在外无法无天，打算将本座置于何地？”

她当然没有忘记他趁她不备下药的事，可是对他忠心和救昙奴没有冲突，也没有损害他的利益啊。她歪着头望他：“那药不是防止我嫁人的吗，昙奴只是个女人，连女的也不能亲近吗？”

她突然开窍，令他猝不及防。他不记得和她详细交代过感情的归属问题，当时明明说得很笼统，谁知被她悟出精髓来了。

国师语塞片刻，又找到了新的突破口：“本座说过要你唯命是从，如果不许你再管昙奴的事，你是不是决定为她背信弃义？”

简直不讲理到家了！莲灯站在那里，心里打定了主意，即便肠穿肚烂，也不能眼睁睁看着昙奴毒发身亡。

“国师提任何要求，我都可以照国师的吩咐去做，唯独这件事，恕我不能从命。”她满脸倔强，一身玉碎的英雄气概，“我宁愿死，也不能做对不起朋友的事。昙奴原先在大漠好好的，因为我才来到中原，也是为了替我打探仇家，才落得现在这样的下场。我欠她的情还不完，唯一能做的就是让她活下去。别说取别人的血，就是要我杀人，我连眼睛都不眨一下。”

他很生气，胳膊上的伤口也隐隐作痛起来。

她以为纯阳的血那么好找？像街边卖萝卜青菜一样，随意就能抓回家的吗？长安城百余年内只出了三个，另两个一个作古，一个动不得，她要把宿主圈养起来，告诉她他就是，看她有没有这个胆子！其实话很容易说出口，只是这次救人救得有点丧失尊严罢了。他是极爱惜自己身体的，在手臂上拉个口子不知挣扎了多久。原以为下不为例了，谁知道她又找上门，这回还打算长期索要，是不是有点蹬鼻子上脸了？

他想狠狠斥责她，又怕坏了自己的风骨，隐忍半天实在忍无可忍，刚想开口，就看到她的眼泪滴滴答答掉下来，比浑天仪上的漏眼滴水还要快些。

他措手不及："你这是干什么？"

她站在那里居然号啕，把他吓了一跳："国师不答应我，我今天就哭死在这里！"

他又气又好笑："本座活了这么久，还没见过哭死的人呢，你不妨试试看。"

他说完这话就后悔了，她有股戆劲，也不出声，只管不停抽泣，涕泪滂沱。他没见过有人能够哭成这样，卷着袖子束手无策："你是想败坏本座的名声吗？别哭了。"

她不声不响，只觉得心口郁结难纾，把这几天受到的坎坷都哭出来，才能感觉好受些。

国师被她弄得骑虎难下，一甩袖子打算不去管她，可是她哭得太投入，眼看着人摇晃起来。他大感头疼，女人到了走投无路的时候有独门法宝，但凡是个男人都受不了这种无休无止的绵绵呜咽。他心浮气躁，顿足低喝让她噤声，倒震动了地动仪，一颗金珠咔嗒一声落进蟾蜍大张的嘴巴里。他愤愤捡起来，重新镶回去，再一回头，她下盘不稳，人倾斜过来，一下子扑在了地上。

他纳罕地打量她："世上真有哭死的人吗？我以为少说也得哭上半个月……"

她趴在地上一动不动，看样子真像死了。他心头一紧，忙过去看她，她像个破布偶一样攀起来，就势抱住了他的腿："国师，我已经七天没有好好睡觉了，劳累加上落泪，说不定真的会死。"

国师脸色微变，被她抱得迈不动步子，沉声喝道："放肆！松手！"

"我以为国师会接住我的。"她仿佛没有听到他的话，语调委屈，轻声抽泣，"唉，膝盖好痛……"

她的神来一笔不知是从哪里发掘的灵感，这颗脑子似乎有点异于常人，死扒着算赖上了吗？饶是国师见惯了大场面也有点无力招架，缩了缩腿，没能收回来。

"松手！"他又道一声，奇怪已经没有刚才那么生气了，"你的朋友要是看见你这样为她求药，恐怕立时死的心都有。”

“不一定。”她说，“阿菩教过我，能屈能伸大丈夫。如果换了国师为阿菩求药牺牲，他一定不会死，而会更坚定地活下去。”

国师想起那个损友就心寒，果然教出来的徒弟也让人头疼。他垂眼看她：“你打算一直保持这个姿势吗？人来人往，被人看见像什么？”

她却落落大方：“我无所谓，和上次比起来，这次根本不算什么。”

国师的额角忍不住跳起来，忙扶住了，以免自己失态，顺了顺气道好：“你先起来，起来了咱们再从长计议。”

莲灯听了果真站起来，只是脸色发青，鼻尖粉红，看上去狼狈可怜。

他调开视线，心平气和地告诉她：“芒针入经脉，无法可解。就算让她吃药，也是治标不治本。她身上的毒产自西域，要找出解药，恐怕得费一番工夫。本座会下令命神宫徒众寻访，但是下毒之人已经死了，不敢保证一定能够找到。你要的血……我再替你讨一回，但因宿主风华绝代不是凡人，本座也不好意思再三相求。下次就算你哭死撞死，本座也不管了，听明白没有？”

她惶惶瞪大眼睛：“国师……那十四天之后没有解药，昙奴怎么办？”

他拧了眉头：“和本座有什么关系吗？”

她又带上了哭腔：“国师……”

他抬手制止了：“你若是答应，我现在就去为你讨血，要是不答应，连这次的也作罢，究竟如何，你自己选择。”

她还有什么选择，当然能拖一日是一日。国师见她没有异议，转身朝大堂另一边去，莲灯追赶两步喊了声：“平时要一盏，这回能不能要五盏？存放得当，或许能够维持一个月也说不定。”

国师猛然回身恶狠狠地瞪她，莲灯瑟缩一下，谄媚地对他拱了拱手。

什么是得寸进尺，这就是！国师一面走，一面愤懑不平。帛裳曳地，险些把他绊倒。他气闷地提起来，跨过两三级台阶到了平时休憩的地方。凉阁的廊檐外垂着一排竹帘，齐齐卷起半幅，略带寒意的春光斜照进来，打在光滑的地板上。

他进阁内，翻出一只瓷瓶放在案上。估量一下似乎过小了，装不下那么多。于是重新打开三彩柜，找了只银瓶出来，然后卷起广袖，把手臂搁在瓶口上方。

他是优雅的人，身上从来不需要携带兵器，抬抬手指就能划破长空。他蹙眉在小臂上割了道口子，血汩汩流出来，他转过头没敢看。国师很厉害，但是有点晕血。

长廊那头穿着藤花色大袖衫的人缓步而来，到了门前站住了脚：“师兄近来和以往不一样了，这样自残的事也做得出来，究竟是为什么？”

他脸上淡淡的，觉得没有必要同她交代，随口道："我有我的打算，你别过问。"

翠微默不作声，看他把银壶装满，知道他见不得血，抽出手绢替他包扎好，低声道："那位小娘子又找来了，师兄打算怎么安排？"

他说："王朗的托付，能怎么安排？不过尽我所能罢了，你不要多心。"

翠微抬眼看他："相帮须有度，师兄帮得太过，未必是好事。"她复垂下眼，把手绢又绕一层，打上了死结，低声道，"依我的意思到此为止，别为了一个小丫头，赔上百年基业。"

他把袖子放下来，垂手塞上瓶塞，转身欲下台阶，走了几步顿住，没有回头，只说："那天她夜遁，是你放她走的。我们师兄妹这些年来毫无嫌隙，若为小事闹得不愉快，就太伤人心了。"

翠微脸上什么表情他并未留意，彼此之间的淡漠深入骨髓，不是没有感情，是无法转圜的一种相处模式。他有纯阳血，物极必反，所以终年寒冷。不说人有趋光性，至少不会心甘情愿一直躲在背阴的地方。他想改变一下，不管哪个方面，都想改变一下。

他回到前堂，她人还在那里，抱着手臂靠着廊柱，一副神思恍惚的模样。忽然看见他，乌云缝隙里渗透出阳光一样，满面笑容迎了上来："这么快？那位风华绝代的宿主一定在这里吧？国师可否引见引见，我好当面向他道谢。"

他没好气地瞥她一眼："你觉得本座是你能哄得团团转的吗？"把银瓶扔过去，不耐烦道，"拿上你要的东西走吧，血放久了会不会失效本座不知道，总之下次不要再因为这件事来找我。"想了想又道，"如果有必要，本座会去找你的。还有广德坊里那件事，朝廷已经命大理寺承办，城中戒备也随之加强，你要好自为之。"

莲灯抱着瓶子千恩万谢："那件事我有分寸，多谢国师提点。国师说要来找我，知道我们现住哪里吗？"

他的目光里有毫不掩饰的鄙夷："本座连昙奴受伤的原委都知道，会不知道你们在哪里落脚？"

她才转过弯来，哦了声说好："那我就先回去了……"挪了一步重又转回来，笑道，"不知春官回来没有，国师有事就命春官传话吧！"说着挥挥手，"国师留步。"就这么自说自话地走远了。

有了那壶血，昙奴的病暂时算稳住了，莲灯也放下心来，可以全力追击剩下的两个人。

门下侍郎高筠、御史中丞李行简，先杀哪个比较好呢？三个人坐在油灯下盘算，昙奴说：“门下侍郎官小一些，手上权力有限，调动不起精锐来。御史中丞是今上宠妃李婕妤的父亲，恐怕是个狡猾怕死的老狐狸，张不疑一出事，必定躲在家里不敢露面，要动他不容易。”

“那就从高筠开始吧！”转转很乐观地说，“年轻一点的道行浅，花红柳绿难抵诱惑，容易下手。”

莲灯脑子里蹦出国师那张苍白的脸来：“果真老狐狸不好对付，最可恨的是老狐狸还披了张光鲜的皮。”

她们都知道她在骂国师，也奇怪国师明明应该高坐莲台不染尘埃，为什么到她嘴里就成了这样。

“或许早前就有纠葛吧！”转转道，“国师活了很久了，能知前世今生。说不定你们上辈子相爱，后来你死了，喝了孟婆汤，把他给忘了。”

莲灯抬起眼，灯下的眼珠子幽幽发着绿光：“别胡说八道了，要是和我相爱，他会这样刁难我吗？”

“那为什么不许你嫁人？”转转笑道，“我知道啦，一定是因为国师不能娶亲，上辈子你另嫁他人，他抑郁而终，这辈子国师学聪明了，让你不能嫁人，敢嫁人就死得像肉糜一样，这叫先下手为强。”

莲灯哈哈一声：“你不去说书真是浪费了好天赋，无论如何不能拿国师消遣，万一他派人听墙脚，那我们全得以死谢罪。”

昙奴却开始展望以后的生活：“其实嫁个人，有个家，也没什么不好的，转转你说呢？”

转转嗯了声：“我希望我们都有好姻缘，生几个孩子，将来可以结成亲家。”说着怜悯地看莲灯，“你可怎么办呢，国师为什么要喂你吃这个药，事情总有因果吧！”

莲灯没把那晚的事告诉她们，只是敷衍地笑道：“或许他正好缺个卒子吧！”

国师的心是海底针，谁也猜不透。转转托腮看昙奴：“你觉得萧将军好不好？”

昙奴后知后觉地转过头来：“身手不错，人品不好。”

“人品怎么不好？莲灯入太史局，还是人家帮的忙呢！”

昙奴不耐烦地翻了翻眼，印象不好很难改观，但说起太史局，的确应该感激他。不过感激和喜欢不是一回事，她说：“我舞刀弄枪，其实有点厌倦这样的生活，倒愿意找个读书人，和我们不一样的，能够平平静静过日子就好了。”说着推了下莲灯，“就像莲灯一心找个放羊的一样。”

转转不明白："放羊的有什么好，满身羊膻味，天一热能飘出十里开外。"

莲灯拨了拨灯芯说不是："我也没有一心找放羊的呀，不是担心嫁不掉吗，有人肯接纳就行了。"言罢腼腆一笑，"其实读书人也很好，文弱一点，他保护不了我，我可以保护他。"

莲灯空长了张女人的脸，心却是男人的心。如果嫁的人有能力，那就各顾各的。如果郎子爱撒娇，有小脾气，她很乐于像个男人一样宠爱他……可惜美好的愿望注定落空，国师的一颗药葬送了她的婚姻，她不敢想象以后会是怎样不见天日的惨况。

转转倒是目标明确，什么小郎君，早忘到后脑勺去了。她一心挂念春官，哪怕不济，也要找个放舟一样人才的。照她的话说："莲灯要是被关押在太上神宫，我嫁进去，还能和莲灯做伴。"简直就是惊天地泣鬼神般壮烈的友谊。

莲灯也觉得很不错，颔首说："我同国师提过，以后有事就请春官转达，好为你创造机会。"

三个人惺惺相惜，相视而笑。转转从床榻底下摸出一壶酒来，放在火盆里煨了煨，各斟上一杯，热热喝了，一夜好眠。

第二天莲灯出门，开始伏守门下侍郎高筠。张不疑的死似乎没有对他造成任何影响，这位相公正值盛年，百无禁忌。他的观点也与莲灯希望看到的不谋而合，坚信张不疑是因为仇家太多才遭诛杀的，自己没有与谁结下生死对头，他死他的，和自己毫不相干。于是歌照唱舞照跳，入勾栏养粉头不算多积极，整天醉心于马球和捶丸。

马球是达官贵人们的好消遣，风和日丽的时候呼朋引伴上马场角逐，下的赌注可以是金银钱帛，也可以是家中貌美的仆婢。马球对于大历男子来说不单是一场游戏，因为宫廷中以此作为验证皇子能力的考核，传到官场上，也有异曲同工的效果。参与者需马术精湛，球技高超，一旦上了场，不分出高下绝不罢休。

高筠和楚王很有交情，年节休沐受邀到楚王的马球场相聚。楚王是圣上第二子，继位呼声不亚于梁王，通常这种来往都有很深层次的意义，因此筹办起来也更用心。

一场马球赛，办得俨然如同春日宴，有杂剧踏歌，也有章台美妓。莲灯静心观察了很久，跟谢三娘的车轿混进去也可以，不过歌舞伎们有专门休息的场所，随意走动难免惹人注目。她把视线投向场边的马厩，抢球时场上奔跑速度惊人，如果马失前蹄，那么结果会怎么样？

楚王打马球有他的习惯，所有马匹一应由他这里提供，一样的高矮，一样的肥瘦。马厩设专人伺候，但是钉马掌却要请最有经验的把式。楚王有百余匹马，用一轮正好一年，所以每次上场前都换新马掌。据他说好比人换了适脚的新鞋，走路直上九重天。

她潜过去，听见风箱拉得呼呼作响，榔头梆梆锤击马蹄铁，间或伴着赛马粗豪的喷气，里面忙得热火朝天。

一个小厮搬着半筐黑炭过来，莲灯趁他不备一记手刀砸在他后颈，他没吭声就倒下了。拖到旁边的茅草丛里扒了衣裳换上，然后拿厚绢扎上口鼻，扛起篾箩，把炭送进了马厩里。

里面的气味熏人欲吐，她憋了口气到炉前加炭，两个婢仆正忙着绑马腿，谁也没有注意到她。她一面慢吞吞地把炉膛里的火拨出来，一面四下打量。这马厩的每个栅栏上都挂有红绸签条，签条上写人名，什么张阿五、李十八，都是照着排行来的称谓。她慢慢找，二十来个名额里只有一个姓高的，看来是高筠无疑了。恰好听见一个内侍细声低语："上次高侍郎的马跛了一足，这次千万要小心。若再扰殿下雅兴，怪罪下来你我吃罪不起。"

马奴是个火暴脾气，锤子敲起来分量更重了，表示不要他啰唆。那内侍悻悻地，瞥见边上站着人，吩咐把炉子边上打扫一遍，自己甩袖走了。这么一来正给了莲灯机会，把一根废弃的铁钉藏进了袖子里。

她原先在酒泉以骆驼易马时看过马贩子钉马掌，一根钉子再三地量，不能超出一点儿。稍有疏漏穿透马蹄，马吃痛，这只脚暂时就废了。她清理完了铁屑挨在一旁，悄悄从待用的匣子里取出一根钉对比，不多不少长两分。抬头看签条，快要轮到高筠的马了，搬匣子的时候殷勤相帮，顺便把小马童挤到了角落里。

八十只蹄子要换，马奴忙得头也不抬，铁掌和钉子都要人接递。匣子里的钉事先比对过，用起来不疑有他。莲灯看准时机替换下来，马奴扬起铁锤，当当几下就把长钉嵌进了前掌里。

她心里有些欢喜，看来今天一切顺利，两分长短肉眼察觉不出，可是跑动起来会扎进肉里。

她搬起箩不声不响退出了马场，在地势稍高的土丘上远远守望。人员都就位了，鼓也擂响了，干燥的尘土被马蹄踢踏得漫天飞扬。郎君们高擎着球杆在场地上疾驰，十几人争抢一只鞠球，混乱、嘈杂、当仁不让。终于一声马嘶凌驾于尘嚣之上，莲灯眯眼看去，一匹马失蹄栽倒，马上的人也被甩出了几丈远，后面追赶的收势不住从他身上踏过，观战的女人纷纷发出惊恐的尖叫声。

她翻身仰在土丘上，天边一丝流云缓慢飘过，她心满意足地对自己微笑："还有一个。"

"红狐狸在晒太阳？"

突然有人说话，高岗上的风猎猎吹过，却没有吹散。她勾起头看，一个人匍匐着爬过来，和她并肩而躺。

她喃了声："阿兄，你回来了？"

春官点点头："我听说你出城了，特地来看看。如何？"他拨开枯草往下张望，马场上乱作一团。他撇了下嘴："看来成功了。"

她说："应该是吧，我看着马蹄踩踏他的身体，就算摔不死，踩也被踩死了。"

他啧啧道："士别三日，当刮目相看。你连笛子都做不好，杀人却很在行。"

她说："术业有专攻嘛，我不是做不好笛子，只是耐不住性子罢了。"

她说话的时候平静得令人不解，刚才有个人因她丧命，她却像什么事都没发生一样，继续同他谈笑风生。这样的脾性，要不是心智不全，就是天生当杀手的材料。

"你让我很惊讶。"他别过头说，"我去了江南道一趟，回来才发现你的仇已经报了一大半了。"

她轻描淡写地嗯了声："我答应阿菩三年内办妥的，照这样看来，明年一定能回敦煌。"

她心心念念的敦煌，是她最可依靠的安乐窝，但不知再回去，能不能像以前那样了。人在不停长大，世事也变幻无常。她的记忆停留在十三岁以后，如果哪天回想起从前，不知会掀起怎样一场波澜。

有时候什么都不知道，反而是老天最大的恩惠。现在的莲灯是无忧无虑的，她侧过身看他："阿兄走后我遇见了翠微夫人，才想起阿菩画的神众都长了和她一样的脸。她和阿菩之间是不是有段故事？"

放舟折了一截枯草叼在嘴里，散漫地瞥了她一眼："小孩子家，问大人的事做什么？"

莲灯忙道："我早就不是孩子了，过年十六。"

他咧嘴一笑，不怀好意地审视她："说得也是，到了可以婚配的年纪了，不该拿你当孩子。"一面说，一面伸手拉她。

两个人弓着腰下了土丘，翻身上马，一路不紧不慢往城门上去。放舟和她说起王朗和翠微的事，说得没什么激情，无非是他爱她，她不爱他。莲灯觉得很奇怪："王阿菩是好人，翠微夫人为什么不喜欢他？"

放舟说："有时候一个人很好，好得挑不出错处来，但不爱就是不爱，没有原因。"

"那么翠微夫人爱谁？"她想了想，"她爱国师吗？"

放舟转头看她，干干咳嗽一声道："不可胡说，被她听见可了不得。虽然所有人都看出来了，但她不承认，谁又能奈她何。"

莲灯倒觉得可以理解，国师这种人不好亲近，翠微心里喜欢他，单方面的爱情得不到回应，难免自感尊严受损，久而久之便要极力否认了。

“翠微夫人那么美，如果国师主动些，也许他们会在一起。”莲灯怅然道，“享受被爱的同时态度模糊，这种人很残忍。”

放舟笑起来：“翠微对王道士不也这样吗，所以不用可怜谁，说不定她一边煎熬着，一边很自足呢！不过你会有这样的感悟，真叫人惊喜。无师自通，日后一定是个善解人意的娘子。其实爱与不爱没有必然的关系，有的人喜欢你追我逐的游戏，有的人则盼望尘埃落定。就比如我，你我有婚约，我喜欢你，你是不是必须也喜欢我？”

莲灯听了讪讪的：“对不起，我不喜欢你。”

放舟愣了愣，没想到她答得这么直接，他有些折面子，但一点也不生气。嘴上说着多伤心，脸上全不是这么回事。马蹄嗒嗒入了城门，看见家家户户忙着做胶牙饧、打屠苏酒，才忽然惊觉明天就是元旦[1]了。

他兴致高昂，问她打算怎么过年。莲灯对这个没什么概念，只说回去和昙奴转转一起过。放舟笑道：“今年圣上开恩，除夕夜里撤宵禁，允许百姓同乐。等天黑我来接你们，城里演傩戏、放焰火，热闹得厉害，比在云头观强些。”

莲灯毕竟孩子气，听了果然很向往。加上今天一桩心事已了，便满口答应了。

民间欢度佳节，和太上神宫没什么关系，这里不兴旧俗，也没有亲人团聚之类的说法。国师在这几天里特别宽容，允许人自行走动。有需要的可以出宫，没有家业的还像平时一样生活，长史给每个人发一吊钱，作为年终时候的利市。

国师打了半天坐，临近傍晚才从静室里出来。卢庆先前在门上候着，闲得无聊时看几个年幼的侲子玩笑打闹，想起自己的孩童时光，几十年只是一个转身，如今已经到了花甲之年了。正伤嗟得兴起，见国师远远过来，忙压声把侲子赶走了，自己毕恭毕敬敛起神，在槛外垂手侍立。

国师走得很慢，慢得让人以为他真到了腿脚不灵便的年纪。不过他身姿很优雅，穿着纱罗里衣，淡紫色的缚裤。禅衣的面料轻而柔软，因为后摆很长，宽舒地向后披着，拖曳在地板上。见了九色，伸手招了招，然后一人一鹿，缓缓朝正殿走过来。

卢庆推开移门引他进阁，他在卧棂栏杆前坐下来，欠着身看一只大耳瓶里插的梅花。花枝修剪得很长，在微风里款摆着，几乎扫到他的领褖上。他挪开一些，端起茶盏抿了一口：“今天可有什么消息？”

1 元旦：古时指正月一日。

卢庆说："城外楚王的跑马场上出了意外，门下侍郎高筠坠马身亡了。"

杯盏在离唇一寸远的地方顿住，他抬眼望他："什么时候的事？"

"估摸有三个时辰了，当时春官亲眼看见的，座上要问，小的把春官传来回话。"

他没有言声，卢庆退到外间命人去找春官，不多时放舟来了，穿着棣棠色如意纹的襕袍，腰上束七宝腰带，打扮得花枝招展。

卢庆略怔了下，碍于国师在跟前未敢多言，把人引了进去。国师转头一瞥，看见他这样装点，果然眉头皱了起来。

"你这是要去跳胡腾？"

国师对内说话一向不太客气，放舟早就习惯了，笑道："今夜守岁，我和莲灯一起。"

明明是要带上三个姑娘的，他却有意只说莲灯，有点自寻死路的意思。国师倒没表示其他，不过厌恶地调开了视线，只问："高筠死了，能够证实吗？"

放舟应了个是："马场上出事后，高筠很快被运送回崇仁坊。我进坊内打探，见到了为他诊治的太医。据说高侍郎当时摔断了脖颈气息奄奄，后来全力医治也无效，到了申初就断气了。"

国师听后没有说话，转过来瞥了卢庆一眼。卢庆会意，合上直棂门退了出去。

他的手指咚咚叩击桌面，速度不紧不慢，一声跟着一声，半晌方道："是谁做下的？莲灯吗？"

放舟点了点头："可急攻，也可巧取，假以时日，前途不可限量矣。我去时见她进了马厩，后来高筠马失前蹄，我又返回城外打探，才知道她在马掌上动了手脚，高筠坠马不是意外，是她预先安排的。明面上三个，只剩最后一个李行简了，照她办事的速度，至多再花上两个月就足够了。"

他没有应放舟，倚着凭几慢慢抚摸九色的背脊，思维突然从这头跳到了那头似的，才想起来放舟说要和莲灯守岁的事。

"今夜要进城吗？"

放舟说是："反正神宫里没有旁的事，又恰逢过节，聚在一起图个热闹。"

国师寒了脸："谁说神宫里没事？叫他们引渠进桃林，到现在都没办好。还有鹿栅东南一角的墙头都垮塌了，究竟打算修到什么时候？你有那些闲情到处乱跑，不如将宫务照看妥当，否则留在神宫也无用，干脆派你常驻江南道算了。"

这通别扭闹得毫无道理，引水、修墙头，这些零碎事不是有长史吗，什么时候轮到他去打点了？放舟看得出来，他是不满自己和莲灯走得太近，继九色之后他又找到个新玩物，占有欲强得不准别人靠近。他笑了笑："座上一个人在神宫也无聊得很，不如随我进城吧。咱们去云头观，带三个小娘子逛夜市去。"

国师设想了一下，他这样的身份，带着他们在拥挤的人群里穿梭吗？那种画面对他简直就是种侮辱。他漠然别过脸："本座和你们一起？你何尝见过我干这种事了？你要去就去，只是我提醒你，拿捏好度，别忘了自己的本分。"

他不轻不重的几句话砸下来，放舟不敢再嬉笑了，肃容长揖一礼，却行退出了内阁。

国师百无聊赖地撑着脑袋，垂眼看九色，有一下没一下地捋它短而薄的顶毛："春日冗冗，长夜漫漫……今天是除夕啊，听说外面很热闹。"

九色抬起鹿蹄，大咧咧指向了屏风前一人高的铜镜。

他懒懒转身看，镜子里的世界模糊扭曲，泛着晕黄的光。他嗯了声："你是说我穿得没有春官好看？还是我易个容，其实也是可以去城里找他们的？"

九色什么都没表示，国师举一反三，立刻觉得这个办法可行，打定了主意一阵风似的卷起来，从柜子里面翻出几件衣裳，襕袍直身一件一件往身上比，让九色挑选。九色是鹿，鹿对颜色不太敏感，但是它喜欢那件带着竹叶纹样的。国师轻轻笑起来，脱了身上的禅衣，戴上发冠，束起了蹀躞带。

该挑张什么样的脸呢……他开箱查验，比选衣裳更用心。国师任何时候都很注重外表，左找右找，找到一张多年前用过的脸。仔细粘好了眼窝和唇角，镜子里照出一个俊俏的年轻人。

他摘下马鞭作势扬了扬："金紫少年郎，绕街鞍马光。划戴扬州帽，重熏异国香。垂鞭踏青草，来去杏园芳……"

九色喜欢吹捧他，他感觉良好的时候，它一直能够很合拍地叩击地板。国师在镜前照了又照，确定无可挑剔了，踅身去关箱盖。然后一个错眼看到案头摆放的红木盒子，捏着云头锁扣揭开，里面是张姣好的脸。

莲灯上回畏罪潜逃，没来得及拿面具，做成之后就一直收在他的内阁里。这张脸是从她脸上拓下来的，轮廓依旧，不过五官有了改变。他曾经逗她，说要把她做成老妪，结果最后还是做了个美丽的女郎。他低头俯瞰，大约这是他长久以来做得最成功的了，皮肤莹洁，和真人无异。不过缺了对灵活的眼睛，乍一看诡异可怖。

他把面具卷起来，揣进袖袋里。拉开直棂门走出去，卢庆正在台阶下指挥侲子修剪草坪，看见他，没有丝毫惊讶，转身吩咐，让宫门上即刻备车。

国师摆了摆手："把我的玉花骢牵来。"他已经算不清自己多久没有骑马了，再说用车辇走起来慢，等进城，恐怕天都已经黑透了。

卢庆应了个是，忙传马童预备，自己侍候国师往宫门上去。可是看时辰不早了，也不知国师是什么打算，匆匆道："座上要出神禾原，少待片刻，小的这就去传令四官，命他们随行护卫座上。”

他说：“不必，本座一个人出去走走，你们聚在一起守岁吧，今天是除夕呢。”说着牵过缰绳翻身上马，鞭子一抽，快意地纵出了几丈远。

神禾原地势高，可以清楚看到远处的景象。国师的玉花骢是名驹，日行千里不在话下。眼看那矫健身姿越去越远，宫门上几位灵台郎追出来，什么话都没交代，扬鞭追了过去。

太上神宫冷清，城里却是另一番热闹景象。宵禁一除，人都活过来了，没到擦黑，外面已经置办起了夜市。其实白天的集市没什么意思，完全出于生活所需，到了夜里则不一样。长长的街道燃起连天的灯笼，人在烛影里漫步，沐浴着那种柔软的光，心情也会变得分外旖旎。

夜市是个创造巧遇和爱情的地方，对转转这种人来说，简直没有什么比这个更美妙的了。又听说春官要同游，那种火辣辣的激动，一直持续了整整一个下午。

昙奴和莲灯并肩坐在榻沿上，含笑看她忙得团团转，挑裙子，挑首饰，在镜前手忙脚乱地梳妆。她很重视这次机会，要把最美的一面展示给心仪的人，没有什么不对。昙奴说：“今晚瞧准时机我们借故走开，让转转和春官单独相处。”

莲灯正吃金乳酥，听她这么说不解地转过头来：“你不是反对转转同春官在一起吗？”

昙奴浮起一丝笑：“我也就是嘴上同她斗罢了，心里当然希望她幸福。不管怎么样，君子有成人之美，她想和春官在一起，这是她的心愿。”

莲灯点头说好，掰下一块酥饼，塞进了昙奴嘴里。

转转是三人之中唯一懂得梳妆打扮的，收拾好了自己还要操心她们。她们平时都穿胡服，英气有余，柔美不足，趁着过节，不说盛装，至少把自己弄得像个女郎吧！

她给昙奴挑了一条月蓝淡绣隐花裙，罩上杨妃色绫纱对襟半臂，衣短裙长，舞刀弄枪的昙奴一下子变了个人，竟像个小家碧玉一样。

莲灯围着她啧啧咂嘴：“哎哟，这是谁家的小娘子，模样生得好标致！”

昙奴有点不好意思，平时迈惯了大步，穿上裙子很觉得别扭。转转拉她到镜前，给她绾好头发贴上梅花钿，镜子里的人巧笑倩兮，因为在病中，别有一番羸弱的美。

莲灯看后跃跃欲试起来，牵着转转说：“轮到我了，我也要像昙奴这么好看。”

转转撅着屁股在箱子里翻找，找出一件红花黄梗半臂，一条石榴红的长裙。鸳鸯绣带束在胸上，直通通的长裙垂坠下来，把她称得酥胸微隆，隐约有种青梅将熟的韵致。

莲灯啊了声，傻傻让她们看："又长起来一点儿。"

转转和昙奴笑不可遏，颔首说是："你年纪还小，不着急，慢慢会越长越大的，就像谢三娘一样。"

莲灯想起谢三娘那对雪白的胸脯，大而肥腻，并不觉得好看。倒是像巫女那样不错，大小适中，美也美得含蓄。

她挤到镜子前照照，前后不停打量，心满意足。转转给她绾了个双螺髻，倒插上银篦。又取了一对面靥来，不像坊间看到的那么扎眼，小小的，很精致，贴在笑窝上，十分俏皮可爱。

有时她们也惊讶，谁能想到这样一个姑娘，会是长安城里两起官员命案的缔造者呢！她在窗下站着，眼眸纯净，身姿婀娜，怎么看都像不谙世事的小女郎。所以白璧微瑕不是她的错，是这世道不公。

三个女孩打扮妥当，你看我我看你，很觉得欢喜。改头换面之后人生仿佛都不一样了，没有悲伤的过去，她们只是寻常小户人家的女儿，结伴夜游罢了。

放舟来时看见她们的装束，顿时觉得很讶异。几次碰面都是有些粗豪的打扮，现在摇身一变都成了纤纤丽人，果然任谁都要靠衣装的。

"真好，不认得你们了。"他拊掌道，"三位女郎与我同游，真叫我脸上增光。"

这时天已经黑下来了，云头观里还算寂静，墙外隐约传来笙箫鼓乐，长安在夜色里焕发出了妖冶崭新的生命力。

她们要出门了，想同弗居说一声，谁知小道说观主早就出去了。她玩乐的地方和他们不一样，专同文人墨客交往。弗居在长安算是个小有名气的才女，和当初的鱼玄机一样。原本她们打算盛情相邀的，既然不在就作罢了。于是关照小道姑留个门，便携手往街市上去了。

莲灯因和昙奴商量好的，两个人稍稍错后一点，让转转同放舟并肩而行。转转的青春繁盛热烈，简直能把人融化，放舟落到她手里，一时是出不来了。

昙奴的身体恢复得不好，虽然不至于随时随地晕倒，但体力总差一截，再也抡不起那把横刀了。莲灯搀着她在一个首饰摊子前流连，看见一对绒花蝴蝶玲珑有趣，取下来一人一支插在发上。小铺子的东西价格很低廉，两个只要十文。莲灯解开荷包数钱，边上一串开元通宝扔过来，被摊主接个正着。莲灯回头看，身后的人卸下戎装穿了件圆领袍，没有铠甲散发的戾气，眉眼也变得安和了。想是第一次看见昙奴女装打扮，眸中有含蓄但惊艳的光。

昙奴同莲灯面面相觑，只听萧朝都笑道："这么巧，在这里遇上了。"

昙奴有点尴尬，拱手道："将军不必替我们付钱，我们自己带了钱袋的。"

萧朝都却没放在心上："小玩意又不值钱，付了就付了。"说着仔细打量她的脸，"你气色仍旧不好，看来之前的药没有作用。正好今晚都得闲，我领你去我世叔那里。他是尚药局的奉御，以前专为圣上治病，后来年迈致仕了，仍旧住在长安城里。"

莲灯一直放心不下她的身体，现在只要有希望都不肯错过，便先替昙奴应了："一百个好，多谢萧将军费心。"扶着昙奴的肩说，"将军同我们打过好几次交道，算是熟人了。况且又是一番好意，你跟他去吧！"

其实一个人对另一个人有意思，旁观者是能够看出来的。萧朝都以前自称"某"，如今你我相称，大约也是有意拉近距离。莲灯最知情识趣，转转跟放舟在一起，再促成昙奴和萧朝都，她满心都是保媒成功的喜悦。让她们去吧，各自有各自的伴，这样很好。

昙奴当真随萧朝都寻医去了，莲灯站在人潮里向她挥了挥手，目送她走远，才想起居然只剩自己一个人了。她拱着肩头有点寂寞，放眼看周围，每个人脸上装满了相同的快乐。她笑了笑，荡着两条手臂在人群里穿梭，看了一会儿花灯，又看一会儿踏歌，知道遇不上她们，只有回观里碰头了。

她从人堆里退出来，打算找个酒肆喝两杯，一转身看见灯火辉煌里站了个年轻的小郎君，穿着竹叶青直身，头戴紫金冠。

她歪着脖子站住脚，同他对峙起来。别以为她不知道，跟了她好几条街了，什么来历什么人？究竟有什么企图？

她喂了一声："少年郎，你有话同我说吗？"

那个人没有回答，略带鄙夷地转过了脸，这种不可一世的劲头让她想起了九色。

莲灯疑惑地皱起眉，忽然警觉起来，难道之前干的那些事引起大理寺怀疑了？这个人的衣着打扮看上去和衙差沾不上边，傲慢的眼神和动作也不像是个能够屈居人下的，莫非真像转转说的那样，夜市是培育艳遇的温床？

她有点哀伤，就算遇上了也没有希望，她这辈子已经给预订下了，国师不给她解药，她不敢冒着肠穿肚烂的风险和别的郎君玩什么情窦初开。

她朝他晃了晃手："别再跟着我了，看见我的拳头了吗？"压低了嗓音警告，"硬得很呢！"

她转身朝一片开阔的区域走去，走得极为潇洒。他抱胸观望，这种不拐弯的性格有点意思，在他跟前谨小慎微，在外面却这么嚣张。

不过也许是出于女孩的娇羞吧，虽然她急于摆脱的方式有点粗暴，其实细想也是情有可原的。至少她没有被好看的面孔迷昏头，就这点来说，国师觉得她的表现已经相当不错了。

她说不许他跟着，他当然不能听她摆布。笑话，大路朝天各走一边，她踩过的泥别人还不能沾了？

国师负着两手跟在她身后，看看天光，星辉黯淡，连月亮也不见了踪影。不远处有个小小的酒肆，搭出一间可以移动的窝棚，檐下吊着灯笼，照亮棚子里空落落的桌椅。看她的打算是要往那里去了，除夕夜里的游人一般都酒足饭饱了，只有她这样没有家宅的才会空着肚子。

她果然走进去，扬声唤酒博士，扔下几个五铢钱，要了一把鱼干、一角子酒。中原女子独自光顾酒肆的不多，她和闺阁女子不同，西域长大的人性情豪爽，没那么多讲究。大马金刀往条凳上一坐，即使酒寮空旷，也显得格格不入。

酒博士缩着脖子把她要的东西端上来，笑道："娘子今日怎么一个人出游？"

"有两个同伴，不过走散了，我先到这里歇歇脚。"莲灯应着，从袖子里掏出个杏子咬了一口，酸得倒吸凉气。中原有种吃法，太酸的东西蘸盐，据说能减淡酸味。便问博士讨了一小撮，伏在桌上小心地蘸上一层，再试试，又酸又咸难以入口。

她来长安不多久，谈吐还带着大漠的味道。酒博士听出来了，反正闲着也是闲着，站在一旁搭讪："小娘子是西域来的吧？听口音不是长安人。"

莲灯想起来，洛下音里管鱼叫哟，哪怕打扮再中原化，一开口还是会被人认出来。

她笑了笑："是啊，我是来长安投奔亲戚的。"一面说，一面咧嘴把杏子扔了出去。

杏子骨碌碌滚到棚子门口，她不经意扫了眼，看见那个一路跟随她的人也到了酒寮前，进门择个角落的位置，优雅地坐下了。

他离她不远，也就隔了两三张酒桌。他如影随形，莲灯戒备起来，原本以为他已经离开了，没想到跟至这里。看样子这人有些问题，如果一直这么下去，她少不得要对他动手了。

她心里盘算着，叼了根鱼干在嘴里，看他扫了她桌上一眼，叫了同样的东西。

养尊处优的人吃不来这种民间的小食，国师不喝酒，倒了一杯只拿来闻。可能因为酒比较烈，闻多了好像要醉，便把酒盏推开了。再看盘子里的鱼干，拿手指拨了拨，表情有点嫌弃。

莲灯看不下去，遥遥对他指了指："吃吧，很好吃。"

他把手臂打横放在桌沿上，态度十分傲慢，抬起眼望她，一双眼睛深邃得像海一样。莲灯微微讶异，觉得自己可能忘记了什么，这个人应该是见过的，只是一时想不起来罢了。

她觉得不太安全，如果交锋，恐怕不是个容易对付的。再留无益，只是可惜了这一角子酒。她舍不得浪费，端起来灌了两口，然后不声不响地起身，很快出了酒寮。

国师扔了酒钱跟出去，一转眼的工夫不知她去了哪里，到处不见踪影。一个人察觉有危险，必定想着赶回落脚的地方吧！他抖了抖袍角转过身，慢悠悠地往云头观的方向踱去。

其实莲灯并未走远，她挨在屋角，看着他四处张望，看着他向这里走来，更加笃信这人不简单。如果是大理寺的人，用不着这样故弄玄虚兜圈子，不管他是谁，先制住了再说。

她在黑暗里蓄势待发，抽出袖子里的丝绦，两头紧紧绕在手上。他一点点走近，将到跟前时她一跃而起，原本的设想是勒住他的脖子再拷问，没想到遇上了高手，他的反应实在太快，钳住她的双手顺势一扭，她的两条胳膊居然被自己的丝绦捆住了。

莲灯急起来："你究竟是什么人？"

他嗤了声："眼大无光，灵敏也不足，这样的身手居然成功两次，可见是误打误撞。"

她认不出他的脸，但声音听出来了，身上顿时一松："啊国师，你做什么要这样！"

他把她推开，用的力很大，推得她趔趄了好几步。国师不懂得怜香惜玉，莲灯也没有女人需要被呵护的认知，推开了依旧凑上去，看着他的脸喃喃："真是一点都看不出来，国师之前说会有破绽的，破绽在哪里？"

她好奇极了，伸出一根手指想摸一下，被他一掌拍开了："你还想偷袭本座，好大的胆子！"

莲灯扭着衣角怏怏道："我不是故意的，你一直跟着我，我害怕是哪里派来的探子。如果早知道是国师，借我两个胆子我也不敢。"见他横眉竖目，赶紧岔开话题，"国师也来城里过除夕吗？没想到在这里遇上，真是太巧了。"

他威严地嗯了声："本座信步走到这里，居然就遇上了，长安果然还是太小了。"说着朝那煌煌灯火处看了眼，"春官没有和你在一起？"

莲灯应了个是："他和转转谈得来，让他们说话，我有意让开了。"

少年郎的脸上露出意味不明的笑容："你倒好，成全了他人，情愿自己落单。"

她对这个话题不感兴趣，两只眼睛紧紧觑着他："……笑起来也看不出哪里不真，国师的易容术真是到了鬼斧神工的地步了。"说着腼腆一笑，"好奇怪，国师变了一张脸，看上去容易亲近了许多。"

他皱着眉头，冷冷道："一副皮囊就能让你改观吗？本座问你，易容前和易容后有什么不同？"

莲灯好好斟酌了一番："这张面具是照着少年人做的吧，看上去只有十七八岁模样。"

国师看了她一眼，很不满意："本座说过易容的精髓在于反差……"忽然回过神来，"你这是什么意思？"

莲灯心头一跳，不知哪里又戳到了国师敏感纤细的神经，忙改口说不是："我的意思是这张面具看上去很年轻，但戴在国师脸上没有任何不相称的地方，只觉得这位小郎君稳重从容，不可多得。"

他的表情这才略微缓和了些，颔首道："姿容也只能做到这样了，再好反倒不真实了。"

莲灯忙道是："毕竟这世上能有几个国师呢！"

马屁拍对了地方，国师的态度改善了很多。道旁灯笼的光温柔地洒在他脸上，他眉目坦然，换了个轻快的声调道："你走后第二天面具就做成了，如何，想不想看看？"

莲灯很高兴，她是个联想能力比较差的人，如果你笼统向她描述，她或许会一头雾水，只知道茫然点头，对一切都没有要求。可若是有个直观的效果放在她面前，比方昙奴穿上短襦的样子、国师易容后的脸庞，但凡她感兴趣的，马上跃跃欲试，心里一团火热。

"要、要……"她搓着手说，"在哪里，国师带来了吗？"

他拍了拍袖子，然后四下打量："不过这里不是个好地方。"

莲灯很真挚地说："国师跟我去云头观吧，转转和昙奴一时半刻回不来，不会有人打扰国师的。"

他闻言掉转视线，用眼梢乜了她一记："中原没有女人邀男人进闺房的习惯，只有最亲密的人才能共处一室。"

她却很是坦荡："没关系，国师是长辈，中原也没有避忌长辈的习惯。"

这句长辈说得国师嘴角一抽，在她心里他比王朗还要老得多，不是父辈爷辈，恐怕是祖宗那一档的吧！

他没再表示异议，但是心里不大痛快，慢吞吞跟她往云头观去。她在前面走着，不时回头看他一眼，怕他走丢了似的。他别过脸不看她，不喜欢她这种尊老式的体贴。她大概看出来了，小心翼翼地问："国师，你不高兴吗？"

他一哂："有什么值得高兴的吗？"

他总是这样，似乎永远带着挑剔。初见时还好，至少很温和很宽容，越到后来越不对，好像她的存在就是惹他不痛快的，要时时刻刻摆张臭脸，好表示他对她有多不满。

莲灯本来自尊心很强，对别人的任何一点不友善都能立刻做出回应，但是国师面前她的自尊心就像水里的泡沫，戳一下就不复存在了。她练就了刀枪不入的心，因为长辈责怪几句也没什么大不了，国师看她不顺眼，一定是她做得不够好。所以更要寸步留心，争取让他产生一点好感。

·第六章·

猎杀

云头观在角落里，渐渐远离夜市，路上就不那么亮了。她引他走他们来时的路，先前有盏灯笼插在道旁的，就是为了防止返程时看不清路。可是回到那里，灯笼还在，蜡却已经烧完了。

她往下探看，怅然道："忘了吹灭了……"转身往他面前递了递，"国师把它变亮吧！"

他横过来一眼："巧妇难为无米之炊，蜡烛都没有了，怎么变亮？"

她原本准备提聚星池那晚的，他挥挥衣袖灯笼不就亮了吗，现在法术却不灵了……想想还是作罢了，免得又惹他生气。其实莲灯自己是不要紧的，就算看不清路，她摸黑也能回去。这不是担心国师脚下没根底嘛！她掖着袖子叹了口气，正伤感，迎面有人打着灯笼过来，到她旁边往她手里一塞，错身走远了。

她咦了声回头望，那人一眨眼就消失了。回想他的衣着打扮，好像是太上神宫的人。她错愕地看着国师："那位是什么官？"

国师随口应了句夏官，说完看她，她把灯笼挑得很低，光线从圈口照上去，一张脸映得鬼魅一样，红唇慢慢仰起来："有人随身护卫，真好。"

他吸了口气："不想让我拿你当妖捉，就赶紧前面带路。"

莲灯忙哦了声，乖乖转身引路，自己走得跌跌撞撞全不在乎，只要替国师照亮了脚下就好。

可是她没领他走正门，转到一处僻静的墙根下停住脚，为难地作了一揖：“山门上有小道姑把守，这么晚了，我带个郎君回来恐怕惹人非议。道观是清净地，总要避讳些的，所以……”她看了看那堵院墙，“我们跳墙吧！”眼看他要发作，提前一步向他合十而拜，“委屈国师了，对不住、对不住。与其被人盘问，倒不如避开她们的视线。我也是为了少些麻烦，绝没有冒犯国师的意思。”

他想了想也是，君子应时而变，反正他易了容，跳就跳吧！于是给她递了个眼色：“你先上，本座在后面接应。”

莲灯也没觉得哪里不对，点头哈腰答应了，恭恭敬敬地把灯笼交到他手上，踮足一纵，跃上了墙头。放眼看去，几间静室里点着灯，没有人走动，想必那些小道姑趁着观主不在，也都偷偷溜出去了。她腾身跳下，手卷喇叭压声喊：“好啦，过来吧！”只有风声阵阵，不见国师的动静。

她有点纳闷，难道不告而别了？等了一会儿打算再跳上去看个究竟，却见他舒展了身形翩翩而至，那弘雅的气度简直让人感叹，即便是干着不那么正当的事，他也是光芒万丈不可小觑的。

莲灯像迎接菩萨一样，堆出无比敬仰的微笑把他迎到身边。带他进卧房的时候有点不好意思，当初琳琅界是何等清幽的住处，相较之下这里连神宫的马厩都比不上。

果然他很挑剔，进来之后连坐都不愿意坐，一味抱着袖子立在地心观望。莲灯尴尬地笑着：“这里太简陋了，请国师包涵。”边说边抽出藕荷色的帕子来，端端正正摊在席垫上，比手道，“国师坐吧，在外跑了好久，想必累坏了。且歇一歇，我给国师煮茶汤。”

这回他没有拒绝，敛袍坐了下来，看她烧水刷茶具，忙得团团转。

其实他不渴，不过习惯了别人为他服务，也没觉得有什么不妥。环顾一下室内，陈设简单家具老旧，和他想象中的女郎闺房不一样。这里充斥着道教式的简洁，一桌一椅一柜，几乎找不出第四样东西来。他皱了皱眉头：“何必非要住在这里？本座说过太上神宫可以收留你的，就算回去，本座也不会嫌弃你。毕竟你要对本座效忠，本座从来不会为难自己人。”

莲灯听了手上一顿，心里早沸腾得滚水一样了。吞下那颗药不是她自愿的，她是别无选择。到现在她都觉得自己遭受的惩罚和她享用到的不对等，既然赔上一辈子，好歹落下点什么吧，结果记忆里除了他妖娆的脊背，就是那张白得瘆人的脸孔。

可是她不敢反抗，可怜巴巴地蹲在炉子前看了他一眼，又低下头，小声说：“神禾原离长安有几十里路，不方便。我要报仇，总不能天天来回奔波。”

他抿着唇微抬起下巴："那报完了仇呢？总要回神宫了吧！"

她说："既然心愿了结了，就该回到原来的地方。我离开敦煌好几个月了，很想念大漠的生活。"

他莫名哼笑一声："大漠有什么好？沙子没吃够吗？王朗教出来的徒弟也和他一样，起先是有点魔怔，到后来慢慢就疯了。你服了我的药，发誓要对本座效忠的，人都不在跟前，效忠二字从何谈起？"

她摊着手说："那怎么办？家总是要回的嘛！那药不就是不让嫁人吗，国师也说没有距离限制的，我回到敦煌还是独来独往不就可以了吗？"

那怎么能一样！他一副你不开窍的表情："你以为你偷看了本座，只要一辈子不嫁人就行了吗？你要在本座身边，供本座使唤！"

莲灯暗暗腹诽，一把年纪的人偏执又自私，为了那么一点小过节就要葬送别人的一生，说出来居然还能那么大义凛然！她别过脸偷偷翕动几下唇，然后想出了个好办法："这样吧，国师跟我去敦煌，我给国师收拾个漂亮的洞窟，天天陪国师看日出好不好？"

国师的神情有点迷茫，眼前浮起一个画面，无穷无尽的黄沙堆里，两个蓬头垢面的人面向朝阳而坐，一个说好大的太阳，一个说是啊是啊……

他打了个激灵："本座大任在肩，怎么能跟你去敦煌住洞窟？再说太上神宫里也能看日出，爬上宫墙，城南五曲所有的风光尽收眼底，为什么要到沙漠里忍受风吹日晒？"

"可是上百年待在一个地方不觉得闷吗？我是为你好，享得了荣华，也受得起贫寒嘛。"莲灯见他反对，兀自嘀咕了两句。知道是自己异想天开了，但带他回敦煌，这个念头不知怎么深深植入了她脑子里，挥也挥不去。

国师对她的好意不领情，说起恩怨来也铿锵有力："现在是你亏欠了本座，不是本座亏欠你。你何尝见过欠债的像你这样肆意的？"

莲灯眨着眼睛道："债主想讨债，不都要追着欠债的跑吗？"

这下国师没法回答了，只怪如今人心不古，弄得欠债还钱反而不正当似的。想了想总结出一个道理："那是因为债主威势不够，换了本座，谁敢欠本座半分？"

莲灯讪讪缄默下来，这句话说到点子上了，实在无可反驳。

鍑[1]里的水烧开了，发出汩汩翻滚的声响。她把茶饼碾碎投进去，加了点盐，拿竹夹搅动，搅出稠厚碧绿的色泽。其实大漠要解渴很简单，井里吊起来的水，生喝就

1 鍑：古代的一种大口锅。

很满足了。敦煌天热杂事又多，除了那些达官贵人，没人腾得出空来研究茶道。她的这手本事还是跟弗居学的,茶汤煎成后的第一碗味道最好,她膝行着,捧到了国师面前。

国师那两根水葱一样洁白细长的手指把碗捏了起来，端在鼻前闻了闻，动作非常优雅。她屏息看着他喝了一口，虽然眉头微蹙，好在没有说什么。国师身娇肉贵喝惯了名品，对她们这种寻常的煎茶必定没兴趣。不管好坏如何，莲灯觉得礼数周到后，接下来就可以谈谈易容的事了。

“慢待国师。”她笑了笑，“先前国师说面具已经制成了，在哪里，让我看看。”

国师探手入袖袋，把卷成卷的面具掏出来扔了过去。莲灯接住，小心翼翼地展开，看了半天发现这是个肤白貌美的女郎，笑道：“我这几日正好想去北里，有了面具可帮上大忙了。”一面说，一面低下头往自己脸上扣。

她笨手笨脚，连口脂都点不好，更别说戴面具了。抬起头的时候五官全移了位，国师看后险些呛到，只得把铜镜搬到席垫上，自己坐在她身后给她做示范。

“手势要轻柔，顺着皮肤的纹理慢慢粘上去。就如阴阳两仪，有它自己的章法和规律，不可逆转，要顺势而为……”

铜镜里照出耳鬓厮磨的两个人，他的脸几乎靠到她的鬓发，说话的气息打在她耳郭上。莲灯忽然感到羞怯，心头急急跳起来。大概因为离得太近，让她产生了不安全感。她舔了舔唇，大气都不敢喘。他却不察，两臂环过来，把她圈在胸前。冰冷的手指划过她的唇角眼窝，十分轻柔的力道，像月牙泉的水浪，一点一滴漫上来，直到没顶。

莲灯看着一张陌生的脸在他手下渐渐成形，这是个带着胡人五官的面孔，成熟且妖艳。莲灯定眼看着，心里渐渐平静下来。每张脸都有属于它的人生，易容之后她不再是她，仿佛穿上了坚硬的盔甲，暂时摆脱束缚，可以全心全意经营另一个生命。

两张没有血肉供养但同样无瑕的脸，放在一起和谐又恐怖。莲灯从镜子里看他，他似乎也在欣赏，对自己的杰作满意非常。为了逼真尽量隐藏破绽，所以接口做得较隐蔽，一直延伸到有衣服遮盖的地方。他似乎有点忘我了，很自然地捋了一下，正捋在她微隆的胸线上。

莲灯僵了下，他似乎也意识到了，在铜镜里和她面面相觑。

“国师……”她嗫嚅，“我觉得我们已经扯平了。”

扯平之类的话是最不能轻易承认的，一旦承认就表示之前所有的协议自动失效，从今往后百里莲灯又是自由之身了。国师还没有享受够不平等衍生出来的快乐，说结束就结束，哪有那么容易！

他试图开解她："易容时身体有些接触很寻常，值得这样大惊小怪吗？做人不能只盯着足前这一小片，眼光要尽量放长远。就如王朗长年在洞窟里作画一样，为了完成心愿，浪费青春也毫不在乎……有种精神叫献身，你既然拜在他门下，应该对这两个字很有感触才对。"

他真是巧舌如簧，薅了她一把，还坚定地说服她这完全是为了实现理想必经的过程。易容确实是她求他的，可也不能这样随便就被他摸了吧！莲灯倒不会因此愤怒，她只是觉得可以利用这个机会和他重新商讨一番。

"中原的女郎应该很重视这个方面，我虽然不是长在关内，但知道摸一下和看一眼的区别还是很大的。"她仔细盯着镜子里的人，慢慢浮起一个微笑，"我看这样吧，两件事相互抵消，国师觉得怎么样？"

国师认真地斟酌了一下："如果本座认为相抵得过，不用你说，我自己也会考虑。可如今你的注下得太小，怎么能同本座遭受的屈辱相比？"

他的言下之意是嫌她本钱不够，嘲笑她不自量力吗？面具下的脸顿时红了起来，奇怪明明是他不讲道理，为什么莲灯自己也有种提出非分要求后的难堪？她看看自己胸前，确实不够大，说抵消简直有点好笑。可她毕竟是个姑娘，不能这样白白被他轻薄了吧！

"我觉得我们可以再商量一下。"她的声音变得很没有底气，镜中的两个人一直保持着暧昧的姿势，连讨价还价都开不了口似的。莲灯略微让了让，"国师赐我一半的解药吧，另一半我积攒起来慢慢还。"

他垂下眼，长长的睫毛覆盖下来，语调遗憾："不是毒，哪里来的解药呢！吞下去就是一辈子，想挽回也来不及了。"

莲灯绝望了，所以再多的努力都是白费，摸也是白摸，他不肯让步，她总不能摸回来吧！她垮下了腰，伤心至极，国师扶着她的肩往上提了提，手指继续在那张面具的边角游走，用半带诱惑的语调安慰她："本座刚才什么都没感觉到，摸了和没摸一个样。所以你不用害羞，本座吃的盐比你吃的米还多……你不是也说了吗，和长辈没什么好避忌的，这件事过去就忘了吧！不过本座可以做出一点让步，比方说下次你遇上过不去的坎，本座可以略施援手，你看怎么样？"

怎么办呢，聊胜于无。莲灯落寞地说："另一个要求国师也一并答应吧，办完事后我想回敦煌。"

他冷了脸："你什么都好，就是有个得寸进尺的坏毛病。"

她想不明白，转过身同他面对面跽坐着，非常真挚地说："我背叛国师就要肠穿肚烂，我不敢。我会把国师供在心里的，每天起来默念国师一百遍，把国师的神像画在壁画上。国师徒众遍天下，缺我一个也没什么，就放我回去吧！”

他抿起唇，那张假面很鲜焕，但他透过她的新皮囊，依旧能够看到她的脸。

“我想找个人做伴。”他慢吞吞地道，“虽然九色比你聪明，但它是鹿，不会说话。本座寂寞的时候希望有个人能陪着聊聊，这个人不必太精明，能听得懂话就行。”然后很笃定地点头，“你正合适。”

这不就是变相说她笨吗，原来她的智力已经沦落到和九色一样了。她愁眉苦脸：“我还是觉得之前的提议不错，我带你回敦煌，既可以听你说话，我也不用背井离乡。”

他对这个话题有些不耐烦，重重捺了一下她的耳根：“这事暂且不必多言，你的仇还没报完，等你解决了最后的麻烦再来同本座商量。”

莲灯一听这话觉得有希望，忽然异想天开觉得把国师娶回家其实也不错。这么漂亮的人，每天什么都不用干，就坐在那里让她看。她可以出去挣钱养家，国师负责貌美如花，这样的生活想来也是值得期待的。

她兀自盘算，心里藏不住事，全写在脸上了。国师不自然地拢了拢衣襟，看她笑得心花怒放疑心有诈，愠声道：“又在打什么主意？”

她不能把自己那些想法说出来，要是再惹他生气，恐怕不止一粒药丸那么简单了。便推说没什么，扭身照镜子，不停地在脸颊上抚摸：“真要是长成这样多好，回头我去跟转转学舞，这张脸比过所还要有用，别说北里，就是进梨园都易如反掌。”

大历的皇族在诗词歌舞方面有极高的天分，不谈政治的时候，他们是最好的艺匠。当今圣上年轻时创办梨园，乐工只为禁中演奏。她一提梨园就让他暗吃一惊，看她不声不响的，恐怕仇人的名单里还有今上。

他缓缓叹了口气，初生牛犊不怕虎，没有正确的引导，将来势必会栽得很惨。

“梨园有乐工四百，想靠易容术长留，那是痴心妄想。”他舒展两袖绕室踱步，边走边道，“本座欣赏你目标明确，但是人活于世，量力而行才是金科玉律。不要怪本座没有提醒你，禁中的主意不能乱打，若你有什么异动危及大历，本座第一个饶不了你。”

莲灯惶惶回头，几次接触下来觉得国师算是个易相处的人，但他一旦正色，她心里还是有些害怕的。其实自己也斟酌过，究竟凭借一己之力能不能把她认准的仇人都杀了，结果是不能。之前的两个死在不设防上，第三个必定没有那么容易得手。再至大明宫里的皇帝，那上万的金吾卫不是吃素的。

她比较识相，点点头说：“国师放心，我虽初出茅庐，但知道天高地厚。反正皇帝年纪那么大了，我不杀他，他自己也会死的。”

她说得很直白，理由却充分，国师瞬间被她弄得火气全无。能看得开最好，本来就是这样，花大力气去杀一个将入土的人，万一赔上自己的小命就太不上算了。

国师满意地颔首，刚要夸赞她两句，山门上传来说话的声音，好像是那个龟兹姑娘，用甜得拧得出蜜来的嗓音与人告别。

莲灯一下子跳起来，惊恐道："怎么办，转转回来了！"

国师说："无妨，反正我戴了面具。"

"那我呢？"

国师白了她一眼："你不也改头换面了嘛！就装作走错地方好了，她不会认出来的。"说着不慌不忙地开门，抬腿踏了出去。

国师有时候行事很让人不解，这种理由说来不觉得牵强吗？又不是市集上的铺子，怎么会走错地方？

转转正因和春官夜游高兴得花摇柳颤，一抬头看见卧房里出来两个陌生人，立刻惊得呆住了。

"你们是谁？"她尖声道，"半夜三更的，怎么跑到别人家里来了？"

呼声引来了道姑，众人讶然对望，惶惑不安。

莲灯急得厉害，转转这傻子怎么就不看看她身上的衣裳，大呼小叫招来这么多人围观，万一暴露了身份，她半夜带男人跳墙的事岂不是要传开了！

可是转转咦了声，不知怎么瑟瑟颤抖起来，用鸟鸣一样的声调低呼："小郎君，我们见过的啊！"一边说一边上前，激动地盯着他的脸道，"你还记不记得我，上年花灯节有西域乐人搭台献唱，奴奴就在台上，咱们眼神有交流的。"

国师贵人多忘事，被她的自来熟搞得一头雾水，莲灯却明白了，原来转转念念不忘的小郎君就是眼前这位。她不禁有些为转转难过，满腔情思付诸东流，她和小郎君的缘分没开始就结束了，以后偶尔拿出来回忆一下就是了，横竖再也当不得真。

转转还沉浸在自己的欢乐里，捧心道："你是来找我的吗？不巧我先前出去了，早知你要来，我一定留在观里等你的。"

莲灯听得翻白眼，刚才还为春官神魂颠倒呢，一转头什么都忘了。

国师不太习惯别人这样的示好，也无心搭理她，随口应道："某来找莲灯，既然她不在就算了。妖奴，我们走吧！"

莲灯的反应慢了半拍，看他回头一顾才知道妖奴就是自己。没敢开口，怕开口被转转听出来，忙抚膝跟了上去。

转转脸上挂不住，满肚子怨气油然而生，对她喝了声"站住"，两眼斗鸡一样盯住她："怎么和我家莲灯穿得一样？你是什么来历？"

国师掂着核桃巧笑嫣然："莲灯竟和我家婢女穿得一样吗？改日我命人送几匹缎子来，给她做几件新衣裳。"说罢趾高气扬地往山门上去了。

一阵寒风吹过，观里的人没弄明白究竟是怎么回事。没见他们进来，人怎么会出现在这里呢？

年幼的道姑打了个冷战："我听说国师又闭关了，岁末各种妖孽出来作祟，城中连着死了两位官员，据说是冒犯了鬼神，被拖下十八层地狱去了……你们可看见？刚才那两个人脚下没有影子！"

天上星月无光，地上的灯笼又那么远，当然看不到影子。众人原本就紧绷着神经，这样听来顿觉惊惶，脑子里反应不过来，只剩唯一的本能，轰的一声作了鸟兽散。

莲灯跟着国师出去，走路噔噔有声，仍旧不太服气。

国师不耐烦地看她一眼："你飞檐走壁也弄出这么大的动静，肯定早就被人射死了。"

她嘴翘得很高："我不是奴婢！"

他愣了下："本座就那么一说罢了，你生什么气！"

"我也不叫妖奴！"

国师简直要被她烦死了："这也是信口胡叫，你记仇还记半天吗？"

他以为她看不出他时时刻刻不忘揶揄她？叫什么不好，偏叫妖奴，正常的人有叫这个名字的吗？反正她觉得被他践踏了尊严，本来没那么斤斤计较的，几件事凑到一起，于是就越想越不高兴了。

"你可以叫我玉奴啊，我觉得玉奴比妖奴好听多了，也像个好人家的婢女嘛！现在那群道姑也许在议论我是妖怪呢，这不是自找的吗？！"

国师听了不以为然："世上好多人不如妖，妖有无双的智慧、惊人的美貌，他们有吗？妖抬脚就能从中原踏到江南，他们能吗？被人说成妖怎么了？还有人在背后叫本座妖道呢，那又如何？他谤由他谤，你同他一般见识，你也像他一样心智不全？"

莲灯被他堵住了话头，自觉无法反驳，甩袖道："国师早些回去吧，我有点困了，恕不远送。"

他蓦然沉下脸："整夜不睡蹲在人家房顶都不困，见了本座就喊困？快到子时了，看过了焰火才许走！"

于是没办法，被迫站在凛冽寒风里呆呆望着天上，间或看到几户人家的炮仗咚地上了天，在半空中绽开刹那的火花。

黑暗里的两个人保持着仰头的姿势站了很久，幸好没有月亮，否则就是一幅对月修炼的诡异画面。国师等得有点失去耐心了，慢声慢气地说："去吃点东西吧。"

莲灯空着肚子，他也没吃晚饭，这样的提议实在很应景，于是两人一拍即合，往巷口的馎饦摊子走去。

博士是个六十多岁的小老儿，非常简便地设了一个摊，炉子锅碗放在平头车上，旁边摆了两三张矮桌，五六张胡床。见他们去了热心地招呼，问来点什么，莲灯说两碗馎饦，怕国师吃不饱，又对他比了比："再给这位郎君加个蒸饼。"国师斜了她一眼，没有说话。

博士响亮地答应了，撩起袖子从面团上摘面片，动作又快又准。那种薄薄的面食下锅片刻就可以捞上来，盛在碗里撒上一撮波棱菜的碎末，形虽不好，但味道极佳。

莲灯饿得厉害，出于敬老，头一碗还是让给了国师。国师也不客气，取了筷子再三擦拭，像试药似的抿了一口，看得莲灯一阵由衷唾弃。

第二碗上来，她也顾不上吃相了，易容后面部动起来总觉得有点牵绊，不过也还好，看看国师的五官，很是生动自然，一点都不显得别扭。她放心大胆地嘬起了面汤，呼呼声入耳，国师又厌弃地瞥了她一眼。

和斯文人同桌就是麻烦，他大概没见过胡人边吃边捶桌的激昂，和西域人比起来，她这样的已经无可挑剔了。

博士把蒸饼从炉膛里掏出来，放到他们面前的时候嗞嗞冒着热气。国师的手是尊贵的手，经不起炙烫，便支使她撕成小块，一片一片给他泡在汤碗里。

莲灯一边侍候，一边试着打探："上次说要为昙奴寻药的，有什么进展吗？"

国师摇头："毫无进展。"

"那怎么办……"她细声喃喃着，"已经过去十来天了，万一瓶子里的血失了效，昙奴就死定了。"

想起这个她连东西都吃不下了，推了碗筷只管在那里惆怅。国师今天心情好，吃完了拭着嘴角道："过阵子再看，届时还没消息，大不了本座再替你讨一回血就是了。"

她脸上立刻云开雾散："真的吗？"

他指了指碗："吃完。"

她忙道是，筷子把碗沿叩得当当响。国师略牵了下唇角，第一次吃市井里的东西，并不像想象的那样难吃。第一次和女人一起用饭，女人的吃相也不是书上写的那样端庄。

忽然远处响起一阵钟声，猝不及防的，漫天的焰火潮水一样席卷过来，声势浩大令人心悸。他站起身，负手往远处看，火树银花织造出一个锦绣长安。以前除夕从来没有进过城，从神禾原望过来，再辉煌也不过是极远极微弱的光。现在身在其中，才体会到一种庞大的、无处可藏的震撼。

身后的人也是初见这种景象，愉快地欢呼一声，赶过来和他并肩而立。他侧过头看她，五彩的光点亮她的眼睛，她说："真好看，我来长安这么久，第一次觉得这个都城有烟火气。即便是过客，现在也有些喜欢它了。"

他的唇角凉下来，喃喃道："我一直很喜欢这里，喜欢……甚至是渴望……"

这场光与火的盛宴持续得不算久，大概两盏茶工夫吧，渐渐平息下来，只在空气里留下挥不去的硫黄味道。曲终了，人也该散了。国师摸了摸袖袋，发现里面空空如也，不知是丢了还是怎么，反正钱没了，于是只好定眼看着莲灯。

莲灯一直很独立果断，这是她身上最可爱的地方，觉得自己应该担负自己，从来不因为性别给别人造成任何负担。她根本就没想让他付钱，大大方方解下自己的荷包搁在桌上，像个初学数数的孩子一样把铜钱倒在掌心里，一枚两枚，数得极其认真。

有时候那种笨拙幼稚的动作更能打动人心，这是长安精于世故的女郎们学也学不来的一种魅力。国师抱着胸在旁观望，她笑嘻嘻地把钱送到博士手上，吃得满意，很乐于感恩，一定要说一句"很好吃呢"，简直有点傻。然后辞了馎饦摊子往回走，边走边左右观望："神使们怎么还不来接国师？是不是把国师忘了？夜已经很深了，不知昙奴回去没有，我有点放心不下。"

国师吃饱之后没什么脾气，人也感觉乏了，抬手击了两下掌，身后一晃便多出几道身影。莲灯松了口气，恭恭敬敬向他们作揖："我把国师交到神使们手上了，请神使护卫国师回宫。"

国师掩口打了个哈欠，系上披风的飘带，也没做什么交代，转身往坊院那头去了。

莲灯终于能够舒展一下筋骨了，这半天拘束着手脚，觉得人都不灵便了。于是施展身形回到山门前，先褪下面具再入观内，进门见昙奴和转转都在，她心里也安定下来了。

她回身掩上门问："怎么样？那位御医是什么说法？"

昙奴倚着褥子摇头："和弗居说的一样，解铃还须系铃人。萧将军问我在哪里中的毒，我不敢提阴阳客栈。毕竟是条人命，大理寺恐怕还挂着案子呢。"

也是个两难的境地，人已经死了，就算知道在哪里中的毒也没用，宁可不说，多一事不如少一事。

莲灯撑着脸哀叹："我问了国师，他那里也没有消息。我想过两天再去趟阴阳客栈，摸清那人师从何处，属于哪个门派。就算毒是他自己研制的，同门总能知道些内情的。”

转转幽幽道：“如果有人杀了我的同门，我才不会把解药交出来。太上神宫那么大的声望都查不出端倪，靠你一个人就行了吗？”

昙奴却很乐观：“我现在很好，用不着担心我。弗居那天说了，毒不能一辈子盘踞在身体里，两年后如果我还活着，那时候毒应当已经消退了。至于那根芒针，长短只有两三分，就算在筋脉里游走，也不至于要人命的。多亏了那壶血，好歹苟延残喘着，挨到毒尽的那一天，也许就好了。”

说起这个纯阳血，同样让人头疼。要喝两年，别人怎么能够长期供养？如果没有那么多的限制，就算要莲灯天天割自己两刀也不要紧，现在国师不肯说出那人是谁，她想打商量也无从谈起。

昙奴见她们都愁眉苦脸，有意岔开话题：“好啦好啦，不说我，转转和春官相谈得如何？可有进展？”

转转干干一笑：“那人很会装糊涂，看来是个老狐狸。不过不要紧，我可以用我的美貌和才智降伏他。”说到这里想起了刚才的事，急急忙忙告诉莲灯，“我今天看见那个小郎君了，回来的时候他正从我们房里出来，倒是不客气，还让婢女煎了茶汤，据说是来这里找你的。你什么时候认识他的？就是那个比春官还要俊一点的，看样子十七八模样。”

莲灯窘得厉害：“我只同你说，别再惦记人家了，忘了吧！”

转转疑惑地觑她：“怎么？难道你也看上他了？”

莲灯顿时一个头两个大，索性问她：“是不是还有个胡女跟在他身边？穿着和我一模一样的衣裳？”

转转惊讶起来：“你怎么知道？”

莲灯扶住额头说：“那个胡女就是易容后的我，还有那小郎君，他是国师。”

这下转转和昙奴同时啊了声：“国师是个老妖怪！”

“我早就同你们说过国师不老了，那小郎君是他易容的，不过他本身的模样也差不了多少，略微年长些，更好看些罢了。”

转转说：“天哪，可坑死人了！”言罢呜呜咽咽地哭起来，捶胸道，“我的心要碎了，小郎君怎么是国师呢！他怎么能这么骗我！为什么为什么……”

另两个哀致地看着她，除了给她递手绢，什么忙都帮不上。

第二天来了两个家仆打扮的人，驱车到山门上，送了好几匹花色艳丽的衣料，还有首饰香囊并钱两千贯。

三个穷酸围着一堆东西赞叹，国师好大的手笔，国师好俗的眼光！花红柳绿的缎子，很难想象穿在身上是个什么样子。

弗居和长安的贵妇有往来，据她说这些都是时兴的纹样，只有买不起的缎子，没有做不成的衣裳。比如缠枝与团花可以做诃子和窄袖，小簇花和卷草可以做襦裙，银花纱罗做画帛，等等。她们如梦初醒，各扯了几尺料子送给弗居，弗居欢欢喜喜地抱着去了。

昙奴看着那张飞钱赞叹："国师为什么这么大方？我们办的事有风险，同我们有银钱上的往来，不怕对神宫不利？"

"所以派来的人不是倀子打扮。"莲灯仔细想了想，"一定是我昨晚请他吃了一碗馎饦，他有心感激我，哎呀这种涌泉相报的性格可真讨人喜欢。"

话虽如此，莲灯还是很知道感恩的，专门写了拜帖送到太上神宫求见国师。

卢长史见她来了很热情，忙请到阁里奉上茶汤点心，但脸上不无遗憾："不巧得很，国师闭关了，究竟什么时候出关又是未定，娘子今日白跑一趟了。"

莲灯哦了声："也不白跑，好几日没见长史了，来看看长史也是应当。"

卢庆受宠若惊，笑道："承娘子的情，不说看我，常走动走动也是好的。我命人把琳琅界收拾出来，娘子仍旧住那里可好？"

莲灯忙说不："我只是来看看国师和长史，还要回城里去的。昨天得了国师好多赏赐，我心里惴惴不安，毕竟无功不受禄，那么多的东西，我也不知怎么感激国师才好。"

卢庆叠着手微笑："国师是慈悲心肠的人，知道娘子们在城中生活不易。既然娘子不愿回神宫来，国师也只能在日常开销上略施援手了。"顿了顿又试探道，"娘子在城中近来都顺遂吗？年前出了几桩命案，惊动了官府。娘子是西域来的，不知道其中利害，日后行动起来要格外小心才好。"

莲灯抬头看他，他的话模棱两可，似乎是知道内情的，但又不点破，猜不透国师有没有把她的情况告诉他。无论如何还是要感谢他，她们从敦煌到长安，一路上三个人相依为命，虽说有时张牙舞爪，但大多时候都孤单无依。后来到了神宫，神宫里的人待她们很和气，就算国师间歇性的小肚鸡肠加刁蛮任性，但那么一大堆东西送到面前，是个人都会怒气全消的。比如小肚鸡肠立刻变成活得认真，刁蛮任性也只表示性格鲜明罢了。

她跽坐着向他揖手："多谢国师慷慨解囊，也感激长史的关心。近几日城里稽查得很严，幸亏早前办妥了过所，否则府兵登门时不知怎么应对才好。"

卢庆点了点头，沉默下来，缓缓踱步到花几旁，捡了盆栽底下的两片落叶扔到窗外。略过了会儿才又道：“我在来神宫任职之前曾是禁中内侍，朝里的事多少知道一些。人身处旋涡之中，看待事情往往不那么透彻。娘子到长安来……”他摇了摇头，“舍近求远了。”

莲灯听他说完，脑子顿时激灵了一下。看来卢庆知道些什么，起先不提，应当是没想到她会弄出这么大的动静来。现在这个当口指点她，也不知究竟出于什么原因。但他说舍近求远，难道真正的仇人在大漠吗？

她直起身趋前两步：“还请长史指教。”

卢庆张了张嘴，想想又作罢了，只推说没什么。忽然听见外面有急促的鹿鸣声，忙掉头走了出去。

莲灯跟上去看，原来是几头成年的雄鹿内斗，巨大的鹿角相撞，在一棵松树下咬牙切齿地角力。只是奇怪，鹿居然也和人一样，有事不关己的，也有爱看热闹的。莲灯一眼认出那个熟悉的身影，梅花稀疏，顶着一对小犄角在鹿群里踮足张望，不是国师的爱宠是谁！

“九色！”她叫了一声，果然它马上回头，看见是她，一步三纵向她跑来。莲灯蹲下迎它，它亲昵地撞进她怀里。她好好地在它脑袋上身上捋了一下，轻声道，“犄角还没长好，别老是往危险的地方凑。万一人家撞到你怎么办？等国师出来看见你缺胳膊少腿了，还不得心疼得老泪纵横？”说完发现自己失言了，左右看了看，好在卢庆离得远，在那头忙着拉架。

九色对她的劝告倒是不怎么在意，扭过头在她的脖子上蹭，蹭完了到处嗅，然后把脑袋挤进她的衣领里。

莲灯捂住脖子，抬手在它嘴上拍了一下。真是什么人养什么鹿，九色的脾气和国师很像，无时无刻不感觉良好，自始至终地不拿别人当回事。

“鹿也要有鹿格，别仗着国师的淫威飞扬跋扈，当心总有一天抓你锯角放血。”

她恐吓了它一番，它看她的神气立刻显得很不屑，昂头转身，扭着浑圆的鹿臀往青石板那头扬扬而去。

莲灯笑着目送它，抬头看天，远处的云头积蓄着雨，如果再耽搁一会儿，下起来就走不脱了。她抚了抚衣袖打算回去，刚转身发现九色又回来了，僵硬地摇摆着脖子学人做出“跟我来”的姿势，那模样要多别扭有多别扭。

她叉腰看它：“你每次带我去什么地方，最后我都很倒霉，你就是为了坑我而存在的吧？”

它的大眼睛直直望着她，一如初见时那样纯洁无瑕。一人一鹿对视了片刻，莲灯还是决定再信它一回，跟着它绕到院子后面，七拐八拐进了一片蔷薇花架子。走到尽头才知道这里和前院隔了一排游廊，一间大木柞的屋子后面直棂门大开着，前面半遮半掩合了半边，穿过游廊能看见前院暖阁里的情景。

莲灯望了九色一眼，不明白它是什么意思。它拱着脑袋领她前行，再绕过屋角，才看清屋里的情况，门扉后坐着一个穿山水广袖罩衣的人，衣裾舒展开来，平整铺在地板上，人扒着门框尽可能地往前探，偷偷摸摸缩手缩脚，不知在看些什么。

一阵风吹过来，吹起玉带下的长发，那发丝太轻柔，扬起来，能够看到丝丝缕缕跌落的细节。莲灯讶然捂住嘴，国师不是闭关了吗，为什么在这里偷看？难道因为送了些东西给姑娘，觉得不好意思了？

她简直要大笑起来，世上怎么会有这么别扭的人，一百多岁难道不是应该宠辱不惊稳坐钓鱼台的吗？他一定是不确定自己选的花色会不会被嫌弃，嘴上不饶人，结果自己却长了一颗磕碰不起的脆弱的心。

九色这次总算干了件好事，吃里爬外有时候也很讨喜。莲灯捧住它的鹿头用力亲了一口，没想到它居然晕了，踉跄几步，一下栽倒在地上。莲灯吓了一跳，忙把它抱在怀里，它半睁着眼睛，眼神迷离，像喝醉了一样。

终究是动静过大，最后还是被国师发现了。他仓皇回头，见她出现在屋后，顿时有点手足无措。

莲灯眯眼笑着，一排糯米银牙整齐可爱："国师在这里啊，我来找你，长史说你闭关了，没想到还能见上一面。"

国师清了清嗓子摆出威严来："正要入塔，遇上一些事，耽搁了一下。"他穿着雪白的罗袜蹑蹀而来，站在檐下垂眼打量他们，"九色这是怎么了？"

莲灯摇晃了它两下，嗫嚅道："它可能不近女色，我亲了它一口，它就晕倒了。"

国师脸色微变，沉声道："没关系，本座让秋官替它扎几针，它自然就醒了。"话音甫落，看着它麻利地跳起来，箭矢似的眨眼就跑远了。

莲灯忽然笑不可遏，她从没发现神宫里的一切那么有意思，不像刚来时战战兢兢，慢慢觉得很多人和事很可亲，会让人产生一种依恋的感觉。她仰头叫了他一声，他傲慢地拿鼻孔对着她，她也还是一味微笑着："国师送来的东西我都收到了，这么多的料子和钱，叫我无以为报。我原本就欠着国师的债，这下更还不清了。"

他对钱财看得很淡，太上神宫一百六十年积攒的财富，让她花十辈子都花不完。反正已经欠了，再多一点又有什么关系。不过钱和情的主次还是要分清的，他抱胸说："钱是身外物，不能和另一笔债混淆一气。我看你身无长物，钱就不指望你还了，毕竟本座对自己人还是十分慷慨的。”

欠债欠出了自己人，这种发展真有些奇怪。不过自己人也没有什么不好，莲灯看他的眼神多了些意味不明的内容。等着吧，等她报完了仇，她一定要想办法把他劫回她的洞窟里去。

国师却不察，依旧端着架子问她：“那些料子……你喜欢吗？”

她点头不迭：“我们都很喜欢，一匹料子能做好几身衣裳呢，等天气转暖就可以穿了。”

他很高兴，不过还是有点忧虑，迟疑道：“你不觉得颜色太艳了吗？”

还好他有这个觉悟，但受人馈赠不能挑三拣四，莲灯很体贴地说不：“城里的娘子都穿石榴裙，国师选的料子很合时宜。”

这下国师更高兴了，不担心送出去的东西别人不喜欢，也不会为此不敢见她了。他在檐下踱了两圈，正了正脸色道：“本座入关的吉时到了，你回去吧。”拖曳着衣摆走了几步，想起什么来，回过头又吩咐，“以后离九色远一点，它还小，经不起美色诱惑，也分不清自己是人是鹿。如果认识上出了偏差，对它以后的婚配会有影响……人和鹿是不会幸福的。”

他说了一通莫名其妙的话，扬长而去了。莲灯站在那里挠了挠头皮，没再停顿，回到前面同卢庆道别后，匆匆赶回了城里。

运气还算不错，等她进了山门才开始下雨。入夜的时候还是淅淅沥沥的，雨脚伴着风声，忽而一阵扫在窗棂上。

转转忙着纳诃子，用深色的镶绲包裹起团花缎子的四边，在灯下穿针引线。昙奴刚吃过药，人有精神了，支起身子擦拭那柄钿装横刀。擦亮了在头顶上方唰唰挥舞几下，开始感叹自己太久不运功，拳脚生疏了。

莲灯托着脸无事可做，想起卢庆的话，心里一直不能释怀：“卢长史说我舍近求远，究竟是什么意思？难道真正值得重视的仇人在大漠，难道是和我阿爷官场上有牵搭的人？”

昙奴抬眼看她：“那当初王阿菩为什么不告诉你，偏让你跑到中原来？”

这里面的缘故她也说不清，想了想道：“也许连阿菩都不清楚，也或许是阿菩知道仇人太强，觉得我报仇无异于送死，因此索性隐瞒我吧！”

昙奴沉默了片刻说：“不要紧，等长安的事情解决了我们就回大漠，不管仇人是何方神圣，我们一定找到他，把他碎尸万段。”

转转在旁边幽幽插了一句：“如果当真对手太强，还是得找厉害的人帮忙。等我把春官收入囊中，请他为你出头多好。”

莲灯想起国师来，摇头道：“我不用别人帮忙，这是我自己的事，不能连累不相干的人。我现在只想早早报完仇，然后带个人回大漠安家。”

转转猛然转过头来：“带谁？你有意中人了？不想嫁给放羊的了？”

她抿嘴笑了笑：“我想找个更好的人，看样子嫁肯定是不能够的，我可以娶。”

昙奴听了发笑：“打算强娶吗？可是你别忘了，国师不许你成亲，他逼你吃的那颗药据说一辈子生效，你还打算娶别人，别异想天开了。”

是不是异想天开不重要，重要的是她觉得和国师在一起很有意思。虽然时时刻刻被他欺负，可是他的心一点都不坏。因为吃了那颗药，又不想孤独终老，所以只能在他身上打主意了。带他回大漠，好好哄哄也许就能留下他，还可以带上九色。然后有阿菩、昙奴和转转，夏夜坐在沙丘上架火烤野味，那种日子想起来真让人高兴。

不过国师本事那么大，想劫走恐怕不容易。还有他身边的灵台郎们，不说别人了，一个春官就难以招架。

她趴在桌上唉声叹气，也许只是个美好的愿望，自己逗自己欢喜罢了。凑过去看转转缝制的衣裳，针线做得七倒八歪很不美观：“明天还是拿到东市的彩帛行去吧，请别人做，做最时兴的样子，回头我用得上。”

高筠死后的十来天她一直处于无所事事的状态，年过完了，剩下的一个也该解决了。

她去李行简的宅邸伏守过，节后亲朋拜年往来不断，没有找到下手的好机会。后来曾经想过混入府里，但是李行简比高筠警惕性要强得多，也不一定是察觉有人专门针对百里济的案子，更多是以为某个集团开始有针对性地向朝中大臣发起屠杀。人越老越是怕死，李行简出门小心翼翼，身边多出不少护卫。莲灯盯了很久，都因为无处插针放弃了。

就这样连续守了七八日，事情总算有了转机，李行简的寿诞将至。李婕妤的生母半年前亡故，大约觉得还在丧期，家里不宜张灯结彩，就另择了地方，在别苑大肆筹办。

官员们设宴不是含糊着就能蒙混的，来往都是官场上的人，必须处处考究，讲大排场。恰逢李行简六十整岁，李中丞年纪虽不如圣上大，论资排辈却抵圣上半座泰山。于是宫中有赏，命宣王代母亲来与外祖父磕头庆生。既然有皇子亲临，文武官员无论如何都要赏脸的，李家不敢怠慢，便招以前常有来往的乐坊入别院，酒过三巡后命伎乐们歌舞，为众相公与王爷助兴。

转转得到消息后很高兴："终于到了我大展拳脚的时候了！我认识九部乐里的西凉乐那支，借着挣点脂粉钱的名义跟他们混进去。你就充当我的乐奴，咱们一块儿进他的宅邸。"

莲灯考虑得有点多："这样正大光明，恐怕不太好施展拳脚。万一哪步出了纰漏，只怕要把火引到你身上。"

转转却说："没关系，你易容，前后两张脸，谁也认不出你。我们最要紧的是进府，乐工有好几个班子，演完了就散。到时候看情况再定，如果有机会，我随他们先离开，你动手的时候我不至于拖你后腿；要是没有机会，就当是进去游玩一遭，仍旧跟着出去，等下次再想办法。"

莲灯犹豫了下，似乎没有更好的主意了，便和转转梳妆打扮上，抱着琵琶与觱篥，去北里找那个相识的乐坊。

转转以前在龟兹商队里算是小有名气的伎乐，和那些乐工也有些来往。莲灯和昙奴救她的时候，正是商队从长安返回龟兹途中，萨保一死，这个商队基本就解体了，酒泉发生的情况不会那么快传到长安来。所以她现在行走，依旧可以凭借以前的声望。

果然那些乐工卖她几分人情，见到她还十分欢喜，絮絮说："祖师保佑，正好缺个人手，这下子可解了燃眉之急了。"又打量莲灯，"这位小娘子会些什么？"

莲灯摘下面纱笑了笑："奴只会觱篥和笛子，跟在我家娘子身边，专门为娘子抱琴。"

莲灯长得很美，美丽的女郎一向比别人少些坎坷，乐坊收人要看手艺，但是只要有张漂亮的脸，一切要求都可以降低再降低。莲灯的加入几乎没受任何阻拦，那么轻而易举。转转回身看她，冲她挤了挤眼睛，两人相视一笑。

到了上元这天是正日子，入夜前人都进了李宅的别院。李行简十分大方，所请的乐部起码有三四十，还有角抵艺人和舞者，加在一起不会少于百人。

人多不是坏事，范围广了，就算要捉拿也不容易。

莲灯跟随乐工们进宅邸，她还是十六岁的小姑娘，脸上依旧带着天真的成分，到了陌生的地方很新鲜地左顾右盼。琵琶抱久了手酸，不停地调换两手，谁也看不出她抡起大刀来是怎样的孔武有力。

转转悄悄凑在她耳边问："可看清地形了？"

她自从踏进这里就处处留心，院墙有几道，乐台离门有几个拐弯，都在她脑子里清晰地刻着。她点了点头，没有说话。循规蹈矩地随家奴往后院走，抬起眼时看见对面游廊走过几个穿缭绫春衣的郎君，纨绮上绣一行秋雁一江春色，移步时金鱼袋和蹀蹬七事相撞，发出细碎旖旎的声响。

这样尊贵的打扮，应当是宗室皇亲。她微别过脸避开他们的视线，乐坊里的乐工告诉她，那些公卿喜欢在乐人里找乐子，万一被相中，那就很难摆脱了。所幸她帷帽上的纱罗放下来了，可是转转没有。她是那种眼角眉梢都是诗的女郎，结果不小心被人落了眼，那边扬声叫站住，莲灯顿时暗呼不妙。

几位郎君闲庭信步似的走过来，转转发觉时已经来不及把障面放下来了。她的胡人五官在长安比较紧俏，最近时兴养胡姬，弄回去收为妾侍，喜欢的时候抬举抬举，不喜欢了就送人，是长安贵族们彰显身家的手段。好在她没有卖身在乐坊里，别人不能做她的主，这么想来心里也安定了些。

那几位郎君到了她们面前，也不急着和转转搭讪，只问坊主是什么部的。坊主恭恭敬敬长揖下去："回禀殿下，奴这班是西凉乐部的。"

其中一位嘿了声："五郎，西凉乐还是胡女奏得好。"

那个叫五郎的微微笑了笑，飞扬的眼角有股桀骜不驯的骄纵味道。

转转越发低下头，暗地里咒骂了一声。然后听见这位五郎吩咐身后的侍从："挑几个乐人并这胡女，一同送到西边阁子里去。"

侍从忙道是，坊主却上前叉手："这位娘子出于旧日交情来乐坊帮忙，不能算是乐坊的人，齐王殿下点她的卯，还需问过小娘子自己的意思。"

大历就是这点好，贱籍同良民的划分非常严格，所受的待遇也丝毫不能马虎混淆。贱籍遭贩卖或充教坊是很寻常的事，但是良籍的则不同，只要不是自愿，就算皇亲国戚也不能强迫。

齐王慢慢哦了声，口头算是应准了，神情却满不是这么回事。他审视转转："那么女郎可愿为本王奏上一曲？阁子里的都是亲贵，只要奏得好，必定重重有赏。"

转转回头看了莲灯一眼，自己心里明白，既然被盯上就没法脱身了。如果她随齐王去，莲灯一定要带上。少了乐坊那么多双眼睛，转转随意吩咐她在外等候，她就可以有足够的空间去做她想做的事。

她吸了口气，对几位郎君嫣然一笑："殿下看得起奴，奴再推辞岂非不识抬举！请殿下先行，奴交代几句就来。"

齐王一众人心满意足地去了，好在胡乐奏的人多，缺了一个还可以调配。转转把要紧的几点嘱咐其他乐工后，领着莲灯跟李府侍从过了中院。

莲灯紧紧抓着她的手，她知道莲灯担心，在莲灯腕上拍了拍："我见多识广，什么样的猪狗辈都领教过，你不用担心我。"复压低声道，"既然那里都是王侯，我猜李行简必定是要相陪的，正好等他自投罗网。我不叫你跟进去，让你在廊下等我，该如何你自己看着办。”

莲灯道好，把她送上了莲花台阶，自己避到一旁静待。

夜色一点一点弥漫上来，四面笙箫渐起。她抬头望了望，转转柔艳的歌声飘过来，桃花纸上映出那些贵人的身形，忘乎所以地随着拍子击节，其中一个就是李行简。

李行简不能只顾这些亲王不顾来客，所以早晚是要出来的。她寻了个没人的地方戴上面具，只要定下心守株待兔，等转转离开了再动手，府里人员往来频繁，谁也不会注意到她。

但不知怎么，今天欠了点沉着，心里一阵阵有浪翻涌，恐怕要坏事。然而到了这步，中途放弃又舍不得。她曾经试过晚间潜进李府，可巡夜的人整晚不断，她连上房顶都做不到，更别提进李行简的卧房了。所以今天无论如何都要坚持下去，她咬牙静下心来，原以为李行简会先离席应酬宾客，没想到反而是齐王先出现了，身后跟着磨磨蹭蹭的转转。

莲灯不明白转转为什么会同齐王一道出来，心里难免有些牵挂。转转找不见她失神张望，只听齐王道：“娘子在寻你的女使？”

转转忙道不是：“我先前让她先回去的，想是已经离开了。不用管她，殿下请吧！”

转转就那么走了，莲灯在黑暗里看着她，一时不知怎么办才好。看她的样子不像是受了胁迫，大概是急于出府，才会跟随齐王一起的吧。

无论如何她不在，自己行事也不受束缚了。又等了片刻，见侍者推开移门，李行简从里面踏了出来，她狠狠盯住他，他身边只有一个厮儿，从这里到花厅要穿过一道九曲回廊，此刻不动手，再想找机会就难了。

她远远尾随，小厮的灯笼光摇曳，照得两边翠竹林里鬼影幢幢。待到没人的地方，她抽出腰刀积蓄力量，拔高了身形从后面劈上去，岂料不知从哪里蹿出两个人，身手很了得，挺剑一挑击退了她的攻势，反向她扑击过来。

杀人只是一瞬的事，错过最佳的时机，那么今天的计划就注定失败了。莲灯心里知道，自己有个认准了就不放的坏毛病，那两个人缠住她，她下了狠心招招毙命，不是你死就是我亡。

打斗的声势终归过大，眼看那两个护卫落了下乘，那个小厮吓得打战，一迭声的“抓刺客”，几乎叫破喉咙。游廊那头有火把蜿蜒而来，她急于求成，注意力全放在了李行简身上。这样一来忽略了身后，只听一声刀锋破空的呼啸，背上热辣辣地骤痛，皮肉分离的声音自己听起来居然有那么响！

今天也许要交待在这里了，倒没什么懊悔，唯一遗憾的是不能把仇人杀完。她一心要取李行简的命，他只在离她两丈远的地方，只要她再努把力，也许就能宰了他。可是背心痛得厉害，她有点坚持不住，动作也慢下来。

耳边喊声震天，就像猎人围捕猎物。她忽然惊觉，如果死在这里，他们揭开她的面具，不知要连累多少人。

杀不出重围，逃又逃不掉，如何是好？她只记得以前反复念叨的话，活得起死不起，但是围攻的人越来越多，她振作精神杀倒头阵，转眼又迎来了第二拨。

忽然一阵琴弦铮然嗡鸣，四周都震荡起来，就像水面泛起粼粼涟漪，数不清的柳叶飞刀如波光横扫而过，众人避之唯恐不及。莲灯还没有看清来人，一片黑影就笼罩住她，简直有点腾云驾雾的意思，感觉不到任何起落，一直向前移动，用风的速度。

她痛得吸气，背上血肉模糊浸湿了衣裳，只觉得冷得厉害。不知道这人是谁，她努力往上攀了攀："大侠……恩人……"

恩人低下头，黑暗里只有一个模糊的轮廓，看不清五官。

"吃过一次亏，下次就知道厉害了。"他架着她喃喃说，"哪里来这么大的胆子，这种时候动手，不是自寻死路吗？！"

莲灯顿时心头一松，是春官，还好，他来救她了。

可是救过之后该怎么办？她浑浑噩噩间依旧在担心，这件事没有那么容易，会查到转转头上，会查到云头观去的。到时候大理寺一定会盘问她，甚至验她的后背，那么这伤口怎么隐藏？

她到现在才开始后悔，可是后悔也难以补救了。

放舟带她回到云头观，照他的话说不能躲，越躲越证明心虚。她也做好了准备，万一金吾卫来查，只要能坚持住，也许有希望糊弄过去。

进门的时候昙奴正在屋里打转，她现在不能帮上忙，她们今晚的成败未可知，她除了担心无计可施。果然预感有时候真的很准，莲灯回来时受了重伤，春官把她抱进来，她的四肢没法自行搬动，但因为易了容，脸色却是如常的。

昙奴慌忙上前迎接，莲灯微微睁开眼看了看："转转呢？还没回来吗？"

昙奴急得落泪："别管她了，她很机灵，不会有事的。你现在且顾你自己吧，这是怎么了？"

她张不开嘴，唯觉得又痛又累。放舟替她揭开面具，面具底下那张脸上布满了汗水。他沉了嘴角，看样子硬熬是熬不过的，回身推门出去，直着嗓子叫了两声弗居。

弗居刚睡下，听他一喊披头散发过来了，昙奴这才知道他们是相识的。奇怪像落进一个陷阱里一样，虽然他们没有做任何伤害她们的事，可是为什么有种很蹊跷的感觉？

弗居看了莲灯的伤势，没有问原委，立刻回卧房找药箱来，处理起伤口也是麻利异常，边上药边道："这间屋子不能住了，进密室，先在里面躲两天再说。"

莲灯伤在背上，放舟不方便直视，便问弗居要不要紧。弗居让昙奴扶起她，一圈一圈给她缠上了纱带，随口应道："她哼都不哼一声，肯定忍得住，死不了的。"

她不出声，只是不想让他们担心罢了。莲灯腹诽着，神志有点恍惚，然后感觉放舟背起她，快步跟着弗居进了一条幽暗的过道。

她睁不开眼，只知道被安置下来，连侧躺都不能，只得趴着。弗居在旁叹息："座上见了不知什么感想，他还没出关吗？今天这事他知不知道？"

放舟道："传了消息回去，卢庆会回禀的。明天看吧，说不定一早就来了，或者会把人接回神宫。"

"现在不宜挪动……"

他们喁喁低语，一面说一面往外去了。

昙奴在门前等着他们，探首道："我进去照顾她吧，万一她要喝水呢。"

放舟抬了抬手："你且少安毋躁，再过一盏茶大理寺的人就到了。"

昙奴惶惶不知如何应对，放舟从袖子里掏出几支银针递给弗居："你清闲得够久了，干点正经的吧！事情办妥了，座上会夸奖你的。"

弗居无可奈何，接了银针听他介绍今晚的事情经过，然后撩着头发回房了。没过多久大理寺并李府的人到了山门上，昙奴想起放舟还在这里，想提醒他回避，谁知他早就不见了。然后房里出来一个人，穿着弗居刚才的禅衣，脸却俨然是莲灯的脸。

·第七章·
乖乖

昙奴大惊，见她侧过头对她一笑，竖起一根手指贴在唇上，示意她噤声。

昙奴怔怔地看着她，她站在檐下，表情平静，眉目清朗，莫说月色里，就是青天白日也看不出破绽。所以这才是真正的易容，可以随心所欲变成想变的那张脸。太上神宫精于此道，弗居应当是神宫的人，而且看样子地位还不低。

大理寺是办案的牙门，捉拿嫌犯时不讲究风度，进了山门大喊大叫，把观里的大小女冠全唤了起来。领头的司直擎着火把左右观望，问观主何在。经主[1]四下寻找没有看见弗居身影，便道："观主想是夜游还没回来。"

云头观在长安城里不算籍籍无名，观主私生活混乱也已经无人不知，所以那些凶神恶煞的衙役倒不显得多难理解，只道："这样眷恋红尘还从什么道！夜游？火烧了眉毛还有兴致胡乱走动。"言罢看见廊下站着人，扬声道，"今日是谁随乐坊进了御史中丞别院，上前来，某有话要问。"

弗居做出怯怯的样子，那身段和说话的声气与莲灯不同，自成一派。轻挪着步子下台阶，对司直肃了肃道："回侍官的话，正是奴家。"

那司直仔细打量她两眼，见小女郎生得面貌姣好，又是那样娇滴滴的模样，嗓门

1　经主：负责经堂诵经。

顿时放轻了些。不过该例行的盘查还是一样都不能差的，命李府的人和乐坊坊主来认人，确定都没有疑义了才道：“你是何时出李府的？你家女郎何在？李府上有刺客行刺你可知道？”

弗居道：“家主随齐王出游，到现在还没回来。家主临走时吩咐奴，说不必奴跟着，命奴先回观里来。奴离开中丞宅邸的时候一切如常，并不知道李宅内发生了什么。”

司直皱了眉头作势呵斥：“你如何不随乐坊一道出府？为什么一个人先离开？”

弗居期期艾艾道：“请侍官明鉴，奴不是乐坊的人，只因我家娘子和坊主有交情，奴才跟随娘子进乐坊的。既然家主自去了，奴须早早回观里，待家主回来了还要侍奉的。”

昙奴悬着的心渐渐放下来，弗居不愧见多识广，她可以把自己没有参与的事编得头头是道，不管那些大理寺的人怎么断，在她看来是不会有大问题了。

也亏得刺杀李行简时莲灯戴着面具，那个挑灯小厮见了本尊根本认不出来，既然身份确认无误，最后便是验伤。刺客中了一刀，如果她背上没有刀伤，那么嫌疑便可洗清了。

大理寺带了专门的女医随行，请她入内查看，把边边角角都摸透了，退出来说没有差池，司直这才挥了挥手，带着人马离开了云头观。

待他们走远了，弗居忙回屋里，手忙脚乱地摸索着从后颈拔出几支银针，再抬头时恢复了原来的容貌，只是像打过一场恶仗似的，额角鼻尖沁出汗，坐在杌子上，累得连话都说不出来。

昙奴在一旁目瞪口呆，刚才的一切想起来还是觉得不可思议。倒了一杯水递过去，小声道：“观主辛苦。”

弗居喝了水略坐了会儿，然后到镜前左右比照，万分庆幸地感叹：“还好鼻子没有移位，眼睛也没有变小……”

昙奴很好奇，小心翼翼道：“观主的易容术……令人叹为观止。”

弗居揉着脸笑了笑：“这种易容术不到万不得已不能用，用差了五官错位，连你阿娘都认不出你来。而且很疼，比上刑还疼，可不是什么值得夸耀的好本事。”

昙奴掖着手嗫嚅：“我们先前一直不知道观主的身份，观主还为我解毒，如今想起来是我们太迟钝了。”

弗居不以为然地一摆手：“不是你们迟钝，是我伪装得好。这长安城里没有人知道我的身份，我就是喜欢市井，国师也不勉强我。我在城里生活好多年了，一直没有回神宫。”

“那么观主是……”

昙奴问了一半停顿下来，料想她应该不会说的，谁知她并不在意，揽着铜镜道：“我们相识也有一个多月了，我和转转又是情同姐妹。其实告诉你们也没什么，司天监有五官，春夏秋冬中，我是中官灵台郎。”

这下昙奴怔住了，她原以为弗居是巫女之类的，没想到居然和放舟平级。其实什么品级倒不是最重要的，她只是觉得太上神宫某些地方太奇怪，十分解释不通。弗居既然是中官，那她隐藏在云头观做女道又是为什么？

可是心里有再多疑虑都不能一直追问，有时候笨一点反倒明哲保身。不管他们暗中有什么打算，目下她最担心的是莲灯，便问弗居她的伤势会不会伤及经脉，弗居道：“皮肉伤罢了，将养几天慢慢就会好的。不过今天的事闹得有点大，明日长安城中就要开始大肆搜捕，想要再动李行简，几乎是不可能了。”

昙奴看得很开，无论如何活着要紧，能不能报仇都是后话。大不了回敦煌去，宰了高筠和张不疑已经是赚的了，剩下一个李行简暂时动不了，等三五年之后未必没有转机。

那厢莲灯疼得大气不敢喘，睡了一会儿到底醒了，睁开眼见一个人背身站着，看样子像国师。

他来了吗？不知怎么，莲灯有点高兴，她用力抬起头唤他，他转过身来，可惜并不是国师，是放舟。

放舟蹲在她榻前看她：“当真糊涂了，连人都不认识了。”也不同她计较，问她渴不渴，要不要喝水。

莲灯摇了摇头：“天亮了没有？”

他推窗看天上星斗：“约莫还有一个时辰。”

她绵长地嗯了声，扒着枕头匀了很久的气，又问昙奴：“转转回来没有？”

昙奴也正为这事心焦，莲灯受了这么重的伤，转转又下落不明，更是雪上加霜。平时她就算荒唐，从不会夜不归宿，如今又是跟着一个男人出去，万一出了什么差错怎么得了！

“怪我无用，现在只能干着急。”昙奴忧心忡忡道，“这个活祖宗，好手好脚为什么不自己回来？是不是遇上了麻烦，或者被齐王扣下做小妾了？真急死人。”

放舟道：“和达官贵人们在一起，最坏无非是这样。等天亮我派人去打探，说不定还在齐王府。”

莲灯心里难过，自己这次栽得毫无体面，要是再赔上转转，那她应该怎么办？于是趴在枕上呜咽：“我一定要杀了李行简，就算豁出命去，也要把他剁碎了喂狗！”

她的满腔怒气无处发泄，人钻进了牛角尖，随时会跳起来再战似的。昙奴忙安抚她："无论如何先养好身体，你听我的，近期内想杀他是不能够了，你少安毋躁，待事情凉一凉，过了这股热劲再说。"

她一眨眼就是千般想头，恨过了一阵又满是失望："也许再也杀不了他了，我想回敦煌了。"

放舟却道："未必杀不了，只看什么人动手罢了。你学艺不精办不到，换个人，探囊取物一般。"

她听了艰难地看他："阿兄有办法吗？"

他整了整衣袖含蓄一笑："等你养好伤再说不迟。"

她伏在那里叹息，越是痛，脑子越清明。人都有惰性，一旦萌生了退意，心境就懈怠下来。她也细想过，如果李行简暂时解决不掉，她一定要再探卢庆的话，究竟他说的舍近求远指的是什么。

她趴得四肢僵硬，稍稍动了动，牵扯到后背，重拳击中似的疼。她灰心丧气，带着哭腔问放舟："国师什么时候出关？一定请他来看我。"

放舟有些惊讶："你们交情有这么好吗？怎见得国师愿意来看你？"转头见昙奴还在，压低了声在她耳边道，"你念着国师做什么？别忘了我们是有婚约的，还敢在我跟前提别的男人，这是不守妇道你懂不懂？"

莲灯反驳不动，自己心里却嘀咕，婚约你个大头鬼，有也不算数！她就是想见见国师，虽然他不会因为她受了伤就减少对她的冷嘲热讽，但是总觉得多个人在，心里就可以安定一些。可是转念想想又不对，摆手说："别来……算了。"城里查得紧，万一委屈了那位不可一世的国师，事情可就大了。

放舟抱着胸皱起眉，倒并不为她的伤担忧。习武的人别说挨一刀，就是断一条胳膊一条腿也没什么大不了。如今她这样惦念座上，看来几番相处就被人收归旗下了。小姑娘就是小姑娘，涉世未深容易被表象迷惑，看来也是无力转圜的事。

她想见国师，他也乐得成全："天亮我回神宫一趟，把夜里发生的事向座上禀告，顺便替你传个话，见不见你看他的意思。"转头望外面，透过窄窄的一道窗，看见东边的天幕上浮起蟹壳青来，他操劳了一夜，也觉得有点倦了，打个哈欠伸了伸懒腰，"好好养息，我回去了，等你好些了再来看你。如今这个半死不活的样子，我看得揪心。"边说边迈着方步，摇摇晃晃往过道那边去了。

可是刚迈出密室，迎面遇上了晚归的转转。奇得很，她见了他踟蹰不前，满脸心虚的模样。放舟纳罕，负手道："现在才回来？她们很担心你……"话音才落，只见她捂住了嘴快步与他错身而过，他顿在那里，摇了摇头，迎着朝霞跃过了院墙。

莲灯和昙奴见到转转时，她哭得厉害，把二人吓了一跳。再三问她怎么了，似乎莲灯的失败和受伤只占了她眼泪的很小一部分，还有一大部分很难描述。莲灯急得没法，又不能起身，对昙奴道："捂住她的嘴，别号了。"

昙奴果真上去把她的哭声按在了掌心里，莲灯的声音这才能盖过她，问她怎么回事："你为什么彻夜不归？是不是遇见不好的事了？"

所谓不好的事，在她心里大概就属于当初萨保那种霸王硬上弓。谁知转转哭得更凶了，昙奴的手已经盖不住她的悲伤，她哭了很久，哭到莲灯和昙奴都对她无可奈何时，她自觉无趣停了下来，抽抽搭搭道："昨晚我喝了点酒，酒后……失德，把齐王……那什么了。"

莲灯和昙奴惊得合不上嘴，但是"那什么"到底是什么？莲灯连背痛都忘了，好奇地问昙奴："她是什么意思？"

昙奴一脸茫然："你要说就说明白，齐王是皇帝的儿子吗？你把皇帝的儿子杀了？"

转转的脸红到了耳朵根，绞着手指说不是："昨天我是想借着齐王的名头赶快离开李宅的，可是你们知道，这种有权有势的人不那么好打发。他盛意邀我随他游船，昨天又是上元，到处花灯歌舞……当时夜有些深了，我一时把持不住，把齐王给……奸淫了。"

昙奴吓得一屁股坐在杌子上喘大气，定了半天的神才道："你是怎么回来的？干了这样的事，齐王能放过你吗？"

她慌得浑身直打哆嗦："我是回来同你们说一声的，眼下没办法，我只有出去躲一阵子了。"

莲灯从这件事想到了自己，看来闯了祸之后逃跑是她们这类人的共性。她还好一点，不过是看见国师洗澡，转转太恶劣了，她直接把人玷污了。这下子可好，屋漏偏逢连夜雨，该当是一劫。

她还很虚弱，喘了两口气，断断续续道："前车之鉴……我觉得躲不是办法，人家手眼通天，你能躲到哪里去？只要他想抓你，你就算逃到关外也没用。你先别急，世上的人不一定个个都小肚鸡肠，或者人家并没有放在心上……况且我觉得吃亏的是你，你连清白都没了，他还想怎么样！"

昙奴这才反应过来，忙道是："明明吃亏的是你，你为什么要躲？照理说应该让他负责，把你娶回王府才对。"

转转立刻惊恐万状："我才不要进王府，再说我有喜欢的人了……"想了想复又哭起来，"刚才遇见春官我都没脸见他了，我如今这算怎么回事呢，好好的沾染了别人，我和他再也没有未来可言了。”

莲灯被她哭得头都疼了，她们关注的重点永远不在一条线上。转转重情，仿佛没有了爱和被爱就活不下去。她不是，她要盘算的是怎么从谷底爬上去，怎么扳回一城来。

可是这绵绵的呜呜声实在让人受不了，她对昙奴使了个眼色：“你带她回房去吧，好好劝劝她。天无绝人之路，总会有办法的。”

昙奴道好，说让莲灯好好休息，然后半推半抱把转转弄了出去。

密室里静下来，她开始反思这几个月来发生的事，昙奴中毒，到现在的转转失身，都是因她而起。她心里觉得愧疚，百般难受，伏在枕上哭起来。哭了半截发现有脚步声，她费力地别过脸看，一小簇阳光照在门前的青砖上，光柱里细细的粉尘悬浮着，一个穿着春锦长衣的人从外面踏了进来，一手捂着口鼻，眼睛里满是嫌弃。

“住的什么地方，九色的窝棚都比这里好……听说有人思念本座，本座今日无事，特屈尊来看看。”

她看见他，觉得天一下子变亮了，心里的阴霾霎时也散了，连背上的痛都不那么鲜明了。

她撑了一下身子：“国师，你来了！”

他走过来，唇角鄙夷地一撇，站在她榻前趾高气扬地指点：“你的身手究竟有多差，居然被几个家奴伤成这样！本座记得当初王朗至少还能与我过上三五十招，结果教出来的弟子这么不长进，可见一代不如一代。”

她忙说不是：“李行简府上有几个高手，拳脚功夫不在神宫徒众之下。后来那个厮儿叫起来，又引了二三十人，我就有点招架不住了。”

他啐了口：“什么狗脚高手，与我神宫相提并论？你自己不济，别给对手脸上贴金了。”

她怏怏缄默下来，早就料到是这样，他不来觉得有点寂寞，他来了便没头没脑地泼她凉水，打击她的自信。这个人有没有一点爱心？对待病人就不能温和一点吗？

“等我痊愈了就杀回来。”她赌气式地说，“只怪李行简警惕性太高，要是像前两个一样，就没有今天的事了。”

他哼笑一声：“前两个是无用的废物，才让你那么容易扳倒。你动手前没有打听过李行简的情况吗？他是皇亲，和曹家有千丝万缕的关系，他的女儿是今上的枕边人，妹妹是定王的王妃。”

莲灯迟疑了下：“碎叶城的定王？”

国师嗯了声，掖着两袖感叹：“其实皇族的联姻说起来真乱，今上和定王都是太宗所出，结果兄弟娶了姑侄。所幸定王远在关外不得回中原，否则一家聚首，谁该给谁施礼，谁又该给谁磕头呢？”

他掩唇不厚道地笑起来，莲灯抬眼看他，这人有时候低级趣味得很，虽说姑侄配兄弟辈分有些乱，但古往今来也不是没有，哪里那么好笑！倒是他提起了李行简和定王的关系，忽然让她心头一凛。卢庆曾说她的仇家在西域，百里都护是戍边大将，定王是雄踞关外的亲王，也许两者不能共存，李行简受了妹婿指使，诬陷百里都护也不一定。

她挣扎起来，他站得离她不远，她奋力拽到他的袍角，痛得两眼昏花，边喘边道：“国师能不能告诉我实情，害我阿爷的究竟是谁？除了李行简是不是还有定王？”

他怔愣了下：“你自身难保，还管那么多干什么？别乱动，让我看看伤口。本座带了好药来，敷上就不痛了。”

他弯下腰搬动她，让她舒舒称称地趴在那里，然后提着袍子很勉强地在榻沿坐下。国师觉得这次自己牺牲很大，今天刚换的新衣裳可能要弄脏了，本来嫌这里不够雅致，不过看她的可怜样子也只好将就了。他翘着两根指头捋开她的头发，正打算掀被，没想到她居然反对，哎了声道：“还是请弗居来吧！”

他皱了皱眉不悦：“弗居拈花惹草的手难道比本座干净？真是不识抬举，这天底下几个人能有你这样的福气，你还挑三拣四，分明是想惹本座生气！”

他认为自己受到了侮辱，莲灯却完全没有这个意思。她只是觉得男女有别，她再糙也是个姑娘。她的伤在中间偏上那么一点点，要换药就得把衣裳脱下来，让她把背露给他看，她心里不太情愿。

“终归……国师面前唐突，有碍观瞻。”

“命都快没了，有空害臊？”国师很不耐烦，同时觉得她虚伪到家，“聚星池那晚你可是打算让本座看回来作为偿还的，当时何等的大义凛然，今天治伤反倒刁难起来，女郎，可见你思想很复杂啊。”

莲灯被他堵得应对不上，两颊热辣辣烧到了耳朵根，支吾了下道：“那今天就算两清了，行不行？”

他仰着脖子哂笑：“本座救你的命，你却想同本座两清，难道你以为看见你血肉模糊的后背，本座能多长块肉吗？天下怎会有这样厚颜无耻之人！”

莲灯简直要被他说哭了，气息奄奄地抗议：“我身上有伤，我是病人……”

他乜她一眼：“那么伤是怎么来的呢？”

因为技不如人，所以没有资格拿来炫耀。莲灯识趣地闭上嘴，说实在的欠了这么多人情后还想谈两清，就如他刚才说的那样，太厚颜无耻了。

她不再聒噪，他才有空静下心来替她查看。解开右衽褪中衣，这是国师第一次替女人宽衣解带，感觉有点奇怪。嘴上虽不饶人，手脚却还是放得很轻，她同别的女孩子比起来终归多了份可怜。他接到放舟的消息时以为她伤得不轻，但是见她还斗得动嘴，心里多少安定了些，可是揭开那层细纱的缠绕，仍旧不免一悸。是他过于乐观了，原来伤口深且宽，不像一般刀锋所伤，恐怕对方的兵刃还是经过改良的。怎样杀伤性更大，让人更痛？打毛了锋芒，要么伤不了人，一旦与皮肉接触，形成的切口就像锯子划过一样，不平整，仿佛能雕刻出蜿蜒的花来。他很惊讶，她居然忍得住，也许是习惯了靠自己，知道呼痛和抱怨没有用，所以再大的苦都经受得起。

他拔开药瓶上的塞子均匀替她撒上一层，黄褐色的粉末把那道沟渠填满，他听见她咝的一声吸了口凉气，忙停下问她："很疼吗？"

其实问了也是白问，她当然很疼，他看到她栗栗颤抖，肌肉因此剧烈收缩起来。可是她说："没关系，我忍得住。"

他轻轻叹了口气，刚才衣裳从下往上撩起，那妖娆却新鲜的纤背蜂腰多少勾起他一些杂念。可是现在见她这样，似乎除了心酸也没有别的了。

"你要杀李行简，本座替你办成。以后不要再去平康坊了，回神宫读书绣花，做你这个年纪该做的事。"

她愕然回头看他，用力过猛牵扯到了伤口，不由得吃痛呻吟。他弯腰打量她："怎么？劳碌得太久，怕过不惯这种生活？"

她说不是："我只是很奇怪，国师曾经同我说过的话我还记在心里，如今突然改了主意，倒叫我有点意外呢。"

她偏过头枕在手臂上，年轻的脸庞稚嫩，鬓角缠绵着细细的绒毛，沉郁的时候有种寡欢的美。她的心思很单纯，因为自己一往无前，就以为别人也同她一样，认定了就会做到底。

他放下她的衣襟，重新替她盖上了被褥，抬眼看墙头那扇高高的小窗，喃喃道："本座不想契约那么快失效，你要是死了，我的债向谁去讨？"

他这么说是找台阶下，原本很顺理成章的事，变通一下，一切会容易许多。可是她却拒绝了，拉着长长的调子说："我不用国师相帮，谁都可以，就不能是你。你看昙奴和转转，她们因为我经受那么多变故，弄得伤痕累累。你和我们不一样，你在太上神宫尊养，是大历的明灯，出不得半点意外。"她笑了笑，"你只要袖手旁观，不用管那些恩怨情仇。如果你的手沾了血，以后仙气全无，我会很难过的。"

他很惊讶，她这算是在保护他吗？他顿了很久，歪着头奇怪地审视她："你就没有想过要依靠本座？”

她很老实地说：“阿菩把我挖出来的那刻起，我就打定主意靠自己了。我没有亲人，亲人都死了，谁能够让我依靠？”

国师对插着袖子沉吟：“那也不一定，血亲死完了，还可以发展别的亲嘛。”

她有点绝望，别的亲大概只有姻亲了，可是这条路早就被他斩断了，现在又说，分明是往伤口上撒盐。

说起伤口，他带来的药很好，刚用上腌渍一样疼得她差点没号叫出声，现在痛劲过了，隐约有些凉意，不再是烈烈烧灼的感觉了。她松散地长出一口气，别过脸问：“这药能加快伤口愈合吗？”

国师踱到矮桌旁坐了下来，含含糊糊道：“应该可以吧！功效还没试过，待你用完就知道了。”

莲灯起先很感激他，但发现他拿她来试药，热情顿时消退了一半。似乎已经和他过了客套的阶段了，开始嘟嘟囔囔地抱怨：“用的是什么方子？万一有毒怎么办？万一留疤怎么办？”

他一听他的药遭到嫌弃，立刻拉下一张脸：“本座连夜为你制的药，你没有感恩戴德就罢了，还怀疑会不会有毒？早知道往里面加二两曼陀罗，先把你药倒了再说。”

看他咬牙切齿的模样，她却有些高兴，忙了大半夜，可见得到消息就很担心她，没有即刻赶来是因为药未制成。她咧着嘴对他笑：“我误会了国师的一片好意，对不住了，待我能下床再向国师赔罪。”

他骄傲的毛病从来没有减退过，神情既愤怒又失望：“本座清修已久，难得有兴致管你这些杂事，好心倒被你当成驴肝肺了。念你有伤在身，也许还影响了脑子，不同你一般见识。你好生休养吧，本座回宫去了。”

她忙挽留他，一迭声说：“不不，别走！”

一股骄傲的味道从他浑身上下乃至每个毛孔里散发出来，还算留情面，他脚下顿住了，但脖子不转动，只拿眼梢瞥她：“怎么？还有事？”

莲灯也不知是不是鬼迷了心窍，抑或像他说的那样脑袋也受了牵连，脱口问他：“国师，你是不是有些喜欢我？”

他诧异地回过身，原本白净的面孔隐隐泛出青灰来：“你可真会给自己长脸，你有哪一点值得本座喜欢？我早就同你说过，你和九色是一样的，区别只在九色不会说话，而你会。你没见九色多喜欢你吗，如果不是有那么多共同点，它为什么独独和你交好？”

莲灯垂死挣扎："可是你也说了，让我不要同它走得太近，免得它分不清自己是人是鹿。"

国师发现被她带进了一个怪圈，居然和她讨论起人和鹿的问题来了。他拂了拂袖："反正你只要明白一点，在本座眼里你和九色一样就可以了。"

莲灯万念俱灰，背上又剧烈地一阵痛，不敢太激动，怕绷裂了伤口，只得自己安抚自己不要紧，反正要劫他回去的，管他喜欢不喜欢！

也因为打了这个岔，他倒是没走，和她眈眈互瞪起来。莲灯瞪人的功夫差了点，没多久就败下阵来，于是换了个招数道："我渴了。"

国师听了别过脸："和本座有什么相干？"

"我不能下床，只有劳烦国师了。"她谄媚地笑了笑，因为仰头太久忽然觉得有点恶心，支持不住了，一头栽了下来。

有时针锋相对不起作用，反倒是适时的示弱能让国师动容。她趴在那里不说话了，他才想起她的伤势真的很重。一个姑娘家，能够坚持到现在不容易，看她这么可怜，倒一回水罢了，应该不会折损他的威仪的。

他打扫了一下喉咙，提着袍角踱过去，看了看桌上的小火炉，还好窝着炭，水是热的。他牵着袖子提起茶吊，往杯子里注上一点水，仔仔细细把茶具清洗了一遍。莲灯舔了舔唇，直觉口干舌燥。其实杯盏一直在用，不会脏到哪里去，国师太精细了，同他相比自己大概才是真男人吧！可是细节太注重，速度明显就要减慢，她没敢发表意见，怕惹恼了他，说不定扔下东西就走了。她渴是一方面，其实更重要的是想留住他，哪怕被他口头上打压两句，至少心里还是踏实的。

好不容易国师把茶盏端过来，一副百无聊赖的神情，随手往前递了递。莲灯抬眼看他，表示自己的手够不着嘴，国师会意后挑起了眉："你的意思是……本座还得喂你？"

"国师没有给九色喂过水吗？"她有点自暴自弃了，"你既然把我当九色，喂一回水应该没什么。"

国师想了想也是，就不那么计较了，蹲在她面前，小心翼翼地把杯沿贴在她唇上。

"喝吧，不够的话本座再给你倒。"他努力把杯脚抬起来，可是试了两次都没成功。人仰头的幅度是有限的，她趴着，只能喝到杯口的那一层。国师有点着急，扶她起来怕她经不得，那就只有一个办法了。他犹豫了下，脸上破天荒地浮起了红晕，"要不……本座嘴对嘴喂你？"

莲灯本来就喝得很艰难，突然听见他蹦出这句话，一个闪失呛了，痛不欲生地咳嗽起来。

她还带着伤，身体不能受震动，这时咳嗽简直要了命。她憋得两眼满含了泪，看着国师当真喝了一口，惊吓过度连忙推手："使不得……使不得……"

国师把水咽了下去，奇异道："为什么？你不是要喝水吗？我愿意喂你，你又开始推三阻四？"

莲灯扑腾了两下，感觉心很累："这样不合规矩，国师不能这么做！"

他斜起眼："矫情的人最不讨人喜欢了，本座都没有挑剔你，你有什么道理拒绝本座？"

莲灯也开始寻找这个问题的答案，国师高高在上，愿意纡尊降贵和她嘴对嘴，这是长安所有少女和美妇求之不得的好事，为什么她要拒绝？她愣着两眼看他的嘴唇，国师的红唇像花瓣一样，唇峰饱满，色泽鲜嫩，贴上来感觉肯定不错。可饶是如此，也不应该用这个作为喂水的工具吧！

她看过很多书，洞窟里的书对这个也有笼统的记载，所以她很知道好歹。只是不明白国师这么做是出于什么原因，如果他说也曾经这样喂过九色，那打死她也不能相信。

"不能要乖乖……"她一本正经地说，"这是成亲之后才做的事。国师乖乖了我，以后就说不清了。况且嘴对嘴喂水，水里会掺进唾沫，不太干净。"

国师气得双眉倒竖，成不成亲姑且不论，她居然敢嫌弃他的唾沫？不知道香唾一滴值千金吗？还有什么要乖乖，他起先没听清，后来才明白过来，不知她从哪里看来的野史，管亲吻叫"要乖乖"。

他蹲在那里面沉似水："那你打算把自己渴死吗？乖乖了又怎么样？反正你是本座的人。"

莲灯不好意思地红了脸："国师说话不要这么直接，我只是为国师效忠，不负责乖乖的。我想喝水，但是可以想别的办法……"她艰难地努努嘴，"外面有片竹林，削上一截竹枝我就能喝水了。"

国师脸色不好，回身把杯盏放在了桌上："真是越来越放肆了，还敢支使本座替你削竹枝？你以为本座是放舟吗，整日无所事事有闲心和竹子打交道。你爱喝就喝，不爱喝就渴着吧，本座要回去了。"

她呜咽起来："你就这么走了？好不容易来一趟，不再坐一会儿吗？"

他气哼哼到了门前，因为漂亮的衣摆沾染到了尘土，很郁结地提起来拍了拍。然后回头打量她："不要觉得自己受了伤就有恃无恐，本座又不是没流过血，有什么了不起！本座的一片好心你不懂得领情，以后有你后悔的时候。等你伤痊愈了，记住别再来求本座，本座很忙，没有时间见你了。”

他把袍角哗啦往下一砸就要走，莲灯忽然想起来，纯阳血还得通过他才能讨到。原想争口气随他去的，可是不行，她到底还是有求于他。

这事说来真是莫名其妙，她也搞不清楚为什么事情会发展成这样，她的意见已经不重要了，和国师在一起时就得记住一条，一切以国师的喜恶为准，国师想帮你你不能拒绝，国师想坑害你，你也只能双手合十说谢谢。

她放弃了挣扎，扬声说：“等等，我想通了，我很渴，等不及削竹枝。”

他竟然顿住了脚，走了一半又折回来：“想通了？可是本座已经没有兴致了。”

莲灯做小伏低地哀求：“国师不是这么无情的人，国师乖乖我吧，求你了。”说完了这话，她的心几乎是崩溃的，究竟有多大无畏的精神才能做到这样！她想起傍晚时候看到的红狐狸，两个窈窕的身影坐在落日下的沙丘上，互相依偎着，动情时也暧昧地亲亲。所以等她把国师带回洞窟，一定不能少了这种事。现在起开始锻炼，以后就会变得非常熟练了。

国师却觉得她没有第一时间愉快地答应，伤了他的自尊心。就算后来放低了姿态，依旧不能平息他的怒气。他朝外叫了声：“中官，给本座找一截竹枝来！”弗居立刻清脆地应了。

所以外面明明有人，兜这么大的圈子意义何在？她吃力地看着他重新坐下，倨傲地拂拂衣袍道：“我在药里加了几味奇香，如果不出意外，愈合后不会留疤。不过也不敢断定，隔几日观察一下吧，若势头不对，还可以趁早调整方子。”

总之现在他说什么她都不会觉得惊讶了，忙喏喏地答应，唯命是从。

国师又觉得不大对劲了：“你听明白本座的话了吗？以后隔两日就要让我看后背，你没有意见吗？”

能有什么意见？连乖乖都答应了，看看背也没什么了不起的。她唔了声道：“既然隔两天就要观察一次，那就表示我能常见国师，我高兴都来不及呢！”

国师听了心满意足：“你……就那么想见本座吗？”

她不懂得掩藏，很直白地说：“是啊，国师闭关十几日，我心里想念得紧。所以我说了，以后回敦煌恐怕不习惯呢，打算带国师回去，天天和我在一起。”

他的唇角挑起来，想想应当庄重些，复放下去。又挑起来，一直一直往上，再也压制不住了：“你喜欢本座是不是？你对本座动心了是不是？”

莲灯呆呆地看着他，开始反省自己，难道想见一个人就是动心吗？她还记得自己以前想养沙鼠，看上了一只，在人家洞口足足蹲守了半个月。对国师来说，这种心情就和当初抓沙鼠一样，是一种占有欲，想把他收归已有。不过说定然是说不出口的，刚才她也问了他同样的问题，他还不是一口否决了。

国师的眼神里有种得意扬扬的味道，叫人莫名想破坏。于是莲灯讪讪笑了笑："我不光惦念国师，还很惦念九色和卢长史呢。"

他的笑容慢慢变得不那么好看了："你刚才还说想和我天天在一起。"

她装模作样地皱了眉："以后转转和昙奴都会嫁人的，我不想一个人孤独终老，和国师做伴也是别无选择。"

他的笑容果然瓦解了，站在那里愤懑地望着她。总算扳回一局来，莲灯心情大好，斗了这半天有点累了，便不再理会他，伏在枕头上昏昏欲睡。刚要合眼，他举着小竹枝戳在她嘴唇上，没好气地说："喝了再睡。"

她连眼睛都睁不开了，只管叼着竹枝使劲地嘬，模样像九色刚降生时候的样子。国师看着她，不知怎么有些心软，喂完了替她掖掖被角，缓步走了出去。

天气晴好，正月之后慢慢转暖，他站在一株蔷薇树下静看，看枝头萌出崭新的绿意，小小的嫩芽在风里轻颤。他按捺不住，伸出手指轻触了下，没承想用力过大了，不小心折断了新芽。他有些懊丧，掖着两袖惆怅不已。弗居在他身后唤了一声，半跪下来，把重新换了熏香的镏金球挂在他的玉带上。

他转眼看远处："大理寺可有新的消息？"

弗居应了个是："昨天伴在李中丞身边的小厮随他们一同来认人，没有看出破绽就去了，后来未再传唤过。座上出宫有阵子了，还是早些回去吧，如果事情有变故，属下们自会料理，不必座上烦忧。"

他半晌未言语，弗居见他彷徨，又道："三位女郎留在云头观恐怕不安全，我先前同春官商议过，打算另换个地方安置她们，只是未得座上首肯，不敢轻举妄动。既然座上在，还请座上示下，我与春官他们好安排。"

他恍若未闻，指着那棵柳树问："这树长得这样壮大，多少年了？"

弗居怔了下，忙垂袖道："我进观里时问过年长的女冠，据说有二十余年了。"

"园里长柳树不好，柳树性阴，树下藏小鬼，久而久之就成养尸地了。还是让人搬走吧！"他抬头仰望，"树冠大而密，底下照不见太阳，看看这一圈杂草，你也不派人修剪修剪。"

弗居暗暗吐舌，但知道他同底下人说话向来有深意，只是这次有点猜不透了。他叹了口气，用看傻瓜的眼神看着她："替我好好盯住翠微，她有什么小动作都要向我回禀。莲灯杀人的手段我还是信得过的，这次在李宅栽了这么大的跟头，她嘴里那两个高手的来路恐怕不简单。”

弗居很惊讶：“座上是怀疑翠微夫人吗？若真是她，大理寺怎么会拿不住人？”

他白了她一眼：“本座发现灵台郎们越来越不经事，是不是到了该换人的时候了？如果你是她，你会告诉大理寺是太上神宫有人用易容术假冒了莲灯？”

翠微夫人对国师向来有一份超乎寻常的感情，所以做出一些损人不利己的事也是有可能的。没法直接动莲灯，假他人之手解决最好，当然一切在不损害太上神宫利益的前提下，也算用心良苦了。

弗居明白过来，忙道是：“请座上放心，属下即刻安排下去。”

他点了点头，复想起放舟，哦了声道：“这几晚天有异象，让春官坐镇司天监，星斗移位、草木所向都要他记录在案，回头送来本座查看。”

弗居有点愣神，星斗移位倒是可见的，草木所向是什么东西？想是国师觉得春官太闲太无聊了，才会有意惩戒他一下吧！无论如何事情没到自己身上就好，弗居怕他兴之所至连带她一道骂，忙叉手行个礼，很快退下去了。

那厢偷着探看的昙奴和转转对国师的风华绝代赞叹不已，转转自己细想，想着想着又要哭了：“你看见没有，国师明明长成这样，小郎君就是他易容的。我怎么这么命苦呢，喜欢的人一再错过，春官也好，国师也好，我反正是没脸在他们面前出现了。”

昙奴不停地安慰她：“人各有命，谁让你的缘分落在齐王那里了呢！不过你看出来没有，国师和我们莲灯关系不一般，知道她受了伤，一大清早就赶过来了。我可同你说，朋友妻不可欺，你不能见国师长得好看就起歹心，他是莲灯的。”

转转怨怼地瞪她：“我是这样的人吗？我一向愿意为朋友两肋插刀，别说区区男人，就是要我的命，我也不说二话。我是为自己难过，一只碗磕了道口子，我那么要强的，现在也说不响嘴了。”

昙奴看她哭得可怜安慰她：“大历和以往各个朝代都不同，女子失个身不是什么了不起的大事，将来照样嫁高官，做诰命。”

“哪有那么容易！”她唉声叹气道，“反正我是没救了，如今指着你和莲灯，你嫁给萧将军，莲灯嫁给国师，将来你们都好好的，给我建个宅子，拨上十个八个侍女供我使唤，我就心满意足了。”

她受了刺激，昙奴也不和她一般见识。真要比谁惨，她能惨得过自己吗？转转不过是一时乱性失了身，自己苟延残喘等同废人。说起萧朝都，其实多少能够感觉到他对她有好感，可是她这样的身体，怎么同别人谈得那么长远！还有莲灯，她的处境未必比她们好。她一门心思要报仇，这次弄得满身伤，就算侥幸躲过大理寺的盘查，以后再想得手，恐怕也不那么容易了。

两个人躲在屋角后长吁短叹，为各自的命运忧伤。蹲守了一阵子，怏怏散了，连国师什么时候走的都不知道。

也是注定了要遭难，莲灯失手的当口转转招惹了齐王，弗居可以假冒莲灯骗过大理寺，但是转转的问题就很难解决了。齐王一觉睡醒发现那个西域姑娘不见了，枕上只余几根蜿蜒的长发，当即拍案而起，命长史彻查，据说是为防止大历皇室血脉外流，必须将胡女扣在王府，直到三月之后确定未受孕为止。

还是放舟神通广大，国师虽然找他的碴，依旧阻止不了他顾全莲灯的心。他得了消息便撂下手上的事赶过来，那时太阳将要落山，行色匆匆进门，把探来的消息详尽阐明，然后看了转转一眼道："齐王的人四处打探你，过不了多久就要到了。转转小娘子，这回你惹上大麻烦了。"

转转羞愧得涨红了脸，因为无地自容，咧着嘴又要哭，被昙奴一巴掌拍了回去："什么时候了，快想办法吧，还有空哭！"

莲灯直觉大难将至，大理寺那边未必这么简单就能糊弄过去，如果再加上齐王的势力，她们在中原还怎么立足？她喃喃道："躲不过，迟早得回敦煌。转转究竟怎么打算？要跟齐王走吗？"

转转立刻说："不去！疑心我要偷他大历的龙孙，把我当成什么人了！我要是进了齐王府，性命就堪忧了。胡女向来被人当成玩意儿，万一把我关起来，王府的妻妾联合欺负我，我没有功夫自保，这一分开你们可就再也见不着我了。"

放舟心焦的是她们没有弄清眼下的形势，不单是转转的问题。齐王上元节也在李宅，莲灯名义上是转转的女使，既然要把转转带回王府看管，那么莲灯肯定要同行。如果换昙奴顶替，不说昙奴的身体经不住，万一同李宅有往来，事情就穿帮了。可如果让转转说莲灯已经离开，齐王倒未必上心，只怕会引起大理寺的怀疑，转转从偷种贼变成刺客同伙，那处境就越发不堪设想了。

莲灯还得央求放舟："阿兄替我们想想办法吧，火烧眉毛了，如何是好呢！"

放舟对插着袖子叹了口气："既然不愿意从了齐王，那就只有谎称你们已经搬到别处去了。我让弗居先抵挡一阵，躲过了这一劫后换个地方。我和弗居曾经商议过，你们留在云头观怕不安全，可惜不得国师首肯，后来就作罢了。这次是没办法，国师回了神宫，我们只有先斩后奏，若国师责怪，我一个人来承担。"

转转眼泪汪汪地看着他，有千言万语也说不出来了。人生就是这么无奈，一个转身，原本快到嘴的肉飞了。就像看上了一把桂花，别人给你两根蒜一样，充满了死不瞑目的忧伤。所以她察觉了国师和莲灯之间有风吹草动，立刻像个鬼魅一样蹲在莲灯床头念叨："人活一世痛快最要紧，是你的东西千万不能放手，不是你的，只要喜欢，抢过来也要变成你的。"莲灯嫌她烦，把头埋在被褥里不听她的，她坚持不懈地把莲灯的耳朵挖出来继续说，简直就像临终遗言。最后莲灯支撑不住了，连连说好，她才就此作罢。

所以春官代表了她青春年华全部的痛，她有多喜欢他，就有多讨厌那个横插一脚的齐王。

莲灯没有转转那么丰沛的内心，她只知道灾难来了，一件一件去克服它。放舟愿意帮忙，她感激涕零，说了很多客套话，放舟大手一挥道："你我不必见外，帮你就是帮我自己。况且我和转转也有些交情，不能眼睁睁看着你们落难。"

他转身出去同弗居商议，回来的时候见三个女孩都是呆呆的模样，不由得觉得好笑："放心，这里是弗居花了三年掏出来的，外人找不到。我也命人知会冬官了，他在城外有一处别业，安排你们去那里，只要不走漏风声，大理寺和齐王都不会贸然动神宫的人。"

昙奴长长舒了口气："如此最好，只是不经国师同意，不知会不会出乱子。"

放舟看她一眼道："只要把莲灯安置妥当，国师定不会怪罪的。"

他既然表了态，众人当然深信不疑，于是"话又说回来"，昙奴表示："齐王若能答应让你做夫人，其实也可以考虑一下的。"

一说起他转转就脸色发白，虽然齐王举止还算斯文，相貌也能入她的眼，但忆起当时，所有的一切又都称得上不堪回首。她平时酒量很好，坊间装酒的小坛子，一个人解决不在话下。可是昨天不知怎么回事，才喝了两盏就不行了，百爪挠心浑身冒火，看见齐王就觉得他分外甜美可人，结果脑子一热，把他给正法了……现在想来有点奇怪，倒像是中了媚药似的，反正她力大无穷，齐王半推半就，事情就那样发生了。过程当然是惨烈的，以至于现在提起那个人，都有种恐怖异常的感觉。

莲灯对昙奴的话很不认同："什么夫人，不就是小妾吗？！转转为什么要去当小妾？她应该找个爱她的郎君，两个人举案齐眉地过日子。"

昙奴一直在定王帐下卖命，身边也多是赳赳武夫，耳濡目染久了，似乎很看得开："男人不都喜欢小妾吗？！再说夫人和一般的侍妾不同，也算是有品级的，将来生了孩子，也可以分得王爷家产，到时候转转就是有钱人了。"

莲灯大皱其眉："宁做穷人妻，不做富人妾，你们好自为之。"

放舟在一旁听着，露出很赞同的表情，调过眼对莲灯莞尔，看得莲灯心头一蹦。

昙奴又兀自嘀咕起来："说不定齐王还没有娶亲呢……"

放舟却一盆凉水浇了上来，慢声慢气道："娶了，王妃是望族韦氏的后人。你们常在西域，可能不了解情况，这么同你们说吧，大历定鼎中原以来，韦氏出了三位皇后，衔恩尚主[1]者十余人，是不折不扣的皇亲。"

这么说来可算天作之合，几个人面面相觑，一派绝望。

放舟对插着两手复一笑："不过这种皇室联姻通常都是表面文章，真正夫妻和睦的不多。若是跟了齐王，以转转小娘子的聪慧美丽，当上宠妾还是大有希望的。"

转转泪水长流，一连串的"我不干"吓坏了室内的人。外面隐约有说话声传进来，放舟忙示意她收声，众人屏息听动静，果真是齐王府的人来了，粗声大气的，像抓捕逃犯似的责问借居在此的胡姬到哪里去了。弗居道："不巧得很，今早报晓鼓刚响就离开了。"

豪奴大为不悦："去了哪里？可是你将人私藏起来了？齐王殿下要拿的人，你敢有意包庇，抓你上刑部问罪。"

弗居的话不紧不慢，但是句句铿锵有力："这里是红尘之外的清净地，贫道因见小娘子们无处容身，才发善心收留的，如今好人做出错处来了？小娘子们去了哪里贫道不知，修道之人不问来处不问归途，半路上行方便罢了，小娘子们来去自由。我说她们已经走了，诸位若不信，大可以在观里搜上一搜，若找得到，贫道任你们处置，但若是找不到，那么贫道就要去御史台喊冤，连你们的齐王殿下一块儿告！"

这话一说最后不知怎么收尾，反正只听一阵杂乱的脚步声，渐渐归于平静，想来那些人已经走了。

莲灯长嘘一口气，压声问放舟："他们会不会派人监视道观？"

放舟点了点头："所以我说要走，再晚不单是齐王，大理寺那边恐怕也要横生枝节。弗居是个懒散人，近来打搅她太多，这么下去她会发火的。"

众人知趣，连连答应。莲灯因国师那瓶药已经好了很多，试着撑一下，勉强可以活动了。让昙奴和转转把她搀起来，虽然伤口依旧痛不可遏，但和保命相比根本不算什么。

放舟安排下去，避开齐王眼线从密道离开。坊间停着一辆平头马车，趁着夜幕将至奔跑起来，赶到城门上时，正值门禁关闭的前一刻。长安城防太严，进出胡人皆要查明身份，莲灯起先因伤，脑子转得慢了些，等到禁军盘查时才发觉事态不妙。可惜想回头已经来不及了，没办法，只得硬着头皮将过所递了上去。

---

1 尚主：尚公主，娶了公主当驸马的意思。

所幸这关是好过的，她们出城后顺着放舟指点的方向前往冬官别业，跑了不多远，见云幕之下有片屋舍，门楣两侧挂着灯笼，看上去像精怪故事里的女鬼幻化出来的宅邸。

进门时放舟和冬官都在，冬官的长相脾气和他的官职很相衬，千年寒冰一样的面相，几乎不怎么笑。但见过莲灯两次，碍于国师的面子，对她们还算客气。转转是个好了伤疤忘了疼的，悄悄挨在莲灯耳边嘀咕："这个冬官长得白白胖胖的，可惜不会笑。本来像糕团，现在像雪人。"

莲灯怕她的话被人听见，狠狠剜了她一眼。转转缩着脖子吐吐舌，朝她扮了个鬼脸。

既然到了这里，便一一安顿下来。冬官向她们揖手："若有什么需要，只管吩咐家仆。神宫的贵客，到我这里亦是贵客，万事不必客气。"

莲灯忙拱手道谢，送走了冬官，便让转转和昙奴回房休息。她也算熬得住，在马车上颠簸半晌没有叫痛，放舟在旁看着她，低声道："李行简的事，你打算如何处理？"

她想了想道："等我伤愈，我想再试一次。"

放舟闻言蹙眉："谁也不是傻瓜，既然第一次杀不了，就不会给你第二次机会。如今城内风声鹤唳，就算你行刺时易了容，身上的刀伤怎么隐藏？你要在长安行走，随时都得做好被擒获的准备。"

她沉默下来，隔了好久望向他："那我只有回敦煌一条路了吗？其实我自己也想过，现在这个当口，李行简定然比以前更警惕，莫说他的身，就连他的府第恐怕都不容易接近。我唯一能做的就是静下心来等，等上一年半载。可是这么长的时间，我担心会有闪失。"

放舟没有应她，春日风大，呜呜钻进檐角和椽子底下，从每一个中空的角落挤进来，声势惊人。放舟只是看着她，她在灯下有种宁静的、安居式的美，仿佛遭受的一切痛苦对她来说都是烟云，甚至挨的那一刀也已经忘记了。

他曾经听老人说过三岁定八十，那时候并不真的相信这句话。他一直以为人会随着环境改变，不断磨砺棱角，或者成为一块璧，或者成为一块面目模糊的瓦砾。现在看到她，这些年来一点都没变，至少在他认识她的几年里依然如故。有时看着她，会莫名想起第一次见到她时的情景。她和她的母亲站在阀阅底下，被几个家奴挡在那道朱门之外。她牵着母亲的手不哭也不闹，眼神坚定，表情平静，那时就是一块顽石。

他虚虚拢着拳头放在桌上，下了狠心似的说："我替你办妥，不就是一个御史中丞吗，易如反掌。"

莲灯抬起眼，想也没想便道好。

放舟酝酿了半天的激愤，被她一个字打得灰飞烟灭了。他以为她总会客套一下，比方说两句不忍连累你之类的，没想到居然连拐个弯都嫌麻烦。他惊讶异常，忍不住扬起声调嗯了声。

她眨着眼睛道："我说好啊。不过你先告诉我，我应该用什么作为交换。如果我能够承担，我们就成交；如果我支付不起，我也照样感激你。"

放舟郁闷的地方不在这里："国师说为你报仇，你为什么没有答应？"斟酌了一下笑起来，"难道同他见外，把我当作自己人吗？"

她没想瞒骗，老老实实地回答："在我眼里国师是神祇，神仙只能救人，不能杀人。"

他更头疼了："那我是国师身边的人，为什么你对我就没有半点敬爱之心呢！"

莲灯仔细看了他两眼："当初不相熟的时候你就说我们有婚约，这样叫我怎么敬爱得起来？国师和你不同，他一直端着，到后来就算他的所作所为再离奇，我也还是把他当神仙一样供在心里。"

所以说人不能走错半步，一时兴起很可能让你后悔莫及。放舟气恼地抱起胸："这么说来神仙要好好保护着，杀人的事就应该让我这不怎么重要的人去办吗？"

"是你自己说要帮我的。"莲灯一本正经道，看着他气苦的脸，终于憋不住咧嘴笑起来，"我是同你开玩笑的，杀人的买卖怎么能叫别人相帮？我自己知道利害，不会急于求成坑害任何人的。"

这么一说他心里才好过了些，笑道："小小年纪心眼倒不少，我是心疼你，不想看着你再去冒险。不管我们有没有婚约，你叫我一声阿兄，我拿你当妹妹一样看待，为你做些什么也是心甘情愿的。"他说着顿住，犹豫着问她，"你同我说实话，你和国师究竟是怎么回事？"

莲灯脑子里茫茫然："我和国师能有什么事？"

这个问题反问起来就难以回答了，他只得道："我没有别的劝告，单提醒你一点，国师不能成婚。修道之人破了色戒，后果不堪设想。国师上了岁数，如果某天因你突然衰老，你要如何自处？"

莲灯被他说得骇然，想想国师现在风度翩翩的样子，再想想他满脸褶子拄着拐杖的样子……她狠狠打了个寒战。不过破色戒又是什么？是不是不能有任何亲密的举动？如果仅是这样倒也不要紧，就像养花，不能看它漂亮就摘下来又亲又揉。国师和花儿一样娇柔，什么都不用负担，只要天天用他的美貌照耀她就可以了。

她稍稍挪动了下："那么不碰他呢？他是不是会长生不老？"

放舟耸肩道："毕竟不是神仙，人的寿命终归有限。到了寿终正寝那天究竟是个什么样子，目前谁也说不准。"

"那……"她谨慎地问，"国师闭关最长一次有多久，阿兄还记得吗？"

放舟细数了下："好像是三年。"

既然如此，再闭上三年应该也没有关系吧！莲灯忽然觉得很高兴，掖着被子思量，时局不利，先回敦煌避过风头，也是个很可取的办法。

·第八章·
晕血

放舟未逗留太久，这两天的事积攒在一起令人不堪重负，她又受了伤，还需安心静养。临走时嘱咐了她几句，便反手掩上门出去了。

莲灯乏得厉害，迷迷糊糊睡着了，做了个很长的梦。梦里又回到那个熟悉的院子，庭院里草木茂盛，但出奇地寂静。她踩着落英走到房舍前，屋门半掩着，檐下的木地板上放着一套白釉红梅茶瓯，长柄的木勺搁在壶里，手把上挂着长长的穗子，被风一吹悠悠荡漾。

似乎是没人居住，又无处不透着别致，地方不甚大，但极具人情味……她想她也许住过这里，总觉得很熟悉，在记忆的深处，只是因为以前的一切回忆起来依旧朦朦胧胧，就像精瓷上落了灰，只看出个大致的形，看不清纹路一样。她仰起头张望，屋顶的黑瓦衬着蓝天，瓦当上的六瓣莲花清晰可见。又站了一阵，没有上次摘葡萄的婢女，也没有款款而飞的蝴蝶。

她对这里很好奇，视线落在拉门上。所谓的门，其实并不设防，没有锁搭和门闩，就像进深阔大的殿宇里用来隔断的屏风，纵横几道木棂交织，桃花纸外糊着一层绡纱，只防君子，不防小人。所以这里应当住着个与红尘没有来往的人，生活简单，心如止水。

她提裙上前……奇怪自己不知什么时候换了衣裳，低头看，碧绿的襦裙上系着朱红的丝绦，她的手又变成那双肉肉的小手，摸了摸发髻还是垂髫，所以应当还是十来岁模样吧。再要往前，身后传来脚步声，她回头看，一个穿着隐花裙的美妇立在那里，她有明亮的眼睛，自持的笑容。她冲口叫了声阿娘，忽然觉得不大对劲，却听她应了声，招手示意她过去。

“明日我们再去试试。”被她称作阿娘的女人笑道，笑容里满含希望，“我托人打听到了，他明早回城，无论如何这次要和他好好谈谈，我是不要紧的，重要的是你。”她轻轻抚摸她的脸，“你同我在一起会毁了一辈子的，回他身边去。你已经不小了，听阿娘的话，同他们和睦相处，将来许个好人家，过安稳无忧的日子。”

女人絮絮说了很多，莲灯不知道她在说些什么，迟疑道：“你认错人了。”

她笑着在她鼻尖上一点：“每次都用这招，用多了就不灵了。”言罢深深看她两眼，蹲下身紧紧抱住了她，哀戚道，“阿娘也舍不得你，可是贪图一时安逸难免错过机会。不能再等了，你越大，他们越会有忌惮。”

莲灯听得一头雾水，想问她口中的他是谁，要让她回哪里去。可是刚要张嘴，忽然听见乱哄哄的人声，院门上出现很多军士，手里攥着粗壮的麻绳，凶神恶煞地向她们走来。

她被人用手提了起来，用力摇晃，晃得头昏脑涨，然后她听见那个女人的尖叫，撕心裂肺地喊阿宁。她着急得厉害，可惜挣脱不开，忽然一个激灵醒转过来，耳边还留有女人的呼喊。她心有余悸，惶然睁大了眼睛四下看，分辨了好一会儿才明白过来是梦，可是那么真实，像的确发生过一样。

她逐渐平静，开始回忆那个女人是谁，阿宁又是谁，难道是她遗失的记忆里曾经存在过的一部分吗？如果那女人真的是她母亲，似乎解释不通，百里济一生只有一位夫人，且夫妻恩爱毫无嫌隙，为什么到她这里就变成一出家宅悲剧了？所以一定是没有根据的，和梦较起真来也实在有点奇怪，可是心口钝钝地痛，隔了很久才慢慢放开。

第二天一早昙奴就来看她，端了江米粥喂她。她问转转人呢，昙奴无可奈何地说道：“城里报晓鼓吵得她睡不好，现在出了城可算有救了。我看她没什么心事，正四仰八叉睡得香甜呢，当初不知交了什么霉运，捡了这个宝贝回来。”

她嘀咕着抱怨，莲灯听了只是笑：“由她去吧，她这阵子也很辛苦，又遇见这样的事，心里必定难过极了。”

昙奴嗯了声，嘴上不待见她，其实很心疼她。她们一路走来那么多的波折，无论如何相依为命到了今天。当初她中毒，莲灯又在神宫不知情，是转转背着她走过好几个坊院找到弗居。她虽然不会武功又常拖后腿，但也有患难之交难以割舍的情义，久而久之就像家人一样。

“既然睡得着，就说明这个坎坷对她不算什么。倒是你，如今还疼吗？”

莲灯摇摇头说：“不疼了，国师的药真有用，现在已经好多了。”趴得太久很难受，她自己支撑着身子坐了起来，透过窗看到外面的日光，喃喃道，“我昨晚做了个梦……”

昙奴把碗收到桌上，回身看她：“什么梦？”

什么梦她也无从说起，皱着眉头思量很久，最后还是摇了摇头。

她不说，昙奴也不追问，扶着桌子坐下来，轻轻喘了两口。

莲灯见她脸色不好，心里立刻揪起来：“这两天遇见这么多事，什么都顾不上了。你吃药了吗？瓶里的血还有没有？”

昙奴犹豫了下才道：“前两天刚吃过，你别担心。”

可是她用过药和没有用药的脸色是不一样的，莲灯知道她是不想给自己添麻烦，有意隐瞒。说起这个确实两难，她想带她们回敦煌，可是昙奴身上的毒怎么办？纯阳血在长安，她们就走不远。除非把这人一起带走，否则离开中原断了供给，昙奴的身体会出乱子的。

她起身推窗，外面春光迷人眼，她一手搭在眉骨上问昙奴：“这里离神禾原有多远？”

昙奴说：“一个在长安以南，一个在长安以北，好像不近。”

她开始懊悔昨天没顾得上和国师提纯阳血，现在换了地方，不知他会不会移驾到这里来，也不知什么时候能来。实在不行只有去找他了，不过得先摸清他在哪里才好。

所幸冬官还在府里，她去向他打听，冬官说在太史局：“春分那天有场神殿祭，要国师主持，这两天正在筹备，国师暂时没有回神宫，歇在司天监别馆里。”

莲灯顿时大感庆幸，只是路程虽近，进城却有点生怯。冬官看出来了，试探道：“娘子想见座上吗？我正要去太史局一趟，娘子可以一同前往。”

他是命官，别业建在城外，每天进出门禁，和戍守的金吾卫及府兵很相熟，一般不必查验。莲灯忙道好，冬官命人套了马车亲自驾辕，半路上也忧心她的伤势，隔着垂帘问她能不能挺住。莲灯有时觉得自己简直就是铁打的，没有什么是她挨不过去的，便请他不必跑得小心翼翼，以免招人怀疑。

车到了城门上，今天却与平时不同，并没有直接过去，被挡在了关卡外围。莲灯挑帘看，似乎是增派了禁卫，进出城都要仔细询问，心里不由得有些紧张。冬官倒老神在在，随着人潮行至金光门前，被神第军拦了下来。

“请问车内是何人？”

莲灯侧耳，听这声音有些像萧朝都。冬官还是冷漠的音调，不紧不慢道："某远房的亲眷，将军或许还认得。"

然后帘子被撩了起来，莲灯挺直身板坐着，见了萧朝都微微一笑："将军多日不见。"

萧朝都哦了一声："果真是熟人呢。"朝身后挥手示意放行，人却没有让开，扶着车围道，"你们搬离云头观，如今去了哪里？昙奴身体好些了没有？我很担心她。"

除夕那天他们相处得应当很不错，至少两个人之间再也没有剑拔弩张过。萧朝都来看过昙奴好几次，昙奴也会同他在附近走走，即便是平淡的相处，感情照样突飞猛进。只是昙奴知道自己的情况，从来没有应允过什么，萧朝都倒是对她念念不忘，也可算是个很痴心的男子了。

莲灯因为昙奴的关系难免爱屋及乌，对他和颜悦色了许多，温声道："将军别担心，她很好。只是还没安顿妥当，又四处为她寻药，没法告诉将军确切的地方。待过两天吧，一定知会将军，昙奴也想见你的。"

萧朝都听后颔首："那就拜托娘子多照应了，若有什么难处只管来找我。"

莲灯道好，放下垂帘后心里暖暖的。奇怪别人的感情看起来那么令人感动，她原本也有机会找个真心待她的人，但现在没有希望了，只能忍受国师别扭的脾气。

想起国师她就振奋起了精神，她以前不在意别人的相貌，美或者丑对她来说没有实质性的区别。后来遇见国师，那么不可一世又美若朝霞的人，才知道她并不是没有鉴赏能力，是因为以前未遇上让她见之不忘的面孔罢了。

如果国师待她也能像萧朝都对昙奴那样多好，不要老是欺负她，和和气气的，保持初见时的格调，那么他的形象在她眼里会高大许多。今天她去找他，不知他又是什么态度。她想好了，他要是再骂她，她就装晕倒。上次他没有接住她，这次她有伤，如果还是眼睁睁看着她摔下去，那劫回洞窟后就使劲虐待他。

冬官驾车从边门驶入司天监，今年天气转暖得很快，院子里的一株杏树开了花，枝头胭脂万点。景是美景，只可惜杏花不够香，冬官进去回禀，她站在树前嗅，只有隐隐约约的一丝甜味，淡得几乎可以忽略。隔了一会儿冬官出来，脸色灰败着，看样子是挨他训斥了。

她低声问："怎么了？国师动怒了？"

冬官启唇刚要说话，阁里走出个人来，穿着紫色的罗绡长衣，长衣未结带，隐隐看得见里面的中衣。踱到檐下掖着广袖，也不说话，只是冷冷望着他们。莲灯遍体生寒，冬官吓得身子矮下去半尺，不敢言声，很快退了出去。

莲灯往上看，困难地咽了口唾沫：“座上今天气色真好。”

他听她这么称呼，抬起了一道眉目表示不屑。莲灯的本意是想奉承，没想到热脸贴了冷屁股，顿时讪讪的。还好他算容情，垂眼打量她一下道：“伤还没好就跑出来，你的筋骨真够硬的。”

她立刻唉声叹气起来：“我有急事见国师，顾不得自己的伤。”

他面无表情地扔了句“进来”，回身往阁里去了。

莲灯忙褪了鞋上台阶，国师留宿的地方和别处不同，春意乍暖时他这里就已经有了夏天的气息。细竹编成的垂帘遮住半边廊檐，底下有及膝的雕花栏杆，所以外面看廊内只露窄窄的一道，人在檐下行走，有种心安理得的感觉。

她跟在他身后，国师身量很高，穿起宽松的衣裳尤为流丽。人在前面走，身上淡淡的幽香随衣襟款摆送到后面来。莲灯小心翼翼地跟着，背上有隐痛也不敢说，随他进了室内，他指了指重席叫她坐，自己又舒舒服服躺在了矮榻上。

这种处境有点尴尬，一坐一躺不太合规矩。看看日头将近辰时了，莲灯小声道：“国师还不起床吗？”

他闭着眼睛嗯了声，美人高卧，姿态慵懒，顿了会儿道：“你来做什么？”

她往前挪了半步，迂回道：“国师知道我们搬出云头观了吗？”

他叹了口气：“搬就搬吧，听天由命。”

语气算不上生气，但也绝对不热情。要是像前几次那样小肚鸡肠找她闹，她反而觉得好开口，可如今这姿态，叫她怎么好意思提血的事呢！

她踯躅起来，他半晌未等到她说话，侧躺过来看她：“身上的伤怎么样了？”

她马上复活了，兴高采烈道：“好了很多，还有一点痛，但是忍得住。”

他点了点头，用很寻常的声调说：“让本座看看。”

她就知道会是这样，奇怪竟也不觉得不好意思，仿佛在他面前袒露是天经地义的。解开了半臂褪下内衫，把头发撩到胸前，诚心诚意地请他观看：“昙奴说边上已经消肿了，我想再休息两天应该就会好的。”

国师本以为她会扭捏一下，谁知竟没有，还是大漠的姑娘豪爽，该识大体的时候绝不含糊。国师起先支着身子，那白花花的背脊送到他面前时，他不自觉地坐了起来。仔细看，比起昨天是好了一些，但毕竟是刀砍的，伤口依旧触目惊心。她究竟有多强的忍耐力，才认为休息两天就可痊愈？带着伤四处颠踬，别说是个女人，就是个男人也挺不住。

他蹙起眉，伸手在切口边缘摁了摁：“怎么样？痛吗？”

她微微缩了下：“不痛。”

不痛为什么要躲？国师很好奇，复在略远的地方点了点："这样呢？"

莲灯红了脸："那里又没有伤，当然不会痛。"

国师的心里有点乱，年轻的脊背白净纤细，这样美丽的底子，连刀伤都显得不那么狰狞了。他好像喜欢上了指尖那片细腻的触感，管不住自己的眼睛和手，魔爪再次伸将过去，这次比较夸张，整个手掌覆在了她的肩胛上。她悸栗栗地打了个战，他故作镇定地问："这下子痛了？"

莲灯这回不打算上当了，往前狠狠一让，迅速穿回了衣裳。

他的手悬在那里进退不得，表情不太满意，莲灯忙道："我没有误会国师趁机揩油，不过觉得国师的手太冷，我有点经受不住。"她咧嘴笑了笑，"国师看我伤势如何？"

他心不在焉地颔首，两个人互觑一眼，很快调开了视线。

说难堪，其实有一点，莲灯彷徨无措，国师莫名懊恼。索性不看对方，心里慢慢安定下来。阳光从竹帘的间隙里挤进室内，在地板上投下斑斑驳驳的光带，这一刻彼此沉默，反而凸显出岁月静好来。

还是莲灯先开口，总不能因为不好意思就忘了来时的初衷，于是问："国师那晚和我说过的话还算不算数？"

他一时有些茫然，想不起来自己曾经答应过她什么了，长长呃了声道："本座要再斟酌。"

她有些急："国师亲口答应的。"

他尽可能地回忆，实在理不出头绪，满脑子都是她说的什么乖乖不乖乖。难道她是指这个吗？应该没有错吧！国师心头小鹿乱撞，抬眼看着屋脊，口干舌燥地舔了舔唇："可是本座……还没漱口呢！"

莲灯没弄明白他话里的意思，膝行了两步道："这件事一直在我心上，我知道自己失礼得很，但委实是没有办法。"

国师心底开出一簇小小的花，面上却要装得一本正经："本座觉得……也不算失礼，毕竟是本座先提起的嘛。"

莲灯几乎感激涕零，没想到这次居然会这么顺利，国师愿意相帮，回头那位宿主也要好好感激。她盘算着应该如何报答人家，等风声过后想办法送些滋补的东西请国师转交，这次因为局势危险，只得再厚一回脸皮了。她弓着腰道："那么……国师看什么时候合适呢？"

国师没有说话，一手压住交领，微微低下头，看她的眼神竟有些……娇羞。

国师离她不远，也许就是低头与仰头的距离。莲灯的心思很单纯，没有国师那么多弯弯绕。她很感激地对他笑了笑：“来的路上我心里没底，怕国师会拒绝，我也想了很多应对的方法，现在看来是小人之心了。国师要换衣裳吗？我来伺候你。”

他顿了一下：“为什么要换衣裳？直接来就可以了……”

她眨着大眼睛哦了一声：“这样也好。”

国师微微笑着，唇角勾出绮丽的弧度，连嗓音都变得多情起来，曼声道：“本座从来没有试过，这次便宜你了。先说好，只一下，不可贪恋。”

莲灯把别的都忽略了，单那句“只一下”听得清清楚楚。心里很彷徨，嗫嚅道：“我也觉得自己有点贪得无厌，可如今骑虎难下，实在是没有其他办法可想……还要请国师见谅，这次恐怕不是最后一次，少说要两年……”

国师心里一惊，两年，和他设想的大相径庭。时间似乎有点过长了，不过偶尔一次，他应该能够承受的。他做好了准备，笑得越发腼腆了，往前微微凑了点，一手搭在她的肩头上：“本座也不是那么不好通融的人，话说明白了，一切都好商量。”

莲灯瞥了瞥那只修长洁白的手，国师忽然这样和颜悦色让人受宠若惊，她笑道：“我就知道国师是好人，等昙奴痊愈了，请国师一定告知那位恩人是谁，我和昙奴去给他磕头，谢谢他的救命之恩。”

这下子国师脸上的笑容像暴雪后来不及凋谢的花，定格在那里，变得僵而颓败。闹了半天她是讨血来了，根本没有要乖乖的意思！

国师拂袖而起，气急败坏地指着她：“百里莲灯，你不要欺人太甚！”

莲灯吓蒙了，不明白怎么就风云突变了。她哆哆嗦嗦地站了起来：“国师，我从来不敢对你不敬。明明是你首肯的事，我知道自己很让人不耐烦，可是……可是……”

“你来找我究竟是为什么？”国师打断她的话，简直有点孩子吵架的架势了，横眉怒目道，“有话不能说清吗？吞吞吐吐会对别人造成多大伤害你懂不懂？”

莲灯傻张着嘴，国师这么聪明的人，没有想到她是无事不登三宝殿吗？难道是想岔了吗？她是为纯阳血而来，他以为什么？

“上次国师替我讨血是在一个月之前，我回去后把血吊在井里，昙奴喝一点取一点，前两天已经用完了，迫不得已来找国师……”她困难地吞咽了下道，“除夕那晚国师同我一起吃馎饦看烟花，那时候国师说了，愿意再替我讨一回……”她战战兢兢地将别在腰后的银瓶托在手里，“我把瓶子都带来了。”

国师直觉喉头一甜，险些喷出血来。他低头看了看瓶子，她以为这是坊间沽酒，还带上器皿了？他那么宝贵的血，她说要就要，考虑过他的感受吗？

他气得说不出话，她却还在装傻，看他脸色惨白很担心，喃喃道：“你怎么了？身体不舒服吗？还是国师哪里误会了，说出来大家好商量。”

说出来？这种丢脸的事怎么说出来？国师撑着矮桌闭上眼，压了压手道：“你别聒噪，让本座冷静一下。”

莲灯看他气得不轻不敢多言，老老实实在边上跽坐着，等了约莫一盏茶工夫他的脸色才缓和下来，心平气和地看着她道：“天气越来越暖和了。”莲灯呆滞地点点头，他叹了口气，“血存放不了那么久。接下来你打算每七天来要一次，要够两年吗？”

她不知道怎么回答才好，的确有点不切实际，两年里有多少个七天，要在一个不相干的人身上添多少道伤痕？她心里也很愧疚，可是不这么做昙奴会死的，她不能眼睁睁看着朋友殒命。

左右不是，她煎熬得厉害，坐在那里肠子都要打起结来了，讪讪道：“劳国师替我问问，怎样才能补偿那位恩人，或者有什么办法让我替他疼，伤口留在我身上也没关系。只要能救昙奴，他要什么我都可以豁出命去替他办到。我知道我们如今就像蚊子一样令人不堪其扰，都是因为那个该死的毒。我想过了，反正我的仇暂时报不了，昙奴猎杀的那个人是蜀地来的，我打算去剑南道寻访，看看能不能查出些端倪。可是这期间昙奴的药不能停，一停她就死了，所以还请国师勉为其难，也请那位恩人勉为其难，再帮我们几次。”

决心是不小，说得也情真意切，可是刀割在身上，想想都觉得很疼。他知道她来相求，作为一位善心的国师，终归是有求必应的，但这不妨碍过程中他有那么一点凡人的犹豫和挣扎。傻子都知道自保，何况他呢！

“你读过《孝经》吗？”国师目光空洞，脸上有哀伤的表情，“身体发肤，受之父母，不敢毁伤，孝之始也……你在逼一个好人忤逆，你罪孽深重。”

莲灯愧怍地垂首：“我做好了准备，死后下十八层地狱。”

对一个不问前程的人，再多的道德约束都是没有用的。国师灰心丧气地看着她：“本座觉得，有些无用功，不做也罢。昙奴的毒解不了，就算能挨到毒散，她的身体也垮了。活着是一种痛苦，为什么不就此放手呢？别说本座心坏，本座是就事论事。”

莲灯有些恼火了：“国师对身边的人也是这样吗？如果中毒的是阿菩或是春官，甚至翠微夫人，你也会眼睁睁看着他们死吗？其实我并不想一再地麻烦国师，只求国师告诉我那位宿主是谁，我自己登门求他就是了，何必非要多经一道手！国师责怪我不要紧，我有不足之处也虚心受教，但你不能让昙奴去死。我只有昙奴和转转两个朋友，谁死了我都会很难过。”

国师听完她大义凛然的一席话，哂笑着别过了头。慷他人之慨，亏她这样脸不红心不跳！说什么只有两个朋友，那遇见难题凭什么一再来找他？他捋了捋衣袖起身：“你们的事本座不想管，要想打听宿主是谁，本座也无可奉告。你可以走了，本座忙得很，还要去查星象记档，没那么多闲情来接待你。”

就和莲灯预先设想的一样，果然最后又闹崩了。他总是能够抓住每一个点无限放大，然后同她找碴。难道上了年纪的人都是这样吗？她记得敦煌夜市上卖烤饼和葡萄的老人就和他不同，活得越长久，越是眼界开阔，把除了钱以外的一切都看淡了，哪里像他这样大事小情样样斤斤计较！

可是不能让他走，他走了昙奴怎么办？莲灯拽住他的衣角：“堂堂的国师，说话不算话吗？”

他掣了掣长衣想挣脱，没成功，便也不反抗了，安然享受被她需要的快感。嘴里却不吃亏，拖拖拉拉道：“那天外面喧闹，你听错了。”

她愤然而起：“我又不是七老八十，怎么会听错？明明是国师吃了我的馎饦不好意思了，想出这个办法来同我交换的。”

他忽然发现她居然还有指鹿为马的本事，当时答应替她讨血，完全是为了想让她高兴点，和馎饦有什么关系！难道小小的一碗面食，值当他为此卖血吗？他原本不想同她计较的，非要说出个子丑寅卯，他也不怕说不过她。

“本座从来不爱占人便宜，第二天让人送了那些钱帛回赠你，难道还抵不过那碗馎饦吗？女郎，做人要凭良心，不能因为本座眷顾你一些，你就肆无忌惮爬到本座头顶上来了。需知道本座是国师，一人之下万人之上，不受任何的妄加揣测和栽赃。”

他的一番话彻底把她打进了尘埃里，拿人的手短，哪里好意思继续纠缠不放。只是求不到血很着急，背上汗水氤进了伤口，一阵阵泛起痛来。她失魂落魄地挽起了袖子，仔细看自己的胳膊，自言自语道：“那就拿我的血试试，万一有用呢……”

“不行！”他立刻道，“你的血不能用，用了昙奴必死无疑。”

他那么大的声音吓了她一跳，惶然问：“为什么？我不知道自己的生辰八字，就算不是纯阳，说不定能有一样沾边也聊胜于无。”

他却把她的设想完全否决了：“你是半点也不沾边，用了别人的血，或许隔三五个时辰才能死。用了你的，不消一炷香就看着她咽气吧！”

莲灯呆站着不知所措，这样看来自己是纯阴的了，怎么好像比砒霜还毒似的。她眼巴巴地看着他，哀声道：“你当真不帮我吗？”

国师犹豫了下，心里不舒坦，还是别过了脸：“不帮。”

她揉心揉肺地哭起来，不是装样，是真的山穷水尽了，往下一蹲，把脸埋进了掌心里。

其实非要把人弄哭是个不太好的习惯，国师终于有了点愧疚之色，到底还是要给的，她带着伤，为了自己一时痛快这么作弄她，不是为人的道理。他垂手在她肩上戳了下："罢了，我去，你别哭了。"

她抬起头，没有表现得很高兴，一双眼睛像浸泡在水底的曜石。国师被她看得心虚，忙点了点头重申一遍："我说真的，现在就去。"

她听了才直起身，到桌前取了银瓶来递给他："请代我道谢，大恩大德没齿不忘。"

国师心里五味杂陈，也没什么可说的，提起银瓶便往外去了。

走在春光里，心头却隐隐生寒，这样的日子不知道什么时候才是头。国师抚了抚自己的手臂，还好他自愈能力比较强，前两次的伤痕逐渐消退，只余浅浅的印记了。可是还要再来一次，他不怕伤口只怕血，尤其是自己身体里流出来的，那种恐怖简直难以比拟。

要找个没人的地方下手，事后还得装得若无其事，真是难为自己。心里不情不愿着，却也没有办法，只得回到总览处，这里是他午休的地方，没有他的允许谁也不敢进来。他把银瓶放在桌上，挽起广袖做了很长时间的准备，终于还是狠下心划了上去。闭住眼睛不敢看，依旧能够感觉到血顺着手腕流淌出来时那种无可挽回的伤感。国师现在是脆弱的，默默承受了这么多，那个只会大呼小叫的女人怎么能够理解。

他一心一意惆怅的时候暂时忘了警惕，毕竟国师也是凡人。

莲灯从他走出别馆起就远远尾随他，她的确想见一见那个提供血的人，可是最后让她发现了这个秘密，一时怔在那里不知怎么办才好。

难怪他每次都显得很为难，毕竟让谁割自己两刀都会下不去手。莲灯心里泛起酸楚来，先前她还怨他拿乔，可是知道了真相，才觉得一切都解释得通。国师太不容易了，一边忍着痛，一边还要骄傲着，原来高姿态高格调要付出血的代价。

莲灯说不出地感动，嗓子里筑墙，憋得心口生疼。不自觉地迈了进去，他见她出现悚然一惊，险些把银瓶拨倒。莲灯忙上前扶住，在他对面跪坐下来，羞愧得不敢正视他："我没想到……你为什么不早点告诉我呢！"

国师很窘迫，窘迫过后就是恼羞成怒："告诉你什么？告诉你我就是纯阳血，然后让你抓回去圈禁起来？"

莲灯愣了下，他不说她简直要忘记了。一面难过着一面庆幸起来，以后不至于无头苍蝇一样乱转了。本来就决定劫他回敦煌的，现在理由更充分了。

不过真要隔七天从他身上取点血，她又难以言表地心疼起来。为什么偏是他呢，国师忧国忧民还不够，如今为了替她救人发展到自残，果真太委屈了。

她吸了吸鼻子："国师浑身上下都是宝。"

国师板着脸看了她一眼："本座为你流血，你还骂人？"

她不是这个意思，他理解有误，呛她两句她也不放在心上。盯着血装满，国师没有收回手的意思，她哎了声："要溢出来了！"

国师忙瞥了一眼，顿时天旋地转起来，抽了口凉气，居然就此栽倒了。

莲灯吓得魂飞魄散，忙挪开瓶子替他止血。她是那种连手绢都没有的人，唯一能派上用场的只有襦裙上的绦带。也不管那许多了，扯下来一圈一圈替他扎好，边扎边哭着喊他："国师……国师……你可不能死，你死了我会被太上神宫的人剁成肉酱的……"

国师迷迷糊糊间听她絮叨，居然连一点自责都没有，真是狼心狗肺!

莲灯忙着拍他的脸，摇晃他，忽然觉得很恐惧。国师表面年轻，其实身体是百岁老人的身体，难怪流了几次血就晕倒了。他要是真的为此送命，那她以后怎么办，岂不是要孤独终老了？她越想越担心，忍不住大声抽噎起来："都是我不好，要是不逼着你，就不会出这种事了。国师你快醒醒，醒了好骂我……"她自己身上也有伤，一通震动痛得钻心，额角上的汗伴着泪水滴落下来，这一刻是真的怕，前所未有地怕。

国师却暗暗窃喜起来，说她一根筋，还真是一根筋，她就没有想过他一死，她上回吞的药会自动失效吗？这人的脾气难以描述，杀人时手段老练，平常为人处世时又显得那么缺乏经验。不过她越哭越大声，他也担心她把旁人招来，坏了他的一世英名。终于"悠悠醒转"，很孱弱地喝了声住嘴，成功堵截了她的哭喊。

她两眼水汪汪的，鼻尖通红，看上去可怜得厉害，用力掐着他的胳膊说："你醒了？觉得怎么样？"

他扶住额头说没什么，不好意思告诉她自己晕血，只道："今天没吃早饭，又流了这么多血，所以……"

莲灯点头不迭："国师终归有了岁数，不像年轻人那样了，我都明白的。"

国师听得怒目圆睁，一下子恢复了力气，高声道："你说什么？你敢说本座上了岁数？"

莲灯意识到自己嘴快失言了，吓得往后缩了下。这一缩不要紧，忘了系裙的绦子还在他手腕上。大历时兴的少女裙装是这样的，裙身很长，高高系在胸乳上方。所以裙口只要没了束缚，接下来的事就可想而知了。

关于莲灯的身材，她自己觉得是可以一看的。她个子不算矮，很窈窕纤瘦的类型，虽然不及珠圆玉润来得养眼，但那也是她年纪尚小，且没有得到颐养的缘故。她一直坚信将来生活安定后，可以长出很丰满的胸脯来，不管是不是痴人说梦，至少她抱定了这个美好的愿望，从来没有动摇过。

但无论如何，那是以后的事，并且有备而来的展现与意料之外的走光是不一样的。她曾经幻想过穿上袒领后酥胸半露的样子，矜持端庄艳而不淫，现在究竟是什么情况？裙口落到了肚子上，短襦很短，幸好挡住了胸口那片，可是衣摆往下到亵裤的那一截没有遮挡，明明白白地呈现在国师面前。

国师受了惊吓，目瞪口呆。不过惊吓归惊吓，眼睛却没有移开，光知道品评，早忘了非礼勿视的道理。这个小小的意外或者说是补偿，来得猝不及防又充满惊喜。他刚刚流了那么多血，现在她稍稍做出一点牺牲也不算什么吧！以前哪个文豪说过的，豪乳三千不及柳腰一捻，真是太有道理了。莲灯的腰很美，白洁纤细，充满了少女风韵。长安城里的贵妇们裸露的只是胸罢了，看多了也没什么大不了。不像她，上来就露腰，这个部位倒是不常见，饶是国师这样气定神闲的高人，多少也有点支撑不住了。

他捂住了嘴，胸口气血翻涌，也是她发现及时，很快拉了起来，否则难保他会有多丢脸的反应。

莲灯哭丧着脸，狠狠把裙口兜起来打了个结。她没好意思说话，待料理完了才偷眼觑他，带着很委屈的语调说："国师什么都没看见吧？"

国师心道我又不瞎，不过为了照顾她的面子，还是很配合地点点头，暂时忘了她的不恭。

她爬起来顺了顺裙摆，站在那里有点扭捏，把银瓶的瓶口塞好抱在怀里，往外看了眼道："我要回去了。"

国师显得不太满意："这就要走？"

应该再说些什么吗？她想了想，还为刚才的事耿耿于怀，莫名道："再过两年肯定不是这样，会好看很多的。"

她这番话让国师始料未及，所以她在为自己的身材感到抱歉吗？因为没有呈现最美的状态，觉得有点对不起他？国师一手托着下巴调开视线，心不在焉地嗯了声。

莲灯更加局促了，脚尖搓着地道："多谢国师长久以来对我的帮助，从我入长安到现在，一点一滴都记在心上。尤其是昙奴的事，一而再再而三地难为国师，我如今知道了真相，心里难过得厉害。"

她说着泫然欲泣，他见势不妙忙叫住了，反倒要他想说辞来安慰她："旧的不去新的不来，老旧的血放掉一些，还可以长出新的来。只是当时痛一阵罢了，痛过之后也没什么妨碍。你没见本座近来气色越发好了吗，说不定就是这个缘故。”

她怔怔地看了他良久：“我一直以为纯阳的人应当是阳气很旺的，可是国师身上为什么那么冷？”

他抿唇顿住了，隔了一会儿才道：“这就是物极必反的苦处，纯阳血香醇，会引邪祟窥伺。你见过熏香吧，单是一盘香放在那里，谁知道你是什么味道！可是燃起来就不一样了，靠热力挥发，能动四方。”他笑了笑，“所以体寒算是个自保的手段。”

莲灯似懂非懂，有些替他难过，他这种人世间稀少，比起一般人来得金贵，承受的也比一般人多得多。她试着问他：“你刚才说昙奴用了我的血必死无疑，我想知道，我可是纯阴的？”

他慢慢拱起眉，唔了声道：“你还不算傻。”

那么他们彼此这么多的交集，并不是没有原因了。莲灯忽然变得有信心起来：“血太香甜需要中和一下，我在国师身边对国师有用。”

她红光满面，他别开脸挑了挑嘴角：“纯阳血引邪祟窥伺，纯阴血会引邪祟入侵的。你知道入侵后会怎么样吗？妖孽把你的魂魄排挤出去，然后占据你的躯壳，把你变成傀儡。究竟是谁对谁更有用，你且好好想想吧！”

这么说来她还真的离不开他呢！莲灯暗中咬了咬牙，这样也好，一辈子纠缠在一起，国师就是她的了。以后她到哪里就把他带到哪里，反正他的生命长得很，她只占据他几十年的光阴，等她死了，他还可以再回中原来继续当他的国师。

她把瓶子放在一旁，谄媚地坐回他面前：“我觉得你我可以结成同盟，以后国师和我不分开好不好？”

国师的心情顿时明媚起来，但是架子不能倒，非常勉强地颔首：“本座说过，你随时可以回太上神宫。”

她的目的当然不是要去太上神宫，她想把他带回她生活的地方，然后和她看重的人住在一起。当然这个计划不能告诉他，他这么别扭的性格，想让他从了她，几乎是不可能的。她把秘密藏在心里，只是趴在矮桌上趋身看他：“国师喜欢西域吗？”

他认真考虑了下：“太热，不喜欢。”

“可是那里有葡萄美酒，还有胡琴羌笛和海市蜃楼。其实看惯了中原的山明水秀，去西域走走也很好。”她含蓄地微笑，“我可以给你做把很大的伞，保证不让你晒到太阳。你骑过骆驼吗？我给你牵骆驼，带你看长河落日，好不好？”

国师经她诱哄过后态度似有松动，转头望着窗外呢喃：“你要是喜欢，偶尔回敦煌小住也没什么不可以。”

莲灯心花怒放，看国师比平时更可爱了。春光掩映在他的眼眸里，他实在是个让人心动的郎君。以前和转转她们谈起婚嫁问题，对男人的年纪有很明确的要求。转转觉得一轮以内不错，昙奴和她觉得不超过五岁更便于沟通。现在遇见了国师，忽然发现原来差个一百多岁也是可以接受的。

莲灯抬起袖子掩唇而笑，不知王阿菩看见她把国师带回去了会是什么表情，见到旧友，一定很高兴吧！她幻想着，越发急切地想回敦煌了，但是目前不能造次，先把他稳住了再说，便道：“国师今天这么大的损耗，应当好好休息才是。我在这里一味地啰唆，吵得你不得安宁。还是先回冬官别业，昙奴那里我也不太放心。国师歇着吧，莲灯告退了。”

他没有立刻答应，略顿了会儿才说好，复道：“冬官的宅邸不可久留，明天本座派人去接你们，仍旧回神宫，比在外面安全。”

她有小九九，知道神宫进去容易出来难，忙摇头说不：“我们人多，回去了给国师和长史添麻烦。还是暂且住在别业吧，我会见机行事，国师不必担心我。只是我短期内不会再进城了，国师有空的时候来看看我吧，多日不见，我心里也会想念国师的。”

这话他明明很爱听，却盘弄着丝绦的一端装模作样：“本座很忙的……”

“抽空来一次也不要紧的。”

他缓缓把视线上调到半空中，做出很困扰的样子，半晌为难地点了点头：“本座看看明晚能不能有空。”

莲灯欢喜不已，现在要开始做准备了，他不是一般人，不知怎么才能让他服服帖帖跟着她走。反正他来看她，这件事是很值得高兴的，她抱着袖子对他打了个躬：“那我先走了，国师明日一定要来看我。”

国师破天荒地将她送出了门，看她上了车，沉声吩咐冬官：“宅邸四周加派人手，她们进出城必定查验过所了，如果有心要找她们，你那里不是牢靠的地方。”

冬官应了个是，放下垂帘扬鞭一挥，顶马跑动起来，莲灯掀起窗上帘子望他，再没有任何的语言交流和肢体动作，只是静静对视，不过一晃眼，心里就温暖起来。

莲灯一向很愿意直视自己的内心，她知道自己是喜欢上他了。其实国师并不像表面看上去那样难以亲近，他的魅力在于不论多大年纪都保有一颗善良纯真的心，这点实在太难得了，让她想起九色，昂着脖子踏着碎步，一直很努力地想维持它的风度，却总在不经意间暴露出全部本性。

她抱着银瓶靠着车帷子，马车震动，背上绵绵的痛从没有间断。她闭上眼睛长出了一口气，觉得乏累异常。出城的时候比进城还要复杂些，不过再如何到底是冬官驾车，盘查的人拦下询问，打了帘子看一眼，以为是他的家眷，随意招呼几句就放行了。

回到她们住的那个院落，进门就见转转在煎药，药吊子架在炉子上，使劲拿蒲扇扇炉膛。看到她回来，站起身哎了声："可讨着了？"

莲灯举起来示意她看，因为里面装的是国师的血，对她来说半点都高兴不起来。

转转手忙脚乱地把药滗出来，端进屋子调好了递给昙奴，看她一口一口喝了，她在边上只顾叹气："咱们躲在这里不是长久之计，以后怎么办呢？看来是流年不利，过了年后霉运不断，应该找个寺院好好烧几炷香。"

莲灯道："我进城留意了，坊院之间到处是金吾卫，李行简暂时是动不得了。我想去巴蜀看一看，先替昙奴找到解药，总喝别人的血也不是办法。"

转转道："照我的看法，与其入蜀地，还不如出关来得巧。那药产自西域，说不定是楼兰来的，或者是波斯流进的也未可知。你们总提起王阿菩，他在敦煌待了这么久，也许他知道这种药的出处呢！"

莲灯被她这么一说顿时醍醐灌顶似的，王阿菩熟悉西域文化，他脑子里的世界是她永远无法企及的，她们在这里束手无策，到了他面前，没准就像翻一页纸那么容易。

太多的因果，全部指向了西域，她们是应该回去，回去养精蓄锐一段时间再图后计。莲灯忙问昙奴："咱们这几日就动身吧，留在这里夜长梦多，还是回关外，我一定想办法替你找到解药。"

昙奴是什么都不管的，只要莲灯说好，她绝没有二话。转转却长吁短叹起来："她七天就要用一次药，没了药引子，恐怕出不得关内道就死了。所以我们是被困在长安了，连逃命都不能够。"说着落寞地提起了银瓶，到外面找井储存去了。

莲灯陷入两难，就像那些当爷娘常说的话，手心手背都是肉，一头是昙奴，一头是国师，伤了谁她都很心疼。可是事有轻重缓急，昙奴毕竟是一条命，能眼睁睁看着她死吗？然而国师哪里那么容易带走，除非把他弄得长睡不醒，否则以他的能耐，走不出二里路就被他揍得找不着北了。

这个难题，足够难倒脑子平常不怎么好使的莲灯了。她开始考虑麻沸散、蒙汗药，刚想了两样，忽然听见转转的尖叫声。她心头骤然惊惶，以为她把瓶子掉进井里了，没承想出去一看，院门上来了一帮神策军。领头的着朱衣戴金冠，那眉眼冷得能结出冰来，正是齐王。

莲灯慌了神，转转像见了鬼似的躲回她身后，只听齐王沉声道："来人，给本王拿下！"立刻出来两个大汉，光耀甲的披膊和身甲相击哗啦作响，一步一步朝她们这里逼过来。

莲灯估量了下，双方实力悬殊，要动武恐怕难以抗衡。但见冬官上前来，拱了拱手道："请殿下息怒，几位都是女郎，有话好说。卑职在正厅奉了茶水，请殿下移驾，再慢慢发落不迟。"

没想到齐王哼了声，扬手将冬官拂到一旁："不要以为你是太上神宫的人，本王就不能将你怎么样。本王四处搜寻的人为什么会在你府上？你是与她们有私交，还是奉了国师的令与本王作对？"

冬官忙道不敢："百里娘子是卑职的远房亲眷，到寒舍借居也是人之常情，与国师没有任何关系。但不知娘子们犯了什么罪过惹恼了殿下，卑职替她们向殿下赔不是。娘子们胆子小，千万别惊了她们才好。"

齐王两眼瞪着转转，恨不得把她生吃了一样，手执马鞭向她指过去："她是本王逃妾，本王今日要带她回去，谁敢阻拦，杀无赦！"

众人都惊呆了，转转更是失声尖叫起来："谁是你的妾，空口无凭不要乱说，坏了别人的名节。"

齐王讪笑一声道："你还有什么名节可言？区区床奴，反出来打算自立为王不成？"掉转视线看向另两个姑娘，"莫非是因为放不下她们？既然如此，一并带进王府就是了。"

这种时候似乎已经没有退路了，既然找上门来，太上神宫也不会为了她同齐王作对。转转看得很清楚，自己的处境尴尬至极，要是再反抗，连昙奴和莲灯也要一块儿倒霉。她这个人没有别的长处，就是讲义气，紧要关头能有舍身成仁的气概。于是不躲了，挺腰往前一站道："别难为我的朋友，我跟你去。"

齐王的目标本来就只有她，既然她这么说了，他也不愿意空做恶人，踅身往外，边走边道："给你一盏茶工夫同她们道别，别耍什么花样，要是再敢逃，叫你们谁也活不成。"

三个人忽然有了大难临头的感觉，转转抱着她们狠狠哭起来："我完了，这下跑不掉了。你们别管我，回敦煌去吧，长安不是久留之地，时候长了会出乱子的。"

昙奴舍不得她，抓着她道："你要是实在不愿意，咱们拼命杀出一条血路来。"

转转摇头说："别傻了，几十个神第军呢，你身上的毒没解，莲灯又带着伤，怎么打得过他们？"说着扭过头在肩上蹭了蹭，自己给自己壮胆，"不管是妾还是床奴，老娘权当卧薪尝胆了。齐王是今上的儿子，江山有他一份。万一将来他做了皇帝，我就是宠妃，到时候你们有我，我做你们的靠山，帮莲灯杀了李行简，给昙奴做媒嫁给萧将军。”说完了发现前景居然还很不错，也就不那么难过了，撩起一撮垂发往后一甩，昂首挺胸地出去了。

莲灯和昙奴面面相觑，她就这么走了？去给人家做妾了？

“好歹要有个名分的。”昙奴自言自语，“将来齐王要是死了，主母或撵或卖，连讲理的地方也没有。”

莲灯忙追赶出去，转转已经随齐王行至门上了。这些日子她们三个人相依为命，从没想过会有分开的一天。现在转转被人抢去了，莫名其妙痛失一员大将，莲灯觉得心里刀割一样。她还想带着他们一道在敦煌生活呢，本来那么圆满，现在变得残缺了，这种心情难以描述。

她叫了转转一声：“如果你被人赶出来了，记住一定要来找我们。”

转转听后号啕起来，这世上到底还是挚友最可靠。她是可怜人，没有娘家也没有亲人，这次被齐王逮住，连出嫁都算不上，有哪个女人像她一样倒霉？不过没关系，越是贬低就越要自强，看她从尘埃里开出花来，宠冠齐王府！

她豪迈地挥了挥手：“你们放心，我会混得很好的，以后你们来看我，我一定风光无限！”本想多宽慰她们几句，齐王不耐烦地扯了她一下，把她拽到台阶下，塞进了轿子里。

转转被抬走了，黄土垄道上两队人马渐渐走远，莲灯和昙奴相互扶持着，心都凉了。莲灯说：“以后还能见她吗？王府和平常人家不一样吧！”

昙奴点了点头：“我当初给定王卖命，向来只知道王妃，不知道妾侍。那些做妾的若不得王侯喜爱，王妃可以随便处置，只要留着一条命，想打则打，想卖则卖。”

莲灯觉得转转是落进无底洞了，她又没有武功傍身，要是人家欺负她，她在那深宅大院里怎么办？她叹了口气：“如果我们走了，转转连申冤的地方都没有，谁给她教训对手？”

“可是王府里的事我们帮不上忙，怪我现在身子不济，否则干脆杀了那个韦氏，让转转做正妃。”昙奴垂着两手感叹，她们维护起自己人来一向不遗余力。

伤感了一阵回到房里，两个人默默对坐着，少了一个，干什么都没有力气。原以为这已经是最坏的事了，没想到入夜时分才是大难的开始。那时莲灯刚换完药准备就寝，忽然听见外面呼声乍起。桃花纸上火光冲天，仿佛对战的当口大军来袭，声势令人心惊。她推窗看去，几个穿圆领袍戴展脚幞头的官员骑着马冲进院里来，身后带领的随从一色黑灰的差役打扮，是大理寺到了。

昙奴一脸惶骇的表情，挨过来问是什么人，莲灯转身从枕头底下抽出金错刀别在腰上，低声道："今天少不得一战了，咱们不能同年同月生，就同年同月死吧！"

昙奴不再追问了，想来是有人走漏了风声，大理寺查了几天，终于还是查到她们头上来了。幸好转转去了齐王府，齐王总会保护她的。三个里面能活下一个，也不算赖。

她从包裹里翻出横刀握在手里，笑道："太久不活动筋骨，人都要生锈了。今天好好杀个痛快，就算死，也对得起我这口刀了。"说着拔下刀鞘，这刀当真是腥风血雨里走过的，一到这种时候就嗡声长鸣。

莲灯笑了笑，心里倒没什么遗憾，有朝一日转转得势必不会放过李行简，这个仇不愁报不了。只可惜不能带上国师回敦煌了，不过也不要紧，国师能活很久，等她转世投胎再来找他也一样。

她紧了紧腰带开门走出去，大理寺的官员将文书一扬，高声道："奉命捉拿夜袭中丞府女贼，尔等当束手就擒，如有反抗，就地正法！"

莲灯四下看了看，冬官不在场，连他府内的仆从也一个都没看见。这样也好，就当她们抢占了他的府第，和他不相干。国师毕竟是大历的神祇，大理寺就算发现他们私下有交集，也不会为了一个御史中丞把他拉进浑水里。至于她们，落进那些酷吏手中不会有好结果，她的罪过足够抵命的了。昙奴呢，定王帐下逃兵，就算抓回去也是个死。倒不如舍命一战，也许还有一线生机。

她拔刀横在胸前，冲那些衙役抬了抬下巴："命在这里，你们有本事随便拿。若没本事，就怨不得我们不服法了。"

火把照亮两张略有些稚气的脸，两个年轻姑娘背靠着背，手里握着刀，眼睛里沉淀着风雷。大概那些久经考验的官差从未遇见过这种情况吧，本应该在闺中绣花或缠着阿娘撒娇的年纪，为什么会带着那么大的决心反抗？略有片刻的怔愣，看着她们刀剑相对，但缓过劲来，便只有是非，不分男女了。

领头的官员断喝一声"拿下"，身后的差役如狼似虎地扑将上来，莲灯也做好了血战的准备。换作平时，这几十个乌合之众她尚且能对付，可是现在自己有伤在身，一运气背上的口子就绽开了，撕心地痛。她也顾不得许多了，咬牙打算拼杀，突然听见一阵笛声传来，悠悠扬扬，在黑暗的夜里焕发出哀戚而诡谲的力量。

那笛声是破空的，在别业上方形成一个阵，气流像涟漪荡漾，逐渐旋转起来，最后变成旋涡，越来越大，越来越幽深，几乎要把人吸进去一样。

那些大理寺的人惊恐异常，早就忘了其他，抱着头蹲踞在地上。笛声的原点变得清晰，宽坦的屋檐上凭空出现个人，白衣玉冠，一出现便有惊天动地的气派，国师无疑。

莲灯一阵狂喜，可是不知怎么心头七上八下起来，他不该这个时候出现的，她正愁和他撇不清关系，他为什么就这样直刺刺地来了！

昙奴惊诧不已："那是国师吗？他来救我们了！"

莲灯蹙起了眉，笛声不断，渐渐有了摄人心魄的力量。大理寺丞一手捂着耳朵一手抵挡："国师……我等是奉命……"

奉不奉命对他来说一点都不重要，半空中的阵法压下来，像个笊篱，像座塔，要压得人永世不得翻身。莲灯惊得大气不敢出，这么下去会坏事的，散落在地上的火把照亮那些扭曲的五官和星星点点的血迹，他是要弄聋他们吗？

昙奴不停地摸耳朵，也许国师在她们与大理寺的人之间设了结界，咫尺之间是两种截然不同的感受。正纳罕，听见莲灯喊起来，一迭声说不要，他倒当真听她的，果然停下了，纵身跃下来，大摇大摆地带着她们走出了冬官别业。

至于那些七倒八歪的官差怎么样，似乎不是他应该关心的。府门外停着一辆马车，他送莲灯和昙奴登上去，自己在外驾辕。昙奴对接下来何去何从很迷茫，喃喃道："我们如今应当怎么办？恐怕这次会掀起不小的波澜来，还会连累太上神宫。"

莲灯心里乱，脑子也静不下来，打起垂帘看，只觉国师今天有些怪异，不知他到底是什么打算。

他带她们去了一处庄园，在神禾原以北，很别致清幽的去处。她们跟他入内，他衣角带起的味道隐约有种熟悉的感觉。她边走边觑他，小心询问："今天的事国师亲自出面，大理寺那些人必定要上奏的，到时候圣上降罪，国师该如何自处？"

他回头对她一笑："本座救你，不问前程。"

她窒住了，没有觉得高兴，只看见面前是深渊，她把他一步一步带了下去。

侲子来领昙奴去卧房安置，国师掖着袖子坐在灯下，眼睫低垂，看不出所思所想。莲灯却很着急："你这样会毁了基业的，这个时候为什么要现身？你不应该这么做。"

他抬眼看她："你以为大历有几个人善用阵法？不管本座现不现身，大理寺的人都会知道。事情到了紧要关头，顾不得那么多了，不来救你，难道眼睁睁看着你被他们擒获吗？"

他说的都在理，也确实是为她着想，可是总有说不通的地方。莲灯看着他，明明是熟悉的脸，熟悉的声音，可是为什么总有一种不真实的感觉？

她坐下来，抚了抚发烫的前额："现在怎么办？国师怎么向上交代？"

他沉默了很久，转过头来看她，语调里带着揶揄的味道："你不是一直想带本座去敦煌吗，现在我替自己下了决心，你怎么反倒不高兴了？"

莲灯讶然望向他，她是想带他回敦煌，但是从没想过让他身败名裂。她希望若干年后回来他依旧可以高居云端，这样就算走也走得后顾无忧。可是眼下弄得不可收拾，毁了他的百年道行，完全是她始料未及的。

他大概也是一时冲动，略坐了会儿似乎醒悟过来，叹了口气道："我一心想要救你，只能顶着座上的名头。换了别人，大理寺根本不会理睬。"

他说座上，座上是尊称，只有神宫的徒众才会这样称呼国师。她心里打鼓，猛然站起来问："你是谁？"

他的手臂搁在桌上，广袖垂委，袖褖细密的丝线勾绕，银辉在灯下跳跃。听了她的话直起身走过来，微微弓下腰，把脸凑到她眼前："仔细看看，你曾经见过我的。"

莲灯吓得往后退了一步，突然想起那个入她梦里的人，也是这样阴冷的气息，还有可怖的语调。所以他不是国师，他是个赝品！

"害怕吗？"他显得有点失望，"亏我们这么熟了。"说着低头摸脑后，大袖一掩，拔出几支银针来。

她目瞪口呆地看着，他的五官奇异地改变，从眉眼至嘴唇，仿佛石上的冰雪消融，终于露出了本质。她惶然跌坐下来，几乎不敢相信："怎么是你？"

放舟耸了耸肩，把银针一支一支排在桌面上："本来就是我，国师生性疏阔，出不出神宫要看心情，有时连冬至大典都由我易容代他主持，其实我和他，就像太极图上的阴与阳，从来密不可分。刚才我去别业看你，恰好遇上大理寺拿人，一时情急未及细想，现在看来的确是闯了大祸。过会儿我就去面见国师，一人做事一人当，若国师怪罪，大不了绑我送至大理寺，这样国师能免责，你们也可以脱身，一举两得。"

他说的时候居然还带着微笑，仿佛真做了什么赚钱买卖似的。莲灯简直被他打倒了，压着嗓子说："你是疯了吧，怎么想出这种主意！我对生死看得并不重，不需要你为我牺牲。你这样做是给我添债，我不愿意欠着别人。"

他扫袖说："我也不是任谁都救的，我早说我们之间有婚约，现在你信了吧？别看我年纪不小了，有时做事还是很冲动的，这下子可能要把小命玩丢了，来年的清明记得替我上炷香，我就心满意足了。"

这算怎么回事呢！什么婚约不婚约，那是后话，眼下她只担心国师会不会当真要他的命罢了。

他转身出门，她忙追了上去："我和你一起去。"

他低头看了她一眼："怎么？担心国师杀了我吗？看来你虽移情别恋，对我也不是全然无情的。"

莲灯没他这么好的兴致说笑，板着脸坐进车里，一路往神禾原而去。缄默半天无话，隔了很久才听见他嘀咕："明天是春分，有一场神殿祭……"

莲灯疑惑地打量他，他知道她不明白，垂着嘴角解释："今天的事，就算传进大明宫，陛下也不会在法事之前发作。大典结束之后就不好说了，也许会问罪，会关押……国师金尊玉贵，不能受这份委屈。我是不要紧的，还是我去。"说着声音渐低下去，呓语似的喃喃着，"如果国师还愿意给我机会，万一有异动，我就直接去见陛下。当着他的面易容，就说是我冒充国师，好还国师清白。"

莲灯愁得心口都痛了，放舟这么做实在让她无以为报，还有国师，这回她对他的亏欠也是越发大了。

回到神宫时国师还在打坐，她便和放舟一起在静室外等候，等他出来后把事情的来龙去脉同他说了，可是每说一句国师的脸色就难看半分，到最后显然怒不可遏，忽然掐住放舟的脖子，一下将他半举了起来。

"你自作主张，谁给你的胆子！"

莲灯没见过他发这么大的火，他这人一向别扭，是他的小脾气，完全没有杀伤力。然而这次不同，他的满腔怒火都发泄在放舟身上，几乎要把他勒得喘不过气来。

放舟自然不敢反抗，哪怕被他掐死也认命了，莲灯却不能坐看着，她在边上哀告着："国师，你不要杀春官，他是为了救我。"

他回头瞪着她："为了救你？什么样的办法不能想，偏要引火烧身？平时仗着本座纵容横行无忌，如今好了，捅了这么大的娄子知道怕了，找本座请罪来了！"

莲灯看放舟脸色都变了，怕这么下去他真的会死，忙跪下来抱住国师的腿道："无论如何先放下春官吧，我们再想对策。他要是死了，话就永远说不清了。"

国师也是气冲了头，复思量，她说得有道理，这个始作俑者死了倒不值什么，自己卷进去还怎么开脱？只是心头恨得厉害，一世英名就这样败坏在他手里，当真连撕了他的心都有。

他松开手，狠狠把人掼在了地上。放舟死里逃生，撑着身子急切地喘息，国师拂袖道："本座要听你的打算，若是说不出所以然来，明早就随我进宫，当面向陛下请罪。"

放舟捂着脖子道："请罪我不怕，只恐要追究莲灯的罪过。座上与我赌一回运气吧，如果陛下顾全大局将事情压下去，那么就算属下命不该绝。如果要追究，想来逃不过这两天。明日的神殿祭请座上在车内静待，万一出了意外，属下即随座上进宫认罪，绝不推诿。”

终究是跟了自己那么久的心腹，偶尔做错一件事还是可以原谅的吧！莲灯见国师情绪慢慢稳定下来，料想他觉得这个提议可行。她自己也有盘算，倘或变故大得实在无法转圜，那干脆一不做二不休，直接把人劫走算了。

·第八章·
温软

次日，春分。

大历人喜欢春季，度过一个沉闷萧条的寒冬，迫切渴望全新的生命力。天气转暖时换上薄衫出游，到处都是欣欣向荣的气象，尤其对于久病在床的人来说，如果冬季代表着灾难，那么春天就意味着希望。

王朝的统治者顺利熬过了一冬，必须庆祝又一次新生，所以今年的春日祭要办得尽可能隆重。神殿祭是一连串祈福活动中最盛大的环节，每年都由国师亲自主持。当然国师的面是露了，到底是不是“亲自”，实在难以有论断。不过神殿祭是允许百姓围观的，莲灯便和昙奴乔装上，照着转转的样子擦了厚厚的铅粉，又点了面靥，收拾停当后别说大理寺，连自己都认不得自己了。

好在神殿建在长安城外，至少不必过关隘受盘查。于是换上锦衣戴上帷帽，悄悄混进了踏青的人群里。

三月的天气正是绿意勃发的时候，杨柳依依花瓣满地，如果当真生在一户寻常人家，也许会像身旁的那些女郎一样享受节日吧！莲灯挽着昙奴的胳膊，仰起头看潇潇的天，今天天气很好，一丝云彩也无。青石路蜿蜒，顺着走势眺望，远远能够看到神殿的翘角飞檐。大历的建筑崇尚简洁之美，神殿的屋顶并不用琉璃，青山绿水间乌黑的瓦楞是浓墨的笔触，有它独到的凝重和庄严。

大典举行在巳正，现在辰时刚过，还有一段时间的空闲。她们起先很警惕，四周都要仔细留意。但毕竟是年轻的姑娘，气氛渲染得心都柔软了，松弛下来，也愿意看一看众生相。

莲灯买了两柄纨扇，扇面上画着艳阳和桃花，不是书画大家那种考究的运笔和用色，大概就是商贩自己的大作，笔调幼稚直白，但是颜色用得十分喜人。帷帽上的纱幔遮挡视线，便将帽帘掀起来勾在两旁，拿扇子遮面，只留一双眼睛在外面。两个人对视嬉笑，也有简单的快乐。

几个孩子拉着做成鱼状的幡子跑过去，风从鱼嘴灌入，浑圆的鱼身款摆起来，莲灯看着觉得很新鲜。

"其实长安也有可爱的地方。"她懒洋洋地说，"一心一意完成自己的目标，忽略了很多东西。就比如今天的风景，还有除夕那晚的烟花，一辈子都忘不掉。"

昙奴嗯了声："留在将来慢慢回忆。"

自从中毒以后，昙奴总显得很落寞，莲灯察觉了，偏过头去看她："你想萧将军吗？"

她垂下眼睫，过了一会儿才摇头："想他干什么？我们本来就不是一路人，想也没用。"

这一路有太多的阴错阳差了，如果她的身体很好，李行简一定早就被她们杀了。如果没有招惹大理寺，她和萧朝都也许还可以谈谈未来。只可惜假设终归是假设，人家是朝廷官员，她们是来路不明的"女贼"，永远都不可能有交集。其实喜不喜欢还是其次，最可怕的是受轻视，如果你在乎的人看不起你，那绝对比他不喜欢你还要来得伤人。昙奴是三人之中唯一时刻保持清醒的，她敏锐也敏感，与其受伤，不如不动情，也算是走投无路下的明哲保身。

"那天他遇见我还同我打听你的境况呢，我觉得他很关心你。"莲灯哀哀看了她一眼，"要是我们离开长安，你要同他道别吗？"

她还是摇头："反正不会再相见，道别也是多余的。"不愿意再谈论自己的感情问题了，踮足越过人群张望，"我们早些过去，先探探他们怎么安排。"

两个人手牵着手在人潮里穿梭，到达神殿外沿的天街时人还不多，只看见几个侲子和内侍忙着张罗，并未见国师，也没有看到半个皇亲。

莲灯四下打量，再过一阵子禁军就要来了，她心里忐忑，不知道春官今天能不能躲过一劫。正彷徨着，见御道那头一驾华辇缓缓而来，辇车四围有灵台郎拱卫，放舟手执法器在前引路，见了她脸上没有任何表情，连眼神都是冰冷的。

昙奴轻轻拉扯她一下，示意她躲到一旁去。于是挨在角落里看着，看国师从车内出来，具服光鲜，神情傲然。一手压着冠上垂挂的组缨，移步往殿内去了。

莲灯长长舒了口气，目前看来一切如常，希望接下去不会有变故。渐渐地人多起来，又见帝王卤簿远远来了，先行的金吾卫立时将神坛和天街阻隔开，百姓要观礼，也只得在三十步开外。

国师的华辇进了偏殿又退出来，因为要肃清神殿，不相干的东西都要送至外围，皇亲们的车驾也有专门摆放的地方。莲灯知道国师在辇车里，里间主持的已经换成了春官。她带着昙奴悄悄潜过去，还未到近处，忽听神道两掖鼓声大作，回身看，煊赫的阵仗从殿内铺排开，大典即将开始了。

众人的视线被神坛吸引，正好便于她行事。她来时和昙奴商量好的，她去打探情况，昙奴在边上接应。如果见势不妙，不管哪家的车辇，赶起来就跑。

昙奴物色顶马去了，她卷起石榴裙掖在腰间，从道旁的林子里兜了个大圈子到国师华辇旁，伸手在那名贵的围板上敲了敲："有人在吗？"

里面传出个气恼的声音："没人。"

又在矫情了！她已经习惯了他这种喜怒无常的性格，也不觉得奇怪。探身望向神殿，另一位国师拱着笏板登上祭坛，她咽了口唾沫，低声说："真像！"

华辇的雕花挡板开启一道缝，国师从帘后露出了半边脸。看见她的妆容想是吃惊异常，很明显地怔了下。

莲灯有点不好意思，拿纨扇挡了挡："这是时世妆，吓着你了？对不住。"

国师看着那脸更觉糟心了，她到底不适合长安这种怪诞的装束，什么白底赭面分梢眉，乌膏的颜色遮挡了原本俏丽的嘴唇，一张五花脸，画得像鬼魅一样。

他捂住了胸口，仿佛受不住这刺激。莲灯有点难过，她花了大力气打扮上的，他不说好看就罢了，也不该是这种态度啊。不过暂且不去计较这些，现在最要紧的是关注祭台上的放舟。

她凝眉嘀咕："这样长时间的易容，春官会不会痛得受不住？他的脸会不会变歪？"

"他有药抵挡，不会出问题的。"国师眯着眼睛看过去，一个人喃喃自语起来，"本座好像哪里算错了，今天的春日祭不应当让他主持。就算宫里责罚，本座押解他去领罪就是了，为什么还要多费手脚？"

有时候就是这样，因为愤怒和夹带了私情，会影响当时一系列的判断。国师这样算无遗策的人，居然也会觉得懊恼。越是懊恼，越有一种奇怪的预感，不过预感也不是每次都准，所以自己替自己宽怀，渐渐心安理得起来。

神殿离他们这里有段路，只能大致看清动作，听不见祷告的祈文。起先一切都好，忽然见台上人执起如意往他们这里指过来，国师心头一沉，料想那里应该是出了变数。也罢，昨天的事原本就没有挽救的余地，圣上要降罪，各人自有运数，听天由命就是了。

他掖起广袖走出来，只待侲子和灵台郎来接应他。心里还在遗憾着，今天的大典没能圆满结束，注定了皇权要有动荡。的确是时候为这庞大的帝国更换大脑了，今上太老，老人无法胜任，天下终归还是年轻人的天下。

天街上的人群分开了一个豁口，两队人马从那豁口里源源不断地涌出来，莲灯往后缩了缩，这种时候不应当有她在场。她慢慢后移，两眼紧盯着那些人。奇怪神宫徒众一向是训练有素的，可是奔来的那些人杂乱无章，跑得毫无章法。她隐约觉得不大对劲。再仔细看，居然不是侲子，是着银甲的金吾卫。

她慌忙抬头，国师的脸色也变得不自然起来，他紧紧皱起眉头观望，奔跑的人群迅速向这里移动，没有半点声息。但是越来越近，他们抽出了横刀，刀锋折射出一片寒光。国师骂了句娘："好个放舟，真是本座倚重的爱将！"

莲灯不知道他话里的含义，可看见那群人蜂拥而出，来势汹汹，绝不是有请国师的姿态。

金吾卫是帝王亲军，个个训练有素。他们同大理寺的衙役不一样，力量上的差异暂且不论，背后代表的含义也大相径庭。如何才能调动金吾卫？非诛杀逆党不可为。

她退后了两步，国师似乎没有要回避的打算。可是现在这种局面，除了撤退就是应战，以他的能力未必解决不掉这些金吾卫，但是过后呢？"国师"现在还在祭台上高站着，他这个真的反倒变成了冒牌货。

所以放舟的目的达到了，酝酿已久，打算取而代之。难怪桩桩件件往他身上引，到最后身份互换，作恶的还是春官，他却变成了国师。

莲灯隐隐也懂得，权力是一樽美酒，喝多了会上瘾的。国师扶植起一个狼子野心的手下，春官已经不满足于当下的职务，他要成为国师。那么真正的国师必须处理掉，所以才出现了这些手执横刀的金吾卫。

要同他们理论？他们奉了"国师"之命，不会给你机会对峙的。赶到就大开杀戒，因为这里隐藏着大逆不道的反贼。莲灯心急如焚，拉住他道："好汉不吃眼前亏，先避一避再图后计。"

金吾卫很快便要到了，不远处传来一声马嘶，昙奴驾着一辆轻便的平头车，风一样地向他们驶来。及至近处大声呼喊，莲灯半拖半拽着，将国师拉上了马车。

国师惨然看着一切远去，似乎还是不能接受："本座就这样被他李代桃僵了？"

莲灯叹了口气："看样子是的。"

他眼里浮起戾色："好一招釜底抽薪，我以前真小看了他。"复高声道，"本座要进宫面圣，上朱雀大街！"

可是他低估了放舟的能力，皇城内外戒备比寻常森严十倍。所以放舟今天所做的一切并不是个人行为，背后有更庞大的势力。有人想铲除这位百余年盘踞在大历皇族头顶的开国国师，不过是借助一个区区的放舟发难罢了。幕后主使也许是诸皇子，更有甚者，可能就是当今圣上。

被追得到处跑，这样的境遇对国师来说简直就像个笑话。天色变了，乌云逐月。风猎猎吹起他的衣袖，他站在一片无人的荒野上，满身凄凉。

“本座当年以一人之力击退三万大军，助太祖皇帝坐稳大历江山，没想到百余年后被他的子孙算计了。”他仰头看着天喃喃，百思不得其解，“不过建了一座太上神宫给我罢了，本座也没吃喝他曹家多少，就这样迫不及待要处置我吗？果然……薄情最是帝王家。”

莲灯坐在草地上，托着两颊说：“可能陛下觉得国师光吃饭不干活吧！你能做的春官也能做，春官当了国师还可以样样遵从圣意，陛下两方面对比，觉得无须再奉养国师这样太爷爷辈的人了，所以决定吐故纳新。”

国师被她刺激得不轻，低头问她：“本座如今成了丧家之犬，连你也来落井下石了？”

莲灯忙跳起来说：“不敢，国师在我心里永远是皎皎明月，就算大历不要你了，我要你。你跟我去敦煌吧，我们去找阿菩。其实长安也没什么好的，就是人多些，冬天会下大雪。如果你习惯了大漠的生活，会觉得那里比中原好得多，我不骗你。”

她倒是个实诚人，那句“大历不要你，我要你”让国师心里渐渐回暖。他怅然道：“还好，本座还有你。什么都靠不住，只有药最可信。”说着转头看向太上神宫方向，万般不舍道，“本座倒不是恋栈，就算不做国师也没什么大不了。我是放心不下九色，它还在神宫里，脾气又那么古怪，没有人撑腰被别的鹿欺负怎么办？再长大些，被宰了放血怎么办？”

莲灯不知道说什么好，国师被夺位，也没见他有多悲愤。她以为他至少会大喊大叫一通，要整个长安或者曹姓王朝陪葬才对。结果没有，他就伤感了一会儿，忧郁了一会儿，大概只有这种真正有本事的人才不在乎得失吧！

莲灯说：“神宫现在恐怕进不去了，要把九色弄出来，只有去求翠微夫人。”

国师抚了抚脸：“不要自投罗网。”

“那国师作法。”她抡起胳膊画了个大圆，“在这儿建个门，门那头就是琳琅界，我钻过去把九色弄出来。”

国师表情木然，顿了半晌道：“金吾卫放肆，本座原想设阵将他们一网打尽的，可是……”他哀致地看着两手，一副不敢置信的样子，“本座忽然发现功力尽失了。”

莲灯倒吸了口气，这意味着什么？他变成一个废人了吗？

“那怎么办？”她颤声道，“你的功力被人吸了？还是中了什么毒，被封住了奇经八脉？”想了想那些都不重要，重要的是他这个人。她仔仔细细盯着他看了半天，月色朦胧看不真切，让她恐惧的是明早，万一睁开眼发现他变得鹤发鸡皮怎么办？她恨得直咬牙：“放舟这个小人，他怎么能这么对你！我去杀了他，为国师报仇！”

她转身就走，被昙奴一把抱住：“你可是疯了？现在什么当口？你不是去找他报仇，是去送死！他既然连国师都敢算计，我们蝼蚁一样的人，怎么是他的对手？”

莲灯不知为什么比国师还要委屈，卷着袖子边抹泪边道：“国师功力尽失，如果他没有能力维持青春，最后会变成什么样，你知道吗？！”

所以她是怕一百八十岁的人，会老得像摊泥一样拾掇不起来。国师很不高兴，拂袖道：“再过五十年本座也还是这样，你用不着担心。至于功力，不过暂时不能恢复，以本座的积淀，不出一个月就会涨回来的，对付十个放舟都绰绰有余。”

这么一说似乎聊可以慰藉了，什么财富地位都不重要，只要他还是他，就不愁没有翻身的一天。

“可是现在怎么办？十二卫到处缉拿我们，别说一个月，就是三天也难坚持。”莲灯小心翼翼地看他，心里暗叫着天助我也，脸上却做出万分遗憾的表情，“这么看来你只能跟我去敦煌了，别怕没人照顾你，有我呢。你什么都不用做，好生将养身体，等功力恢复了，有冤报冤有仇报仇。只要你高兴，来年我们进宫把老皇帝杀了，让你当皇帝好吗？”

昙奴直翻白眼，果然在一起待久了，思维也变得很靠近。她只是想杀齐王妃促成转转上位，莲灯居然打算杀了皇帝改朝换代，人小胃口倒大。

国师当然不答应，不是不答应做皇帝，是不答应去敦煌。他觉得不能这么容易便宜了放舟，应该找个地方藏起来，等自己恢复了功力返回神宫宰了放舟，然后再悄无声息地把身份换回来。反正放舟做国师依旧是顶着他的面孔，到时候谁真谁假，大历的皇族和天下百姓一样摸不着头脑。

可是藏身的地方不好找，国师平时太安逸了，除了他的寝殿和九重塔，基本不去别的地方。莲灯有点失望：“狡兔还有三窟呢，堂堂的国师竟然连个藏身之所都没有。”

国师狠狠瞪了她一眼：“本座清清白白做人，又没有坏心思，为什么要给自己准备那么多洞穴？”

莲灯嗫嚅了下，没敢顶嘴。虽然他目前可能打不过她，但是他的威势还在。况且受了不小的打击，现在再气他，万一气死了她也舍不得。

她只有好言好语安慰他："不要紧，英雄也有走窄路的时候，等我们卷土重来的那一天，让天下姓曹的都拜在国师脚下。"她举着金错刀又朝长安方向比了比，"李老贼……你一定要活着等我回来。"

国师负手看了她一眼："李行简不过是个喽啰罢了，亏你一本正经把他放在心上。"

如今他是冷了心肠，以前事不关己就不闻不问，现在似乎有了点转变。莲灯和昙奴交换了眼色，这回应该能从他那里打听到一些内幕了。她忙趋身上前，见他禅衣肩头的缝线有些歪了，献媚似的替他整了整："我一直觉得幕后还有黑手，只是国师不愿指点，我自己没能查出头绪来……国师，看在你我有些交情的分上，不如将内情告诉我吧！"

他别过脸，丝毫不因为自己落难而放低身段："谁与你有交情？"

昙奴很识相，她觉得莲灯可能有必要和他深聊，有外人在场会张不开嘴。索性让开了，让他们好好谈，谈得好可以展望一下未来，谈不下来还可以色诱。

她摸着鼻子往远处指了指："我去饮马，别把马渴死了。"

莲灯看着她走远，打扫了下喉咙对国师道："你我交情还不够吗？以后国师要和我在一起的，你功力尽失的这段时间也要靠我保护。还有……我看过国师洗澡，这么亲近的关系，怎么能说没交情呢！"

国师陷入沉思，这么说还真是关系匪浅。他的眉头舒展开来，就地转了两圈道："既然如此，告诉你也无妨。今上登基之初，关外常受西域各国骚扰。百里济荡平玉门关内外，功劳固然不可没，但另有一位王侯出力也不小。后来百里济驻守安西都护府，北庭都护府便归定王管辖。定王三十余年未踏足中原，圣上表面与他手足情深，其实私下等同流放。当初夺嫡，定王也曾是皇位的有力争夺者，可惜时运不济差之毫厘，但雄心未灭。一个人能静心蛰伏，不一定是认命，还有可能是在积蓄力量。但碍于百里济刚正，定王有忌惮，便想方设法除去眼中钉，于是才有了你阿爷的冤案。"他绘声绘色说完了，竟没有收到预想的效果。莲灯脸上表情平静，仿佛心里早有成算似的。国师挑起了眉毛重申一遍："定王是你真正的仇人，比什么高筠、李行简都要棘手得多！"

还是石沉大海，莲灯连眼睛都没眨一下："我早就料到了，果然是这样。"

国师发现自己从太上神宫出来后，身后的光芒全都消失了，也或者他在她面前从来就没有扬眉吐气过。他很失望："你既然知道内情，为什么还要问本座？"

"我只是想求证一下。"她叹息着，撑腰看东方一轮红日喷薄而出，太阳升起来了，心里的彷徨却愈盛了。戍边的定王，屯兵十万，有无数像昙奴那样的死士，所以会比李行简难杀一万倍。她回头看国师："王阿菩应该是知道的，可是他为什么不告诉我？偏让我到中原来？"

国师说："一定是王朗怕你找定王报仇小命不保，所以指引你来长安，拿几个虾兵蟹将泄泄愤，顺便遇见我。"

她嗯了声："为什么要让我遇见你？"

国师面露赧色："那是他的心机，别看这个人道貌岸然，其实满肚子坏水。"

莲灯没明白他究竟是什么意思，心里乱糟糟也没想去追问。李行简现在似乎变得不那么重要了，她最应该找的是定王，那就更没有理由在中原蹉跎下去了。

她回身看国师，朝阳的金芒照亮他的眉眼，他脸上一派安和，没有半点遭遇挫折的样子，依旧从容得像每个平静的早晨，起床后喝一盏茶，吃两块糕点，然后背着手在花园里漫步，闲来无事看一看日出。

她试着说服他："国师常年肩负着大历，难道不觉得累吗？让放舟替你两年，你趁着机会去别处游历，这样不好吗？"

他想了想："也没什么不好，可本座就是不高兴，不喜欢被人李代桃僵。"

他的不高兴不喜欢是最大的理由，莲灯有些气结："那你要同我分开吗？"

国师缓缓调过视线来瞥她一眼："你这是什么意思？说好了你来照顾本座饮食起居的，还没过三个寒冬四个夏呢，你就打算卸肩了？"

她低头搓了搓脚尖，泥地上被她搓出个小小的坑来："我想回敦煌，你和我一起去。"

他说不："我还要对付放舟。"

虽然教训放舟是很要紧，但是这个关头，难保人家没有放长渔线等他上钩。她是觉得可以再缓一缓，并不完全出于私心，她也是为他着想。可是他根本听不进去，报仇的心情看不出有多热切，反而带了几丝戏谑的味道，似乎跃跃欲试。

她本来不想打击他，可又觉得不说憋得难受，便拖着长音阴阳怪气道："昨晚露天待了一夜，狼狈得不够，打算接下去日日如此哪。"

国师掖着两手显得万分鄙夷："本座会短了你的吃喝不成？"说着转身，没有交代去向，自顾自地走了。

莲灯心里有点慌，忙叫了声："国师去哪里？"

他摆了摆手："尔等在此等候。"一面说，一面徉徉去远了。

昙奴回来之后追问结果，莲灯怕她为难，"定王"二字说得很犹豫："我若是同你的旧主为敌，会不会伤了你的心？"

昙奴哈哈笑了两声："什么旧主不旧主，我们这些人和坊间的小厮、酒博士一样，出生入死只为混口饭吃，谈不上感情。我是孤儿，五岁那年进了慈幼局，你可能想象不出我吃过多少苦，当初一起被选中的有二十个，到最后只剩三人，活下来的大多弄得半人半鬼。你见过我一身的刀伤，多少回从阎王殿爬回来的，定王对我没有任何恩义可言，相反我恨他入骨。"

莲灯放下心来，复迟疑道："既然定王与我阿爷的冤情有牵连，你在他帐下多年，就没有听说过半点消息吗？"

昙奴摇头说："这样重要的事，轻易不会让我们知道。再说铲除百里都护靠的是文斗，没有动用死士暗杀，因此我是半点也不知情。"

她黯然点点头，静站了一会儿，朝国师离开的方向眺望，低声嘟囔着："不会一去不复返吧！"

还好没有，隔了两个时辰他回来了，手里提着个布口袋。走到她面前随手一扔，里面的银锭和金叶子顿时散落了一地。他抬了抬下巴："本座没什么狡兔三窟的本事，但是本座的手段更加直接有效。"

的确，东山再起需要资本，看这一袋东西，折成铜钱，少说也有三万贯。莲灯好像突然明白了朝廷对付他的决心，也许就因为他是个巨贪也说不定。

有钱固然有底气，可无处容身依旧是个难题。他们如今不在城内，往西北走是最好的选择。当初从敦煌来长安时没有过所，一路都靠偷关，积累下的经验回程再用，绝对驾轻就熟。

如此只剩迷倒国师一项了，莲灯摸了摸荷包，蒙汗药时刻为他准备着。国师现在和凡人无异，解决起来应该不难。别看他平时挑剔又小气，其实心性单纯，也许这世上没有比他更达观的人了。比如放舟，她曾经很信任他，他总说和她有婚约，她居然还有一点相信。可是最后他变成那样，再也做不成朋友了，一辈子都是敌人。

她没有遭受过背叛，这是第一次，觉得很伤心。唯一值得庆幸的是国师还是原来的国师，朗朗若朝霞举，从来没有令她失望过。所以越是珍惜，越是要紧紧抓在手里。待她和定王的私仇了结了，真假国师的风波也日渐平息，到时候再让他和放舟算账不迟。

只是这种头上无瓦的日子苦了国师，他锦衣玉食享受了一百多年，突然落难，不知能不能受得住。

莲灯口袋里那些锃亮的铁片终于派上了用场，用它们打来两只野兔子，架火烤着吃。昙奴为了便于行事，到一户农家顺了个瓦罐回来，煮了一罐野菜汤，把整包蒙汗药都下了进去。反正这回是孤注一掷，如果办不成，接下来可能就得跟着他进城。他不理俗务太久了，那五官灵台郎不知还有几个是他的心腹，万一踏错一步，国师细皮嫩肉的脖子经不住刀割斧砍。

“如果定王有篡位的决心，应该一直窥视着中原动静。”她撕下一大片肉递给国师，东拉西扯着，分散他的注意力，“你说他会不会想到是百里济的女儿找他们报仇？”

国师按着兔肉的丝缕咬下一长条，细嚼慢咽着，随口道：“不一定，毕竟处决百里济的政命是他承办的，他会再三确认，不让你们有死而复生的机会。”

但人算不如天算，让她侥幸活了下来。莲灯颔首：“如此最好，可以先入碎叶城，反正我等得起，哪怕混进王府做个灶下婢，也总能候到动手的机会。”嘴里絮絮说着，接过昙奴递来的粗陶碗，仔细把汤吹凉，殷勤地送到国师面前，笑道，“熏肉燥口得很，国师喝点汤吧！过会儿我和昙奴搭个小帐起来，我们睡外面，国师睡车里。”

到了这种地步也不挑剔了，国师接过野菜汤一饮而尽，喝完咂了咂味道，直皱眉头。没过多久摇晃起来，莲灯乐呵呵地张开手臂，他迟迟看了她一眼，一下栽倒在她怀里。

抱着一个郎君怪不好意思的，但绝对不影响好心情。两个女孩一阵雀跃，费尽力气把人搬进车内，不知道药效能维持多久，不敢耽搁，连夜往灵州方向驶去。

昙奴驾车，莲灯在她身旁坐着，不时回头看一眼，国师动静全无，一切按照她们预想的方向发展。只是很奇怪，照理说放舟不会那么轻易放过他们，留着病根等将来发作吗？如果他想彻底取代国师，当然是杀了他一了百了，那么金吾卫也好，神宫徒众也好，不会这么安静。现在看来，有心放他们走似的，这里面一定有些内情是她们不知道的。

两个人都涉世未深，怀疑归怀疑，仍旧一门心思往外冲。莲灯甚至害怕国师半道上会醒，中途又给他灌了一回药。

昙奴说：“用量别那么重吧，太狠了把人毒傻怎么办？你要抓个傻子做压寨夫人吗？”

莲灯长吁短叹着把药包了起来，实在不行只好绑上，等出了京都地界，哪怕他吵着闹着要回来也不成了。

虽然前路渺茫，但捡个国师回家，心里实在很欢喜。不过鸣沙山暂时不能去，放舟知道他们无路可走，也许就在那里等着他们。莲灯决定在张掖落脚，地方大了容易藏身，先把国师养熟了再说。

然而设想得虽好，到底还是太天真了。赶了一夜的路，天将明时到了陈陶斜，车马渐渐走近关隘，只见那高大的木栅两掖黑压压站满了戍军。关中设二十六关，京畿四周的不过是上关，余下的还有中关和下关。他们来的时候门禁没有那么严，蒙混蒙混也能够过去。现在不同，放舟毕竟是个缜密的人，知道只要中关设卡，他们就插翅难逃了。

昙奴转过头看了莲灯一眼，硬闯恐怕不行，无奈只得停下来。原想后退另谋别的出路，没想到正遇上戍军交接，校尉率部众就跟在他们车后，这下连回头路都给切断了。

莲灯紧张起来，看国师，他侧身而卧，正沉沉好眠。她顺手扯下一块幔子兜头把他盖住，这个时候似乎只有硬着头皮碰运气了，说不定那些兵卒睡迷了，忘了她们的名字。但凡运气平常一点，过所掏出来大概就剩锒铛入狱了。

昙奴低声道："一口咬定出关会亲眷，国师的那些金银呢，拿上一两样，偷着塞给盘查的人。"

所以干脆谎称没有过所，就算要补办，也比架在枪头上好。莲灯点头应了，跳下马车先去打头阵。心里到底紧张，也用不着故作镇定，索性畏缩着上前，肃了一礼道："侍官在上，奴要出关投亲。"

门禁上的禁军看了她一眼，也未说别的，简单扔过来两个字："过所。"

她嗫嚅了下："奴去宁州，未出关内道，要什么过所？"

那禁军瞪着两眼，恶声恶气道："没有过所便去官衙补办，不必多言。"

这样也好，暂时避过去再想办法，忙揖手道是打算折返，没想到一个领头的副尉扬声叫住了，抬起刀把指了指马车方向："从哪里来，往哪里去？车上是何人？"

莲灯暗自心惊，脑子里转得飞快，敷衍道："车上是家叔，染病多时不见好转，实在无奈，欲回乡祭奠祖先祈愿保佑……"

副尉显然不需要听她解释，问这两句不过是例行公事，车上的人及行李都要检查，这是上面颁下来的令。也不看她，径直带着两个禁军往车马走过去。莲灯知道不妙，国师的长相实在扎眼，那些奴兵要查，连过所都用不着，只需一眼，便能看出端倪了。

副尉率众到车前，昙奴被他们赶了下来，这个时候真的束手无策，要开打，分明是以卵击石。两个人心里着急，紧紧扣着双手，扣得掌心一片濡湿。

那个副尉倒没有立时查验，在车辕上敲了敲，回头望向她们："敢问娘子们是何出身？"

莲灯略怔了一下，大历对车服有很严格的规定，比方僧侣商贾不乘马，老者胥吏乘苇軬车[1]等。她们的平头马车是春日祭上随便抢来的，不知道是哪个显赫人家娘子乘坐的，里面要是装了个叔叔辈的男人，似乎有点说不过去。

但规矩是死的，人是活的。莲灯不知哪来那么大的说胡话的本事，欠了欠身道：“回侍官的话，奴家的阿娘是梁王妃的傅姆，家父在兰台供职。”

这么说来乘车的问题是有惊无险地通过了，接下来就是车内人了，病重的中年人，哪里长得像国师那样白净明媚！

副尉打开车门，莲灯和昙奴齐齐揪起了心，想来会看见车内美人春睡，一派旖旎吧！莲灯也后悔自己扯得太过了，倒不如说不长进的阿兄醉酒来得实际些。料想这次可能出了大岔子，没想到车厢里传出剧烈的咳嗽声，一个羸弱的声音哀号着：“怎么还不走，要耽搁死你阿爷吗？！”

莲灯和昙奴对觑，忙上前看，车里卧着一个陌生的中年人，面貌平平，额角上长了一大块黑斑。皮肤黯淡唇上却光滑，依旧穿着国师的禅衣和云头履，看样子是国师易容了。只是再怎么改变五官，也做不到无中生有，大历这个年纪不留唇髭的几乎没有，所以他的模样实在有些怪异，像神宫里的内侍卢庆。

昙奴掩住了嘴，莲灯一迭声说“就走”，矮着身子塞了两片金叶子到副尉的手里，轻声道：“请侍官通融，家叔病得很重，若错过了吉时，恐怕就要一命呜呼了。”说完招致国师一个白眼。

副尉垂下手摩挲着金叶子，一时陷入了两难。东西是好东西，也要有命消受才好。万一从他手上放跑了人犯，到时候问起罪来，多少金银都难以自保。于是攥着贿赂的赃物毅然转身，大声喝道：“此三人有可疑，请将军定夺。”

莲灯看着他的背影傻了眼：“拿了我的钱还要抓我？”

甬道那头两队戎装的军士大步而来，领头的将军一身明光铠，护肩饕餮狰狞，甲上银鳞耀眼。莲灯和昙奴没了主张，实在不行只有撒腿跑路了。她们退到车前，回头望了眼，国师躺在幔子后面，大概对她们的应变能力很失望，总之满脸的无奈。

莲灯虽然懊恼，但是看他一动不动也着急，叫了声阿叔：“他们要来抓我们了。”

可是昙奴忽然往前迈了一步，莲灯顺着她的视线看过去，那位将军到了眼前，不是别人，竟然是萧朝都。

有时候缘分就是这么奇怪，不想见的人，偏偏在你最狼狈的时候出现。昙奴避无

1　苇軬车：用芦苇做车篷的马车。軬，车篷。

可避，莲灯从来没见过她这个样子，那是种深深的羞愧，明明很想念他，但是见了他又忍不住要闪躲，神情动作便难言地失措。

萧朝都脚下顿了顿，似乎也对一切无所适从，但终归是见惯了大场面的，并没有犹豫太久，到她面前拱了拱手："娘子别来无恙。"

昙奴欠身向他肃拜："有劳将军挂念，没想到今天遇见将军，我……很好。"

气氛有些尴尬，这种情况下的相遇悲情弥漫，也没有机会诉衷肠。但萧朝都的确是喜欢昙奴的，从他的眼睛里能看到眷恋和不舍。如果昙奴是普通人家的女儿，也许会成就一段姻缘也说不定。现在呢，他们是油和水，永远难以交融。

昙奴是个清醒又自卑的人，她不确定萧朝都会不会因他们不多的几次来往而选择放过他们，所以用一种近乎哀告的眼神望着他。萧朝都当然品得出来，心里也有挣扎，甚至开始衡量他们归案后谁的罪责比较重，昙奴能不能因为没有参与全身而退。结果是不能，她并不是一尘不染的，她身上的毒从哪里来，恐怕和荒郊发现的那具尸首不无关系。

所以走吧，走得远远的，再也不要回来。他看了车内的人一眼，没有兴趣弄清他到底是真国师还是假国师，抬手一扬，将披风高高撩了起来："他们是本将旧识，没什么可疑的。放行，让他们通关。"

昙奴站在那里，觉得浑身的血液向下流淌，渐渐冷起来，快要结冰了。没有开始就结束，好像是人生最悲惨的事情了，但是没办法，这就是她的命吧！

莲灯跳上车驾辕，轻轻唤了她一声。她回过神来不再迟疑，鞭鞘狠狠抽打了下，马车跑动起来，穿过门禁的时候她没有回头，照她的话说越看越舍不得，还不如不见，就此忘了更好。

莲灯替她难过，扒着车帷子回望，萧朝都站在那里，朱红的披风映着铁血的关禁，渐渐远了。她向他挥动臂膀，他微抬了抬手，又无力地垂下了，一定伤心得难以言喻。

"等我们再回长安，说不定萧将军还在等着你。"

昙奴摇了摇头："我不想再来长安了，以后就留在敦煌，找个营生，把自己嫁了。"

莲灯害怕和她分开，也觉得她和萧朝都的故事不应该就这么完结，便道："转转还在长安呢，我日后也要跟着国师打天下，你不和我们在一起吗？"

车后的人到这时才被她们想起，赶紧推开车门看，国师盘腿坐着，一脸的不耐烦："你们要把本座带到哪里去？"

莲灯愉快地说："去扁都口，上河西走廊。"

反正已经出了中关了，他现在想回去她们也不会停车。国师果然很生气，说了一串文绉绉的骂人的话，莲灯和昙奴仗着听不懂，不以为意。

本来以为他至少要骂三天，谁知并没有。也就抱怨了一炷香吧，很快他就看开了："本座还没去过西域，走一遭也好。"

天上的太阳照着，连吹过来的风都是暖和的。莲灯见他不闹，心里轻松下来，抖着缰绳问他："那么久一直待在一个地方难道不觉得闷吗？其实国师借着闭关的名义，早就游历完名山大川了吧？"

他倚着车帷子看外面的景色，神情疏懒。似乎没有听到她说了什么，独自喃喃着："终于能够离开长安了……"

听他的语气反而很庆幸似的，怎么和先前的反应不一样了呢？莲灯回头看他："国师说什么？"

他的唇角优雅地扬起来，手肘支着菱花窗，洁白的手指抵在灵巧的下颌上，随意敷衍了句"没什么"，顿了顿又一笑："以后我们恐怕要相依为命了，本座身子弱，你们要好好照顾我。"

莲灯点头不迭，想起他隔三岔五要给昙奴供血，就觉得怎么伺候他都不过分。

他长出一口气，微微歪着头，垂眼看衣襟上云纹的镶绲，慢声慢气道："敦煌与长安相距四千里，你们来时走了四个月，脚程太慢了。现在刚及春分，四月到武威郡，五月到酒泉，应该差不多了。"

莲灯和昙奴怪叫起来，两个月走四千里，几乎是不可能的。莲灯不好扫他的兴，磨磨蹭蹭道："有时候会遇到不好的天气，比如下雨，还有沙漠里起风，难免要耽搁。"见他似有不豫，忙和昙奴交换了下眼色，立刻又点头，"既然国师想走得快些，那就尽量吧！不过两个月太急进了，还是看情况，能赶则赶。要是老天不赏脸，脚程慢一些，人也不那么辛苦。"

他婉转地瞥她一下，眼波欲滴："早点赶到碎叶城宰了定王，也好早点折返长安夺回我的国师宝座。我可是看得清清楚楚，男人手上无权，就像老虎没牙一样，连你这样的人都敢欺负我。"

莲灯大呼冤枉："我几时欺负你了？明明是你一直在欺负我！"

国师哼了声，一面安然在车内享受着，一面指控她的累累罪行："你对本座下药，叫本座阿叔，还害本座自毁形象易容成那么难看的模样，要换了平时，你真有这样的胆子吗？如今本座是虎落平阳，你还不许我斥你两句？"

莲灯无言以对，其实不是找不到反驳的理由，只是让他发泄一下，他矫情够了，接下来就正常了。

反正很快乐，小皮鞭在车辕上轻轻敲击着，她转过头看昙奴，温声道："你身上不好，进去躺一会儿吧！"

昙奴听后笑着摇了摇头，不敢同国师靠得那么近，虽说他和莲灯的相处她看在眼里，似乎为人还不算坏，但他的和煦也只针对莲灯罢了。有时她会从他的眼里看到凛冽的光，夹带着嗜杀的、毫无感情的东西。她以前在死士堆里生存，对这种不经意间的流露毫不陌生。国师给她的感觉就是深不可测，他的一举手一投足都有目的，她旁观着，有种说不清的恐惧。别无选择下的同行，暂时的隐忍只是为了后计。但愿国师不是她猜想的那样，因为莲灯喜欢他，昙奴也要说服自己接受他，至少不要看他处处觉得可疑。

“到了狄道还是换马赶路的好，驾车太慢了，不及我们来时速度快。”

莲灯是无所谓的，她背上那点伤一天比一天轻，骑马奔袭没有大碍。只怕他们受不住，一个体弱一个挑剔，别累出什么毛病来。

睡了一夜的国师还是有点人性的，他掖着袖子招呼：“你们进来歇着，换本座驾辕。”

昙奴留了一份心，但莲灯对他没有猜忌，只傻乎乎地说：“你驾辕，认得路吗？”

他稍稍顿了一下，模棱两可道：“你给本座指个方向，大致不跑偏，只会离敦煌越来越近。”

莲灯说不必，一味让昙奴进去。于是国师同昙奴换了个位置，他像个活招牌似的，风流倜傥地坐在舆前的横板上。郊外的风吹过来，吹起他的袍角广袖，依旧干净得不染尘埃的样子。

“以后人前不能再称国师了，换个叫法吧。”他很宽宏地说，“本座特许你直呼本座的名字。”

莲灯迟疑了下，叫他临渊吗？叫不出口。

他皱眉问为什么：“这个名字不好听？”

她笑着说：“国师比你的名字更适合你，再说我心里很尊敬国师，如果直呼其名就变得长幼不分了，坏了规矩。”

所以有时候过分尊敬也不是好事。他喟叹道：“本座已经很久没有听人叫我的名字了，活得忘了自己，只知世间有国师，不知国师叫临渊。”他笑了笑，“要是不习惯，那就再换换，我没有小字，要不然叫阿临？阿渊？还是像放舟那样，索性叫阿兄？”

那她更不敢了，不过他连她和放舟私底下的谈话都知道，倒也奇怪得很。

“国师知道放舟与我阿爷的渊源吗？”她小心翼翼道，“他好像与我阿爷很熟，据说我阿爷将我许配给他了。”

他吃了一惊：“他这么告诉你的？”言罢阴沉着脸哼笑了声，“你还信他不成？

你们年纪相差甚远，他结交你爷娘时你才五六岁，你阿爷再如何慢待你，也不会将你许给他。”

她哦了声：“这样就好，我还想着寻个时机去找我阿爷的墓，把长安发生的事同他说一声呢。既然没什么关联，那就不必麻烦了。”

他有些好奇：“你不想追根溯源吗？知道自己的父亲是谁，至少应该去祭奠一下。”

莲灯眯眼看着蜿蜒的小路，仍旧还是摇头：“不想去打搅他，至少在我大仇未报之前不去。如果做一件事觉得没把握，还是先不要告诉别人的好。办成是意外之喜，办不成呢，没有希望就不会失望。”

她有时候通透得叫人惊喜，但大多数时候不会考虑那么多，也许还是记忆不完整的缘故吧。哪天突然恢复了，不知又会是怎样的一种境况。

不论如何，过了陈陶斜后基本就是安全的了。原本有雄心两个月走出河西走廊的，事实证明与女郎同行，琐碎的事情很多，一路走走停停，这样的旅程和他设想的不一样，但是别有风景。

又过了十几日，到了平凉。谷雨那天遇上一场大雨，没有进城，在城郭不远处一间废弃的小庙里停留下来。那时天将黑了，神台的蜡烛钎上恰好还有残存的两截蜡头，点燃了，再生一堆火，掏出几块烤饼来，就着雨水就能吃。

几天没尝肉味，国师又开始挑剔，把手举到火堆前照了照：“断了油水，本座手上的皮都快干了。”

莲灯仔仔细细看了两眼，明明很细嫩，比她的好多了。不过既然发了话，必须懂得意会，于是连忙安抚：“进城要查过所，有点麻烦。我看见不远处有个沟渠，明天天一亮我给你抓鱼吃，今晚先将就，好不好？”

她这样万事顺着他，这种相处之道很怪异。昙奴有时候简直要怀疑他们是不是对换了躯壳，因为这种愿打愿挨的情况委实不合常理。莲灯这个可怜鬼，像鳏了多年的老光棍忽然迎娶了美娇娘，卑微得堪称一绝。

当然莲灯事事顺着他，有很大一部分原因还是为了昙奴。每到一个镇子就置办些草药，随车带着瓦罐，便于每七天一次的煎药。之前需要血的时候去求国师，得费很大的力气纠缠，现在好了，他就在身边，说几句好话，他咬咬牙，把手臂伸过来，答应任她宰割。

莲灯还是很舍不得的，一边是好友，一边是压寨夫人，所以每次都很为难。今天又到了时候，她看着他，舔了舔唇。

国师很明白，每次她一出现这种表情，他就知道有求于他。他叹了口气，开始撩袖子。她接过他的手臂捋了几下，看看以前的伤，最初的疤痕已经淡了，几乎看不出了。

她在那片皮肤上揉了两下："会痛吧？"

他垂眼嗯了声："你可以试试。"

莲灯心里惭愧，听他这么说觉得是个不错的提议，便道："以后就这么决定了，你割一刀我也割一刀，就算吃苦我也要和你分享。"

他不由得嗤笑："你为什么想和本座分享？"

"因为你这辈子都要和我在一起呀。"她说得顺理成章，完全没有任何不好意思的感觉。谁让他给她下了药，害她没法嫁人，只好把他圈在身边，满足她有个伴的渴望。

国师没有说话，仿佛奔跑得很疲累的时候被人绊倒，于是五体投地，再也不想起身了。她单方面把他收归旗下，他并没有任何不悦，这段时间任性妄为，她也愿意满怀赤诚地包容他……真是种神奇的体验。被一个柔弱的、不及他一根头发丝的女孩子捧在掌心里，他居然全身心地享受起来。

她的手指轻轻抚摸他的手臂，他背上起了一层栗，但是不想移开。篝火中看她，一双眼眸明亮如星辰。他觉得自己可能是太孤单了，不管心里埋着怎样的宏图，时间久了，终究需要温暖。身边的人没有一个具备这样的力量，偏偏是她，想来有些讽刺。

昙奴在一旁谦卑地说着感激的话，他一句都没听进去。他只是看着莲灯，把手覆在她的手背上："本座不想让你受伤。"

她抬起眼，眼角眉梢晕染上一层笑意："国师心疼我。"

他吊了一下嘴角，笑得毫无意义。

所以三人行，两女一男，尤其其中两个人情愫暗生，多出来的那个人便无限尴尬。昙奴眼巴巴地看着他们含情脉脉，自己插在中间如坐针毡。她爬起来回避，听外面雨声大作，靠在门框上看黑洞洞的夜，其实她有时也很想念萧朝都，想那个除夕夜里给她戴上绒花的郎君。

长安之行虽然短暂，却丰沛有意义。莲灯遇到国师，转转遇到齐王，自己遇到了萧朝都，不管结局如何，各得其所。她还记得初进城那天和他的对决，他是个不恋栈的人，懂得适时收手。因此莲灯说再来长安她拒绝了，怕到时候得知他已经婚配，自己徒增伤感。

她孑然站在门前，莲灯看着她的身影有点难过，低声道："国师会算姻缘吗？替昙奴算一卦，看看她和萧将军有没有缘分。"

他背靠着抱柱意兴阑珊："只要她想，就一定有。"

莲灯茫然眨了眨眼睛："是正房夫人吗？不要和转转一样做小妾。"

他闻言一笑："长安的显贵们哪个不是妻妾成群，做妾没什么丢人。"

莲灯却从心底里涌起抵触情绪来，就是觉得做妾不好，妾是悲剧的代名词。

还好国师不会娶亲，她想起放舟说过的话，说国师不能与人有亲密接触，这样蛮好，干脆没有人得到，就不会产生妒忌。她高兴地连连抚摩他的手臂，很小心地在那片莹洁的皮肤上割了一道口子，拿碗接了一点儿，很快按住伤口替他止血。

"不痛了……"她轻轻吹了两口，自言自语着，"最好打只野鸡，熬锅汤给你们补补。"说着往外看，雨势不减，但愿明天能放晴，她得到处转一转。

夜里休息，因为小庙空地有限，还要让开漏雨的地方，昙奴被安置在供桌底下。她的身体不能沾染阴寒，只有那里相对干爽。莲灯给她铺了两层稻草再覆上厚毡，让她睡下了，又忙着为国师安排。最后到自己，发现竟没有一块能够容得下她整个人的地方。

她抬头看看房顶，外面下大雨，里面下小雨。揉了揉额头团团转，连神像边上都看过了，地藏王菩萨自身难保，已经被淋得透湿，她还有什么可抱怨的。

仔细丈量了好几遍，基本没有可用的地方。想想算了，就在墙根凑合一晚吧，好赖明天再说。

昙奴招呼她："你来，我们俩挤挤。"

庙里的供桌是狭长的一溜，躺下一个人都不容易，两个更不必说了。她摆了摆手，抱着毡子让开小水洼，转头看见国师坐在自己的铺盖上，木然看着她。她笑了笑："早点睡吧！"然后挑了个瓦片还算齐全的角落坐了下来。

他起身把毡子往边上挪了挪："睡到本座身边来。"

她心头一跳，这话听上去真暧昧。她有点脸红："这样不太好吧！"

他似乎嫌她思想龌龊，让出一块空地给她，自己不声不响地靠墙躺下了。莲灯犹豫片刻打量昙奴，昙奴假装没看见，翻个身背对着她。她站在那里觉得很好笑，国师都不怕，她怕什么？于是在他外沿打了个地铺，仰身倒下，筋骨顿时都舒展开了，这阵子她真的太累了，总觉得休息不够似的。

睡下去很快入梦，没有梦见上次的小院子，梦见了九色。九色好像已经修炼成精了，穿着红肚兜，四五岁模样，蹲在那里哭得涕泪滂沱。

"你们怎么能不带上我？"他伸着手指指向她，"我险些被人吃了！"

莲灯只得不停解释："当时局势凶险，想去救你，又进不了神宫。再说大漠环境不适合养鹿，你在那儿活不下去。"

“我不管。”他躺在地上打滚，“你应该看着我长大，否则我的生命里会有缺憾！”

她没办法了，连哄带骗着把他抱在怀里，一下下捋他的总角：“好了好了，我会帮你物色一个漂亮的娘子，等你们生了小鹿，我天天给你们带孩子。”

国师手脚僵硬，她忽然从背后抱上来，贴得很紧，一只手由他腋下穿过压在他胸口，缠绵地来回抚弄，兴致盎然。

他脑子里嗡的一声，难道她是在求欢？这么大胆？国师的心剧烈跳动起来，身体像埋在土里的种子，破土萌芽，有了复苏的征兆。

她的手不安分，他只有尽力压住。悄悄回头看了眼，所幸昙奴的视线达不到这里，只要尽量小声，应该不会吵醒她吧。

国师艰难地转身，就着火堆残存的一点亮观察她的脸，纤长的睫毛微微颤动，唇角隐约挑起轻俏的弧度，看来是借睡蒙了脸，好借机对他为所欲为吧！他被勾起了兴趣，倒要看看她装到几时。抬手摸摸她的脸，她没什么反应，又摸摸鼻子，她略动了下，别开了脸。他不死心，把手指压在她唇瓣上，还是没有反抗，看来的确睡着了。

他有点失望，失望之余屏息轻抚那唇，桃花一样鲜嫩的色泽和柔软的触感让他心头锐跳，方寸之间游移，须臾也会上瘾。男人长到一定岁数会对女人充满好奇，他算是开窍比较晚的，不久前刚悟出一些玄妙来。渐渐感觉控制不住呼吸，忙收回手，不敢再纠缠了。

她倒是没什么知觉，吧唧两下嘴，叫了声九色，然后转过身去。国师有点不是滋味了，原来是拿他当鹿吗？他看着她的后脑勺难掩落寞，略顿了会儿，靠上去，轻轻把她搂在怀里。

雨下了一整夜，小庙里四处残漏，滴答滴答的雨声绵延到天明。莲灯当了一路的车夫很辛苦，夜里睡得人事不知。国师却不同，他素来浅眠，这样恶劣的环境，四处潮湿，空气里隐隐带着发霉的味道，简直生不如死。

第二天太阳出来时，莲灯精神饱满，一个鲤鱼打挺跳起来，在日光里晒了片刻，然后打水伺候国师洗脸。国师眼下有淡淡的青影，顶着一头乱发，嘴里叼着柳条，站在门前发呆，看上去毫无风致可言。莲灯看着这时的他，忽然感到很伤心，仿佛那个风姿绰约的国师是毁在她手里的，她没能照顾好他，他像朵缺水的花，养得快要枯萎了。

昙奴熬的粟米粥已经熟了七八分了，国师的牙还没揩完。莲灯捧着青盐过去伺候，他看她一眼，调开了视线。

“国师心情不好吗？”他有床气，不定期发作，其实问也是白问。莲灯诚惶诚恐地微笑着，“实在不行我们就进城吧，反正路上商队多的是，我去弄两张过所来，找个驿站好好休息两天。”

他把柳条戳到盐堆里，并不附和她的提议，叹了口气问：“你昨晚做了什么梦？”

她愣了下，冥思苦想半天，大多想不起来了，只记得九色向她哭诉自己遭受遗弃后的悲惨境遇。她摸了摸耳后，十分惆怅：“不知九色现在怎么样了……”

国师说：“先别提九色，你昨晚抱着本座不松手，还记不记得？”

她目瞪口呆，一点印象都没有。不过他既然这么说了，她不能反驳，难怪半夜里越睡越冷，就是这个缘故吧！国师身上向来没有温度，靠近了确实不太舒服。

她赧然低下头：“睡着后的事自己控制不了，何必当真呢。抱一下就抱一下，反正又不会少块肉，国师别放在心上了。”她自己是看得很开的，这种事拿来和美人出浴相比，有可比性吗？根本就不算事！

国师偃旗息鼓，既然她这么说，也就不用担心自己昨晚的小动作暴露了。他把柳枝一扔，进去找昙奴吃早饭了。

各自收拾停当，莲灯嘱咐昙奴留下，自己别上了腰刀和铁片袋子，打算出去打猎。国师兴致不错，表示愿意一同前往，她想了想有点为难：“在林子里跑很辛苦，我自己一个人去就行了，你留下晒太阳吧！”

国师根本就不听她的，自顾自道：“本座想舒展舒展筋骨，你打你的猎，用不着顾忌本座。”

莲灯知道劝说无用，便同昙奴道别，带上国师出门去了。

树林离小庙有段路，步行要走上两盏茶。莲灯在前国师在后，她不时回头看他一眼，他负手慢慢踱着，清早的露水打湿了他的袍角，他优哉的模样很是从容闲适。

莲灯和他不同，她要密切留意四周的一切动静，不管是兔子还是獐子，能打一个是一个。可是这里奇怪得很，一路走来没有看到任何动物，穿过小树林又走了一程，还是一无所获。

她很无奈，听见前面淙淙的流水声，摊手道：“只能去摸鱼了，总不好空手而回。国师喜欢吃鱼吧？你看你的名字和鱼多有缘，临渊羡鱼啊。”

他的嘴角抽了下，不置可否。莲灯也不管他，跑过去看，渠水清澈见底，有懒洋洋的线条慢慢摇摆过去。她心中大喜，脱了鞋袜蹚下水。四月的天气虽不冷了，凉水没过膝盖还是有点冻得慌。国师带着悲悯的目光看她，她抬起头咧嘴笑了笑，举着一根削尖的树枝，开始专心致志捕鱼。

她和他印象中的女人不同，不需要锦衣和仆从，身体好，能吃苦，懂得退而求其次，只要还有一口气在，就可以活得风生水起。这种性格大概只有那片广袤的沙漠才能作养出来，谈不上可爱，但是令人钦佩。国师掖着两手退后几步，转身往林子里去，走了一段听见空中长啸，仰头望，一只鹰大张着双翅，在树冠上方盘旋。

莲灯抓鱼的技巧不怎么高，几次扑空，有点伤感。不过熟能生巧，渐渐掌握了要领，居然连着扎中了五六条。她欢喜不已，拿草绳穿起来，手脚并用着爬上岸，到了堤上才发现国师不见了。

林间的风从南边吹过来，树梢枝叶婆娑。她愕然站着，不知如何是好。这荒郊野外的，他去了哪里？他的功力还没有恢复，不会被人抓住了吧？

她着急起来，顾不上穿鞋，提着鱼四处寻找。可是附近没有人烟，只有灼灼的阳光和奔跑的流云。她几乎要哭了，他要是走丢了可不得了，便直着嗓子边走边唤："国师……临渊……你在哪里？"

他回来的时候看见她慌不择路，原本想捉弄她一下的，忽然又狠不下心来了。略站了会儿，冲她扬了扬手："莲灯，你不是想吃野鸡吗，本座给你打回来了。"

她吓得不轻，震惊过后就是委屈，手里的麻绳一松，垂着两手声泪俱下："你怎么能乱跑呢，知道我多着急吗？！你以为我们是出来游山玩水的？我们有敌人，到处都有危险你懂不懂！"

他见她哭得伤心，有些讪讪的。蹲下把地上散落的鱼重新穿好，扫眼一看她还光着脚，也不多言，回渠边把她的鞋找了回来。

国师给女人提鞋，被他手底下那帮人看见大概会惊歪了嘴。他倒没什么别扭，她哭得不成样子，他居然有种满足感，至少自己被她需要着，虽然这种需要可能只是因为纯阳血。

他把鞋放在她面前："穿上吧，我不是回来了吗？"看不惯她的惨况，卷起袖子胡乱在她脸上擦了两把。

她的脚扎破了，回程的路上一瘸一拐，还要问他累不累，要不要休息一下。

他停下脚步，把手里的东西全都交给了她。莲灯乖乖提着，刚经历过失而复得，心变得无限大。只要他没丢，就算被他压榨也没什么大不了。

可是他却背对她蹲下了，向后张着两臂说上来。她愣了下："国师要背我吗？"

他还是那个骄傲的国师，没好气道："有些事只能做，不能说。本座纡尊降贵，你还要问个明白，分明不给本座留面子！"

莲灯心里的阴霾立即一扫而空，甜甜笑起来，抻直胳膊，跳上了那坚实的脊背。

国师体格真好，国师的肩背真结实。她靠在他肩头，心里觉得安定。

"你走了很远吗？"她还带着委屈的声调，"我上岸后找了一圈，没有找到你。"

他说："不太远，只在附近转了转。"

“可是我先前想打野味，找了半天一只都没找到。”

“那是因为你笨。”

莲灯信以为真，自己没有他能干也是不可否认的，这么一来无话可说了，只道：“你以后去哪里要先和我说一声，我寻不见你会很着急的。”

他的心里涌起一种异样的感觉，紧紧手臂，嗯了一声。

她把两臂抻在他肩头，左手鸡右手鱼，他走一步，那些食材就颠荡一下，两股不同的腥味钻进他鼻子里，他偏了偏头，没有发作，想起她刚才的样子，话里又有些酸溜溜的：“你那么怕我走失，是因为纯阳血吗？”

她连想都没有想：“只是其中一个原因罢了，最要紧的还是我不想和你分开，分开了不是得肠穿肚烂吗？”

“那如果这药的功效没有我说的那么厉害，你可以离开，还会这么着急找我吗？”

她把尖尖的下巴抵在他的颈项上，颠沛了一个月，国师身上的熏香早已散尽了，却隐隐带上了青草一样干净的气息。她闭上眼深深嗅了嗅：“还是会找你的。”

“为什么？”

“少了一个人我会觉得冷清。”她呓语似的，有点昏昏欲睡，“还有因为我喜欢你。”

他的心上像被扎了一下似的，她说出来似乎不带任何分量，但到他这里却成了负担。喜欢是什么东西？值几个钱？他嘲讽地笑了笑：“本座是国师，不能娶亲的，你应该知道。”

她不以为然：“喜欢和娶亲有什么关系？你只要在我身边，天天让我看见你就好了。”

国师发现不大对劲，似乎本末倒置了。明明他才是债主，为什么到最后有种血本无归还赔上自己的感觉？他不屈地申辩：“不是我和你在一起，是你必须和我在一起。”

她唔了一声：“有什么区别吗？”

国师张口结舌，想了想区别是不大，但是细究起来，又变成了原则性的大问题。于是告诉她：“应该是以本座为主，你为从。”

她点头称是：“我每天都以你为主，你还有什么不满足的？”她无赖地开解他，“要求不要太高，能过日子就行了。我会对你好的，也不会让你劳累，你就踏踏实实跟着我吧，别想太多了。”

国师背着她，茫然走着，郁结不已。她趴在他的背上，还说着这么豪迈的话，也算无耻到一定境界了。她一定觉得他是被她抢来的，即便后半程是他自愿，可事情的起因在那包蒙汗药上，主导权就在她那一方。果然是年轻孩子，简直幼稚得可笑！国师撇了撇唇，把她放了下来："本座累了，换你背我。"

莲灯咽了口唾沫，看看他人高马大的样子，要背起来可能有点难度。不管怎么样，先试试再说吧！她把东西交给他，转过身摆开架势，豪气干云地说了声："来吧！"

国师垂眼审视，那么瘦弱的身板，脊背窄得像鲫鱼似的，勇气倒可嘉。应该让她知道厉害，看她还嘴硬！他果真伏了上去，结果她体力不支，一下被他压趴了。

两个人交叠着摔在草地里，狼狈不堪。莲灯艰难地从底下发出声音来："救命……"

国师手里的鱼和鸡早扔了，从她身上爬起来，跪坐在一旁，气咻咻地指责她是故意的。

莲灯灰头土脸，她一直认为自己力气很大，没想到居然背不起他。她觉得很没面子，信心也受了挫，翻起身满腹怨言："我怎么知道你这么沉，你压上来的时候应该慢一些，一点一点地来。我又不是马，你突然跳上来，我怎么受得住！"

国师听她埋怨，说得很委屈也很在理，于是开始反省自己的失误。渐渐注意力移到她的嘴唇上，看着那近在眼前的唇瓣开合，阳光下她的脸洁白无瑕，像《洛神赋》里描写的那样，秾纤得中，芳泽无加。他的脑子里蹦出个奇怪的想法，抬手捏住了她的下巴："我们乖乖一下吧！"

莲灯愣住了，刚才还在辩论，怎么突然想起要乖乖了？再说她依旧觉得这种事不能随便做，做的时候难为情还是其次，重要的是他不能和女人太亲密，破功之后变成老头子怎么办？

她是打算推辞的，可是他态度很坚决，这个想法其实一直盘踞在他心里，他每每要花很大的力气才能压制住。一定是越得不到越渴望，只要尝试过，自然就没什么稀罕了。所以他决定来一次，不管她答不答应，说到做到。

"闭嘴！"他紧张地喝了声，"连亲都不能亲，怎么一辈子在一起？"

她当真不再说话了，他把她拉得近一些，发现那双大眼睛直勾勾地看着他，让他无所适从。他皱了皱眉，探手把她的眼睛蒙上，这下子好了，什么都不见，只有她的唇，在阳光下绽放出迷人的光彩。

国师心头雀跃，慢慢靠上去，这是他第一次吻女孩子，这种感觉应该会长久停留在记忆里吧！第一次总是美好的，他全心全意地投入，不喜欢这个时候被人打扰。手腕翻转，指尖石子劲射向林间，匆促的脚步声退散了，这下子可以安安静静受用了。他捧住她的脸，把嘴唇贴了上去。

所以就这样被乖乖了，莲灯心慌意乱，又觉得不无遗憾。她知道书上写的这种情况应该在洞房里发生，她却是在荒郊野外。还好这人是她喜欢的，谈不上排斥，定下心来感受，国师的嘴唇果真如设想的那样美味，很柔软，很细腻，天生适合亲吻。

意乱情迷是不至于的，不过晕头转向罢了，莲灯是这样，国师亦然。反正是一种很难描述的感觉，唇与唇相接，彼此的气息那么近，莲灯是温暖的，国师则冰凉。

她忽然想起初到神宫那晚，放舟悬空在她上方同她对峙，明明也是毫无温度的。难道易容之余，有什么办法连体温也一并改变吗？她脑子里胡思乱想，然后他同她分开了，坐在那里回不过神来。

两个人对看一眼，有点尴尬。国师表明了他的看法："很有意思。"

莲灯除了心惊肉跳，没有特别的感悟。她还在担心他会不会慢慢苍老，愣着两眼看了他半天，还好一切如常。

当然国师并没有告诉她有意思在哪里，四片嘴唇贴一贴，如此而已。但是看得出国师很高兴，再也没有难为她，依旧任劳任怨地背着她，走了近三里地。

·第十章·
情倾

在平凉休整了两天，继续沿着既定的路线向河西走廊进发。离扁都口越近，路上来往的胡人商队越稠密。渐渐可以看到熟悉的景象了，远眺有祁连山，近处有当当的驼铃。莲灯和昙奴再也不会觉得四面不着边了，她们同西域人相处，比和中原人相处更得法。

至于国师，把他的矫情发挥到了极致。

他们这一路走得很慢，芒种才到武威郡。六月的气温已经相当高了，沙漠上的风吹过来，白天更是热得焦心。国师不能忍受骄阳晒伤他的皮肤，必须一天五六次停下喝水洗脸。市面上的油纸伞最大的只有三尺来宽，国师嫌遮不住腿，为此大发了一通脾气，要求莲灯兑现承诺，因为当初她答应给他做大伞的。莲灯没办法，找到鸠摩罗什寺旁的一家伞匠铺，请匠人专门制作，伞柄一头要能固定在马鞍上，免得他又抱怨撑伞撑得手疼。

等待的过程比较漫长，伞匠要从伞骨开始一个部件一个部件现做，起码得花上三天。国师有耐心，在石羊河边上找了一家客栈住下，卧房要自己挑选，包下了莲花池旁的一间，闲来无事，优哉游哉地坐在宽深的台阶上，临水赏花喝茶。

昙奴和莲灯远远站着，对他这种生活态度表示服气：“其实我们也应该像他一样，懂得享受，将来老了死了，才没有遗憾。”

莲灯点点头："我也想这样，可惜没有他那么好的命，他可以指派我，谁来供我差遣啊！"

长吁短叹一番，昙奴说："如果就此平平静静地生活，国师带来的那袋子嫁妆也够度过余生的了。"

莲灯耸了耸肩："那些钱，他一个人花还不够呢！"

国师是个花钱的行家，要吃最好的、穿最好的、住最好的，只可惜没有黄金做的马，否则连马都要拿金子凿成。两个人对视一眼，晃了晃脑袋。

正在惆怅，国师又有差遣了，让昙奴去买笔墨，招莲灯来，玉手一指："给本座摘两朵荷花来。"

国师是个有情调的男人，墨宝不爱写在纸上，有时题在墙头，有时题在井圈。这次忽然来了新灵感，要写在莲花的花瓣上。

昙奴得了命令撒腿去办，莲灯登船撑篙，照着他的意思，摘了最大最淡雅的两朵回来。

国师递给她一把剪子，教她怎么把花瓣卸下来，自己一手支着身子，一手潇洒地执壶往盏里斟茶汤："练字不能拘泥于约定俗成的东西，比方有人把字写在枫叶上，写在手绢上，兴之所至，才能最大程度地发挥。你看这花瓣莹洁可爱，在上面题字是不是有种心旷神怡的感觉？"见莲灯一脸茫然，他无趣地别过头，"这么高雅的东西你肯定不懂，王朗相人的眼力还是这么差，白白浪费了好名字。"

莲灯怨怼地看他一眼，把莲瓣一片一片放在他面前，低声道："这里是通往河西走廊的咽喉，我想带昙奴去看看胡医，说不定能打听到毒的出处。"

他手上顿了顿，曼声说好，仰头看天色："不过待会儿有一场雨，可小心别淋着了。"

莲灯应了声，回头看昙奴端着笔墨过来，忙摆放好了量水磨墨。他意态慵懒地饱蘸了狼毫，举着花瓣写起来，什么"梦回不见万琼妃"，什么"两段颜色一般香"，一连写了十几瓣。写完放进水里，花瓣本身是有弧度的，像个小船一样，摇摇晃晃随风漂远了。

等他诗情发散完了，莲灯和昙奴把东西收拾起来送回屋里，莲灯不太放心他一个人，问他独自留下可行。他合上眼睛点点头，又摆了一下手，示意她们忙去吧。

两个人换了衣裳出门，刚到台阶下，昙奴就把她拉到了一旁。莲灯不知道她要做什么，纳罕地看她。她压声道："我刚才出去买笔墨，见这客栈四周有些奇怪的人。你没有发现我们一路没遇见什么波折吗？这是逃难，能够这样不慌不忙，不可疑吗？我问你，国师的功力恢复没有？"

莲灯道："他整天懒洋洋的，能骑马绝不走路，看不出他恢复没有。"

昙奴拍着大腿嘀咕："国师不是你想象的那么简单，不要因为自己喜欢他，就真把他当成九色那样的了。"

莲灯还是大度地微笑："我从来没有低估他的能力，我是想，只要他不害我们，他想怎么样就随他的便吧！"

这话也有道理，她都打算帮他谋朝篡位了，还有什么事能大得过这个？昙奴无法反驳，任她拉着往街市上去了。

汉人大夫看了千千万，连宫中致仕的御医也瞧过了，都对昙奴的病束手无策。这里西域文化昌盛，莲灯多方打听，终于寻见了一位口碑颇佳的胡医，抱着一线希望，从客栈摸到了驿站。

大历的驿站一直承担着多种功能，接待信差、来往客商及朝廷官员，也为流放的罪犯和官奴婢提供吃住。自从河西走廊被打通，大历对胡人采取的一直是友善谦和的态度，所以像这类游医虽然卑微，却可以长期滞留在驿站里。

莲灯带了钱帛登门拜访，胡医相当热情，也像中原大夫一样讲究望闻问切，只是略有不同，他看到最后，还加上了尝。把昙奴的血滴进水杯里稀释，观其色，辨其味，然后捻着唇髭的翘尖叹息："能活到今天，不容易。"

莲灯心头一喜："能解吗？"

胡医摇了摇头："这种毒和牵机药有些相似，中毒之后全身麻痹，得不到及时救治就活不成了。我在西域诸国行走时曾经有过耳闻，古回回国称这种药为'押不芦'，照中原的话说，应该叫毒参。"

莲灯和昙奴面面相觑："这是个什么参，从来没有听说过。"

那胡医看出她们的惶恐，愁眉苦脸道："这种毒刁钻难解，我也没有真正见识过。据说是长在墓里，形同人参，但绝非人参。你们中原好像有医书记载过，说它无叶无花，扎根在棺材里，赖骸骨腐烂的恶气为生。不过倒并非完全是害人的东西，用得好能起死回生。曾经有药商四处寻访，拳头大的一块价值千金，不过有市无货，只存在于文献里罢了。"

昙奴毛骨悚然，颤声问："这么说来是没救了？"

胡医沉吟了下道："也不是肯定没救，不过要解，需找到熟悉这种药的人。回回国两百多年前就灭亡了，原址在如今的疏勒国和碎叶城一带，若是运气好，也许能有破解的方法也不一定。"

这是个好消息，至少知道了这种毒的来历，不再像无头苍蝇一样了。莲灯把钱送到他手上，千恩万谢后辞出来，抓着昙奴的手说："既然毒是地下长出来的，就一定有人能解。我们不在酒泉停留了，直接去碎叶城，一则替你找解药，二则我和定王的账正好顺道算一算。”

返回的途中去取伞，在鸠摩罗什寺里上了两炷香。莲灯祈愿早日找到毒参的解药，另外希望国师后面少些刁难。上了河西走廊，越往西气候越恶劣，中原待惯了的人一时恐怕难以适应，又是干燥又是炎热，不知国师会闹出什么花样来。昙奴却在担心转转，她们都走了，太上神宫又出了这么大的变故，转转终归是给人做妾，会不会受王妃的欺压，齐王对她好不好……断了联系，一切都像上辈子发生的一样。她叹了口气，就算牵挂着，也鞭长莫及了。

走出寺庙，恰逢一场大雨，刚取回来的伞正好拿来一用。莲灯把伞扛在肩上，两个人一前一后走着，觉得这伞大得像个移动的棚子，伞柄往地上一插，就可以在底下吃住了。

“这下国师总没话说了。”她的两根手指在伞骨上弹了弹，打算再多准备几个水囊，必要的时候另买一匹马，专给国师装他那些诗情画意的玩意儿。

说起诗情画意，对人却不像生活态度那样积极。他们乖乖之后的相处并没有任何改善，他还是极尽所能地指派她为他服务，没有半点亲近后应该对她好一点的觉悟。难道这就是他另眼相看的表示吗？他支配昙奴比较少，什么累活重活都留给她干，是不是就像大家一致认同的那样，对自己人不需要客气？

“可能国师表达好感的方式比较特别，不客气也是种荣幸，国师能让你干活是看得起你。”昙奴这么安慰她。

所以娶个娇生惯养的美人是需要付出代价的，尤其彼此之间隔着巨大的鸿沟时，美人有权通过压榨你，让自己过得更舒坦。

莲灯无话可说，所有的不满也只敢在背后发作一下，见了他，依旧满脸笑容，供他任意差遣。

赶回客栈的路上天昏地暗，六月里是这样的，下一场雨，把所有的能量都积蓄在一两个时辰里，爆发起来声势惊人。响雷像炸开了锅，此消彼长，闪电横跨苍穹，天像要裂开一样。这种天气最恐怖了，弄不好就会劈死人的。莲灯和昙奴瑟缩着，扛着伞一路狂奔，终于冲进了客栈里。

这家客栈因为费用相比一般的更贵些，客源并不算太广。过去的三天冷冷清清，今天倒有些特别，进门的时候见厅堂里座无虚席，快入夜的缘故，长桌上供满了饭菜。但看这些人的模样，似乎和外面过往的客商不同，一人随身一个包袱，交叉的扣结处露出横刀的刀柄，也许就是昙奴口中所说的奇怪的人。

莲灯同她对视一眼，心里有点紧张。生怕是长安派来的十二卫追杀到此，国师独自留在这里，千万别遇上什么麻烦。

她们匆匆往后面那片莲花池赶去，天上滚雷隆隆，远看国师的屋子房门紧闭，平时他怕热，愿意引湖风入室内，今天的异样让人心头打战。莲灯顾不上那把伞，随手掷在道旁，摸摸腰间的弯刀，腾身纵到了门前。

听屋内没有动静，难道出了意外吗？她刚要抬腿踹门，里面的人却把门打开了，只见他深衣落拓，领口大敞着，长发垂在胸前，还沾着隐约的湿气，看样子是刚沐完浴。

昙奴脚下刹住了，算计失误，似乎不是她们想的那样。这种情况下她不该出现，好在她跑得没有莲灯快，于是很识相地回去捡了伞，就势遁逃了。

莲灯呢，已经杀到门前，躲也来不及了，只得讪讪收起腰刀，笑道："国师在屋里啊？"

他瞥了她一眼："怎么？上次没看够，这次打算继续？"

她红了脸："不是的，我离开有一段时间了，怕你一个人出事罢了。"

他听后没什么表示，只道："我好得很，用不着一惊一乍的。"

他转身入室内，她跟了进去。他回头看她："进来做什么？"

莲灯在这方面还是很自觉的："我来替你倒洗澡水。"

他掖着两手站了片刻，然后说："不必，我自已收拾完了。"

他居然会亲自动手，莲灯觉得有点不可思议。他也不理她，转身推窗放纱帘，他穿着缭绫，这种衣料垂坠，略微躬身便勾勒出腰臀的曲线。莲灯忙移开视线，摸了摸后脑勺道："前面厅堂里来了很多可疑的人，穿官靴，带着兵刃，不知是什么来历，我们要及早离开才好。"

他应得无关痛痒："那明早就走吧。"

莲灯窒了下："还要等到明天？国师不怕是放舟派来的人吗？"

他拂了拂袖子道："他派来的人能被你发现，那就说明他太不济事了。河西走廊上往来的人多，这么草木皆兵法，还能活下去吗？"一面说着，一面揭开香盒的盖子挑了几颗塔子。

莲灯还在苦恼，他回身望了她一眼："愣着干什么？来替本座燃香。"

她哦了声，忙别好腰刀上前找火镰点纸捻子。之前一直风餐露宿，到了武威才过上两天像样的日子。国师身上可以不熏香，但卧房里必须保持气味芬芳。不得不承认，他的生活比起她们的确要精致得多。

莲灯趁着点香的当口同他说起看胡医的结果："昙奴中的是押不芦毒，那位胡医讲解了出处，真叫我毛骨悚然。世上怎么有这种东西呢，我从小长在关外，并没有听到关于毒参的传闻。”

他倚着凭几审视自己的指甲，喃喃道：“毒参……我倒是在文献上看过有关这种毒的记载，不过回回国消亡时，这种毒就已经绝迹了。”

“据说是长在墓穴里的，所以才特别阴寒，要用你的纯阳血来化解。”她拿铜针拨了拨香塔，扣上了香炉镂空的盖子，“那个胡医说回回国的遗址在如今疏勒国和碎叶城一带，我要去那里找解药。昙奴不能一直这样下去了，她一天比一天虚弱，我害怕她哪天会无声无息地死掉。我想让你和她找个地方隐居下来，我一个人去，比三个人行动更方便。等我找到了解药，立刻回来同你们会合。”

国师白了她一眼：“你让我同她独处？孤男寡女的成什么体统？本座要和你一起去，让她自己回鸣沙山。”

莲灯沉默下来，心里略微有点高兴。他还知道避嫌，和她以外的女郎在一起会觉得别扭吗？看不出来他是这么忠贞的人。

她膝行几步靠过去一些：“你和我在一起难道不是孤男寡女吗？怎么就成体统？”

他漂亮的眼眸一转，伸手勾她的下巴：“我们都乖乖过了，自然与别人不同。你这样放心我？如果我又去和昙奴乖乖，你心里什么想法？”

莲灯摆手道：“昙奴不是这样的人，她刚正不阿，不会被美色迷惑的。”想了想，似乎有点不那么开心了，抓着他的手说，“你不能和别人乖乖，你要从一而终。”

他仿佛受了惊吓：“你在胡说什么！”

她蛮狠地用力掣了掣：“你记住我的话就好了，我是不会害你的。这种事只能和一个人做，今天你明天他，你的嘴成什么了？”然后在他一脸震惊的表情里继续哀叹，“你那个药还有没有？给我一颗，我也要拿来喂你。只让我一个人受约束，似乎不太公平。”

他哂笑了一声：“你以为这是交易？本来就是你得罪了本座，本座惩罚你，要你一辈子为本座做牛做马。”

“我现在不觉得这是惩罚了。”她觍着脸笑道，“反正我不会背着你和别人乖乖，也不怕肠穿肚烂。可是你呢？你能不能像我一样老实？”

国师脑子有点晕了，晕着晕着心头胡乱一阵骤跳。她这是在向他示爱，一定是的。说了这么多表忠心的话，最后希望他也一心一意待她，放舟说过，陷在爱情里的女人都这样。

他眯眼看她，这么年轻稚嫩的脸，她懂得什么是爱吗？一定以为喜欢就是了，不过她比九色踏实得多，九色受点委屈还尥腿撒野，她不会。她倒是能吃苦，让她干什么都不反抗，实在引发他欺压的欲望。

“你希望本座一辈子只有你一个女人？”他垂眼，看到她搁在席垫上的手，慢慢攀过去，压在她手背上。

莲灯有点不好意思，什么只有一个女人，这种话听上去太让人害羞了，不过确实是她心头所想，便坦诚地点了点头。

“那个药……待以后吧，本座觉得时候到了，自然会给你的。”他轻声说着，往前靠了一点点，“本座现在想抱抱你，你不反对吧？”

在莲灯看来抱抱的程度还不及乖乖，既然亲都亲过了，抱一下也没什么。

他得她首肯，把她圈进了怀里，收拢手臂，抱得很紧很用力。莲灯靠在他胸口，天气闷热，即便大雨也没能减轻空气里的燥意。他身上凉飕飕的，简直是防暑佳品。所以她拱过去，没留神拱得太大劲了，直接把他撞倒。他没放手，把她一起带倒，她不太客气，手脚缠住他，痛快地喘了两口大气。

国师毕竟是男人，这种情况难免心浮气躁。况且离开长安，肩上的担子一下减轻了，这一路对他来说和游山玩水无异。人在放松的状态下，很多事都不那么重要了，他懂得开解和调剂自己，偶尔一次放纵没什么大不了的，越是这么想，心越像风里的柳条，摇曳款摆起来。不过他没什么经验，不知道怎么抒发胸口积攒的情绪，只是把她压在底下，看她的眉眼和嘴唇，都是他能够接受的。

他低头吻了她一下：“要乖乖。”

莲灯傻笑着，这时候觉得国师应该也是喜欢她的。不过他的深衣都滚得起皱了，她小心替他捋了几下，开始担心他过会儿又要嫌弃，她还得找博士借钴鉧来替他熨平。

他和她分开一些，低声道：“你以后就跟着本座吧，不管发生什么事，在本座身边，本座不会亏待你。”

她点头不迭，连连说好。

他吻她的嘴角，从脸颊一直往下，嗅到她颈项里少女的幽香，如兰似桂，荡人心魄。身体某一处蠢蠢欲动起来，他暗自惊讶，多少年了，第一次有了朦胧的欲望。是纯粹的男女之情，对象居然是个十六岁的孩子。

他尴尬不已，她还太小，很多事懵懵懂懂不明就里。要是冲动之下做了什么，以后她别无选择时，也许会恨他的。

他艰难地撑身坐起来，略平了平心绪挪到妆台前，扔了把桃木梳子给她，让她伺候他梳头。

莲灯跽坐在他身后，从镜子里看他的脸，他似乎不太高兴，难道是自己身上有汗味，熏着他了？她偷偷嗅了嗅腋下，好像没什么味道，不至于玷污了他吧。

“国师怎么了？”她放轻了手脚篦那青丝，长而直的发，在日光下会焕发出类似靛紫的色泽。她一直很羡慕他的头发，现在碰上机会，手指趁乱耙了两下。

国师有点落寞，说不出哪里不欢喜，总之笑不出来。他垂下眼睫沉默良久，半晌才道：“刚才我们讨论的事，就这么决定了。”

莲灯经过了一连串的心情起伏，已经想不起来说过什么了，迟迟嗯了声：“哪件事？”

“我和你一起去碎叶城，让昙奴回鸣沙山，有王朗照顾她，不会有事的。”

她皱眉思量，摇头说：“不行，解药没有找到之前，她不能和你分开。敦煌天气太热了，血没法储存，她断了药会坚持不住的。”

“那就一起去。”他把装头油的瓶子掂在指尖盘弄，一遍遍无意识地抚那突起的纹路，说得斩钉截铁。

莲灯无奈，只得答应了，又道：“如果一同前往，我怕你们会有危险。长安发生的事，定王必然收到消息了，不知王阿菩现在好不好，但愿他没有什么闪失。”

国师脸上淡淡的，眼睛里的光渐次凉下来，语调变得禅语一样单寒：“缘如潮水，聚散有时……情倾得太多，就不珍贵了。”

如果当真在乎，又怎么能够做到收放自如？只有不达心底才会有这种感悟，国师应该是时刻保持清醒的，浅尝辄止，懂得自控。虽然很高明，令她佩服，但她却没来由地感到失望。

她把那梳篦紧紧握在手里，再看他，他慢慢闭上眼，外面轻雷阵阵，雨已经停了。

次日上路，晴空万里。天地被洗刷一新，更加热得透骨。莲灯和昙奴没有遮挡，晒得睁不开眼，国师的伞却足够大，他在底下摇着折扇喝着凉水，腾不出手来控缰，在马鞍上插一根竹竿，竹梢悬一小把青草，堪堪吊在马嘴前方。所以聪明的人，越是在严苛的环境下，越能够充分激发智慧，他的奇异装备虽然很实用，但限制也大，不能跑动起来，就得连累她们忍受暴晒。

莲灯颇有微词：“这样什么时候才能到碎叶城？国师把伞收了吧，我们跑一段，舒展舒展筋骨。”

她好言好语建议，完全得不到他的响应：“谁让你们只准备了一把，未雨绸缪的道理都不懂，挨晒也是活该。”

她现在很后悔，不该给他做这把伞的，早知道这么磨蹭，还不如听他抱怨几句呢。她赌气道：“那我们分头走，到张掖碰头。”

国师别开了脸：“万一本座走丢了，到时候你们别后悔。”

这个问题很严重，确实不敢轻易尝试，莲灯束手无策，只得由着他的性子。好在国师一向是嘴上厉害，心地还算纯良，隔了一会儿收起那套玩意儿，与她们一同扬鞭，向西疾驰而去。

奔波了十几日到达甘州，入夜未赶得及进城，在城外的空地上留宿。巧得很，不远处就是她们救下转转的地方，故地重游，总有无限感伤。昙奴又在喋喋念叨：“转转好不好，打架能不能打过齐王妃……”

莲灯有点不舒服，连着好几天了，一直恶心头晕，症状也不太像中暑，自恃能挺住，没有同他们说。安营扎寨之后就不行了，瘫在草地上动弹不了，吓坏了昙奴和国师。

国师是个很奇特的人，通药理却不通医理，抓着她的手腕把了半天的脉，一无所获。莲灯开始惶恐，她的身体一向很好，这次病势汹汹，如果不是中毒，难道是有孕了？

乖乖了两次，应该不会那么立竿见影吧！可是她越想越怕，自己感觉症状和医书上记载的很像，不敢和昙奴说，更不敢和国师商量，一个人闷闷不乐，以为自己快要生孩子了。

昙奴很着急，踮足眺望，夜幕下的甘州城像张翅的雄鹰，两臂向外拓展，在茫茫原野上形成一个巨大的、蓄势待发的阴影。现在想进城几乎是不可能的，大历治下，只有酒泉以西不实行宵禁制。她回头看莲灯：“能忍得住吗？明早才能找大夫呢。”

莲灯说：“不要紧，就是有点燥热，你打点水让我凉快一下。”

昙奴立刻牵上马找水源去了，莲灯身边就剩下慌乱的国师，蹲在她面前问：“你饿吗？本座给你烤饼吃。”国师不善于照顾人，遇到这种情况不知该怎么办，想了想又道，“想吃葡萄吗？前面的商队一定有，我去给你找。”

她一把抓住他，挣扎了很久，懊恼地说：“你应该对我负责。”

他愣了一下：“何出此言啊？”

她拿两手盖住了脸，瓮声道：“你对我动手动脚好几次，现在出了事，你不该负责吗？”

他没明白她的话是什么意思，皱着眉头思量了半晌：“到底出了什么事？”

莲灯想起自己大仇未报，心里很难过，哽咽道：“我觉得我可能要生孩子了，这下可怎么办！”

国师跌坐在地上，定着两眼看了她好久，忽然抬起袖子掩住唇，难以自控地大笑起来。

究竟是多傻的人，才觉得亲了几次就会怀孕。他虽然经验不足，但孩子是怎么来的，多少了解一些。这个人的脑子简直单纯得让人惊讶，不过也不能怪她，十三岁前不会去接触那些，十三岁后在洞窟里生活，靠看佛经和各色典籍打发时间，所以一切只凭猜测。

他笑了一阵，发现她捂着嘴哭了，于是笑声堵在喉咙里，重新咽了下去。他开始考虑怎么同她解释，权衡了很久安抚她："你听我说，这样是不会怀孩子的，必须有更进一步的接触，比如两个人脱光衣服，搂搂抱抱什么的……"

他说得很艰难，不过至少是把话交代清楚了。莲灯恍然大悟，但是依旧有点信不过他："你没有骗我吧？"

他说："我为什么要骗你？不肯负责吗？"

她不说话，就那么乜眼望着他，他觉得很冤枉："本座是这种人吗？"她还是不置可否，于是他愤然道，"你放心，如果当真有了孩子，本座绝不推诿。"

这下她放心了，只是身上不舒服，也不愿意多说话。昙奴回来后倒了水给她擦拭四肢，渐渐症状减轻了一些，后半夜睡得很香甜。国师却开始翻来覆去睡不着了，野外风大，蚊虫倒是很少，但她那个委屈的表情总在他眼前晃。还有孩子……他从没想过会有孩子，他是个有今生没来世的人，留下那么多的牵挂，终究不是好事。

他侧过身看，她裹着薄毯，呼吸匀停。刚才是被自己吓傻了吧，明早起来回想，一定会羞愧得无地自容。他想着，手臂枕在脑后，看着天上的星月发笑。身边有这样一个人，生活确实变得有趣多了。共同经历一些患难，友谊渐深，目前来说还算不错。

远处响起了羌笛声，悠扬的音调，和着风声听上去有些凄怆。慢慢那羌笛里混进了竹笛，截然不同的两种音色，在黑夜里有种异常的味道。

他翻身起来，看她们沉沉好眠，不声不响地往平原那头去了。

他前脚走，昙奴后脚便跟了上去。不敢离得太近，相距四五丈，远远尾随着。天上星辉繁盛，国师的身影看得还算清楚，她不确定他功力恢复没有，唯恐被他发现，脱了鞋子提在手里。行至一处坡地，国师停下来，她忙就地隐藏好，朦胧里见有人过来接应他，两三个黑影向他叉手行礼，可惜太远，听不清他们说什么。

昙奴心头突突跳起来，她一直觉得国师不简单，但一路上他行动谨慎，很难发现他有什么异常的举动。当时长安城内大乱，她们身在其中当局者迷，没有时间考虑，现在回忆一下，有太多的疏漏了。一个掌管了太上神宫一百多年的人，怎么可能轻易被小小的春官夺了大权。

所以他是有目的的，连同跟她们离开中原，一切都在计划之中。但是计划究竟是什么？他和莲灯纠缠不清又是为了什么？自己现在是离不开他的纯阳血，可是莲灯的是纯阴血，难道问题就出在这里吗？

她忽然觉得有点恐惧，一环套一环，网兜里装的是莲灯。如果国师有能力召回旧部，根本就用不着跟她们远走西域。就算想离开长安散心，他身边的人也无须隐藏不是吗？

不能再耽搁了，怕国师就此折返，她来不及回到原地。复提着鞋后退，不知怎么踩到一截枯枝，咔嚓一声响。等不到她抬头，迎面一阵劲风袭来，一只戴着铁甲的手扣住她的脖颈，锋利的爪尖压在她的血管上，激起冷而钝重的痛。

她仓皇抬眼，袭击她的人在月色下面皮铁青。她试图挣脱，他紧了紧虎口，几乎插破她的喉管。她向远处望去，国师举步，转眼而至。

押不芦的毒耗光了她的修为，她连半点反抗的能力也没有。本以为自己这次死定了，没想到国师抬了抬手指，钳制她的人会意，放开她，拱手退了下去。国师趋近两步，嗓音里带着诱哄的味道，温声道："你不会告诉她的，对不对？"

他口中的她当然是指莲灯，昙奴也是腥风血雨里走过来的，并不惧死。她只是担心莲灯，怕他对她不利。

她下劲握住了双手："你不要伤害她。"

他点头说："当然，我从来没想过将她如何，这一路上我们相处甚欢，所以只要你保持沉默，明天太阳升起，一切还如以前一样。"顿了顿复一笑，"昙奴，你太紧张了。本座是国师，身边的人不可能全部被放舟蒙蔽，有几个办事的心腹，值得大惊小怪吗？没有他们暗中保护，我们不可能无惊无险地行至这里。你如今这样怀疑本座，本座心里很不高兴。三更半夜的，你为什么跟踪本座？"

昙奴答不上来，她确实是怀疑他，即便他的解释说得通，她不信还是不信。可是好汉不吃眼前亏，她看不透他到底是怎样一个人，善与恶都在他股掌之间，他可以让人放了她，只要愿意，也随时可以再杀她。她要想活命，唯有将计就计。

"我以前是定王的死士，国师应该知道的。"她缓了口气道，"我虽然中了毒，戒心却没有中毒，该有的防备，一样都不会少。我也不否认对你起疑，因为这一路实在太顺利，不合常理。不过既然说开了，就没什么可担心的了。国师不想让我告诉莲灯，我不说就是了。"

国师负手站着，对她的回答还算满意："本座不愿意滥杀无辜，也知道杀了你会让她伤心，所以留下你，但愿你不会让本座失望。”

为什么他忌讳让莲灯知道，既然无害，多出一些人同行，也好减轻莲灯的负担，不是吗?

他应该是看出她的疑惑了，但没有要对她解释的打算，挥了挥手道：“你该回去了，万一她醒了，见我们都不在，会让她误会的。”

昙奴没来由地一阵脸红，这种情况下担心的居然是这个，实在叫人无言以对。

她退后两步，匆匆去了。夏官目送她走远，回头叫了声座上：“当真不杀她吗？”

他嗯了声：“留着有用。”没有再交代什么，踏着月光佯佯走远了。

莲灯对昨夜的事一无所知，第二天起身有点犯晕，不过恶心的感觉已经减退了。国师坚持要带她进城看大夫：“让他们好好看看脉象，究竟有没有怀孕。”

昙奴骇然回头看他，他的嘴角噙着一贯的笑，眼风轻飘飘扫了过去。她知道他是有意说给她听的，他和莲灯已经到了这种程度了吗?

莲灯是个傻瓜，她只是觉得不太好意思，红着脸说：“我昨晚病糊涂了，你千万别当真。现在暑气退了，这就上路吧，再走一个月应当到敦煌了。”

他转头看西方，绿意与荒漠交错，莽莽没有边际。路上消耗了太多时间，的确应该加快行程了。从敦煌到碎叶城还有很长一段路，他们已经花了将近三个月，再这样下去恐怕不能赶在定王调动兵马前到达了。

如果十二个时辰全花在马背上，走出河西走廊并不需要多久。他以前没有机会到西域，以为扁都口外的环境已经算是恶劣的了，其实不然，真正的挑战在酒泉往西。那里有大片的荒漠，戈壁滩上伫立着被朔风吹得千疮百孔的山体，国师觉得自己也快变得和这些地貌一样了，捂得再严实，也抵挡不住风沙侵袭。

马在沙漠里难以维持长途奔跑，于是换成了骆驼。莲灯回到她熟悉的地方，心情变得很好。她已经很久没有唱《红狐狸》了，今天是十五，便仰天直着嗓子号起来：“你的窝在哪里？在彩虹的尽头，月亮城以西……”

国师听她的荒腔野调，听得很入味，她唱了一夜的歌，等太阳出来的时候，正走在一处沙丘的脊背上。她勒住了驼绳指给他看，向东一片的土墩和山包正沐浴在晨光里，那种赤红的龙盘虎踞的景象十分壮观，看得人心头栗栗然。

莲灯极力向他炫耀：“我说过吧，到了这里你就会发现沙漠好了！”

他眯着眼远眺：“太热了，没觉得哪里好。”

莲灯认为他实在娇气得过分，一个男人，没有她一半吃苦耐劳的精神。也不管他的感受了，反正这里离她的地盘很近，再走一程到三危山，那里有条宕泉河，他要是愿意，可以跳进去洗个澡，然后再去见王阿菩。

想起王阿菩，她们走之前听说他打算找人开窟，不知现在筹备得怎么样了。先前定了三年之约，如今一年就回来，他看到他们会很高兴吧！尤其她还带回了国师，老友重逢，一定有说不尽的话。

她很着急，急于见到阿菩，骆驼被她赶得撒蹄狂奔。待到鸣沙山时黄昏已近，为安全起见没有直接到谷底，趴在山顶上往下看，石壁上的洞窟还是原来的样子，虽然黑洞洞看着荒凉惊悚，但又熟悉得可爱。

如果阿菩在，至少有一个洞窟里应该亮着灯，可现在整面崖壁都是黯淡的。莲灯心里隐隐觉得惶恐，他人到哪里去了？

昙奴也有不好的预感，但怕她担心，尽力往好处想："可能阿菩受邀去别处了，也可能是洞窟里短了吃的，他去市集上了……我们从栈道两头上去，不要点灯，一个一个洞窟找。"

莲灯刚要应，却被国师阻止了："无论如何等到天亮再说，黑灯瞎火的，万一洞窟里有埋伏，无异于自寻死路。"

他说得在理，她们没有办法，只得尽力忍耐。也未消多久，河谷出现了一支火把，莲灯心头一喜，料定是阿菩回来了。想要起身，国师拽住了她，示意她看谷底，陆陆续续出现了第二支、第三支……最后居然是个十几人的队伍。

鸣沙山因为离市集较远，白天除了路过的商队，等闲不会有人踏足这里，忽然来了这么多人，究竟是什么缘故？他们没敢声张，只在山顶伏守着，看那蜿蜒的火龙在谷底转了两圈，略作停顿后又离开了。

晚上看不清楚，不敢肯定底下发生了什么，硬生生守到天明，看四周一切如常，这才上崖壁，进洞窟找王阿菩。

他常作画的那个洞窟，是鸣沙山上最大的一个，也是他画得最精细用心的一个。照着惯常的进度，一年时间肯定来不及完成。莲灯冲进去看墙绘，果然北面的一堵墙上飞天只绘了一半，一个胡腾舞者足下的飞盘刚勾了线，没有来得及上色，用来调色的画板散落在地上，画笔的笔尖因为长期不用，颜料已经干涸了。这个洞窟里的一切都没有生气，全是死的。

莲灯倒退了两步，一下子瘫坐在地上。敦煌最欠缺的就是颜料，从朱砂雌黄青金石里提炼出来，要花不少工夫。天气干燥，每隔半天必须加一点水稀释才不至于凝固，现在瓦缸里的云母完全附着在缸壁上，说明已经很久没有人料理了。

她在离开长安时就一直为阿菩的安全担忧，路上走了三四个月，回到这里，噩梦居然真的发生了。

她不死心，蹒跚地爬起来，又去临近的几个洞窟寻找，依旧毫无发现。忽然想起他们平时存储粮食的地方，过去一看瓮里米面都在，所以王阿菩大概真的出什么意外了。

她掩袖哭起来，脑子里乱糟糟没有头绪，人到底是不是被定王抓走了？他现在还活着吗？一定是她在李行简身上失手，才给阿菩招来了大难。

她自责不已，她是阿菩从沙子里硬挖出来的，没有他，自己早就死了。他对她来说不仅是恩人，更是家人，若真有了什么不测，她拿什么面目在天地间活着！

昙奴不停安抚她："没看见尸首，就说明他还活着。你别着急，我们再去周围寻访，说不定他不愿意在这里蹉跎，所以离开了。说不定应了都护或刺史的令，往官学教学去了呢。"

莲灯知道这些都是劝慰她的话，阿菩死心塌地画着同一个人，在他心里画画是唯一能够靠近那个人的方法，太过专情以至于偏执，不可能扔下他的梦去别处。

"他和我定有三年之约，如果要走，也应该给我留下片语只字的。你看那些典籍……"她指了指矮桌上码放得整整齐齐的卷轴，"都是他最看重的东西，怎么会随意丢弃在这里？"

昙奴嘴上只管往好了说，其实心里也没底。这地方太偏僻，连相熟的左邻右舍都没有，想打听也找不到人。

国师四处转了转，对她的崩溃表示不理解："人不在了不一定是死了，也不一定是被定王抓了。你看看这些卷轴上堆积的蛛丝，一层叠着一层，应该是上年残余的。王朗也不是百无一用的书生，他能教你武艺，能同本座对战三百回合，一般人还真奈何不了他。"他掏了掏耳朵皱眉，"所以别哭了，他要是没死，哭都快被你哭死了。"

莲灯愣愣看了他两眼："你这么冷血！他不是你的朋友吗？"

国师简直觉得她不可理喻："是我的朋友，难道本座要像你一样哭吗？我只是希望你冷静下来，他离开已经有一段日子了，而且时间未必比你们短。"

他这么说，似乎也不无道理。莲灯垂首思量："能到哪里去呢……他不肯回中原，在敦煌也没有熟人。"她想起昨晚那队人马，可能就是抓住了阿菩之后，转而想来伏击他们的。

她按住腰刀往外走："不管他在哪里，我现在就去碎叶城，确定他没有落入定王手中就好。"

昙奴在碎叶城生活了十几年，对定王管辖的城池了解颇深，忙拉住她道：“长安门禁严不严？碎叶城比长安更严十倍百倍。那里是定王的驻地，连现任的安西都护都不能随意进出，何况你我！若定王当真对长安城内接连发生的案子有了防备，那么守备必然更要加强，咱们靠别人的过所蒙混不进去。碎叶城城墙比太上神宫还要高，想翻墙也不容易。”

莲灯迟疑了下，抚着额头茫然打转：“那怎么办？快想想办法吧，无论如何我都要进城，打探阿菩的下落是一宗，还有你的毒，在外面打转什么时候能有进展？”

国师说得很轻巧：“找个粟特人的商队，花点钱，让他们带我们进城。”

莲灯看着他，艰难地笑了笑：“这个主意不错，不过粟特人生性多疑，出于对女人和财产的保护，不会接受外族男人的加入。”

国师有点发愁，摸着下巴想了想道：“本座可以易容成女郎，你们给我找两件合适的衣裳就行了。”

莲灯和昙奴差点惊掉下巴，他居然毫不犹豫地决定了，需要怎样坦荡且无畏的胸怀啊！果然是成大事者不拘小节。

既然他答应，那事情就好办多了，粟特人的商队在丝绸之路上遍地都是，这个族群由无数商旅集结而成，他们没有国，也没有相对完善的政权约束，走南闯北都是为钱，对于金钱，有着无比执着和狂热的崇拜。

世上最容易解决的就是爱财的人，当一个人不爱财时，才是真正叫人头疼的。粟特人喜欢钱，给萨保一些金银，表示愿意依附他们，看在你是女人的分上，身上有积蓄，不会白吃他们的粮食，可以考虑接受你同行。

不过现在最难解决的是国师需要的女装，他身量高，肯定没有现成的。胡服的衣摆不及地，如果挡不住他那双大脚，一看就露馅。所以只有请裁缝现做，尽量做得婀娜多姿，如果穿上曳地的长裙，以他的姿色，还是可以蒙混一下的。

昙奴靠在店外的柱子上，帷帽的纱幔低垂，看不清脸上的表情。莲灯知道她有心事，过去挨着她。她叹了口气，低声道：“我在碎叶城长大，城里全是定王的人，随时会被认出来。只有尽快找到解药，我身上的毒解了之后索性回去，你要杀他，我近水楼台，好助你一臂之力。”

莲灯听后心里不舍起来：“回去继续行尸走肉一样生活吗？万一他们怀疑你怎么办？”

昙奴说：“不会，长安的三起案子我都没有参与，就算京里有他的眼线，也怀疑不到我头上来。定王不像京城里的官员，生活在富贵丛中忘了自己是谁。他的戒心很重，否则就不会训练那么多死士来保护他。你想像杀高筠、张不疑一样杀他，绝无可能。只有进他的营帐，取得他的信任，才能够接近他。我追随了他十三年，虽然无用时像弃子一样被他抛弃，但只要活着回到他帐下，他不会拒绝的。谁会嫌挡刀的人多？尤其是像他这样雄踞一方的王侯。”说罢怜悯地看了她两眼，“莲灯，位高权重的男人，没有一个是一尘不染的，你要记住我的话，将来才不至于因为错信了人而后悔。”

莲灯明白她的意思，恐怕也有对国师的担忧。她点了点头：“你放心，我会牢牢记住你这句话的。如果你有把握，回去我不阻拦你，反正我也会想办法进营，到时候可以同你会合。可要是没有把握，找到解药后你就回宕泉河谷等我，只要我还有一口气，一定回去找你。”

她的脸隐没在障面之后，只看到个模糊的轮廓。昙奴用力握住了她的手，她们之间的友情是超越生死的，很少有人能理解，认为女人更多的应该吟诗赏花，纸上谈兵。她们不同，铁血里走过来，就有铁一样的情义。有时候自己想想，简直要被自己的豪迈感动了。

两个人相视一笑，颇有点惺惺相惜的味道。这时候国师在瓜棚底下招手，他实在无聊，灌了满肚子的瓜，失去耐心，开始大力催促起来。

莲灯压了压手请他少安毋躁，回铺子里看进度，夏天的衣裙做起来很快，急赶着要，半个时辰就能做出一套来。因为尺寸和一般的不同，裁缝拎起肩线比在自己身上让她看，好奇做得这么大，究竟谁穿。莲灯敷衍道：“是个拂林[1]来的娘子。”笑着往头顶上一比，“牛高马大。”

昙奴哧地一笑，还好没有被国师听到，否则又要闹了。

既然衣裳有了，那么就装扮上吧！他们回到鸣沙山，莲灯和昙奴在洞窟外把守，等国师换好了行头召见她们。

莲灯摩拳擦掌，急于看到他男扮女装的样子。不时回头窥探，其实从亮处望向暗处根本就是黑洞洞的一片，但还是招致国师气急败坏的“不准看”。

她舔了舔唇，识相地转过头去，等了半天不见他出来，有点不耐烦了，嘀嘀咕咕抱怨着：“快点吧，真正的女郎也花不了你那么长的时间打扮。”

他没有应，过了一会儿终于走出来，只见一个明媚丽人站在她们面前，延颈秀项，腰如约素。

莲灯和昙奴大吃一惊，仔细看了又看，他还没有易容，五官依旧是他的五官，

---

1 拂林：中国史书对古罗马的称谓。见于《隋书》和《唐书》，系指东罗马帝国及其所属西亚地中海沿岸一带。

可是他把头发盘起来，那脸孔的精致程度已经到了雌雄莫辨的地步。这才是真正的美人，浓淡得宜，男装是堂堂儿郎，女装就是倾国佳人。奇怪他穿上了衣裳，竟丝毫没有男子粗犷的感觉。他沐浴时的脊背莲灯是看到过的，宽肩窄腰，精壮有力。可是现在，实在让她说不出话来。

她一味地和昙奴赞叹："用不着易容了，你这模样已经把我们比下去了。"说完拍着腿伤嗟，"这是不给人留活路了！"

国师挑起胸前一缕垂坠的头发，绕在指上莞尔一笑，莲灯忽然一阵头晕，昙奴扶住了才勉强没有栽倒。

连动作都那么像女人，跟他站在一起，其实她们才是男人吧！难怪他说起乔装来毫无压力，除了比一般女人高很多以外，根本就已经无可挑剔了。

可是高也高得很好看，虽然称不上纤细，但是贵在匀称。不过为什么看起来有点别扭呢，莲灯灵光乍现，那是因为该突出的地方他完全一马平川！

她愉快地击了下掌，从包袱里拿了两件亵衣递给他。他接过来看了眼，一脸茫然："我已经穿上了。"

莲灯说："不是给你穿的……"往自己胸前指了指，很不好意思的样子。

国师低头看了看，没弄明白。昙奴却立刻意会了，咳嗽一声道："你帮帮国师吧，他应该不太懂这个。"自己避让开了。

莲灯难以解释，干脆上前把亵衣揉成团，扯开他的交领塞了进去。

她的手是温热的，不知是不是故意的，手指掠过他胸前那一点，他猛地战栗了下，咬住了嘴唇。再塞另一边的时候他身体僵硬，她大概察觉了，眨着一双九色一样的大眼睛望着他："你怎么了？"

他说没什么，脸上热意顿生，狼狈地别过了脸。

她根本没想那么多，忙完了还替他调整了一番，自言自语道："不管大小，有总比没有好。这么美丽的女郎，要是缺了点什么就不完美了。"

他低头看她："这是谁的亵衣？"

莲灯这才觉得难堪，讪讪道："是我的，找不到合适的东西替代，亵衣拢起来好像差不多。"

他吊起唇角微弯了腰，凑在她耳边问："你知道将自己的亵衣交给一位郎君意味着什么？"

意味着什么？她想了想："无外乎是示好联姻的表示。"言罢赖皮地笑笑，"反正国师允许我天涯相随，亵衣不亵衣的，不重要。"

一个破罐子破摔的女人，心已经锻炼得刀枪不入了。国师看着她耸肩出去，所有的话都被她堵在了肺里。

准备好行装后上路，出玉门关，沿天山北麓西行，碎叶城离敦煌很远，但并没有想象中的黄沙漫天，反倒是越走气候越宜人，往来的客商都戏称这条路为“河西又一廊”。

碎叶城是大历疆土上最远的一座城池，也是边陲最后的一道屏障。不知是为彰显国威，还是定王私人的原因，这座城仿照长安建造。莲灯远远看到它时十分惊讶，只见一座高塔巍巍矗立着，塔顶巨大的圆球让她惊呼起来：“那天看到的海市蜃楼原来就是这里！”

昙奴没什么特别的印象，含糊地笑了笑。转头看国师，他未置一词，睨着两眼远眺，面上森然。

一个屯兵数十万的军事要冲，五里一卡，所以要顺利通过并不容易。昙奴知道哪里能够遇上更多的粟特人，便在城池以东的河谷停留下来。未过多久听见驼铃声声由远及近，拐过了两处弯道，一个二三十人规模的商队不紧不慢地过来了。昙奴振奋起精神迎上去，压着左肩对领头的人行了一礼。莲灯和国师跟在她身后，听她绘声绘色地描述如何与亲人走失的过程，最后掏出两个小银锭，压在了萨保的手上。

商人最重要一条就是明哲保身，赚钱的前提下，自身的安全也要考虑。那个高鼻深目满脸络腮胡的粟特人打量了昙奴两眼，把视线掉转到他们这里。莲灯掀起障面向他肃了肃，又转身替国师撩了幕篱上垂挂的透纱罗，那张脸一露，粟特人立刻露出意味不明的笑容来，连连点头，还把一张闲置的过所慷慨相借。

莲灯明白了，原来国师这种长相和身板粟特人喜欢。西域来的客商豪爽，甚至当即对他唱起情歌来。她寒毛奓立，求佛祖保佑国师心情好，先平平安安通过关禁，其他的，进了城再说吧！

“跃过千里草原，穿过大漠风沙，看见你温柔的眼神，亲吻你薄纱后的嘴唇……”粟特萨保的喉咙犷悍又嘹亮，一发声能飘出去好几里远。坐在骆驼上，一面唱一面不停回头看。

国师的脸色一阵青一阵白，莲灯怕他发作，只好不停地安抚他：“你就忘了你乔装成女郎了，权当是唱给我听的吧！”

“他敢！”他错着牙道，“本座宰了他！黄毛鬼，千年没见过女人！”

她咧着嘴一笑：“谁让你打扮起来这么好看，我听说西域人就喜欢健壮的女郎，大个子身体好，利于生养。萨保一定还没有娶亲，他是首领，需要一个能干的夫人，你这个模样正合他的心意。”

国师被唱得头昏脑涨，还要听她胡言乱语，气不打一处来。莲灯怕把他气坏了，小心地捋捋他的手："你是男人，被人轻薄两句也没什么。"见他指尖掂着一枚五铢钱，忙惊恐地压住了，"不能动手，他死了我们就不能进城了。"

国师一口气吐不出来，在骆驼上垂头丧气："让他闭嘴。"

莲灯束手无策："嘴长在人家身上，我也管不着啊。"拍拍自己的肩头，"你累吗？靠着我睡一会儿，睡着了就听不见了。"

他们来时三个人三匹马，进了商队要听从人家调遣。马跑得比骆驼快，萨保不能让驼队乱了规矩，所以人都改坐骆驼，马贡献出来驮货。莲灯和国师共乘一匹，也是为了保护他不被人骚扰。

他心里不痛快，莲灯好言劝了他半天，他终于妥协了，矮下身子抱着她的腰，伏在她背上打盹，可是那个不识趣的萨保越唱越露骨，什么光滑的皮肤、高耸的胸脯，唱得整个商队都笑起来。国师嗤的一声，打算动手好好教训教训他。

莲灯也觉得那个萨保做得太过了，但不需要国师出面，她抓着驼峰往前探，叫了声萨保，拱手道："我们同行是给了钱的，如果你觉得不方便，我们可以加入别的商队，请不要这样欺负我的姐姐。"

粟特人都向这里看过来，那位萨保自知理亏，便不再唱了，双手交叉在胸前，鞠了一躬道："请原谅我的情不自禁，很久没有见到这么美丽的姑娘了。说实话，她的眼睛和我母亲很像……"

国师咬牙切齿骂了句娘："他能对着母亲唱出这种歌来，当本座是三岁孩子？"

高高在上的国师如今被人调戏成这样，说起来当真一把辛酸泪。莲灯替他拉了拉纱罗，把他整个人严严实实遮挡起来，扬声道："我们大历人不喜欢这样，大历人尊儒家，讲究心不妄念,口不妄言,萨保既然与大历通商，就应当入乡随俗。"

那萨保快快缄默下来，反正是接受她的意见了，后来再没有出声。

驼队走得很慢，明明已经可以看见碎叶城的城郭，天黑却也未能入城。城中虽然不设宵禁，但是关卡酉正切断，粟特人的行程没有那么赶，便在离城四五里的地方扎了营。

如今有了靠山，不必再为过禁的事发愁，混在人堆里，围着篝火等萨保分派食物。

国师换上了女装，大概真把自己当女人了，行动也变得很黏腻，几乎时时刻刻和莲灯在一起。莲灯昂首挺胸，这一刻觉得自己承担着保护他的责任，左右观望，两眼放光。

国师说："你为什么对本座这么好呢？"

她说："国师是我的人。"

他窒了下："我什么时候成你的人了？"转念思量，一点都不排斥。遂靠过去些，把她的手抓在掌心里，"现在人多，小心隔墙有耳，你以后就叫我的名字，本座特许的。"

她转过头看他，犹豫了下，小声道："临渊。"

他的心头不由得一阵颤抖，这个名字不常用，也没人敢直呼，可是现在到了她嘴里，郑重其事地叫一遍，让他说不出地感动。他嗯了声，用力握紧她的手："以后就这么叫，不许改口。"

她笑着看他，发现他和自己又亲了好多，以后应该不用绑，也会心甘情愿留在洞窟陪她了吧！正想同他多说说知心话呢，抬眼看到一个年轻的粟特人往他们这里走来，头光面滑的，长相非常不错。不知道是不是商队里的人，反正没见过。看边上的女人愕然，越发弄不清他的来历了。

那个粟特人一直走到他们面前，毕恭毕敬地行了个礼："美丽的人，请借一步说话。"

莲灯傻了眼，仓皇和国师对视，直起腰道："阁下是何人？"

那个粟特人摸了摸下巴，那圈胡髭刚刚刮过，从耳下起，形成一片淡淡的青影。他有点羞惭，红着脸道："这是我的商队，我是商队萨保。"

莲灯打了个激灵，为了讨好女郎，把蓄得很茂盛的络腮胡刮了，这也算下大本钱了。原来杂草丛下长了张十分漂亮的脸，再加上一副健硕的好身板，这个粟特人算得上是西域美男子了。

可是萨保是不是都好色？上回欲图对转转不轨的也是萨保，粟特人没有约束，萨保等同于土皇帝，所以他想干什么？看上国师了，打算继续纠缠？

他们眼神不善，表情厌恶，那个萨保当然也察觉了，慌忙摆着两手说："不、不……我没有恶意，女郎的过所是我死去妹妹的，所以要和女郎串好说辞，应付明天的盘查。"

国师恶心了半天，心想实在不行干脆解决掉这个胡人，自己来统领商队，便起身在莲灯肩上压了下，比手请萨保带路，跟着他往帐里去了。

昙奴搬着胡饼回来，看了一圈，没有找到国师，拿眼神询问莲灯，莲灯往远处指了指，懊恼道："被萨保带走了。"

昙奴并不显得着急，把手里的饼分给她，坐下小声道："他是男人，还怕他吃亏吗？你照管好自己就是了，国师的手段高得很，用不着担心。"

莲灯恋恋不舍地往后看，扯了块饼塞进嘴里，嘀咕道：“这个萨保也算识货，同我一样的眼光。只可惜打错了算盘，连胡子都刮了，要是知道自己上当，还不得悔绿了肠子吗？”想着觉得很有意思，捂着嘴笑起来。

昙奴无可奈何地摇了摇头，往篝火前挪动，河谷两面是雪山，她受不得冷。

莲灯抬手搂住她，在她肩上揉了揉，转头看到一个粟特男人坐在不远处，和她视线相交，抿着唇善意地笑了笑。她回了个微笑，略顿一下同他搭讪：“这是我们一路见到的最大的商队了，你们一直在河西走廊上做生意吗？去过中原吗？”

粟特人点头说：“当然，不过近年关税加重，基本已经不过张掖了。张掖以西是我们的天下，大宛、乌孙、疏勒，还有北边的突厥，到处都去。”

莲灯听后升起了希望，按捺住激动道：“既然如此，见识一定很广。我看过《西域列国传》，对书上记载的三十六国风土人情很感兴趣……你去过疏勒国，听说过押不芦吗？”

那个粟特人顿下想了想：“有过耳闻，不过不是太清楚，只知道是种很厉害的毒物，人畜闻见必死无疑。”说罢看了她们一眼，“你们问这个干什么？”

昙奴挤出个笑容来：“没什么，上次正好听一位胡医说起，有点好奇罢了。”

莲灯适时道：“好像比中原的砒霜还毒，就没有办法可解吗？”

粟特人耸了耸肩：“天下怎么会有无法化解的毒呢，可惜我刚进商队不久，都是道听途说。你们要是真想知道，可以向萨保打听，他见多识广，西域各种珍稀的东西他都知道。”

莲灯大喜，忙拉起昙奴往大帐奔去，到门前叫了一声，那萨保出来相迎，进去见国师坐在波斯毯上，正优哉游哉地吃葡萄。

莲灯有点鄙视他，自己还在担心他被人轻薄，结果他的日子过得比她们还自在。也说不上来，国师总有这个本事扭转乾坤，他的运气似乎特别好，不管何时都可以活得那么潇洒。

萨保也许是爱屋及乌，对她们热情异常，没了奸商的算计，还请她们坐下吃饼喝茶。

莲灯让了让，没有拐弯，直截了当地向他打听押不芦。国师抬眼看过来，萨保为了在心爱之人面前卖弄才学，想都不想便道：“这种药是剧毒，但是离土暴晒后就变得非常名贵了。比如你的腿上长了坏疽，要把整条腿切掉，用押不芦粉佐酒，可使人昏睡，疼痛不知。”

她们关心的是解药，再追问时，萨保说得非常轻巧：“你们中原人说万物相生相克，押不芦的根须长在尸首上，肉都腐坏之后剩下骨骼，骨头磨粉，也是佐酒，连喝三天就好了。”

她们想尽了办法找解药，结果到他这里，三言两语便解决了。莲灯同昙奴对视，竟有些恍然如梦的感觉。如今办法是有了，但到哪里去找毒参藏匿的地方？

莲灯舔了舔唇，试探道：“我们急需这种药，萨保能替我们找到吗？若能助我们，我们还有些钱，可以拿出来作为酬金。”

押不芦有剧毒，不说吃，嗅到一点气味也足以毙命，钱是好东西，但也得有福消受才好。萨保果然很犹豫，坐在那里，两手捶击着膝头道：“我上次见到押不芦，是在十多年前的精绝国。这种药是尸气凝集后自然而成，不是靠人工种养的，遇见是机缘，可遇不可求。眼下刻意去找，恐怕成算不高……”他掉转视线，见葡萄盘前的美人定眼看着他，忽然精神一振，话锋立刻拐了个大弯，“不过也许可以试试，碎叶城中有个传说，护国寺南二十里，曾经有人发现过这种毒物。我料想是前朝墓葬的所在地，因为押不芦需有上百年的尸气供养才能长成，待我们进了城，去那里看看就知道了。”

莲灯长出一口气，终于有了希望，比面前堆满了金银还让人高兴。只要能找到解药，国师就再也不必受皮肉苦了，昙奴恢复以前生龙活虎的样子，还可以回长安，找萧将军成亲。

她站起来，和昙奴两个恭恭敬敬向萨保行礼：“多谢相助，待事成之日，我们必然重金酬谢。”

现在的萨保对金钱看得一点都不重，钱可以赚到老，好的姻缘一辈子也许只有一次。他痴痴看着美人，美人脸上神情淡淡的，他简直爱死了她的这种疏离。所以要想方设法讨她的欢心，为她的姐妹办事，是拉近彼此之间距离的最切实的办法。

他摆手不迭：“能为娘子们效力是我的荣幸。”复对美人长揖，“可否请问娘子芳名？”

国师有气无力地看了莲灯一眼，莲灯忙道：“她叫长安，就是中原都城的那个长安。”

萨保赞叹不已：“好名字，真大气。”然后迫不及待地介绍自己，“我叫石盘陀，今年二十九岁，没有娶妻，一直在等待那个有缘人。我尊崇汉文化，希望有幸能与大历女子结亲，我……”

他还没说完，只见国师懒洋洋起身，拉着莲灯出去了。

昙奴抱歉地对石盘陀笑了笑，很快退了出来，听见他们起了一点争执，国师抱怨：“你是打算把我卖了吗？”

莲灯说：“人家长得也不差，又是一片赤诚……到最后吃亏的还不是人家！你受点委屈，昙奴就有救了……”

她脚下渐渐慢下来，看着他们肩并肩走远了。

国师仰头看着天上的月亮，眼底一片晦暗：“这么说我还要继续装下去吗？”

莲灯摸着腰带点点头：“你就勉为其难吧！”

“那如果石盘陀要和我成亲怎么办？本座堂堂国师，怎么能屈尊演这样的戏码？！”

眼看他又要开始闹脾气了，莲灯忙开解他：“我们不会让你和他成亲的，请他带我们找毒参，也不让他白忙，把身上的钱都给他就是了。只是要利用他对你的爱慕之情，这点挺不好意思的，他要是知道自己爱错了人，可能哭都哭不出来……”她嘴里说着，自己憋不住笑起来，“你刚才吃了他的葡萄和樱桃毕罗，要是对人家没意思，就不该接受人家的好意。现在又来抱怨什么？实在不行就拿我抵债吧，只要他看得上我。”

“拿你抵债？你的姿色比得上本座？”国师哼了一声，“你对昙奴真是好得出奇，可以为她作这么大的牺牲。”

她很认真地点点头：“不单是昙奴，对转转也是。”

“那本座呢？”

她叹了口气：“一样。可是她们反过来也愿意为我两肋插刀，国师呢？说不定插我两刀。”

他没有立刻应她，不小心想到了歪处，在夜色下红了脸：“本座会尽量轻一些的。”

莲灯不像他那样思想不纯洁，完全没明白他话里的隐喻，只当他答应了，一本正经道：“国师且忍两日，等进了城再说。如果能找到别人带我们去，就此和石盘陀别过也无不可。”

他翻了个白眼，转身就走。莲灯愣了下，忙追了两步：“临渊……”

他这才顿足回身，满脸的不情愿：“当真只要忍过这两日就可以了？”

她谄媚地说是：“替昙奴找到解药就不必总割你的腕子了，我看着你流血，其实比你还痛呢。”

国师听了这话脸色方转晴，又提出了个要求：“本座今晚要和你睡。”

莲灯的嘴角抽了下，点头道好。

于是两个人在稍稍远离商队的草地上架了个帐篷，临睡前莲灯托腮看天上的月亮，喃喃道：“不知九色怎么样了，老皇帝死了没有……”

“九色不会有事的，所有的鹿里它最乖滑，又贪吃又会偷懒，等我们回去的时候，它应该已经长得很威武了。”他揽了她一下，让她靠在自己的肩头，又茫然道，“老皇帝……但愿他能再撑一阵子。中原的皇子们起了兵戈，如果定王此时趁乱而入，不知局势会如何。”

莲灯沉默下来，过了很久，望着天宇道：“这就是你来碎叶城的目的吧？”

·第十一章·

入彀

国师微怔了下，看她的目光多了几分惊讶，原来她不是蒙在鼓里，一直不说，不表示她不知道。这样很好，有了准备，也便于沟通。

他慢慢放松下来，撑着身子说是："大历是本座一天天看着兴盛起来的，定王拥兵自重，已经对朝廷构成威胁了，所以我要除掉他，保江山社稷，为继任君王扫清障碍。"他笑着转头看她，"莲灯，你会帮我吧？"

莲灯点了点头："他是我的仇人，我本来就要找他报仇。"说完顿了下，"长安城里发生的事，真的是放舟的谋划吗？还是你们联手演了一出戏，来扰乱别人的视听？"

如果是联手，根本用不着兜那么大的圈子，太上神宫里的一切都不为外人所知，想怎么安排全凭他的打算。除非是为了迷惑一部分人，也许是今上，也许是某个窥伺皇位的皇子。若当真如此，她也有点同情他了，大历的统治者背弃了他，他却依旧一片丹心向着这个国家。

他不太想细说，只是轻轻摇头，"你别问那么多，杀了定王就是了。"

每个人心里都有不愿提及的伤，国师虽然风光，终究吃五谷杂粮。只不过他惦念的东西比起她来要恢宏得多，在国和理想面前，私人的恩怨都算不上什么了。

莲灯说好，又问："中原会打仗吗？皇帝的儿子们，要为了那把交椅争个你死我活？"

他望着天空喃喃："当离那座大明宫只有一步之遥时，没人能抵御得了皇权的诱惑。"

莲灯叹了口气，看月亮越爬越高，已经到了中天，便铺好毡子招呼他："睡吧，明天还要进城。"

他脸上绽出个古怪的笑，很快转身爬进了帐里。

帐子是很小的行军帐，本来只能容纳一个人，两个人睡在一起略挤。莲灯尽可能地往边上让，好叫他睡得舒坦点。帐里不点灯，把幔子放下来，里面就黑洞洞的。她起先有点紧张，毕竟他是男人，挨得又这么近。但是各自躺下后倒觉得还不错，她能闻见他身上那种若有似无的香，还有他浅浅的呼吸，安定的况味。

她轻轻叫了他一声："睡了吗？"

他鼻音浓重："睡不着。"

她侧过身来，朦胧里只有一个隐约的身影。她努力睁大眼睛想看清他："你和石盘陀说话时，他没有发现你的声音不对吗？"

他慵懒道："太上神宫的人不单会易容，还会易声。"

她这才明白过来："难怪那时放舟假扮你，我一点都没发现，不是因为我迟钝，是因为你们手段高明。"

他嗤笑了声："你还不迟钝吗？别给自己争脸了。"

莲灯暗想自己其实是大智若愚，很多事她不想弄得那么明白，因为糊里糊涂好混日子。

他转过来，和她面对着面，黑暗里的声音分外温柔："你近来身上还好吗？"

她拍拍额头说："还好，就是胸口常闷得厉害，可能是因为太累了。"

"这阵子辛苦你。"他难得说出这么体贴的话，靠过来一点，摸索着把手按在她胸上，"本座给你揉揉。"

他按的地方精准无误，正中靶心。莲灯脸上滚烫，忙惊惶推托："不用……哎，你摸哪里！"一阵混乱，帐子也跟着颤抖起来，推推搡搡间听到他委屈的声调："我是一片好意。"

替她揉胸口，这种话亏他说得出来！莲灯有时大大咧咧，但这方面多少还是懂的。况且国师不能近女色，闹得不好会害了他的百年修为。可他似乎并不怕，那份纠缠的劲道世间少有，瓮声道："你刚才还说本座是你的人，转眼就这么见外。本座是担心你的身体，你想到哪里去了！"

他恶人先告状，莲灯无力反驳，压着他的手，忽然发现他的身体似乎有了回暖的趋势，不像原先那样冰凉了。

她啊了声："你身上暖和起来了！"一面说，一面伸进他的广袖往上攀，直摸到他的肩头。虽然和正常人还相差一截，但对他来说已经是很大的改善了。

她一高兴就乱来，国师有点不好意思："不准我动你，自已却乱摸。暖和就暖和了，有什么可大惊小怪的。和你在一起这么久，还是原来的样子，那这段时间岂不白费了。"

这话是什么意思呢？是因为喜欢一个人，慢慢变得温暖，还是因为她的纯阴血，对他有一定的辅治作用？

她还想追问，被他用力搂住了："别啰唆，再聒噪我就乖乖你。"

这个还真吓唬不了她，她挣扎了两下打商量："那你先乖乖我一下，然后接着说话好吗？"

他恼羞成怒，翻身把她压在了底下，磨着槽牙道："这可是你自己要求的，怨不得别人。"

莲灯还想开口，他的唇却已经压了上来。

亲吻嘛，她算是很有经验的了，就像亲九色一样，嘟起嘴巴吧唧一下，基本没有难度。可是今天的国师和平常不太一样，不是匆匆的偷香，有很充足的时间慢慢琢磨，便抱着她研究起来。她不会抵触，好几次了，熟悉他的味道和嘴唇，贴在一起幸福得很。每次他亲她，她就涌起一个想法，想和他成亲，让他永远变成她的。可惜他不能娶亲，她便不说了，免得让他为难。她闭着眼睛迷迷糊糊地思量，只要能长久在一起，其实男不婚女不嫁也没什么。

他不像她，会考虑这么多。在他看来每一次亲吻都是全新的旅程，总觉得不够，姿势怎么样都不对，应该还有更奇妙的东西没有被发掘。

她的嘴唇像花瓣，芳香可爱，他左亲右亲，不得要领。心里有种痒痒的感觉抓挠不着，因为太喜欢，恨不得把她揉碎。他从来没有过这样的体会，怎么会那么喜欢她。他轻轻捧着她的脸，她的手臂环上来，手指在他后脖颈上轻抚。他激灵一下，身上起了细栗，就是这样，调动出混沌的情欲，仿佛悬空着，够不着边际。

他吻她，轻轻舔了她一下，那么甜！他暗暗欢喜起来，忽然打开了新世界的大门，可以通向快乐。

他用舌尖描绘她的唇瓣，轻叩她的牙齿，她还是懵懵懂懂的样子，略迟疑了下，欣然迎接他。然后火花四溅，国师恍然大悟，原来正确的步骤应该是这样的！这下子老房子着了火，一发不可收拾了，颠来倒去，把她盘弄得气喘吁吁。

她呜呜低吟："临……临……"

他不管不顾，吻得有点粗鲁："真好……"

莲灯打起战来，身子像架在了火上，无法自救。

那是嘴啊，这样啃来啃去，好像有点奇怪。然而不讨厌，反倒很喜欢，因为对象是他。他们认识不算久，怎么一步一步走到现在？她还记得神宫正殿里那个站在帘后嗓音单寒的国师，初见惊为天人，在他面前不停地自惭形秽。后来因为昙奴的毒，她开始厚着脸皮求他，那时候他有点凶，态度也不好。现在呢，他和她唇齿相接，做着以前从来不敢想象的事。

莲灯用力抱紧他，也许除了王阿菩，她可以有另一个亲人，比阿菩更亲的，亲得无所不至。他愿意吻她，他的心应该和她一样吧！她很高兴，又恍惚有些难过，更认真地回应他，听见他急促的喘息，因她失控。

火烧得很旺了，再这样下去会出事的。他知道该停下来，时候不对，地点也不对，可是要中断，实行起来那么难。他紧握着两手，带着壮士断腕的决心，狼狈地滚到一边。可是停下来，心里依旧火热。他抓住她的手："莲灯……"

她很温驯地嗯了声，呼吸不稳，和他一样。

他说："本座好像很喜欢你。"

她听了支起身子："真的吗？有多喜欢？"

他闭着眼睛说："比喜欢九色还多，是非常喜欢。"

有他这句话，莲灯已经很满足了。她触到他的肩膀，很乖巧地偎在他怀里，一只手不停在他脸上抚摸，喃喃道："不会变老吧……明天会不会老得认不出来……"

他闷声发笑，经过一场前所未有的激烈战争，人像虚脱了似的，但累得心满意足。

至于莲灯，惊讶地发现这次乖乖之后，国师完全变了个人。很勤快地帮着收了帐篷，看她的时候眼睛里夹带着明亮的光，笑起来含羞带怯，比以前更讨喜了。商队要整队出发，他仔细替她戴好幕篱，扶她上骆驼，莲灯终于有了苦尽甘来的感觉。这回男女的分工大概要转变过来了，国师不会继续那样小肚鸡肠，也许会对她好一些，会把她捧在掌心里……

因为事先已经有过准备，国师现在要忙于应对石盘陀的示爱。让一个丝毫没有不良嗜好的男人去接受另一个男人，普通人都会觉得生不如死吧！莲灯酸涩地看着，石盘陀匀了一匹骆驼给他，亲自替他牵驼绳，国师绷着身子在驼峰间坐着，肯定煎熬得厉害。

她幽幽叹息，转头对昙奴道："不知城内有没有人知道押不芦，最好能打发了石盘陀，你看国师不可怜吗？"

昙奴也无奈："是很委屈他，可我在碎叶城生活了十三年，从来没有听说过这种东西。想找其他人打听，只怕不容易。”

“你那时苦虽苦，不愁生计。百姓不同，据说押不芦很值钱，找到一根就发财了。”她蹬着脚踏试图看得更远些，别别扭扭地说，“那个萨保真是的，国师明明不喜欢他，他还死皮赖脸。”

昙奴看她噘着嘴，心下好笑，但是笑过之后又不免惆怅，喜欢上一个掩藏颇深的人，不知是幸还是不幸。

商队的人加上驮马和骆驼，绵延了足有一里远，驼铃与马铃交汇，踏出冗长古老的曲调。太阳升得略高时到达城门口，石盘陀的商队常年往来各地，守门的军士认识他，没消几句话便搬开戟架放行，国师无惊无险地通过了。到她们这里，莲灯是没有什么妨碍的，昙奴心虚还会刻意闪躲。所幸那些守城的都是新征的生面孔，她们和粟特人一样穿白袍罩面纱，就那样蒙混着，居然也顺顺利利进城了。

进城后便是一番不一样的景象，碎叶城简直就是长安的拓片，除了街市上胡人居多外，无论是商铺还是管制，几乎都与长安毫无二致。莲灯轻声嗟叹：“定王把这里经营得这么富庶，为什么还要打中原的主意？如果是我，有个地方安居，养花种草过完后半生，不好吗？太平得来不易，何必再掀兵戈。”

昙奴说：“每个人的想法不一样，有时候不争馒头争口气。定王的母亲是皇后，当初皇位应当传给他，可惜今上比他年长得多，那时又手握重兵，他吃了暗亏，不痛快了三四十年。现在羽翼丰满，到了一雪前耻的时候。安西又失去了你阿爷把守，没人能够制衡他，此时不动，更待何时？”

百里都护死后三年，定王的准备果然做得差不多了。莲灯四下看去，街道上驻军往来，铁甲长刀，仿佛随时可以投身战争。她回头问昙奴：“定王府邸在哪里？”

昙奴向南指了指：“铜驼街走到头就是。”

她眯眼远眺，虽然看不到，但心里有了方向，知道仇人就在不远处。

不过眼下还不能造次，既然是跟着商队进来的，轻举妄动会害了这些无辜的粟特人。事要一件一件办，照着原定的计划先去找押不芦，等解了昙奴身上的毒，她好歹有了帮手，办起事来就会轻松得多了。

她们依旧跟着粟特人行动，在驿站投宿。石盘陀坠入了爱河，匆匆安置好货物，剩下的时间就绕着国师团团转。国师没有办法，只得忍耐，坐在席垫上不停打扇子，俏声道：“萨保何时带我们去找那个古墓葬？”

石盘陀说：“快了，等我联系了老主顾，把这批货发出去。用不了多久的，至多三五日吧！娘子们少安毋躁，且等我一等，还要准备些东西，万一发现了押不芦，好立刻动手。”说着顿下来，迟疑地看了他们两眼，“碎叶城有律法，挖坟掘墓者挫骨扬灰，你们当真只是找押不芦，不会是冲着墓里的随葬品去的吧！”

国师掩唇而笑：“我们虽穷，还没沦落到盗墓的地步。萨保放心，我们只为押不芦，就算发现钱财，一文不取，全归萨保如何？”

萨保难堪地挠挠头皮：“你千万不要误会。别说你们不是为了钱财，就算果真冲着殉葬品去的，我也义不容辞。”

莲灯面上笑着，暗里一味叹息，被爱情冲昏了头就是这样。石盘陀这种人直来直去，还真让人讨厌不起来。别的男人爱上一个女人后不顾一切，不知国师以后能不能这样。她心里想着，偷眼看他，他低垂着眼睫，岿然不动。

粟特人找下家的两天，莲灯偷偷去了一趟铜驼街尽头。定王的府第当然是整个碎叶城最奢华的建筑，白墙黛瓦，门庭宽阔，但碍于禁卫森严，只能远观。她站在墙角看了半天，奇怪有种似曾相识的感觉，那门前的阀阅和下马石很眼熟，似乎在哪里见过。仔细回忆，又无从忆起，大概是她随阿爷来过定王府的缘故吧！

石盘陀办事倒是非常令人信得过的，三天之后带回了好消息：“我找了护国寺以南的一个当地人，据他说大墓晚间有霞光隐现，那就是押不芦散发出来的毒气，看来传闻很可信。这里的人不懂，懂的又害怕中毒，所以没有人敢去挖掘。今晚我打算先去探一探，那里有守陵的人，先买通了才好行动。还要准备些东西防御毒气，娘子们再等我一日……”他所谓的娘子们其实只有国师一人，怔怔看着意中人傻笑，“长安，如果找到了押不芦，那我们的事……”

国师的额角连跳了好几下，不能功亏一篑，模棱两可地敷衍：“到时候再说吧！”

石盘陀很高兴，没有回绝，就表示有眉目了，于是办起事来越发尽心。待工具和御毒的药都准备妥当，便通知他们可以往城南进发了。

前朝墓葬，距今已有将近两百年的历史，墓里葬着古回回国的贵族，据说是位十分了得的王侯，当时是统领着碎叶城的。定王在此扎根之后，也派人保护这个墓葬群，不过时间越长守墓人越不经心，所以花点钱，轻易就能潜进去。

今夜星辉黯淡，是个动手的好机会，石盘陀带着他们及四个帮手悄悄进入墓园，边走还边嘀咕：“其实这么危险的事你们不必来，在驿站等我的消息就是了……”说着借微弱的灯光转头看，发现他的美人好像和往常有点不同。众人都换了夜行衣，混在一起没有特别的装饰来区分男女，美人松松拢着头发，脸还是那张脸，身形却似乎起了变化，宽肩窄腰大长腿，看上去怎么有点像男人？他心里纳闷，难道是被毒气熏着了产生的幻觉？他疑惑地望着她，美人目光眄睐，向他递了个眼色，他回过神来，立刻振奋起了精神。

这是个家族墓，墓地分布按北斗排列，那个长有押不芦的墓在罡位上，就是勺柄的位置。从这里看过去没有什么特别，但是照到一线光亮，就隐约升腾起扭曲的彩色的芒，基本可以确定无误了。

石盘陀给大家分派了浸泡过芦笋汁的布带，让他们三个人离得稍远些，自己带着手下人找墓道的入口。一般入口在方城和宝顶之间，可是这里很奇怪，大概回鹘人怕墓被盗，把入口做得特别隐蔽，找了半天也没找到。

三个人站在一旁，看他们绕着墓转了很久，甚至爬上了墓顶也没能有任何发现。莲灯有点着急，再耽搁下去天都要亮了，便扎上布带打算亲自上阵。

国师一把抓住她："你去做什么？"

她说："时间有限，天一亮就来不及了。你们在这里等着，我过去看看。"

他皱了眉，抬头看天色，的确耗时太久了。石盘陀是极精明的人，连他都找不到入口，恐怕别人就更难了。他没有太多时间，今天必须把事情办妥。抬手击了击掌，那些隐藏在暗处的神宫护卫从四面八方冒了出来。

众人都很惊讶，呆呆看着那些锦衣的徒众拉线丈量。天下的墓葬都有一定规律，什么门对什么位，单凭肉眼寻找很难发现。国师精通奇门遁甲，其实这些对他来说并不太难，只要有了工具和供他差遣的人，很快就可以找到。

果然在月城下的影壁上有了发现，夏官拱手叫了声"座上"，示意他看凹陷的那片低洼地。他点了点头，埋在地下的火药被点燃了，因为目标范围很小，并没有引发太大的爆炸。轰的一声闷响，烟尘过后见地上出现了一个方形的口，里面黑洞洞的，散发出阴冷的寒气。

石盘陀几乎吓傻了，美人带来的人行动敏捷，分明训练有素。他忽然感到惊惧，"她"究竟是什么来历？他只想要个温柔多情的妻子，从来没有想要卷进什么纷争里。

既然有这么多人帮忙，他可以退出了吧？他踟蹰不前，身后有人在他后背推了一记，他踉跄了下，被迫跟他们进了墓道。

国师把自己的布带替莲灯扎上，怨声道："那颗鲛珠你到最后都没有讨回来，看看眼下，要派用场的时候才知道它的好处。"

她疑惑地看着他，为什么事事都在他预料之中似的？当初他赠她鲛珠，难道就是为了应付今天吗？

他好像有点心虚，调开了视线不去看她，自己举着火把，把她护在身后。

莲灯回身拉昙奴，昙奴走得深一脚浅一脚，墓道内很潮湿，几次打滑险些摔倒。四周的气味也不好闻，腐朽发霉的湿气透过纱布的丝缕充斥鼻腔，令人窒息。

石盘陀完全成了探路的工具，腰上被人顶着刀尖，他艰难地回头看：“长安，这是做什么？”

国师轻飘飘地看了他一眼：“想活命就闭嘴，找到押不芦自然不会难为你。”

他失望了，美人的嗓音也变成了男声，他魂牵梦萦了好几天的，原来一直是个男人。他欲哭无泪，心头泣血，喃喃道：“你怎么能骗我呢……”

国师充耳不闻，往前是一道墓门，墓门是厚重的巨石，需要众人合力才能将它推开。

到底是几百年的墓葬，底下阴气很重，盛夏的季节也冻得人浑身哆嗦。莲灯担心昙奴经受不住，低声道：“你不能再往前了，我去找骸骨，你留在这里等我。”

昙奴抓住她不放，国师见了一笑：“怕吗？莲灯说得对，你的身体经不住阴寒，还是留在这里为妙。”转头指派了两个人，要他们陪她在这里守住入口。

他们继续往前，火把照着前路，地上绿意斑驳。仔细看，原来甬道里撒满了钱币，经过长年的腐蚀，铜钱起了厚厚的一层绿苔。

石盘陀还在嘟囔，国师攒了几天的火就快要爆发了，甬道的尽头就是前室，他在石盘陀屁股上踹了一脚：“进去探，再啰唆本座宰了你！”

石盘陀没有办法，举着火把畏畏缩缩进了洞口。

前室相当于一户家宅的厅堂，极尽奢华地铺排着，墓墙上绘制了大幅色彩艳丽的壁画，墓室四角堆满殉葬的物品和祭祀用的礼器。不过石盘陀发现他们倒的确不是冲着随葬品来的，回回虽然算不上十分富庶的国家，贵族们过的却是优于百姓万倍的生活。活着享受不完，死了也要带到地底下，所以回回国的墓葬，相对于其他西域国家要郑重得多。他们对那些随处摆放的金银器皿不屑一顾，看来是见惯了大场面的。美人只顾催促他往后室里去，石盘陀回头望了他一眼：“押不芦就在前面，你不蒙口鼻，小心中毒。”

他抬了抬下巴：“用不着你操心，前面带路。”

石盘陀无可奈何，摸着墓壁往前走，过了一座汉白玉门，前面就是安放棺椁的墓室。后室较之前室更华丽，高拱的墓顶上绘满了日月星辰，墙角端正供着琴棋书画和日常穿戴的用品，一切如常，可就是墓主人的棺椁显得十分诡异。

这座墓并不是一个人的墓葬，回回贵族临走时带了七名殉葬者，七具棺材众星拱月似的围绕着中间那具金棺，每具棺材的盖子都半开着，从缝隙里探出一根粗壮的茎，汇聚起来，供养着顶上那个巨大的类似人头的怪东西。

莲灯吓了一跳，尸体腐烂后的恶臭差点把她熏吐，连国师都忍不住了，抬起衣袖掩住了鼻子。她壮了壮胆从他身后探出去看，那个东西只是长得像人头，其实应当是个硕大的菌子，底下的根须同人参差不多，但比人参大了百倍不止。

那就是押不芦！她高兴起来，打算过去探看，被石盘陀阻止了："剧毒伤人，不能直接上手，要等根茎离了棺材和土，药性才会消失。"

神宫的人用不着国师吩咐，绳索往来几次抛掷，将露在棺材以外的部分绑了个严实，十几人汇聚起来向一个方向拖拽，拖得棺材七倒八歪，最后只听一声轻响，终于将那个毒物连根拔了出来。

莲灯没见过这么恶心的东西，它的根茎穿透骸骨，那细而透明的须在火光下蠕动，像千万条蚰蜒。众人倒退两步，有点不知所措，还是石盘陀上前拿火把去烧，稍一接触立刻焦黑了一大片，这押不芦怕火。

根须烧完了，石盘陀欢喜得直拍手："这么大的毒参，果然好东西。拿到中原去卖，不知能置办多少间房舍呢！"捡起来交给莲灯，笑道，"拿着，这是你的了。"

莲灯却摇头，蹲下挑了一截腿骨敲断，扬了扬手道："我要的是这个，押不芦就归你了，当作这几日的报酬。"

所以很大程度上算是各得其所，石盘陀顿时不那么难过了，失去了爱情得到金钱，买卖不算亏本。粟特人是这样的，有发财的机会一定不会错过，同来的人趁机抓了几把珠宝兜在怀里，欢天喜地地离开了。

莲灯对钱财不看重，手里掂着那截断骨往回走，走了两步发现国师不见了，慌忙四处找，看到耳室里有亮光，他擎着火把，站在一个铁匣前出神。

莲灯顺着他的视线望过去，匣里放着一方丹书铁券，赤铁上用金箔和朱砂撰写了密密麻麻的两种文字，一种是汉文，另一种大约是类似契丹或回鹘的文字。她不明就里，抬眼看他，他的脸上流露出她从没有见过的表情，有些癫狂，仿佛是向往了许久，克制不住的急切。

他上前两步，小心而虔诚地伸手去触，碰到了边角，立刻被火烫了似的缩回来，满脸错愕。

莲灯歪着脑袋看他："临渊，你在干什么？"

他转过身来，把两手放在她肩上："莲灯，我想要那个。"

她点了点头："墓主早就死了几百年了，你想要就拿啊。"

可是她不懂，她没有开天眼，见到的不过是一块赤铁。在他看来铁券却燃着熊熊烈火，他的纯阳血会助长它的威势，胆敢触碰，会被烧成灰烬。

所以现在到她回报的时候了，他拉过她的手，摩挲着她腕上的皮肤，不知什么时候割出一道口子，血汩汩地流了出来。她惶骇但顺从，他没有看她，也不说话，只是用力把伤口按在铁券的棱角上。她开始浑身打战，他知道她痛，这方铁券会吸她的血，如果运气不好，可能会把她吸干。他心里莫名难过，却不能回头。花了这么大的力气带她来这里，现在他渴望的东西就在眼前，不能因为一时妇人之仁就放弃了。

他师父曾经告诉他方法："需要一个纯阴血的人，心甘情愿地喂饱它。即使是临死的前一刻，也不能夹带任何怨恨。"

他抚摸着她的脸，低头亲她："莲灯，我爱你。"不知道这话对她是不是安慰，如果她会死，希望她不会讨厌他。

莲灯是个傻姑娘，随时愿意为她的压寨夫人牺牲。她浑浑噩噩地想，爱比喜欢又进了一层，他说爱她，真奇怪，原来国师也是可以爱人的。

她忍痛笑了笑，冷汗顺着鬓角流下来，她有点羞愧，现在一定很丑。

头晕得厉害，他的脸是重影的。她转过头看那面铁券，像潮汐渐涨，她的血居然全部灌输到里面去了。红色的铁慢慢变得暗沉，漫过一大片字迹，到达末端，快要覆盖住边角了……可是她掀不开眼皮，忽然迎头一个巨浪拍来，落进了无边的黑暗里。

一切都结束了，他垂着两袖站在那里，低头看，她脸色苍白。他抬起手指压在她的脖颈上，动脉只有微微的一点跳动。他放下她，从匣子里取出丹书铁券，嘲弄地发笑。刚才火焰滔天，现在却只是个铁疙瘩。

他跨过她往耳室门前去，吩咐秋官："关墓室门的时候把昙奴推进去，让她们有个伴。"

秋官道是，为他引路退回前室。

鞋底踩在无尽的铜钱上，咔咔轻响。他走得很慢，分明应该很满足，却又觉得好像丢了什么，心里七上八下。莲灯留在这里，他朦胧的爱情也留在了这里，真的要这样吗？他一步一步，越走越沉重，忽然停下来，夺过一支火把便往回走。他以前不懂什么是恐惧，可是现在却感到害怕。向耳室里奔跑，十来丈的距离那么远，跑得心急如焚。还好她在那里，他把她抱起来，紧紧搂在怀里。不管能不能活，也不该遗弃她。

他带她出了地宫，昙奴看见她的样子很震惊，但没有说一句话。她是聪明人，不管墓室里发生了什么事，她现在最该做的就是保持沉默。

当然驿站是不能再回了，神宫的人早就渗透进碎叶城，在城中一隅安排了落脚的地方。也不必担心粟特人走漏风声，他们参与后得了好处，第二天天一亮就脚底抹油了。

昙奴不知道应该责怪谁，莲灯躺在那里奄奄一息，她除了哭没有别的办法。

其实罪魁祸首还是她，要不是她中了押不芦的毒，莲灯不会进墓室，也不会变成现在这样。她打探不到她受伤的原因，她的伤口被包扎起来了，但是她忘不了当时是怎样的触目惊心。

国师什么都没说，他应当也很着急，让人熬补血的药来亲自喂她。走投无路时割破自己的手腕让她喝血，可是她喝不进去，血流得到处都是，他晕血，摇摇晃晃栽倒在她榻前。

可是他终究不能停留太久，他还有他要办的事。莲灯三天之后依旧没有起色，他便率众离开了。

昙奴看着人事不知的莲灯，眼泪都要流干了。她是失血过多，人就像个纸片，几乎没有分量。看惯了她活蹦乱跳的样子，一路上忙前忙后照顾他们，骑在马上唱《红狐狸》是她最快乐的时候。现在这样了无生气，她拿什么来救治她?

有时候觉得人情薄如纸，国师和她这么好，最多也只守了她三天，果真男人是最靠不住的。所幸老天眷顾，莲灯很争气，坚持了几日，终于渐渐清醒过来。

她说："祸害活千年，我一定是个妖孽。"

昙奴却笑不出来，更加兢兢业业地照顾她。她偎在昙奴肩头叹息："还好我有姐妹。"一面说一面又担心她身上的毒。昙奴说早就已经解了，她昏迷了七天。

莲灯身体好些后，就开始谋划怎么进定王府。关于国师，她只是觉得怅惘，不是你的终究不是你的，他会飞得很高，她困不住他。

昙奴对她受伤的经过耿耿于怀："你腕上的口子到底是怎么来的？只要再深一点儿，你的手就废了。"

她很伤心，但是没打算把真相告诉昙奴，她还向着他，想要维护他。含含糊糊地掩盖，说可能是采押不芦的时候不小心剐到的。又问怎么离开地宫的，昙奴说是国师带她出来的，她稍稍觉得安慰，至少他没有扔下她，也算不错。

她转头看窗外风吹芭蕉树，叶片拍打着，声势如浪。不知道他现在去了哪里，还在不在碎叶城。他要对付定王，可定王大权在握，除了暗杀，没有别的办法。她答应过要助他一臂之力的，答应的事不能反悔。况且他说爱她，她可能有点傻，已经信以为真了。

失去一些东西，人会变得更加大无畏。以前她还会考虑事后能不能脱身，因为牵挂国师，想和他一起隐居在洞窟，有个看上去很美好的未来，就务必要保重自己。现在和他分开了，这样也好，无牵无挂的，可以一门心思去完成她的目标。

昙奴还是觉得遗憾："如果他把解药留下就好了，你忘了吞过他的毒，如果有负于他，会肠穿肚烂的。"

莲灯这才想起来，他们之间还有这层牵扯。其实真的很不公平，她不能负他，那么他若是伤害了她呢？上次他还说等时候到了，自己也会吞药对她忠诚，可是一直没有兑现，以后不知有没有这个机会了。

她垂下头，很落寞："没关系，我不辜负他，这个药就不会发作。"

"可是这样你怎么嫁人？"昙奴急道，"半路把你抛下，却要你一辈子守着承诺吗？"

她耸了耸肩，怕昙奴难过，反过来开解她："就算他没有抛下我，我也不能嫁给他，所以他在不在都是一样的。"

昙奴被她弄得无话可说，气恼之余越发心疼她。女人陷进爱情里和男人不一样，男人随时可以全身而退，女人一爱便是一生。

好在莲灯不是个心窄的人，她痛痛快快休息了几天，等到头不晕时下地来，换上了短襦长裙，说要往定王府去，做灶下婢。

昙奴心里没底："你现在的身体怎么进王府？进去了又能如何？"

她忙着绾头发，看看镜子里的自己，很觉得满意："现在正合适，我身体虚弱，就算他们要试探，我的手脚跟不上脑子，他们看不出我练过武。军营里想接近他，必须是他身边的人才能办到。后宅不一样，他要吃要睡，机会就多多了。"

昙奴听了只得点头："既然你都想好了，那今日就去碰碰运气。不过定王府不那么好进，还得我来替你引荐。"她整了整莲灯的腰带，略顿了下又道，"此去有风险，你要做好准备，万一定王已经知道了底细，我们这回无异于自投罗网，没有机会逃跑，唯有一死。"

莲灯心里当然有数，她自己是无所谓的，只是担心连累了昙奴。昙奴却一笑："我的命是你救回来的，我欠着你呢。别说让我为你死，就是永世不得超生，我也没有二话。"

那口钿装横刀在刀鞘里待了太久，该见见天日了。她把刀取出来抡上一圈，莲灯掖袖看着，眼里有淡而哀伤的笑。

简单收拾了两件衣裳，莲灯随她往定王府去，守门的都是定王帐下死士，乍一见昙奴，惊得目瞪口呆。昙奴向他们揖手："请为我通传主上，属下活着回来，向主上请安。"

校尉仔细辨认她，喃喃道："果真是昙奴……"扬手命人入内通禀，复低声道，

“你怎么还活着？”

以前也算是朝夕相处的同僚，问这话，倒像盼着她死似的。昙奴看到这座王府便忍不住想作呕，但眼下既然选择回来，就要配合莲灯演好这出戏。她含笑道是：“我坠马后被人救了，所幸命大，活到今天……庞校尉别来无恙？”

大概没有人能理解她为什么要回来，死士都是亡命之徒，一群活了今天没有明天的人。只有苦于不能脱离这个组织，没见过去而复返的。她当初被遗弃，也算经过九死一生，为什么不找个地方安安稳稳过下半辈子，还没吃够以前的苦吗？

庞校尉没有说出口，眼神却像看傻子一样。别过脸嗯了声，见里面通传的人出来了，带了定王的召令，便比了比手，请她进去。

莲灯跟在她身后，欲上台阶时被拦住了，昙奴忙道：“她是我的恩人，我特带她来面见主上。”

校尉疑惑地审视了莲灯两眼，一个十几岁的、看上去有些羸弱的女孩，似乎不具备什么攻击性。但必要的搜身还是需要的，确定她身上没有利器，方放她们入内。

昙奴对这里很熟，领着莲灯上了游廊。定王每常见底下人都在复来亭，这庭院的名字看似有情，实则冷血。她抬头仰望檐下牌匾，略顿了下，举步踏进了长亭。

莲灯挎着小小的包袱亦步亦趋跟着，不好四处张望，只拿余光睃视。定王府不是她想象中的漠上大家的布置，遥居关外，常怀思乡之愁，所以这里是最正统的长安格局，有威武的门庭，也有精巧的莲花瓦当。她去过李行简府上，区区的御史中丞果然不能与亲王相提并论，定王府的戍卫大约可以同龙首原一较高下，十步一名披甲的兵卒，太阳下晒得满脸油汗，活像庙里的泥菩萨。

府里很静，只见仆婢来去，没有任何声响，厅内隐隐传出说话声，高谈阔论着当下时局。莲灯抬头看，穿过直棂窗，见一个华服男人面南端坐着，看样子应当就是定王。

先帝有十几个儿子，今上行二，定王行十六。兄弟间年龄相差悬殊，今上垂垂老矣时，定王不过四十来岁，正值春秋鼎盛。

一方枭雄，自有他不容小觑的威仪。不知是不是因为他的名号长期在她耳边心里盘旋，真正见到人，恍惚有种恐惧感。奇怪以前她在长安面对那三个仇家，不管怎样盘算都可以从容不迫，偏偏这定王能震慑人心。细细打量，也不是长得多凶悍，相反年轻时也许很俊朗，皇族出身，没有莽撞的匪气。或者越是工于心计的人越是可怕吧，他忽然投来一道目光，莲灯立刻低下了头。

他召见昙奴，没有许她入内。莲灯便在廊下静待着，听他们在里间交谈。

定王对昙奴的决定很不解：“你为本王出生入死，最后他们回程途中将你丢下，你不恨本王吗？”

昙奴的回答充分体现了作为死士的觉悟：“若不是主上当初伸出援手，属下早已饿死在道旁了。属下知道营中的规矩，当断则断，不因任何伤亡而扰乱计划。属下一时不察受人伏击，是属下无能，不敢怨恨主上。”

定王还是信不过她，顿了顿方道：“既然如此，为什么时隔一年才回来？突厥人挑断了你的脚筋不成？”

莲灯听到昙奴以头叩地的声响，一字一顿道：“属下内力尽失，没有脸面回来见主上。直到前两日方有了好转，属下即便死，也是定王府的人，求主上念在属下一片赤诚，再给属下一次机会。”

厅内有了绕室踱步的动静，定王长叹道：“没想到营里居然还有这样的忠勇之士，好得很。眼下正值用人之时，你能回来，孤心甚慰。本王问你，你的功力恢复了几成？”

昙奴道：“大约只得六七成。”

定王道好：“营中不缺人手，倒是王妃左右需要人保护。以后便在府内供职吧，听王妃差遣就是了。”

莲灯在外听着，隐约觉得这个定王不简单。他对昙奴的怀疑没有因她的辩解减少，也许还会认为她受人指使，既要留下她静观其变，又不能让她熟知军内的动向。所以干脆安排她留在王府，王妃的生与死，对他来说远没有战局重要。

昙奴当然求之不得，她不想同莲灯分开，也没有想要颠覆定王大军的宏伟理想。她只要和莲灯一起，看准了时机帮她完成心愿，对她来说就足够了。

“属下这次回来带了个人，我的命是她救的，只因她父母双亡没有生计，属下斗胆求主上收留，给她一口饭吃。”

定王当然会见她，莲灯静待人来传召，得了令仔细整理衣裳头发，低着头跟随长史进了厅内。

她故意愣愣站着，昙奴提醒她，她才跪下磕头，扒着砖缝背书一样说：“求大王收留……小女三岁的时候阿娘过世，阿爷上年也死了，如今只有小女一个人。昙奴离开，小女以后就无依无靠了。村里有恶人，还有恶狗，小女没有昙奴会被他们欺负。昙奴到哪里小女就到哪里，请大王开恩，让小女和她在一起。”她磕头不止，“小女会烧饭、会劈柴、会挑水，什么粗活都能干。只求温饱，不要工钱，求大王收留……求大王收留……”

定王命她起来，负手审视她：“抬头让本王瞧瞧。”

莲灯没别的长处，装天真最拿手。也未必要硬套上一个装字，她的长相本就纯良，一双黑白分明的大眼睛，嫣然的一点红唇，有些畏缩的样子，世上会有杀手长成她这样吗？

可是定王明显愣了一下，神情变得很怪异，紧紧盯着她看了半晌：“你是哪里人？”

她说：“回大王的话，小女祖籍在关中，据说是为躲避赋税，后来才迁到敦煌落户。我阿爷在汉长城边上建了房舍，到如今有二十多年了。”

定王缓缓吸了口气：“今年多大？”

莲灯怕他起疑，有意少报了两岁，只说十四。定王蹙起眉头沉吟了很久：“十四……你叫什么名字？”

她知道莲灯是再不能用了，弥渡更是连提都不能提的。想起常做的那个梦，便脱口道：“我叫阿宁。”

定王怔了怔，似乎很惆怅，但是这种表情转眼就收敛了，颔首道：“既然无依无靠，那就留下吧！”转头吩咐长史带她们下去，复又与军师研讨起了疆域图。

莲灯敛裙跟着长史往后院去，心头暗暗高兴，进来比她想象的要容易。待她在王府里扎下根，只要定王暂时不出征，能有一个月时间安排，就足够她动手的了。

昙奴回头看她，抿着嘴微微笑了笑，同长史搭话，絮絮拜托他多照应。

长史常陪定王出入军营，死士营里女人很少，因此对她有印象，笑着应承道：“府里规矩说小不小，说大也不大。主人面前小心谨慎，不该说的话不说，不该做的事不做，平时手脚勤快就可以了。不过近来王妃脾气不好，时常发火，昙奴小娘子在她身边伺候，要分外留神。”说着引她们穿过一扇垂花门往后面大园里去，边走边道，“阿宁是不要紧的，新来的人大多指派到厨司或是花园，不会留在上房。多干活少说话，是明哲保身的良方。”

莲灯脆声应了是，跟着长史在绿意葱翠的园中穿行。过了一条笔直的甬道，前面就是王妃居住的凉风殿。

她曾听放舟说起过定王妃，据说是李行简的姊妹，严格来说也算是她的仇人。她做好了准备受她刁难，可是迎头一个下马威，也实在让她有点措手不及。

长史领她们进门，脚抬了一半，不知哪里飞来的妆匣掷到她们面前，哐的一声，匣子里的珠翠和花钿散落了满地。然后听见李妃削尖着嗓音骂那个为她梳妆的人，大抵是因为灵蛇髻盘了一个多时辰还没有完成，王妃不高兴了。

两个奴婢过来善后，在地上团团地爬行着。莲灯暗叫不妙，脚底下有什么硌着了，大概就是刚才进门的一瞬间收势不住踩上的。

她偷偷移开脚，料想没什么大不了，谁知李氏早就留了意，看见那片云母镶珠花钿在她脚下变了形，便大声地斥责她，举着手里桧扇没头没脑一顿乱挥。

莲灯莫名其妙挨了打，右边脸颊和脖颈生疼。心想这疯婆子大概真的好不了了，不分良贱就打人吗？大历有法度，贱籍出身才能随意打骂，自己这种算不上自卖，顶多只是投靠，她有什么道理乱来一气？不过这位贵妇眼里本就没有良贱的区分吧，凡地位不如她的就是贱民，碎叶城是他们夫妇的天下，大历的律法在她这里不管用。

莲灯很生气，但是不能发作，换作平时只要伸手就能拧断她的脖子，可是小不忍则乱大谋，挨了两下只好当倒霉。

她依旧垂着眼，李氏站在她面前，气得身上发抖。编了一半的头发垂落下来，姣好的面孔狰狞如夜叉。扬起扇子还想继续，长史忙上前阻挡，好声劝道："殿下息怒，这位小娘子是今日才进王府的，不懂规矩。殿下要打她不难，只是别气坏了自己的身体。殿下消消气，奴婢马上命人再去找上等的云母和米珠，保管做出比这个还要好的。"

李氏顺了半天的气，慢慢平静下来。转身回妆台前，刚才那个癫狂的样子不见了，心平气和地坐着，仿佛所有事都没有发生过一样。

昙奴咬牙切齿地握住拳，莲灯离她很近，听得到她愤恨的呼吸。莲灯垂手碰了她一下，要她放心。只是脸上痛过之后变得滚烫，隐约看见颊上坟起一大块。她抬起手背碰了下，料想是被打肿了。

定王妃的怒气来得快去得也快，过了一盏茶烟消云散了，盘弄着腕上的条脱，倚着凭几看她们。长史把她们的来历说明，她起身换了一双屐子，由奴婢搀扶着走到窗下的牡丹花栏前。

"主上怎么说就怎么办吧，不必来问我。"言罢又回过头，仔仔细细看了那个挨打的丫头两眼，"这里恰好缺个花奴，留下照看牡丹花吧！"

这算是对她刚才遭受横祸的一种补偿，但是长史知道，越是在她跟前，这个新来的就越惨，说不定会成为她专门发泄的对象。于是含笑替她推托："乡间来的人，不懂牡丹的习性，万一照料不好，白糟蹋了这么名贵的花。奴婢看园里缺个洒扫的人，就命她去那里吧。等熟悉了王府的规矩，到时候殿下愿意抬举她，再把她调到凉风殿来。"

定王妃也不勉强，懒懒说了句好吧。可是略顿了一会儿又问长史："你看她像不像一个人？"

长史掖着袖子弓下腰，脸上带着迷茫的笑："奴婢看不出来。"

王妃转过头哂笑一声："你看不出来，主上的眼睛可比你厉害多了。"一面说，一面伸出染了蔻丹的手，尖尖的指甲如同刀锋，一掐，便将一朵盛放的飞来红从枝头掐了下来。然后扭身看鱼缸，照着碧波里的倒影，把花簪在了巍巍耸立的发髻上。

算是有惊无险，莲灯从凉风殿里退出来，在墙角站了一阵，见昙奴提着袍角下台阶，她直起身迎了上去。

昙奴看她的脸颊，紧抿着嘴唇没有说话，但是眼里有隐约的泪光。她知道昙奴难过，咧嘴笑了笑："不是什么了不得的伤，比起挨两刀强多了，你哭什么？"

昙奴拧开伤药的瓶盖替她擦拭，狠狠道："这个恶妇，待我们大事办成了就轮到她了。看我不把她的肉片下来喂鱼！"

莲灯倒没放在心上，能进定王府就已经成功了一半，为了达到目的，这种付出算什么。她只管开玩笑："我皮糙肉厚经得住，大丈夫能屈能伸，若当真没有还手的能力才叫可怜。我可以像踩蚂蚁一样踩死她，现在不过是放她一条生路罢了，是我大人大量。"

昙奴对她的豁达表示敬佩，仔细为她上了药，悄声问她："你可听见刚才李氏的话？问长史你像不像一个人，我看长史吞吞吐吐，似乎里面有内情。"

她嗯了声："好像和定王有关，回头探一探吧，也许有可用之处也不一定。"

正说话，长史命人送了把竹枝扎成的巨大笤帚过来，远远站着指派她："园里草木多，把散落的枝叶都堆积在树根处。风沙太大糊了砖缝，把沙都清扫出来，别弄脏了贵人们的鞋底。"

莲灯应了个是，把笤帚抱在怀里，对长史深深作了一揖："适才多亏长史，否则奴婢还不知怎么脱身呢，谢过长史了。"

长史垂着眼睫抬了抬手："不足挂齿。进了王府是这样的，每行一步都要小心。你日后就管洒扫园子吧，见了殿下让开些，别让她看见你。"

李氏是个颇会寻下人晦气的，况且第一眼的印象不好，往后想太平就难了。自己报仇偷偷摸摸，王妃责难起来却正大光明，这笔买卖怎么算都有点亏。幸好眼下她没有那么多的顾忌，原本想全身而退，就务必要进厨司或上房。现在无所谓，在哪里动手都一样，只要能杀了定王，自己就算死也闭得上眼睛了。

唉，国师……她有时想起他，心里还是很难过。紧紧扣着竹柄把青石砖的路面清理干净，每往前挪一步，思念就更进一层。

不知道他会不会想她，她一直和昙奴在一起，委屈到了极处，也不敢让眼泪流出来。其实她不是没心没肺，那么喜欢一个人，做着和他长相厮守的梦，结果他为了那块铁，宁愿让她流尽血。她说不恨他，的确恨不起来，他为解昙奴的毒割了那么多刀，自己这就算是还债也无可厚非，不过有点失望罢了。自己也需要反省，从一开始就是高攀，人家修行那么多年，肩上背负着整个王朝，她呢？无父无母的野丫头，没钱没权，连个安身立命的地方都没有。

她掐了掐自己的脸，活该，谁让你癞蛤蟆想吃天鹅肉！到如今还在念着他，为什么要念？人家都把你抛下了。

她开始融入定王府的生活，和那些仆婢一起吃饭，一起干活。只不过定王的行动摸不透，他似乎很少回内庭，难怪王妃火气那么大。莲灯有点着急，总是扫过长长的一道回廊后停下观望，庭院里静悄悄的，有时见王妃站在窗前逗鹦鹉，有时门窗紧闭，忽然一大群婢女从殿里慌慌张张跑出来，一定是王妃又发火打人了。

她叹了口气，何为怨妇？这不就是嘛！她拖着笤帚继续往前，竹枝刮过粗粝的砖面，渐渐扫到一双云头履，往上是天青的缎面、繁复的蹀躞。

她抬起头，看见一双含笑的眼睛，这是个年轻的男人，长得眉目温和，气度也弘雅。但似乎天生有些不足，嘴唇很淡，脸上没有血色。

她怔怔望着他，他说："你是新来的？"

她点了点头，怕刚才驻足观望被他怀疑，便支支吾吾道："我已经扫得差不多了，有点累，所以歇了一会儿……"

他扬唇笑了笑："不要紧，院子这么大，不能一口气干完。我听说你是随营里军士进府的？"

她嗯了声："我阿爷救了昙奴，后来我阿爷死了，昙奴要回碎叶城，我就跟着来了。"他负着手，有风吹动他垂在胸前的发，温润的模样让她想起了宫墙下的国师，恬淡纯粹，像枝头皑皑的白雪。她有些恍惚了，突然惊醒，忙敛起神来换了个天真的笑脸："郎君是府里的人吗？是殿下的幕僚吗？"

他摇摇头，没有明确答复她，只道："府里规矩重，可能适应？"

她当然说能："这里有吃有住，没有什么不满足的了。"

"挨了王妃的打也没关系吗？"

他的眼睛里有暖暖的光，可能因为身体不怎么好，看上去没什么危险。不过莲灯吃过一次亏，见了这类看似无害的人，越发觉得应当戒备。她抱着竹柄讪笑："是我自己笨，踩了王妃心爱的花钿，挨打已经是王妃仁慈了，我原以为要在太阳底下跪上半天呢。"

才说完，听见管事在一排蔷薇架子后面叫"阿宁"，她忙哎了声，向面前人欠身肃拜，急匆匆往后面去了。

管事是个很厉害的傅姆，两眼一瞪道："等了你半日，怎么不见扫过来？是不是在哪里偷懒？我同你说，人笨不要紧，手脚贪省力可没救了。你若是不能好好干活，我这里不留你，你去给下三处扫茅房吧！"

莲灯一听苦了脸："我没有偷懒，刚才有位贵人过来，我停下回了两句话。好姆姆，千万饶了我这回。"转头看见那人顺着花廊往前去了，忙指给她看，"就是那位郎君，我不知道他是谁，与我说话我也不敢不答。"

傅姆看了一眼，这才平息了怒气："那是辰河殿下。罢了，这次不罚你，下次再不勤快，立刻让下三处领你去。"

莲灯无可奈何，人在屋檐下，被这些老保姆呼来喝去只能忍耐。不过刚才那人既然是"殿下"，那应该和定王有极亲近的关系吧？她顺着他离开的方向眺望，被傅姆拿戒尺敲了一下："看什么？后面几处院落长久闲置着，你无事可做就去洒扫。"

她缩着脖子抚了抚头，忙出了跨院。

她对这府第不熟悉，好在另有一个婢女和她做伴同行。两个人扛着笤帚搬着铜盆，穿过花荫沉沉的小径，莲灯轻声打探："阿宝，辰河殿下是谁？"

阿宝唔了声："是大王的儿子，你问他做什么？"

她说："没什么，刚才殿下和我说话，害我差点被姆姆责罚……大王有几个儿子？"

阿宝撩了头顶的枝丫道："一共有六个，辰河殿下是嫡出，不过从小有疾，原先还在军营里历练，后来身体越来越差，就留在王府不外出了。不过殿下很聪明，政务上也给大王出谋划策，可是王妃不满意，对殿下很鄙弃。"

世上还有看不上儿子的母亲吗？就因为他无法征战，不能传承父亲野心的衣钵？这么看来王妃打骂别人都是正常的，她连自己的儿子都看不上，还有谁能入她的眼？

她啧啧兴叹，又问："王妃有几子？"

阿宝压声道："就一个，这才格外刻薄。王妃处处争强好胜，在比儿子方面吃了败仗，自然满肚子火气。大王不管后院的事，府里的孺人[1]和姬婢们见了她吓得连大气都不敢喘。大王原本有十二位妾和宠婢，最后只有生了儿子的留下了，凡无所出者都被赶出了王府，不知流落到哪里了。"

所以这种深宅大院不能进，主妇可以打卖姬妾，遇上李氏这样没有容人雅量的嫡妻，底下人讨生活就难了。

1　孺人：古代称大夫的妻子，唐代称王的妾，宋代用为通直郎等官员的母亲或妻子的封号，明清则为七品官的母亲或妻子的封号。

莲灯听了有点担心转转，不知道她在齐王那里好不好，如果王妃也很厉害怎么办？她曾想过杀了定王后跟国师回长安的，现在觉得回去已经毫无意义，同转转也没有再相见的机会了。朋友一场，最后各奔前程，实在是无奈之举。

跟着阿宝一直往后去，才发现定王府原来这样深。阿宝推开尘封已久的院门，门上沙土积了厚厚一层，略微震动就掉了下来，砸得满头皆是。

阿宝呛了一口，连呸了好几声："弄得墓葬一样，情愿让一众姬妾挤在一个院子里，也不把这空关的院落分派出去，我看王妃是有点疯了。"

莲灯没有那么多的怨言，让她打扫就打扫。扛着笤帚准备清理，却发现院里杂草丛生，长久没有人走动，连中路上的砖缝里都长满了芨芨草。

她感觉无从下手，回头问阿宝："原本是谁住的地方？"

阿宝蹲在那里，一面拔草一面道："都是大王安置妾侍的，王妃把人撵出去后就荒置了。如今五位小夫人分作两处混居，据说是王妃为了便于看管，不让大王召幸她们。"

莲灯觉得有点好笑，这李氏也算是个有对策的，一人一个院子定王可以随意走动，全住在一起大眼瞪小眼，定王去谁的屋子里好？

她仰头看，庭院里花树开得正繁盛。这是个小套院，前面设厅堂，后面才是起居的地方。她同阿宝说了声，自己过垂花门打扫，可是进门就怔住了，葡萄架、大水缸，还有那残破的、只糊了桃花纸的移门，和阔大得足够人吃睡的大门廊……这是她梦里来过的地方！

她站在那里不知所措，就算跟着阿爷进王府做客，也没有入后院的道理。难道活着灵魂也能出窍吗？

她怔怔往前走，夯土层上杂草生不住，除了房舍有些残旧，景致依然是繁盛的花红柳绿。

一瞬间有许多零碎的回忆填塞进了她的脑子里，她头痛欲裂，捂着前额蹲了下来。梦里那个女人是谁？阿宁又是谁？她看到杂乱的脚步从她眼前走过，还有女人尖声的嘶号："我要见大王！"

可是稍纵即逝，刚刚的一切就像风雨过后的湖面，很快归于平静。她抱着手臂坐在台阶上，左右看看，以前她也在这里停留过，身边应该还有一个同伴。

晚间回去，心里有疑惑，躺在席上翻来覆去难以入睡。昙奴还没有回来，王妃的精力好得出奇，每天歇半个时辰的午觉，晚上能挨到子时。她不歇下，昙奴就不能下值，有时候昙奴生气了，挥着刀说："干脆把那悍妇宰了，王妃遭遇不测，定王总该露面了吧！"莲灯知道这只是她泄愤的话，定王身边高手如云，再说他自己也不是手无缚鸡之力的文人。这个办法只会让他越发戒备，对她们的行动没有好处。

究竟该如何安排，费煞她的思量。今天偶遇的这位辰河殿下身上不知能不能找到突破，他很温和，看上去很好说话的样子……

她撑着脖子考虑，忽然见窗上一道人影晃过去，动作之快，稍有分神就会忽略。她一跃而起，本能地想追出去，可是再一想，又按捺住了。她现在装作没有功夫，太警觉会惹人起疑。万一是定王派来试探她的怎么办？她重新躺下，吹灭了蜡烛。

人能静，心却静不下来。虫蠡的鸣叫在窗外高低起伏，她侧耳细听，奇怪半天没有任何动静，难道是自己看错了？她闭上酸涩的眼睛，隔了一会儿听见门臼转动的声响，料想是昙奴回来了。

她往边上让让，嘟嘟囔囔道："这么晚！"

来人没说话，在她身旁躺了下来。

每个人都带着各自不同的气味，这个味道太熟悉了，她猛然出手扼住他的咽喉："你还敢来？"

"为什么不敢？"他三下两下化解了她的招式，狠狠一压，将她压在身下。然后静止不动，把脸埋进她的领褖，深深嗅了一口。

莲灯的胸口堵憋得生疼，她以为自己不恨的，可是他出现了，她就觉得自己其实非常怨怪他。她孩子一样呜咽起来："我以为你没脸见我，没想到你脸皮这么厚。"

他嗯了声，居然没有反驳。

她推了他几下，没能推开他，用力拧过身子抗拒，问他去了哪里："为什么这么久没有见到你？"

他说："我没走远，一直在你身边。"

莲灯以前认为凡事和家国沾边都应该光明磊落，可是他却殊异，会这样不择手段。她想起回回墓的那个晚上，他割破她的手腕按在铁券上，明知道那个妖物嗜血成性，依旧拿她喂它，当时他一点都没有犹豫。

她怨怼道："你有了那个东西就应该满足了，不该再来找我。难道我对国师还有利用价值吗？"

他嗞了一声："你不死，就是本座的人，本座想来找你就来找你，你有什么反对的资格？别以为流了点血就有很大的功劳，本座手腕都割得竹帘一样了，我喊过冤枉吗？我记得有人说过，我割一刀她就割一刀，要和我同甘共苦，现在呢？"

论斗嘴莲灯从来没有赢过他，被他几句话一堵，她就应不上来了。逻辑上是没有错，可分期与一次性清剿能一样吗？她噎了下："我觉得不应该这样算账……"

他很蛮横："本座说怎么算就怎么算。"

她委屈地哽咽："可是我差一点就死了。"

他果然不说话了，低下头，在黑暗里亲她的嘴唇，一下又一下，吻得缠绵悱恻。

他何尝不知道呢，也自责过，想过她要是死了，他应该怎么应付接下来的人生。他没有喜欢过任何人，即便是长安的贵妇，或是禁庭里的公主，对他来说都和草木无异。唯独她，仿佛与他血液交融，是上辈子就注定的缘分。

可是他不懂得怎么经营这份爱情，他肆意挥霍她的敬仰和信任，到她濒死的那刻依然可以让她微笑。当时他多得意，暗暗骂她傻，可是过后心头剧烈痛起来，知道自己泥足深陷了。她是最忠诚的宠物，比那个吃里爬外的九色可靠多了。但他应该怎样爱她？从来没有人告诉过他爱情是什么，他只知道不停利用，以取得利益最大化。他心疼她，同时又觉得她很坚强，不管受了多大的苦，抱在怀里安慰一下，乖乖一下，她又会变得生龙活虎。她是打不死的莲灯。

所以他就是这么做的，她的反应似乎印证了他的猜测，不管他有多过分，她还是会原谅他。他把她揉成了一个面团，喃喃说："莲灯，本座最爱你。"可什么才是健康的爱，他根本不明白。他只知道那个"爱"字很珍贵，他不会轻易说出口，既然承诺了她，也会倾其一生，只爱她一个人。

一切在他的股掌之间，但又有些超出了他预计的范围。比如她，她落地生根让他错愕。一直以来他都做得很好，一步一步引诱她，年轻女孩子的热情最容易调动，堂堂国师和她打情骂俏，她一定受宠若惊。他以为自己很清醒，可惜到最后还是被她带累了，原来傻瓜是会传染的。

她难过他当然知道，吻她的时候会听见她的抽泣，尝到她的眼泪，于是他开始考虑怎么才能让她高兴一点。

他摸摸她的脸："本座可以让你做国师夫人，你不要哭了。"

她说："你一娶亲就老了，我不想天天对着一个老头。"

他郁闷了下："那你想怎么样？"

她就着外面的一点光亮灼灼看他："你还愿意跟我回鸣沙山吗？每天在洞窟里，做好了饭等我回家。"

他忽然有些哀伤，沉重地点了点头："你挣钱，我做饭。"

莲灯真的那么容易满足，像看见乌云镶上了耀眼的金边，乌云后面就是明媚的阳光。她撑起身子又问了一遍："你答应的话会不会反悔？"

他哼了声："本座名叫临渊。"

临渊是百年老字号，虽然招牌曾经砸过一次，不表示以后都没有可信度。莲灯决定继续抱有希望，过去的不愉快虽然伤人，还是应该慢慢遗忘。既然没有死，那再试一次也无妨。

她放心了，喃喃道："就算我脑子笨吧，上次的事我很伤心，伤心过后还是愿意相信你。你不能再背弃我了，如果说过的话不能做到，那就不要承诺。"

他缓缓叹了口气："本座何尝不伤心，看着你奄奄一息，你以为我心里好过吗？本座是为家国天下，你这次功不可没，会被后世载入史册的。"言罢半真半假地笑了笑，拉她的手，把一颗药丸放进她掌心，"你曾经抱怨过，只让你一个人坚守太不公平。今天我们就订个契约，你喂我，我们等价交换。从今以后临渊只知世间有你，如果有负于你，便让我尸骨无存，灰飞烟灭。"

这样的盟誓虽然有些可怖，但确是她希望的。她接过那药丸，在指尖颠来倒去地看："是真货吗？不会拿颗假药来骗我吧？"

国师觉得很冤屈，一时脾气上来就要抢夺："不相信就还给我，我还不愿意给了呢！"

莲灯忙宝贝似的攥紧，笑道："我信。那如何才能结盟？喂你就可以吗？"

国师有点扭捏："你舔一下。"

莲灯大吃一惊，原来必须舔了才能生效？那上次他弹进她喉咙之前就已经舔过了？她简直不知道应该怎样正视他，这么古怪的药，只有别扭至此的人才研制得出来。

这次她有了全面的准备，没有舔，直接含进嘴里。找见他的嘴唇，拿舌尖撬开他的牙齿，把药送进去，顺便狠狠吹了两口气，帮助他吞咽。

国师没有被人这样粗鲁地对待过，她那两口气吹得他险些背过去。大概也只有她敢这么对他，若换了别人，早被他打得找不着北了。他无可奈何，擦了擦嘴靠在她颈窝，吞下药后心里反倒感觉安定了。他没有想过会和一个女人结这样的盟誓，这药可比婚姻牢靠多了，成亲后三妻四妾的人很多，他呢，今后不管生死，所有的感情只能维系在她身上。

他的手环过来，拢着她纤瘦脆弱的肩头说："莲灯，那天我真的很伤心，你和铁券之间我选了后者，现在想起来还很内疚。"

这应当是他的真心话，莲灯觉得自己是个好了伤疤忘了疼的人。他能来找她忏悔，就说明他还是在乎她的。她紧紧扣住他的臂弯，不惧让他了解她的心，颤声道："我很喜欢国师，非常喜欢，打算一辈子和你在一起。你想撒娇可以找我，有什么不高兴也可以对我发泄，我全都忍得住。但你不能辜负我，一次还犹可，如果有第二次，我会死心的。死心之后可能再也不想见你了，你知道吗？"

他愣了一下，想象她眼里没有他时，会是怎样一副惨况。他紧了紧手臂，说得有些犹豫："我知道……解决了定王，我会接手他的大军，平定五王之乱。等到玉宇澄澈，你想在神宫养老，还是回敦煌吃沙子，都随你高兴。本座陪着你，今生不离不弃。"

莲灯听他说得这么铿锵，立刻抖擞起了精神："我一定想办法尽早杀了定王……"语毕又有点迟疑，"不过这王府好像很奇怪，今天我去了后面安置妾侍的院落，不知怎么回事，那里和我的梦境很像，我觉得我以前应该到过这里。"

他眼底波光潋滟，又渐次沉寂下来："你想起什么了吗？"

她摇摇头："只是觉得熟悉罢了，可我还是想不通，我随阿爷做客，怎么会知道后宅的事？还有那个梦里常出现的女人，她说是我阿娘，却住过定王的宅邸……"

看来时间到了。

他缓缓嘘了口气，抬起手，在她眉眼间轻拂："那只是梦，梦里的事不能当真。你没有去过那个院落，也没有见过那个女人。你就是你，你是安西都护百里济的女儿，和定王没有任何关系……"

他的声音绵软，像风，像云絮，一点一滴围绕着她。莲灯困得掀不起眼皮，略挣了挣，便沉沉睡去了。

【未完待续】

目录

·第十二章·
安宁

关外的天气很怪异，前一刻晴空万里，下一刻也许就会雷电交加。有时候同一座城，城南几乎要淹没，城北却旱地千里。

天气不好，难得清闲，莲灯无事可做，站在窗前看外面。花坛里的兰花被打得东倒西歪，雀蛋大的雨点不分青红皂白地砸下来，好好的草木都被打坏了。

等天晴时培一培土吧，刚下过雨不需要清扫沙子，可以跟着花匠到处走走，也许能到定王书房前也不一定。她踮足朝远处眺望，雨帘稠密，外面灰蒙蒙的，空气里弥漫着泥尘的腥气。想起昨晚，国师冒着风险来送药，现在忆起还有隐约的欢喜。

他说常在左右，不知在哪里。他没有说他面临的困境，但是她知道，定王有十万大军，有许多死士，他带来的人手不多，要渗透进去已经很费力气了。奇怪他可以多方算计，却从来不杀生，要是他能易容出马，恐怕十个定王也不够杀的吧！这人就是这么矫情，不过也好，她的杀父之仇，她想自己去报。待解决了定王，如果能够活着回长安，再杀了那条漏网之鱼。

可惜她一点都想不起她阿爷的模样了，还有阿娘，简直忘得彻彻底底。她只是抱定一个信念，杀了仇人，不让爷娘的血白流。

阿宝在旁边擦桌子，叫了她一声，笑道："心事重重，在想什么？不会是在想辰河殿下吧？"

她木讷道："想那些不相干的干什么？"

阿宝说："辰河殿下还没娶亲啊，将来要是回中原做官，远离了碎叶城就好了。"

她笑了笑，恐怕他们是打算回中原的，不是做官，是做皇帝吧！

忽然听见有人唤她，她忙到门前看，廊上站着一个满脸不耐烦的傅姆，交叠着两手道："小娘子随我到凉风殿去吧，殿下传召呢。"

她有些莫名："姆姆知道殿下传我是为什么吗？"

傅姆看了她一眼："殿下的心思我怎么知道？莫问我，你去了自然有分晓。"

莲灯躬身应是，随她往上房去，雨水溅到廊下来，打湿了她的裙角。她挨着墙根走，走到一处垂花门前遇见了那位辰河殿下，她抬眼笑了笑，对他行礼。

辰河殿下是很和气的人，揖手回了个礼，转头问傅姆去哪里。傅姆叉手道："王妃有事传召小娘子，奴婢领小娘子上凉风殿去。"说着堆了个笑容出来，"殿下今日的书读好了吗？勿乱走动，快回去吧，仔细老师训话。"

莲灯看那老奴虽然是笑着说，语气里却有轻慢的意思。什么样的主便会教出什么样的仆来，凉风殿里听差的都不太敬重世子吧！

她很快对他纳福，匆匆忙忙赶上了傅姆。待进入凉风殿，见王妃穿着春水绿的袒领，披着杏子黄的单丝罗画帛，正倚在凭几上看一幅裙料绣工。

她和昙奴交换一下眼色，昙奴一夜没睡，眼里有血丝，人依旧站得笔直。她上前肃拜，然后退到一旁待命。

王妃长久没有说话，拿着丝绢看了又看，赞叹秀女们绣工了得。半晌才把视线转到她这里来："你可曾学过刺绣？"

莲灯说："婢子是贫苦人家出身，没有机会见识绫罗，更没有机会学刺绣。只会一点简单的缝补，难登大雅之堂。"

王妃托腮看了她一眼："听你的谈吐倒像读过两天书的，贫苦人家也能读书吗？"

莲灯心里有些紧张，不知是不是哪里露了马脚让她看出来了。细想想应该没有，她从进王府起就特别留意，李氏再厉害，终究不是神仙，便垂手道："回殿下的话，我阿爷以前是举子，因为多次没能高中，后来才搬到了敦煌。婢子从小跟阿爷读书，些许认识几个字。"

王妃若有所思："我看你和一位故人甚像……母亲是哪里人？叫什么？"

昙奴转过眼来，不知定王妃是什么用意。莲灯敛神道：“婢子的阿娘也是关中人，闺名叫崔五娘，我阿爷唤她阿崔。”

王妃把目光转到横梁彩画上，悠悠地叹了口气，自言自语道：“阿崔……应该叫阿唐才对。”复对她一笑，“既然会缝补，那么一定会穿针。我要绣一面佛经，你来替我穿针。”

莲灯有些讶异，传她过来就是为了穿针，实在搞不清这位王妃又在打什么主意。

仆婢端着托盘过来，她看了一眼，果然和她预想的一样。哪里能那么简单让她过关，必定是针眼特别细，绣线特别粗。这种金线是拿多股绞成的，光钻过一个尖儿不管用，一拉这根线就勒坏了。所以王妃又开始刁难她，只不过这次不是武斗，改成文斗了。

终归免不了一顿好打，她边穿边想，这么下去真要糟糕了，仇报不成，整天受挤对，再好的耐心也要磨光了。想发作，但到底不能，只有咬着牙跟针线较劲。

她试了很多次，剪子把线头修了又修，实在穿不过去。这种事不像练武，耗费的是精神。她拿出浑身的解数来，依旧毫无进展。

定王妃给她的时间不多，笑吟吟地看着她，叫人搬来了沙漏：“如果沙子流完你还没有办好，那我就要惩罚你了。”

外面雷声震天，殿内窗扉紧闭，没有半丝风，光线也暗得可以。莲灯年轻眼睛尖，针眼是看得清的，只是这线委实太粗，就像小脚穿大鞋还能将就，大脚穿小鞋，连脚后跟都难以拔上。

求情没有用，要是定王妃能开恩，就不会给她出这样的难题。她咬着唇，鼻尖上沁出了汗。眼看沙漏快漏完了，王妃盘弄着染了蔻丹的指尖，笑得兴致盎然。

“到了。”最后一粒沙流完的时候她拍了拍手，“你连这样的小事都做不好，留在王府也没用。昙奴……”她转过头叫了声，“你初带她进来是为了有口饭吃，既然入府为奴，不管是私奴还是官奴，在我门下就要听我调遣。我与你找了户人家，管仓的蔡十八几次求赏赐，一直没有合适的人选，我看你身强体健，不会穿针，挥锄应当不难。你去与他为妻吧，别在府里待下去了，我不喜欢你。”

不喜欢说得直截了当是不错，可是要把她嫁人，这个听来有点可笑了。莲灯揖手一拜：“请殿下恕罪，婢子有孝在身，即便要嫁也要等两年后，眼下许人，是为不孝。”

王妃勃然大怒："身上有孝如何进王府来？触谁的霉头？"扬声叫来人，"把这贱婢送到奴市上，不拘谁家，卖了再说。"

几个家奴揎拳捋袖便要上来架人，这是莲灯和昙奴始料未及的。昙奴打算求情，若是实在没有转圜，大不了拼个鱼死网破。刚想张嘴，听见门上有人叫了声住手，转头一看，是世子殿下。

那些豪奴立刻退了下去，辰河对王妃长揖一礼："什么事叫娘娘动怒，告诉儿，儿为娘娘出气。"

王妃脸上略微缓和了些，毕竟是自己的儿子，纵然再不待见，世子的名号在这里。将来大王老死，她还要从子的，虽然她不认为辰河能够活得比他阿爷长。

她指了指莲灯："叫她穿针都穿不好，王府不养闲人，所以命人把她卖了，眼不见为净。"

莲灯看准了时机向世子哭求："我不想被卖，求殿下救救婢子。"

辰河给了她个安定的眼神，对王妃笑道："儿昨日见她在园里扫地，今日怎么到娘娘身边做起女红来了？本就是粗手大脚的人，像村夫野老不懂诗词作画一样，搬弄笤帚的人不懂得穿针引线，自然会讨娘娘的嫌。若是娘娘见了她不快，让她去儿苑里吧，我正好缺个做粗活的婢女，请娘娘把她赏赐给我。"

王妃横过来一眼："你年纪尚小，目下就急着物色了不成？"

辰河也不焦躁，心平气和道："儿只是缺个杂役，娘娘误会了。"

王妃显然很不高兴，但又不能公然拒绝，叫人说一个奴婢都不肯赏给儿子，更坐实了她轻慢世子的罪名。想了想，不过是眉眼稍像罢了，该死的人已经死了，也不必那么耿耿于怀，便不情不愿地点了点头："既然你要，就带回去好好管教。漠上来的莽婢，不调理不成人。不过我同你有言在先，你身子不好，奉御说过弱冠前不得御女，你要放在心上，别白糟蹋小命。"

辰河顿时红了脸，诺诺道是。莲灯给昙奴丢了个眼色，请她少安毋躁，自己跟着世子退出了凉风殿。

没想到无心插柳，让她离定王又近了一步，这是个值得庆幸的飞跃。世子常和定王有往来，比起那位刁钻的王妃要得宠多了。她只要抱紧世子的大腿，不愁见不到定王。

她追上前去不住拜谢："今日多亏了殿下，否则我还不知要被卖到哪里去呢！殿下对阿宁有再造之恩，请殿下留步，受阿宁一拜。"

他伸手在她肘上托了一把："你入凉风殿，我就知道会出事，因此一直在游廊上候着，得到消息便来营救你。你不必谢我，我不过是为弥补以前的遗憾，曾经可以救个很亲近的人，却因为怯懦没有出声，结果害了她……你和她长得有点像，我不忍心见你被贩卖。跟我回世子苑，你不出门，王妃也不会来寻你的衅。我那里没什么要紧的事，平时整理整理书籍，我练字的时候替我伺候文房就是了。"

她愣了下，这位佳公子倒像浊世间的一泓清流，可能是这定王府里唯一善性的人了。不过知人知面不知心，说不定也是怀疑她和昙奴，顺势而为罢了。

她结结巴巴道："婢子粗手大脚……"

他回头一笑："我刚才是为解围才这么说你的，你不要放在心上。我看得出你和那些仆婢不一样，我在外听见你说以前读过书，好好的人，别困在一堆粗活里，浪费了以前的学问。侍弄纸墨虽然琐碎，但胜在轻省雅致，尚且不算辱没了你。"

莲灯忙点头："婢子求之不得，殿下真是我的贵人，难怪术士说我今年吉星高照呢，原来吉星正是殿下。"

辰河眉眼安然，看她的时候眼睛里没有他想。转过头望天，雨渐渐停了，天空被洗刷一新，蓝得几乎滴落下来。一道光照在他面前的青砖上，他驻足喃喃："放晴了。"

莲灯是用了心的，对他口中能救却没救的人感到好奇："殿下说我长得像一个人，那个人是谁？"

他沉默下来，隔了一会儿才道："是小时候最看重的人，我们相差两岁，你的年纪和她差不多。"

"那她现在在哪里？"她厚着脸皮追问，"殿下为什么不救她？她犯了什么错吗？"

他定定站着，似乎陷入回忆里，极慢地摇头："她什么错都没犯，只怪没有托生到好人家。现在……可能在一个青山绿水的地方，过着没有纷扰的生活吧。"

莲灯未探出什么内幕来，对他的话也是一知半解，然后随他回行苑，那里有鸟语花香，还有竹楼清泉。

辰河就像他的名字，与世无争得出奇。他们刚进厅堂，正逢他门下詹事来回禀某些动摇他世子地位的事。他听后不过一笑："不管他，这个位置本就是能者居之。能者亦多劳，我这样懒散的，做个太平闲人也无妨。"

莲灯狐疑地打量他，不争功名利禄，这份胸怀倒比国师还豁达些。接下来在他身边侍奉笔墨，更证实了这点，他练字作画，随随便便就能消磨半天。定王倒是极看重他的，他不去时，偶尔派人送些果子来，不时打发人询问课业。他在学问方面很有天分，仿佛身体上的不足都积蓄起来储存在了大脑里，定王很爱这个儒雅博学的儿子。

在世子行苑的日子，时间变得很静很舒缓。她无事可做时翻翻他的手记，他零星记录下西域的风土人情，说要写一本《西域经略》。

他的书房在竹楼，竹楼有三层，下面两层用来读书和处理日常事务，顶上一层作为起居。二层的书房外有一个很大的平台，通常太阳到了西边，那个地方就是背阴的。莲灯心思沉重时喜欢坐在边缘，两脚悬空着，可以逐渐平静下来。

辰河对她很友善，不像对待普通的婢女，愿意和她亲近，把她当成故友一样。某天得了厨子新做的胡饼，学她的样子凌空坐着，分了她一个。

“以前我也常同她这样并肩而坐，边吃饼，边聊外面街市上发生的趣事。”他笑了笑，澄净的一双眼微微乜起来，看远处被太阳炙烤得扭曲荡漾的城池，怅然道，“但我母亲不许我和她在一起，因为地位悬殊，我是落地就被册立的世子。有时候我会想，如果我只是个普通人，是不是可以一直保护她，直到她出嫁。”

莲灯歪着脖子看他：“殿下和她青梅竹马？”

他扬起唇，露出尖尖的、有些俏皮的虎牙：“比青梅竹马还要更进一层，她是我的妹妹。”

莲灯很惊讶，只知道定王有六个儿子，并没听说有郡主。那么他口中的妹妹，难道随那些孺人一同被撵出王府了？她有些奇怪，什么样的父亲才能眼睁睁看着自己的骨肉流落在外，难道女儿不是人吗？王妃不论对错，任她在王府里翻云覆雨？

但腹诽归腹诽，终不好评断谁是谁非。对子骂父，则是无礼，她只管夹着尾巴做人，一切只为静待时机接近定王。不过觉得那位郡主很可怜，金枝玉叶，却不能供养在王府。

她咬了口胡饼，饼里夹着羊肉，羊肉肥得流油，险些滴在她裙子上。她忙拿手擦下巴，转过头憨憨对他一笑：“殿下与郡主分开时多大？”

他低头想了想：“我那年七岁，她不过五岁。”

她哦了声：“已经过去十年了，殿下那时尚小，保护不了她，所以不要自责，我想她不会怪你的。”

他露出个苦涩的笑：“我也知道，彼时说话没有分量，就算阻止也没人会听我的。只是觉得兄妹一场，当时没有争取，心里一直很内疚。”

“那么殿下后来可曾找过她？”

他摇了摇头：“容不得我去找她了，她随她母亲去了敦煌，离这里十多天的路程，我没有借口离家这么久。再后来听说她死了……死在豆蔻年华。”

他说到伤心处泪盈于睫，怕她看见，很快转过头去。莲灯没有再追问，不想勾起他的伤心事。叼着胡饼眺望远方，碎叶城在夕阳里渐渐凉下来。她看到护国寺以南的那片坟场，扬手指了指，有意问：“那里光秃秃的，是什么地方？”

辰河顺着她的视线望过去，随口道：“是回回城主的墓葬，葬着一整个家族。半个月前被人开了盗洞，丢失了一卷很珍贵的经文。”

她眨了眨眼：“有人盗墓只为经文吗？是什么经？”

他沉了嘴角：“据文献记载，应当是《渡亡经》。当初莲花生大士云游到回回，赐经与回回君主，经文可招百万阴兵，也可令人起死回生。那时城主立了奇功，回回君主为了犒赏他，将一部分《渡亡经》镌刻在丹书铁券上赏赐给他。城主薨逝后，这面丹书铁券便随主殉葬了。”

莲灯到现在才摸着头绪，那个铁块原来有这种作用。招阴兵，起死回生，听上去很不可思议。她有点心虚，东拉西扯地笑起来：“当真能起死回生，为什么那个回回城主自己死了呢？”

辰河笑道：“不过是个传说罢了，但我觉得对的东西也需对的人来用，比如太阿[1]当随秦始皇，换了别人，说不定还不及砍柴刀呢。”

莲灯虚应了两句，心里却惴惴不安起来，丹书铁券的丢失也许已经引起定王的注意了，那么国师为什么不先杀定王再去取《渡亡经》呢，想来有他自己的考虑吧。

也许是风大，辰河在竹楼上吹了太久，夜里发起热来，心悸伴着咳嗽，病势汹汹令人惊惶。行苑的詹事忙去禀告定王，连王妃都惊动了，夫妇两个从两处赶来，彼此见了面也没好气。

李氏无处发泄，左看右看，看见了莲灯，仿佛她是个瘟神，照准了就是一个响亮的耳光，厉声斥责道：“我早说将你撵出去的，世子偏念你可怜，现在怎么样，命都要交待在你手里了！你草芥子一样的人，拿什么来偿世子的命？”说着又打又

---

1 太阿：又名泰阿，十大名剑第四位，秦始皇曾佩宝剑。

骂不肯罢休。

莲灯只得一径装懦弱，捂着脸哀哀哭道："世子白天还好好的……是婢子伺候不周，婢子有罪。"

"有罪？将你活剐了都不解我心头之恨！"王妃牙咬在肉里，再要动手，被定王猛地抓住了胳膊。

"世子还活着，你叫她偿哪个的命？世上竟有你这样的母亲，盼着儿子死！四十来岁的人，不知道什么话是忌讳，白活这么大年纪！"定王压声责骂，狠狠将王妃一推，要不是有傅姆搀扶，早就把她推得四仰八叉了。

王妃捂脸号啕起来："我的儿，叫我如何是好……"

定王只顾皱眉，也不管她，坐在辰河床头，接了奉御的冷手巾来给他敷额，轻声唤他："辰儿，是阿爷，你感觉如何？"

辰河艰难地睁开眼，看看父亲，又看向莲灯："阿宁……"

莲灯忙上前，蹲在他榻前说："殿下，婢子在这里。你好生养病，婢子不要紧，一点都不疼。"

她这话很有引导性，果然定王回头看王妃，雷霆震怒压都压不住："你来作甚？不叫他担惊受怕你就浑身不舒坦？看看吴娘子，人家养育子女，你也养育子女，你堂堂王妃，怎么连个妾侍都不如？"复断然一喝，"回你的凉风殿去，没有要紧的事不许出来。世子这里少了你，只怕还好得快些。"

看来定王与王妃的积怨是很深的了，莲灯听在耳中，料想其中一定饱含了长久以来的种种不满。

王妃被训斥一顿怏怏去了，定王起身看了莲灯一眼，复对众仆道："先前医官的话都听见了？殿下身边短不得人，给我睁大眼睛注意他的病情。本王宣人夜谈，今夜就在晖德殿里，若有拿捏不准的事，即刻差人来回禀。"

莲灯忙敛袖肃拜下去，与众人齐齐应了个是。

一直无梦可做的人，忽然之间做了个冗长的梦，一点一滴全在心上。

没有人生来是英雄，正如没有一位开国皇帝不经历严酷的斗争一样。临渊是怎么走到今天的，除了自己，没人知道。

梦从很久以前开始，久到算不清了……一个与家人失散的孩子，在市集的人流里匆匆奔跑，可是周围不见爷娘的身影。他恐惧孤单，不知如何是好。所有人都对他视而不见，从他身旁走过，仿佛他是被人遗弃的猫狗，太寻常，没有人愿意为他驻足。他看着人群失声痛哭，开始考虑找不到回家的路应该怎么办，这时有个穿深衣的人来到他面前，那个人很高，衣缎考究，戴着胖脸娃娃的面具。他呆呆仰头看，面具挪开了，后面是张非常美丽的脸。

“和阿娘走散了吗？”他弯下腰，慈眉善目地对他微笑，“我先前遇见你阿娘了，她有急事要办，托我照看你。你跟我回去吧，等你阿娘办完了事再来接你。”

他信了他的话，随他去了那个辉煌已极的家。他对他很好，不停送他礼物，从美食到玩具再到小马。他记不得在这片宫殿里住了几天，每天都盼望着爷娘来接他，可是希望在每天的落日里宣告破灭，后来他遗憾地告诉他：“你阿娘恐怕不要你了。”

他听后号啕大哭，吵闹不止，求他送他回家。他显得很为难：“你爷娘已经搬离长安了，如果不相信，我带你回去看看。”

他趴在他的背上，他走得很快，几乎像在风云里奔跑一样。很快到了他和父母同住的坊院，只看见萋萋的草木和半开的门扉，他奔进去，已经人去楼空了。

小小的心都要碎了，他不明白为什么爷娘不要他，他一直很听话，从来没有做错任何事。他哭着追问，他交叠着双手说：“世上很多事没有原因，你不需要探究，只要知道结果。”

被遗弃过一次，恐惧扩张得比原先更大。他紧紧拽住他的衣角不松手，他垂首看他，无奈道：“我要回去了，你怎么办呢？”

他期期艾艾地说：“我能不能同你一起？我尚小，一个人没法生活。”

他露出微微的笑意：“跟我回去可以，但你必须拜我为师，听我的话，你能做到吗？”

他已经别无选择了，点点头道：“我可以。”

他蹲下来，摸了摸他的脸：“如此甚好，等你慢慢长大，会变成另一个我。”

他不懂这话里的含义，只是茫然看着他。师父冰冷的手牵起他，他顺从地跟他回到神宫，师父永远没有温度，直到将死的前三年，才开始慢慢回暖。

要变成另一个他，不是件容易的事。师父为他正骨，三岁的孩子骨骼柔软，尚未定形，他揉捏他的脸，即便手势很轻，依旧让他疼痛难当。他传承师父的衣钵，学他说话的语气和日常的小动作，越来越向他靠拢。长到十三岁的时候师父不再让他见外人了，将他锁在九重塔里，一锁就是六年。

他站在镜子前审视自己，已有了国师的雏形。再后来和师父并肩而立，已经分不清谁是谁了。他知道自己终有一天会取代他，也开始明白遭父母遗弃的幻象是师父刻意制造出来的，因为他是世上唯一一个拥有纯阳血的孩子。

他常觉得心里有怨恨，可是怨恨谁呢？是被迫与自己分开的父母，还是把全部心血倾注到他身上的师父？他的生命里缺失了很多东西，亲情、友情、爱和自由，那也是他本身的原因造成的。纯阳血的人永远不会变老，如果行走在世间，他最后只能是个怪物。

师父辞世时满百岁，仍旧是青春正盛的模样，临终前告诉他：“你可以从这座塔里走出去了，从今天起，你就是临渊。”

临渊这两个字，与其说是名字，不如说是官职，他有责任传承下去。他像摆脱了束缚的野马，肆无忌惮地活了好几十年，慢慢意识到该像师父一样找接班人了，可是不想拐小孩。想起当时恍如谪仙的师父怎样口吐莲花地哄骗他，他就觉得师父的形象轰然崩塌。他是个力求完美的人，不想将来入了土还被挖出来鞭尸。所以想了另一个办法，找到《渡亡经》，或是让自己死而复生，或是让师父死而复生。

要取《渡亡经》，需要纯阴血，恰好这个时候出现了对的人，那个人就是莲灯。

想起她，马上有无数奇怪的念想并行，她的脸在他眼前飘来荡去，时而狡黠时而木讷。忽然哭着大喊一声“老妖骗我”，他吓得一激灵，顿时从梦里蹦了出来。喘上两口气，不远处还是明月竹楼，竹楼里灯火摇曳，定王世子在榻上病得糊里糊涂。

今夜大概不会有什么进展了，他年纪大了，熬不得夜，会有黑眼圈的。他从枝头跳下来，落地后对夏官摆摆手，命他继续盯着，自己回行辕去了。

夏官抬头看天色，将近寅时了，莲灯守在定王世子榻前照应，算得上尽心尽力。

其实这样不对，老话说父债子偿，定王害死她一家，就算拿辰河来祭悼也无不可，可不知为什么，她不想让他死。她的仇恨算得很清楚，一桩归一桩，辰河品行不坏，让他活着接管碎叶城似乎不错。

她替他擦汗，听见他喃喃叫阿宁，感觉有些摸不着头脑。她不过是个侍女，不至于让他念念不忘。侧过耳朵细听，渐渐有点恍惚了，似乎是阿宁，又像是安宁，叫人一头雾水。

好在他命大，喝了药闷上一身大汗，到天微明时就清醒了。莲灯很高兴，忙伺候他喝水，喂他米粥。他有了力气，歪在引枕上很难为情地笑道："昨夜吓坏你们了，去回大王一声报个平安，我这里不要紧了，你们都散了吧！"

屋里的人都回去休息了，莲灯打算走时，他叫住她，指指重席说："睡这里吧，让我看得见你。"

莲灯愣愣地望向他，他笑了笑："我昨晚梦见她了，还是我们小时候的样子。你在这里我觉得安心，就像她还活着一样。"

世子幼时应当很寂寞，所以非常珍惜这段兄妹情。莲灯有时候想，自己能有这样一位兄长多好，可惜没这个福气，百里都护膝下无子，只有一女罢了。

她抱着裙子盘腿坐在重席上，歪着脑袋看他："殿下现在好些了吗？"

"好多了。"他说，"就是有点头晕，不要紧，休息半天就好了。"

"你有痼疾吗？怎么突然就病了呢？"

辰河嗯了声："娘胎里带来的，每隔两个月病一次，从小就是这样。"

"那要小心了，以后不能坐在风口，万一受了寒多遭罪。"她躺下来，闭上眼睛。

他又轻轻叫她："阿宁，我说梦话了吗？"

她合着眼道："说了，殿下不停地叫阿宁。"

辰河红了脸："不是叫阿宁，我梦见妹妹了，她的名字叫安宁。"

莲灯浑浑噩噩正要入睡，听到他的话不由得睁开了眼："郡主叫安宁？"心头疑惑着，脸上笑得有点憨傻，"和我的名字很像。"

就是因为这诸多的像，才让他心生怜惜。他抬起手遮住眼睛："我对不起她……很多方面对不起，罪孽深重。"

没有出言阻止就是罪孽深重吗？似乎有点自责过度了。病中的人心思沉，她也没有放在心上。

世子好起来后，定王政务繁忙没有再来，莲灯有些失望。不过他不来，辰河却打算过去寻他，八月初四是郡主的忌日，他想办一场超度的法事，然后将妹妹的骸骨移到碎叶城来。

定王心中有大事，根本不愿操心这些，于是父子间爆发了激烈的争吵。莲灯在外面静静听着，辰河指责他没有尽到做父亲的责任，定王气得声线颤抖，大声道："我以为你知道内情，原来这些年你都在怨恨我。我为什么要尽责任？来路不正的孩子，我为什么要认下？你有满腔手足情，可以寄托在你兄弟身上，何苦对她念念不忘？这件事叫我颜面尽失，这么多年我一直想忘记，为什么你要不停地提醒我？

让阿爷如在深渊，你就是这样为人子的吗？”

辰河有些哽咽：“阿爷何等英明的人，为什么对自己的家事这样糊涂？你连滴血认亲都不愿意，如何确定她不是你的女儿？阿妹聪明可爱，你说过她深肖乃父，难道这些话都不算数了吗？”

殿里哗啦一声响，似乎是笔筒被扫落在地了。莲灯一惊，待要进去，见辰河从里面出来，红着两眼未置一词，拂袖往游廊那头去了。

她忙追上去，气喘吁吁地叫殿下：“有话好说，何必动怒呢！”

辰河毕竟是十八岁的少年郎，也有他的脾气和任性，回去后把房里的东西都砸了，然后站在一地残骸间，脸色气得铁青。

众人都不敢相劝，踽踽在外面盘桓。莲灯扒着窗户探看，他形容落寞，她不知道怎么开解他，只说：“殿下为这事和大王吵，不值得。”他瞥见她那双可怜兮兮的大眼睛，心头的阴霾才逐渐散了。

可什么叫不值得？他同她说起了陈年往事，完全就是一出离奇的闹剧。

安宁的母亲唐娘子是都护府有名的美人，可惜美人多舛，自小在凉州一户世家为奴。后来世家败落，被一名校尉相中收作小妾。妾这类人，从来不享有选择的权利，常被作为财产自由赠予。校尉到了定王帐下，为讨好上司，将唐娘子送进了王府。唐娘子聪慧美貌，很得定王欢心，然而登高必跌重，她年轻气盛，凡事不饶人，因此得罪了王妃和一众姬妾。唐娘子入府第二年产下一个女儿，定王很是珍爱，可慢慢地流言四起，说郡主不是定王的骨血，是唐娘子私通旧主所生。甚至有人呈送了他们的书信，言之凿凿，要将这件事坐实。

定王自然不信，他不觉得唐娘子跟了他，还会留恋旧人。于是王妃自作主张抓了校尉，未消几次拷打校尉承认了，之后便有了王府遣散婢妾的事。

莲灯听得恍神：“大王怎么相信了呢，换作我，我是不会信的。”

辰河说：“有时候爱之愈深，恨之愈切。如果没有投入感情，便不会觉得被伤害。”

她叹了口气：“那么郡主就随母亲流落在外吗？为什么会死呢？出了意外吗？”

辰河缄默下来，两手合十压在鼻梁上，觉得十分不好开口。顿了很久才道：“是我母亲……唐娘子独自带着安宁生活了八年，对于无依无靠的母女，不知她们是怎样活下来的。四年前她们辗转到了敦煌，王妃得知后派人剿杀，安宁同她母亲一起……死了。”

莲灯心头栗栗打起战来，明明是别人的事，她竟然有种感同身受的错觉。她捂着嘴抽泣，不屈道："王妃太过分了，她们母女死前该有多恨！"

辰河苦涩地笑了笑："她们会恨，但恨的是我阿爷。唐娘子母女的死讯传到碎叶城，大王知道是王妃所为，拿了她派遣的人，结果他们声称是受大王之命，送她们母女上路时也是这样对她们说的。"他用力握紧拳头，握得手指发白，"我知道儿不能怨怪父母，可我母亲是这样残忍的人，我一度无法面对她。"

莲灯问："大王怎么说？这事就没有任何交代吗？"

辰河垂眼道："唐娘子的冤屈没有洗刷，到最后依旧背着骂名，即便处死也不会有人来主持公道。大王纵然生气，但木已成舟不能将王妃如何，这事便不了了之了。"

因此李氏这样的人不单可恨，简直够得上可杀。她打算好了，待结果了定王之后，李氏绝不能放过。恶毒的人有什么道理活得那么滋润？她举手之劳，算是为可怜的唐娘子母女报仇了。

她转过头来看辰河，王府深似海，能出他这样的人，大概就像祥瑞一样稀有。他为这个不知道有没有血缘关系的姑娘伤心了这么久，同她提起时也一口咬定说是妹妹，在他心里安宁和他一样，都是定王的骨肉。只可惜做父亲的不承认，他再争取也没有用。

莲灯试探道："殿下要为郡主迁葬，派人前往就是了。把她们接到碎叶城来，方便祭拜。"

他说："我想让安宁进家庙，配享尊荣，这是我唯一能为她做的。"

莲灯觉得有点难："毕竟人都死了，已经没法判定谁是她的生父了，殿下还是不要过于执着了。把她们接回来吧，唐娘子一定很想回到碎叶城。"

他考虑了下，终于点头："当初只是草草掩埋，要找到恐怕得花点力气。"说完面对夕阳叹息，"安宁去世有三年多了，如果她还活着，今年应该十六，到了许人家的年纪……"

倘或有兄长，有父亲，那么安宁的人生就是截然不同的了。遗憾的是生在王府，母亲地位不高，没有自保的能力。和她相比，自己虽然死里逃生，但她至少曾经有过健全的家，是爷娘的独生女。

别人的家事，当然只是随意一听罢了，她依旧心无旁骛，想尽办法寻找接近定王的机会。好在辰河和定王的父子情经受得住考验，定王并没有因为他的顶撞就将他冷落在一旁，每有清谈会叫上他，听他讲述对农耕畜牧的见解，常常满脸带着骄傲的微笑。

不过他身边戍守的人太多，他不进后院，没有诸娘子需要避嫌，身边的护卫一刻不离左右。似乎只有来世子行苑时才放松戒备，他对儿子总是不设防的。莲灯同昙奴商量："准备得太多，总没有机会。我打算碰运气，要是哪天让我抓住时机，我会及时出手。你这几日就想办法出王府吧，既然我已经进来了，你也算将佛送到西天了，不能一直守着那个悍妇。"

这是个难题，其实最大的阻碍在于昙奴不能进世子苑，如果同进同退，她也好有个帮手。

昙奴坚持不走："我一旦离开，他们势必留意你，你就没有机会了。我还是在凉风殿供职，你只管办你的。要是有刺杀消息传来，我先杀了李氏再说。"

莲灯打发不掉她，知道这个朋友是拿命交付的，便不再多言了。如果有幸一起逃脱最好，如果运气不佳，两个人一同下阴曹，黄泉路上也好有个伴。

莲灯下了决心，贴身藏匕首，只等定王来看望辰河。有时候人的预感很灵验，她觉得机会就在不远处了，也许今天，也许明天。要动手前有点想念国师，不知道他现在在干什么。这个人神出鬼没，那晚之后就没有再见过他。她是年轻女孩，正处在爱恋最炙热的时候，稍久不见，难免怀疑他是不是真心喜欢她。还有那颗"情比金坚"，不知是真货还是假货。

拥抱会上瘾，她在完成一项九死一生的任务前，希望他能给她安慰。可惜了，她喜欢上的人自大又自私，他永远不知道她想要什么。

她深深呼了口气，算了，有缘再相见吧！希望那药对他有管束作用，在她死后他依旧孤身一人，在漫长的生命里坚守承诺。如果他中途又和别的女人情比金坚，她说不定会爬上来找他谈话的。

第二天定王果真来了，自己携了一坛酒，进门便问世子哪里去了。

莲灯往后指了指："殿下在池边种红药，马上就回来。"一面说一面接过了定王手里的酒坛子，今日他是一个人来的，正撞到她心坎里。她扬起笑脸："大王要和殿下把酒言欢？"

定王并不是个和蔼的人，不过对她印象不算差，还愿意同她说两句话："这是一位高僧从吐蕃带来的药酒，常饮可以强身。你看好时辰，每天早晚各一杯，伺候殿下饮用。"

莲灯应了个是，把酒坛子搁在了长案上。回身一顾，定王背对着她，正看墙上一幅新画的山水图。她摸了摸怀里的匕首，忽然听见定王问她："你叫阿宁？"

她略怔了下："是，婢子叫阿宁。"

"你去过凉州吗？"

她不知道他为什么会问这个，去是去过的，不过两次都是途经，没有停留。

"婢子一直随爷娘在敦煌，没有去过凉州。"她嘴里敷衍，留意四处的动静。好得很，竹楼内外都没人，最近的戍卫在五六丈开外的地方，就算扑救也要时间。她慢慢走近一些："大王在凉州有旧相识？"

定王许久没说话，似乎在追忆什么，或许是突然想起了唐娘子，还有那个不能确定来历的孩子吧！终究爱情敌不过流言，这样的枭雄也有判断困难的时候。他茫然道："是有旧相识，可惜同行四年后走失了，后来越行越远，如今只活在记忆里。"

看样子是不会回头的，墙上那幅画儿画的正是凉州八景之一的金塔晴霞，辰河的书法极好，一角用草书写着"金光照耀矗扶登，七级千寻万缕腾"，大约此景令他想起了往日。

莲灯握住了匕首的刀把，尽量稳住声气道："大王为什么不去找她呢？"但已经无暇顾及他回答什么了，抽出匕首，向他的背心刺了过去。

她以为无论如何会成功的，可没想到被人擒住了手腕，回头看，是辰河。他简直痛心疾首的样子，厉声质问她为什么要这么做。

定王回过身，正对上明晃晃的刀尖，他也不显得惊讶，哼笑一声道："你们入府便可疑，撑了半个月终于还是原形毕露了。"言罢在她小臂上狠狠一击，她吃痛，匕首落在了地上，他一脚踢开，阴鸷地看着她，"你是受了何人指使？说实话，本王可以给你留条活路。"

莲灯知道大势已去，这次功败垂成，是她命里注定的劫数，倒不如一死，图个干净。

她这么想，也有恒心这么做。手脚被制住了，她还能咬舌。可是辰河预先有了防备，在她颊车穴上一点，她连嘴都张不开，咬舌更是无从谈起了。

年纪轻轻的姑娘做死士，可惜了花样的年华。辰河虽然感慨，但她的目的是他阿爷，这点断然不能姑息。回身传外面的守卫："去凉风殿将昙奴押解起来，严加拷问。"

莲灯被他们推搡着送进了牢房，欲图刺杀皇亲，这是足以灭门的大罪，不过她早就没有家人了，便是一副大无畏的样子。

定王自然很生气，冷声道："若是不顾昙奴死活，你只管自尽。你前脚死，后脚就让昙奴殉葬。"他解开了她的哑穴，令人将她吊起来，吊得高高的，就像悬在半空中的一块腊肉。

莲灯咬牙坚持住，没什么大不了，不就是一条命嘛！可是昙奴她终究放不下："这件事和她没关系，她不过是为报救命之恩才把我带进王府的。我谋划的一切她都不知情，不要难为她。"

越是这样说，越是在乎得紧。定王是老狐狸，顺着她的话道好："重情义的一般都不是宵小，本王敬重你的为人，也愿意听一听你的辩解。只要你说出幕后主使是谁，你和昙奴都可以离开，本王既往不咎。"

莲灯嘲讽一笑："没有主使，大王想让我招供谁？"

辰河看在过去半个月的相处上，还是怜惜她的，好言道："我不信你小小年纪能有什么深仇大恨，替人卖命，最后落个惨淡收场，你还年轻，有大好的人生，为什么要糟蹋自己？如果是为钱，我给你钱，你可以找个地方平静生活。如果是为情，你所做的事已经足够偿还了，难道非要赔上性命不可吗？"

莲灯知道他是好心，但任何事都不足以和他父亲的安全相提并论。在她举起刀的那一刻，她就已经站在他的对立面了。她抿紧唇不说话，未几牢门前传来一阵凌乱的脚步声，昙奴被庞校尉押解进来，两条手臂死死反剪着，没有反抗的余地。抬头看了她一眼，眼神交流足够了，用不着说多余的话。

她们都是硬骨头，这么不怕死，算得上女中豪杰。定王却觉得很讽刺："昙奴原是本王的死士，一直对本王忠心耿耿，今天演变成这样，委实令人心寒。我想里面必定有误会，说出来，天大的事有本王，本王来解决。"说着语速逐渐减慢下来，转头看向莲灯，"不过本王愿意网开一面，却不能忍受多番被人愚弄。"示意她看另一个架子上的铁钩，"有武艺的人，若是穿透了琵琶骨，这辈子就毁了，你愿意看着她生不如死吗？"

莲灯骤惊，她自己不惧死，却不能看着昙奴受苦。她说不："不要伤害昙奴，一切都是因我而起，和她毫不相干。"她顿下来，深深吸了口气，"我并不是受人指使，大王可还记得三年前的安西副都护百里济？他是我父亲。我今日为父报仇，棋差一着。既然落在你手里，无话可说。要杀要剐，悉听尊便。"

时都散了。昙奴转过头望向窗外，夜色渐渐弥漫上来。碎叶城的傍晚很有意思，西边的天还留有红霞，东边的天已经覆盖上了很浓重的墨色。她长出一口气，可是才吐了一半，那口气就卡在了嗓子眼里。她看见廊柱后有人站着，只露出半张脸。飞扬的眉梢，沉沉的眼睫，她顿时一个激灵，那是国师。

她对他一直有种很深的恐惧，刚才莲灯的话应当是被他听见了。他现在心情不好，心情不好可能会干出点奇怪的事来。

莲灯看见她神色有异，多少察觉了些，转头对辰河道："时候不早了，阿兄早点回去吧。"

辰河道好，站起来往外走，走了几步回头看看，仿佛怕她消失一样。见她还在，抿唇微笑："你先将养两日，待身体好些了，我命人置办个宴席，我们吃一顿团圆饭。"

她说好，他欢欢喜喜地去了，待他一出院落，国师立刻寒着脸进来了。

昙奴看了莲灯一眼，还和同行时一样，知情识趣地避让开了。刚走几步就听见国师不屈的声音："本座哪里老了？"她吓得一缩脖子，快步离开了上房。

莲灯没有那个心思来迁就他的小脾气，蹙眉问："国师来我这里，难道就是为了同我辩论这个？"

他倒是消停了，立在重席上不说话。

莲灯心烦意乱，起身在窗下踱步，满心的疑问要等他解答。她转回身望着他："我的身世究竟如何，你要给我个准话。明明那时你们都说我是百里都护的女儿，为什么现在我阿爷成了定王？那之前刺杀他的事做何解释？你们是想安排我弑父吗？"

国师觉得这里面还是有点小冤枉的："要你杀定王是你母亲的遗愿，当初你们被逐出定王府后，你阿娘带你离开碎叶城，去了姑臧。多年后定王出击突厥凯旋，你阿娘想让定王认下你，便带你回了敦煌。结果定王没见到，却招来王妃派的杀手，你阿娘含恨而终，放舟和王朗为了让你不那么难过，稍稍为你改变了一点记忆……"他一面说着，一面谨慎地察言观色，"那时候恰逢百里济一案论处，为了让你日后没有负担，就把你归到百里济名下了。"

她听得脑子里一团乱麻，这么轻轻松松的几句话就完了，原来她和百里济没有任何关系。她母亲恨定王，让她报仇是应该的。可是为什么他们要将她引到长安，又牵出这么多是非来？

她紧紧握住了拳："这一切都是出于你的私心，最终不过是为了利用我取铁券，是不是？"

他脸上浮起了愧色："那时候我不知道你愿不愿意，铁券上篆刻了《渡亡经》，这种经文不能沾染怨气，否则会弄巧成拙。"

"所以你就欺骗我的感情，让我心甘情愿为你去死？"她哭起来，觉得自己的世界一下子坍塌了。她虽然不是缺少爱情不能活的人，可是被他这样愚弄，她觉得自己简直就像个傻瓜。

他手足无措："我没有欺骗你的感情，我也付出了。你以为同你在一起的时候我都是装的吗？本座这样骄傲的人，怎么能委屈自己取悦女人？我是真的喜欢你，否则我不会把自己的一生和你捆绑在一起。"

莲灯并不这么认为，她从没后悔为他取经，可现在却彷徨起来："如果我那时流光了血，你还会吞那个药吗？你完全就是事后良心不安做出的补救，何必说得冠冕堂皇！"

虽然当初出于一个有点冷血的打算，曾经想过把她丢在墓里，但好在及时后悔，还是把她带了出来。她哭得涕泪滂沱，他不知怎么办才好。卷着袖子给她擦泪，似哭似笑道："你别这样，《渡亡经》可以起死回生，只要你死透了，七天之后本座就能把你招回来。"

她不要他的假好心，奋力推开了他："我知道你的打算，如果我杀了定王，你便可以顺利接手那十万大军。万一杀不了，你正好借此现身，策反定王，举兵入中原。"

他张了张嘴，发现她忽然变得那么聪明，有点让他招架不住。灯下的人横眉怒目，他哀哀叹了口气，抱着广袖道："让你做回郡主难道不好吗？你是皇家血脉，将来本座说不定还有依仗你的时候，哪天当不成国师了，我想做你的面首。"

·第十三章·
月下

莲灯被他气笑了：“你还知道羞耻心是什么吗？”

他见她一笑，马上觉得云开雾散了，起先不敢对她怎么样，现在觍着脸挨过来，谄媚道：“笑了就好，就不生本座的气了。其实并不是多大的事，你我现在都好好的，这就够了。”

什么叫都好好的？她遍体鳞伤，不认为自己哪里称得上好。这一路走来跌跌撞撞，分明有很多坎坷可以避免，却被他耍得团团转。她看着他，心头凄凉：“你这人真的很自私。”

他歪着头想了想：“我确实趁乱为自己谋了点私利，我心机太深，对不起你。但你若不来长安，我们就不可能认识，也不能两情相悦。所以很多事冥冥中早有定数，你说是吧？”

她虽然觉得他口才了得很讨厌，可是细想也不无道理。如果不去长安可能会错过他，错过他……对她来说不知是幸运还是遗憾。她只希望有平静的生活，如今看来这个愿望是再不能实现了。

“一个人一辈子可以不动情就好了，像我师父，到死都是孑然一身。但我命里遇见了这样一个人，只可惜来得有点晚。如果早上五十年，或许可以一起寿终正寝。”他喃喃低语，广袖下的指尖抬了抬，悄悄握上她的手，“莲灯，之前的事过去了就让它过去，对你阿娘也算有了交代，以后踏踏实实做你的郡主吧！”

她却把注意力放在了他的前半句话上：“什么寿终正寝？你也会死吗？”

他一副无所谓的样子：“我不是神仙，当然会死。”

她有点慌：“那你什么时候死？”

他噎了下：“你盼着我死吗？”

他这种迂回的答问方式让她心焦，她有点生气：“你死前能把解药给我吗？”

国师舌根一苦，对她的薄情感到受不了：“本座还活着，你就为自己的将来做打算了？我告诉你，无药可解，吃了就是一辈子！”

她用力白了他一眼：“那你随便说什么死不死的，好玩吗？”

她应该还是担心他的，就算对他仍有怨气，但陷在爱情里的女人心软，一旦生死攸关，总是很难放开。

他倾前身子，轻轻抱住她。嗅了嗅她领下的幽香，分开很久，几乎要忘记了。西域的天气比起中原热得更长久，他有时候感到躁郁，心里也有恐慌。掌中常攥着一团火似的，不知道什么时候就会燃烧起来。

他的脖子和她细细的颈项贴在一起：“等时机成熟了，我们就成亲吧！”

莲灯心头抽搐了下：“我不想成亲。”

他变了脸色：“你当真不打算给我个名分？还是刚才世子的话让你动摇了？”他哂笑了一声，“说本座年纪大，能做你们的老祖，他胆子不小，敢在本座背后说坏话，不怕本座让他死于非命吗？”

莲灯有时觉得他白活了一把年纪，人情世故全然不通：“辰河说这话的时候恰好被你撞见罢了，人活着，谁不被他人论长短，有什么可恼的。再说他是以兄长的身份劝诫我，无可厚非。你要是对他不利，今生也不必来见我了。”

他显得很落寞：“你现在有了家人就看不上本座了，本座不是你最亲的人了。”

她叹了口气，最亲的人，他从未成为她最亲的人，他也从来没有把她当作最亲的人。如果当真爱她，怎么舍得她历经这么多的磨难和波折？

她眯着眼看他，他似乎有些哀伤，她伸手在他眉上描了描：“我听说长着这样眉眼的人最薄情……我一直以为爱一个人是本能，就像我爱你，全心全意为你好，很多事连考虑都不用考虑。可是你对我，终究差了几分。你到底是不擅长，还是所有的情义都是假的？”

他的目光渐渐凉下来，她会这样评价他，是他做得不够好，可是她不能怀疑他的心。他郁闷地绕室游走："你觉得我对你不好，我会学，而且我以后一定会是个好郎君。哪怕你不嫁给我，我也会是个好面首。人总要经历一些事才会慢慢懂得，本座虽然活了很久，动情还是第一次，第一次没有经验，请你多包涵。"

所以有的人天生领悟力强，有的人哪怕活成了人瑞，迟钝还是迟钝，国师就是这样的人。莲灯面无表情地审视他，他眼神闪烁，想不出好办法来，决定和她乖乖一下。他吻得很用心，打算表现好一些讨她欢心，可是她依旧不太投入的样子，他慌起来，难道她真的对他死心了吗？

这简直是个惊天噩耗，他被打击得体无完肤，在她唇上舔了又舔："莲灯，你怎么了？不想和我乖乖了吗？难道你外面有人了？是这王府的人吗？花匠还是伙房的？"

她气闷不已："我就只能找花匠和厨子吗？"

他越发惶恐了："是世子吗？他是你兄长，兄妹生情为世俗所不能容，注定没有好结局，你不能和他！"

莲灯被他缠得没办法，在他舌上咬了下，他立刻趁机追过来，捧着她的脸一顿缠绵。然后自作主张地有了个主意："今晚我不走了。"

她立刻反对："不行。"

"为什么？又不是第一次！"

莲灯说："上次是怕石盘陀偷偷摸进你帐里才让你同我睡的，况且那时候你是女装，没人知道你的身份。现在王府这么多双眼睛盯着，太逾越了让别人怎么议论？"

提起和石盘陀有关的那段，国师就觉得不堪回首，以至于到现在在手下人面前都抬不起头来。但是对于留宿一事，仍旧据理力争："我刚才在定王面前也明说了，你是我的红颜知己，和红颜知己在一起有什么不对吗？"

她把他推开，只道："我不喜欢，你的人品有待观察，眼下就把自己弄得没有退路，我怕以后会后悔。"

他果真生气了，她不愿意和他同眠不重要，重要的是她的态度。她似乎没有以前那么爱他了，这让国师心慌。

"你刚才说与本座是萍水相逢，这也是在留退路吗？你究竟想要什么样的退路？跟别人吗？"他加重了语气，"对本座不忠你会死的！"

“如果你总是辜负我，那么我就算死，也不要和你在一起。”她这次说得铿锵有力，也应该让他知道任何人都是有底线的，他这样一再地不拿别人当回事，她再好的脾气也有无法忍耐的时候。他气得脸色转红，她也不管，微仰起下巴道，“况且这药的药力我又没试过，万一又是你拿来诓骗我的，那我把一生倾注在你身上，岂不是太亏了？”

他愤然拂袖：“你不信就试试，到时候本座看着你怎么死。”

“你不救我？”

他傲然别过头：“你不爱我了，我为什么要救你？”

她凄楚地笑了笑：“可你若是不爱我了，我还是会救你，这就是爱之深浅的差别。”

她眼睛里含着泪，不让它落下来，可是模样看上去太委屈，他开始反省，发现自己到现在依旧在令她失望。他怯怯抬眼看她：“我以前的所作所为，好像真的不配做你的郎君。”一面说，一面无限酸楚地点头，“如果真有那一天，你喜欢上了别人，药力发作前你要来告诉我，我不会看着你死的。”他慢慢倒退，一直退到门外，“或者你再坚持三年，三年后即便你没有移情别恋，我也会把解药给你。”

他说到最后似乎很绝望，莲灯在感情方面一向比他敏感，他应当是有什么隐情没有同她说吧。她心里揪了下，忙追出去，他身形杳杳，踏着清风去了。

“临渊！”她狠狠叫了一声，“你回来！”

夜空中星辉点点，他的身影一晃就不见了。

有门不走，飘在高处，唯恐别人看不见他？她腹诽着，心里却七上八下起来。为什么是三年？明明说好了一辈子的，难道所谓的一辈子只有三年吗？他是个太难解读的人，他的心思既深又浅，或者对家国天下有他决然的处理方式，但是在儿女私情方面，他简直就是个白痴。

她抚着额头沉沉叹息，一个比你年长百岁的人，感情方面比你幼稚，她没能依靠他什么，反而倒过来事事为他操心，这样的人，有什么理由爱着？可是爱情像毒药，一触就上瘾。大道理上他是完全不够格的，可是又有那么多细微处的可笑可爱，实在让她难以割舍。

定王开始着手经营父女间的感情，毕竟分开了十余年，女儿的成长他没有参与，她的母亲又死得凄苦，他是发自内心地觉得对不起她。当然要正式认祖归宗，国师的话虽然有分量，必要的形式也还是要做的。定王传召了医官和帐下所有大将，来为这次的父女相认做见证。莲灯割破了手指将血滴在酒里，看着那两滴血相溶，没有感到快乐，只觉得说不出地难过。

这份血缘是再也不能否认的了，她到现在还觉得恍惚，从死里逃生的罪臣家眷，变成戍边亲王的女儿，让转转知道，恐怕会载歌载舞起来，庆幸时来运转吧！

定王为这件事大设宴席犒赏三军，她知道是借了个名头，实际在为出兵壮行。既然她是他的女儿，有些事还是要尽到提醒义务的。

定王来看她，她请他坐，亲自为他斟茶："我看阿爷常不在府里，要多小心身子才好。"

定王抿了茶汤，对女儿的贴心很觉欢喜，放柔了声气道："阿爷一生戎马，早就习惯了风风火火的日子，叫我歇下来，我反而不知如何是好了。"说着一笑，"国师与我谈起你以前的生活，亏得有昙奴相伴，我赏了她一个校尉，让她回军中效命。你母亲的事，我再三考虑过，是我失职，更因她没有靠山。所以让昙奴回营带兵，将来你出嫁，她帐下两三百人就作为你的陪嫁，保你在夫家无虞。"

莲灯听了有些感动，这世上大概只有亲人才会这样为你考虑了。她作了个揖："多谢阿爷，将来的事暂且不说，我只想知道阿爷是否当真要向中原出兵。"

他点了点头："我外放碎叶城三十余年，人说故土难离，在我有生之年，也梦想能重新踏上那片土地，叶落归根。"

她踯躅了下："阿爷没有考虑这里面的风险吗？万一有什么疏漏，到时候阿爷如何自处？"

定王却一副胜券在握的样子："国师乃是大历的开国元老，有国师助阵，我如虎添翼。你不必担心，若想助阿爷一臂之力，就替阿爷笼络住国师。你们之间既然有渊源，情分自然比外人要深得多。"

莲灯忽然有些失望，对她好，说穿了有一大半是因为国师。如果昨天国师没有出现，没有那句红颜知己，她就算被他们从刑架上放下来，也没有这个福气劳定王大动干戈。她原本有很多话想和他说，想让他三思，想让他抓紧兵权，可是听完了他的要求，忽然什么都不想说了，潦草颔首："我自然向着自家人。"

定王露出笑意："你们的事，全凭你们自己。阿爷是过来人，不会强求什么，你自己看着欢喜就好。"

她生出一点嘲弄的心思来："我与国师相差那么多岁，阿爷不觉得过于悬殊了吗？"

定王犹豫了下，脸上有无可奈何的表情。如果找个郎子比岳父还大百余岁，那这个岳父在郎子面前恐怕永远硬气不起来了。但现在时局如此，他还有仰仗他的地方。很多时候女儿都是作为赏赐功臣的礼物，况且他们彼此有情，不妨顺水推舟，既得利益又得人情。

他拍了拍膝头："阿爷还是那句话，你自己相看的人，好不好你自己做主。现如今既然没有定下，再相处一阵子也无不可。"

她慢慢沉寂下来，笑得异常克己："我明白阿爷的意思了，请阿爷放心，我同国师不会有变的，至少在阿爷需要之时，始终让他站在阿爷这边。"

定王对这个女儿的通透越发满意，好生褒奖了几句才离开。莲灯早就心灰意冷，人人都在利用她，以前是国师，现在又加进了定王。她开始怀念鸣沙山的日子，日出的时候躲在洞窟里画画睡觉，日落之后在沙脊上奔跑。偶尔捡到商队遗落的小东西，也足够她开心半天的。可惜了，连那么好的阿菩都是假的，她仅存的三年记忆里充满了谎言，捏造出来的身世，捏造出来的关心和感情。如今谎言还在继续，不知道什么时候才是个头。

她有点厌倦了，想离开。昙奴回了军营，不知是不是她自己的意愿。待有机会问问她，如果她愿意和她一起浪迹天涯，她们还回到以前那样萍踪不定的日子，没有了包袱随意生活，其实也很好。

定王在算计她的感情以捆绑国师，辰河却在想尽办法解救她。在他看来自己的妹妹落进一个老妖怪手里，下半辈子是不能如意了。他有很多好友，都是学道深山的文人雅士，其中不乏才貌兼备者。比起国师来虽然略有不足，但胜在年轻，可以与安宁一起慢慢变老。

大历是开化的朝代，西域的民风也不拘谨，于是他邀了几位最拔尖的来王府做客，顺便也请郡主看看人。

对辰河的热心，莲灯不好意思拒绝，便听他的指派坐在一架屏风后。屏风是六扇松柏梅兰纹，大而阔，不会让人发现她在那里。他们清谈的地方选得也很雅致，独立的一间大木柞屋子，建在累累花树下，四面开门，凉风来去随意。

辰河说："你不必着急做决定，仔细看过之后再说。如果有合心意的，叩击屏风三次，我就命人将屏风撤了。"

莲灯说好，安然坐着，透过预先留好的探口往外看，这里正可以看清那些年轻郎君的相貌。

辰河挑人的确费了一番大功夫，那些才俊个个谈吐文雅，虽从儒家学派，但是思想并不古板。莲灯静静听他们谈古论今，渊博的学识和独到的见解可以令人茅塞顿开。她才发现自己的眼界委实太窄了，拘泥于恩怨情仇，不知道这世间还有那么多超脱的东西。

有学问的人聚在一起，有很多儒雅的消遣，不知辰河是不是事先同他们知会过，他们表现起来不遗余力。文谈过后提起其中一位刚写成的曲子，于是琵琶、觱篥、羯鼓、方响纷纷上阵。那曲子写得好，他们奏得也妙，莲灯在屏后陶醉非常。

她拿桧扇一下一下在掌心击节，正前仰后合，一个穿着淡紫色罗衣、戴着半边金镶银面具的人从后面过来，雪白的罗袜踏在重席上，寂寂无声。在她惊讶的目光里竖起一根手指贴在唇上，自顾自地在她身旁坐了下来。莲灯自然知道他是谁，突然有种被捉奸在床的尴尬。那惆怅哀婉的眼波在她脸上一转，他轻启朱唇，对她做了个唇形："本座还没死呢。"

没死就公然爬墙，这种习惯真糟糕。莲灯慌张地举起扇子遮住口鼻，他从袖袋里掏出一个胭脂盒，把她的手牵了过来，在屏风外热闹的乐声中优哉游哉地给她擦起蔻丹来。

莲灯很意外，他的手指修长白洁，捏着圭笔蘸了凤仙花汁，很用心地在她的每个指甲盖上写满细小的"临渊"，每个指甲能写五六遍。

这个恶趣味的人，堪称无药可救！她想反抗，往后缩了缩，招来他一个大大的白眼。他正做着在他看来极有意义的事，就像一张山水画上要落款盖章一样，他没在她脸上写他的名字已经很厚道了。她敢背着他相亲，这种事还了得？不惩戒，必定还有第二次、第三次。

凤仙花汁干起来快，干了之后颜色停留上十天八天不在话下。他决定以后就这么做，一旦她心思活络，就在她手上写满他的名字，看她还有脸见其他男人！

莲灯不敢挣扎，怕动静太大引起别人注意，只得任他胡来。她有时对他哭笑不得，他的脑子永远异于常人，继花瓣之后，他的大作终于落到了她的指甲上。不过他的书法当真很好，徘徊俯仰，容与风流。有句话说"人如其字，字如其人"，在他身上算是体现得淋漓尽致了。

一屏之隔，外面吹拉弹唱，里面舞文弄墨。不过这墨是花汁做成的，暧昧起来自是非比寻常。

终于他们的《婆伽儿》奏完了，国师抽空拿笔杆咚咚咚叩击了屏风三下，莲灯大惊失色，但想阻止已经来不及了。

那厢辰河只当她答应了，心里高兴，忙叫人把屏风搬开。谁知搬开后见郡主跽坐着，一手搭在华服男子手上，正上演一幅美人染甲图。于是不单世子，在座的文人们也都惊呆了。郡主貌美，这名声早在定王认亲时就传开了，今天得见其人，婀娜里又显昂扬，她的美是种别具一格的美。再打量那男子，意态闲适，神情自若。虽然面具遮住了半边面孔，却看得出是个世间难得的绝色。这两人在一起倒是画风天成，可明明说好的相亲，为什么会有这样来历不明的人物在场？

辰河很失面子，心中不悦，蹙眉叫了声阿宁。莲灯难堪地讪笑了下，觉得脸都要丢尽了。

国师却很大方，转过头温和地笑了笑："你们谈，不必在意我，我只是郡主的面首罢了，无足轻重。"

莲灯五雷轰顶，在场的人也一脸焦黑。还没出嫁的郡主居然已经有了面首，虽然大历从来不重视冰清玉洁这一套，可是公开场合如此不避忌，真真有伤风化。

文人们纷纷拱手告辞，这次的相亲宣告失败。辰河气得干瞪眼，匆匆忙忙追赶出去，莲灯奋力抽回了手，一根手指指着他的面门："你……"

国师十分无辜："我什么都没干。"

莲灯看见指甲上密密麻麻的"临渊"，气得痛哭起来。

她一哭他就慌了，忙卷起袖子替她擦眼泪，但也有他自己的道理："不能全怪我，要是你不来相亲，本座也不会想出这样的主意。明明我们已经结了盟，你怎么能背信弃义呢。"

莲灯气不打一处来，广袖拂得猎猎作响："你坏我名声，叫我日后怎么见人！"

"那就不要见了，待我们回到长安，你就留在神宫里，谁也不知道碎叶城发生的事，有什么关系。"他讨好地笑了笑，把圭笔递给她，"你要是不高兴，也写上你的名字好了，我不嫌弃。"

她狠狠夺过笔，抓着他的手指在那整洁饱满的指甲上用力蹭了好几下。可是举起笔，却不知道应该写什么，到底是弥渡、莲灯，抑或是安宁。

前所未有地难过，她想不起来她是谁，一个没有记忆的人，所有一切都是他们赋予的。有时候她甚至怀疑自己只是个孤魂野鬼，被召唤到了这具身体上，其实她谁都不是。

她把圭笔掷在一旁，提起裙角下了台阶。沿着小径往回走，热辣辣的太阳在头顶烧灼着，她站了很久，光天化日之下，怎么还不将她照得魂飞魄散？

他追上来，怕她晒伤，举着袖子为她遮阴。她在他袖笼散发出的郁郁香气里抬起头："现在阿菩在哪里？"

国师想了想："大概回老家了吧！"

她哽咽了下："为了骗我，在鸣沙山画了两年的壁画，这份恒心倒值得钦佩。"

他把视线调到了别处，支吾道："也不尽然是为了骗你，他本来就受了情伤，遁到关外避世。救了你之后他很高兴，觉得终于有了个伴，你去长安后他心灰意懒，不久后也离开了。"

她苦涩地牵了牵嘴角："还同我订下三年之约呢，结果人面不知何处去了。"说着扔下他，垂头丧气地走进一片花荫里。

辰河的确是个好兄长，他怨恨的情绪全在国师身上，知道自己年幼的妹妹斗不过这老妖，再见到她时并没有责怪她。

兄妹俩坐在窗前消夏，他把剥好的葡萄递给她，道："我同他们解释过了，说国师是位表亲，专爱开玩笑，他们听了便不见怪了。"

他是温雅诚实的人，偶尔撒一次谎，那些老友都深信不疑。莲灯抱歉地挤出个笑脸来："对不住了，阿兄。"

他说："我知道你的难处，怪只怪阿爷，对权势过分痴迷，把你搅进旋涡里来。"

她低下头不说话，过了一会儿才问："出兵的日子定下了吗？几时？"

辰河道："再过五日，定在八月十六，让兵士过完了中秋就开拔。"

她知道事情不可能有转圜了，胜也好败也好，听天由命吧！她说："阿兄会随军一同出征吗？"

辰河摇了摇头："阿爷要我领两万人驻守碎叶城，不论前方战况如何，碎叶城是根基，不能落入别人手中。安西都护经阿爷游说，目下也动摇了，集结了五万人马加入，这样算来有十三万之众，粮草军饷还需我在后方供给。"

十三万张嘴，还有无数的战马，该是多大的消耗，这笔账算来令人心惊。她皱眉道："粮仓里有储备吗？如果紧急征调，恐怕很难为继。"

辰河道："河西走廊处处有粮仓，这点倒不必担心。待过了扁都口入关内道，长安亦在不远，碎叶城的军需足够应付了。”

所以准备做得很充分，定王的反心也不是成形于一日两日内，就如他所说，被发配碎叶城三十余年，没有一天不在盘算着怎么回到长安。莲灯只是叹息：“阿兄，我还是觉得有些悬……”她不知道怎么劝说他们，说国师另有所图吗？她没有确凿的证据，况且定王也未必愿意听。她只能告诫辰河：“朝廷对阿爷戒备久矣，不可太信任国师。万一他是受今上委派，阿爷会落入圈套，那十三万大军会顺势被收编，岂不是大梦一场？”

辰河听了有些讶异：“你是这样看的吗？你与国师……”

这算窝里反吧，说出来怪不好意思的，一边是心上人，一边是父兄。虽然她到现在还不能适应郡主的身份，但也不能眼睁睁看着亲人遭难。

她脸上尴尬，潦草笑道：“我不过是防患于未然，阿兄听过则罢，若觉得有理，千万放在心上。”

辰河道好：“我会把话带给阿爷，请他定夺。”

她嗯了声，开始盘算应该带上什么随行。辰河放下茶盏疑惑道：“你要一同出征？这样不好吧，你一个姑娘家……”

她抬了抬手：“我已经决定了，阿兄不必多言。况且我一向不是养在深闺的，让我在王府枯等消息，我也耐不住。再说昙奴会随军，我就更没有理由留下了。”

辰河还是希望她三思，毕竟打仗不是儿戏，一旦交战刀剑无眼，她身在其中恐怕会有闪失。但是她这些年在外已经练就了独立果断的个性，拿定了主意就很难改变。

辰河只得退了一步：“这事还是问过阿爷再说吧，如果他反对，你就打消这个念头，可行？”

莲灯说好，她并不担心定王不同意，相反他大概求之不得。毕竟作战过程中难免有意见相左的时候，只要她在，随时可以与国师沟通，会少了很多不必要的正面冲突。这个家里，似乎也只有辰河是真正关心她的，其余的诸如定王和另几位兄长，面上和蔼，背地里不知怎么想。她一直觉得很难融入他们的生活，在这高墙深院中她是个异类，她一心想离开，哪怕是随军打仗也比困在这里好。

当然定王认了亲，那是定王的事，王妃的观点不会改变。加上听说她是唐娘子的女儿，更是眼中钉肉中刺一样。

中秋前两天开始筹备大宴，定王要宴请帐下大将，也是出征前最后一次与宅中家眷团圆，府里相当重视。莲灯对这种节日没有太大的期待，他们忙他们的，她依旧在傍晚时分去园里散步，剪两束花，好回来装点卧房。可这天消极已久的王妃不知怎么出了凉风殿，与她在花园的幽径上狭路相逢。

石子铺成的小径很窄，莲灯厌恶她，但因定王和辰河的缘故，还是选择息事宁人。便抱着一把栀子避让在一旁，原想等她过去就罢了，没想到李氏走到她面前，没有错身而过的打算，反倒停下了。

她乜起眼上下打量她，发髻上插满了金银钗钿，模样看上去像只锦鸡。声音也难掩刻薄，憋着嗓子道："郡主自打认祖归宗，就没有来我这娘娘殿里请过安，眼里可是没有我？"

她还有脸找碴，辰河这么好的人却有个这么恶毒的母亲，真是好砖出自坏窑口，叫人讶异。

她没打算赏她脸，唐娘子的遭遇在她不知道自己的身世前就已经听说了，虽然她依旧没有关于生母的记忆，但同李氏对战成了本能。她看她一眼，简单直白地说："是。"

王妃一时竟没反应过来，仔细想想自己刚才的话，她说是？眼里的确没有她？

她气坏了，从来没有人敢这样顶撞她。她尖厉的嗓音恨不得把她割成千丝万缕，锐声道："莫以为回到王府就当真是什么郡主了，在我眼里依旧是贱婢与外人私通养下的贱种，在我面前拿乔，早了八百年。"说罢气极了，扬手隔开她，动作过大，打得她手里栀子的花瓣散落了一地。

莲灯气冲了头，新仇旧恨一齐涌上来，将那把花枝用力砸在地上，伸腿一扫，扫空了王妃的下盘，轻而易举就把她撂倒在石子路上。

一位养尊处优的贵妇，哪里丢过这么大的丑，又羞又恨打算反击。可是还没来得及等人搀扶，忽然发现一只手被那煞星擒住了，她说："看在世子的面上不杀你，让你长点记性。"只听咔嚓一声，手腕剧烈地痛起来，她失声尖叫，知道自己的手骨被她掰断了。

随侍的人惊慌失措，乱作一团。莲灯不听她们鬼哭狼嚎，举着剪子折返，重新找花树剪了一束枝丫。

她以为会有人来同她说话，语重心长地劝她忍让什么的，结果等了一夜，风平浪静。想想也是，王妃干的那些坏事只需一条胳膊来抵债，已经很便宜她了。要不是为了对辰河留一线人情，那把剪子应该插在她的脖子上。

反正这件事就像没有发生一样，消弭于无形了。不过她的恶名也传得沸沸扬扬，王府里的人见了她都绕道而行。被划在他们的世界之外，起先很自得，后来感觉到一点点寂寞。只有国师还和先前一样，每天落日前捧着花，来她院前献殷勤。

她心情不好，抱胸站在廊下看他。他兴冲冲地进献，有时候是茉莉，有时候是番红花。但到跟前就把花忘了，她如今做了郡主，衣着变得考究。虽然不至于穿袒领，也是藕丝衫子藕丝裙，白洁的皮肤在料子后面若隐若现。裙腰收得紧，凸显出盈盈的酥胸，再加上她双臂一抱，越发壮观起来。

没有什么比看着自己的女人一天天长大更幸福的事了，国师全方位奉承拍马："美人不擅自保难免吃亏，就应当这样，该下狠手时毫不留情。你说，还看谁不顺眼，不必你操心，本座即刻命人结果了他。"

她不想理他，转身回室内，他就厚着脸皮追进来，少说也要蹭上两盏茶时候。

中秋那晚定王和辰河都派人来请她，她婉拒了。昙奴现在在军营里，不能同她一起过中秋，她就独自坐在房顶上吃饼子，看月亮。

十五的月亮很大，但并不太圆，半边总显得有些缺憾。月亮上的阴影像屋舍，不知那里是不是住着嫦娥……她仰在瓦片上，闭上眼睛轻轻哼唱："红狐狸丢了草鞋和小马，它迷路啦。烈日骄阳，戈壁莽莽，红狐狸东奔西跑，它找不到家……"唱到伤心处，自己也哽咽难言。她觉得活在她歌里的红狐狸就是她自己，一直以为自己有目标，可是到现在才知道，忙忙碌碌的，最后的一切和她设想的完全不一样。

她停下来，调整一下呼吸。睁开眼睛，发现边上多了个人，身形如竹，翩翩的罗衣在晚风里招展。

她有点尴尬，自嘲地问："我唱得好听吗？"

他这次没有奉承她，只是说："你不高兴了。"

有什么可高兴的吗？她低头说对："我一点都不高兴。"

他想了想，伸出手把她拉进怀里："我带你去碎叶城的最高处看月亮，要是怕跌下去，就抱紧本座。"

大概是出于本能，她想都没想就搂住他的脖子，他得意地笑了笑，一下跃进了深深的夜里。

太上神宫的人都有这样的本事，在空中移动，如履平地。她听见耳边风声大作，把两手扣得更紧了一些。他把她带到护国寺，护国寺的金光塔在碎叶城矗立了三百年，塔有八角十三层，高耸入云。顶上那片屋脊宽大，足够他们落脚了。她仰头看，月亮近得触手可及。她含笑探指描摹它的轮廓，似乎不惧脚下深渊，往前一步，要不是他拉住，可能已经栽下去了。

他扣着她的手肘，叹了口气："莲灯，我们好好说说话吧。"

她迟迟望他，他扶她坐下，手却没有松开，与她十指相扣："我不知道如何才能让你高兴起来，如果恢复你的记忆可以，我现在就能为你做。可是你的童年除了凄苦还是凄苦，不让你再回忆一遍是为你好。"

她没有应他，想了半天方道："我也不知道自己怎样才能高兴，也许干脆把所有一切忘记，忘记长安之行，忘记阿菩、昙奴、转转，还有你……"

月色下的眉眼迷蒙，晕染着轻浅的蓝，他没有等她说完就截住了她的话："我真的伤害你那么深，深到让你想忘了我吗？我知道自己有时候冷血，那是因为从小就常被告诫七情六欲不能动，久而久之，连我自己都以为生来缺乏了。我师父同我说过，辅佐君王者不可偏私偏爱。如果你的感情强烈到驾驭不住，索性舍弃它。我记得我五岁那年，因为寂寞养过两只兔子，吃睡都带着，连练功都要看见它们，令师父很厌弃。有一天师父给我授课，讲大道无情。命人把那两只兔子带来，告诉我两者只能留其一，要我做选择。我看着那两只兔子，不知道应该怎么办，可是师父逼得很紧，我走投无路，最后把两只都杀了。因为没有选择就不会有痛苦，没有七情六欲，就没有人能伤害我。"他说完，转过头对她轻轻一笑，"我有时很难控制自己的思想，假如需要取舍，往往情愿一毁了之。可是遇见你……我有好几次陷入两难，我尝试用以前的方式解决，但很快后悔，我做不到。"他细细抚摩着她的手，放在唇上亲吻，"莲灯，你不要忘记我，我一个人在世上活了这么久，很孤单。你陪我好吗，不用太久，就到我死的那一天。"

莲灯心里沉甸甸的，可是听到最后忍不住翻白眼："我的寿命长不过你，恐怕没法陪你到最后。"

他说不是，把自己的手贴在她脸颊上："你感觉到了吗，我变得越来越暖和。"

她点点头："因为你开始有人情味了？"

他轻轻一笑，收回手仰身倒下，将两臂枕在脑后，茫然看着天上的星月说："我师父也是纯阳血，将死的前三年身体开始回暖。"

她倒吸了口凉气，难怪他说三年后把解药给她，原来是大限将至了。她心慌意乱，愤然道："明知自己要死了还来招惹我干什么，让我一辈子活在遗憾里吗？所以我说你自私，真是一点不错。你死前可以帮我把有关你的记忆全抹掉吗？让我安安心心嫁给别人，放舟说过要娶我的……"她絮絮说了很多，知道他没那么容易死，可是心头突地骤痛，痛得她浑身起栗，痛得五脏六腑揪作一团。她掩面号啕："怎么办……我情愿你活着恶心我，也不要你死。"

死亡对他来说没有多可怕，倒是她，放声一哭，有种让人"垂死病中惊坐起"的巨大能量。他忙来安慰她："不要哭了，别吓着月中人。"

她没有那么好的闲情管什么月中人，只知道眼前人命不久矣了。她惊恐，冷汗淋漓地抓紧了他："你有《渡亡经》，可以起死回生。"

他勉强点了点头，没有告诉她，世上除了他，很难有其他人能令经文发挥作用。当初从回回墓里出来就试过，因为只有半部经，耗费了他不少内力才成功，换了别人，谁有百年修为？

她似乎放心了，长长松了口气，顺势偎过来，搂住他的脖颈说："我真害怕，就怕你会死。原本还很怨你利用我找《渡亡经》，现在都看开了，我知道对我来说没有什么比你活着更重要。"言罢就着月色看他，"你会不会变得很老？"

他脸上神情尴尬："我不会老，即便到死也不会老。"见她满脸好奇，讷讷道，"你是想问我多大年纪吧？"

"不、不……"她忙摆手，"你在我眼里永远二十四岁，这个年纪正好。要是说你已经一百开外了，我怕自己受不了。"

他苦笑了下："其实我究竟几岁，自己也说不上来。我师父六十岁助太祖建立大历，做了四十年国师就辞世了……"

莲灯惊愕不已，现在才知道他是第二代临渊，他做国师的年月比他师父长很多……其余的不敢想，想多了会做噩梦，宁愿什么都不知道。

"那你原本的名字呢？"

他眼神茫然："太久了，已经记不清了。"

也罢，记不清就不想了。莲灯冷静下来，又觉得他有些可怜，活了一把年纪，其实不懂自己存在的价值。不过现在于她来说，倒是有别样的意义。不管他以前做了怎样难以宽宥的事，只要还知道回头，年纪大了追不上她的脚步，她可以停下等他。

她抚抚他的脸，靠过去，落下绵绵一吻，然后顺着他的脖颈，把嘴唇停在他的喉结上。他是个颀秀的人，没有粗豪，每一处都精致得如同玉雕。他的衣裳熏了沉水，因为慢慢有体温，不像以前那样只有寒冷的香。她喜欢轻微的带着人气的感觉，虽然那是生命一点一点流失的征兆，但是有《渡亡经》在，她有恃无恐。

他很紧张，身子绷得直直的，不知触到了他的哪处机括，倏地春水一样瘫软下来，瘫在她怀里。她把他放倒，压上来，躺在他身上。

“临渊……”

他嗯了声，手脚把她缠住，急急忙忙地说：“快乖乖。”

她又吻他，他觉得不够，气喘吁吁说：“再来。”

简直像饕餮，永远没有餍足的时候。他已经记不清上次她满心欢喜地回应他是什么时候了，原来这种事要有互动才有意思。如果她不喜欢他了，会僵硬得像个尸体一样。既然她愿意吻他，那她一定又爱他了。

他想到这里高兴非常，翻身把她压在底下。他现在懂得为她多考虑了，怕瓦片硌痛她的脊背，把手抄进去，垫在她身下，然后放心大胆地吻她。她点了口脂，有温腻的香味从她唇齿间散发，他细细舔舐，神魂荡漾。

他们贴得很紧密，国师热情如火。冰封了一百多年忽然开窍，威力不容小觑。莲灯却感到有点不自在，疑心他的镏金香球跑到他们中间了，便微动动腰，探手掏了进去。但好像又不是，似乎有生命般，隔着衣料捏了捏，想不通是个什么东西。这时候国师连乖乖都忘了，发出古怪的声音叫莲灯。她嗯了声：“怎么了？”

他哽咽了下：“你抓住我了。”

她没太明白，抓住他什么了？心头狐疑，手上又捏了下，他打了个激灵：“就是这个。”

她吓了一跳，慌忙放开：“这是什么？”

他感到浑身一阵燥热，人要炸开似的，微喘着，支支吾吾地说：“你别问，反正要紧时候用得上。”

他越是搪塞，她越是好奇：“究竟是什么，让我看一看。”

国师面红耳赤，这个怎么能随便拿出来呢，实在太让人不好意思了。他捂住了自己的脸："亮相必见血，还是不要看了。"

她心下感慨，一定是件暗器，听上去很厉害的样子。不过虽坚硬，却不像刀剑冷厉，她实在想不出这样的东西能有什么杀伤力。她推开他仔细看了看，掩在衣下不见其形。她小声道："怎么用？喂了毒吗？见血封喉？"

国师觉得自己心跳加速，随时可能会晕倒。但见她求知欲旺盛，有点不好意思拂逆她。脑子飞快转了转，羞涩地笑道："如果你当真想知道，本座可以勉为其难地示范给你看。不过一个人不好办，要你配合才好。"

莲灯点了点头，一副任君差遣的样子："要试锋芒吗？"一面说一面挽起袖子，"下刀也没关系，我不怕疼。"

国师扭捏道："其实也没那么麻烦，你躺下就好了，什么都不用做。等熟悉了门道，可以试着变换其他的姿势。"说完简直没脸见人，复拿广袖遮住了脸。

莲灯说好，就势躺在黑瓦上，他靠过来，手在她腰侧的曲线上轻轻抚摩："这里地方不对，怕弄伤你，先做个示范。你若是觉得有趣，我们回去后再继续。"

他舔了舔唇，依旧来吻她，这次吻得越发深了，抵死缠绵，几乎续不上来气。

她发出婴泣似的鼻音，从心底迸发出的一种难耐，要把她撕成千万道。她紧紧抱住他，她真的很爱这个人，虽然他毛病一大堆，可她就是爱。他要乖乖便乖乖，甚至他掠过她胸前，停留下来，她也觉得不排斥。他的那件宝贝究竟是什么暂时顾不上了，他的技巧越来越好，她被盘弄得晕头转向，只知道世上有他。

说国师不懂，一个活了上百年的人，什么事不懂？不过没有实战经验罢了。清心寡欲是师父留下的训诫，他一直遵守，那是因为没有遇上对的人。破戒后会怎么样，他无暇考虑，临死前能够结实爱一回，也不枉此生了。

他撩起她的裙裾，看她脸色，她没有反对。盛夏的西域热得如同火烧，为了祛暑衣着很单薄。他在她膝头抚了抚，倾身覆上去，她的大眼睛在月色下晶亮，小心翼翼环住了他。

莲灯有些难为情，只道："就这样？"

他生出促狭的心思来，也顾不得脸皮了，缓缓贴紧，梦呓似的唔了声："是啊，不对外人，只和心爱的人……"

他似乎很得趣，就这样隔着衣料，竟也前所未有地满足了。

莲灯起先一知半解，可是终有豁然开朗的时候。她在伏杀张不疑时曾经在房顶上守了半夜，男女闺房里的互动也偷听到一些。

她轰然烧红了脸，不忍心责怪他，婉声道："你怎么这样坏！"

现在莫说坏，就算把他评价得一文不值他也认了。他搁着她，被情欲迷得恍恍惚惚，嘴里嘀咕着："人伦也……"

莲灯闭上了眼，抬起手臂抱紧他，渐渐也升腾起一种奇异的快乐。原来乖乖不是最深层次的，这种才是。她匆促地喘息，喃喃喊他的名字。他吻她的唇，一声声回应她。

他终究怕屋脊挫伤了她，"示范"不多时便停了下来。莲灯蒙蒙的，像个傻瓜："我们这样是不是已经算成亲了？"

"还差一点，不过基本算是了。"他笑了笑，在自己脸上狠狠捋了一把。到底他还忧虑三年后的生死，如果现在动了她，万一届时他回不来，对她的伤害实在太大。刚才的事就像充满好奇的孩子勇敢做了一回尝试，他知道会有更蚀骨的况味，但是冷静下来就应该适可而止，毕竟不是冲动的少年人，有很多事他还是有顾忌的。

他过来抱她，让她坐在他腿上。仰头望，月正当空。

"刚才的事让老天看到了。"

她羞怯地往他怀里钻了钻："看见也没什么，反正以后会永远在一起。但愿有一天我们能做真正的夫妻，我要在人前叫你的名字，放大嗓门喊临渊，震动整条街。"

他哧哧笑着，亲她的额头和鼻尖，不知怎么心里隐隐酸楚，调整了下情绪方道："我也有愿望，人前不做你的面首，要做正牌郎君。有人再敢和你相亲我就打他，然后说这是我的夫人，我的婆娘。"

设想都不算文雅，心底却开出花来。仿佛看见十里长安街上金幄车摇曳而至，锦衣玉带的他含笑在门前接应，探出手，握住她的指尖，扶她下车来。

她拨了拨他的耳垂："我再不同别人相亲了，这样做对不起你，让你生气了。"

他怨怼地看她一眼："你知道就好，不能因为我忠贞不贰，你就放大胆子不停打击我。做人要讲良心。"

她讪笑了下："记住了，下不为例。到时候我和你们一同开拔，你到哪里我就到哪里，在你眼皮子底下，你就没什么可担心的了。"

他却讶然："你要随军？"

她说是："你在军中我不放心，要就近看顾你。"

他失笑："有什么可不放心的，倒是你在才会让我分心。这样吧，我让夏官先护送你回长安，找个地方安顿下来，等我回去之后再一起收复失地。"

她却犟得很，固执己见，就算他的话也未必愿意听，虎着脸道："你把我支开一定是有别的打算，临渊，我们之间再经不得波折了，你知道的。"

他顿了下，然后点头："我知道。既然你坚持，我也不强迫你。但是军中奔袭，比单枪匹马过河西走廊要艰苦得多，你觉得自己能耐住吗？"

她这个人什么都怕，就是不怕吃苦。她活了这么大，只有当上郡主的这两天能称得上过了好日子，其余不是半饥半饱着，就是颠沛流离着。她大而化之地一挥手："没关系，我还有你。你这么会享受的人，怎么会亏待了自己？有你的大伞，总有我遮阴的地方，莫非你不愿意同我分享？"

他想了想，倒也是，他现在宁可短了自己，也不会让她在日常的生活上再受半点委屈。算是谈拢了，便也没有什么可争执的了。他抚抚她的发："既然如此就跟着我吧，战局上的事不要过问，先学着做我夫人。"

她咧着嘴笑了笑，她也不想军中有什么变故，她随军，说实话就是为了得个安心。

今夜是中秋，碎叶城里很热闹，到处有花灯和载歌载舞的人群。他们坐在塔顶远眺，从这里能看到很远的地方。碎叶城以东是一片广袤的荒漠，漠上人烟稀少，疏疏落落的几盏灯火，渺渺的，像戈壁滩上的碎石偶尔折射出的一点微茫。

她抱着他的一条胳膊，把头倚在他肩上。他摸摸她的手："这里风大，待久了怕冷，回去吧。"

她有些困了，迷蒙道好，像根丝瓜一样吊在他身上。知道他不会中途将她扔下去，一路听耳边风声飒飒，连眼睛都没有睁一下。

他把她送进屋里，安置在榻上，就着烛火好好看她的脸，这么久了，他好像都没有太关心过她。他总觉得她够坚强，可以应付一切困难，其实不是。他看着她的睡颜，长而蜷曲的眼睫，灵巧的鼻尖和丰腴的嘴唇。如果不让她伤心难过，也许可以胖起来，到时候会更可爱。

他踌躇在这里，不想离开，从未有过这样的感受，和一个人的心贴得如此近。他开始意识到这是他必须在乎的人，就是喜欢和爱的区别。他以前脱口而出的爱并不是真的爱，只是喜欢。今夜过后，他会为她的痛而痛，心会为她变得柔软，他方明白过来，原来这才可称得上是爱。

但不走总不行，拖拖拉拉儿女情长像什么样子！他起身欲离开，袍上的绶带被她绕在了食指上，她慵懒地笑着："跑不掉了。"

他脑子里乱成一团，本来下了很大的决心，结果被她这样一闹全线崩溃了。他垂死挣扎似的坚持了下："夜深了，我该回去了。"

她把自己侧过来，半边脸颊在凉簟上压得变了形，哼哼唧唧着："临渊……"

他嗯了声："怎么了？"

她把身子扭得像条蛇，往边上让了让，空出很大的地方："郡主邀面首同眠。"

国师霎时有种熬出头的感觉，地上的貔貅铜香炉里焚着安息香，女子的闺阁，到处都是软而飘拂的纱幔，轻柔得像个梦。他刚才和她说过，如果有兴趣，回去后可以继续。那么她现在的盛情相留，难道就是这个意思吗？

他的心不由自主地颤动，她太有诚意了，果然打算托付终身了。他在榻沿坐了下来，崴身躺在她身旁，她看了他一眼，移到他怀里，吻吻他的脖子："我就是不想和你分开，你不要走。"

他侧躺着，把手伸进她的衣摆，在她光滑的脊背上抚摩，是为检查她刚才有没有被瓦片蹭破皮。她的背上很怕痒，一碰就像摁着了机簧，突地往前一蹦，与他贴得更紧密了。他脑子里绮丽的念头又跳了出来，一手压着她的臀，把那"镏金香球"往前递了递。

她脸色酡红："我没有别的想法。"

他有点失望，但是态度很端正："本座也没有。"

她不说话，垂眼看了看。他马上意识到了，尴尬地往后挪了半尺，还在尽力找回面子，装傻充愣着："不是我授意的，它好像有自己的主张……比如钥匙找锁眼儿，杵子找石臼，都是天经地义的。"

她迷茫点了点头，脑袋一歪便昏沉沉睡着了，独余国师一人空对长夜，无限凄凉。

十五既过，十六就要开拔，莲灯同辰河道别的时候觉得不太好意思，把他母亲伤成那样，怕他会怨怪她。

辰河的是非观很正，虽然痛心王妃，但对莲灯的做法表示理解。毕竟有弑母之仇，如果他的处境和她对调，自己恐怕未必有她一半大度。他从仆婢手里接过包袱交给她，看她穿上了男装，心里总有些担忧：“你随阿爷出征，是你为人子女的孝心，但是自己的身体和安全要多留意。我们兄妹失散了十多年，团聚未满一个月你又要走，阿兄委实不好受。”

辰河从小也习武，但他骨子里仍旧是个文人。莲灯看见他眼里闪烁的泪光，在他手上用力握了一下：“阿兄放心，我会多加小心的，你自己也要保重，待大军凯旋，届时我们兄妹痛饮三大杯。”

他颔首说好，又道：“军中都是莽汉，阿爷身边没有贴心的人照顾，就多劳烦你了。此去长安注定不太平，也不知要耗费多久，若有什么事，写信差人送回来，好报与阿兄知道。”

他絮絮叮嘱，不厌其烦。莲灯一样一样应准了，好笑之余也很觉得感动。

他复向阵前看了看，国师是等闲不会露面的，不知现在又藏匿在何处。有些消息从她院里流出，本不应该他这个做兄长的过问，可是安宁没有母亲，他怕她吃亏，只得私下嘱咐她：“男人的心很大，即便爱你，也不一定甘于被你驾驭，尤其是他那样的人……你们到了何种程度我不过问，就像你上次劝谏阿爷提防一样，你自己也要提防。听阿爷之命固然要紧，但首先一点是不要伤了你自己，千万千万。”

莲灯料他必定听说了国师昨夜留宿的事，今天才同她说了这么多。她脸上滚烫，羞愧难当，草草答了个是：“阿兄留步吧，我去同阿爷会合了。”说着打马扬鞭，往大军前面去了。

这场长途奔袭，不可谓不冒险。从他们离开长安到现在，有近五个月，据说中原起了兵戈，是早前放出京师的庸王和信王之间的混战。所以大历开国不分藩是极有远见的，不管多少凤子龙孙都圈养在长安，手上没有兵卒，积蓄不起力量，就没有兄弟相残的事发生。结果自高宗皇帝起，又效法先朝将皇子外放封地，当诸王羽翼丰满之时，渐渐局势就起了变化。

今上卧床太久，不能痊愈，一时又死不了，五个儿子迟迟等不到立储的诏命，人心自然浮动。朝中大事一度掌握在梁王手里，只因梁王是皇后所生？那个无才无德，满肚子稻草的梁王！有才有德者不服，有兵有马者也不服。于是被派遣出长安的大皇子信王与三皇子庸王，以各自领地边缘的一只鹅与两根秧苗为导火索，借题发挥，从口水战发展成了互殴，最后干脆合二为一，直指京师。

想象一直是丰满的，目标只有一个，废了那个惑乱朝纲的周皇后。周皇后年逾五十，如果说年轻时是个美人，到了五十高龄，颜色早就凋零得所剩无几了，再配上惑乱二字，委实有点牵强。但这是一招很有效的政治手段，隔山打牛。皇后倒台，相应的梁王也就倒台了，母子两个也许还有机会一起进丽景门内的大牢里吃两天牢饭。

信王与庸王大军杀到，戍守山南道的楚王受命阻击，结果这位王爷是个高手，戴着和事佬的面具与二位兄弟周旋，雷声大雨点小的仗也打过两次，都以手足不相杀的圣人训条不了了之了。长安就像只拔光了毛的鸡，没有外援，只得肉搏。

还好帝王手中有兵权，南北两衙加上府兵，少说可以抵挡两三个月。这时候定王递了密折入长安，要替主分忧，安抚四海，定诸王之乱。其实长安未到弹尽粮绝的境地，老皇帝知道这几个儿子相争，不管谁获胜，肉还在锅里。但要是定王加入，那么威胁就大了，到最后恐怕会闹得江山易主。

中原乱成了糨糊，今上的病又加重了几分。待缓过气来，匆匆忙忙命中书省拟诏，下令定王按兵不动继续镇守关外。结果诏书送达时，定王大军已经到了扁都口。

是战是退，定王又开始犹豫。如果那五王忽然醒转，掉转矛头一致对外，那么他的计划难免受挫。问国师，国师的答案很简单："将在外，君命有所不受。殿下只需静待，待那两路大军与府兵杀得两败俱伤时，殿下可坐收渔翁之利。"

定王的心终于沉淀下来，距离中原只有一步之遥，他甚至已经能够听到久违的乡音。此时的确不该再举棋不定了，他将那段黄帛卷起来，随意扔在了案几上："那么依国师之见，大军何时入关为宜？"

国师摇着扇子站在帐前远望丛山，这条咽喉要道气候瞬息万变，越快通过这里越好。便道："三日之内必须穿过扁都口，等过了关隘，在金城稍事休整，然后静观其变。请殿下下令三军，备齐充足的御寒衣物、炭料及厚毡披挂。待到用时方恨少，就来不及了。"

定王听了他的话有些狐疑，抬头看天色，骄阳在头顶灼烤着，放只瓜在太阳底下，不消三刻就能晒裂。这样的天气，行军途中背负冬衣，对众兵将来说实在是个不小的负担。

他将信将疑，但依旧令都尉去办。事实证明国师果然神机，大军入峡谷的第二天夜里突降暴雪，十三万人马被困住，若无冬衣和炭火，冻死者恐怕要过半。

·第十四章·
阴战

大雪封住了峡谷，他们在扁都口的中段。四下张望，混沌一片，分不清哪是天哪是地。

大军被困住，定王焦急异常。这不是个好兆头，还未交锋便折损在这里，这次的一鼓作气岂不成了笑话？他也有些怨怪国师的意思：“国师说三日之内必出扁都口，为什么才过两日便降大雪？”

国师垂着眼睫颔首：“本座是说了三日之内，因为三日之后还有更糟的天气。大军如果不能顺利离开，待到雪停，这峡谷里的尸首会堆积如山。”

定王噎了下，愤恨不已，又不能发作，气得涨紫了面皮。转头对副将大喝：“点五名折冲都尉，命他们各带一千二百人铲雪开路，一天之内打开通道，全军夜行，务必在明早之前走出扁都口。”

副将领命去了，可是男人的火气一起，便实在难以消磨。定王在帐中来回走动，见国师依旧波澜不惊的样子，心里疑窦渐起。看了都护蔡琰一眼，冷冷笑道：“若有天灾，国师既然能够预测，大军可在张掖驻扎两日再行通过，为什么急在这三天内？国师与小王和蔡都护如今是在一条船上，理应为我等拟订最有利的行军计划。如今这泱泱十三万人被堵在这里，稍有闪失全军覆没，难道是国师愿意看到的吗？”

莲灯在一旁听着，心里七上八下。看国师，炭火的红芒映照着他的脸，洁白的狐裘也染上了一层绯色。他慢悠悠瞥过来，视线在蔡琰脸上一转，蔡琰是个滑头，这种时候只会打圆场。复望向定王，缓声道："殿下似乎已经忘了那道诏命了，张掖的赵神通手中有五万人马，现今还在观望状态。只要中原传来战报，朝廷一旦平息政变，殿下的大军很有可能面临前后夹击的危险。停留在张掖，殿下不怕夜长梦多吗？扁都口是道天然屏障，如果赵神通有异动，本座还能在扁都口设阵让他有来无回，但若是平地交战，本座就是大罗神仙，也不能保殿下人马无一伤亡。"言罢哼笑一声，"殿下起兵，本就是一桩冒险的买卖，成败与否端看命数。殿下若觉得本座无能，本座可以回去过我的自在日子。至于以后的事，殿下好自为之吧。"

上了年纪的人，脾气都有了道行，一旦发作起来很难平息。定王不得已，上前长揖赔礼："国师千里迢迢助我返京，小王心怀感激。只因刚才慌了阵脚，一时说话欠妥，还请国师见谅。"

国师脸上并没有露出半点缓和的迹象，广袖一拂，转身走出了大帐。

定王有些着急，忙对莲灯使眼色："阿宁，快替阿爷说几句好话。"

莲灯无奈，只得跟了出去。

外面雪下得正大，他一身白衣立在天地间，只见一头乌黑的长发飘拂，还像当日在太上神宫时一样。她撑着伞过去，将他罩在伞下："生气了吗？"

他说："在找风眼，看雪几时停。"

莲灯和他并肩而立，隔了一会儿道："如果你要走，会带上我吗？"

他想都没想便说："当然，把你留在这里，我终究走不远，最后还得回来。"

她往他身边挨近了些："其实我暗里希望你们闹翻，可惜你们都只是说气话，没有人当真。"

他深深呼出一口气，带了温度的气息，在眼前交织出稠密的云雾："到了这个地步，容不得回头。"他低头看她，轻轻微笑，"我早说了不希望你随军的，军中戾气重，整日剑拔弩张。你在这里，只会担惊受怕。"

"要是我不在，怕更放心不下。"她望着远处层叠的山川道，"刚才阿爷责怪你，我心里很难过。我知道你尽力了，他却还在说你应当如何、不该如何。我有时候想，你为什么要走到这步。可你不愿同我说，我也没有办法。我唯一能做的就是守着你，知道你目下还好好的。"

他的手覆在她手上，揶揄道："你阿爷让你来劝我，你倒好，全然不提？"

她有点尴尬："我也不希望你们闹得不愉快，不过对我来说，这位父亲到现在还是陌生的，我没法把他当成最亲的人。"

他扬起唇，嫣红的唇色在这琉璃世界里鲜艳得像花一样。接过她的伞，手臂一扬，将她罩在狐裘底下，得意道："你最亲的人本就该是我，相认了月余的父亲，怎能同本座比？"说着渐渐顿下来，声音变得低沉，喃喃道，"我为什么把自己搅进兵戈里……因为定王和我谈了一笔交易，他说他手上有另一半《渡亡经》。"

莲灯愕然："是真的吗？"

他耸了耸肩："不知道，不过他驻守关外这么多年，碎叶城本就是回回旧址，当真在他手上也说得通……他最好不要骗我，否则事情就大了。"

莲灯心下恓惶，他们各有各的算盘，整件事里要分出谁好谁坏很难，世上行走，确实也没有绝对的好人或坏人。

在雪地里站得可能有点久了，加上狐毛撩拨她的鼻子，她痛快打了个喷嚏，唾沫喷了他一脸。他哎了声，语调里充满鄙夷："这么粗鲁的人真少见！"

她红了脸："对不住，来势汹汹没控制住。"一面说一面替他抹了两把，噘着嘴抱怨，"乖乖时没见你嫌我粗鲁，现在却大呼小叫！"

他说："不一样，要是你舔了我一脸，我是不会嫌弃你的。"

她嗔道："我又不是狗，为什么要舔你！"

他哈哈一笑，摁着她的鼻子道："你要着凉了，回去吧！"

有时候他的预测真的很准，莲灯果然受了寒，回到帐里就发起热来。她自己还调侃："我身体一向很好，冬天蹚水也不会伤风。一定是因为和你在一起，沾染了你的坏习气，也变得娇贵起来了。"

他蹲在帐边煎姜茶，忙得没有时间搭理她。莲灯靠着褥子看他，换作以前他应该负手在一旁看着，指派这指派那，自己是绝对不会动手的，因为怕伤了自己的皮肤，怕弄脏自己的衣裳。现在真不一样了，他开始懂得体贴人，哪怕是蹲在那里拨拨火，也是个巨大的进步，值得她高兴好久。

可是她觉得这回的确病得挺厉害，身上滚烫，到最后连眼睛都睁不开了。蒙眬间听见昙奴来过，问她的病情，在她榻沿上照看了一阵子。然后军中的医官替她号脉，开了一剂表汗的药，吩咐厮儿去煎来。

发热是最难受的，浑身疼痛，四肢像灌了铅一样难以挪动。她感觉脸颊烧灼，呼出来的气简直能融化冰雪。国师在她边上守着，不停地换冷手巾替她敷额，忙碌了很久，她的情况也未见有起色。其实这种小病不多要紧，就是时间赶巧了。五个折冲府奉命打通前面那段峡谷，及至傍晚时分准备得差不多了，大军要连夜开拔。这个时候她的烧还没退，隐约出了一点汗，但是人勉强可以动。

定王愁眉不展："病得不是时候啊，峡谷里沟渠枯树纵横，马是不能骑的。这样吧，命人做顶小轿，让四个人抬着就是了。"

国师却说："不必，夜里深一脚浅一脚，万一有人没走稳，摔伤了本座的红颜知己怎么办！我自己背，用不着别人。"

莲灯窘得很，他说起红颜知己来简直不能再顺溜了。定王的笑容难堪，国师却老神在在，拿自己的大氅将她严严实实捂起来，温声道："什么都别管，睡一觉就出去了。"

可她怕他累，这么娇滴滴的贵人，负重走那么远，实在难以想象。

当然最后还是照着他的计划行事，谷底崎岖怕马崴足，没有人骑马。只有她受到很高的待遇，心里喜滋滋的。稍有点力气就嘟囔："别人徒步，我骑国师……"

他在她臀上掐了一把："不要得意忘形。"

她讪笑着，偷偷亲了亲他的脸颊。

到现在才有了被人爱着的感觉，就像累了，他提供肩膀，想靠多久都可以，不担心他中途离开。以前都是他在压榨她，如今他终于良心发现了，但凡有机会就不遗余力地表现。她记得她曾经扎伤脚，他也背过她。但平地与山间不同，扁都口地势险要，连路怪石峭壁，从驻地到峡口，少说有二十多里。她身上裹得严实，块头比平常要大两圈，他的手臂反扣着，她担心他伤了筋骨。

"我已经好多了。"走了一段她轻声说，"刚才出了一身汗，现在不要紧了，我可以自己走。"

他不听她的："那就多休息。"

"你会累的。"

他说："本座身强体壮，背着自己的女人，怎么会累！"

她听了心里微甜，嘴上却抱怨："外人面前不要老说什么红颜知己，叫人听了笑话。"

他却不以为然："不叫红颜知己难道叫夫人吗？毕竟还没过定，定王跟前总要有个交代的。"

她知道和他说不到一处去，他的肩背宽阔安全，她身上没有力气，便不再同他争辩了，服服帖帖靠着睡了一程。

这一夜走得异常艰难，所有人都冷饿交加，但不敢停，必须在天亮之前走出峡谷。莲灯醒来的时候天微明，隐约看到前面视野开阔，想来离峡口不远了。

“卯时到了吗？”

他嗯了声，加快步子往前，越走越平坦，他长出一口气：“终于走出来了。”

再回望扁都口，两侧山势险峻，十几万大军在底下穿行，渺小得蝼蚁一样。

最后一个兵卒踏出峡谷，他依旧背着她站在那里。众人驻足静看，渐渐发现脚底下震荡起来，有很大的隆隆声从峡内传出，仿佛要天崩地裂似的。莲灯趴在他肩头看，昏暗的天色里看见两侧积雪开始松动，起先是桌面大的一块往下坠落，接着越坠越多，突然轰的一声，整条峡谷被积雪填满，两侧山崖倒变得空前干净了。

众人心有余悸，如果不是走得快，这刻都是峡中野鬼。定王与蔡都护向国师揖手，除了赞他神机妙算，别的当真无话可说。

他微微捺了下嘴角：“积雪半年之内化不了，张掖大军就算受命也无法穿行，殿下可高枕无忧了。”

莲灯默默望着那铺天盖地的雪，心里犹疑起来。赵神通的军队是过不来了，但定王的大军也被斩断了后路，如此一来只有往前冲，再也不能回头了。

不过大军从开拔那天起，就注定没有后退的余地，所以对定王而言，这场雪崩还是利大于弊的。

经过一昼夜的辛劳跋涉，大军就地扎营安顿下来。峡内和峡外分明就是两个世界，峡内寒冬腊月，峡外却秋高气爽。太阳升起的时候天宇净阔，所有人心头的阴霾一扫而空，与死亡擦肩而过，无论如何是值得庆祝的。

国师不动用军中的人，他有自己信得过的膀臂。扎营也不和大军在一起，离群索居式地圈出一块地方，帐篷搭得比定王的还大。起先背负红颜知己的豪情万丈，到了安全地带就化作了满腔的矫情。开始闹，说手臂疼，抱怨她重，要她给他擦药酒。

莲灯把药倒在手上焐暖，然后在那雪白的膀子上来回搓，边搓边道：“我说了要自己走的，是你偏要背我。其实我都没好意思说，我的两条腿被你架得发麻，到现在还酸痛。”

他一双眼睛瞠得大大的，不屈道：“忘恩负义的小人，亏你说得出口！你发着烧，我背你是为你好。地上都是冰雪，你不怕寒气从脚底钻进去吗？现在病好了，开始说风凉话了。既然如此，今晚你就驮着本座，不要一夜，半夜就可以了。”说完忽然发现自己这个“驮”字用得很妙，可以开拓出另一层意境来。

他心头一拱一热，把她手里的药接了过去，微笑道：“我这里擦得差不多了，你不是说你腿酸吗，我来帮你上药。”

她受宠若惊之余忙推辞：“我不过这么一说，你还当真了。”

他把药瓶随手丢在一旁：“那我替你按按吧，我知道蜷了一夜的确不比走路轻松。”脸上表情纯洁真挚，无可挑剔。

莲灯没有怀疑，想想也好，便两臂往后支着，笑道：“劳烦国师了。”

他很愿意效劳，一双手对插着活动十指，把关节弄得咔咔作响：“如果不舒服你就说话，本座没有替别人按过，先试试。”

她嗯了声，拉过一只大引枕靠着。国师是秀致人，秀致的人不会莽撞，虽没有经验，力道却拿捏得非常好。莲灯垂眼看着，他捏得有模有样，从小腿开始一点一点往上，边捏边道：“如何？还使得吗？”

傻丫头点头不迭：“聪明人无师自通。”

这话太对了，除非是他没兴趣，但凡有点研究的欲望，他可以做得比任何人都好。他和颜悦色地笑着：“我看从今日起，你就在我帐里过夜吧。军中全是糙人，你一个女郎实在不方便。”

她正受用着，支着脸颊软绵绵道：“不明不白的，住在你这里算怎么回事？总要顾忌我阿爷的，叫别人说起来教女无方，他的脸上也不光彩。”

他显得很失望：“我这大帐不好吗？比定王的还要安逸些呢！”

她半睁着眼看他：“就待我闲着无聊的时候来串串门好了。”

他怏怏不语了，两手掐过了膝盖一直往上蔓延，莲灯竟没觉得有任何不妥。她痛快地闭上了眼，毕竟架了一整夜，比骑马累多了。他越往上她越觉得松快，舒舒服服地伸了个懒腰，又有些昏昏欲睡了。

他看她蒙蒙的样子，轻声道：“困了？”她不答，他自作主张地褪了自己的罩衣，“本座走了一整夜也累了，那就一起睡吧！”

门口侍立的夏、秋二官听了，得了特赦一样，飞快地避了出去。

说睡一会儿，果真睡了长长的一觉。旷野上风和日丽，空气里混杂着青草和野花的芬芳，间或有鸟鸣和马嘶穿插进梦里，秋日正好眠。

国师有心事，醒得比莲灯要早。睁开眼时天已经黑了，没有人敢进来点灯，只见帐外篝火隐隐，远处响起了兵卒生火做饭的声响，锅碗瓢盆叮当，有种烟火人间的感觉。

他低头看，她偎在他身边，小小的身子，像株菟丝花。他把手压在她脊背上，挪动身子靠过去一点。自从上次之后就不太对劲了，有些事没有尝试过，不会想那么多，偶尔亲她一下也可以安慰自己。现在胃口越发大起来，单纯的吻已经不能满足他了。他的脑子里时不时会勾勒出一点不纯洁的画面，比如她衣衫不整、香肩半露、长发蜿蜒在枕上什么的……

他借着朦胧的光，端详她天真的睡脸。手指在她鼻梁上挠了一下，她被他吵醒了，口齿不清地问他："天黑了？"说着挣扎起来，"我去点灯。"

他拉了她一下："不着急，再躺一会儿。"

她翻了个身听话地躺好，一条腿横过来，搭在他腰上。他心头一动，扣住了她的臀。

莲灯习惯了亲密的接触，两个人摸索着，共同进步，所以不管什么事，在她眼里都是自然而然的。她听见他的呼吸不像以前轻浅，抬手抚抚他的脸颊："怎么了？"

他说好饿，然后翻身把她压在了底下。

"今日天时地利人和……"他喃咕着，吻她的嘴角。知道不能太急躁，以免吓坏了她。想起来还是有点羞愧，他年纪已经不小了，她才只有十六岁。

她很善解人意，软软的两条胳膊搭在他肩上："又要乖乖啦？"

他松了她的蹀躞带，揭开她的右衽，隔着薄薄两层缎子，和她贴合在一起，她可以感受到他温暖的体温和结实的身躯。只是很奇怪，怎么这次和以往不太一样？她拽了拽衣襟嗫嚅："乖乖不用脱衣服。"

他说："我还想干点别的。"

"别的什么？"

他支支吾吾道："上次那个示范，我想继续做给你看。"

莲灯飞红了脸，就是用"镏金香球"撞来撞去吗？她扭捏道："我已经知道是怎么回事了……"

国师坚持认为她还是一知半解："金光塔上只是入门，还有更高深的，本座决定今天都传授给你。”

莲灯捂住了脸：“这是在行军途中！况且放舟和我说过的，你这样的情况不宜成亲……”

“回头我会好好收拾放舟的。”他不耐烦地打断她，“我自己的事，他知道得比我还清楚？”

说实话莲灯并不排斥和他有些什么，大历民风开放，贞操观念不像以前的朝代那样严格到近乎苛刻。一个女人喜欢上一位郎君，喜则嫁，不喜呢，就算与他有了肌肤之亲，也可以另择佳偶。当然她对他是一心一意的，但如果春风一度后令他一夜白头，那就有些得不偿失了。

他纠缠不休，比要糖的孩子还难打发，她只能尽力推搡他。实在推不开，一只脚踩在他肚子上，终于把他顶开了，又急又窘道：“你不怕死吗？！”

“不怕。”他说得铿锵有力，她不懂，破戒的念头一兴起，有排山倒海之威势。他探着两臂，近不得她的身，他急起来，“那我不动，你就让我抱着。”

她没有办法，终于还是收回了腿，低声道：“要听话，否则我从此不和你好了。”

他听了好笑，努力压抑，转头看外面渗透进来的光亮。她发间的幽香在昏暗的空间里弥漫，他闭上眼睛亲亲她的额头：“我时日无多了，最后的三年体温回暖，会越来越像正常人。正常人有七情六欲有什么不对的吗？我有自己要肩负的责任，也有自己心爱的人，和你在一起，会莫名其妙生出很多不好的欲望。”

他说时日无多，叫她心头狠狠揪了一下。她在黑暗里抬起头看他，只看见隐约的一点轮廓，还是熟悉的样子。她探手抚摩他的脖颈：“我只害怕这样对你不好，并没有别的考虑。”

他嗯了声，语气哀婉：“我知道。”

莲灯心疼起来，他越是这样越叫她不好拒绝。她支起身子，吻着他笔直的鼻梁：“我用乖乖弥补你。”

他躺在那里，手心里捏出了汗：“你要主动些才好。”

她叹息着，在他柔软的唇瓣上嘬了好几下。相爱的人做这种事，不需要调动情绪就能立刻全情投入。和他唇齿相依时，整个帐里都是甜蜜的味道。莲灯脑子晕沉沉的，刚才说过的话记不太清了，他咻咻的喘息如同一剂春药，把她投进熔炉里。年轻的身体像戈壁上的一株沙棘，顽强，有它自己的意志。她的胳膊穿过他的腋下，托住他的后背，如果现在亮着灯，真可以看见她主动得够可以了。

国师偷偷地笑，但只在心里，现在不能扰乱她，她难得这样聪慧可人……那舌头真灵活，在他舌尖勾绕，无休无止的愉悦。他缠住她的脖子，细细的颈项脆弱，他甚至不敢用太大的力。他是有勇有谋的国师，一心可以好几用。悄悄抽了她中衣上的系带，她没有发觉，然后就到他发挥的时候了。

他翻个身，重新把她放在重席上，转而吻她的耳垂和颈项，轻声嗡哝着："我怕你会不要我……你会永远爱我吧！"

她被温柔的浪淹没了，他的嘴唇炽热得像火，点到哪里哪里就燃烧。这种体验很美妙，她不想让他停下来。他们相爱，偶尔一点逾越也不要紧的。她的魂魄悬浮着，恍惚看见他大敞着深衣的样子，且美且诱惑。她艰难地吸了口气，然后那簇火苗燃烧下去，蔓延过她的锁骨，隔着诃子，落在峰顶上。

她有点慌，他很明白她的感受，顺着她的臂弯找到她的手，一手与她十指紧扣。

他诱哄她："不要害怕。"自己却克制不住地颤抖。他觉得难以自控，人就像个球，被填塞得几乎炸裂。

她的曲线玲珑，掩藏在圆领袍下的秀色可餐。诃子的下缘到裤腰间空了一大截，他犹豫了下，攀上她杨柳一样的腰肢，顺着那绮丽的圆弧向上伸展，忽觉手中琼脂满握，心几乎要从嗓子里蹦出来了。

"莲灯……"他匆忙去寻她的唇，手中充盈，某个无法触及的地方又空虚起来。

莲灯瑟缩着，不觉得自己被轻薄，反而担心不够完美，让他失望了。她带着浓重的鼻音嗫嚅："我还会长大的。"

他愣了下，差点没笑出声来，但依旧鼓励她，耳语道："已经好得超乎我的想象。"

她这才放心，他的手在诃子下肆虐，她咬着唇，隔着薄而滑的缎子，把手按在他的手背上。

情欲令人疯狂，饶是国师这样的人，沉溺其中也无法自拔。远处是喁喁的说话声，那些行伍出身的人本就粗鄙，到了吃饭的时候为争一个胡饼，不惜高声阔嗓地叫嚣。但就是这样的环境，有别样的刺激性。礼尚往来是美德，国师在这方面很讲究，牵引她，她的手有魔力，可以纾解他的痛苦。

是她记忆里的样子，莲灯羞得无地自容，想缩回手，他的指尖轻轻压着，不叫她离开。她反抗无果便安然接受了。

他似乎很痛苦，额头抵着她的脸颊，发出微弱的低吟。他抱紧了她，越来越用力，仿佛落水的人抓住了浮木，什么都不管不顾了。

他急急抽了她腰上的绦带，黑暗里窸窸窣窣地忙碌，既然没有灯光，谁都用不着掩藏。莲灯晕头转向地被他盘弄着，待发现时，只余一件松了绑带的诃子，欲盖弥彰地耷拉在胸前。

她想反对的，可是到了这种地步怎么反对？她拧了眉，真是个冤家，这样不听劝，想是心里有把握吧！

他的身体贴上来，依旧要比寻常人凉一些，但是这种天气抱着正合适。手指在她腿间游移，知道她也是快乐的，便再也按捺不住，欺身覆在她身上，狠狠吻她的唇："准备好了吗？"

莲灯有些害怕，不知道他要干什么。但他这样问，她只是本能地嗯了声。话音甫落，猝不及防的一阵锐痛，她倒吸一口凉气，痛得连尖叫都忘记了。

这究竟是什么？这种痛赛过任何一次皮肉伤的痛，是最尖利的，直达灵魂深处。但她没有呼痛的习惯，只是紧紧咬住唇，忍得浑身肌肉抽搐。他大概也很痛吧，稍稍前进一点就要停下休息，然后照看她，轻声问她疼不疼。

她不说话，鬓角汗水氤氲，人也热得恍恍惚惚。她沉默，但是她的异常他可以感受得到。他摸摸她的脸，眼泪泛滥成灾，原来这件事真的会让她不舒服。

他突然心痛难当，她从来不知道拒绝他，哪怕对她不利，她依旧可以咬牙挺住。他灰心丧气，不应该是这样的，他欠她的可能永远还不清了。

她声音微哽："临渊，你还好吗？"

他能有什么不好，销魂蚀骨地受用着，把自己的快乐建立在她的痛苦上。他开始懊悔："我让你痛了，对不起。罢了，就到这里。"

他要退出来，她却勾住了他的腰："我是你的娘子了，是吗？"

他摸索着替她擦泪："是的。"

"这就完了吗？"她想了想，他是怕她痛吧，打算就此放弃了。她将他往自己身上带，"我不要紧。"

这话差点让他喷出一口血来，所有的悲伤居然神奇地化解了。是啊，大事才开了个头，草草收兵算怎么回事？是成了还是没成？

他横了心，决定继续前进，虽然异常困难，却又像一场朝圣，满怀着感激和希望。人群似乎一去几千里远，什么都听不见了，他的世界里只剩下她，但对于她，大概与酷刑无异吧！

她忍受了很久，到底有些畏缩了，悄悄往后避让，他察觉了，尴尬地停顿下来。这时外面有说话声传来，是定王，邀国师赴宴。

夏官说起谎来依旧大义凛然："座上曾说这里地形不利，他到附近探看，到现在还没有回来。"

定王哦了声："国师一人吗？"

夏官说："秋官陪同前往。"

定王沉吟："郡主一整天没见了，不知是否与国师在一起。"

夏官言简意赅地一问三不知："等座上回来就知道了。"

莲灯吓得大气不敢喘，听脚步声，定王大约是离开了。可是为什么帐外有人？那他们厮混到现在，夏官岂不是一清二楚？她又痛又惊恐，国师却像个木楔子，深深嵌在她身上。她抓着他的手臂，想推开他，他温驯地靠在她肩头，细声说："莲灯，我爱你。"

她又迟疑了，也许再坚持一下吧，虽然没有任何快乐可言，但至少他不痛苦。

他重新来吻她，把刚才中断的感觉又填补起来。她羞怯地回应他，他心里渐渐安定，在她鼻尖上轻啮，咕哝了一句。

她来不及答话，两手抓住边上的锦被，用力闭上眼。绾发的簪子垂挂了两片细小的金叶子，她听见叶片相扣，沙沙作响，就像在张不疑房顶上听来的一样。所以这就是夫妻之事，国师以后归她了，这样的话，吃点苦也没什么。

但这种事，大约也需要一个循序渐进的过程。起先是难以忍受到绝望，后来慢慢似乎得了些趣，国师是极聪明的，不蛮横不鲁莽，一切恰到好处。

她逐渐放松下来，攀附着他，让他引领她。他的脊背染上了一层薄汗，每一次积蓄力量都令她目眩神迷。他的两手抄到她身下，将她托起来，紧紧扣在怀里，小声地唤她："还疼吗？"

从刺痛到麻木，再到升腾起灼热的渴望，她已经语不成调了，勉强说："不疼，你随意。"

他亲亲她的耳郭，果然惊涛骇浪一样冲撞起来。莲灯再也克制不住，细细吟哦，婉转的音调里夹带着快乐，像春日枝头的鹂鸟。

他得到她的肯定越发卖力，以前不懂什么是闺房乐趣，现在回头，才发现一百多年竟是白活了。从今天起再难割舍，他自己的心他知道，但她太年轻，至少有了这层，以后她就不会轻易抛弃他了。

全然新鲜的感受遍布全身，无法形容。她应该也很享受，痛苦的阶段已经过去了，前面一路繁花似锦。可是怎么做才能解他心里的痒？想把她击碎，想摧毁她。可惜终究不敢太用力，她是第一次，放纵过度会弄伤她的。

每到一个阶段，有不同的绚丽风景。他在往终点进发，越走越快，唯恐她赶不上他。他小心留意她的感受，忽然她的身子弓起来，弓成一个奇异的弧度，十指深深掐进他的肉里，尖叫着喊他的名字。他急急答应："我在。"轰然倒塌，天崩地裂般的快活……是什么，他全然不知道了。

帐中静谧，匆匆的呼吸也渐次归于平静，她靠在他怀里，温热的身体，汗气氤氲。他举起一只胳膊盖住了眼睛，一百多年的童男子，到今天算是交待了。很神奇的体验，值得载入神宫的史册。他的另一只手在她小巧的肩头抚摩，无声地笑起来："这次你赚大了。"

她嗯了声："什么？"

"我的内力，有一部分进入你的身体了。"他无奈地笑笑，"原来破戒是这样的结果，师父自己没有尝试过，说不出所以然来。"

莲灯愕然仰起头，仔细感受一下，丹田有股热气回旋着，手脚确实比以前有力多了。她心里担忧起来："那你怎么办？没有了内力还怎么自保？"她慌忙摸他的脸和身体，"临渊，你长皱纹了吗？觉得有哪里不舒服吗？"

他拉了她一下："别大惊小怪，不过累了点，不会变老的。至于内力，待过两天再看，也许还能回来。如果我无法自保，不是有你吗，以后我恐怕真的要依靠你了。"

她狠狠搂住他，力气之大只差没拗断他的骨头："我寸步不离地保护你，你只管放心。"细想觉得很愧疚，讷讷道，"我把你吸干了，不是我自己愿意的。"

他哧哧一笑："没关系，你的就是我的，我不介意把修为分给你。我现在只在想，你会不会怀上孩子？我一把年纪了，如果临死前能看到自己的孩子，这辈子也圆满了。"

她听了心里很不好过："你一定要说这种话吗？我去找阿爷，看看能不能打探到《渡亡经》的下落。你不会死的，说好了永远和我在一起，半路丢下我就是始乱终弃，我会把你的恶行写下来传家，让子子孙孙咒骂你。"她威胁了一通，不可遏止地生出一片恐慌来，恓惶道，“不要扔下我。”

他忙安抚：“你要让我遗臭万年，我怎么敢丢下你！老天保佑，给本座一个孩子，不要纯阳血，也不要纯阴血，只要一个普普通通的孩子，将来过普普通通的生活。”

她对生育的问题不太懂，但成亲后会有孩子，这是基本常识。不过刚刚种下种子就想摘果子，好像太急进了点。她说：“再等等吧，说不定过两天就有了。”

他却开始发愁，第一次对自己的年纪感到焦心。他的身体很好，外表也永远不会变老，里面呢？所有机能都还有用吗？他拽住她的手，羞涩道：“如果一次不行，我们能不能多来几次？”

莲灯羞得连脚趾都红了起来，以前的谪仙不见了，至少在她面前，那高高在上的国师是再不会出现了。这种事对男人来说是极有兴致的，一回两回终难满足，要像家常便饭一样才止得了渴。可她不能冒这个险：“等你元气恢复些了再想这个，好不好？我怕你身子受不住，最后被我吸成枯柴，那我也没法活了。”

这话的确有道理，可是他心里不称意得很。手指在她腋下盘旋，慢慢移过来：“这样可以纾解。”

她难堪不已，东拉西扯着：“刚才我阿爷好像来过。”

他专心致志地撩拨，像遇见了新玩具，不关心的话题完全不入他的耳门，随口道：“来过吗？我没听见。”

她无可奈何，在重席上摸索衣裳，找到他的罩衣披起来，挪下席垫去找火折子。待点亮了蜡烛回身看，他慵懒地揽着锦被，总是煞白的脸孔竟有了血色，不知是害羞，还是劳累过度导致的。

她掩饰着咳嗽一声，别过了脸。他的衣袍宽大，她小小的身躯装在里面宽落落的，浑身都是曲线。他支起头来欣赏，仿佛转眼间有了蜕变，她已经不再是那个傻乎乎的莲灯，有了成熟的韵味，全是他的功劳。

他勾了勾手：“过来。”

她掖着衣襟，单膝跪在重席上靠近他，衣料垂坠，雪样的皮肤在不经意间总会露出点端倪来，他借机又大饱一番眼福。

“收拾一下，我命人送你回长安，万一有了孩子，好安心待产。”说着勾住她的下巴，在那朱唇上亲了一记。

她仍旧不愿意：“我不走，我要替你找《渡亡经》。再说你失了内力，我得留下保护你。”

他盯着她看了半晌，最后倒下去，放弃了挣扎。

他还是妥协了，莲灯很高兴，鬼使神差地在他袒露的胸口摸了两把：“别担心，我会好好待你的。你先休息，我去趟王帐，过会儿再回来看你。”一面说，一面羞涩地微笑。遮遮掩掩换好了衣裳，撩起帐帘往外探看，四下无人，连夏官都不在。

她紧了紧蹀躞带，刚要举步，他忽然叫住她。她转头看，他坐在妆蟒绣堆之间，长发散乱着，神情怪异。她迟疑地倒退两步：“怎么？”

他蹙眉道：“你听，听见什么了？”

莲灯被他弄得有些紧张，侧耳凝神，并没有什么异常。可是再略等片刻，隐隐有刀戈之声传来，人喊马嘶，仿佛是打起仗来了。

她心头大惊，再看他，他跃起身飞快穿上了衣袍，喃喃道：“古来兵家必争之地，背运得很，阳兵未觉，阴战先起。”

她不知道他在说些什么，他匆匆走来将她往后推了一把：“你在帐里别动，我出去看看。”

她越发提心吊胆，没有听他指派，执意追了上去。帐外的大军果然也被惊动了，突袭来得毫无预警，来不及整队，就地抄起了兵器准备迎敌。

平原上入夜起了薄雾，空气里飘浮着细密的湿气，看远处迷迷蒙蒙。隆隆的马蹄与喊打喊杀的声势大得震天，仿佛就在眼前。可不知什么原因，等了片刻依然不见踪影。众兵将大惑不解，皆面面相觑。

也只是须臾吧，大片的黑影忽然出现，从左右两侧铺天盖地奔涌而来，带起了寒彻肌骨的风沙。众人大惊，横刀欲上战马，可那两路大军却不是冲着他们来的，只是相互对战，一时战得天昏地暗。

就像站在阵前看两军对垒，甚至刀锋划起的气流都能够感觉得到，但这些是什么人？仔细看如在云雾间，他们的披挂都不是现在的式样，领上红绸失了本来的颜色，泛起苍黑。还有那脸，仿佛是泥沙堆积起来的，略有震动就会垮塌。他们一本正经地冲杀，有伤亡，却不见血，这是一群年代不明的阴兵，千百年后还在重现当时战争的惨烈。

莲灯感到害怕，握着金错刀的双手簌簌颤抖。毕竟没有见过这么多鬼，她是纯阴血，别人或许只能看到朦胧的一片，她竟能够看清每个阴兵的脸。那是什么样的脸，腐朽的，空洞而苍白的眼珠子，掉转过视线，即便没有瞳仁，也能感觉到它在看你。

她惶骇后退，越来越多双鬼眼看向她，那狰狞的五官浮现出虎狼捕杀猎物前的专注和贪婪。忽然一道黑影向她扑来，就如冻了千年的寒冰穿破她的身体，她战栗着，猛地落进深不见底的冰窖。

他到这时才发现她在身后，又急又恨厉声斥责："谁让你出来的！"无数的阴兵开始掉转方向，像一架庞大笨重的机器，对准目标，蓄势待发。

莲灯跪在地上不知如何是好，看来问题出在她的纯阴血上，恰好的时间在恰好的地方，也许因为他们恰好的情不自禁，唤起了这些沉睡千年的恶灵。如果是人，她还可以拼杀一下，可这么多的异类，似乎是无法抵挡了。

一种尖锐的、几欲洞穿人耳膜的呼啸声乍起，俨然鬼怪的丧歌。她眼睁睁看着成千上万的阴兵向她袭来，那刻她绝望了，料想今天在劫难逃，大概是要尸骨无存了。

可是有一道红光从他结印的双手间疾射出去，落在地上，形成一道无边的半透明屏障，阻断了那些阴兵的攻势。他的衣袖在夜风里猎猎飞舞，没有回头，高声断喝："带她走！"

夏官匆忙上前拉扯她："座上会想对策的，请娘子随属下暂避。"

她慌忙爬起来，心里丢不下他，但是不能给他增加负担。跌跌撞撞往相反的方向奔跑，只觉阴风更盛了，简直举步维艰。她回身看，阴阳交战必定是前者胜，定王的人早跑得不见了踪影，国师身后却出现了千军万马，幽幽的蓝光里列队整齐，听他号令。她想起辰河说过《渡亡经》能借阴兵，可是他内力折损了很多，这样做是不是太冒险，会不会被反噬？

她抬头看天色，天上不见星月。再看前方，尘土飞扬，根本分不清天地。她想上去助他一臂之力，可她不敢，万一再引起新的混乱，只怕得不偿失。她唯有紧盯他的身影，他穿白袍，虽远也看得清。然而不知怎么，他的身子忽然矮下去，似乎是跪倒在了地上。

她捂住了嘴，心都要裂了："国师怎么了？"她骇然抓住夏官，"他怎么跌倒了？"

夏官拧紧眉头喃喃："原本不过是一场阴兵借道，没想到会变成这样。《渡亡经》只有半部，座上不计后果吗……”

莲灯推了他一把：“你去帮国师的忙，我自己在这里不要紧。你去，看看他究竟怎么了。”

夏官压着刀摇头：“我奉命保护娘子，没有座上的命令不敢违抗。”

同样是灵台郎，放舟的脑子为什么比他们活络那么多？她气急败坏道：“他有危险，你还守着我做什么？快去！”

夏官动摇了，可是晚了一步，阴兵开始交战。摇山震岳的呼喊和杀伐充斥了整个平原，四野震起了尖厉的哭喊。那些阴兵打仗也有死亡，不想变成聻[1]，只有殊死奋战。

莲灯睁大两眼紧盯着前方，那道白洁的身影在混乱里飘摇，突地一晃就不见了。这样的环境，如果有个闪失就是万劫不复。莲灯心里知道，开始慌不择路，嘴里喊着临渊就要往那里跑，被夏官死死拉住。

她的神魂都要灭了，为什么他不见了？夏官试图开解她：“座上一定是避开了，他知道厉害，不可能留在那里的，娘子别着急。”

莲灯冷静下来，颤声说对：“是我糊涂了，他怎么会留在那里。这么精明的人，必定会找个安全的地方。”嘴里说着，心却不能真正放下。她只有焦急等待，等这场鬼战结束。但时候尚早，离天亮还有三个时辰。

定王派来的人兜了很大的圈子绕过来，找见她，只说请郡主回帐中去。她哪里肯，不错眼地盯着他消失的地方，今天夜里这么冷，她的脸几乎要冻木了。抬手摸了摸，满脸的泪水，止都止不住。

她不敢擅动，必须等一切过去。他招来的人马很善战，那两路阴兵很快溃不成军。虚幻的战争没有持续多久，大概三刻左右，但对莲灯来说，已经比一整夜都要漫长了。

渐渐兵戈止了，鬼影淡了，一阵风横扫过去，旷野上空荡荡的，什么都没有留下。她发足狂奔，尖声叫着他的名字，可是四野莽莽，没有他的身影。

他去哪里了？她发疯似的寻找，刚才明明在这里的……她有种很不好的预感，难以表述。她强迫自己不要自乱阵脚，也许他又捉弄她，躲在哪里偷笑吧！

1　聻：人死为鬼，鬼死为聻。鬼之畏聻，犹人畏鬼也。

她一口气跑了很远，突然看见前面的草皮上有隐约的白色，她心头一喜复一忧，掖着袍角过去，不是他，不过是一片残破的衣襟。她捡起来，抻着料子到最近的火把底下照看，云缎上盘金线，是他的衣裳。

轰——一个炸雷在她头顶开花，她不知所措。为什么会有他的衣裳，碎裂的，成了大大小小若干块。衣裳在这里，人呢？她哆嗦着把料子攥在掌心，回身指派，将跟前的人都分散出去寻找，自己却不知道应该往哪儿去了。

先前还那么好，他们在一起，亲近得无所不至。难道只是一场镜花水月吗？她安慰自己不会出事的，他是很厉害的国师，会排兵布阵，会观星占卜，怎么能折在这场莫须有的战争里。冷静下来、冷静下来，相信他马上会出现的……可为什么偏偏是这个时候？在他身体回暖，失了一半功力的当口！

她站在那里哀哀哭起来，伸手不见五指的夜里，让她到哪里去寻他！

动用了好多人，找了大半夜，到天亮的时候仍旧一无所获。这一夜是怎么过来的她已经想不起来了，东奔西顾，疲于应对。去了他帐中，也去找了定王，结果都不见他的踪影。

眼下只有夏官和秋官是唯一的希望了，他们是他最倚重的人，他们了解他，一定能找得到他。她站在那片草地上等待，昙奴劝她她也不听，喃喃道：“他一定会回来的……昙奴，他说过不会扔下我的。”言犹在耳，人却不知所终，她心里煎熬得火烧一样，捂着脸哽咽难抑。

昙奴没有办法，只得顺着她的话应承：“国师神通广大，会安然无恙的。可你这样终不是办法，从昨夜到现在绷得像张弓一样，不怕他回来的时候你已经绷断了弦吗？听我的话，回去休息一会儿，我来替你候着，有消息会即刻通知你。”

她如今哪能安心休息，摇头说不：“我就在这里等着，哪儿都不去。”

春秋二官终于回来了，没有带回任何好消息。

定王长叹道：“国师吉人天相，料也不会有事。但这极阴之地是不能久留了，要是今晚再来一出，谁能抵挡？”转身同蔡琰商议，“依本王看这就开拔吧，到俄博岭扎营，再派两千人四处打探国师的消息。”

莲灯却不从：“人都走了，万一他回来找不见我们怎么办？我不走，要留在这里等他。”

定王道：“这里危险，不能因小失大……”

她不管什么小和大，他这样的态度叫她寒心。她转过脸来，寒声道：“国师为何入阿爷的军营，又为何弄得现在这样下落不明？在没有找回他之前阿爷就要搬营，难道这就是所谓的鸟尽弓藏？要走你们走，我是不会走的。我要继续找他，就此与阿爷别过。”

她这么说，定王有些生气，却依旧好言道：“国师是举足轻重的人物，我何尝愿意这样！可昨夜的事你也看到了，声势如此惊人，再来一次，等着全军覆没吗？一头是国师，一头是十三万条性命，换了你，你做何选择？”

“我自然选国师，别人的死活和我有什么相干？我只要找到他！”

父女两个顶真吵起来，底下诸将也不知道该怎么相劝。定王动了怒：“这样大的姑娘了，胳膊肘一心往外拐。你同他就算再好，也不能为此违抗父命，叫人看了说我家教不严，像什么样子！”

莲灯倔强地梗着脖子道：“我从小就不在阿爷身边长大，谈家教也是枉然。谁不知道我是刚认的亲，就算背后对我有微词，也不会牵连到阿爷身上。既然未养，又何来的教！”

定王气白了脸，在帐中来回踱步，不知该如何处置她。想了半天，文的不行只有来武的了，便责令左右将她绑起来：“我这做父亲的竟拿你没办法，岂不是笑话！你再闹，我就命人将你送回碎叶城关押，这辈子别想再见他一面！”

她又气又急，隐约觉得他应该知道些什么，遂呜咽乞求：“阿爷有他的下落吗？你好歹和我透露一点，我找不见他五内俱焚，就要死了！”

她这个样子实在叫人伤心，再和她较真，也怕她伤情过盛。定王没有办法，只得放软了语气：“国师是有大智者，那样好的手段，总有办法脱身的。你听话，先随大军往前五十里，我再派人在这附近守候，只要国师回来，定让他找见我们。我记得他曾同我说过，今年命中有一劫，既然是老天注定的，你再不屈有什么用？且耐下性子来，说不定他安然无恙，羽化成仙了也不一定。”

她没有定王这么好的心态，里面的内情她没法说出口，自己心里却是一清二楚的。他正是最虚弱的时候，这个关口出不得纰漏。她现在真悔断了肠子，早知道如此，就不该晕了头同他做那种事，害得他功力大失，落在那些阴兵的脚下，能有什么好处！

她越想越难过，人昏沉得死了一半。昙奴半抱半扛着将她带出了大营，定王特许昙奴调回她身边，好负责她日常的安全。

她倒在马车里人事不知，给她吃的不要，让她睡觉也说不困。好不容易睡了一会儿，睁开眼就到处找人，找不见，就伏在那里呜呜痛哭。昙奴没见过她这样，以前很独立的一个人，一旦丧失所爱就变得面目全非了似的。

其实国师的情况的确不容乐观，他们后来发现的罗衣碎片上有部分沾染了血迹，只是没让她知道罢了。一人抗衡数以万计的阴兵，说起来简直像《山海经》里的故事。国师是与她们不同，甚至与天下所有的人不同，但是再了得，终究是血肉之躯，吃五谷杂粮，也有他自己的爱和恨。如果今天不幸遇难，是命数使然，就如同得道的高僧照样会圆寂，虽可哀，也在情理之中，

昙奴虽是这么想的，没敢和莲灯说。她现在这个消沉的样子，恐怕一提就要疯了。

她爬进车内，轻轻勾开她脸上覆盖的发丝，小声道："等在垭口扎了营，你不放心的话，我亲自回去看。现在不要同定王闹，闹到最后无非被他关起来，何必呢！"

莲灯听了崴过身，失魂落魄地靠在她肩上。起先不说话，后来连连啜泣，蚊蚋似的说："我没想到，真就这样乐极生悲。我晓得你一定恨我不争气，你还在恼他吧，因为他以前那么不厚道，奸诈狡猾还狂妄自大。可我就是爱他呢，我把身子都交给他了。"

昙奴吃了一惊："你说什么？"

她红了脸，眼里裹满泪，嗫嚅道："我不敢同阿爷说，只能把心里话告诉你。你们都觉得我疯魔了，究竟有多深的感情，他一失踪我就这样要死要活的。你们不知道，我和他到了这步，虽死也难放下了。"

昙奴脸上惘惘的："难怪……你这么糊涂，看看最后坑了自己。"

她也不显得后悔："我对这个不看重，既然喜欢他，给他是早晚的事。我先和你通个气，等大军驻扎我自己回去。我有个预感，他不过是一时迷失了，找不到返回的路。再给他一点时间，他会回来的。"

所以爱他就相信他，是这世上所有女人的通病。她也需要靠这个信念支撑，就算最后失望，慢慢接受会比突然的打击要好得多。昙奴妥协了："你说如何就如何，就算你想去海角天边，我也陪着你。可你要答应我，打起精神来。瞧你吊着半口气的样子，我有些怕。"

她苦笑了下："我难得伤怀一次，你就这么挖苦我！"然后果真振作起来，在定王面前也不那么激愤了，定王说什么都答应。等到没人看管时，和昙奴一人牵了

一匹马，按原路退回了扁都口。

连夜跋涉，到天亮时才重新抵达那片平原。走时草地枯黄，一昼夜后竟遍地开满了指甲盖大小的黄花。

她将马鞭别在蹀躞带上，扶了扶幞头，看不远处的峡谷："昨天那么多人搜寻，峡外的地皮都要被翻转过来了，只有扁都口没有找过。我打算上峰顶，站得高些，说不定能发现他。"

昙奴心说她真是要疯了："底下是几丈厚的积雪，你上悬崖，万一摔下来，连骨头渣都不剩。"

她蹙眉道："那里是最后的希望，如果他不在，我想他或许真的消失了。"

昙奴顿了下，似乎只有这样才能让她死心。她叹了口气："罢了，都听你的。我去找藤蔓，两个人拴在一起。我先上，你跟在我后面。"

她说不："我一个人去，你在底下接应我。万一我回不来，终归和定王父女一场，你替我报个信，好给他个交代。"言罢转头眺望峰顶，坚毅的侧脸比以前更果敢十倍。

昙奴无奈，顺着她的视线看过去，扁都口地势险要，那两侧崖面寸草不生，要找到地方借力都难。她很担心，莲灯终究是女孩，没有男人那么好的臂力。那悬崖少说也有二三十丈高，怎么才能一鼓作气登顶？就算攀上了顶峰，当真能找到国师吗？无非是姑娘家不切实际的幻想，因为还有一处地方没有去过，便把希望全部寄托在那里了。

她想劝她三思，可话到嘴边还是忍住了。她虽没有像她爱得那么深，但记忆里的那个人也给过她刻骨铭心的感受。丢失了爱人，也许是活着最大的痛。所以她要去找，去就去吧，尝试过至少不会后悔。

她抓住她的臂弯叮嘱："不管能不能找到，你要活着回来。想想我，还有转转，你若是在乎我们，就要爱惜自己的性命。"

莲灯点点头，抽出匕首挽了两朵剑花，向峡口走去。

山崖很高，站在底下有种眩晕的感觉。以前不过上个城墙或房顶，还可以忍受，现在要一口气攀那么高，对她来说是个不小的挑战。可是为了他，她什么苦都可以吃，只要他在那里。

她退后几步，奋力向上纵起，奇异地身轻如燕。她知道是他的内力在发挥作用，不说赠了她半数，就是两三成，也够她应付眼下的难题了。她就像个风筝，可以顺风抵达半山腰，然后将匕首插进岩石的缝隙中，交替着制造出着力点，她就蹬着匕首的手柄，逐步往上攀登。

不敢向下看，只仰头盯紧峰顶，自己给自己鼓劲，快了，还有三五丈。然而越接近上层风越大，那风与地面上的不同，回旋着，从她和崖壁之间穿过，她要用尽力气抠住岩石，才不至于被巨大的气流冲落。峭壁上没有一块像样的棱角能让她借力，她只有尽量扒紧，到最后十根手指都磨破了，沿路留下点点血迹。

终于只有一步之遥了，她运足力将匕首扎进去，狠狠一蹬，上了峰顶。回身看昙奴，她大概要被她吓死了，见她安全后，在底下手舞足蹈。

她向她挥手报平安，然后开始搜寻他的踪迹。崖顶是个相对空旷的平台，往前一段才见几棵树，视线几乎不受什么阻挡。她茫然四顾，满目的积雪和碎石，在她的心头压上沉甸甸的分量。

她不愿放弃，只要他来过，就一定会留下脚印。可是走了很长一段路，没有任何发现。她渐渐灰了心，每走一步就多一分失望。一直到了断崖的另一端，面对十几丈宽的天堑，终于有了束手无策的感觉。

没有了，他真的不见了。她已经耗尽了灵感，再也想不到该去哪里找他了。这世间没有，只剩上穷碧落下黄泉。寒风发出呜咽的悲鸣，她腿一软，瘫坐在悬崖边上。

悲伤过了头，想哭都哭不出来了。紧紧攥着双手，指缝里弥漫的血凝固起来，连痛都已经感受不到。她在崖顶怔怔坐着，坐了有半个时辰，像品酒一样，把初见到相爱的每个步骤都回忆了一遍，他的好和坏，历历在心头。想得无可奈何时，向下看了看，山谷里装满了积雪，如果跳下去，不知是个什么境况。

还没有见到他的尸首，如果自己真的去死，万一他还活着，一转身岂非又错过了？现在唯一能做的就是找个地方搭间房子，天长地久地等下去。

她勉强支撑着站起身，答应过昙奴要活着回去的，她还在峡口等她。深一脚浅一脚地往回走，心里空空的，脑子里也空空的。以为山穷水尽了，不经意抬眼向对面的山崖望过去，这一望心头骤跳，对面似乎站着个人，劲松一样的身形，长发在山风里飞舞。

那一瞬间血都涌到了头顶，她无法描述自己的感受。喉咙里堵住了，喊不出声来，绊了一跤，爬到一块突出的岩石上，鼓了很大的劲努力喊："临渊……

临渊……”

他好像听见了，微微侧过头。她站起来奋力挥手：“我在这里！我在这里！”

眼泪模糊了她的双眼，她不停擦拭，生怕一眨眼他又不见了。可是他们之间隔着一道峡谷，她目测了距离，太远了，如果他的功力还在，应该可以很轻易地过来。但如今他站在原地只是看着她，不说话，也没有任何行动。她很着急，料想他必定是伤得不轻，或许暂时已经无法运力了。

他不过来，只有自己过去。她不敢让他离开视线，那么就碰碰运气吧！

她退后好几步，如果以刚才攀岩那一纵的高度来估算，再多使几分力，说不定就能安全到达对面。她狠狠憋了一口气，正要助跑，他却像个幻影，只一迈腿，人就到了她面前。

她愣了下，上前扼住他的手臂匆忙查看，絮絮说：“你还好吗？这两天一直在这里吗？有没有受伤，有哪里不舒服吗？”

他不说话，日光在他鬓边回旋，他眼神清冷，情绪如死水，不起任何波澜。

她感觉到了，越发担心他，摸摸他的脸道：“一定是饿了，我们回去，我给你烤鸡吃。还有毕罗，到胡人商队买含桃，我做给你吃。”

他略略挑动了下嘴角，依旧不说话。

他越是这样她越害怕，恓惶的一双眼睛紧紧盯着他，哀声道：“你怎么了？哑了吗？不认得我了吗？我是莲灯啊！难道在这里冻了两天，冻坏脑子了？”一面说一面扣住他的腰，把脸贴在那冰冷的缭绫上，哭着说，“我多担心你，怕你会出事，可你怎么这副模样……”

他的人在这里，心却离得很远似的。她的拥抱遭到冷遇，分明是历经了坎坷失而复得，他却没有半点受她感染，两条手臂低垂着，她抱由她抱。

莲灯心里生出恐惧来，仰起脸哀求他：“你不想我吗？你抱抱我吧，我要你抱抱我。”她哭得伤心至极，他这才抬起手臂，把她揽在怀里。

情人间的互动，只有自己心里才清楚。那种感觉是难以用语言形容的，在每一个动作、每一个眼神里。莲灯惶惶不安，但依旧庆幸找到了他，他有些反常，大概是因为生气了。她试着向他解释：“阿爷拔营是怕阴兵再出现，大军暂时驻扎在俄博岭，等你回来了就去那里同他们会合。”她轻轻摇他一下，“你别生气，我代阿爷向你赔罪。还有前天的事，你叫我留在帐里我没有听你的，才引得那些阴兵改道，都是我不好。”

关于这个，他倒好像不那么在意，只道："你不懂其中利害，也不能怪你。我不过是身上有伤，这两天要闭关，才没有下山找你。"

她是一万个能理解的，点头说："我知道，那你现在功力恢复些了吗？"

他说："还需静养。"

"那就好好将养，我伺候你。"她含着泪笑，笑得可怜又凄楚，"只要你活着，叫我如何我都愿意。"

他眼里方浮现出温暖的神色："不来打搅我，也可以吗？"

她很意外，多少感到有点难过，但这和之前的一切比起来根本不足挂齿，她忙又点头："我照顾你的日常起居，你怕我打搅你，我忙完了手上的活就离开。"

他赞许地一笑："如此甚好。"说完不再停留，往峡口踱去。

她追上来，举着两手给他看："我伤了手，不能自己下去了，你背我吧。"隐约的疏离让她感到可怖，她有心同他拉近距离，于是不管他会不会反对，死皮赖脸地跳到了他背上。

他是带她下去了，可是对她的伤依旧熟视无睹。回营只有两匹马，他一个人单骑，莲灯和昙奴共乘一匹。昙奴解下发带仔细替她包扎手指，间或抬起眼狠狠瞪他的后背，对他的态度十分不满。

"我不反对你们在我跟前你侬我侬，以前就是这样的，我看见可以装作没看见。现在你为找他受了这种苦，他连抚慰的话都没有一句，可还是人？"

莲灯护他心切，一味替他说话："他心里不大高兴，我看得出来。大概是为定王吧，他舍生忘死抵挡阴兵，结果定王背信弃义，换了我，我也要生气的。"

"在他眼里你和定王一样吗？难道还要弄个父债女偿不成？"昙奴兀自嘀咕着，"我就是看不惯他这样，没心没肺，同出关路上一样。"

她忍着痛还要对她赔笑打圆场："等他想开了就好了，谁还没个小脾气呢。"

昙奴叹了口气："我是舍不得你，像个傻子似的，受了苦也不得人家怜惜。你为找他受伤，况且又有那一层，眼下替你包扎的不应该是他吗？"

莲灯看了前面的身影一眼，失落是难免的，但总不能现在和他大吵一架吧！便小声道："别让他听见。等到垭口我再探探他的意思，看他是不是对前天的事后悔了。"

昙奴简直无话可说了，那种事不应该是男人担心女人后悔吗，到了她这里全反过来了。可能受惯了压迫，她还没有意识到他们的关系已经和以前不一样了，一个不懂得体贴的郎子，用来当菩萨供着吗？

“我只和你说一句，爱得越深越卑微。你要拿出傲骨来，他不低头，你就不要理睬他，看谁憋得过谁。”

莲灯到如今才笑得出来，长长哦了声调侃：“难怪萧将军几次三番找你，你都端着架子对人家爱答不理，这就是你的战术吗？咱们现在到了中原，你身上的毒也解了，等回到长安就去找他吧。如果他没有成亲，就嫁给他，好好过你们的日子。”

昙奴却摇头：“我帐下两百多人都是你的陪嫁，我也要看顾你，不让国师欺负你。”

莲灯笑了笑，复看了前面的人一眼：“他不会的。”

·第十五章·

临渊

国师回营，定王携众人出来相迎，说了一车担心的话，国师反应平平。转头瞥夏秋二官，夏官和秋官叉手深揖："属下等办事不力，还请座上责罚。"

他漠然看着他们，并不说话。夏官和秋官面上有畏惧之色，越发低下身子，半晌才听他说："罢了，本座有些乏了，营帐都准备好了吗？"

夏官忙道是："请座上随属下来。"

他拂了拂衣袖逶迤去了，走前同莲灯没有任何眼神上的交流。莲灯落寞地站着，不知该何去何从，定王看出些端倪来，命小灶准备了一盘透花糍，让她送进国师帐里去。

她提着食盒到那里，见秋官在帐外站着，里面隐约传出国师的声音，似乎动了怒，低低骂废物。

秋官看到她如蒙大赦："娘子来了？这次找回国师，多亏了娘子。我等白在国师麾下那么久，搜寻了两天一无所获，实在没脸见人。"一面说，一面打起帘子道，"娘子进去吧，国师面前还请娘子替我们美言几句。"

她说好，欠身入了帐。国师见她来了便不再多言，抬了抬手指，让夏官出去。

她堆出笑脸，把点心放到他面前："饿了吧？我阿爷让人现蒸的，吃两块垫垫肚子。”说着牵起袖子举箸，因为手指包扎上了，行动起来异常艰难，只见关节处水肿得厉害，皮肉发亮。

他皱了皱眉，抬眼看她：“手上的伤要紧吗？”

她说：“不要紧，睡一晚就会好的。”指了指盏里，笑道，“快吃，我看你吃东西心里就踏实了。”

他听了低下头，纤洁的手指拈起花糍，那玲珑的点心贴在他唇上，有种相得益彰的美。

国师吃东西很文雅，小小地咬一口，细嚼慢咽，不像她，抓起一把基本全塞进嘴里。她满足地望着他，活着总有这样那样的忧愁，可是他在，她就觉得没有什么事是更重要的了，有他就够了。

他只略微进了一点就放下了，起身去箱笼里翻找，找出一个瓷瓶来递给她：“这是伤药，有奇效。你拿回去用，能止痛，晚上可以睡个好觉。”

她迟迟接过去，微笑颔首：“多谢。”语罢又觉得奇怪，已经很久没有同他客套了，说的时候自然而然，竟没有半点不自在。

他沉默着，坐在灯下眼睫低垂。莲灯轻轻叫了声临渊，他才抬起眼来：“什么？”

她忽然不知道应该怎么和他交谈了，自他回来，似乎与她生疏了许多，难道果真因为她吸了他的功力而怪她吗？她往前挪了挪：“如果能拿回去，你只管动手好了。”

他很不解的样子：“什么意思？”

她红了脸：“我是说你流失的功力，在我这儿没什么用，最好还是还给你，我心里也安定些。”

他坐在那里若有所思，隔了会儿摇头：“这不是山精野怪的内丹，可以随意转赠，到了你那里就是你的。我修为深，折损三五十年无所谓，你留着，自然有好处。”

她低下头叹了口气：“这件事我一直很后悔，害你至此，险些失去你。”到现在回想起来都像噩梦一样，她眼泪汪汪，把包得角黍一样的手压在他手背上，“你不要再丢下我了，不管到哪里，你都带着我吧，就算吃苦我也不怕。”

他与她四目相对，她的眼睛明澈，能看到瞳中他的倒影。他蹙起的眉心渐渐舒缓，笑道：“你果然有真性情。”

这样的评价听上去有些别扭，但她也欣然接受了，咧嘴道："我一直真心待人，你今天才知道？"

他点点头，沏了一杯茶推到她面前，复望她一眼道："《渡亡经》能招亡灵，我想你也知道。上次回回墓里只找到半部，我急需另半部。我的时间不多了，不见得能支撑三年。你若是想帮我，就尽快为我探到下落，凑齐了一部，我才敢说再不丢下你。否则到我死的那一天，分离在所难免，届时还是要留你一人在世上独活。"

她吃够了这个苦，再说起来也是心有余悸。人性本就自私，定王既然以经书作为条件和他做买卖，那么要让他拿出来，恐怕比登天还难。他唯一能够牵制国师的就是这个，纵然有朝一日登极，抓在手里的东西也不会轻易放开，国师想要那半部经书，简直就是异想天开。

如果定王不松手，他大限之日到后回不来，那她应该怎么办？所以就算是为了自己，也必须把经书找到。

她垂眼看着盏里碧绿的茶汤，横下心点头："我来想办法，但你必须答应我，保我阿爷无虞？"

"他是你父亲，我既然看重你，就不会将他如何。况且眼下大家在一条船上，大军行至这里，哪里还有回头的余地？"他深深看了她一眼，"你放心，我绝不负你。"

她说好，暗里也有她的盘算。拿到经书不会立刻交给他，定王再如何也是她父亲，如果因为自己一念之差害了他的性命，那她实在是枉为人了。

国师对她的表现很满意，一手支着下颌问："何时去？"

她犹豫了一下道："这种事急不得，待我找到机会，自然会向他打探。"一面说着，一面听见帐外雨脚阵阵，她哦了声，"下雨了，还好回来得早，否则要淋雨了。你这两日辛苦，早点休息吧。等我得了消息，会立刻通知你的。"

她站起身抚了抚膝头，发现重席似乎过于单薄了些，便笑道："你一向嫌席硬，要垫五十层才满意，这次怎么不让他们多垫几层？跽了这半天，膝盖都要跽破了。"边说边到帐前招手，远处静候的卒子忙送伞过来，她打起伞便往连营那头去了。

国师立在帐门前目送她，雨下得很大，击落在干燥的地面上，每一个小坑都会扬起寸来高的尘土。他凝目看了半晌，偏过头吩咐秋官："替本座盯住她，看她何时入王帐。还有关内道的情况，命冬官每日一报。现如今诸王的动向，以及龙首原的应对，都要详细记录在册。还有今上的病情，问明了侍御医，脉象如何，用了什么药，都给我细细报来。”

秋官应了个是：“属下昨天从定王那里听来个消息，据说梁王向上请命，欲领兵三万平叛。”

他听了哂笑一声：“让他平，最后无非落个功败身死的下场。这些皇子就如巴蜀养蛊，毒物都放在一瓯中，谁的毒性最强，谁就能活到最后。”他将视线转向空中，眯起眼长叹，“大历是该脱胎换骨了，表面繁华，其实不过是个花架子。再传一辈庸碌的君王，百余年的基业也就到头了。”

皇子间的战争一旦兴起就无法停息，比如一只碗，磕破了重锔，裂痕在了，这碗就废了。天家是眼里不揉沙的，没有给条退路的说法。战事提上了日程，就照着计划去做，死也好活也好，全凭自己的造化。

信王和庸王的联军打过了蒲州，一路往长安进发。眼看京畿近在眼前了，梁王果真请命平乱，率三万羽林军出城五十里应战。梁王是皇后的掌上明珠，生得那不知天高地厚的脾气，不过敢做敢当倒是十分值得称颂。也许是急于立功证明自己吧，帝后反对也没有起丝毫作用。他一意孤行，披上了战甲，结果因为没有作战经验，首战便失利，被庸王的副将追至黄河边，据说落水，不知所终了。

定王听后很高兴，对手死一个少一个。他看着沙盘上的小旗子笑道：“我们的大军，到了该过金城郡的时候了。信王和庸王目下虽结盟，但离长安越来越近，人心便越来越浮动。且看着，到最后他们双方必有一战。我等可伺机先助其中一方获胜，剩下的那个损兵折将，自然不堪一击，到最后再将另一方吞并，便可直取长安。”

办法自然是好办法，问国师的意思，国师亦是应允的，不过略有些疑义：“长安不见得那么好破，朝中有的是久经沙场的老将。梁王身死，圣上必定要大力平息政变。还有我们这方，三道圣旨过后不撤军，视同谋反。如今殿下该做的，就是及早与二王中的其中一方结盟，这件事需悄悄进行，不可大张旗鼓。”

定王听了颔首：“但不知应该派谁去说合。”

国师道：“那两位王足智，随意打发个人去恐怕不能轻信。若殿下信得过，便让本座走一趟吧！”

这是万万不能的，国师在某种程度上功能类似传国玉玺，他到了哪方，哪方就有称帝的可能。如果他被那些小辈里的王爷说服了，或者倒戈一击，联合信庸大军来攻打他，那么届时他当如何自救？定王不是傻子，这种问题看得十分透彻，要紧的东西绝不松手，国师这样的宝贝在他顺利登极前都有很大作用，如何拱手让人？

他笑了笑，体恤道："前两日的事叫国师折损了元气，国师当好好静养，不宜长途跋涉。既然需要个有分量的人出面，我看就劳烦蔡都护跑一趟，带上本王的亲笔书信，都护到就如同本王到。"一面说，一面看蔡琰的反应。

蔡都护点头应允，转头对国师拱手："大王说得甚是，扁都口的那场鬼战，在下到现在仍心有余悸。国师此役颇为伤神，还是留在营中将养。大王倚重国师，军中诸事都要烦劳国师出谋划策。从此处到蒲州不过两三千里，某快马加鞭，半个月就能往返，请大王与国师静待某的好消息就是了。"

国师笑得温文尔雅，一把折扇掩住了口，只余星辰一样朗朗的眼睛，眼波一转，和声道："如此也好，那就偏劳都护了。此事宜早不宜晚，我看今天就是黄道吉日，都护收拾行装，早早出营去吧。"

蔡琰领命回帐准备，定王让人伺候笔墨，很恳切地写了一封书信。待到落抬头的时候犹豫了，问国师当写谁，国师缓缓踱步，想了想道："信王的势力比庸王弱，要联合，自然是联合弱者攻打强者。锦上添花不过图个热闹罢了，雪中送炭才弥足珍贵。两军交战之初不必相助，等到他们战得气息奄奄时，殿下黄雀在后，届时想如何料理，都由殿下说了算。"

他们聊作战，聊得十分投机。莲灯在一旁听着，只觉里面步步都是陷阱，有种令人不寒而栗的况味。也许身在其位不狠必死吧，在战争中仁慈是最可笑的。她静静站着，脑子里思绪纷杂，忽然听见定王叫她，和声招呼着："阿宁来，陪阿爷和国师共饮一杯，预祝阿爷旗开得胜。"

莲灯道好，接了卒子送来的酒壶替他们斟酒。想起国师不饮酒，便有意替他少斟些，定王见了将壶嘴往下压了压，朗声笑道："酒须斟上十分满，军中人，不讲究小家子气。"

莲灯无奈，捧起酒盏和他们碰杯，国师脸上淡淡的，转过头掩袖而饮。换了平时定然推诿着只喝半杯，没想到这次竟然连眉头都没皱一下，转眼一杯酒便下肚了。

他们把酒言欢，直到天色将暗，国师才从定王帐里出来。出来的时候微醺，慢吞吞走了一程，停下来仰头看月亮。莲灯跟在他身后，听他喃喃：“本座已经很久没有好好看月亮了……”

她心里纳闷，很久是多久？离上次中秋赏月也并不算太久，听他的语气倒像阔别多年似的。

他回过身来，对她慵懒一笑：“你看今夜月色美不美？”

她听了抬眼看天：“今天是下弦月，不觉得哪里美。”

他撑着腰唔了声：“月有盈亏，别人喜欢满月，本座倒更喜欢这弯弯一线。”说罢脚下步履蹒跚着，走进自己的大帐里。

她跟进去，看他醉了，打算安顿他睡下。他自己上了矮榻，靠着卷云纹的榻头打盹。现在的天气已经很凉了，这么歪着会受寒的。她轻声唤他：“我铺好了褥子，你睡到褥子里去。”

他微微睁开眼，无意识似的叫她的名字：“莲灯……”

不知道为什么，她的鼻子有点发酸。他回来这两日好像在刻意和她保持距离，没有一句甜言蜜语，也没有任何暖心的举动。她都快不认识他了，就算突然叫她一声，她的心也会跟着颤一颤。

她点点头，替他盖好被子，轻声说：“你睡吧，酒醉了最难受，睡醒就好了。”

他抬起手臂，搭在她的肩膀上，然后慢慢向下游移，落在她的手腕上：“伤都好了吗？”

她举起手指向他动了动：“都好了，你别担心。”然后沉默下来，心里实在空得难受，弯下腰说，“我想乖乖一下。”

他迟疑了下：“乖乖？”

她开始担心，觉得他可能失忆了。以前提起乖乖，哪怕相隔十丈远，也会不顾一切奔过来，现在却是无可无不可的样子。她受不了这个反差，怨怼地望着他：“你不爱我了？”

他说：“没有。”

“那为什么我感觉不到你爱我？”她把他拖起来，噘着嘴说，“乖乖我，乖乖我才信。”

他似乎是不理解乖乖的意思，但见她嘴噘了一寸高，大概明白了，略挣扎了下，方把唇靠过去。

莲灯闭上眼感觉，仅仅只是唇瓣相贴，他似乎有些畏缩，和以前又是天壤之别。她忽然感觉寒冷，为什么她觉得他不是他？至少不是原来的他。她心里一慌，这种莫名其妙的预感就像井喷，压都压不住。她就势捧住他的脸，在脸颊轮廓的边缘细细抚摩，没有接口，不是戴了面具。然后把指腹缓慢挪过去，触他耳后隐藏在头发下的那一片皮肤，没有发现银针，再正常不过。

越是这样她越难过，昙奴和她说，男人最在乎的就是女人的身体，如果随便许了他，他认为一切得来太容易，就学不会珍惜。所以她是太不把自己当回事，给得过早了，他不在乎她了。

她推开他，神色黯然："你休息吧，我还有些事要办……"

她要走，他伸手拉住她："你怎么了？"

怎么了……应该她来问他怎么了。为什么分开两天，他就变得这么奇怪。还有她闻到他身上的味道，不是她熟悉的，这又是怎么回事？她勉强挑了下嘴角："你换熏香了？"

他倏地冷了眉眼，也不应她，就那样不带感情地看着她。

她落荒而逃，逃进帐外的夜色里，反而觉得安全了。抚胸站了很久，不知道刚才的问题从何而起，她面对他，有时会觉得害怕，实在太不寻常了。难道他招阴兵的时候被哪个孤魂野鬼夺了躯壳？她知道他没有易容，可又说不上来地怪异，很多细微的地方与原来不同，只要仔细留意，就可以发现端倪。

她静静站了一会儿，心里开始焦急，怎么才能唤回他呢，成败也许就在那半部《渡亡经》上。

她匆匆往定王的大帐走去，十三万人的营地驻扎下来，前后足有十里远。火龙在山岭间蜿蜒，定王的帐子是大军的中心，众星拱月似的烘托着，风吹起帐檐的燕飞，簌簌作响。

她打了帐门进去，定王刚换下铠甲准备用饭，看见她笑道："我正要派人找你，你自己回来了。"指指对面的垫子道，"坐下，同阿爷一起吃饭。"

她顺从地跽坐下来，定王揭开盅盖替她舀了碗米酒，又指着烩鱼和羔羊肉道："行军在外没有好的，这个已可称作美味了。这阵子阿爷知道你辛苦，看着你东奔西跑，我心里也不好受。女子在军中，本来就不妥当，我再三思量，大军不久后会有一连串恶战，还是命你二兄送你回碎叶城去，回去有辰河照顾你，不必担心那恶妇寻你的晦气……"说罢一笑，"委实是不必担心的，以你的身手，她也奈何不了你。若你阿娘那时候也像你一样，可能就没有后来的这些事了。”

莲灯叹了口气：“阿爷，你同我说说你和阿娘的故事。”

他顿下来，似乎是做了一番调整，才敢面对以前的一切。烛火照亮他的眼眸，他已经是四十多岁的人了，可是忆往昔，眼里仍有温柔的波光。

“我与你阿娘相遇那年，你阿娘十七岁。她的身世很可怜，自小在富户做奴婢，若不是那户人家突然遭难，她可能会给傻子做妾。富户抄家后，她的境遇也还是不好，官奴婢，险些没入教坊做营妓，后来遇见一名校尉，被他带回了家。校尉夫人是个妒妇，几次三番要卖她，她的日子很难过，校尉就将她转赠给我，成了我的孺人。你阿娘是个温柔聪明的女郎，她心灵手巧，绣的狮虎像活的一样。我极爱她，活到二十八岁，第一次知道情滋味。”他笑了笑，笑容里有苦涩，缓缓长出了一口气，“我是被大历放弃的人，活在暗无天日的世界里，你阿娘的出现，让我看到了光明。可是那时突厥常进犯河西走廊，我奉命出兵攻打，不得不与你阿娘分别。突厥军是马背上的军队，他们骑术了得，经常掳掠过后就跑得没了踪影，我为了追击他们常常要奔袭千里。后来突厥向大历称臣，我才得以回到碎叶城，那时候你母亲已经生下了你，因为之前的六个都是男孩，你的降生令我欣喜异常。但是突厥人言而无信，那些蛮子，今天说的话，明天就能推翻。他们一旦贫穷，首先想到的就是抢夺，我再次受命出征，和当时的副都护百里济夹击突厥，将他们彻底打出了西域三十六国。”

莲灯托腮听着，有些伤感：“我只想知道，王妃诬陷我阿娘，你为什么不肯相信她？”

他低下头，满面愁云：“聚少离多，渐渐就生了嫌隙。况且你阿娘同那个校尉，不能说没有情。当初也是怕被他夫人残害，校尉才将她托付给我，没想到最后……你阿娘反倒死在我手里。”

所以人生就是如此，谁也不知道踏出的一步是对还是错。明明相爱的两个人，会因为一个漏洞百出的挑拨而反目，爱情有时候太脆弱，脆弱得不堪一击。

莲灯很少和他交流，也从不知道他的想法，像今天这样面对面坐着说话是头一回。也许是父女天性吧，心一下子拉得很近。她伏在臂弯上，怏怏问他：“阿爷后悔吗？”

他的眼圈隐约有些泛红，很快别过脸去：“现在后悔都是枉然，你阿娘那么恨我，甚至要你杀了我，我和她的恩怨这辈子都解不开，只有等到我死后再去向她赔罪了。”说着顿下来，小心翼翼道，“阿宁，你还恨阿爷吗？”

莲灯仔细想了想，她对恨一向不怎么敏感，以前错认为百里都护是她阿爷时，面对那些坑害他的人时，她也感觉不到刻骨的恨。现在对于她阿娘也是，似乎除了同情她的遭遇，就再没有别的了。

她没有说恨还是不恨：“我想不起以前的事，同我阿娘如何相依为命也忘记了。”

王妃派出的人在她面前杀了她母亲，她必定是受了刺激，下意识地回避吧！定王点了点头，神情很愧怍：“我对不起你们母女，待将来阿爷大功告成，会给你最好的，弥补你曾经所受的苦。”

她寥寥应了声，一面牵袖给他布菜，一面道：“国师上次招阴兵的事，阿爷还记得吧？我曾经听世子提起《渡亡经》的传说，是不是只要有这经文就能办到？阿爷那半部经文在哪里？让阿宁看一看。”

定王抿了口酒推托：“不过是个传说罢了，当不得什么真。国师招阴兵，那是因为他能与天地合一，和《渡亡经》没什么相干。”

她装作不快，闷声道：“阿爷可是不放心我，所以不肯给我看？”

定王凝眉道：“莫胡说，你是我的骨肉，我哪里不放心你？”

“那你将经书拿给我看看，不让我看就是信不过我。”她开始耍赖，坐在席垫上直蹬腿，“阿爷，给我看看，只看一眼，经书又不会缺个角……阿爷……”

她那句阿爷叫得震心，定王看她满地打滚哭笑不得：“你这孩子这么大了，不怕丢人吗？不是阿爷不让你看，是因为此物关系重大，不能轻易示人。况且东西不在阿爷身上，你要看，我当真拿不出来。”

她依旧不依不饶：“这么要紧的东西，阿爷怎么会放在别处？可见是骗我，不肯给我看。”

定王被她闹得脑子都要炸了，不堪其扰，只得告诉她：“当真不在这里，谁会把筹码整天背在身上？我找了个安全的地方存放，待我入主长安，一定信守承诺将经文交给国师。你就别再探了，你心里只在乎他，就没有我这阿爷一席之地？你身上流着我的血，我才是你最亲的人，你这傻丫头！”

莲灯一败涂地，在这些老谋深算的人面前要小聪明，根本就没有半分胜算。她现在能做的就是确定那半部《渡亡经》真的存在，没有因为战争或别的原因下落不明。但说实在的，她总是有种感觉，定王的话恐怕不那么可信。

“我是阿爷的女儿，绝没有要坑害阿爷的意思。我心里有句话，一直想同阿爷说。”她正色道，“国师的手段阿爷见识过，千万不要为了拉拢他，轻易做出自己办不到的承诺，若是激怒了他，后果不堪设想。我只问阿爷，回回人的墓地就在碎叶城，阿爷既然有那半部经文，为什么不打开回回墓，将经书拼凑完整？你是当真一开始就知道《渡亡经》呢，还是墓地被盗后才重视起来的？”

她这几句话竟问得定王哑口无言，半晌才笑道：“当真是虎父无犬女，阿宁颇有雄辩之才，这点随了阿爷，好得很。”一面说着，一面往她碗里添菜，“只顾着说话，菜都要凉了……你听阿爷的话，男人的事你不要管。你只是个女孩，待阿爷创下万世基业，你只管安享你的尊荣就是了。”

她无话可说，心里也料他并没有那半部经，恐怕是为了哄骗国师扯的谎。可如果真没有，她接下来该怎么办？她拿什么来救她爱的人？

她心头乱得厉害，以至于后来定王说了什么，也都没有仔细地听。临要离开王帐的时候他叫住她，将一个皮绳穿着的吊坠挂在她颈子上：“这是你阿娘留下的遗物，这些年我一直带在身上。如今你回来了，就把它传给你，想念你阿娘的时候，看见这个也可聊以慰藉。”

莲灯低头看，是一截玉石雕成的小竹枝，竹节分明，还有纤长玲珑的竹叶。拥有的时候不珍惜，等到失去之后睹物思人，又有什么意义呢！上一代的恩怨情仇已经叫人乏累，她只愿自己少些坎坷。可照现在的情况看来，似乎是好不到哪里去了。

她握住那冰冷的吊饰点头：“多谢阿爷。时候不早了，阿爷安置吧，我明早再来与阿爷请安。”

定王道好，她肃了一礼便往自己的营帐走去。走了一程回头张望，定王依旧站在门前那片温暖的火光里。她没有想到，这是自己最后一次见到他。

次日大概五更未到，黎明前的黑暗，罩得整个俄博岭昏昏如在另一个世界。莲灯近期的睡眠不太好，常常要耗到近子时才能睡着，睡下去没过多久，梦里听见一阵急促的脚步声，忽然帐帘被用力掀起，有人站在外面大声地喊：“安宁！安宁！”

她头晕得厉害，听出是二兄常念，便支起身子哎了声：“阿兄何事？”

常念的声音里带了哭腔，略低了嗓子道：“你快些起来，阿爷出事了。”

她起先还蒙着，顿时一激灵。纵起来，拉过一件圆领袍穿上，慌慌张张扣上蹀蹬带跑出去："阿爷怎么了？"

常念说不出话来，只是抬手指向大帐方向。王帐外的禁卫比寻常森严百倍，死士个个压刀站着，将帐子团团围住。她心头狂跳，匆忙奔过去，帐里站满了将领。穿过那片铠甲的丛林，见定王在榻上安然卧着，双眼紧闭，面色发青。

她脑子里嗡的一声，问跟前医官："大王怎么了？"

医官摇头，让出榻前的位置，退到一旁。再看几位兄长，他们站在那里六神无主，个个像淋了雨的泥胎。

莲灯的两条腿在裤管里打战，她想定王也许是不好了。她不是没有直面过死亡，可眼睁睁看着亲人死在面前，摈弃那段失去的记忆，算是第一次。她上前，拉了拉定王的手："阿爷？"

他没有反应，手指已经凉下来，大概有一阵子了。她不信，抱着希望去探他颈间的脉搏，摸不到，连他的颈窝都是冰冷的。

"怎么会呢，先前阿爷还与我一起用饭的……"她跪下来，哭着说，"阿爷，你怎么了？"

她和定王算不得亲近，但昨夜开始已经可以像寻常的父女那样相处了，为什么非要在她感觉到温暖的时候迎头遭受这样的打击？她不知道应该怎么办才好，近距离看到他的脸，英挺的眉，还有深刻的五官。仿佛冻结的回忆猛地被打开了，她记得这张脸，原来他真的是她父亲。

她号啕起来，抓紧了他肩上的衣裳撼他："阿爷，你不要丢下我，我才回到你身边，你不能走！"她的痛苦是发自内心的，哀哭从灵魂的最深处迸发出来，她除了像只兽一样悲鸣，想不出任何办法来抵抗这突然降临的噩耗。

无数重拳击中她的心脏，她瘫软在他榻前。没有了母亲，刚刚认回的父亲又走远了，从现在起她是真正的孤儿，再也没有依仗了。她后悔不已，在他还活着的时候她麻木，没有想过去爱他。如今他死了，她才记起四岁前坐在他臂弯、骑在他肩头的岁月。可是来不及了，他走了，走得这样莫名其妙。

她要追究，回身呵斥医官："大王是因何丧命，快说！"

医官打了个战，拱手道："小人细细查验过，大王身上无任何外伤，指甲、眼睑、舌苔均无异样，且表情安详，四肢舒展，可见临终没有经历痛苦，当属寿终正寝。"

寿终正寝，四十多岁的人怎么能算寿终正寝，一定有内情！她站起来，无头苍蝇一样打转："他昨夜还好好的，与我说了好多话，那时分明健朗得很，怎么会突然走了？"她抬头四顾，"国师呢？国师在哪里？"

昙奴上来搀扶她："已经派人去请了，你不要着急。"

可是她的悲伤，在某些人眼里却是十足的演戏。定王共六子，有辰河那样如珠如玉的存在，当然也不乏榆木脑袋的莽夫，比如四兄等持。

莲灯的认祖归宗一直让他心存疑虑，那时父亲很高兴，他也没什么可说的。现在父亲突然不明不白地死了，在他看来祸根可能就在这来历可疑的妹妹身上。

"当初是谁进府刺杀阿爷，兄弟们可还记得？"他上前一步，噌地抽出佩剑抵在她胸前，"阿爷一片拳拳爱女之心，我料他没想到会落得今天这样的下场。你既然从一开始就心怀不轨，难道阿爷认了你，就能化解十年来的怨恨吗？你一心要杀他为母报仇，昨夜最后一个与他见面的也是你，你的嫌疑最大，少在这里惺惺作态！不单你，还有你那情郎，甚至包括碎叶城里的辰河。你们串通一气蓄意谋害阿爷，欲趁蔡都护不在之时控制军中大权，我说得可对？"

他们兄妹反目，这个时候只会造成混乱。大兄照业低声呵斥："四郎，阿爷跟前不得造次。"

等持仰头苦笑起来，眼泪顺着眼角长流："阿爷已经死了，表面没有伤痕，焉知他的五脏六腑是否完好。正值壮年的武将，会不声不响地睡死过去，你们相信吗？阿爷平时连伤风咳嗽都没有，为什么现在成了这样？一定是有内贼，还是阿爷最信任的人，你们说，除了她还有谁！"

莲灯又悲又气，哽得说不出话来，半晌才道："阿兄不要因为阿爷不在了就欺负我，我对阿爷的心，和你们每个人一样！"

"我欺负你？"等持把剑又抵近了两分，"你昨晚的行动可有人为你做证？"

晚上除了睡觉还能干什么？让她找人做证，简直就是无理取闹。她反唇相讥："那么阿兄呢？你昨夜做了什么，有没有人为你做证？你失去阿爷，我也失去阿爷，为什么我还要遭受你这样无端的猜测？阿兄不要欺人太甚，否则我就不客气了。"

等持依旧不肯善罢甘休，她受够了他的刀剑相向，运足内力一震，将他手里的剑震得四分五裂。

剑拔弩张的节骨眼上，帐里的将领忽然安静下来，左右分作两班，让出了中间的一条通道。国师打帘匆匆而来，进门即吩咐："不得将消息散播出去，谁敢动摇军心，格杀勿论！”

莲灯见他来，像见到了救星：“我阿爷还有救吗？国师神通广大，求你救救他。”

他望了她一眼，卷起袖子探定王的百会、膻中、商曲，越探脸色越冷。莲灯提心吊胆地追问：“可还有转圜？”

他直起身，慢慢放下袖子：“时间太长了，尸僵过了胸，已经回天乏术了。”

国师的出现原本还给人留有一线希望，可当他宣布结果，无疑是天塌地陷的灾难。所有人都没了头绪，只听定王旧部们低低啜泣起来，谁也没想到宏图霸业转眼成空。定王薨逝，十三万人群龙无首，前有阻击，后无退路，就算到了长安，这次的远征也没有任何意义了。

国师召大郎商议对策，照业回身望了榻上一眼，含着泪拱手：“还请国师指点迷津。”

国师道：“殿下仙逝的消息只有帐中将领知道，对外只说抱恙，先秘不发丧。待蔡都护从蒲州回来，听了信王的意思再做定夺。”言罢在照业肩上拍了拍，“子承父业天经地义，到了大郎振兴王道的时候了。”

世上谁人没有私心？定王在时，王子们兢兢业业辅佐父王，尚可以紧密团结。待得定王一死，势必开始考虑各自的归属。世子远在关外鞭长莫及，乱世才能成就枭雄，谁先攻克长安，谁就有称王的希望。所以慌不过最初的半个时辰，等冷静下来，一切又变得有条不紊。

男人们的心里装着胜负与江山，他们有信念支撑，莲灯却没有。她守着定王的尸首，觉得眼泪都要流干了。人死了一段时间尸僵从面部渐渐扩散，到胸，再到上下肢。他的手指已经不灵活了，她只有不停地揉搓，发现都是徒劳，又是一通呜咽痛哭。

定王要入殓，军中派人悄悄出去买了棺材回来，装裹好后准备封棺，她扣着盖板不愿松手。他们事先知会过不得声张，她连哭都不能放声，憋得浑身打战，只是伏在棺材边上抽泣。最后连等持都看不过去了，上来搀扶她，好言道：“阿妹，先前是我伤心昏了头，这样指责你，你千万原谅阿兄。阿爷走了大家都难过，可是你要节哀，别伤了自己的身子。阿爷亡灵不远，看见你这样他也难上路……你别哭了，叫昙奴带你下去歇着吧！”

她摇头，两眼看着定王遗体喃喃：“我和阿爷相认，到现在才满三个月。这三个月来我只顾同他唱反调，没有一天在他跟前尽孝。阿兄知道我多后悔吗？我母亲早没了，如今又失去阿爷，我活在世上算什么呢！”

她没有好好休息，加上伤情过甚，激动过后陷入昏沉，昙奴便趁她神志不清时将她抱回了帐子里。

再没有感情的亲人，活着总有个依托，如今死了，万事皆空。那几个兄长不是同母，又不像辰河从小走得近，到最后大约只比路人好一点。昙奴要她振作：“定王活着的时候你觉察不到，他就像棵大树，你在树下好乘凉。现在他不在了，咱们一切都凭自己争取。你想好了吗，以后的路怎么走？是留在军中，还是回碎叶城去？”

她清醒一些后开始思考，定王的死讯可以隐瞒任何人，但绝不能隐瞒辰河。她挣扎起来找笔墨，趴在案头给他写了一封书信，交给昙奴道：“你派个信得过的人，从张掖绕道回碎叶城，把信交给世子。军中乱成一团，每个人都有自己的打算，世子在后方，不能蒙在鼓里。我不知道他会不会来接替阿爷，我希望他不要搅进浑水里，阿爷死因不明，他是最后的一点希望。”

昙奴道好，把信揣在怀里：“你不打算回去吗？”

她怔怔坐着，帐顶天窗上打进一束残阳，那片光带里有细小的粉尘飞扬，上下回旋着，够不着天，也落不到地上。她长长叹了口气：“我回去做什么？碎叶城也不是我的安身之所。我命里注定了要漂泊，也许再等上一阵子吧，等我觉得累透了，我们就离开这里，找个地方过平静的生活。”

昙奴知道她所谓的累透了，症结还在国师身上。如果他是可以依靠的，她未必会放弃希望。如果他不甚可靠，她就要为自己打算了。

这样也好，那么多的事，总要一桩一桩经历。昙奴道：“你暂且什么都不要想，好好休息一阵子。待有了力气，哪天想离开，我们就头也不回地走。”

她颔首，昙奴打帘出去了，她靠着凭几打盹。隐隐听见脚步声，睁开眼睛，他已经到了面前。

“你还好吗？”他蹲踞在席垫上说，“人终有一死的，看开些吧！你这模样，我也有些难过，我不知道，原来你与定王感情这样深。”

她牵动了下嘴唇：“他是我阿爷，突然过世，你不知道我会难过？看来你还是不太了解我。”

他皱了皱眉：“为什么这么说？你在怪本座不够关心你吗？”

她调开视线不说话，隔了一会儿才道："我听说《渡亡经》能招亡灵，你能不能替我想想办法？"

他沉吟道："原本是可以的，但如今经书只有半部，要想令人复生，基本是不可能的。你没有再同他打探经书的下落吗？"

"我问了，他只说藏在一个很隐秘的地方，我想尽办法也没能问出头绪。"她想了想，支起身道，"既然半部经书不能让他起死回生，那么那日招阴兵是怎么办到的？"

"阴兵本就是无主的游魂，死了好多年了，想要聚集，只需耗费些元气。现在唯一能救定王的就是《渡亡经》，可惜他不在了，经文下落成谜。不单救不了他，连我自己也命不久矣……"他凝目仔细打量她，"莲灯，你当真没有问出任何下落吗？"

他这样不信任的语气，实在叫她感到失望："难道我愿意看着你和我阿爷死吗？但凡有消息，我就算豁出命去也会找到它。可我现在一点办法都没有，是我太无能了。"

她捧着头哭起来，不停地流眼泪，再好的精神也会受不了。他看她的动作，料她头疼了，便转到她身后，扪住她的两侧太阳穴给她输了些灵力，轻声道："我原以为你是个坚强的人，遇到一点挫折也不至于溃败至此，没想到看错你了。没有了你阿爷，你还有我。《渡亡经》可以继续寻找，定王不说，我料想世子必然知道……"

莲灯不知为什么突地一惊："你有什么打算？"

他缓声道："眼下一盘散沙，世子应该主持大局。万一将来攻进长安，让那几个兄弟占了先机，他就要步你阿爷的后尘，永远驻守碎叶城了。"

她回过头看他，温润的眉眼一如从前。可是总有某些说不清道不明的预感，定王死后他会把目标放在辰河身上……为什么会有这样的感觉？照理说他和她极亲，她不应该怀疑他的用心，但最近发生的事太多了，她不得不提防。

"我曾经和辰河谈起过《渡亡经》，听他话里话外，对这经书的认识也只限于回回文献上的记载。"她小心翼翼道，"不瞒你说，我怀疑我阿爷手里根本没有那半部经书，所以辰河更是全然不知情。他是个读书人，身体又不好，你让他到军中来，万一有个好歹如何是好？临渊，我虽有六个阿兄，却唯有辰河和我最亲，请你替我看顾他，别让他搅进兵戈里来。他们要做皇帝，任他们做就是了，辰河就留在碎叶城当一城之主吧，他更适合那样的生活。”她哀声央求他，“你答应我……答应我。”

她的眉宇间隐隐盘着愁云，一张脸因连日的操劳，一日小过一日。他略顿了下，最后还是点头：“好，就依你的意思。”

她高兴起来，伸手搂住他的颈项：“你真好。”

她时时有这种亲昵的举动，他起先还排斥，渐渐便习惯了。犹豫地抬起手，思量再三，落在她细细的腰肢上。微低下头，在她耳郭上蹭了蹭：“我哪里好呢，其实我一点都不好……”

莲灯的心头拧起来，眼里含着泪，尽量将它逼回去，努力装得寻常：“你为我保全阿兄，就是对我好。对我好，在我眼里当然是好人。”

他笑了笑，原来这样就是好人了，她的要求实在很低。辰河不入军中，不代表他不能从他那里打探消息。谁来执掌大军对他来说无足轻重，反正最后都会落到他手里。只是她……有时候让他感到为难。动是动不得的，动了她，会引发不必要的矛盾。可若是留着，无形中有份重压，一天一天坠下来，快要压迫到他了。

从她帐里辞出来，漫长的一天总算过去了。看日暮西山，山岭间的落日显得格外凄凉。

夏官来回禀：“梓宫都已经安顿好了，先停于王帐内，待开拔时用马车，对外依旧宣称定王抱恙。”

他点了点头：“蔡琰这时候过鄜州了吧？”

夏官应了个是：“明天傍晚应当能到蒲州……座上，蔡琰既然不在军中，定王那几个儿子难成气候，座上何不趁机收拢权力？”

他垂眼捋了捋衣袖：“你不懂，支开蔡琰，就是要给这五位小王机会，让他们瓜分定王旧部。蔡琰老奸巨猾，岂肯受小辈驱使。届时或反，或自立为王，他带来的五万大军一口气变成十三万，做梦都要笑醒了吧！本座也需要有个人顶头，总不见得让人说国师带领大军杀进长安，那这百年的名声还要不要了……”

话还没说完，不远处的树上惊起了满巢飞鸟。他猛地拂袖劈出一掌，隐藏在树后的人被击出两丈远，因为只用了半成力，且死不了。他走过去查看，一看之下大惊，竟是莲灯。

她擦了嘴角的血，摇摇晃晃站起来，身上的伤怎敌这无边的恐慌？她盯着他的眼睛：“你是谁？”

他有些慌，并没有回答她的问题，只是追问："没伤着你吧？"

她格开他的手，依旧是恶狠狠的一双眼："你究竟是谁？蔡琰是你有意支开的，我阿爷的死和你有关！"

他寒了脸："管好你的嘴，留神祸从口出！"

她上前去，抽刀架在他脖子上，眼里盈满了泪，表情却是铁一样的硬，咬牙切齿道："你这个恶鬼，把我的临渊弄到哪里去了？你究竟是谁，说！不说我就杀了你！"

夏官见状欲来阻拦，被他抬手叫退了。他对她的刀半点也不畏惧，反倒往前一步，含笑道："你要杀我？狠得下心的话只管动手。"

他是吃准了她舍不得吗？如果他当真不是临渊，她有什么舍不得？她将金错刀压在他的颈子上，刀锋寒厉，割伤了他的皮肉："你是不是他，我感觉得出来。我只问你，他现在在哪里，招过阴兵之后可是受了重伤？老实说，我可以让你死得痛快些，要是耍花样，就把你的肉一片片割下来喂狐狸！"她已经没有了阿爷，不能再没有爱人了。她心里的痛苦难以自抑，恨到极处人战栗着，有种杀戮的冲动在她四肢百骸奔涌。这样强烈的欲望，如果不是怕问不出临渊的行踪，她早就一刀挥过去了。

他可以感受到她的杀气，这古怪的丫头居然有那么敏锐的洞察力，出乎他的意料。不过区区一把刀，岂能奈何得了他？他尚有耐性，带着调侃的味道揶揄她："以你的修为伤不了我，何必冒这个险呢！莲灯，这几日我们乖乖过，耳鬓厮磨过，这些你都忘了？"

她面红耳赤，狠狠呸了一声："我只是一时不察，被你占了便宜。"

他蹙着眉，依旧是微笑："你说你爱我的，爱我就这样拿刀架着我吗？好了，脾气闹够了就松开吧，听话。"

如果换了平常，她可能真的会掷了刀跳进他怀里。可他不是原来的他，她连他的真实身份都不知道，就算长着同样的脸又如何？

"如果是他，不会忍心让我这么难过。你为什么要杀我阿爷，因为发现他手里没有《渡亡经》，还是为了架空权力，让这十三万人听你指派？你究竟有多大的野心，单做国师不能满足你，你要篡权夺位，是不是？"

他脸色骤变，抬指一弹，刀断如弦断。她吃了一惊，下意识要扑杀他，被他扼住了两手，狠狠反剪在身后。

“你的话太多了，我不杀你，是因为我答应过他。但你若是继续口不择言，惹恼了我，我可顾不得那许多了。”他架着她往回走，一直走进他的大帐里。他的帐子离军营有段路，就算她放声高呼都没有用，他低头在她颈间嗅了嗅：“本座在阴冷的地方待了太久，喜欢你身上的香气。你放心，我不会伤害你，不过行动恐怕没有以前那么自由了，从今日起你就留在我的帐子里，哪里都不许去。你最好听话，否则昙奴和辰河的命，我随时可以派人去取。你也不想看见在乎的人一个一个死绝吧？”他吊起唇角一哂，“我本以为可以隐瞒得再久一点，不承想终没能瞒过你。”

至此她是可以确定了，这个人不是临渊，她的临渊已经不见了。先前虽有准备，可是当真面临，依旧经不住这噩耗。她痛哭失声：“他呢？他人在哪里？”

他脸上薄怒渐生：“自顾尚且不暇，有这闲心问他？”言罢将她手臂往上一拖，只听咔的一响，他将她两肩的关节卸下来，把她扔在了重席上。这样好，比捆绑来得有用，脱臼了总不能再舞刀弄棒了，就可以做个听话的好姑娘了。

莲灯轻轻叫了声，又痛又惊，却无能为力。这个人比起临渊要狠得多，可是他却和他长了一样的面孔一样的身形，那么他是谁？不用易容就这么相像，除了开国的国师，恐怕再没有其他人了。

她吓出一身冷汗来，可是那位国师已经死了百余年了，为什么会出现在这里？他究竟是人是鬼？她惊惶地往后挪，一直挪到帐子的边缘。他偏过头来看她，如玉的脸庞光辉依旧，在她眼里却成了一具白骨。

“怎么？又有新发现吗？”他在她面前蹲下来，伸手在她脸颊上触了触，“你不聒噪的时候最可爱。”

她把脸转到了一边：“我的临渊在哪里？”

他霍地站起身，广袖拂得哗啦作响：“这世上只有一个临渊，你问的是谁？”

她答不上来，她不知道他原先的名字，现在想来他们两个一样可怜，一个丢了记忆，一个丢了自己。

他似乎很气愤，站在那里缓了半天才慢慢冷静下来。之后便不再管她了，自顾自坐在案前看密函，灯下的眉眼，一个动作一个表情，都有他的影子。

莲灯两条手臂不能动，肩头酸痛得厉害，只能靠在那里休息。合上眼，脑子里走马灯似的，看到的全是以前和他在一起的画面。现在想起他的矫情和小脾气，都觉得难以描摹地可爱。但他人呢？是否还在这世上？

她在梦里抽泣，直到醒过来，这种痛依旧没能平息。靠着引枕哽咽了很久，大约他也被她闹得静不下心，倒了杯水，走过来喂她。

“其实本座不该留你，留在身边是个祸害。”他似乎很伤感，长长的眼睫垂下来，盖住了深邃的眼眸，“可是我却很喜欢你，因为从来没人敢同我这样亲近。亲吻、拥抱，都是你先发起的，既然彼此都觉得不错，就这样下去也没什么不好。”

她羞愤难当：“若不是你冒充他，我怎么会……你简直不要脸，到现在还在说这些。有本事就与我一战，卸了我的手臂算什么英雄！”

他轻轻叹了口气：“与你一战？你确定自己打得过我吗？你身上有伤，别再作无谓的反抗了。”

莲灯心里挣扎得厉害，想不通为什么会发展成现在这样。但她知道不能同他硬碰硬，论拳脚她不是他的对手，如今军中也没有任何人能与他抗衡。她只是恨，阿爷的死定然和他有关，她却没能耐手刃仇人。

她缓缓长出一口气，强迫自己冷静下来，她要一点一点打探，至少从他口中探得临渊的消息，天涯海角，她也要找到他。

“他曾经同我说起他的过去……你是谁？是他的师父吗？”

他不置可否，将盏口贴在她唇上：“闹了半天渴了吗？喝点水。”

她无奈，顺从地抿了一点，他脸上的神情缓和下来，又接连喂了她好几口。她的手臂不能动，连身体的平衡都难以保持，不小心跌倒了，他也不扶她，只是居高临下地看着她。

她难堪至极，很讨厌这种不对等的相处：“你替我接上胳膊，有话好好说。”

他摇了摇头：“接上了你会想办法杀我，还会跑，目下正是紧要关头，我不能让你打乱计划。你若是听话，暂且就这样。若是不听话，我即刻命人再买一具棺材回来，把你装进去，和你阿爷放在一起，让他同你做伴。”

她气得脸色铁青：“你为什么这么残忍？我阿爷倚重你，你却杀了他。”

他略皱了皱眉：“你言之凿凿说我杀了他，你可有证据？果真还是太年轻了，容易意气用事。”他意态闲适地在帐中踱步，踱了两圈停下来，慵懒地对她一笑，“其实你的推测没错，人的确是我杀的。本座早就查明，他所谓的《渡亡经》都是骗人的，这世上有些人可以欺骗，有些人招惹了是要引火烧身的。本座的耐心早就用尽了，拖到今日，不过是借他一个名头以统率三军。如今大军出了扁都口，过金城郡就离长安不远了，有他没他，都是一样。所以本座有意支开蔡琰后再杀他，好让你那几位阿兄夺权。他们果然不负本座所望，你那大兄要接令旗，其他几个都不服气呢。好了，你想知道的事我都告诉你了，就不要再闹了。什么阿爷阿兄，既然感情不深，就只当他们没存在过。要是你愿意，本座可以替你把这段记忆抹去，你就能继续无忧无虑了。”

所以她料得没错，一切果真在他掌握中。那么自己充当的又是什么角色？听他的摆布向定王打听，甚至自作聪明地分析定王不可能有《渡亡经》，终于他死了，原来自己也是帮凶。

她内疚不已，眼泪流干了，剩下的就只有恨。他想触碰她，她奋力避开，咬牙道：“伤害了我就替我抹去记忆，在你们眼里我大概是个傻子吧？你最好不要再动手脚，明天我若是发现什么都想不起来了，绝不苟活于世。”

她这个模样令他生气，寒声道：“罢了，你不愿意，我也不逼你。从今日起你就伴着本座，不许离开大帐。敢踏出去半步，我可能会折断你的腿。”

他的占有欲来得没有根据，也许就是因为这些天来的温情，她把他当作另一个人，肆无忌惮地纠缠他。人多时会悄悄垂袖来牵他的手，四下无人时，愿意放下身段在他身边撒娇。或是抱一抱，或是亲一亲，陷在爱情中的女人最最憨傻可爱。

已经习惯了，少了就会不自在。因此在她还没有真正属于谁的时候，贪恋她的温暖和热情，有什么不可以？把她留下，不管她答不答应，时间久了，说不定也会喜欢上他。女人都爱俊俏的郎君，他不比她爱的人差，所以她早晚也会爱上他。

想了就去做，怕她逃走，拿住她的痛肋威胁她。然后让她跑不快，骑不得马，这样她就是他的了。可她还在追问她的“临渊”，她的临渊？他很不耐烦：“他受了很重的伤，不知是否还活着。如果命大，现在应当已经缓过来了。”

“那他在哪里？”她哀声恳求，“你让我去找他吧，我只想找到他。那些是是非非我都不管了，让我和他在一起，我只有他了。”他抿着嘴唇不说话，隔了一阵才道：“你不能离开，现在走，就当真要背负弑父的罪名了。众人都知道你与我的关系，你这里出了岔子，我会寸步难行。”

她沉默下来，知道说再多也没有用，他不会放她走，要走只有靠她自己想办法。

后来她就如同笼中鸟，被他囚禁起来，行军或扎营都有专人看守，连昙奴都无法见到她。他怕关节卸下太久伤了肌骨，隔一天会替她接上，但在她还没来得及恢复时，重新又卸下来。这样卸卸装装，对莲灯来说等同酷刑。人的四肢毕竟不是柴火，可以随意挪动地方。渐渐她的两条手臂失去知觉，她刚开始可以忍住不去求他，到后来实在难以承受，只有向他低头。

她有时候想，为什么长了这样一张面孔的人，会生得如此蛇蝎心肠？她认得的那个人虽然有时候不讲理，但和他比起来，真算得上纯真善良了。

·第十六章·
强取

定王死后，照业兄弟果然展开了一轮较量。蔡琰是个有成算的人，也不说话，带着他的五万大军自成一派。庸王和信王的两路人马，在向长安发起攻击的时候意见出现分歧，信王因和蔡琰达成协议，掉转矛头直指庸王。谁知议定的结盟紧要关头没能实现，待到两边战得气息奄奄时，蔡琰方带人马姗姗来迟。来后的事态发展并没有像先前说好的那样，蔡琰控着马缰在黄河边上溜达了两圈，便草草班师回营了。

信王吃了败仗，溃不成军，被庸王大将斩杀于马前。今上五子折损了两员，剩下三人之中楚王和庸王势均力敌，朝中仅剩一个无兵无权的齐王，所以现在定王的十三万人马至关重要。大军像个巨大的车轮向前碾压，过了金城驻扎在陇州，与长安间的距离和蒲州相差无几。国师这日很高兴，得了楚王与庸王开战的消息，回到帐中命人送酒来，自斟自饮，喝了有半壶多。

莲灯坐在席垫上兀自出神，她如今和他虽同在一个大帐里，经常是各不相干，连眼神的交集都没有。还好他尚有一点人性，准许她那两条胳膊回到原位，她休整了两天，已经可以活动了。能活动，心思就开始活络，她知道看管大帐的人一般在什么时候交接，这里面有半盏茶的间隙，如果运用得当可以逃出去。只可惜不能联系上县奴，不知道她现在怎么样，要跑也得同她一起跑，否则留下她，这个老妖怪必定会对她不利。

她自顾自盘算着，不防他到了她面前，喝得有些多了，颊上酡红，那颜色比三月春光更媚人。可惜她已经对这副皮囊没有任何兴趣，见他来了心里有些怕，却不敢触怒他，只得往边上让了让。

他把手里的酒盅搁在一旁，长而阔大的禅衣披散着，欠身坐在她身旁："听说你这两天没有好好吃饭，为什么？"

她轻描淡写："整天在帐里待着，又没什么消耗，所以胃口不及以前了。国师今天心情不错？"

他依在她身边，轻轻嗯了一声："中原用不了多久就可大定了……"说着顿下看她，"你如今叫我国师，真是越发疏远了。"

现在看到这张脸，只会觉得恐惧。她匆匆调开视线："之前认错人了，得罪之处还请国师包涵。"

"可是本座喜欢你这样的'得罪'。"他直言不讳，伸手捏住她的手腕。她大约是怕他又要卸她的臂膀吧，惊恐地望着他。他笑了笑，"为什么这么害怕？如果是他，你还会这么怕吗？放心，我只看看你的伤，肩膀还痛吗？"

她说："不痛了，多谢国师。"

"我更喜欢你叫我临渊。"他抬起手，犹豫着触了触她的脸颊，"其实忘掉以前的一切，你也可以试着接受我。你要什么，喜欢什么，我都可以给你。你当初爱的，不就是这张脸吗？我才是这张脸真正的主人，我才是真正的临渊。既然之前我们可以相处得很好，为什么现在不可以？"

死了百余年的人复生，希望你可以爱他，对正常人来说都是噩梦。她颤声说："国师，你是他的师父，我同他一样尊敬你。"

他哈哈大笑："我杀了你阿爷，你却尊敬我，这话听起来虚伪得很。如果你说恨我，我反倒更容易接受。"他靠近她一些，闻见她颈间幽幽的香气。少女的身体令人神往，即便没有熏香，那发自肌骨的芬芳，对他也有致命的吸引力。

很奇怪，不知道为什么，或许是纯阴血能蛊惑人心吧，他每次靠近她，总会有种难以言喻的渴望。渴望和她亲近，渴望她爱慕的眼神、炽热的嘴唇，还有温柔的拥抱。这种感觉日益盛大，有时大到令他难以控制的程度。

他的手揽上她的肩，叹息着，软软唤她的名字。莲灯心头震动，分明是他以前常用的招数，可是现在换了个灵魂，一切都不一样了。她畏惧，想起曾经和他有过那些亲昵的举动，几欲作呕。她不能明着拒绝，慌忙打岔道：“我有个问题想不明白，可否请国师指点？”

酒上了头，他现在特别好说话，拖着绵长的音调道：“你说。”

“信王和庸王的兵力相加，不过十八万人马。我们的十三万大军从碎叶城途经河西走廊，到金城郡再到陇州，威胁分明比他们更大，为什么朝中没有任何应对的措施？”

他以手扶额，笑道：“因为国师奉命诛杀定王，收缴了他的兵权。定王雄踞关外，兵强马壮，朝廷要铲除威胁，于是就想了个请君入瓮的好办法，既可杀他，又可令大军归附中原。”

她忽然感到失望，所以她的认亲同样在计划之内。那个她爱的人，其实也从未停止过算计她。她的心往下沉，他的靠近也令她害怕，不动声色地与他拉开些距离，继续打岔：“如今大军掌握在国师手中，那么国师打算何时归还朝廷？”

他挑起眉，仔细思量，过了会儿方道：“退可守江山，进可攻长安，你觉得我应该将这千载难逢的机会拱手送人吗？”

莲灯惶骇地望着他：“国师当真想做皇帝吗？”

他沉吟：“如果你对江山感兴趣，我倒可以打下赠你，全看你的意思。”一面说，一面轻抚她的嘴唇。少女的唇瓣像桃花一样，看得人迷醉。他靠近她，扣住她的脖颈，蛮横地吻了上去。

她吓得魂飞魄散，想把他推开，可是手臂尚且不能承受负荷。试图别开脸，他却早已料到了，捏住她的下巴，迫使她张开嘴。她又想咬他，他是个缜密的人，一切有可能发生的情况都杜绝了，她连牙关都合不上。

强迫的亲吻没有任何美好可言，她只觉得恶心，他却吻得很专注，像个初入私塾的孩子，对文房四宝充满兴趣。以前亲吻不过唇贴着唇，他没有钻研过其中奥秘。现在她就在他掌心里，没有了包袱，不必担心哪里做得不对惹她怀疑，反正破罐子破摔了，她喜欢也好，厌恶也好，他就是想亲她。

他还记得那天在定王帐中议完事出来，她背着两手在不远处等他。看到他，塞了个果子在他嘴里，眼巴巴地等他吃完，开始噘着嘴要求乖乖一下。他有点不好意思，假装没看见，抬起头看天边流云。她个子矮，够不着，就抓着他的手臂用力蹦。他那时真觉得好笑，蹦了还是够不着，怎么办呢，不忍心看她这么着急，便低下头在她唇上亲了一下。就那一下，干涸苍白的心忽然变得草木丰沛，会悸动，会疼痛，都是她引发的。既然闯了祸，就要负责赔偿和收尾，她再想全身而退是不可能了，除非她死，或者他死。

他要的东西，从来不需要征得别人的同意。她属于谁？她谁都不属于。她爱着另一个临渊，可是就连他都是他创造的，他们有什么理由来反抗他？为了一个女人弄得师徒反目，似乎不太上算，但还可以商量。如果用一个国家来交换，这笔买卖应该是可做的吧！

他专心致志感觉着她，虽然她并不情愿，他却依旧满足。她的衣裳底下有完美的曲线，也是他渴望的。大概酒真能乱性，他逐渐有些难以自控。她的气息幽幽，如兰似桂，钻进他脑子里，扰乱他的思绪。他解开她的腰带，不顾她的反抗，把手探了进去。

她的肌肉紧绷，呜咽声从鼻腔里发出来，听着十分可怜。她挥舞着拳头想要反抗，却被他牵制住，动都不能动一下。他离开她的唇，眯眼看她，那红唇委实诱人，复留恋地舔舐，他轻轻叹息："莲灯，我哪里不好，你不喜欢我？"

她哆嗦着说："我有喜欢的人，你不要碰我。"

"可是你前两天明明说爱我的。"他笑了笑，"所以我当真了，我也爱你。"

她见了鬼似的尖声哀哭，语无伦次："不，不是你，你不是他……我爱的是他！"其实到最后，她根本不知道"他"是谁。他哂笑，一个冠着他的名字，活了一百多年的无名氏。

"你可以尝试变通一下，我就是他，他就是我。你爱他，等同于爱我，为什么要分得那么清楚呢！"他将她平放在重席上，弯下腰，亲吻她的脖颈，"今天可以试试……"

他想试什么，不言而喻。莲灯惊恐得几欲晕厥，她没有想到自己会遭遇这种无耻的事，于是奋力反击，可惜她的拳脚功夫对他来说一文不值，他随意一抬手，就能将她的攻势化解于无形。

她几乎绝望了，也许真的在劫难逃。如果清白毁在他手里，她也没脸活着了。她紧紧抓住领口，尖声说不："我不愿意，你不能强迫我。"

他果然停下了，蹙着眉头看她："不愿意？"

她看到了希望，忙点头："你说你喜欢我，既然喜欢，就不能逼我做我不愿意做的事。你懂爱吗？爱要一点一点培养，要慢慢互生好感，不是靠你这样野蛮的掠夺就能产生的。”

若要说道理，这么浅显他当然懂得。可她心里藏着另一个人，没有能够容纳他的地方，他想进去，取而代之才是最直接的办法。

他说：“本座没有那么好的耐性，我曾经听大内宦官说过，女人的身体给了谁，心就会跟谁。”

她慌忙道：“我和他同过房，我是他的人。”

他怔了下：“我知道，我不介意。把他留在你身上的烙印盖住，那你就是本座的了。”

她再多的挣扎都是徒劳，中衣薄薄的一层缎子，不消他使上半分力气，轻而易举便撕开了。

她的身体果然如他设想的一样，年轻鲜活，充满生命力。乌沉沉的簟子衬托出她的白洁，干净得像六月的荷。他看得心头骤跳，连她掩胸的样子都充满诱惑。他把指尖落在她纤纤的腰肢上，可以感受到底下奔腾的血脉。在那片皮肤上细细揉搓，越发爱不释手，此刻她比任何东西更具有吸引力。

他在她身旁躺下来：“莲灯，你不要害怕。”

她含泪咒骂：“你为老不尊，竟让我别害怕。你都已经死了上百年了，为什么突然活过来？我不要和尸首在一起，你滚开！给我滚远一点！”

她的话让他生气，扬起手，险些一个耳光招呼过去。最后倒是硬生生克制住了。

“这些不敬的话，足够你死上十回了。我究竟是不是尸首，很快会让你知道。”一面说，一面愤愤脱了罩衣，将她压在身下。

他又来寻找她的唇，她逃不掉。外面天黑了，让她想起那次，也是这样的时间，黑夜笼罩着大帐，没有点灯，只看到隐约的火光，透过牛皮对接的缝隙照进来。

她想尽了办法，筋疲力尽。天气已经很冷了，她出了一身汗，静下来便冻得打战。他的身体是温暖的，也许死过一回的人，已经把纯阳血的弊病全都抛开了吧！他紧贴着她，血脉偾张地抵着她，令她感到屈辱和难堪。

他的手指探下去：“是这里吗？”

她咬紧了嘴唇，扭胯想摆脱他，他将她固定住，轻轻撩拨，无师自通。她终于哭着求他：“你不要这样，不要对不起他，我是他的娘子。”

他泄愤似的狠狠一捏："他将你丢下，自己回长安去了，你还要做他的娘子吗？"

她猛地瞪大了双眼，他回长安去了……他在长安。她抓紧他的手臂："在长安哪里？你告诉我。"

他的呼吸在黑暗里显得急促，不知道是因为不得纾解，还是因为愤怒。这样的夜，不是应该好好享受吗，为什么他们的话题全都围绕别人？他气不打一处来，捞起她的腿盘在自己腰上，冷声道："告诉你也无妨，他在太上神宫，继续当他的国师。"

莲灯怔在那里，真是个万箭穿心的消息，她本以为他可能在哪里漂泊，生死不明，没想到他居然回到太上神宫了。是啊，既然受皇命剿灭定王，放舟的背叛当然也是假的。他回去了，把她扔在这里，自己回去了……

她忽然发觉生无可恋，自己一心为他坚守，他却把她丢给了这个怪物。接下去当如何？苟延残喘着，成为他们师徒的玩物吗？她究竟该不该相信他的话？说不定他是为了离间，才有意这样说的。

她忽然醒转，他已经兵临城下。她慌忙推住他的小腹，结结巴巴道："上次临渊与我……他功力大失。国师要想清楚，我会吸你们的修为。原本就有他的内力在，再吸了你的，到时候你们都不是我的对手了，那可怎么办？你……你千万……草率不得。"

这种时候，她和他谈什么现实问题？她说的都没错，他也考虑过这种可能，可是眼下如箭在弦，身体有自己的意愿。他托起她的腰肢，缠绵地撩拨，只要一点点就可以了。他咬住牙，努力按照原先的计划进行，她却奋力扭起来："我会把你吸干，吸成一根老树桩。为了片刻欢愉回到十八层地狱里，值得吗？"

真可算得上一语惊醒梦中人，他顿住了，进退两难。拉住她的手，也不说话，只让她看他现在的情况。

她羞得无地自容："国师且忍一忍吧，小不忍则乱大谋……"

他突然伸手勾住她的脖子，将她捺进自己怀里："照你这么说，我可是永远都不能和你同房了？"

莲灯忍了又忍，才没让自己骂出声来。她又不是人尽可夫的，为什么要和两个男人同房？尤其还是一对师徒，想想简直叫人呕出一盆血。

还好他懂得退而求其次，手势变得温柔了，轻轻抚摩她的耳垂和颈项："单只是乖乖，不会折损功力吧？”她当然没有任何发表意见的权利，他嘘了口气，额抵着她的额道，“如果你好好表现，那么同房的事就一笔勾销，如何？”

所谓的好好表现是什么？她犹豫着，在他唇上碰了一下。

他不满意：“你和他是怎么乖乖的？”

莲灯憋了满肚子火，发作不得，只好又亲了一下。这次停留的时间较长，敷衍过后想离开，被他狠狠按住了。他的舌轻叩她的牙齿，见她不合作，在她腰上捏了一把。她惊呼了声，他趁机蹿了进来。

罢了，就当他是临渊，什么都不想，过了这关再说吧！和贞洁比起来，亲一亲根本算不上什么。她放松下来，尝试回应他。他很高兴，纠缠得厉害，她心里越发酸楚，想起临渊，那时候初识情滋味，也是这个死皮赖脸的模样。

他的情焰高涨，压着她的手不让她松开。吻得激烈，仿佛一场殊死的搏斗，失措的喘息在她耳边放大，低吟痉挛。

极致的快乐，原来就是这样。他颓然倒在锦缎做成的被褥间，一手仍然扣着她：“莲灯，本座越来越爱你了。”

她尴尬欲死，一连串的事让她精神紧绷，现在松懈下来，默默瘫坐在了地上。

这次是侥幸，下次呢？他得了趣，未见得就这么轻易放过她。她脑子里乱得厉害，却也坚定了要逃走的决心。不管他刚才说的是不是真的，去长安看一看，自己图个放心。至于以后何去何从，她已经不知道应该怎么办了，只有走一步看一步。

自从有了这一夜，他对她倒是越发好了，外出回来后第一时间来看她，给她带些吃的玩的，就像哄孩子一样讨好她。她想以前他从街市上骗回了三岁的接班人，也一定是这么看顾他的。

她小心翼翼地打探：“你还记得他的名字吗？”

他蹙眉想了很久：“他那时候尚小，说不清自己叫什么，一会儿自称三郎，一会儿自称宝儿。那些称呼应当都是昵称，所以他没有名字，就叫临渊。”

她沉默不语，让那么小的孩子离开爷娘，他那时什么都不懂。他不是没有名字，没有自己的五官，是他强行赋予了他，然后大言不惭地宣称一切都来源于他。

和上了年纪的人没什么可争论的，待她两臂休整好后，她开始为遁逃做准备。某一天恰巧他外出，直到酉时都没有回来。她站在帐门前看，外面下起了雪，雪片纷纷扬扬，没过多久就染白了山头。

隐隐听见鞋底擦过枯草的声响，急速移动，就在不远处。她转头看，帐前看守的人突然崴身栽倒了，十几个黑衣人蹿过来，扑向了两丈开外的夏官。

莲灯讶然，不知道来的是什么人，正犹豫，听见昙奴的叫声：“别愣着了，快跑！”

她心头大喜，可夏官不是几个死士就能解决的，他出手毫不留情，她们没来得及走远，他就已经杀到了面前。

国师随时会回来，需速战速决才好。昙奴抽刀迎战，谁知刀还未出鞘，夏官尖利的铁爪便扣住了她的咽喉。莲灯见状，卷起袖子腾空而起，直袭他的天灵。夏官看她来势汹汹，退步抵挡，被她擒住了手腕就势一推，本以为会劈断他的手臂，没想到她临时掉转了方向，重重一记击在他的肩井穴上。

他被震出了五步远，再要上前，她抬手叫停：“我要去找他，挡我者死。”

她得了临渊五成功力，对付国师有困难，对付一个夏官却不费吹灰之力。夏官见她决绝，大概也念旧主，便没有再纠缠，只道：“你们跑不了，如果被抓回来，下场会很惨。”

有多惨？至多不过一死。反正已经到了这步，留下也不见得好过。她疾步后退，扔了句“不劳费心”，便拉上昙奴，纵身跃进了黑暗里。

一路狂奔，怕有人追上来，每个毛孔里都装满了紧张。然而心却是自由的，她可以逃离这里，到长安去，找萧朝都，找转转。至于临渊，她矛盾得很，希望能见到他，又怕他真如国师说的那样。如果发现他负了她，到时候该如何自处？

夜幕低垂，郊外的古道上扬起嗒嗒的马蹄声，疾风一样驰过去。天黑透了，看不见路的时候策马很危险，但她不敢停，怕停下就被追上。她从大军中逃出来，就再也不想回到那里了，面对那个阴阳怪气的国师，简直比死更难受。她情愿跑，不停地跑，就算摔断脖子，也不愿落在他手里。

天上下着雪，没头没脑地打过来，打在脸上又冷又疼。她顾不得，一直跑了有两个时辰吧，雪大得实在难行了，才和昙奴找了个废弃的窝棚停下歇脚。

狼狈的一次逃亡，因为害怕，连火都不敢点，只有和昙奴抱在一起，互相取暖。昙奴说：“我这阵子真担心你，国师把大帐单独划开，没人能接近。我隐约觉得不对劲，就算你们闹得不愉快了，也不该变成这样。”

她偎着她沉沉叹息：“说给你听，你可能不敢相信，那天在扁都口找回来的人不是他。”

昙奴啊了声：“不是他？你是说现在军中那个不是国师？”

她不知道怎么解释才好："是国师，不过是第一任，和我纠缠不清的是第二任。死了一百二十年的人突然活过来，被我找到带回了大营。结果他杀了我阿爷，掌控大军，欲夺取天下……昙奴，其实整件事的始作俑者是我，因为我的愚蠢，害了阿爷，也害了临渊。"

昙奴听得一头雾水，但经历了这么多奇事，再大的波澜也可以消化。她只管开解她："你才活多少年，他们活了多少年？和他们比权谋，你岂是对手！不管那个国师是人还是鬼，总之我们逃出来了，天涯海角，离开他就有活路。你听我的，别再计较什么国师一世还是二世了，他们都太厉害，我们惹不起还躲不起吗？你忘了他吧，重新找个人好好生活，别负了你阿爷的一片心。"

她想起定王就哽咽难语，今天能逃出来，也有赖于他预先的安排。他让昙奴带领的人，到最后的确帮上了忙，否则她到现在还困在那座大帐里出不来。

她枕在她肩上啜泣："我要是能有那么洒脱，也不会走到今天这步了。我对他实在难舍，不知道他现在怎么样了。你就陪我去长安看一眼，要是他真的心安理得地在太上神宫做他的国师，那我的心也就死了，这辈子再也不会见他。"

陷在爱情里的人要是听劝告，世上就不会有那么多痴男怨女了。昙奴无奈，只得答应。隔了会儿又道："你说国师会不会追来？他这段时间可曾对你不利？"

莲灯不好意思说，那晚的事她怎么有脸启齿，便含含糊糊道："他好像……对我有点意思。"

昙奴噎了下："师徒两个一样的口味吗？你特别招百岁老人的喜欢。"

她差点被她的话逗笑，一片愁云惨雾里，有个知己和她相依为命，也算是这灰败人生中的一大安慰了。

中原的雪，下起来就没完没了。第二天早上一看，满世界银装素裹，地上积了有尺来高，仍旧没有半点要停的意思。她们在荒野中的小窝棚里待着，略耽搁就会寸步难行。于是翻身上马再走一程，实在不行，唯有到下个镇子找间客栈落脚了。这样大的雪，缺吃少喝不能取暖，闹得不好就得冻死。总不能刚从国师手里逃出来，还没来得及到长安就死在半道上吧！

不过有一点可以放心，她们不能赶路，就算国师派出了追兵，遇到的困难都一样，老天爷是公平的。再说她也心存侥幸，认为他不会为她的出逃费神，她就像只惊弓之鸟，只是自己吓唬自己罢了。

艰难地跋涉，终于到了一个叫万象的镇子。大雪封门，路上行人稀少，偶见一两个送炭的老者，便向他打听哪里有客栈，老者抬手往东一指，在石板路的那一头。

她们抖落身上的积雪向东，道路两侧的坊墙已经被覆盖住了，天地间白茫茫一片，分不清哪是沟渠哪是路。过了一座木桥，穿过一片开阔的广场，前面就是客栈了。莲灯搓了搓冻僵的手指，心里生起希望。可是一阵风突然卷过，雪片纷飞眯人眼。她抬手遮挡了下，待风过后再看，四周不知什么时候被包围起来，十几个白衣人手压横刀远远站着。她慌不择路，回身看昙奴，两个人互递眼色，正打算杀出重围，迎面走出个人来，披着莲青斗篷，因为兜帽深深罩着，看不清眉眼。立在冰天雪地中，那身姿比剑戟还要冷硬三分。

莲灯和昙奴面面相觑，勒住马缰细看，他缓步上前来，广袖垂地，拖过积雪，留下一片浅浅的痕迹。腰上佩着玉牌金铃，每行一步都有金玉之声做伴。终于到她马前，抬手揭了兜帽，底下是张冰雪一样的面孔，眉眼覆盖着轻霜，嘴唇红得悍然。

虽然之前早有预感，依旧奢望能够逃出他的手掌心，可是行至这里，到底还是溃败。她咬紧了牙关问他："你是谁？"

他抬起头，向她微笑："你猜。"

这张脸让她迷惘，她多希望是他来接她了，也许是心里太急切，有一瞬竟真生出错觉来。然而不是，天上飞雪扫过他的脸，他轻轻眨了下眼睛，他不是临渊。

她恼羞成怒，他凭什么限制她的行动？于是恶向胆边生，牵起缰绳奋力往后一拖。马嘶鸣着，高高抬起了前蹄，只要踏下来，足以踏断他两根骨头了。

但国师终究是国师，如果那样轻易被她打倒，就不可能有今天了。他挥拳狠狠击在马的前胸上，一千多斤的河曲，竟弹出去丈余远，四足仰天砸在了地上。所幸她眼明手快跳了出去，否则大概真要摔得一命呜呼了。落地之后便没什么可客气的了，与昙奴会合，各自抽刀向他袭去。

今天不是你死就是我亡，当真活得没趣致了，像个陀螺一样地旋转，以为逃出生天了，谁知还在原地打转。所以她宁肯战死，也不要窝窝囊囊成为他的禁脔。王阿菩教她的功夫，没有那么多弯弯绕绕，看准了对方的弱点就持续攻击。她曾留意过，他的左手一向不怎么动，说不定长时间装在棺材里压坏了。她可以试着先断他一臂，如果运气好，真被她逃脱了也未可知。

她敢想敢做，抱定了宗旨出手如电，昙奴毕竟功力浅，同他对战未过三招就被打伤了。她心里着急，一鼓作气全力反攻，他果然出左手来迎，她本以为那是他的弱处，没承想那只手的力量比之右手更强，她转变不及，被他一拳击在心口，狼狈地震出去很远。

他算有保留的了，可她还是痛不可遏。躺在雪地茫茫看向天空，天是无穷无尽的晦暗，如果就此死了多好。她闭上眼睛，雪花落在她脸上，冰冷的寒意钻进她的骨骼，她忍不住咳嗽，喷出一大口血来。

隐约听见昙奴的喊声，她爬过来，哭着拍她的脸："你要挺住，活着就有希望。"

其实这话是骗人的吧，她用尽全力活到今天，从来没有看到过什么希望。不过这次死是死不了的，她自己知道，只是觉得又痛又恶心，实在难以坚持。

昙奴把她扶坐起来，他姿态优雅地踱到她面前，垂眼看她，语气不带任何感情："如何？还能再战吗？"

这样冷血的人委实少见，她艰难地站起来，就算赤手空拳也要再同他较量。

她的速度已经明显不如之前了，他抬手接住她的拳："陪你玩这种无聊的游戏，浪费本座的时间。好了，就到这里吧，跟我回去。"

她啐了他一口："你这个阴魂不散的老妖怪，有什么资格让我跟你回去？我终有一天会杀了你，替我阿爷报仇！"

他眼里阴霾骤起，霍地出手，并不是袭向她，而是一把扼住了昙奴的脖颈："我同你说过的，既然你不在乎她的死活，那本座也不必客气了，替你送她一程吧！"

莲灯什么都可以舍弃，唯独生死之交的朋友不能弃。他善于抓人的痛肋，她没有办法，只得妥协，抓住他的手腕苦苦哀求："你放开她，我跟你回去。这件事和她不相干，是我为了逃脱求她助我的，你不要为难她。"他似乎不太相信，歪着脑袋打量她，她高声道，"你放她走，我以后再也不会逃跑了。"

"可我若是放了她，你转头自尽了怎么办？"

她冷笑了声："国师手眼通天，到时候抓她给我陪葬不就是了吗？"

他思量一番，这话倒也有道理，便点了点头，心平气和地加了句："还有那个龟兹姑娘。"

莲灯含恨瞪着他，他也不在乎。松开钳制昙奴的手，笑道："找你的郎君去吧，结一门好姻缘平安度日，别再插手我们的事了。"言罢将莲灯嘴角的血抹掉，解下斗篷给她披上，挽着她往车轿那头去了。

莲灯没法和昙奴告别，含泪回头望她。昙奴险些被他扼断喉咙，一旦得以续命，跪在雪地里大口喘息。她恋恋不舍地收回了视线，昙奴的伤不算重，应该不要紧的。没人追捕她，她可以去长安，找到太上神宫探听国师的下落，也好。

他带她上车，她不放心，再三地问他："你不会动昙奴对吗？如果她有个三长两短，我就死在你面前。"

他冷冷看了她一眼："本座和你不一样，答应的事不会反悔。"

她也由得他嘲讽，胸口痛得厉害，长出一口气，靠在车帷子上，心渐渐冷下来，没有了声息。

他凝眉看她，神情颓败，脸色青灰，和死人有什么两样？他不明白，难道他对她不够好吗？她为什么要跑？他很生气，气极了恨不得亲手结果了她，可是不能，狠不下这个心。奇怪他居然也有两难的时候，看来这次是喜欢得不轻。

说起喜欢，他好像也曾对一个姑娘动过心，不过那时仅是惊鸿一瞥，连话都没有说上半句。动心和爱毕竟是两回事，那个姑娘的脸他早就记不清了，而莲灯走失的一昼夜里，他的脑子里可以很清楚地描画出她的五官，甚至嘴角梨涡的形状和左边眉梢的痣，他都记得清清楚楚。

他有点难过，和她也算有过亲密的接触了，为什么她还是要逃？因为爱着那个临渊，看到他除了讨厌就没别的了？他挪过去，悄悄挪到她身边，她捂着胸口拧着眉头，他自觉手下留情，其实对她来说依然太重了。

他犹豫了下，伸手探向她胸前。她悚然一惊，戒备地望着他，恶声恶气道："你想干什么？"

她的态度不好，他当然更不好了。强行将她的手拨开，一下子按了上去："我看看你伤了没有。"

不伤能吐血吗？她心里很不情愿，又欲出手反击，被他狠狠一个眼神喝住了："不想让我废你的胳膊，就老老实实别动。"

她灰心丧气，到现在这步，还有什么可挣扎的？他想把她揉圆搓扁都随他的意思，她能忍受便坚持，若实在不能，只有对不起昙奴和转转了。因为不堪重负，她连呼吸都觉得痛苦，勉强活着，对她来说不是什么可喜的事。

他的手在她胸骨上摸索，女人和男人不同，摸起来且要费一番工夫。那是个拥雪成峰的地方，满指的柔腻，会令人晕眩。他不是柳下惠，因为有了前一次的铭心刻骨，很自然地流连忘返。她起先还是一副任人宰割的样子，他渐渐有些过分了，她立起两眼，恨不能拿眼神剜掉他一块肉。

“你到底在摸什么？”

他输人不输阵，寒声道：“那地方肉厚，不细摸，怎么能看出你伤了没有。”

她不耐烦地格开他的手：“用不着你摸，我自己也知道。且死不了，死了谁供你消遣呢！国师这样精明的人，岂肯做亏本的买卖。”

她先前错将他当成另一个人，对他的脉脉温情能够融化坚冰。现在知道真相了，时时恨不得他去死，这种反差着实让人心寒。他也是疯了，把一个不爱他的女人圈在身边，简直就是自虐。早知道这样，她走了就走了，还把她寻回来干什么？那么现在放她离开也还来得及，他愿意松手吗？他自己问自己，结果是不愿，宁愿她枯萎，死在他怀里，也不让她意气风发地在别的男人身边笑。

所以他的爱是偏执的，他自己也知道。他只有尽量对她好一些，但愿还能重塑他早已垮塌的形象。

莲灯这一次出逃元气大伤，回到军中那几位阿兄也依靠不上，他们正忙着自相残杀，哪里有空管她这个来路成谜的妹妹。她的失踪甚至没有引起他们的注意，回来后在车下相见，寥寥地一点头，阿兄阿妹地招呼一下，就过去了。她一个人卧在帐子里疗伤，很觉得凄凉。这时候真想念辰河，如果他在，即便再文弱，也会尽全力保护她。

不管她这里发生了多少事，大局当如何还是如何。庸王和楚王闹得不可开交，原本没有机会登上帝位的人，一旦窥见一丝曙光，便也开始奋不顾身地争抢。幸存的三位皇子，每人有三成的机会登顶，但重头还在手握兵权的两个人身上。这场皇储间的较量，最后的赢家势必在两人之间产生，至于那个无兵无马的齐王，几乎可以忽略不计。战来战去，钩心斗角，国师这时候成了香饽饽，各方皆来示好，试图拉拢他。

很意外，那位一直无声无息的齐王居然也送来了密函，代今上与国师通气之余，希望国师能够挥军东征，将庸王与楚王一举歼灭，保大历江山固若金汤。

国师捏着那书信，在帐中缓步来去：“这小儿，打得一把空手套白狼的好算盘。”一面说，一面凑到她面前。火盆笼得太旺了，熏得她脸上潮红。炭气过重对身体不好，他便拿火筷子拨了拨，把燃炭埋进灰里，转头问，“你知道齐王吗？”

她迟迟抬起眼：“是转转的郎君。那时候她不小心玷污了人家，齐王要她负责，就把她抓回王府了。”

他听了觉得好笑：“倒也是段姻缘，有意思。如果江山要易主，依你看，谁更适合那把交椅？”

她一副淡淡的模样，别开脸道：“国师早就有了打算，现在又来问我做什么？”

他不介意她话里夹枪带棒，自顾自道：“本座想了个好主意，想和你商量。你不是很爱我那徒弟吗，让他做皇帝怎么样？”

莲灯像看白痴一样看着他：“国师在说笑？”

他说：“活得太久的人，其实对很多东西看得很淡。我在国师的宝座上坐了四十年，什么样的荣华富贵没有见识过？香车宝马、锦衣华服，对我来说都没有太大的吸引力。我想尝试一些从未做过的事情……”他把视线对准了她，“我最近发现了个新奇有趣的东西，想占为己有。”

莲灯鸡皮疙瘩都冒了出来，不敢看他，但愿他说的不是她。可惜事与愿违，通常怕什么来什么，他说：“我打下个江山赠予他，然后带你浪迹天涯，你看怎么样？”

这算什么？用江山来填平他的夺妻之恨，那么她呢？他从头至尾就没有考虑过她的感受。

她哼笑一声：“异想天开。我这么厌恶你，你难道不知道吗？带我浪迹天涯，先问过我的意思再说。”

他寒了脸：“你果真不愿意吗？”

“你杀了我阿爷，还要我顺从你？难道你的脑子停工了一百年，变得不正常了吗？你会和杀父仇人在一起？”

她每次都能轻而易举地破坏他的好心情，他想翻过去的事，她总要一遍遍不厌其烦地重提。她现在似乎一点都不怕他了，因为放跑了昙奴，她觉得再也没有什么能约束她了。

他拂袖直起身子，在帐中郁闷地转了两圈。他一直照顾她的情绪，失而复得之后便没有碰过她一下。看来女人是不能太娇惯的，时间一久她就不知道天高地厚了。他随手拿了颗枣儿，弹指将蜡烛熄灭了。另一盏离得远，隔了一层幔子，微弱的亮足够让他看清她。朦胧里见她有点慌，他却气定神闲，拔下簪子将发冠搁在一边，罗衣扔在矮几上，倚着引枕向她招招手：“到本座身边来。”

她恐惧地退后，拒绝听他调遣。他半眯着眼，微微偏过脸，从眼梢处乜斜她，带着风流妩媚的韵致，却也令人不寒而栗。

他究竟以为她有多傻，才会自动送上门？自从逃跑那时起就彻底和他决裂了，再落到他手里，下场是好不了了，既然如此，索性对抗到底。

她的不合作令他恼火，他原本不想逼她，可是这步迈不出去，她心里永远记挂着另一个人。他都已经打算为了美人放弃江山了，这么大的牺牲，她是瞎子，看不到吗？

他负气过去牵她，她不要命似的抵挡。他无名火起，在她玉枕上一击，这下她消停了，四肢瘫软下来，只能任他摆布。他扛起她，毫不怜惜地扔在榻上，动手解她的衣裳。她闭着眼，豆大的眼泪从眼角滑落，动弹不了，只有这样无声地抗议。

他顿下来，没处发泄怒气，扬手一扫，扫落了案头的博山炉。半燃的香篆滚得到处尽是，他高声斥责她："你是死脑筋吗，从了本座有这么难吗？本座长得不如他？手段不如他？还是权势不如他？你究竟要如何才能爱上我？"

她昏沉沉的，被他击中了玉枕，头晕得非常厉害。他在那里大呼小叫，她却觉得十分可笑。他口口声声说喜欢她，喜欢她会三番五次出手伤她吗？还好她不是娇滴滴的闺秀，否则经受这样的折磨，早就去见阎王了。

他不服气，莽撞地上来吻她，这回忘了扣住她的牙关，她下劲在他唇上一咬，只恨咬得不够狠，没能咬下他一块肉来。他吃痛放开她，气极了抬手欲教训她，谁知她趴在榻沿上，翻江倒海似的呕吐起来。

这个阵仗吓着他了，他呆立在那里，看着满地秽物不知如何是好。慌忙叫人进来清理，开始怀疑自己是不是下手过重，敲伤她的脑子了。

榻前换上了新的毛毡，他才敢过来探看。玉枕穴处的头骨完好，应该没有什么大碍。复牵她的手来搭脉，越诊越觉得奇怪，忽然抬眼望向她，满脸的错愕："你……怎么……"

她无力回应他，头晕加上恶心，人像到了鬼门关似的。耳边是隆隆的马蹄声，身体悬浮在半空中，睁不开眼。烛火摇曳恍在世界的另一端，她的整个身体浸泡在黑暗里，努力想醒过来，但是无能为力。

他站起身，心里七上八下没有头绪。茫然在帐中游走了半天，接下来要怎么办，他也拿不定主意。

该不该留？留下是个祸害，越发让他们之间的关系牢不可破。他回身看她，她仰在枕上奄奄一息。这个时候顾虑太多，长起来飞快，到时候显了怀，事情就更难办了。只有趁她还不知情，能够解决的都解决掉。然后干干净净的，她才能完全成为他的。

既然打定了主意就不要迟疑，他即刻到案上开方子。外面风雪肆虐，可就算下着刀子，也要在天亮前把药配齐。

莲灯卧在榻上，隔了好一会儿才能活动。睁开眼睛四下看去，帐中静悄悄的，她艰难地爬下来，爬回她的重席上去。炭盆里的炭火已经熄了，有点冷。她裹着被子推窗看，雪下得好大，不是成片，是成团的，打在牛皮帐上，沙沙作响。

药是他亲自端过来的，他说："你受了寒，喝完药好好休息一晚就没事了。"

他不给她请医官，莲灯也不知道自己的病情，只是觉得自己可能快不行了。反正情况这么坏，喝药喝死了正好。

她支起身子伸手来接，手上没劲，颤抖着，药碗在她手里颠荡。他见了忙又接回去，在她边上坐了下来："还是本座喂你吧！"

她摇摇头："我自己来。"

他把药碗搁在矮几上，没有听她的，强行让她靠着他，低声道："你身体很不好，这个时候就别再闹了。暂时把我当成他，我做他半天替身，让你好好依靠。"

她眼里盈满了泪，抠着簟子道："你不是他，也变不成他。"

他哀戚地看着她："为什么？他比本座温柔？比本座待你更好？"

她转过脸说："是，他哪儿都比你好。"

国师噎了一下，气涌如山，需要缓一缓才能和她正常交流。隔了很久慢慢冷静下来，知道她现在虚弱，再动粗可能真的会死。另一半《渡亡经》下落不明，召唤亡灵困难太大，只怕到时候救她不得。

他叹了口气："本座可以学，对你好一点，让你喜欢本座比喜欢他更多。你和他有过肌肤之亲，我不介意。大历民风开放，不计较这点小事情。只要你把心放在我身上，我会对你很体贴的。"一面说，一面端过碗来，贴在她嘴唇上，"喝吧，喝了病就好了。"

如果她还有一点求生的意愿，大概就是为了再见临渊一面。自己这么病恹恹的，没有健康什么都是空谈。她挣扎了下，就着他的手把药喝了，那药太苦，又浓又稠，叫人直作呕。他塞了个梅子在她嘴里，心满意足地微笑："好了，喝了就好。躺下别动，我在这里守着你。"

她对他的态度还是不怎么友好，轰不走只有随他去，背对着他，囫囵闭上了眼睛。蒙眬里感觉到他靠过来，贴着她的后背一下一下捋她的头发，手势僵硬，不知多少回，捋得她吃痛。

他永远学不会怎么温柔以待，或许是她真的太厌恶他，以至于他做什么她都很反感。她想起那时在碎叶城，临渊知错后开始送她花，带她上金光塔顶看月亮，小心翼翼地奉承她。其实手段很稚嫩，可她因为爱他，再笨拙她也觉得可爱。

不知他现在在哪里，会不会也在想念她。奇怪她天天时时盼着回到他身边，但因为受这老妖怪掌握，没法逃出去。他呢？也有人控制着他吗？为什么他不来找她？哪怕死，她也想和他死在一起。思念太痛苦，太可怕，世上没有一样比这个更摧人心肝了。以前她什么都不懂，天涯海角只要有口饭吃就行。现在喜欢一个人，就像被困住了，总有一根细细的线牵着心上的纽袢，略拉扯一下就隐隐作痛。

帐外北风呼号，雪连下了三天，看天色一时半刻停不了。不知仗什么时候能打完，尘埃落定了总要回到长安的，他禁她的足，不能禁一辈子。莲灯迷迷糊糊地想，他在她身后很让她难受，她默默往前移动半分，和他隔开了点距离，他倒没有再追过来。

安稳睡了一夜，第二天起来有了些力气，还痛快吃了两个胡饼。她胃口不错，国师却犯愁了，明明看着她把药喝下去了，为什么不见起效？难道这孩子是铁打的吗？他悄悄出去，查验了昨晚熬的药渣，一样一样对照，没有缺漏，和方子上开的一样。大概是剂量不够，那就再加大些。他把话吩咐下去，后因蔡琰差人来请，暂时离开了大帐。

莲灯着急恢复，在冰天雪地里练剑，飘逸的画帛伴着矫健的身姿，力与美出奇和谐。一套下来薄薄起了层汗，夏官在边上侍立着，待她练完拿斗篷替她披上，压声道："娘子近来要多小心身子。"

她转头看他，他平常话很少，不到万不得已不会同她搭讪，今天倒让她意外。她嗯了声，略顿了顿，看他脸色："夏官可是有事？"

夏官似乎很犹豫，支吾了半天才道："娘子没感觉自己有什么不妥吗？"

她被他说得茫然，不妥大约就是这两天甚是虚弱吧！

他见她不答，复道："这段时间别再舞刀弄棒了，昨日国师命人配药，军中没有，跑了十多里入城才购置齐全的。属下略通些医理，看了那个方子，似乎是落胎的药。"

她吃了一惊："落胎的药？给我喝的？"

军中除了她和少数几个像昙奴一样的死士，其他都是男人，男人总不见得需要落胎吧！夏官点了点头："所以娘子自己要当心，我命人少放了几钱大黄和碎骨子，药效不够，娘子今日才未发作。若国师再要着人煎药来，千万不能用——如果娘子要这个孩子的话。"

莲灯怔怔的，回不过神来。说有了孩子，消息来得太突然，细想想，天癸好像是很久没来了，难道那一次就坐住了胎吗？可是这事要夏官来告知她，她顿时红了脸，两个人都觉得很尴尬，沉默下来不知说什么好。

还是夏官警觉，低低道："娘子面上不能有异，别叫国师发现。先回帐里去，在外面惹人注目。"

莲灯忙道好，自己进了大帐，他仍旧在帐门外侍立。她没走远，掩在一层垂帘后问他："国师的意思是要打掉孩子，你不顺着他的意，怎么反过来帮我？"

夏官的嗓音又冷又硬："我只认一位国师，只对一人效忠。国师碍于师恩不得反抗，我受命听候差遣，但绝不做有损国师利益的事。"

莲灯怅然站着，从他的话里也能咂摸出些许滋味来。夏官是受了临渊的命令辅佐老妖怪的，这么说他并不是身不由己。

"你可知道他现在在哪里？是不是回太上神宫了？"

夏官道："这个说不准，国师招过阴兵之后功力尽失，连自己行动都不能够。如今是不是活着，去了哪里，属下不知道。"

莲灯难受至极，嗓子里哽得发痛，转身背靠着桩子，才能勉强维持站立。顿了会儿问他："现在这个国师究竟是怎么回事？为什么死了一百多年，又活过来了？"

夏官道："纯阳血的人尸身不腐，国师耗了半生修为，用《渡亡经》招他回来的。至于为什么这么做，属下亦是不知。"

她扶住了额头，事情纷繁复杂，她也理不出头绪来。只知道他折损太多，一次又一次，直至耗光修为。他的身体转暖了，三年眨眼即过，到时候他若是死了，他的师父会不会救他？

她失魂落魄地回到席垫上，摸了摸肚子，什么都感觉不到。暗想真要有个孩子也是奇了，照理说这段时间受的苦不少，两次被国师打伤，甚至昨天还吃了药，对他却没有半点影响，这孩子长得太结实了。

可是再结实也要多保重，也许再一次就小命不保了。她两手环起来，假装可以抱住他，心里有点高兴。然而前途茫茫，吉凶未卜。她想不出怎么护他，起身到箱笼里找了尺头把腰包好，让他在里面暖和一点不要受寒。至于能不能活下来，看老天爷的意思吧！

国师在她面前半点口风也不露，有药送过来，亲自端到她面前，哄她是补药，调理她的身体。她也没有戳穿，放在一旁笑了笑："这药太难喝了，凉一凉再说。你可替我准备了梅子？"

他见她今天态度有了转变，脸上神色顿时缓和很多："那个白玉盒子里还有好几颗，你想吃别的什么同我说，我让人去办。"

她嗯了声，有些扭捏地说："想吃馎饦，还有鱼干把子。"

他忙对外传话，要他们按着她的意思去办。趁着她心情不错，看准了时机又同她套近乎："身上好些了吗？"

她说："还好，大军什么时候开战？就任庸王和楚王闹吗？"

他笑道："军中的事不用你操心，京畿自然会发兵攻打他们。只是圣上催促还朝，本座还没想好是攻打还是归顺。"

她凝眉看他："当初临渊受命，也像国师这样态度模糊吗？他也打算谋反？"

他摸了摸鼻子："他和当今圣上做过两天莫逆之交，大概从来没有想过要反朝廷吧！"

所以他现在这么做，是要陷他于不仁不义。她实在厌恶他，又不得不分散他的注意力，便道："国师能知过去未来，谁是下一任皇帝，你算不出来吗？"

他嘲讪地笑了笑："这种事，不过骗骗小孩子罢了。天道无常，人的运数随时会转，不可断言。再说我那套本事百余年没用了，前两天试了试……"他有点尴尬，"不灵了。"

她哈的一声笑出来，发觉自己落井下石得太明显，忙住了口。

他斜着眼睛看她："我略出些问题，你似乎就很高兴。"

她说不是，又东拉西扯着："你何时上战场，我要一起去。太久不活动，刀剑都生疏了。"

他疑惑地打量她："你阿爷已经没了，你为谁打天下？"

她寒着脸道："我阿爷落得这样的下场，朝廷是主谋。只有撬了曹家的江山，我阿兄才有一线生机。"

她所谓的阿兄当然是指定王世子，国师慢慢点头："你那么在乎那个阿兄，看来不管谁当皇帝，必须要善待他了。”

“所以还请国师手下留情，保我阿兄无虞。”她复又试探，“国师后来有没有继续追查《渡亡经》的下落？这半部经文对临渊很重要。”

他掖着袖子叹息：“一直在追查，可惜没有任何进展。若实在找不到，那也是天意，只有听天由命了。”

这么说来，他费了恁大力气招回来的人，对他的生死其实并不十分在意。也许认为世上应该只有一个临渊，他死了对他更有利。莲灯瞋目切齿，想骂他忘恩负义，又怕连累夏官，只得忍气吞声。

周旋了半天，他还是没有忘记那碗药，抬手指了指道：“喝吧，现在应当凉了。或者你自己不愿意端着，要本座来喂你？”

她没有办法，堆出一个讪讪的笑：“我手上没力气，劳驾国师了。”

他自然很乐意，端着药碗过来，她假作不经意往他臂弯上靠过去，结果那手一晃，泼了大半。她啊了声：“洒了……”

他皱起眉，狐疑地打量，她眨着大眼睛说：“这样也好，不要再让人去煎了，煎来了我也不喝，实在太苦了。”说着招他坐下，含笑道，“药补不如食补，我多吃些东西就好了。”

他不动声色，疑心她察觉了，便牵着袖子给她斟了杯酒：“天冷得厉害，酒能暖身子，你也喝两杯。”

她知道他的用意，她如果装作不知情，他反而会迂回些。酒对孩子必定是不好的，可她不能推托，万一被他探出端倪来，难保不会直截了当一拳打在她小腹上。

她端起酒盏和他碰杯，语气尽量放得柔软：“这两天总见你在外面跑，要小心身体，让他们多给你添两件衣裳。”

她突如其来的体贴令他受宠若惊，讶然看着她，她抬起眼一笑：“怎么？对你和气些反而不习惯了吗？”言罢低头为他布菜，曼声道，“这阵子我很累，不想再闹了。有什么话，到了长安再说。若他当真不要我了，我也不是傻子，总得为自己找条出路。”

他听了心头一震：“你会心甘情愿跟着本座吗？”

她抿唇不语，灯火煌煌照着她的侧脸，眉心眼梢依然笼着浅淡的愁云：“要看你待我如何，如果不得长进，我也未必非和你们师徒纠缠在一起。”

对她好一点，当然不包括强迫她，但孩子是一定要打的，不过得寻个隐秘些的办法，也不急在今天。他点了点头，她的手在桌上搁着，他探过去握在掌心里，郑重其事地承诺："本座会做得很好，你只管看着吧。"

她但笑不语，做得很好？可惜前一刻还在算计她。她仔细思量过，不能就这么认命，不管是为了自己还是为了孩子，她必须离开这里。趁着他外出遁逃是没有用的，时间上必须拉出足够的长度，至少要在三个时辰以上。不能向长安跑，找个地方先躲上两天，待他们搜寻无果，才能继续上路。

她自己拟好了计划，把必需品都准备齐全，火镰、腰刀、钱，剩下的就看自己的运气了。

雪连下了五六天，终于停了。朔风横扫，冰雪慢慢消融。又过两日，路上有了行人，行走得多了，雪化起来比旷野上快。莲灯耐心等待，国师这期间离过营，回来后匆忙来看她，见她还在，似乎对她放心了些。他在战事上的部署不会和她说起，还好她能从夏官那里探到点消息。夏官面上冷冷的，其实是个好人，至少他对恩主一片忠心。之前绝不会这样帮衬她，但得知她有了孕，便开始不遗余力地助她出逃。

也是老天有眼，国师接了令，明日起早率大军东进，助羽林军荡平庸王驻地。她要是选在这刻出逃，国师无暇顾及，也许就被她走脱了。其实陇州离长安不过六百里，一鼓作气跑上两个昼夜就能抵达。她不会再那样鲁莽了，上次昙奴来救她是临时起意，没有做好充足的准备，这趟天时地利人和，她觉得自己很有把握。

夏官借着换炭盆的当口知会她："大营以东二里，我留了一匹快马。明日先登车辇，然后趁他不备悄悄退出来，周围是我的人，会放你离开。"

莲灯心头怦怦作跳，悄声对他道谢，他看了她一眼："保重。"

第二天果然如原先计划的那样，大军五更起拔营，国师还需装模作样入王帐同定王商议。然后车马来了，定王吹不得风，车一直驶进帐中。待里面将梓宫安顿好后，王帐才开始拆除。

莲灯静静坐在那里等着，他过来唤她登车，她裹着斗篷起身，走了两步回头看他："风大得紧，你与我一同乘车吗？"

他说不，一身明光铠在朝阳下熠熠生辉："这才刚开拔，要振士气。定王不露面，我再缩在车里，军心会有变。"他抬手抚了抚她的脸颊，"你先去车里，我总要做做样子的，明天就用不着在外面受冻了。"

她笑起来，温婉道好，替他紧了紧披风上的系带，方转身往车前去。

登了车，扒着窗户看，前面一众将领开道，好不威风。她的车落后了几丈远，只要他不回头，一时半刻不会发现。她将蹀躞带松松系上，看准时机推开后面的车门溜了下去，只要扈从不出声，那些兵卒看见也不敢管她的闲事。她猫着腰，几个纵身跃进路旁的干渠里潜伏下来，目送他们走远，才敢直起身往东边林子里找马。

在原野上狂奔，她简直忍不住要放肆尖叫。这次逃出来后一定不会再落进他手里了，她可以去长安找他们，不必再时时担心老妖怪威胁她的孩子。

莲灯抱着肚子跑了一程，稍稍放缓，不敢太急切，怕动了胎气。她到现在对怀孕这件事依旧一知半解，只知道既然有了，就该好好保护他。等见到临渊宣布这个好消息，他老来得子，应该会很高兴吧！

·第十七章·
错失

九重塔内不知年月，两盏幽暗的烛火在远处的神龛前跳动着，他慢慢从蒲团上下来，走得略急，一个踉跄险些摔倒。腰上佩玉磕到炉鼎边缘，转眼就四分五裂。他将碎片捡起来托在掌心，想重新拼凑，又发现所做的一切毫无意义，索性把系绳也一并解下来，随手扔在了角落里。

他在昏暗里行走，走进卧房，成为国师前的六年时光他就在这里度过，后来借着闭关避世，也常在这里休养。他是喜欢享受的人，脚下织锦地衣，两侧金涂银灯树，明明很辉煌的所在，在他眼里却失了光彩。

他行动很慢，走到妆台前坐下，看黄铜镜里的自己，依旧是乌发雪肤，没有半点老态。可是自己知道，他现在的身体是一百多岁的身体，连走两步路都会觉得吃力。

这已经算是恢复了一大截了，他还记得鬼战后，连站立都不行，若不是翠微将他接回来，他可能就像一摊烂泥，至今匍匐在扁都口的深山里。英雄末路，美人迟暮，多让人悲伤的憾事。他仔细照镜子，忽然在左边面颊上发现了一颗黑痣，他愣了下，伸手在铜镜上擦拭，还好能擦掉，他松了口气。

他又蹒跚站起来，到一盆清水前凝神观望，已经很久没有见到莲灯了，想念她的时候痛苦非常，可是使尽了浑身解数，依旧没有办法探得她的行踪。他最近常常觉得自己无能，失去功力后，他连个普通人都不如。他有时也怀疑，花半数修为招回师父，究竟值不值得。其实他也有私心，那半部《渡亡经》不见得能寻回来，因为翻遍了西域三十六国的文献，没有找到半点蛛丝马迹。也许回回国君手上的整部经文已经湮没在历史长河里了，他甚至派人探过皇陵，最后一无所获。所以他若想活下去，必须有一个和他能力相当的人，用这半部经书为他续命。

他以前不惧死，活得百无聊赖，死了好去另一个世界看风景。但是现在动了凡心，他迫切有了活下去的愿望。至少再争取六十年的阳寿，容他和她一起变老。可惜现在一切都很糟糕，他无力自保，连迈出这九重塔都不能够，更别说去找她了。

如果年轻的脸上镶了一双苍老的眼睛，会不会吓着她？他闭关这么久，恢复得极慢，要想回到原来那种状态，恐怕还需要半年。半年，对现在的他来说实在太漫长了。他曾经拄着拐杖在镜子前看，身姿不再挺拔，佝偻着的。于是不敢见她，怕连最后一点吸引她的资本都没有了，她会失望，会放弃他。

他仰倒在围榻上，伸手在枕头下掏挖，掏出一段绸带来。桃红色的绦子，是她裙腰上的系带。当初她为他止血留下的，他没有告诉她，一直随身携带着，以便随时睹物思人。他把绦带盖在脸上，闭上眼，不知道她现在好不好……他那时自顾不暇，怕带她离开会惹人怀疑。大军还未收编，他肩上的任务没有完成，便同师父议定，由他回军中主持，代他看顾莲灯，保她安然无恙。短暂的相思苦能够熬得，他需要时间恢复，至少不要让她看见他的狼狈模样。等事情过去了，即便她因定王的事怨恨他，他也不会再和她分开了。

门外传来脚步声，他微微偏过头看，是翠微来了。她叫了声师兄，到他榻前询问：“今天可还好？”

他点了点头：“师父那里有没有消息？”

她说有，边替他掖被角边道：“圣上发了旨意，命大军东进与羽林军会合，共同抗击庸王。师父前天受命开拔，秋官飞鸽传书回来，说一切如常，请座上放心。”

他听了半晌未言，过了会儿才道：“没有自发上交兵权，朝中三催四请毫不动容，待接了战命才有行动，不知师父是什么打算。”

翠微看了他一眼：“你担心什么？担心师父有逆心吗？当初打下江山有他的汗马功劳，一百多年后他想颠覆，也由得他吧！你现在顾好自己的身体就是了，我看你恢复得慢，再渡些功力给你可好？”

他摇摇头：“神宫现在要依仗你主事，上次为了救我，你也损耗不小，不能再渡了。”他看着她轻轻一笑，“我记得你的年纪也不小了，多保重些吧！”

翠微脸上一阵红：“提年纪干什么，我身上还没回暖，活得比你长。”

他抬起手臂盖住眼睛，只见那红唇上扬，笑得很是惬意。

翠微有些难过，她就这样看着他，一直充满爱慕地看着他，看了上百年。他们都是异类，百余年来的三个纯阳血聚集在太上神宫，除了这里能够正大光明地活很久，别处会拿你当怪物。他们这种人没有资格和寻常人产生感情，所以那个糊里糊涂的王朗一直纠缠，令她感觉困扰。在她心里，她和眼前这人应该是一对。当初师父也曾玩笑式地说起过，他想娶亲，恐怕只能娶她。然而等了很久很久，她都没能等到。现在他爱上了莲灯，更加让她不解的是师父和他跌在了同一个坑里，她当时接到秋官的书信，惊讶得半天回不过神来。

一个年轻的女孩子，哪里就有这么大的吸引力！不过转念想想，也没什么不好。他现在获得外界消息的唯一途径就是她，他的伤势不能外传，因此春官他们只知道国师闭关，并不知道他现在的情况。到了紧要关头，还是同门更信得过，她就负责打理神宫事务，以及向他传递军中和长安的所有动向。她也有取舍，有些据实告诉他，有些打了折扣传递给他。比如师父和莲灯的纠葛，还有莲灯怀孕出逃的事，她在他面前只字未提。他现在没有能力管那么多，把内情告诉他，对他没什么好处。

可是她不说，他还是时时会问起：“莲灯好不好？我要夏官三日一报的，这两天怎么没有消息？”

她哦了声：“定王初过世的时候难过了很久，后来渐渐缓过来了。师父率大军东进，怕她伤身，替她准备了车辇。你放心，要是有什么特别的消息，我会第一时间告诉你的。”

他沉默了下，又问：“她没有起疑吗？一直把师父当成我？”

翠微说：“你们这样像，任谁都分辨不出来的。”

他心里有点别扭，暗道她怎么这么笨，连自己的情郎都认不出，会不会傻乎乎地勾引人家？如果要人抱怎么办？如果和师父乖乖怎么办？越想越难过，胸口一蹦一突不得安稳，叹了口气道：“让夏官暗中保护她，待我稍有些力气，亲自去蒲州接她回来。”

翠微涩涩道好："这事急进不得，万一走火入魔就坏了。你好好歇息，这几天正筹备祭天大典，我暂且忙，等过两日再来看你。"

他微微颔首，别过脸闭上了眼睛。

翠微从九重塔里退出来时，刚近黄昏。她掖着两袖在台基上站了片刻，看天际的云，仿佛也被冻僵了，淡而浅薄地趴在天幕上。几个巫女抱着书稿过去，后面即见侲子搬着铜熏炉经过。卢庆在一旁指派，这架往前殿，那架往道场。

她唤了他一声，卢庆站住脚，向她作了一揖："夫人有何指派？"

翠微缓缓出了口气："我料着今晚或明日，莲灯会到神宫来求见国师。国师正闭关，不见外客，她一到你就派人通传我，不要惊扰国师。"

卢庆虽知道国师和那位小娘子之间有些不寻常，但诸多牵扯也是事出有因。现在风头过去了，各归各位，以国师的尊荣，不会和一个年纪轻轻的姑娘纠缠不清，倒也说得通。当即应了个是："我这就吩咐下去。"复行一礼，往宫门上去了。

长安城内实行宵禁，太上神宫在神禾原，没有城门关闭的困扰。莲灯本想先进城和昙奴转转会合的，但因到达时天已经黑了，便没有耽搁，直奔神禾原而来。

她跑得算急了，两天一夜没合眼，中途换了匹马，终于在入夜时分抵达。

遥望太上神宫，一如初见时的辉煌巍峨，各处灯笼高挂，每一个翘角，每一棱屋脊，都让她感觉熟悉。他在那里吧？她心里越发急切，打马上了甬道，那马蹄踏在石板路上，黑夜里的嗒嗒声异常清晰。她鼓着满腔的热情，脑子里想象和他相见的画面，想得自己泪流不止。她实在太累了，可能是因为孩子，近来体力大不如前，能跑完这么长的路，完全是靠信念在支撑。但愿不要再出什么岔子了，她也经不得这样的消耗。可是心里不免又想，如果他当真在神宫，那这么久不闻不问又算什么？是不是有了决定，打算和她划清界限？

不管怎么样，先见了人再说。她奋力挥动马鞭，神禾原地势高，一路颇费了番力气。上到宫门前，她从马背上跃下来，忽觉肚子一阵抽痛，扶着马鞍稍歇了会儿才上前敲门。谢天谢地，这回没有布阵，果然有侲子来应门了，看见是她，叉手作了一揖，把她请到里面来："娘子且稍待，小的去通禀长史。"

她道好，总算可以坐下歇一歇了。小心翼翼地抱着肚子调息，待小腹的牵痛过去了，方舒了口气。往外看，殿宇堂皇，花坛里的草木还是上年的样子……忽然惊觉第一次来神宫已经是一年前的事了，这一年总在路上奔波，回想起来很不可思议，不知究竟是怎么熬过来的。

她倦得厉害，也没有那么多的心思感慨了，伏在膝头有点犯晕。等卢庆，等了半天不见他来。偏过头看，视线茫然落在一处空地上，檐下灯笼摇曳，照亮了葱郁的草木。忽然一个犄角探出来，很威武的分叉和走势，看样子是头成年的雄鹿。她定着眼看，那鹿似乎有点害羞，腾挪得极缓慢。起先是角，然后是鼻子，从阴暗处一点一点走进她的视野，到最后露出全身来，和平常的鹿不同，角尤其大，四肢匀停健壮，长得非常漂亮。

它到了光亮处，隔着窗快速对她摇动尾巴。莲灯对它没有印象，神宫里的鹿太多了，有的很爱凑热闹，比如九色……她略怔了下，难道这是九色？她离开长安时它的鹿角才长了几寸长，这么久没见，竟一下子长大了！

她站了起来："九色？"

它起先很哀怨地望着她，听到她唤它，顿时有了力量，猛地从外面冲进来，鹿角顶在门框上，咚的一声响。

莲灯像遇见老友一样，居然热泪盈眶，一下抱住它的脖子，喃喃道："好九色，这么快，长成大人了！"不停抚摩着它的皮毛，它颐养得好，水头比她足，触手很滑溜。她捧住它的脸，同它对了对鼻子，"你怎么知道我回来了？是从哪里得了消息吗？"

九色不会说话，只是眼泪汪汪地看着她，看得她很羞愧，嗫嚅道："我们走前也想过来接你的，可是带上你有诸多不便。你不是骆驼，不能在沙漠里生活，所以把你留在神宫是为你好。"她喜滋滋地拍拍它的脑袋，"以后我们不分开好吗？你现在真好看，角也长得俊俏。"

它听明白了，趾高气扬地在她面前转了两圈。为了显示自己很厉害，对准重席上的矮几撞过去，把几面上的横板撞出了两个洞。

莲灯乐意捧它，看了大力拍手："了不得，犄角大英雄！"

它摇头摆尾地蹭过来，绕着她打转。莲灯蹲下抱它，它还和以前一样，鼻子往她衣领间拱，然后摇摇欲坠，一副要晕倒的样子。

她不由得嗤笑，有其主必有其鹿，九色的脾气和临渊很像，一样爱显摆，一样好色。可是想起他，心里七上八下的，什么兴致都没有了。她开始着急，好不容易到了太上神宫，把她干晾在这里算怎么回事？不论他在不在，总该有个人给她句准话。

她的脚在地上旋磨，想起来问九色："国师可在神宫？"

九色愣愣看着她，然后点了点头。

她心头撞了下："当真吗？"

它又点点头，莲灯顿时五味杂陈，九色是不会骗人的，它说在，那他就一定在。

隐隐听见廊下有动静，她回头看，来的不是卢庆，也不是临渊，居然是翠微夫人。她没有进门，立在滴水下同她说话，微微一笑道："娘子不告而别，叫我师父担心了，这样不好。远走六百里入神宫，可是有事吗？"

她知道翠微夫人一向不喜欢她，这次她来见她，似乎不是什么好兆头。莲灯心头打鼓，依旧行了一礼："我来找国师，请问他可在神宫？"

翠微说："在，不过早前吩咐过了不见客、不留客，娘子这次是白跑一趟了。"

不见客不留客，这个客说的是她吗？失望像烟雾，翻滚着弥漫上来，填塞满她的胸腔。她勉强按捺住了，好言道："我有要事同他说，请夫人万万代我通传。"

翠微笑了笑："他是什么人，早就算准你要来，不需别人通传。你所谓的'要事'，夏官飞鸽传书里早就说明了……"她的目光里带着怜悯，在她腰腹间转了转，"娘子还是太年轻了，其实有些事不必明说，你也应当知道。他是个心怀天下的人，况且又与常人不同，和娘子再投缘，也没有长相厮守的道理。若他在乎你，就不会将你独自留在军中了。家师与娘子的事，他多少也有耳闻，既然选择沉默，娘子难道不明白意思吗？"

莲灯没法接受，虽然早有这种预感，但真正面对时还是感觉痛彻心扉。她不相信翠微，只是固执地追问："他人在哪里，我想见他一面。"

翠微的画帛在夜风里飞舞，那光洁的颈项细而玲珑，寒冬腊月里却显得异常凉薄。她微微转头，脸上浮现出不耐烦的神气，嘴角却依旧微笑着："娘子不请自来是其一，令家师担忧是其二，他不愿见你也在情理之中。我看娘子还是去蒲州向家师赔罪吧，若实在不愿走动，我替娘子在外安排个住所，娘子先安顿下来，一切待家师还朝从长计议，也无不可。"

莲灯简直要笑出来，难道她卖给他们师徒了吗，要他们来处置她的人生？她退后两步："我现在离开还来得及吗？"

翠微点头："娘子请自便，就算要入城也可以。不过奉劝娘子一句，军中所有事都不得与外人透露，如果娘子不慎走漏了风声，恐怕会连累远在碎叶城的定王世子。”

莲灯到现在才看清这些人的丑陋面貌，利用完了就践踏，别人在他们眼里卑如草芥。不杀你，你就该感恩戴德，来谈什么旧情，简直是自取其辱。

她心头空空的，人像失了线的木偶，满怀憧憬地来，到最后落得这样的下场，她但凡有气性，就该一头撞死。还留在这里做什么？长夜漫漫，她无处可去，却也必须离开。她趺趺撞撞地往外走，眼泪模糊了视线，转头狠狠擦干。不让别人看笑话是她唯一能够为自己做的了，难道离开男人就不能活吗？别人也许不行，但她能。

她迈出了神宫宫门，夜凉如水，稀薄的湿气打在脸上，脑子冻豆腐似的。略站了站，牵过缰绳准备上马，忽然听见侲子疾声唤九色，她转头一瞥，九色竟跟出来了，豪情万丈地向她刨了刨蹄子。她心头一阵酸楚，看来鹿比人还要重情义些，她勒定了马缰问它：“你愿意跟着我吗？” 九色眼神坚定，鹿蹄在青砖地上咚咚敲击了两下。她说好，狠狠扬鞭一挥，纵马跃了出去。

一人一鹿一马在原野上奔驰，没有任何方向。长安城外不比城内屋舍连云，跑了很久，不见客栈和庙宇。她又累又饿，加上伤心失望，实在顶不住了，便停下来，找了个背风的高坡歇息。

十二月的长安寒风凛冽，还好没有下雨雪，就在野外凑合一夜，明天再入城找昙奴和转转。她连路拾柴，生了一堆火，掏出饼子在火上煨了煨，略有些暖意便囫囵吃了两口。心里难过，没有胃口，转头看看九色，把饼递了过去：“你要来一口吗？”

九色很嫌弃，别过脸在草地上转了两圈，这个月令漫山遍野的枯草，没有它果腹的东西。它找见一棵树，凑合嚼了两口树皮，仍旧回她身边来。看她的模样可怜，懵懂的鹿心里也觉得难过。

莲灯把腰上的蹀躞带卸下来搁在一旁，流连地摸了摸腰刀。这刀是王阿菩给她的，其实金错刀是种钱币的名称，因为那时他们穷困潦倒，就取了个十分拜金的名字。现在阿菩不知在哪里，若知道她的境况，又是什么感想？

她抱着膝头倚在九色身上：“还是你好，坑了我两次良心发现了，紧要关头愿意伴在我身边。”抬头看天上疏朗的星月，长叹一声，“好冷啊，今天好冷！”

九色长了四个蹄子，没办法拥抱她，只能尽量靠紧一些，让她取暖。她抚抚它的背毛，小声说："他不愿意见我，我以后应该怎么办？我还拖着一个小的呢，他就不管我了。既然如此，当初为什么要招惹我，把我害成这样，真当我是铁打的吗？"

九色似懂非懂，在她脸上舔了舔，算是安慰。莲灯被它舔得一脸唾沫，笑道："你究竟是鹿还是狗？会摇尾巴，还会舔人。"它的鼻子里喷出一口气来，好大的动静，把她吓了一跳，她又调侃它，"这下变成马了！"

不过这么寒冷的夜里，幸亏九色在。面前生着火，背后有它挡风，她还能坚持下去。然而何去何从，她不知道。也许先安顿下来，容她休息两天，然后再想一想怎么处置肚子里的孩子。

她有时候觉得自己真是太坚强了，行至这样山穷水尽的地步，依旧没有想到去死。因为她从未享过福吧，不知道幸福是什么，心里便没有落差。一直挣扎求生，只要活着就喘气，完全是种本能。她想起放舟，翠微的话虽令她撕心，但可信度不高。她要想办法见到放舟，向他打听临渊的消息。翠微或许会骗她，放舟应该不会。如果从他那里证实他人在神宫，一切都好，那么她就真的死心了，从此恩断义绝，再也不会相见。

她抱着两臂合上眼，旷野的风从高坡两侧刮过，像鬼怪的嘶号。这一夜不甚安稳，迷迷糊糊睡了会儿，睁开眼看天是黑的。再睡一会儿，再看，还没日出。实在难熬，睡睡醒醒六七次，终于见东边天幕上有红光氤氲，她爬起来，拍了拍九色："该上路了。"

到安化门的时候正值城门开启，长安城内依旧钟鼓齐鸣，只是因为皇子夺嫡，禁卫比以前更森严些。她递了过所上去，校尉仔细盘查后看了那彪悍的鹿两眼，也未说什么，摆手放她进城。她拱手作了一揖："奴欲求见萧朝都萧将军，敢问侍官可知他现在何处？"

校尉哦了声："萧将军今日没有巡街，娘子可往神策军大营问问。"

她道了谢，牵马入城。无端掀起的这场战争，对长安城内的日常生活并没有造成多大影响。城中百姓还和平常一样，除了胡商减少些以外，秩序照旧井然。她一路打听神策军衙门的位置，横穿了大半个长安终于到门前，问守门的人，却说萧将军不在。她站在那里束手无策，感觉自己真的走了窄路，诸事不顺。

转头看天，太阳升得很高了，应该找家店吃点东西，饱了才有力气奔波。她带着九色进了一家胡饼店，将马牵在一旁的柱子上，要了碗热汤，给九色买了两个豆饼。

坐在矮桌旁慢慢吃了半块糕点，听见邻桌的人说起蒲州的战事，庸王的七万人马敌不过定王大军，像碾齑粉似的，被碾得稀碎："还有好几万的羽林军，庸王这次是栽了。不过定王大军似乎没有听从朝廷调遣，依我看楚王也凶多吉少。若那两位皇子尽数覆灭了，剩下一位中庸的齐王，竟让他占了大便宜。"

"所以要足了强未必好，脑子发热拼得你死我活，自有别人黄雀在后。"

几个人啧啧兴叹，莲灯在旁默默听着，喝完了一碗汤起身付钱，去找萧朝都的府邸。

运气还算不错，他在家。她在门上静心等候，不一会儿他出来了，见了她忙请进府，莲灯有些不好意思："上次陈陶斜是将军网开一面，我心里一直感激将军。关于李行简府里的事……"

萧朝都抬了抬手："这些事都过去了，不要放在心上。长安城里的几起案子你也不必担心，齐王早就已经把案子结了，你如今行走，不会有任何妨碍。"

齐王销了案子，想是转转的功劳。她放心下来，又道："我来找将军，向将军打听昙奴的消息，她可来找过你？"

萧朝都颔首道："府中筹备婚事，她留下不方便，我暂且将她安置在仁德坊。"

莲灯吃了一惊，他要娶亲了，那昙奴怎么办？自己际遇不好，希望两个朋友活得比她滋润，如今昙奴也不顺遂，她心里更加急起来。她看了萧朝都一眼，不好说什么，只拱手向他道喜。他笑着回了一礼："娘子误会了，是我阿妹许配人家，并不是我。"

她一喜："那将军可曾婚配？"

萧朝都抿唇浅笑："某军中公务一向繁忙，还没来得及操持婚事。如今看来年纪好像也差不多了，娘子若有合适的人选，还请为我牵线搭桥。到时某必定预备丰厚大礼，答谢娘子的大媒。"

莲灯高兴起来，看他的意思是在等着昙奴答应吧！这样多好，昙奴这头总算有着落了，她忙点头道好："我会尽量为将军拉拢的。"

萧朝都复一笑，垂手在九色头上抚了抚："这鹿是国师爱宠？"

九色脾气很大，不喜欢别人摸它。萧朝都拨乱了它头顶的旋儿，它生气了，一记顶牛，差点没把他肚子顶个窟窿。

莲灯慌忙斥它："不可无礼！"又对萧朝都抱歉地笑了笑，"正是国师的鹿，从小娇惯……将军没伤着吧？"

萧朝都讪讪道："这鹿好大气力，果然不是凡品。"一边说着，一边唤家奴牵马来，"我给娘子带路，领娘子见昙奴去。"

那是个大小正适宜的庭院，长安城内里坊之间都隔着土坯墙，墙建得很矮，他们从巷口进来，走了一程便看见有个人坐在青石砧上磨刀，哗哗声接连不断，磨得分外卖力。

萧朝都隔墙眺望，叫了声昙奴："你看谁来了。"

昙奴回头一顾，把手里的刀扔了便迎出来，抓着她的双肩道："你逃出来了？不愧是莲灯！"边说边将她拉进门，把萧朝都晾在了一旁。

萧朝都进又不好，不进又不好，喊了两声也没人理他，料想她们有很多话要说，便不在这里凑趣，自行回去了。莲灯进了屋子才想起他，可是门上人不见了，昙奴道："莫管他，他明天还会来的。"说着回身看了九色一眼，"这鹿怎么跟来了？你去过太上神宫了？"

莲灯心头酸楚，勉力忍住了，对九色道："你自己逛逛，先找个地方睡一觉，回头我准备好了豆饼再叫你。"

它摇摇尾巴，懒洋洋去了。

昙奴安置她坐在矮榻上，见她一脸颓丧就已经猜到了七八分："没见着国师吗？"

她摇摇头："是翠微夫人来见我，说他不愿意见我。"她哀哀道，终于哭出来，"我不明白他为什么不见我，是我再也没有利用的价值了，像团破布一样被他扔了吗？"

她哭得续不上气来，昙奴只有抱着她一起哭，替她抹了泪道："别难过，没有他还有我。我早说男人靠不住，尤其他这样浑身都是心眼的人。吃一次亏没关系，记住了，下次见了他绕道就是了，你还怕没了他活不下去吗！"

她怎么同她说呢，现在不单是自己的问题了，还多出一个累赘。他留在她这里的东西生根发芽，就快长出来了。她头晕得厉害，喃喃道："容我躺一会儿。"说完崴身倒在榻上，昙奴忙给她盖了褥子，把炭盆拉过来让她取暖。她闭上眼叹息，

“我昨晚赶到神禾原，他不见客不留客，我在荒郊野外睡了一夜，还好有九色……我原本没法从军中逃出来的，是夏官助了我一臂之力。”

昙奴有些惊讶：“夏官？他不是老国师那头的人吗？”

她嗯了声：“国师要伤我，夏官是为了保住……”她犹豫了下，拉住昙奴的手说，“我不知道该怎么办，我怀了身子了。”

这下真如晴天霹雳一样，昙奴瞠大了眼睛愣愣看着她：“怀了身子？有了孩子吗？谁的？哪个国师的？”

她脸上红起来：“我只和先前那个有过这事，当然是先前那个的。可是翠微夫人说他知道我的境况，并不在乎这个孩子。”

昙奴恨声咒骂：“他可还是人？这是他的骨肉，他说不在乎就可以不管不顾，孩子在你身上，同他不相干吗？我回到长安之后即去了神宫，想把你的境遇告诉他，可惜也未见到人。他大约是做了决定，以前那些情情爱爱都是骗人的。如今他胜利在望，再也用不上你了，就把人一脚踹开，真真无毒不丈夫。可他再如何欺骗感情都有可恕，不该闯了祸不善后，这算什么？”见她又要哭，赶紧安抚，“你奔波几百里，身体会受不住的。先不要想那些，好好睡一觉。将养两天我们再去一趟神宫，他不见你，我们就杀进去，非要他亲口给个交代不可。”

莲灯却不赞同：“那是太上神宫，哪里这么容易闯。他要是横了心，进去无非枉送性命。等我歇一歇吧，歇好了再想办法。”想起转转来，“你去过齐王府没有？”

提起转转昙奴就一脸无奈：“她倒是说到办到，果真成了齐王的宠妾，还怀了身孕。我前两天看到她，肚子大得像一面锣，刚和王妃打过一架，脸上还挂着伤。王妃说要卖她进教坊，她把王妃的马车给烧了。吵到齐王那里，齐王赔了王妃一辆车，骂了她两句，事情就过去了。”

莲灯听了转转的事，脸上才有了笑模样：“她好我就放心了，我还怕她吃亏，打不过齐王妃呢。”

昙奴哧地一笑：“她是西域长大的，可不是娇滴滴的姑娘，长安贵妇哪里是她的对手！我一直担心她没有心机，会被人暗害，她却很懂得王侯府第的生存之道。齐王给她的东西她全拿去赏底下的仆婢家奴了，收买了一大堆人。出了事那些人都帮着她，王妃要将她撵出府，没有一个人上去动手。”

莲灯长出一口气，笑着说：“我知道她，别人不惹她，她是最好说话最讲义气的。可要是谁敢挑衅她，她必定以牙还牙以眼还眼。”说完沉寂下来，想想她们都很安逸，自己呢，遇人不淑，被坑害得这么惨，越发自怨自艾起来。

昙奴怕她伤怀，说了许多宽解的话，好不容易才让她睡下。从房里退出来，找到她的那柄横刀用力挥动了两下，她们历经了这么多坎坷，其实都是国师设计的。后来问转转，转转在齐王酒醉时套出话来，好好的她怎么会强暴男人，不过是有人做了手脚，齐王乐得受用罢了。国师就是蓄谋将她们分散开，以便更轻易地掌控莲灯。

何其不幸遇见他，原以为两个人好上了，从此就可以太太平平过日子了，结果又是这样，连有了身孕都不得幸免。那国师活了一把年纪，当真已经炼就铁石心肠了。

昙奴暗暗想，如果他再轻慢莲灯，她就算豁出命去也要杀了他。莲灯以前多无忧无虑的人，被他折磨得不成人形，这笔仇一定要记在他身上。她满肚子火气在园中打转，看到九色探头探脑，叉着腰对它道：“国师黑了心肝！”

九色居然点头，深以为然。连鹿都看不上他，说明这人真是个渣滓。

她上集市，买了只鸡回来炖汤。莲灯一觉睡到傍晚，起来之后吃饱喝足，渐渐恢复了力气。

“明日我去趟太史局，看看能不能遇上放舟。祭天少不得国师主持，如果他不来，一定由放舟代替，我只管找到那张脸就是了。”

昙奴说：“我陪你一道去，要是他亲自来，趁他功力还没完全恢复，一刀杀了他了结。”

她苦笑了下，哪里那么容易，功力没有恢复，他岂会出现？她只想弄明白他的现状，也是最后一次吧，她再抱最后一次希望。若是老天当真和她开玩笑，那么这个孩子她就不打算留了。

昙奴哀致地看向她的肚子：“这么多次死里逃生，到最后却要亲手毁了他。”

莲灯低头道：“我不想让他走我的老路，阿爷不认账，和阿娘相依为命，活着也是悲剧。”

昙奴虽没有做过母亲，甚至她连自己的父母是谁都不知道，但是她懂得自己的苦处，也看到莲灯的艰难，现在除了这样，似乎没有别的出路了。但愿放舟能够解开这个结，如果一切都是翠微夫人作梗，那么莲灯就回到国师身边去吧！就算上任国师再不依不饶，两个人彼此扶持着，不怕渡不过难关。

可是她们见到放舟后，他的话并没有让她解脱：“国师的确在鬼战中损耗了修为，他回宫时我与其他几位灵台郎都在，看他神色没有什么不妥。但之后就闭关了，偶尔下一道令，都是由翠微夫人转达，没有召见过我们。”

她隐隐还希冀着：“国师会不会受了很重的伤，或是行动不自由了？”

放舟缓慢摇头：“那天我们亲眼见到的，他一切如常。我料想是因为前任国师回来了，这世上只能允许一位国师的存在。圣上不知情，一直以为军中那位是他，除了糊弄百姓时要我这假国师出面，平常不得乔装。他是不方便在神宫走动，应该不是因为失去了行动能力……”他眨着眼睛端详她，“咦，莲灯，你怎么这样瘦？”

说了半天才发现她瘦，真是个迟钝至极的人。莲灯心里一片茫然，难过到极处反而可以冷静下来了。他不是不能自控，回到神宫时既然没什么大碍，那么翠微就不敢随意篡改他的意思。所以不想见她确有其事，她慢慢舒了口气，该放下了。以前的一切回想起来虽然美好，但实在有限，她一次次被他利用，一次次伤心欲绝，当真值得吗？

放舟不了解他们进展到了哪步，只知道他们之前确实是有情的。如今座上不理她了，小小的姑娘，实在可怜得很。

他微笑着，掖着广袖弯着腰，模样像拐卖孩子的牙婆：“你的身世如今都已经知道了吧，那你可还记得我？当初你阿娘带你离开碎叶城，没有银子活命，还是我接济你们的呢！那时你同我很亲近，虽然叫我阿叔，却说过将来大了要嫁我为妻。所以我说我们有婚约，你还不信……”

“我不想再与太上神宫的人有交集了，你为什么施援手，你自己心里有数。”她退后两步，怅然道，“若你见到国师，替我带句话给他，孩子我会处理妥当，请他放心。我今生最大的错误就是爱上他，如今我虔心悔过，为时尚不算晚。至此与他恩断，山高水长，永不复见。”

放舟愣了下，怎么突然闹得这样了？还有孩子，哪里来的孩子？正想再问她，她向他拱了拱手，决然转身，扬长而去。

他蒙了半天才回过神来，如果他没有会错意，莲灯是有了座上的孩子吗？怎么就有了？座上年纪不小了吧，还有这样的能力，真是令人叹服。

可叹服归叹服，莲灯对孩子的去留似乎有了自己的主意，那么座上究竟知不知情？既然让人怀了身孕，就此不闻不问似乎不是君子所为吧！关于莲灯的际遇，从头至尾她都是无辜的，卷进这场纷争不是她自己愿意，错都在座上。照他的看法，既然决定利用，就不要对棋子动情。任何伤害都可以，唯独情上不该有亏欠，不想与人长久，为什么要毁别人清白？那么纯洁的孩子蒙上了污点，现如今走投无路了，叫她怎么办才好？

他对莲灯毕竟还是有些感情的，几次和她打交道，虽然存着戏谑的成分，但没什么坏心。眼看她现在这么狼狈，他不能袖手旁观。好在祭天大典已经结束了，他回身唤侲子牵马来，十万火急地赶回了太上神宫。

九重塔在东面，离宫门有段距离，他边走边问侍从："翠微夫人可在宫里？"

侍从道："夫人应皇后召见入大明宫了，走了大约半个时辰，春官有事要见她吗？"

放舟没有闲工夫解释，匆匆忙忙到了九重塔前。驻足看，见气流回旋，塔在一层防护罩后面。他尝试突破，可是每道阵法都有不二的法门，他解不开结界。他心里焦急，这件事总要当面问一问国师才好，究竟他要如何处置莲灯，这么好的女郎，他若是不要，他就打算全面接手了。

他站在塔下看，八角玲珑的塔身，每个角上都挂有铜铃。因为结界内风平浪静，不论外面多大的风，铜铃都悄无声息。不知他的声音能不能传进去，他手卷喇叭对着森森的门扉高喊："属下有要事求见座上，请座上容属下入塔回禀。"

塔内依旧静悄悄的，他在闭关时两耳不闻窗外事，恐怕就算听到他的喊声，也不一定会回应。

放舟蹙着眉头看，用手点了点那结界，看似空无一物，却坚硬如铁。他的修为不够，一时无法突破，但事情太紧急，没有那么多时间消耗在这上面。如今只有一个笨办法了，让人找粗壮的圆木来，像攻城一样攻破那层无形的铜墙铁壁。就算失败，这么大的动静，他总会有触动吧！

圆木很快运来了，但众人只是观望，谁也不敢动手。他看着这群废物生气，把他们都斥走，自己运气扛起来，奋力向结界撞了过去。

咚的一声，晕头转向，两个虎口被震得发麻。他咬着牙再接再厉，边撞边道："属下有关于莲灯的消息要回禀，座上请撤阵，再耽搁下去米已成炊，属下说也无用了。"

又是一次用尽全力的撞击，谁知撞了个空，一下收势不住，人跟着圆木一起栽倒在了露台上。这下好了，至少国师是愿意听一听的。他跳起来冲进塔里，九重塔内光线昏暗，但见蒲团上他结印而坐，低垂的眼睫，披散的长发蜿蜒，许久不见，几乎要垂委在地了。

他顾不上欣赏国师的宝相，上前叉手行礼："座上恕属下唐突，打搅座上清修也是情非得已……"

他依旧闭着眼，中气不足，从牙缝里挤出一个字来："说。"

放舟躬身，小心翼翼道："今日莲灯来见我，说了些莫名的话。我心惊不已，不知座上是否知情……"

他一瞬不瞬地看他表情，他终于睁开了眼，眼里有惊愕："莲灯回长安了？"

放舟说是："她前夜来过神宫，但翠微夫人称座上不愿见她，没有收留她。她离开神宫后无处可去，在潏水边过了一夜，今天来见我，向我打听座上的情况。我据实同她说了，看她模样伤心至极，让我转达座上，与座上恩断义绝，永不复见。还有孩子！"他看他脸色，原本就白净，这回是青里泛起了灰，撑着身子几乎提不上气来的样子。他困难地咽了口唾沫，"她说孩子会自行处置，请座上放心。"

他几乎要晕厥过去了，骇然道："什么孩子？我的孩子？"

放舟涩涩说是："座上宝刀未老，大器晚成……"

他没空理会他那些莫名其妙的溢美之词，满心都在莲灯和孩子身上。他没有想到事情会发展成这样，分明说她在军中一切安好，怎么会忽然回长安来，且又怀了身孕？这究竟是怎么回事？看来问题出在翠微身上，她欺上瞒下，竟把他当傻子了！

什么叫恩断义绝，什么叫不复相见？这几个词简直让他神魂俱灭。他从蒲团上下来，手足无力，跪倒在脚踏上，颤声道："她人在哪里？本座要见她！"

放舟见他跌倒忙上前搀扶："座上这是怎么了？"

他语不成调，费尽力气抬手指向塔外："我要见她，带我去见她。"闹到这步田地，到底有多少内情是他不知道的？她不会平白从军中跑出来，她一直深爱他，也不会轻易说出这些绝情的话来。一定是受了委屈，委屈得无法承受了。怀着身孕奔波几百里，结果被拒之门外，单想起这个便叫他恨不得撕碎翠微。

然而他行动依旧不灵活，缓步行走不成问题，却急躁不得，不能奔跑跳跃，不能骑马驾车。很奇怪，他可以控制塔外自设的阵法，就是控制不了这具身体。好像机能退化得很严重，必须从头开始慢慢恢复。

放舟被他的状况惊呆了，蹒跚的国师，他从来没见过，一时愣在那里忘了该做什么。

他愤然喝了声："快去备车！"心里焦急，夺过一根手杖支撑着，跌跌撞撞走出了九重塔。

塔外光线比塔内亮得多，他举袖遮挡，半天才适应。看着四周的一切，天旋地转没有方向。怪自己失策，一再伤害她，她现在恨他入骨吧？他的本意不是如此的，他希望她暂时留在军中，待他能够活动时再去找她。可是这个计划出了错，完全向他始料未及的方向发展。他不知道接下去会怎么样，心在胸腔里仓皇跳动，前所未有地恐惧。

他曾经渴望能有孩子，其实自觉成算不高，也没抱太大希望。没想到只一次，竟真的有了，可还没来得及高兴，她就决定要放弃。他握着双手，浑身肌肉绷紧，呓语似的念叨："不能这样……不能这样……"拖着这残破的身躯去找她，向她解释，但愿还来得及。

马车颠得厉害，骨头要散架似的，他努力扣住车窗向外看，山川迅速倒退，他却嫌车跑得太慢，不住地催促快些、再快些。

然而再快也快不过老天。有些事命中注定，错过就是错过。譬如下棋，落子无悔，谁也不要怨怪命运。

长安是京畿，有很好的大夫和产婆。莲灯请人开方子打胎，大夫说办法很简单，从屉子里取出掌心大的纸包来，往桌上一放道："虻虫十个，炙后研成粉末，温酒送服，胎即下。"

大历民风开放，相应的年轻女子打胎的事也多起来，所以秘方都是现成的。有人问，直接拿出纸包，方便快捷。

莲灯付了钱从医署出来，脸上无喜无悲，昙奴却忐忑得很："还是再考虑考虑吧，这种事风险很大，闹得不好你的小命也要交待。如果你想留下他，我们一起抚养，他不会像我们一样的。"

可莲灯决定的事从来不会更改，她点起油灯对她笑了笑："你以后会嫁给萧将军，会有自己的孩子，不能因为我们耽误了自己。你放心，不会有事的。就算过不去这个坎，也是老天怜惜我，不忍心再看我这么累了。再说我不能因为年少轻狂葬送一辈子，我还要找个如意郎君把自己嫁了呢，带着孩子，只怕连放羊的都不肯要我。"

昙奴知道这话说出来比剜她的心还痛，若不是当真失望透顶，天下没有哪个做母亲的愿意杀了自己的孩子。她劝她不动，只好在旁边守着她。莲灯是个过于果敢的人，下定决心与过去告别，所有的事都不需要她帮忙。她看着她将虻虫放在铜匙上煨脆，一个一个专心致志，像举行一场神圣的仪式。昙奴很难过，低声道："你去榻上躺着吧，让我来。"

她摇摇头，神情坚定："我自己的事，自己办。"

摊了宣纸将虻虫放在上面，细细碾碎了，看着那黑乎乎的末子一阵恶心。这时酒吊子里泛起热气，她提起来斟了一杯。好了，一切就绪，只差最后一步。她正襟跽坐着，深深吸了口气。脑子里乱得厉害，到底失控痛哭起来。

她是舍不得的，在军中面对前任国师时，她充满斗志都是因为这个孩子。几次险象环生，她带着他躲过劫难逃到长安，没想到最后一场空。她什么都没有了，心里的怨恨太大，大得自己都害怕。孩子生下来后她不可能是个好母亲，悲剧可以预见，那么现在就应该快刀斩乱麻。

她和临渊的最后一点牵扯，断了就彻底结束了。她迫切想要新生，太累太辛苦，感觉不到任何的快乐。她伸手捻起宣纸的两角，犹豫了下，最后还是横下心把粉末倒进了嘴里。

温酒送服，吞下去后，有种尘埃落定的踏实感。她把酒盅砸在席垫前的地上，哐的一声分崩离析，就此与过去彻底划清界限。

摇摇晃晃地站起来，回到榻上躺着。身上冷得厉害，使劲裹住了被子。昙奴给她烧炭，灌了脚婆让她焐在肚子上。她合着眼仔细感受，约莫过了一炷香，开始有隐约的痛，从小腹向外蔓延，扩散到四肢百骸。渐渐强烈起来，这种痛是钻心的痛，牵腰及腹，难以描述。她以前曾经有过行经不畅的时候，这个比之要强烈十倍。她忍得冷汗直流，却咬住被角一声都没吭。做错了事就要承担后果，越是痛，越是刻骨铭心，杜绝以后再犯同样的错。

就像把人千锤百炼，熬过了一轮，几乎支离破碎。幸亏持续的时间不多长，也就两盏茶工夫，突然有暖流倾泻而出，她松了口气，锐痛随之减轻，大概已经结束了。

身体空了，心也空了。她仰在那里泪流成河，昙奴在边上不住说着："千万不能哭，小月子里伤了身一辈子不能好。过去就过去了，从今天起一切从头开始。"

她给她背后垫上褥子，喂她姜糖枣儿茶。刚堕了孩子要暖着，不能受寒。莲灯动不了，她来替她清理。揭开被子把她身下的垫子抽出来，看到一大摊血里有个小小的人形，两寸来长，这么可怜！

她没让莲灯看，怕她伤心。找了个白玉胭脂盒，把孩子放进去，埋在了桃树底下。准备好的香烛供品都摆放好，她合十拜了拜："不要怨你阿娘，不是她的错。再去找户好人家吧，将来高车驷马，封侯拜相。"

正说着，前院传来急切的敲门声，她走出去问是谁，门外传来放舟的声音："小娘子快开门，莲灯回来没有？"

昙奴心里憋着气，粗声大嗓道："春官来做什么？早就说过同你们太上神宫没有牵搭了，不要再来纠缠！"

这次却换了个嗓音，听上去有些羸弱，勉力道："昙奴开门，是本座。"

昙奴的心跳漏了两拍，难道是她听错了吗，怎么好像是国师？她凑到门缝里看，果然的，依旧是那张熟悉的脸，只是眉眼翳翳，不复以往的神采。

她心里憎恨他，将莲灯害成这样，还好意思来？既然来，为什么不早一些？如今失之交臂，什么都晚了。她恶声道："国师请回吧，莲灯说过今生不再与你相见，你来也无用。"

他不听，依旧咚咚敲门："让我见她一面，我有话同她说。"

昙奴退后几步道："国师来迟了，如果早一步或许还有转圜，现在……回去吧！"

他怔在那里，来迟了是什么意思？孩子没有了吗？他支撑不住自己的身体，双手扣在门扉上，滑下去，跪在槛上。天似乎矮下来了，他的脑子也木了，忽然有种大势已去的颓败感，排山倒海般将他罩在底下。左右来搀他，被他挥手格开了，一味固执地叩着门，喋喋道："让我见见她，我有话和她说……开开门，求你了……"

他是个骄傲的人，等闲不会说出那个"求"字，现在姿态放得这样低，不单神宫的人，连昙奴也颇感辛酸。可是怎么办，莲灯的苦难她看在眼里，她心疼她，所以越发讨厌他。她没有开门，反而多加了一道门闩："莲灯眼下虚弱，要好好将养，国师实在想见，等她痊愈后再听她的意思。我不敢做这个主，也不会为你开门，只是国师如果还念以前的情分，请好好想想，她可有对不起你的地方，为什么要被你这样对待？！"

他在门的那一边，压着胸口低低喘息，洁白的衣袍沾了泥沙也顾不上，奋力敲着门说："里面有误会，让我见她，我自会向她解释……我的心都要碎了，你快开门！”

他终究还是舍不得这份感情的，可惜太晚了。昙奴转头看天边的云，云层密实，又要下雪了。

她叹了口气：“你最不该为了找《渡亡经》，把她留在军中丢给别人。莲灯是个好姑娘，不单你喜欢，别人也会喜欢。她花了那么大的力气逃出来，两天一夜从陇州赶到神禾原找你，你闭门不见，甚至不给她一个地方歇脚，便把她逐出去，现在为什么还要来找她？”

他静静听完，那句“别人也会喜欢”把他惊得不轻。那个别人难道是指师父吗？原来如此……原来如此……他拍得越发用力，拿出了他仅剩的力气：“我知道我做错了，让我见见她，别让我到死都带着懊悔。”

里面没有动静了，也许人已经走了。放舟在旁边看了半天心焦难耐，这里的坊墙随便一纵就过去了，何必费那么多口舌！他向国师拱手：“属下进去为座上开门，先见到莲灯再说……”

话音才落，那两扇大门打开了，昙奴寒着脸站在门后。原还想说两句狠话的，但见国师连站立都需要人扶持，想说什么竟忘了。转念思量他诡计多端，谁知道是不是装的，便没好气地道：“我只能开得院门，她见不见你不敢肯定。不过我有言在先，她如今经不得刺激，如果不愿相见，请国师不要逼她。”

他没有答她的话，失魂落魄地迈进来：“我的孩子呢？还在不在？”

昙奴鼻子一酸，转身领他进后面的院子，远远指了指桃花树下：“在那里。”

他松开左右趔趄着过去，新培的小小坟茔，刺痛了他的双眼。他瘫坐下来拿手去挖，挖出个白玉盒子，托在掌心竟不敢开启。

昙奴掖着袖子走过来，低低道：“她经受的一切，国师可能无法感同身受，但我却可以。你说自己爱她，其实你爱的只有你自己。如果在乎她，就不该忘了她是女人，需要你时时珍重抬爱。天下女郎为什么找郎子？不过是想有个依靠，能让自己躲避风雨。可是国师为她做过什么？用得着的时候哄着她，用不着的时候就让她自生自灭，她为什么还要等你？国师会阴阳占卜，没算到会有今日吗？”

若换了平时，谁有这么大的胆子公然指责他？昙奴也做好了与他搏命的准备，可是他抬起眼，惨白的脸色，涣散的眼神，俨然已经不像他了。认真打量她片刻，然后低头抚摩那玉盒，沾着泥土的手指颤抖着，慢慢将盒子揭开。

不管事先鼓了多少勇气，真正相见的那一刻还是令他痛不欲生。他的孩子才刚满三个月，那么弱小的生命，说没有就没有了。他努力看他，分辨他的手脚，手指和脚趾都清晰可见。他仰起头，感觉眼角有什么滑落，落进他的领褖。他不知应该怎么办，只是望着晦暗的天空喃喃："她这么狠心……这么狠心……"

如果孩子在，可以成为他们之间的纽带，那么孩子没有之后，他们的关系就像风里的蜡烛，随时有熄灭的可能。

以前的自己多自信，有漂亮的样貌、尊贵的身份，可以呼风唤雨，可以左右朝纲。可是现在却落魄到这种地步，不能控制自己的身体，事事需要依靠别人，然后弄丢了自己心爱的女人和孩子……怎么会这样呢！他百思不得其解。呆坐了一会儿把盒子盖起来，放在靠近心脏的部位。他不能再为孩子做什么了，至少让他不会冷，让他感受到阿爷的温暖。

他踉跄着站起来，不要他们跟着，自己往后面去。院子是小院，没有那么多屋子，有一间合着门，门口挂风铃，应该就是她的卧房吧！

他拄着手杖上前，门是虚掩的。他伸手去推，可是刚触及又顿下了，他害怕惹她生气，她现在身体太虚弱，不能动怒。他站住脚，隔门唤她："莲灯，我来了。"

莲灯浑浑噩噩间听到他的声音，以为自己在做梦。待略清醒些，才知道是真的，他来了。

"你让我见一见你，我有些话想和你说。"他近乎哀求地，扒着门上的直棂说，"是我的错，我来向你赔罪。你还好吗？我不放心，让我见见你。"

她略撑起身子，心头一片惨淡。他终于出现了，可是现在相见还有什么意义？孩子没有了，她经历的痛苦，到这里算是了结了。就像涅槃之后把心都涤荡了一遍，除了对孩子的惋惜，对他已经感觉不到爱与恨了。她叹了口气："国师请回吧，今后无须再见，再见亦是陌路。"

他的心直往下沉，僵直地站着，不知如何是好。她怨他，他知道。不管她的语气多淡然，他依然坚信她是爱他的。所以一定要见面，见了面可以把话说明白，他活了这么多年唯一的一次爱情，不能就这样结束了。

"你听我解释好不好？孩子没有了我也五内俱焚，可是对我来说现在你才是最要紧的。莲灯，我是爱你的，即便生死边缘也没有动摇过。"他急切道，"那日鬼战，我受了很重的伤，行动不便，无法向你道别。我以为我会死，没想到翠微把我带回了神宫，可惜内力尽失，后来便一直留在九重塔内休养。我不能出去，时时忧心你，只能通过翠微探听外面的消息。她只告诉我你很好，你有孕，或是受了委屈，全部都瞒着我。我不知道你回了长安，更不知道你来过神宫，否则我就是爬也会爬出去见你……莲灯，我很想你，你让我进去见一见你，就算要我即刻死，我也无憾了。”

他说到最后声泪俱下，莲灯能听出他嗓音里的悲伤，可是木已成舟，说得再多又有什么用？他和她相爱的过程里，永远都充满算计，到最后一刻他依然为不引起定王怀疑，把她独自留下，让另一位国师李代桃僵糊弄她。她的满腔爱意错付了他人，他就不会担心、不会难过吗？既然自己受了重伤不能行动，为什么不让灵台郎们去接她？分明是因为他的私欲，记挂着《渡亡经》！她难道没有吃够苦，还要继续选择相信他吗？她不想这样下去了，她肩上的担子好不容易卸下，再也担负不起来了。他的生与死，从今以后和她再无关系。她需要新的生活，把一切的不幸通通放下，要像以前一样，活得两袖清风。

他苦苦哀求，她不为所动。经过先前一轮疼痛碾压，精神大大不济了，乏累得厉害。她不愿再听他说那些，侧过身道：“你这一番话把误会都解开了，我知道你身不由己，我也不怨怪你。可是造成的伤害难以平复，我忘不了，也无法若无其事地与你相处。你的话说完了吗？说完就走吧，我累得很，敷衍不动你了。”

他心里恐慌起来，为什么听不出她的语调有起伏？这样淡淡的，却可以伤人至深。他极力坚持着，心上还是被划了道口子，逐渐血肉模糊。

这样不行，隔窗说话见不到人，她渐渐就真的放下了。他壮起胆去推那门：“我进来了，无论如何，让我看看你。”

她知道拒绝也没用，他实在要见就见吧。这应该是最后的要求了，见过之后两两放下，再没有别的执念了。

她不说话，他心里终究存着希望。迈进去，见她背对外躺着，那个身形是他熟悉的，还有乌浓的发，玲珑的耳郭。他艰难地走过去，在她榻前蹲踞下来：“莲灯……”

她转过身，疏离的一双眼睛，看着他的时候不带任何感情：“你还待如何？”

他愣住了，明明有很多话，见了她却又无从说起。他只觉得愧疚，自己已经无颜面对她了。她的脸色白得吓人，都是他害的。他把额头抵在她的肩上，哽咽着说：“我对不起你，一切都是我的错。你骂我吧，打我吧！我情愿你恨我，也不要这样不理我。”

她微微眯起眼看他，他的模样狼狈。在她的记忆里，他总是光鲜亮丽无可挑剔的，现在披散着头发弄得满身泥，若换了以前她会心疼死，眼下却连半点不舍都没有了。他对她来说就像陌生人，不论他怎样千呼万唤，她的情绪都是平静的，掀不起半点波澜。

她微微往后让了让："你别这样，莫忘了你的骄傲，不要在我面前低声下气，没有必要。你坚持要见，我起不来身，阻止不了你。既然见过了，那就快走吧！你在我面前，时时提醒我遭受过怎样的屈辱，叫我越发地生不如死。"

他说不，固执地找到她的手，让她抚摩他的脸，颤声道："莲灯，你是我娘子啊，世上哪有娘子要休掉郎君的！我做错了事，你要打要杀，我没有一句怨言，只是不能不要我。我对你的感情，自己也无法描述，但我知道我不能没有你。我原想等身体恢复些就来接你的，没想到计划赶不上变化。你看我，我如今这样，我也恨我自己。"他忽然扬起她的手，狠狠给了自己一个耳光，然后像孩子一样失声哽咽，"我现在简直生不如死，我知道你对我失望透了，才会想以此表明心志。我以前确实太自以为是，仗着你爱我胡作非为，现在后悔莫及。求求你再给我一次机会，孩子没了不要紧，我们可以再生。你想回敦煌，养好身子我们马上动身。我不要当什么国师了，把位置还给人家，我们回鸣沙山。即便只有三年，也让我伴你三年，好不好？"

她厌恶地别开脸："那么三年后呢？你死了，我又是孤身一人，又要天天伤心落泪。难道你还没看明白，你的存在对我来说只意味着痛苦，我已经倦了，不想再纠缠了。"她指着门外说，"你走，现在就走。我不想看见你，一个没有未来的人同我谈感情……"她狠下心一哂，"你也配！"

他怔在那里，脸上青一阵白一阵，既尴尬又羞愧。

是啊，他是没有未来的人，《渡亡经》找不到，他只有死路一条。就算能够找到，如果师父存了私心，他似乎也不会有复活的希望。一个将死之人乞求爱情，不是他伴着她，分明是在消耗她的青春，她不愿意，也是人之常情。但为什么要在将死前遇到她呢？他有时静下来回望一生，他对天下人仁慈，他没有做过任何伤害别人的事，却唯独对她残忍。为了取那半部经书，他险些害了她的性命，又为另半部经，把她一个人扔在十万大军里，利用她稳住定王，套定王的话。他想不通自己那时是怎么考虑的，她只是个十几岁的姑娘，他那样肆意地欺凌她。现在好了，到了偿还的时候，感情不够填补，只有赔上他的尊严和性命了。

他病入膏肓，无法抽身，唯有继续央求她："不管你怎么骂我，阴险狡诈也好，厚颜无耻也好，我都不会和你分开。”

她霍然支起身来：“你还想怎么样？孩子没了，你我已经两清了。你和你那师父一样，两个都是老妖怪！我厌烦死你了，不想再看见你。你若不依不饶，我明日就走，天涯海角，不会让你知道行踪，你不信只管试！”

她的话里再也找不到一分一毫的留恋了，他被她喝得噤住了，发现无论是眼泪还是耳光，都已经挽回不了她的心。他不信，紧紧抓着她的手，趋身吻她：“莲灯，你再也不爱我了吗？”

他的嘴唇碰到她的脸颊，她觉得恶心，奋力一推，把他推得跌倒在地。原来他真的功力全无，已经变得如此不堪一击了。她有些心酸，但态度毫不松动，狠狠斥了声滚：“回你的太上神宫去！有生之年不要出现在我面前，否则别怪我刀剑无眼。”

他瘫坐在那里说不出话，感觉衣下的皮肉无一处不在抽搐，连站都无法站起来。其实不恨比恨更可怕，如果有恨，至少证明她对他还有感情。可她如今只是厌恶，讨厌他的出现，讨厌他的碰触，他对她来说就像个肮脏的秽物，沾染了便让她感觉受到侮辱。

现在该怎么办？他全然没有头绪，扶着柜子艰难攀起来，轻声说：“你累了，那就好好休息吧！我不走远，就在外面守着你。有什么事只管叫我，我去给你办。”

他缓缓挪着步子走出去，反手关上门。到了檐下，彻骨的寒风激得他打了个冷战。又下雪了，雪末子纷飞，细细的，撒盐一样。他仰头站了会儿，冰冷的细屑扑在他脸上，瞬间就化了。他找个角落坐下来，需要花些精力来整理这段时间发生的一切。一百余年的同门，到了紧要关头居然坑害他。还有师父，他究竟对莲灯做了什么，要把她逼得出逃，跋涉几百里来找他。

他坐在那里沉思，落拓的样子，再也不复以往芝兰玉树的神采了。放舟打着伞过去罩住他，低声道：“我命人整理出一间屋子来，座上去那里歇着吧。”

他摇了摇头：“走得太远，万一她叫我，我会听不见的。”

她哪里还会叫他呢！放舟不忍心泼他冷水，想了想道：“那我让他们燃一盆炭来，免得坐在风口受了寒。”

他没有应，略沉默了下吩咐：“给秋官传书，让他把我走后发生的所有事，如数报我知晓。尤其是……”他回头看了看，心头横着一把刀似的，咬牙道，“师尊和莲灯的纠葛，一桩一件全部说明，不许隐瞒。”

放舟显然也很惊讶，这里面要是生出枝节来，大概就是老怪物几百年没碰过女人，莲灯这样美丽可爱的姑娘错把他当成座上，老怪物被勾起了春心，就决定不顾人伦地笑纳了。这样的话，座上算不算搬起石头砸了自己的脚？但他绝不敢议论这个，俯身应了个是：“座上还是挪挪地方，我传昙奴来，可以先向她打听些消息。这里我派人守着，万一莲灯有什么动静，命他们立刻回禀。”见他不反对，忙上前搀扶，瞄了他一眼，幽怨道，“其实这一切都是因为座上不信任属下所致，要是把你受伤的事让我知道，和夏官、秋官的接洽也由我经手，就不会出现今天这样的误会了。”

他转过头白了他一眼：“你是个大嘴巴，让你知道，神宫中也就尽人皆知了。本座瞒的不单是你，还有卢庆。”

卢庆原本是大明宫的内侍，当初神宫上一任长史老迈还乡了，圣上便钦点了他来神宫接班。这么多年来他听命于圣上，但对他也有畏惧，知道他一切如常，不见得敢将他回长安的事泄露出去。可若是得知他功力尽失了，那可是攸关国运的大事，必定顶风冒雨将消息传进大明宫。

放舟无话可说，他有的时候不够谨慎倒是真的，国师了解他，信不过他，似乎也不能怪人家。

他摸了摸鼻子，把国师扶进耳房里。再去找昙奴，昙奴对他们赖着不走很反感，不愿意搭理他们。

“你以为莲灯离开国师，以后就能好了吗？”放舟抱胸靠着廊柱道，“别忘了这世上有两位国师，小的落败正中老的下怀，你且想想吧！”

昙奴反唇相讥：“她卖给他们师徒了？不是老的就是小的，凭什么？”可转念思量，莲灯后来同她说起的内情，也着实让她心惊。孩子没了，军中那个老妖怪知道了岂不高兴死！这事委实不该隐瞒，让两个国师去斗法，莲灯才有一线生机。

她随放舟到了国师面前，他坐在席垫上，眼神像死的一样。她心里提起来，料想是和莲灯不欢而散，受了大刺激。不过都是自作自受，没什么可同情的。她态度便不怎么好，神情和站姿都有些倨傲。

他也不计较，只是问她：“我师尊待莲灯，可有男女之情？”

她觉得没什么可回避的，很爽利地说有：“定王死后，莲灯察觉他有异，他便将她囚禁在大帐里，日夜派人看守，不许她离开半步。他对莲灯很痴迷，应当是爱上她了，大有取你而代之的意思。我因许久见不到莲灯很担心，有一次看准他外出，带领死士杀进去，把莲灯带了出来。可惜那次没能逃远，第二天就被他找到了。莲灯求他放了我，自己跟他回营，到了军中他发现她怀了身孕，就开方子打算将胎落了。这事夏官知道，莲灯出逃成功，也是得益于夏官相助。岂知历尽艰辛到了太上神宫，却被翠微夫人挡驾。那孩子太可怜了，尊师的碎骨子没能打下他，却被母亲用十个虻虫结果了小命。国师如今知道了内情，可有什么感想？”

有什么感想？对那个欲杀他骨肉、夺他娘子的情敌，什么师徒情都已经抛到九霄云外了。翠微他会慢慢料理，既然王朗喜欢她，废了她的武功，把她嫁人就是了。至于那位“恩师”，他招回来的亡魂，自然有办法把他送走。

报仇对他来说不是难事，现在最大的困难是莲灯，他要如何才能解开她心里的结？千方百计保住的孩子，最后不得已毁在自己的手里，这个心病会伴随她一生，怕是再难痊愈了。

·第十八章·
佳人

晚间风扑窗棂，桃花纸像吹气似的鼓胀起来，翕动着，发出噗噗的声响。莲灯翻个身，蒙蒙看向窗外，天还没亮，只有一盏守夜的灯笼在檐下发出微弱的光。

她沉沉呼了口气，痛已经退散了，就是四肢沉重。昙奴说小产不比生孩子轻松，身体损耗很大，这话是真的。她从来没觉得那么乏力过，虚汗出了一轮又一轮。贴身的里衣永远焐不干，略动一动，被子外面的空气钻进来，透骨寒凉。她重新闭上眼，枕头里装着杭白菊，白菊能明人耳目，但靠上去却有惊天动地的动静。枕在那个圆圆的窝里，混沌中又回到定王府，还是那个熟悉的院落，芳草萋萋，满树繁花。树下站着一个二十多岁的美丽女郎，怀里抱着个玉雕似的娃娃。她很好奇，走过去看，想碰一碰，那女郎却让开了，隔着一条小径对她微笑："我一个人正好孤寂，有了宝儿，日子才有趣致。"

她怔忡着，看着那个孩子，似曾相识。孩子见到她似乎很高兴，拍打着双臂，嘴里哇哇喊叫着，使劲向她这里倾倒。她欲上前，又碍着那女郎，无措地搓着两手不敢靠近。那女郎笑了笑："既然你不想要他了，就别再牵挂他。人活于世，波折坎坷总难免，只有享不完的福，没有吃不尽的苦。走吧，你还有大好的人生，应当苦尽甘来了。"

她才知道这原本是她的孩子，她心里后悔，可是后悔已经来不及了。她啜泣着伸出手：“我好像又做错事了……”

那女郎摇摇头：“你没有做错，很多事冥冥中自有定数。就像你我母女的缘分，缘尽了，只能各奔东西。”

她讶然望着她，她眉目间温润平和，轻声道：“你只管放心，我会好好照顾他的。你应该重新经营自己的人生，你这么年轻，路还长着呢！”

她难过至极，胸口钝钝作痛。挣扎间忽然醒过来，愣愣盯着房顶发了半天呆。

会苦尽甘来，但愿如此。宝儿找到了外祖母，权当是真的，可以聊作安慰。她现在记挂的是定王的梓宫，仗打不完，就一直随大军颠踬吗？人总要讲究个入土为安。还有辰河，不知他接到她的书信后有什么打算。阿爷死了，他空守着碎叶城，将来又是一出悲剧。

白天睡得太久了，梦醒后很难再入睡。披着短襦起来倒水，对面的耳房里没有燃灯，想来他已经回去了。

回去了好，终于不必再有牵搭了，她心里的一块大石头落了地。患难见真情，她这小半辈子过来，亲情和姻缘上欠缺，姊妹的情义却比天还高。昙奴是真的对她好，从不背叛她，永远在她最艰难的时候伴着她，到如今遇到了可以携手的人，依旧在她身边不离不弃。

她有她照顾，身体恢复得很快。昙奴自己没坐过月子，伺候月子却是把好手，不许她沾水，不许她吹风，一个月下来她竟还长胖了些。到了年下，遇上个风和日丽的天气，两个人搬着垫子和矮桌，坐在廊下的木地板上煮茶晒太阳，莲灯就开始极力劝说她嫁给萧朝都。

昙奴脸上神色淡然：“你还没有着落，我是不会嫁人的。”

莲灯有点急：“你不能为我浪费时间，遇见一个好的人多么不易，千万别让他久等，寒了他的心。”

她低下头洗刷茶盏，轻声道：“我身上全是刀疤，怎么有脸嫁给人家呢！”

她还是为自己的出身自卑，做了太多年的死士，自觉配不上那位背景辉煌的将军。不管多雷厉风行的女孩，遇见爱情时总是满心的不确定。莲灯道：“你们见第一面时就拳脚相加，他不知道你有多能打吗？会打的人难免受伤，有刀疤怎么了？白天掩在衣裳底下，晚上脱了衣裳就熄灯，他也看不见。”

昙奴红了脸：“你说的都是什么！”

莲灯才发现自己居然是一副过来人的口吻，年纪不大，心却已经苍老了。她尴尬地笑笑：“我说的都是实话，转转现在很好，等你嫁了人，也会过得很好，长安就没有我可牵挂的了。我打算回碎叶城找辰河，将来在关外生活，永远不回这里来了。这座城留给我的全是伤痛，我想离这里远远的。”

昙奴牵着袖子往釜里加茶末，一面拿竹筴搅动，一面道：“你都不在长安，却要我留在这里吗？我不会和你分开的，你想回去，我跟你一起回去。你找个关外人嫁了，我也找个关外人，离得近些，还可以做邻居。”

莲灯垂眼看桌上的锦垫，怅然道：“我救你一命，你也救过我，早就不再相欠了，用不着拿你的一辈子偿还。”

她咧嘴一笑：“我已经不拿你当救命恩人了，如今是当姐妹，比手足还亲。”

莲灯听她这话很感动，可是感动之余又觉得为难。她硬要跟着，岂不是毁了她和萧朝都的姻缘吗？原本去留是她自己的事，现在竟要赔上两个人，真成了桩难题了。

“那我不走，你可愿意嫁？”

她依旧摇头：“你没有好归宿，我决计不会嫁人。”

莲灯无话可说了，看来要她嫁给萧朝都，还需自己先找个人安顿下来才行。

昙奴把茶盛在盏里递给她，向外望了望，院墙外有白衣人来往，是国师派来保她们安全的。莲灯堕胎那天后他就没有再来过，也是，那身体风吹了都要倒，留在这里也无益。也许是又回九重塔里去了，功力找不回来，与废人无异。蒲州之战已经进入尾声了，庸王落马，楚王也已经溃不成军。如今长安城外的天下是上一任国师的，如果他掉转枪头攻打京畿，那么大历的百年基业就要毁于一旦了。

“你说国师的功力恢复得如何了？”昙奴脱口而出，说完了怕勾起她的伤心事来，谨慎地看着她。

她倒没往心里去：“不是说要半年才得恢复五六成吗，别管他的闲事。”

昙奴道：“我是怕他功力恢复得慢，大军万一攻进来，谁是那老妖怪的对手？”

她沉默下来，隔了一会儿才道：“是祸躲不过，担心也无济于事。我算过一笔账，老妖怪死时百岁，其实要比功力，应该没有他来得深厚，他要同他斗，未必会输。”

“可就算半年出关，功力也不得全部恢复，不是还有一半在你这里吗？他折损一半，胜算渺茫。”

她端起茶盏抿了口，无情无绪道："他若是有办法，只管拿回去好了，我不稀罕他的内力。"

她现在对一切有关于他的话题都显得很不耐烦，稍聊了几句便把话题转移到转转身上。转转在她卧床的当口生了孩子，是个男孩。齐王得了第一子，向宫中报喜，大明宫里堪堪吊着一口气的老皇帝因这喜讯，病气忽然散了些。五位皇子死的死，囚的囚，只剩齐王一个。如果有人能刹得住定王大军，不出意外的话，皇位就是齐王的了，转转的儿子将来前途不可限量。莲灯替她欢喜，果然一个人的福气是生在骨头缝里的，摔跤都摔不掉。没想到误打误撞的姻缘，结出这么好的果子来，她们三人之中，只有转转顶有出息了。

"明日去看望转转吧！"莲灯笑着说，"再给外甥准备见面礼，买什么好呢……"

昙奴道："于我是外甥，于你是侄儿。别忘了定王和圣上是亲兄弟，你和齐王是堂兄妹。"

她对这些所谓的亲眷并不在意，和昙奴两个一人准备了一个金锁子，次日便去齐王府拜会。

朝中风声鹤唳，却冲不淡齐王的喜悦。他原本日日在中书省，转转生了孩子之后他变得恋家起来，她们登门的时候他正巧也在，见莲灯进门，亲自打帘迎她，含笑道："早知阿妹在城中，我应该接你进王府的。"

莲灯有点不好意思，欠身行了一礼："阿兄喜得贵子，我是来道贺的，顺便看望转转。"

他一面把她往里引，一面道："以前是相见不相识，兄妹弄得陌生人一样。如今你身世大白了，毕竟是骨肉亲，看过了我那蛮夫人，我们好好叙一回话。"

莲灯静静听着，心里满是感慨。他对转转很好，因为爱，取了个亲昵的称呼叫蛮夫人。如果以后即位做皇帝，转转一个贵妃总跑不掉的。

她颔首道好，抿唇一笑，崴身进了卧房。还没站稳，迎面一个人影扑过来，把她撞得打晃，定睛一看，是发了福的转转。她怀孕的时候将养得好，生下世子之后又是一顿胡吃海塞，便一发不可收拾了。但美人终究是美人，就算胖了，也是珠圆玉润掐得出水来。看见她，两颗琥珀色的眼珠子熠熠放光，欢声道："我正说出了月子可以去看你了，没想到你先来了！"边说边扳着她在窗下照，"气色很好，还胖了，我可算放心了。”

昙奴后来来看她，并没有告诉她莲灯堕胎的事。这种事自然是越少人知道越好，只说莲灯病了一场，不能来探望她，她也信以为真。叫人抱世子过来让她们看，叽叽咯咯逗弄着，指着昙奴说：“这是姨姨。”又指莲灯，“这是姑姑。”

满了月的孩子，已经长得十分周正可爱了。莲灯羡慕不已，伸手说：“让我抱一下。”

傅姆看转转的脸色，转转亲自接过来放在她怀里，笑道：“小子无礼，刚才尿了他阿爷一身。这下你抱着吧，不怕他涨潮。”说着拉昙奴到矮榻上坐下，给她看她新做的衣裳，让人包起来，据说都是给她们预备的。

莲灯抱着孩子慢慢打转，轻巧的分量，在心头落下温柔的重压。世子刚睡醒，漆黑的眼眸随了他父亲，脸盘轮廓却像转转。她看着他的小脸，觉得心都要化了。想起自己的孩子，如果还在，这时候应当显怀了。也是各人的命运不同，她的宝儿托生在她肚子里，有个如此靠不住的阿爷。如果临渊能像齐王对转转这样，给她一个安定的未来，她为什么会不要孩子……

猛然惊觉想得过多了，忙收回思绪。世子举起了两只粉嫩的小手抓挠，她把自己的手指嵌在他掌心里，回头笑问：“叫什么名字？”

转转道：“只有小字，叫那罗延，待开蒙时再请御赐。”

她点了点头，那罗延是金刚不坏的意思，盼着世子小身板结实，健健康康长大。她抱他在怀里，轻轻唤他，世子噘嘴吹出好多泡泡。傅姆送巾栉来，她接过轻轻替他擦了，吃奶的孩子，有一股淡淡的奶香味儿。她着实喜欢，小心翼翼地亲了他一口。转转看了笑道：“这么爱孩子的，不是没长大，就是想要一个，你是前者还是后者？既然喜欢，就在王府住下算了，天天让你抱着，到最后看见他就厌烦了。”

她是打趣，昙奴却心有余悸，慌忙在转转手腕上敲了一下。转转有点莫名，瞪着眼睛看她。昙奴笑了笑：“做这么多衣裳，岂不是花光了你的私房钱？”

转转是大咧咧的性子，手一摆道：“我身上不留钱，又没处花，不给你们就都赏人了……不过我听殿下说莲灯是定王的女儿，真把我吓着了。那我们先前舍身忘死地报仇，到最后不都是一场误会吗？”

昙奴唯恐莲灯听见，又是一通摆手：“别说了，过去的事了。”

转转虽然有时候榆木脑袋，但正常的时候还是很聪明的。她眼光如箭矢，射过来射过去看，自觉地把嗓子压低了，悄声问："到底怎么了？"

昙奴还没应，门上进来个仆婢，对转转叉手："大王请安宁郡主到前厅叙话。"

转转看了莲灯一眼："可愿意去？"

既然有请，当然没有不去的道理。莲灯把孩子交给傅姆，捋了捋身上的衣裳，随婢女去了前面的大屋里。

齐王很客气，见她进门站起来相迎，温声道："阿妹今天既然来了，就在我的府邸住下吧！外面时局乱得很，你没人依靠，为兄也不放心。"说着请她坐，亲自装了手炉送给她焐暖。

她笑了笑："我漂泊惯了，自己也能自保，阿兄不用担心。王府里人多，我在这里会给阿兄添乱的。"

齐王说不："你是金枝玉叶，不能再这么下去了。军中发生的事我一清二楚，阿叔薨了，几个兄弟忙着夺权，你无依无靠，长安也只有我一个能帮衬你了。你就在这里，不管将来如何，有我一口饭吃，绝饿不着你。"

莲灯迟疑了下："阿兄不怪罪我阿爷吗？"

齐王蹙着眉道："朝中议定了要收编西域的兵力，定王接到诏命后虽然没有及时在酒泉驻扎，过了扁都口也未对中原有任何影响。既然薨逝前安分守己，念在他驻守西域三十余年，身后也当有哀荣。你是他的女儿，恢复郡主的头衔再正当不过。只是圣上目前还不知道前任国师的事，我暂且不能将你送进大明宫去。但也用不了多久的，等事情平息了，会还定王一个清白。"

所有的内情他竟然一清二楚，那么他和临渊早就结成同盟了吧？临渊能掐会算，必然算定了齐王是下一任皇帝，所以其余诸王都是陪练，一个接一个打倒，齐王飞龙御极指日可待。

她寂然坐着，略顿了会儿抬头看他："现在定王大军控制在另一位国师手里，庸王和楚王都已经完了，接下来他会不会攻长安？"

齐王却老神在在："国师已经上奏朝廷，请骠骑大将军入军中主事，复派灵台郎接定王世子回军中掌管大权。这样一来那位国师的权力就架空了，调动不了大军，到头来不过是个光杆儿。"

莲灯心里一惊，直起身道："他把辰河接进军中，万一那老妖怪危及辰河性命怎么办？"

齐王说："他毕竟是死而复生的人，不可能没有弱点。国师将灵台郎全数派了出去，还有大将军蓟光助阵，世子的安全不用担心。届时宣布定王死讯，世子接手后即刻率大军归附羽林军，下令剿杀假国师，这场闹剧便可收尾了。”

她坐在那里，不由得生起一股凄凉来。这就是男人的世界，杀戮、征伐、你死我亡……她那么近地接触过，太可怕了，令人浑身起栗。她现在只忧心辰河，他作为定王世子，会是怎样的结局？

“阿兄……”她看着齐王道，“朝廷会不会怪罪世子？待尘埃落定，是否又兴起另一场争端来？我阿兄何去何从，你们打算怎么处置他？”

齐王和颜悦色地微笑道：“我知道你担心什么，你放心，有我在，我不会让别人难为你们。封王后外放封地本来就不对，朝中养的那些大将，不是让他们日日葡萄美酒、听歌赏舞的。到时候碎叶城由西域都护府接手，你们兄妹就留在长安，也算是找到了根基，好好做你们的皇亲国戚吧！”

她明白了，左不过收缴大权，掌控在手心里。其实这样也没什么不好，辰河是个与世无争的人，他更适合当个吟风弄月的文人，不应该做割据一方的王侯。

她慢慢松了口气：“阿兄此话当真吗？”

齐王道：“凭你和转转的交情，或我与国师的交情，你说我的话当不当得真？”

所以可信度还是很高的，她点了点头：“如此我就先多谢阿兄了。”

齐王见她没有疑义，很是高兴。兄妹两个坐着说了些家常话，又聊到国师身上来：“我前阵子见他，复原得倒比预计的快。只是同我说起，说梳头发现了一根白发，看他模样很是伤感。”他顿下来，打量她的神色，“莲灯，毕竟一日夫妻百日恩……”

她猛然站了起来：“我与他从不是什么夫妻，阿兄误会了。你若说些别的，我还愿意相陪，要是想当说客，那就恕我不恭了。”

齐王只得讪讪将话咽了回去：“罢了，不再说他了。我命人去你们的住处，把东西都搬过来。昙奴什么想法，也要问一问她。她和萧朝都可是论及婚嫁了？住到我王府里来方不方便？”

莲灯原本不想和齐王有瓜葛，可是得知辰河要接管大军，她心里实在放不下，只有在齐王府，才能第一时间探得消息，便道：“昙奴同我在一起，等将来议定了婚事，我再替她好好操办。”

齐王拊掌道好，起身下令，将后面与紫竹林相邻的院子收拾出来安置贵客。莲灯至此算是依附堂兄，仍旧恢复了郡主的称号。

因战事不定，过年的仪俗一应减免了。原本团圆饭是该吃一顿的，结果因为王妃与转转不合，连这项也废除了，各自在园里守岁。

别的没什么，只是操劳了齐王，他得先去王妃韦氏那里吃两口，再到转转的紫竹林来。与王妃的相处是毕恭毕敬的，韦妃的出身不简单，就算将来御极，她也是正正当当的皇后人选。到了转转这里轻松许多，转转是个不拘小节的人，吃酒划拳什么都干，因此这岁就守得分外热闹了。

莲灯倚着凭几喝茶听曲，伎乐隔着一小片水塘，在那边的亭子里浅吟低唱。她托腮细听，唱的是家国河山，还有思乡之愁。其实她到现在依旧怀念敦煌的日子，哪怕安定下来了，有锦衣玉食，当初在沙丘上狂奔的记忆也都刻在脑海里。

婢女献了盘酥山来，滴成大团的牡丹花状，样子很别致。她转头看，是齐王叫送过来的，便颔首向他道谢。齐王道："今天昙奴怎么不在？"

转转笑道："她的郎君思她情切，特意接到将军府里去了。"

齐王哦了一声："待仗打完，想来好事也将近了。昙奴和阿妹都在长安落了户，你就不会整日吵着要回龟兹了。"

他们每每说起这个，总要有意无意地点上一点，莲灯听了也没有什么大反应，仍然专心听她的曲子。夜渐渐深了，坐久了有些犯困，她掩着嘴打了个哈欠："实在守不下去了，恕我先告辞吧！"站起身行了一礼，便挽着画帛逶迤去了。

她住的地方叫鹿港，和九色正相配。她出门的时候它正在竹林里漫步，见了她，一纵一跳到面前，她在它头顶拍了拍，领着它往回走。天上月朗星稀，沿路有彩灯，莲花纹的青砖上也染了一层淡淡的胭脂色。她呼了口气，对九色道："你说昙奴回来后，会不会同我提起成亲的事？"

九色不懂这个，眼神一片茫然。她耐着性子说："你跟我出来，将来婚事怎么办？过两天我们去鹿苑挑个俊俏的姑娘吧，给你做娘子好吗？"

这下它听懂了，居然一点也不含蓄，高兴得乱蹦乱跳。莲灯看了笑起来："娶娘子这样值得欢喜吗？"在它的犄角上弹了下，"没出息！"

夜色浓重，将到子时了，周围升腾起稠密的雾，扑在脸上像覆了层纱似的。她招它快行，到台阶下褪了鞋履，只穿一双罗袜登上木地板。回身在窗边的盒子里取了两块豆饼，趴在檐下喂它，轻声说："吃了就去睡吧，别乱逛了，明天见。"

九色的耳朵抖了抖，忽然转过头看院门上。她顺着它的视线望过去，墙外那片阴影里慢慢走出个人，穿一袭金钩银纹罗衣，腰上束玉带。头发比以前长了好多，几乎与罗衣的衣摆持平，有风吹拂，婉转飞扬，人像虚构出来的，不似世间物。

莲灯撑身站起来，往后退了两步，戒备地看着他。他缓步走进光带里，叫了声九色。九色撒蹄奔过去，走了一半想起什么来，停住脚看莲灯的脸色。莲灯寒着眉眼，踅身进屋里，重重合上了门扉。

她还是厌恶他，不想看见他，三更半夜不请自来，他和齐王的交情当真好到这种程度了，任他来去自由？她坐回梳妆台前拆发髻，心里有点乱。他的身影缓缓移到桃花纸上，灯笼款摆，他的身影也随之款摆。他咚咚敲门："莲灯，今天是除夕，你不与我一起过吗？"

她讨厌他这种语气，仿佛之前的一切都是她孩子气，有意和他闹似的。对造成的后果轻描淡写，连失去孩子这样的事，说翻过去就翻过去了。她狠狠应了声："我说过很多次，我不想见到你，为什么你总是阴魂不散？"

他却不紧不慢，幽幽道："你的人生从来都同我联系在一起，现在要抽身，已经来不及了。"

她抄起一支碧玉簪，愤然道："我不欠你半分半毫，我以为仁德坊那日都和你说清楚了，你再来纠缠，别怪我不客气。"

他沉默下来，桃花纸上的身影低下头，轻声说："我不接受。你说结束不算数，你的确不欠我分毫，我却欠了你很多。我要还债，所以你不能拒绝我。"

她简直觉得厌烦："我不要你偿还，我们之间的事过去就算了，以后各不相干好不好？你可以重新找个人，国师这样尊贵的身份，多少女子对你趋之若鹜，何必非我不可？我求你放过我，如果往日还有一点恩情在，你就高抬贵手给我条活路吧！"

他把手压在直棂上，心头绞得生疼，不敢太急进，隔了会儿方道："我没有再奢望你能爱我，只是想求得你的原谅。待解决了那个轻薄你的人，我想留在你身边，不需要你如何，让我看得见你就好。"

提起那位国师，她的心里便溢满了耻辱。她所经历的那些，不都是他害的吗？他招回亡魂为了续命，她可以理解，也赞同他这么做。可他不该抛下她，把她扔给一个和他长得一模一样的人，让她不加掩饰地爱他，对他撒娇。她的脸面已经丢光了，他现在来忏悔，还有什么用？

“你为什么要责怪别人，这一切不都是你自己造成的吗？你那恩师原本六根清净，是受了我的蛊惑才跌进红尘的，这一切全因你而起。你把我扔下就应该想到会有今天，枉你算尽天机，连这样浅显的道理都不懂，你的百年道行不过如此。”她哼笑了一声，“你走吧，我说得太多了，倒像对你还有情似的。”

哀莫大于心死，她现在说话全然不顾及他的感受，所以她的确是对他绝望了。可是他待如何？她能全身而退，他却不能。她还有很长的人生，他无法指望重来一次，所以他的生命到结束的那一刻，也只有她一个人。

努力不让挫败感打倒，他总还抱着最后一点希望，放低姿态哀求她：“让我进去吧，外面好冷。”

以前他不怕冷，因为本身就没有温度，寒冬腊月或者盛夏，对他来说都没有差别……她闭上眼，那又怎么样呢，现在是是非非都和她不相干了。她别过脸不再看他：“你走吧，我要就寝了。”说完提裙移过去，吹灭了案头的一盏蜡烛。

他还站在那里，实在没有办法，打算硬闯：“我进来了，容我暖和暖和再走。”

她自然要反对，回身正打算拒绝，见那门闩自己松开了，他轻轻一推，藤花色的缚裤映着雪白的绫袜，从门槛处迈了进来。

内力恢复了，他依然是不可一世的他。灯火照亮他的脸，五官俊美，眼波欲滴。他轻轻唤她：“莲灯……”

她气得厉害，披散着头发立在锦垫上，沉声喝道：“你怎么这样无礼？我何尝答应让你进来了？”

他搓着两手，脸上有些难堪：“我觉得很冷，在外面冻得受不住了……”

她夺过妆台上的白瓷碟子砸了过去：“你便是死也和我没关系，我讨厌你的自说自话，你给我出去！”

碟子里养了一小簇梅，她是王族后裔，回到富足稳定的生活里，很快勾勒出优雅的审美。妆台上摆梅瓶愚且呆，莫如放白瓷碟子的好。她生起气来管不了那么多，手边抓到什么就砸什么，碟里的水泼了他一身，他没有避让，避开了更叫她生气。她怒目相向，他望着她，那个孑然冷情的姿态不是他熟悉的。她有过孩子，曾经当过母亲，即便短暂，也已经和以前不一样了，沉淀下来，有种沉着的美。他发现对她的迷恋有增无减，不管她如今态度如何，注定是他心上的一道疤。他只是喃喃：“多可惜没有早些看清自己的心……”

她听了却觉得这话轻佻，蹙眉道："国师请自重，这是我的闺房，恕我不留客，请你出去。"他充耳不闻，她越发恼怒，冲口叫了声九色。

九色是绝对站在她这边的，当初为她舍弃旧主，现在也是一样。它一直在阶下打转，听见她点名闷头冲进来，也不管那是什么人，两角对准正前方就准备撞过去。

他有些着恼，狠狠喝了声混账："你反了不成！"

国师的威严还是很震慑鹿心的，它当即撞了铁板似的，腿一崴就跪下了。

"看着本座。"他又斥，那只色厉内荏的鹿抬起头，怯生生地看了他一眼。他虎着脸道，"神宫缺鹿茸，你的角太大了，该锯了。本座身体不好，需要鹿心血，自己叼只碗来！"

这下吓破了九色的胆，它仓皇向莲灯求助，眼里泪光闪烁。

"还敢不敢插手？"

它摇了摇头。

"还敢不敢放肆？"

它继续摇头。

他指着外面断喝："出去！"

它如蒙大赦，飞快跳起来，眨眼就不见了。

救兵中途逃跑了，莲灯有些怅然，对他的猖狂也更抵触，裹着袖子道："这是人家的府邸，国师耀武扬威做给谁看？"

他并不在意她的恶言恶语，叹了口气道："你还记得上年除夕吗？我带你吃馎饦，看烟花，如今回忆起来恍如隔世。我常在想，如果那次之后我就放弃计划，现在一定是另一番光景。很久以前我曾经替自己算过一卦，我有情劫，且难渡。你出现后我不敢算，怕应在那个劫上，可惜该来的终究躲不过。"他的语速渐渐慢下来，向她这里靠了一步，"莲灯，我们不要再彼此折磨了。我做的那些错事，任你怎么罚我，我都认了，只盼能回到从前……"

她避开了他的碰触，知道理论不出头绪来，强定了定神说："我也不和你争辩，以前的事过去就作罢，我原谅你。从今天起你我两不亏欠，我不怨你，也不恨你。你回你的太上神宫去，继续安稳当你的国师。不要再来找我，不要干涉我的生活，就算对我最大的补偿了，如此可行？"

其实他应该满足，可他知道自己期盼的远远不止这些。她就在他面前，他不敢抱她，不敢亲她。她对他已经全然放下了，一个女人一旦不再爱你，细微处都能品咂出疏离来。她的心和他渐行渐远，他惊慌失措，怎么挽回她？他无计可施，唯有不停纠缠。

她躲避，他便迎难而上："你对我还有感情，告诉我怎么能让你解恨，我全都照做。"

她想让他走，他为什么总绕开重点？他牵住她的画帛，更让她反感至极，愤怒冲昏头脑，有一瞬居然起了杀心。她咬牙切齿："我让你滚！"

他不为所动，猛地将她拉进怀里。仿佛深埋在沙漠里，干涸得龟裂的心突然接触到水源一样，这种幸福简直令人发疯。还是这个味道，莲灯的味道。他把脸埋进她颈窝里，可是来不及汲取更多，腹部一阵剧痛。他低头看，她的碧玉簪子深深扎进来，有血渗出，晕染了衣袍。他感到吃惊，却并不生气，只是不敢看，摸索着，用力压住伤口止血。

她的脸上浮起淡漠的笑："我说过的，你再不走，我就对你不客气了。你不是千方百计要补偿我吗，那就去死吧！只有你死，才能平息我的怒气。"

他勉强笑了笑："这么点伤，要不了我的命。你想杀我……"霍地抽出案上的金错刀扔给她，"用这个。"

她的速度极快，只一瞬便将刀锋压在了他脖颈上："你不会以为我舍不得杀你吧？"

伤口痛得厉害，肚子上破了个洞，冷风飕飕地灌进来。他咬牙支撑住，就算拿性命赌上一回吧，赌她对他不是全然无情的。他略略仰起头，让刀锋压得更紧实些。她离他很近，能感觉到她身上的温暖。即便有这一刻也足了，他黯然想。沦落至此，实在是始料未及。他如今的感情就像火中取栗，明知道会灼伤自己，也全然不顾了。

"你要杀便杀吧，死在你手里，我不冤枉。"

她的刀尖又压紧半分："果真想死，我就成全你。"

莲灯觉得自己有些难以自持了，她的性格里有嗜杀的成分，不知源于哪里。杀了他，心里有个声音在喊，杀了他，所有的委屈和不甘就都烟消云散了。她紧紧扣住刀把，喉咙干渴得厉害，似乎只有血才能让她解渴。

他不想挣扎，语气平淡："原本我的功力要半年才能恢复，我用了个不太好的办法，四十日内就做到了。我和你说过，身体回暖三年后大限将至，现在……我只剩三个月了。"他闭上了眼睛，"反正迟早会有一死，你想杀就杀吧！"

她激灵了下，猛地回过神来。三个月……只剩三个月了……他恢复的速度的确不可思议，上次见他时，他堪称弱不禁风，照那个状态看来，半年是最起码的。那么他所谓的不好的办法，必定是最具破坏性的。

她疑惑地看他，他垂眼凝视她，眸中满含缱绻的爱意。她怕看见这个，很快调开视线，刀锋一转划过他的耳畔，金错刀刃如秋霜，轻飘飘削下他一缕发来。她收刀退让："既然只有三个月了，我何必白担杀人的罪名！这断发算代你受过，今天到此为止，你走或是我走，你任选一样。"

他灰心丧气，她这么绝情，他却依然不能怪她。

子时到了，又是漫天的焰火，红一簇绿一簇，照亮窗上的桃花纸。天寒地冻，真逼得她离开这里，一个姑娘家不安全。他按着伤口点头："你留下，我走。"

她闻言转过身，连看都没有再看他一眼。他心里涌起悲凉来，蹒跚着倒退，退到檐下，复回头望，她嘭的一声关上了门。

莲灯静静坐着，听见他的脚步声渐次远了，方长出一口气。

与他对峙，就像打了一场生死仗，她必须集中全部的注意力，比做任何事都累。她合起两手捂住脸，感觉肩头肌肉突突跳动，略缓了缓，才重新提起劲来。撑身打算回榻上，不经意看到重席上散落的一缕头发，她怔了下。刚才明明见他满头青丝，怎么落地就变了颜色？是烛火照得不真切吗？她蹲下来仔细查看，伸手想去触，探了一半又火烧似的缩回来。犹豫再三，还是捡了起来——是了，没错，那头发托在手里，全白了。她心头狠狠撞了下，这么说来他的衰老在加速，只为快快复原，这么自残值得吗？

她盯着那缕头发看了半晌，忽而嘲讪一笑，他诡计多端，谁知道又使了什么障眼法！思及此，竟觉得又一次被他愚弄了。打开门，扬手扔了出去。

他并未走远，孤魂野鬼一样飘荡，受了伤，仍旧不愿意离开。站在黑暗里看着那屋舍，知道她在里面，也感到安心。

突然门打开了，他顿时一阵欢喜。也许她只是嘴上厉害，心里终究舍不下他，开门看他是否走远，说不定还会追出来。他精神振奋，连痛都忘了，谁知全是他的痴心妄想，她广袖一扬，像是抛了什么东西，然后重新折回屋里。他悄悄上前看，头发散落了满地……他垂袖站着，心一直往下坠，坠进了无底的深渊里，永世不得翻身。

莲灯对九色的许诺一向很当真，那天被临渊恐吓后，它两天没有好好吃东西，想是吓破了鹿胆，精神很萎靡。莲灯为了讨它欢心，特意带它去了城里专事养鹿的地方。

鹿苑对鹿来说是个噩梦，这里的圈养和神宫不一样，临渊养鹿是因为喜欢，这里养鹿全是冲着鹿茸和鹿肉。弱肉强食的世界，本来就是这样。九色进门的时候有些惧怕，它能嗅到同类死亡的味道，脚下踟蹰着，裹足不前。莲灯发现了，停下问它："改变心意了吗？如果不想进去，我们就回家。"

它犹豫着，最后对爱情的向往战胜了恐惧。莲灯轻轻抚摩它，温声道："挑的时候要仔细些，宁缺毋滥。喜欢哪个你就扯扯我的衣袖，我们带它回去。"

九色点点头，随她进了栅栏里。

鹿奴比手在前面引路，边走边回头看九色："这么漂亮的鹿真罕见，娘子养它花了不少心思吧？"

莲灯打趣："那是自然的，它极聪明，和寻常的鹿不同，吃喝之外还要请老师讲课，听四书五经。"

鹿奴啧啧称奇："可惜这里的鹿没有那么好的福气，雄鹿等角长成了就要锯。母鹿略大些宰杀取肉，送进大明宫去。"说着引进一条长长的甬道，笑道，"小的从没见过娘子这样的，替鹿娶亲，听上去真稀奇。前面的鹿圈里养了好几只漂亮的母鹿，想来鹿公子会喜欢。挑完了我再领下去清洗干净，打扮得漂漂亮亮随鹿公子荣返。"

莲灯听得发笑，九色和这里的鹿相比，当真就如贵公子一样。自小长在神宫，如今又搬进了齐王府，是比她还正宗的皇亲国戚，一声鹿公子实在当得起。

他们慢慢往前，拐过一个弯就看见个巨大的鹿场，里面的鹿是混养，有公有母。因为环境不怎么好，气味很熏人。莲灯掩了掩鼻子，连九色都受不了，接连打了好几个喷嚏。

鹿奴开始尽心尽力地介绍，这只八个月大，那只刚满一岁……莲灯看九色的模样，似乎兴趣缺乏。她转头问它："怎么了？还不高兴吗？那么多漂亮的姑娘，一个都不喜欢？"

九色晃晃脑袋，看样子是要白跑一趟了。莲灯叹了口气，打算带它离开，走了没几步，听见身后传来繁杂的脚步声，是一个杂役牵着一头母鹿，正蛮狠地将其从圈里拖拽出来。那鹿好像知道此去凶多吉少，奋力地刹着蹄子，可惜力量弱，被拖得踉踉跄跄。它抬眼看人，大而明亮的眼睛里装着恐惧和泪水，莲灯心都揪起来了，便问要将这鹿如何。

鹿奴道："这头鹿脾气太犟，本来看它身条好，想让它多产几胎小鹿的，可它不让雄鹿近身……"想起面前是位女郎，说完尴尬地咧了咧嘴，"如此只有送到屠宰场去了，总不能白养着它吧！"

有时候缘分就在须臾之间产生，九色纵过去嗅了嗅，然后迈着小碎步回来，在她袖子上扯了一下。莲灯大感惊讶："你喜欢它吗？"

它点点头，危难之中伸出援手，大有英雄救美的豪迈。这下子鹿姑娘应该也被它感动了，果然含情脉脉地望着它。以鹿的眼光看来，九色真是英俊、阔绰又风度翩翩，也许就如转转当初迷恋小郎君一样，属于一见钟情。莲灯自然有意成人之美，让杂役把绳索解了，给鹿奴几吊钱，将九色的心上人买了下来。

这世上总归一物降一物，原本那头母鹿桀骜得很，可遇见了九色，立刻温柔得像水一样，依在它身边也不乱跑，紧紧跟随着它。莲灯就像个上了年纪的老人，看到儿女终身大事有了眉目，满心欣慰和欢喜。她喟然长叹："这下子好了，你可算有伴了。再把昙奴嫁出去，我心里就没有什么牵挂了。"顿了顿提议，"给新娘取个名字吧！"

九色看了心爱的人一眼，在道旁采了株刚发芽的冬葵给莲灯看，莲灯说："这名字不够秀气。"边走边思量，忽然有了个想法，"就叫佳人吧！"

这名字很合它们的心意，九色带着新娘呦呦叫起来，莲灯掩袖而笑，在街市上缓慢走着，一人二鹿回到了齐王府。

回来后得知个好消息，局势照着国师的部署扭转，辰河羁押了蔡琰，将都护府的五万人马彻底收编。缴帅印归附朝廷后，不日就能入长安了。

莲灯很高兴，但心里又发怯："军中那位国师怎么处置？看押起来了吗？"

齐王摇头："毕竟不是等闲之人，虽然调遣不动大军，那十三万人却也奈何不了他。灵台郎们围攻他，他布了个阵，大摇大摆去了，如今在哪里不得而知，我料想是要回太上神宫的。"

她心里打鼓，不管他藏身在何处，只要不来找她就行了。又忙问："我阿兄还有几日进城？"

齐王算了算说："快了，至多再有三五日吧！我已经命人去修葺定王旧宅了，辰河回来可以暂居在我府中，待王府筹备妥当，再回去不迟。"

莲灯开始满怀希望地等待，可是大军还未抵达长安，大明宫里就传出了老皇帝驾崩的消息。

时间刚刚好，一切尽在掌握之中。国师接到密函，合上眼长出了一口气。

他的任务就快完成了，不管他与师尊和不和，当初的教导他一直铭记在心。为国师者，心系社稷苍生。齐王有登龙之相，然而御极之路诸多波折，虽韬光养晦，底气始终没有那些手握重兵的兄弟足。他要辅佐君王，就必须为他铲除障碍，如今威胁全都解决了，他终于可以放开手了。

他换上具服入宫闱，同齐王一起料理后事。大军还未抵达，时刻会生变数，所以宫中暂且不治丧，一切如常。只是间或传来皇后无望的哭喊，齐王看了他一眼："如何处置皇后？她可会因梁王的死，在大典上胡言乱语？"

他眯缝起眼，阳光照着他的紫金冠，玉簪导上组缨垂挂，朱红的颜色，越发称得他面如白雪。他微微偏过头看，殿宇空旷幽深，皇后的哭声分外凄凉。他说："尊她为太后，善待她，让天下人看见殿下的孝心。梁王已死，她也已经年过半百，不会与殿下为敌。就算她有怨气，殿下并未参与这次的夺嫡，没有人能抓住殿下的把柄。"

是啊，他兵不血刃，得到了江山，谁也挑不出他半点错处，因此不惧怕任何挑衅。齐王放心下来，点了点头："就照国师说的办。"

替老皇帝筹备入殓事宜的人来来往往，见他们经过，恭恭敬敬退让在一旁。他掖袖缓行，犹豫了下问："莲灯这两天好吗？"

齐王说好："我看她淡漠得很，也许真从这件事里走出来了。"

他顿住脚，表情哀致。她果然已经不在乎了，他的一场爱情，到最后什么都没有留下。怨得了谁？自作自受。他垂首而立，很久之后方颔首："也许这样……对她好一些。我知道她不能原谅我，也不想见到我，我不敢再在她面前露脸了，就远远看着她吧。"言罢对齐王长揖，"待殿下御极，请为她指一门好婚，要挑个稳重靠得住的，保她今生富贵无忧。"

齐王很吃惊："你打算放弃了吗？"

他抿唇笑了笑，不放弃又如何？自己已经没有时间了，拖累着她，难道三个月后再让她经历一次生离死别吗？够了，已经太多次了，她终究是血肉之躯，也会坚持不住。他低头想了想："有些东西我给不了她……殿下若有好人选，一定告诉臣，臣要亲自把关，人品过得去，才能安心将她交给别人。就三个月内吧，三个月后臣要闭关，不知什么时候才能再出关呢。三个月内办妥，臣心里也就安定了。”

齐王看着他，究竟是怎样的一种感情，才能把心爱的姑娘拱手让人？他们之间的纠葛实在一言难尽，他自己虽从未暴露，其实也参与其中了，因他的大业连累了国师，所以他也有责任。他欠着一份情，必然满口答应：“我物色过后先同你商量，待你首肯，我再替郡主说合。这么一大摊的事，我也不知从何说起，但我心里明白得很，届时论功行赏，国师想要什么？”

要什么？并不是所有要求皇帝都能满足的，比如莲灯，他现在最大的渴望是她，他能下旨让她赏他个笑容吗？他叹息，继续盯着太阳出神：“臣没有什么要求，如果要论功行赏，就请殿下给莲灯一个公主封号吧！过去的十六年她太苦了，今后当安享尊荣，一直到老。”

齐王没想到这种苦情的戏码会在国师身上上演，从他记事起，就对他充满敬畏。一个不老的人，掌管天文历法百余年，有大智，有深谋，结果却栽在情字上头。到如今强取豪夺或是低声下气都不管用了，似乎除了成全，没有别的路可走。

国师对他有定国之功，小小的封赏不足挂齿。他道好：“让定王世子袭爵，莲灯封公主，锦衣玉食一样都少不了他们。可是……国师当真舍得把她送进别人怀里？”

他不说话，沉默了半晌才道：“舍不得……又如何？我算错了一些事，就要自己承担恶果。眼下那位不知在哪里，找不到他，我怕他会回来危及莲灯。”

“我已经命人加紧搜查了。”齐王同他一起下台阶，在太液池边漫步，试探着问他，“如果尊师一心要莲灯，你何不……”

何不把她赠予他吗？他忽然有些生气，忍得住任何打击，却难以忍受一向敬重的恩师对他的女人动情。他宁愿玉石俱焚，也不能把莲灯送给他。

“他如今活着，和行尸走肉没什么分别。《渡亡经》只招回了他的两魂六魄，还有一魂一魄在天地间游荡。回不来，性情便难定，莲灯不能跟一个没有自控能力的人在一起，他会伤了她的。再说他的时日也不得长久，经书找不到，神魂逐渐涣散，至多一年半载，身体慢慢枯萎，到最后也是个死。”

齐王对国师口中的世界了解甚少，也很难有人能够懂得他看到的一切。就像阴与阳参差，太阳之下堂皇光明，但在他们无法触及的地方，还存在着数不清的魑魅魍魉。国师是游走在两个世界的人，有时候懂得越多，心就越累。揽得住明月，挽不住清风，憾事比他们这些凡夫俗子更多。

"失了一魂一魄，是不是就像傻子一样，什么都不管不顾了？"

他嗯了声："魂魄齐全，才懂得压抑自己的感情。如果不齐全，恶的那面不加掩饰，与兽无异。"他掖着两手望着湖光水色，喃喃道，"我和他说了，务必找到《渡亡经》。他太急躁，问不出所以然，一气之下竟把定王杀了。眼下经书下落成谜，谁也不知道在哪里。"

他没有把自己的情况告诉齐王，兹事体大，总要隐瞒些，对莲灯将来也有好处。让他知道他在闭关，随时会出山，在皇权大得飘飘然时有所忌惮，对莲灯兄妹也会网开一面。至于他的死讯能隐瞒多久，应该是放舟老迈的时候。彼时各自都上了年纪，如果再有变故，那么也算平顺了一生。得不得善终，看他们的造化。

五日之后定王大军终于入了关内道，辰河交出兵符，那十三万人被分作十队分派到各处，大股势力分崩离析，已经对中原构不成威胁了。大明宫这才开始向外传播圣上死讯，丧钟鸣响的次日清早齐王即位，一场九曲十八弯的夺嫡之战终于落下帷幕，齐王再无敌手，又可以创造出一个太平盛世了。

莲灯在院内静坐，接到了新皇敕封，封她做同安公主，辰河袭父爵，并各有宅邸、田地、仆婢的赏赐。她对什么头衔不看重，匆匆忙忙奔出去找辰河。辰河进城后便入宫面圣，她还没来得及见他。到宫门上等，应该就能遇上的，她让人套车送她去，甫上朱雀大街便见他骑在马上，由几个随从护卫着，从黄土垄道上缓缓而来。

她跳下车，大声喊阿兄。辰河忙下马来迎她，兄妹见了面悲喜交加，辰河捋了捋她的头发，上下打量她："还好吗？他们有没有为难你？"

她说没有，问阿爷的梓宫在哪里，辰河黯然道："在黄河上游相了个地方安葬了。阿爷总在惦念中原，葬在那里，日夜听得见黄河奔涌，他就不会孤单了。"

莲灯极慢地点头："这样也好，入土为安，也免得再颠踬了。"

辰河应了，又道："圣上让我留在长安，以后不回碎叶城了。"

莲灯仔细留意他的神情："阿兄不高兴吗？"

辰河似乎有些惆怅，不过很快又一笑："我还没来过长安，一路看来富庶繁华，应该是个不错的地方。蒙陛下盛情，我觉得留在这里没什么不好。大漠上风沙漫天，对我的身体也没益处。"

莲灯暗里松了口气，她知道男人的想法与女人不同，收缴了兵权就一文不名了，心境要是窄一些，便有段时间要煎熬呢。还好辰河看得开，他不像阿爷恋栈，不看重名利，更愿意活得自在。她牵了他的手说：“我以后不想与阿兄分开了，我离开碎叶城后遭遇了很多事，觉得很累，想在阿兄身边好好休息。”

辰河温煦地对她微笑，像小时候一样，在她鼻子上刮了一下。

不过很可惜，她不能和辰河住在一个府里。她有她的公主宅，因为兄妹都大了，又都没成家，即便是手足也要避嫌。所幸定王府离她的府邸不远，步行也就一炷香工夫，她想见他很方便。

命运兜了个大圈子，到最后停在了这里。有时候回头想想，就像做梦似的。从阿菩将她挖出沙坑，到如今的锦衣华服，她被愚弄得晕头转向。最后拿一个公主头衔作为补偿，所有的事就算了结了。

昙奴说：“罢了，就这样吧，你现在衣食无忧，我就可以撒手了。”

莲灯听了只是笑：“我已经派人和萧将军说了，他可以筹备婚事了。你就从这里出嫁，风风光光地做将军夫人去吧！”

昙奴飞红了脸，还是显得犹豫不决：“我这出身……实在配不上人家。”

“怎么配不上？哪里配不上？你虽没有父母，却有我们。我和转转是你的姐妹，就算我们来路不怎么正，好歹一个是贵妃，一个是公主。”说着自己笑起来，她们这样的人，一路横冲直撞，现在竟处在这个位置上，也是奇事。

昙奴这才安稳下来，低头想了想说：“也是，我自己没出息，却有两个有出息的姐妹。你们得了道，我也跟着升天了。要我嫁人不难，可我走之后，你一个人怎么办？”

她唔了声道：“我早晚也会嫁的，你守着我，不能守一辈子。现在不去做将军夫人，等萧将军娶了别人，到时候后悔就来不及了。你不必担心我，我现在这样，还有什么可愁的？”

一个公主的头衔，已经是余生富足的保证了，除了感情方面的问题，确实没有其他可忧心的。昙奴至此功成身退，可以开始考虑自己的人生了。萧朝都单等她发话，只要点头，马上登门提亲。威风凛凛的云麾将军，到了这种时候猴急又腼腆，从头到尾面红耳赤，可笑又可爱。

请人合八字，排黄道吉日，大婚的时间定下了，就在六月初六。莲灯不太懂那些，请傅姆帮着操持，自己偶尔参与挑选东西。晦气了这么久，借着喜事冲一冲挺好，只是夜深人静的时候不免惆怅，离昙奴成亲还有几个月，那时候临渊应该已经不在了。

每常想到这里她都提醒自己自省，他的生死和她没什么关系，听到死讯大不了有点难过，但不会造成太大困扰……她低头坐在重席上，脑子里一团乱麻。有点饿，面前的红漆盘里码着透花糍，她拈起一块，莫名发现没有胃口，又放下了。

天色已晚，九色和佳人回去休息了。它们新婚宴尔分外甜蜜，莲灯有时看着它们出双入对，羡慕得不行。屋子大了，仆婢多了，心却空了。她闭上眼，撑着额头打盹，忽然听见轻微的脚步声，心里一凛，料想又是他来了。

她直起身，果然见半个身影投在窗纸上。还未等她轰人，门砰的一声就打开了。单薄的烛火照亮了门外一小片地方，他一身玄袍立在那里，袍角盘金线，烛火闪烁，金芒也隐隐闪烁。她微有些吃惊，惶然看着他，他眉眼间严霜凛然，不等她说话，便提袍迈了进来。

“你……”她怒目望着他，“又来做什么？”

他恍若未闻，摘下衣架上的斗篷扔给她：“跟我走。”

他今天有些不寻常，同前几次的态度有天壤之别，她感觉不到其他，只是满心的恐惧，压都压不住。仔细审视他，除了目光和神情有异，别的似乎没有分别。但是她知道，他不是临渊，是她避之唯恐不及的人。

她旋身提起刀架上的长剑，拔出青锋指向他，他垂眼看了看，不以为意：“就凭你，也想杀本座？”

她很害怕，手微微颤抖，却固执地紧抿住唇不说话。他看着她，嘴角浮起嘲弄的笑意：“你与他已经恩断义绝了，这样很好，那就回本座身边来，我带你离开这里。”

她尖声说：“我哪儿都不去，你别做痴心妄想。”

“为什么？你不是恨他吗，本座对你好，疼爱你，你跟我走，有什么不对？”

他的思维永远和常人不一样，现在还能好好说话，也许一眨眼就会做出什么伤害她的事来。他来去无踪，宅邸中的戍卫都没有发现异常，她向外看了眼，他撇唇一笑：“你要叫救兵吗？没人拦得住本座，不过多添些伤亡罢了。”

是啊，没有人能阻止他，她不自救，只有死路一条。她用力握紧了剑柄：“阖城都在抓捕你，你还敢来？”

他皱了皱眉头：“谁敢抓捕本座？”

她轻轻发笑："如今的大历已经不是你的天下了，你是已死的人，既然有机会死而复生，为什么不找个地方过平静的生活？"

他对她的话很认同："本座就是想离开长安，不过得带上你。"

她恶声道："我不要同你在一起，你还不明白吗？"

他原本还带着笑意，听到这番话，倏地放下了脸："你不喜欢本座，所以从我眼皮子底下溜走，带着那孽种一起？"他的愤怒来时便是惊天动地，猛地一运气，这绣房四面的门窗尽数洞开，外面的风灌进来，吹灭了案上的烛火，鼓胀起她的两袖，画帛凌空飞舞，恍惚要把她带上天去似的。

她却顽强，依旧拿剑指着他，他对这种冒犯很反感，在她还没反应过来之前敲落了她手里的剑，没有了锋棱，她一下落进了他怀里。

他的手强行捋过她平坦的小腹："还好已经解决了，否则今天又要伤你了。你喜欢孩子吗？要孩子不难，我们可以生。"

她啐了一口："谁要和你这老妖怪生孩子！"言罢徒手向他面门袭去。她得了临渊的内力，对付起来不那么容易。然而有情和无情，结果是不一样的。她可以轻易拿簪子刺伤临渊，却完全奈何不了这老妖怪。他接她的招式不留半分情面，一心要制服她，力量与速度令她难以招架。

他出掌如雷霆，她勉强抵挡，被他击中便钻心地疼。他似乎一点都不担心弄伤她，嘴里说着喜欢和爱，却可以随时要她的性命。就像与兽相搏，一不小心就被他打得遍体鳞伤。到最后她实在无力抵挡了，他方收起攻势，只控住她的双手，把她紧紧嵌进怀里。

"不吵不闹多好，本座舍不得伤害你。"他靠在她耳边说，亲了亲她的耳郭，"莲灯，你走后我一直很想你。本来打算亲自找你的，可那头又放不下。《渡亡经》找不到，我和他都会灰飞烟灭，所以我需要人手，五湖四海替我打探……定王世子来长安了，我刚才去定王府看过他。你向他打听过没有？他知道那半部经书的下落吗？"

她骇然道："你把辰河怎么了？"

他无辜地眨了眨眼："远远看了一眼而已，并未将他如何。"

大军归附中原之后，原本围绕在辰河身边保护他的人都撤离了，现在他要害他，辰河便是死路一条。她不得不服软，抓着他的衣袖道："辰河不知情，如果他知道经书去向，现在绝对轮不着你来追问，早就落入临渊手里了。你不要碰他，他是个文弱书生，和你们不一样。”

他不解地看她：“你很关心他？”

她抑塞道：“他是我阿兄，我自然关心他！”

“那你亲我一下好吗？”他笑着，点了点自己的嘴唇，“亲我一下，我就不去找他麻烦。”

他的要求再无礼，她也拿他没有办法。蜡烛早就熄灭了，朦胧的一点光从外面渗透进来，她咬牙闭上眼，敷衍地亲了他一口。他不满意：“本座记得以前不是这样的。”

以前是怎么样？以前是噩梦，她连回忆都感到恐惧。可是他却很享受的样子，紧紧抱着她说：“本座发现离不开你了，什么都不想做，就想同你在一起。你爱过我的，对不对？哪怕只有一点……你也一定爱过我。先前俗务太多，我没有时间陪你，接下来我们日夜在一起，我会做得比他好。”

他像得了个新玩具，在她的唇上吻了一下又一下。莲灯只觉得耻辱，她握紧双手，恨不得立时就杀了他。他对她的愤怒置若罔闻，替她披上斗篷道：“本座可以原谅你不告而别，下不为例就是了。现在跟我走吧，我带你去关外。你不是喜欢落日长河吗，我们回鸣沙山，白天看日出，夜里坐在沙脊上唱《红狐狸》。”

她忽然鼻子发酸，她一直向往这样的生活，没想到向她许诺的会是这个人。她曾经那么卑微地求过临渊，她可以像个男人一样奋斗，赚钱养活他，他只要貌美如花就可以了。但是他不愿意，挑挑拣拣，嫌这嫌那。也许都是因为他心怀天下，可惜他的心里装得太满了，已经没有地方能够容纳她。

她仰头看他，明知道不是同一个人，有一瞬也产生了错觉。她对他是否还有感情？骗得了别人，骗不了自己。四周云雾暾暾，她什么都看不见了，只能看见他的脸。她无法自控，着了魔似的，糊里糊涂顺着他的话说：“看日出日落，唱《红狐狸》……”

他温和地微笑：“你唱过的，那次宴席之后。”他轻轻哼给她听，“红狐狸红狐狸，在戈壁滩上跳来跳去……”

“临渊……”她抬起手臂搂住他的脖颈，“这么久，你到哪里去了？”

他说：“东奔西跑，找《渡亡经》。没有经书，我活不了多久。我缺了一魂一魄，不找回来，我就不能永远和你在一起。所以你知道经书的下落，告诉我在哪里。”

她绞尽脑汁，她应该知道，可为什么想不起来？她捧住了头哀声说：“在哪里呢？我也在找，可是找不到。”

“你不要我了吗？”他低头说，“没有经书我会死的，你要看着我死？”

她摇头：“不要，不要你死。”

他抚抚她的脸：“那你爱我吗？”

她说：“爱你，我爱你。”

他的心颤了颤，即便知道是术数蛊惑了她的心智，这刻也觉得满足了。看来经书的线索她是真的没有，逼她也没用。实在找不到就算了，好歹有她，走这一遭也不算亏。他抱着她密密亲吻：“我也爱你。”

她蒙蒙靠着他，像个讨糖的孩子。他的嘴唇有致命的吸引力，她踮起脚尖回应他，漂泊了太久，终于能够停下歇一歇了。就这样吧，别管他是谁，只要相爱就可以了。他说要带她走，她愿意跟他海角天涯。急匆匆牵他的手出门：“我们走，回鸣沙山去。”

忽然天崩地裂般的一声骤响，连脚下的土地都震颤起来。她猛然打了个寒战，就像烧红的烙铁被丢进了冷水里，从一个极端落入另一个极端。还没弄清楚是怎么回事，便被人用力一擒，擒到了身后。

·第十九章·
忘情

“师尊要带她去哪里？”

她迷迷糊糊听到熟悉的声音，大梦初醒似的左右看，四周燃起了火把，五官灵台郎带人将这里团团包围起来。她怔怔的，不知发生了什么，夜风呼啸，吹起他的发梢，眯了她的眼。她闻见他身上的沉水香，才知道是他来了。

刚才是怎么回事，她记不清了，只记得想去鸣沙山，中途被截了下来。头晕得厉害，隐约听见昙奴的喊声，她定了定神打算过去，耳边却又响起国师的声音：“莲灯，到我身边来。”

她挪了挪步子，那声音逐渐扭曲，变得很慢，变得断断续续，然后是临渊的断喝：“对一个女子用幻术，师尊有脸做出这种事来！”

昙奴趁乱把她夺了过去，春官和冬官横刀挡在她身前。她晕头转向，看那边，师徒两人一个白衣一个黑袍，在火光下正邪分明。

可是一模一样的面孔，一模一样的身形，两人同时出现的时候，莫名有种恐怖的感觉。她抓紧了昙奴的手，眼神呆滞地掉转过来：“我们走吧！”

昙奴以为她还没清醒，在她脸上拍了两下：“醒醒！”

她不懂，她是不敢看，接下来也许会有一场苦战，两位国师斗法，不知道是怎样一场腥风血雨的对决。临渊功力欠缺，会不会吃亏？万一不敌他，她若是亲眼见证，恐怕不能承受。

她慌慌张张地往后退："我不要看，我要走。"

昙奴明白过来，搀着她疾行，身后又传来呼喊，一递一声叫着莲灯。

他们连声音都是一样的，她的心不住悸动，却不敢回头。那两个人她都讨厌，不管是他还是老妖怪。可是眼泪却不住地落下来，她哆嗦着说："昙奴，我好害怕……太害怕了。"

昙奴了解她，其实她的坚强都是伪装的，真正爱过一个人，不是说结束就能结束的。她在决定拿掉孩子的最后一刻还在争取，如果那时国师能够出现，她不会放弃，也不会闹到今天这步田地。太多的阴差阳错，注定了这段感情波折不断。如今到了见真章的时候了，她嘴里说恨，巴不得那个人去死，却在预估他会失利前准备逃避，因为不敢看他落败的样子。当真没有情，应当冷眼旁观不是吗？可见她还是爱他的，只不过迈不过那道坎，气难平罢了。

"你先去前厅吧，这里我来盯着。"昙奴话音刚落，一阵疾风横扫过来，风里带着戾气。亏得莲灯眼明手快，扬手一拂，一枚柳叶镖噌的一声钉在了旁边的梧桐树上。昙奴惊魂未定，反身咬牙咒骂，"好个不要脸的老妖，竟想杀我！"

他的目的很明确："莲灯不能走，留下看我们师徒决一雌雄。胜者得你，如何？"

将她当成战利品，也要看她愿不愿意。她原本不想在场，可既然走不了，就只有面对了。

"你们师徒相残与我不相干，这里是公主府，要斗回你太上神宫斗去，别脏了我的地方。"她凛凛道，"我也奉劝国师一句，眼下内讧，实为不智之举。你们的目的是一样的，没有经书，谁也活不长久。何不化干戈为玉帛，毕竟师徒一场，善始也需善终。"

国师的要求很简单，他看着面前那一手调理出来的徒弟，含笑道："为你续命不是难事，就算只有半部《渡亡经》，我也可以做到。但这之前，你我应当好好谈谈条件。我为你续命，莲灯必须跟我走，你看如何？"

他听后哂笑："师尊将我当成贪生怕死之辈了，我是师尊看着长大的，我的脾气师尊知道。半部经书，招回来不过半条性命，不要也罢。师尊目前的情况如何，自己清楚，短短一两年的欢愉，何苦为难她。"

因为失了一魂一魄，所有事都以自己高兴为主。他眯眼看莲灯，无处不可爱，便直白道："本座就是要她，死活不论，她必须同我在一起。"

言下之意就算是死，也要将她一起拖下地狱做伴吧？所以再也没有必要理论了，莲灯看他抽出三刃剑，腾身扑杀过去，夜幕下身姿矫健，长发如练。

他一向沉着优雅，不论多大的事都可以一笑了之。这次是逼急了，要他如何都可以商量，只不能打莲灯的主意。不论是他还是师尊，魑魅一样苟且偷生着，有今日没明日，谁也给不了她幸福。她应该找个更好的人，同她一起生老病死。有时候活得太久并不是好事，看着爱的人先自己一步死去，这种滋味想必钻心。所以嫁个平常人，过平凡的人生，这样对她最好。

他一心想保全她，自己的生死早已置之度外了。他做错了事，太急于求成，贸然把亡魂招回来。万万没想到，莲灯居然会成为师尊的执念，他无法拿她来交换，所以情愿自己死，也要亲手做个了结。可是与恩师对战，远没有想象的那么简单。他的一切源自他，每一招每一式每一个阵法他都谙熟。唯一能拼的是个人修为，所幸还有能够拿来一战的东西。只可惜功力不济，有七情六欲的人，总比行尸走肉顾忌得多。

拳脚、布阵，他青出于蓝。但再大的手段都需要内力作为基础，莲灯在旁看着，心急如焚。他们的对决，其势恐怕不亚于十万大军交战。力与力的碰撞，周围气流涌动，飞沙走石。渐渐尘土飞扬，看不真切了，她抬起袖子遮住眼睛，努力想找到临渊的身影。然而风太大，光线幽暗，火把被吹得摇摆不定，枝头新叶沙沙作响。灵台郎们盯紧战局，手上兵器握出汗来，想要助阵，却无从下手。忽然一阵强光迸发，直刺人眼，瞬间散去，一切都静止下来，风暴的中心只剩一人，撑着长剑，跪地不起。

莲灯心都要跳出来了，仔细分辨他的衣裳，幸好是白色的，他还活着。

灵台郎们蜂拥而上，将他搀扶起来。他伤得不轻，雪白的衣袍前襟沾满了血。抬头在人群里搜寻，隔了一段距离看到她，确定她安然无恙，心里安定下来，对她挤出个扭曲的笑容。

她咬住唇，心里挣扎得厉害，不知该不该上前。他的眼神里却没有渴望，大约是不想难为她，很快垂下眼，没有了声息。

众人一阵慌乱，再三唤座上，他不应他们，想是晕厥了。放舟对莲灯疾呼："快收拾出一间屋子安置国师。"

莲灯方寸大乱，还是府里长史拿主意，把人就近引入了厢房里。她站在那里失神，弗居慢走半步，捡起了散落的丹书铁券拼凑，都是徒劳。她垂下两手怅然："这下完了，再也没有希望了。"

连仅存的半部也毁了，所以他的死无可挽回。莲灯手足僵直，颓然跌坐在地上，弗居道："殿下当真对座上一点旧情都没有了？"

她失魂落魄，缓了很久才勉强站起身，蹒跚走了几步又停下，回头道："传医官为他治伤吧，养好了早些回神宫，免得被人说闲话。"

弗居没想到她这么绝情，一时愣在那里不知如何应答。她没有去看他一眼，同昙奴相携着往后院走，弗居情急，高声道："即便座上因今日一战殒命，殿下也不在乎吗？"

她的脚步略顿了下，到底没有停留，还是缓缓去了。

昙奴说："你当真不去看看他吗？他似乎伤得很重，前不久刚被你扎了一簪子，这次必定新伤旧伤一同发作了。"

她在锦垫上坐下，出了一会儿神，抬头问她："他会死吗？"

昙奴灰心丧气："死不是早晚的事吗？！"

"《渡亡经》没有了，就算宁愿他缺失一魂一魄，他也回不来了。"她站起身，在房里茫然打转，"还有两个月……"

昙奴看她这样也不忍，温声道："你自己的心，自己不知道吗？究竟还爱不爱他？爱他就去看看他吧，珍惜剩下的时间，别留到将来后悔。"

她走了，莲灯还在无措地盘算时间，越算越觉得心惊。回到灯下独坐，窗扉洞开着，夜色寂静。偶尔有幔子飘拂起来，她转头看，满帘风月。

该不该去看看他？就像昙奴说的那样，好好珍惜剩下的时间。可是她心里的结怎么解？有时候想想，自己一路委屈受过来，也不在乎多一回。然而想起她的宝儿，实在难过得无以复加。她怨恨他，也怨恨自己。是她太冲动，如果再等一等，也许就好了。但没有这场风波，她何时能够见到他？又能够忍受多久的煎熬？所以因果循环，彼此都有错。她的心还不够硬，见他一次次受伤，慢慢那些恨就都瓦解了。她只是放不下面子，而且心有不甘，仿佛对他的惩罚还不够，就是想要继续折磨他。

她没有去看他，不敢看他虚弱的样子。宫中派了侍御医来，都是替皇帝看病的人，医术很靠得住。她未踏进厢房，只在墙外拦截那些医官，问国师伤势如何，侍御医叉手道："国师伤了内脏，且毕竟……有了岁数，愈合起来很缓慢。"

有了岁数……他的相貌不变，肌体的年龄却已经老迈，所以自愈能力几乎没有了。她站在那里大泪滂沱，把侍御医弄得惊恐万状，一迭声道："是下官该死，下官无能，下官一定竭尽所能医治国师，请殿下放心。"

她摆了摆手："去煎药来吧，国师等着用呢。"

侍御医长揖行礼，躬身退了出去。

她背靠墙头，冰冷的寒意穿过衣料渗透进脊背，不由得打了个寒战。抬头看天，天色苍茫，像烧坏的汝窑盏托。一群鸽子飞过去，翅膀啪啪扇动着，很快冲上云霄。她十指扒着墙头，心里木木的，不知道接下去应该怎么办。

他留在公主府，翠微也来探望他，在院外和她相遇，有些不好意思。不过是打定主意要与她商谈的，于是先按制对她行了一礼，然后请她借一步说话。

莲灯虽然不喜欢她，但上门是客，也没有刁难。把人引入偏厅里，比手请她喝茶："夫人有话不妨直说。"

翠微道："上次你来神宫，我出于私心阻拦你们见面，没想到会引出这么大的变故，实在是我始料未及。现在同你赔罪，我想你也不愿意接受，我的所作所为的确不可饶恕，师兄念及旧情没有废我修为，把我逐出了神宫，这一切都是我咎由自取。可是我人虽不在神宫，心却留在那里。昨晚师尊同他的对决我都知道，丹书铁券毁了，师尊魂魄被打散，无主的躯壳在外游走总不好，我将他送回神宫安置了。眼下最忧心的是师兄，他时日无多，你可知道？"

莲灯心头五味杂陈，点了点头道："还有两个月。"

"那么你有什么打算？"

有什么打算？她毫无头绪，哪里能有什么打算！

"《渡亡经》上卷没了，下卷又不知所终，我不过是个凡夫俗子，想救他也搭不上手。"

翠微打量她的神情，试探道："虽不能让他死而复生，却可以争取些时间，继续寻找经书。"

莲灯满心的哀伤无从纾解，忽然听到她这样说，顿时一凛："夫人的意思是？"

"我也命巫女各处探听经书下落，但无论如何，时间充裕些总是好的……据我所知，他有半数功力在你那里，有这事吗？"

莲灯红了脸，转念一想孩子都怀过了，似乎也没什么可避忌的，便大方颔首：

"如果能将功力渡还，是不是可以让他多活一年半载？"

翠微说是："至少身体可以恢复八成。"

这是个天大的好消息，黑暗之中突见曙光，简直令人激动得打战。她往前挪了挪："请夫人指点，我如何才能将功力渡还给他？"

翠微赧然沉默下来，左思右想，不太好开口。再看她满脸急切，这种死生存亡的当口也没什么可害臊的了，便找了个比较迂回的说法提点她："他长居神宫心无旁骛，一旦物欲耗损，精气便不足。要救他，需用你的元气温煦他，打通小周天，炼精化气。这是唯一的捷径，用不着百日筑基，可事半功倍。"

莲灯根本听不懂他们神宫的那套术语，翠微讲解得绘声绘色，她却一头雾水，讪讪道："夫人能不能说得通俗些？我不懂什么小周天和筑基，夫人只要告诉我怎么做，我会竭尽所能办到。"

翠微愣了下，实在有些难堪，最后只得直白道："当初他是如何将修为散给你的，你如法炮制再做一遍就可以了。记住让气血下行，运至丹田，再打入他体内。若一时不能糅合，就……再来一次。只要方法得当，成效立竿见影。"

她说完如释重负，然后灼灼看着她，莲灯却目瞪口呆。这不就是取坎填离的房中术吗？！途径很简单，哪里来的还到哪里去，也就是说还要同他"那个"一次。她脸红得几乎要烧起来，既尴尬又无奈。翠微却坦然许多，笑了笑道："你们只缺一个仪式罢了，其实早就同夫妻无异了。这是救人，没什么不好意思的，难道你愿意看着他死吗？殿下，时间有限，待他真正老迈，你就是想救他，也来不及了。"

同他闹到这个地步，现在再做那种事，委实有点奇怪。她支吾了半天："就没有别的办法了吗？"

翠微摇了摇头："如果要将功力还给他，只有这个办法。"

似乎是不行也得行了，她咬了咬牙，问自己的心，究竟想不想救他，答案是肯定的。那么就不要再迟疑了，虽然方法让人为难，但事到临头，也顾不得那么多了。

她说好，起身道："我现在就去。"

她倒是个雷厉风行的脾气，翠微怔怔望着她的背影，悬了百余年的心也放下了。姻缘是天定的，不是你的，你想尽办法也抢不过来。倒不如成全他们，待《渡亡经》找到了，拼尽她全部的修为，将他招回来就是了。

莲灯过厢房，灵台郎们都在，七零八落地分坐在院里，见她来了忙起身相迎。

她不好意思说此行的目的，只是问他们："国师眼下还好吗？"

放舟道："五更的时候清醒过，后来便一直昏睡，到现在还没说过话。"

"药吃了吗？"

弗居道："吃过了，可惜没什么起色，看他的精神还是很不好。"

她提着裙裾上台阶，褪下云头履道："我进去看看，你们整夜没合眼，我让人准备了屋子和茶点，吃过都去休息吧。这里有我，你们不必担心。"

她和临渊的这场纠葛所有人都知道，因此她忽然回心转意，大家都喜出望外，并不真的为休息，只是要腾出空间来给他们。弗居忙道好，很快召来四官，一股脑儿推了出去。莲灯回身看，等他们都走远，命仆婢合上了院门。

站在檐下，有点紧张，这种事不是耳鬓厮磨间自然而然发生，多少让她感到失措。她犹豫了一阵，到底推门进去。绕过层层帘幔，见他卧在围榻上，还是那拥雪的脸庞，偃月刀似的长眉。睫毛浓而密地覆着，静静的，就似一幅画。

她脚下徘徊，生出些近乡情怯的彷徨来。在离他几步远的地方站住，分辨他的气色，气色不好，大概是因为失血过多，嘴唇淡得很。他两手压在被面上，袖口只露出一点指尖，她第一次发现他居然这样脆弱，心头便狠狠地揪起来。

没有太多时间了，容不得她斟酌。她上前，在榻沿上坐下来。他似乎睡得很沉，如果不是胸口微微起伏，简直看不出他还活着。这张脸……这么熟悉。她隔空描绘，眉眼、鼻梁、嘴唇、下巴……描着描着，潸然泪下。忙擦干眼泪定定神，抬手拔了花钗，把胸前裙带解开，褪下金缕裙和里衣，揭开被褥，赤条条钻了进去。

在他身边，心安理得地出奇。缓了两口气，她探手解他的衣带，窸窸窣窣地摸索。他感觉到了，蹙起眉头，慢慢睁开了眼。看到她，震惊又不解："莲灯……"

她有点心虚，咬着唇不说话，把手探进了他中衣里。

他的皮肤比女人还好，算得上吹弹可破，她抚摩他的时候担心触到他的伤处，不敢用力。闭着眼睛靠在他肩头，缠绵地在他胸前流连。他震了一下，但依旧迷茫，喃喃说："你怎么……来了？"

"别说话。"她低喝，他果然不出声了。她把他的中衣解开，露出略有些嶙峋的胸膛。她鼻子一酸，这么瘦……怎么这么瘦？

她喉头哽咽，把眼泪逼回去，牵起他的手，然后抚抚他的脖颈，吻他的唇角。

他起先很惊讶，有点怔怔的，但这种事是本能，很快明白过来，手上有了动作，舌尖也懂得纠缠了。

分开，心跳得剧烈，几乎喘不过气来。他艰难地说："你不必……"

"闭嘴！"她窘迫得厉害，不想同他理论。

窗外春意大盛，朦胧的光从窗屉流淌进来，绡纱轻拂，像个柔软的梦。她不敢看他，把脸埋在他颈窝里，手指顺着他的曲线往下滑，触到那里，倒是精神奕奕。她大为意外，然后便更加地无地自容了。

他落入她手里，细细打战。昨日一役五脏六腑几乎移位，容不得再颠荡了。他觉得很惭愧，这个时候应该怎么交代呢，他想有作为，但心有余力不足。正急得发汗，她却披着被子覆了上来。

这种体验前所未有，他神魂荡漾，绷紧身子扣住了被褥。她仰起白皙秀致的脖颈，蹙着眉头神情痛苦，僵涩地定在那里，过了很久才适应，长长呼出一口气来。

两个人视线相撞，都有些不好意思。她在上，那曼妙的身形简直能让他燃烧。发现他在看她，匆匆别过脸，鬓角濡湿的发贴在颊上，诱惑至极。他的双手不由自主扶住了她的腰肢，她发出一声鼻音，忽然惊觉，脸上酡红一片，一直蔓延到胸前。

这是场无止境的煎熬，能把将死之人逼活。不知是谁告诉她这个方法，他之前怕她不能接受，从没有和她说起。现在她自愿来了，足以证明她还是爱他的吧！

他对她的仗义感激涕零，可她毕竟没有经验，自以为做得很好，手段却实在不怎么高。大概是角度不得当，每次都能牵起他奇怪的痛，一度以为自己可能要就此交待了。还好她懂得调整，悟性也高，得趣之余真气开始盘桓，缓慢而充实地注入他的丹田，就像枯木逢春，一点一滴地充盈。他的手脚逐渐变得有力，胸腔的痛减轻再减轻，直到最后消失殆尽。地狱里翻滚一圈，终于得到了暂时的重生。他抬手捧住她的脸，她迷蒙看他，气喘吁吁。

终究是女人，这方面主动太久会体力不支，他翻身坐起来，紧紧把她扣在怀里。她呜咽了声，搂住他的肩背，他圈紧她，发狠研磨，然后将她压在被褥里。

湘妃色的韶州绢衬托着她的冰肌雪肤，她媚骨天成。谁能像她一样稚嫩又妖娆？只有她！他将她的手臂高举，在那软软的腋窝里亲了一口。她好像发觉他已经恢复了，昏瞶里愕然望他。他抬手蒙上她的眼，不要看，只要感受就好了。

极致的快乐，比上一次更圆满。他时刻留意她的反应，她红唇半启吟吟哦哦，应当也很受用吧！他越发卖力，刚得回来的内力，几乎又要损耗一大半去，她也意识到了，喘息着推他："不能……"

大不了再渡回来，多渡几次才好。他掬起她，一刻也不停息。莲灯觉得自己魂飞天外，连脑子都被他撞木了。迷迷糊糊地想，等他恢复了，就不要再与他纠缠了，让他去找经书，别再在她这里浪费时间。可是他不放过她，就像饿极了的人，贪婪得近乎疯狂。她必须小心翼翼地控制，不能像上次那样又把他的内力吸回来。然而灵魂支离破碎，她渐渐分不清现实与梦境，庞大的喜悦几乎撕碎她，她忍不住尖叫，与他贴合在一起。他就像一张满弓，到了绷断的极限，恍惚发出铮然的声响。始于悲情，终于绚烂。饕餮的盛宴结束了，他颓然埋在她胸前，彼此都无法动弹。

他抬起头看她，她闭着眼急促呼吸，酡红的脸蛋美得炫目。

他摸到她的手，与她十指紧扣。

奇怪即便没有片语只字，也会升腾起无法言喻的感动。这是一段孽缘，不想再有牵搭，结果又以这样的方式藕断丝连。她努力平复心绪问他："现在如何？身上有劲了吗？"

他大概会错了意，腼腆地点头说："再来一次也可以。"

她张口结舌，这样看来应该是没有问题了。他留在她这里的东西已经如数偿还，既然大功告成，那么就当功成身退了。

她挣扎起来找里衣，手脚都没有力气，勉强撑着身子，两条手臂瑟瑟发抖。不知为什么，热情冷却下来，那份距离感又悄然而至了。她抓过诃子穿上，反剪着两手系背后的带子，他抓住了她的腕子，低声叫她："莲灯……"

她嗯了一声："我该走了。"

"以前的事……"

"以前的事一笔勾销，从今天起谁也不欠谁的。"她绾起头发回首望他，"宫里很忧心你的伤势，我差人传话报个平安。你恢复些了就回去吧，今天的事别放在心上。"

什么叫别放在心上？他觉得自己就像个弃妇，唯恐各方面表现不好，提心吊胆等她表态。结果等来等去，什么都没有改变。

"我以为你已经原谅我了。"他黯然道，"你不能接受我，为什么还要关心我的生死？"

她答不上来，怎么和他解释？她是害怕，这次只是暂时渡过难关，接下来还有生离死别，她已经成了惊弓之鸟，没有力气再面对了。所以还是狠狠心，一了百了的好。她穿上披衫，系上了裙襦，淡然道："一次鱼水之欢罢了，以前又不是没有过。我把内力还给你，你就能多活一阵子，如果能找到剩下的半部经书，哪怕像你师父那样少了一魂一魄，至少还能活着。"

这算什么呢，他心里难过，说不出话来，只是牵着她的画帛不松手。

她回头看他，哀声说："我不想看着你死，毕竟我爱过你。你要好好的，剩下的时间什么都别管，一心一意找《渡亡经》。我也会帮着打听的，但愿能有下落，找回来好续你的命。"

"找回来无人会用，也是枉然。"他笑了笑，还是松开了手，"你走吧，别忘了喝避子汤。"

她说好，举步往外，可是每行一步都千斤重似的。她也在反省，自己是不是太自私了？为求自保，对他退避三舍。她心里的矛盾没人能懂，一次又一次的肝肠寸断，她经不起这样的消耗。也许真应该找个郎君嫁了，就像昙奴一样，有一份平凡朴实的幸福。他闯入她的生命，于他是处心积虑，但对她来说是一场意外。现在真的两清了，她也应该开始重新生活了。

昙奴的婚期近在眼前，府里开始大大地忙碌起来了。莲灯不太懂中原的仪俗，看着傅姆和管事们张罗，只觉得工程庞大复杂。昙奴自己也不愿意操心，甩手掌柜一样，倚在莲灯身边看热闹，带着稀松感慨的笑，仿佛所有事都和她不相干似的。

宫里的内侍往来很频繁，转转不能出来帮忙，天天托腮思量，发现这对宝瓶不错，让人送过来。明天得了几匹上好的缭绫，觉得给昙奴做衫子很好，又命宦官送来，所以昙奴虽没有任何敕封，婚礼却不比官员家眷们差。萧朝都的母亲出身不俗，也是皇室宗亲，认真算是个郡主的头衔。既然认可这门姻亲，办起来就分外上心。他们小夫妻的院落怎么布置全要听昙奴的意思，差人来请少夫人，昙奴无奈，只得来来回回地跑，莲灯就同她打趣："住在将军府算了，等大婚前一天再回这里来，也省得老夫人总打发人请你。"

昙奴很忙，不能再像以前那样陪着她了，大家都有自己的事要做，只有她，两袖清风，无牵无挂。还好有转转，她被困在大明宫里闲得发慌，想她了就派人来接她，在太液池旁的望仙台上设一小宴，两个人临风坐着，赏赏湖上风光，或召两个梨园子弟给她们唱曲。

那罗延长大许多，不再包裹在襁褓里了，虎头虎脑非常可爱。莲灯抱着他，喂他一点果泥，他吃饱了就昏昏欲睡。转转让乳母带他下去休息，自己靠着引枕叹息："以前纵马江湖，快意恩仇，多痛快的人生！现在呢，我成了笼中鸟，再也飞不起来了。"

莲灯看宫人做胭脂，撑着脑袋闲闲回她一句："现在还想飞吗？有了丈夫和儿子，好好过你的日子吧！"

她慵懒地嗯了声："前两天中山王送了两个女郎进宫，陛下把人藏起来了，我到现在都没有见过。"

莲灯抬起眼来："是充后宫的吗？册封了？"

转转摘了金步摇，拿尖头蹭了蹭头皮："那倒没有，不过也是早晚的事，不想册封，把人藏起来做什么？这世上的男人靠不住啊，做王的时候还好一些，做了皇帝就不一样了。"

其实这些金银从里长大的人，要做到洁身自好很难。浸淫得太久了，势必个个多情。就连辰河那样干净的人，房里还有几个侍妾呢，何况是皇帝。

她转过头去，眯眼眺望远处的景致，今天天气晴好，太液池上万点波光。天气转暖了，莲花的新叶慢慢舒展，稚嫩葱翠的绿色，渐渐烘托出了夏的气息。她深深吐纳了两口："他不想让你知道，你就装作不知情好了，现在总不能不管不顾回大漠了。"

"那可不一定。"转转把嘴噘得老高，"我原本没有奢望他只爱我一个人，毕竟人家出身显贵嘛。是他指天誓日说今后只有我一个，再也不往府里带人的。现在府邸变大了，他觉得屋子空，就打算违背誓言了。"

也许当初他没有想到自己会做皇帝吧！莲灯笑了笑，天家无小事，他们之间闹不愉快，她哪怕再向着转转，也不能替她出什么主意，今非昔比，实在是种悲哀。她只有劝她："看开点就好了，你有那罗延，将来儿子有出息，你还愁什么？"

转转慢慢摇头："我觉得生在帝王家一点都不好……"

莲灯知道她要说先帝六子的事，忙先她一步截住了话头："这胭脂色泽真好，怎么做的？"

内人道："上年的牡丹花瓣存起来，拿雪埋住了，今年立春这天挖出来杵烂绞汁，加入云母和珍珠粉，阴上七七四十九天，就做成了。"

她哦了声："怪费心思的。"

内人笑着看转转："我们娘娘最大方，做成了送殿下一盒，可好？"

转转点头不迭："那是自然的。"

内人端着纱绷去了，莲灯方叮嘱转转："宫闱之中没有什么事是简单的，你从今天起要留意了，当着别人的面不能随意说话。万一让有心人听去，添油加醋在陛下面前告你的黑状，一次两次他不放在心上，次数多了难免对你心生芥蒂。你们当初也是极相爱的，既然相爱就相信他，千万别闹，别让亲者痛仇者快。"

转转眨着大眼睛看她："原来道理你都懂，只不过从来没想过把这话放在自己身上。"

她愣了下，料她是说临渊的事，可他们的问题比起她来要复杂得多，岂是三言两语能分辩得清的！

她垂下眼，摆弄着桧扇上垂挂的回龙须，并不应答她。转转往前腾挪，和她并肩坐在一起，小声道："你和他，当真都结束了吗？"

她心里颤了颤："不结束又能怎么样？"

"若结束了，就正经找个人吧！昨日陛下同我说起，新上任的淮南节度使人品、才学、样貌都是上佳，尚你正合适。你要是愿意，见一见好吗？如果觉得可以，将来随他下扬州，离开长安你就能高兴起来了。"一面说着一面怜悯地看她，"你天天强颜欢笑，以为我瞎了？别这么逼自己了，你心里空着，就天天念他。只有把那里填满，才能专心致志去爱另一个人。你一向很果断，英雄一世，别在这上面栽跟头。如何？见不见，给句准话吧！"

莲灯反复思量她的话，其实说得不无道理。她需要有个人来分散她的注意力，如果她移情别恋，对他的感情也许就能放下了。她没去考虑以前那个情比金坚的约定，如果真的因此殒命，就说明她运数如此。她说："好，找个机会见一面也没什么。"

转转忽然直起身看台下，回头召她："说曹操曹操就到，择日不如撞日，我看今天就不错。"

莲灯想他们一定是串通好的，先让转转把她召进宫，皇帝再带人来个不期而遇，真是完美的计划。她扶着栏杆往下看，春日融融，熏风送暖，堤岸边上一位戴幞头穿圆领袍的年轻官员缓缓而来，面貌看不清楚，身形却挺拔颀长如同松竹。皇帝扬手朝她们这里挥了挥，那位郎君也抬起头来，五官俊秀儒雅，眼里蓄满了三月的春光。

转转悄悄顶了顶她，一迭声说好："陛下办事果然是靠得住的。"

莲灯无所谓好不好，现在的要求也不怎么高，只要人过得去就可以了。

皇帝带他入亭中来，他恭恭敬敬对在座的人都行了礼，皇帝赐他座，同他谈时事政见，他不卑不亢，态度从容，果真算得上是上佳的人选。

莲灯从头至尾都报以微笑，经历了很多事后，心也变得平静宽容了。他们为她物色郎君是好事，自己也希望早些寻得良配安定下来。看这人谈吐见识都不错，似乎是可以考虑考虑的。

再要寻到比临渊更风流的人物，世间恐怕是没有了。她忽然有些伤感，退而求其次吧，不要再念着他了，试试能不能接纳其他人，给自己一个机会，也给幸福一个机会。

皇帝充当起媒人来很有一套，笑道："朝堂上的事还是留待朝堂上说，没的扰了娘子们的雅兴。盛卿以前可见过同安公主？"

那位郎君顿时不像先前和皇帝详谈时那么收放自如了，面对女郎显得既谦恭又拘谨，连眼皮都没有抬一下，立起身长长作了一揖："臣久闻公主大名，一直无缘得见，今日蒙圣主隆恩，臣……臣……三生有幸。"

转转掩袖笑起来："使君不必紧张，公主是最温和的脾气。不过她平常不与朝中相公们结交，也是第一次见使君。我料她不好意思开口，还是我来替她问吧！使君尊姓大名，哪里人氏？家里有些什么人？"

他正色又对转转一揖："微臣盛希夷，洛阳人氏，今年二十有五，尚未婚配。家中有高堂，有一弟一妹，幼弟在兰台供职，舍妹已许了人家了。"

这样好，话不藏着掖着，彼此知道了情况，也好接下去深交。可是莲灯不知道应该怎么同他搭话，想了半天，挤出几个字来："洛阳牡丹好。"

显然她的回答有点太不热情了，正常的情况应该还一礼，然后说些客套话，顺便介绍介绍自己的闺名什么的。一句"洛阳牡丹好"，让气氛变得有点尴尬，还是盛希夷的反应敏捷，忙道："家母爱种牡丹，自己培育的首案红，历年花会上都拔得头筹。公主要是喜欢，臣进献几株，送到公主府上去。"

转转大觉称心，这人脑子活络，涵养也好，配莲灯这大大咧咧的性子正相宜。女人失去了爱情，就要用新的爱情来填充，否则伤春悲秋起来没完。她是极力想促成这件事的，便对皇帝道："那罗延刚才想爷爷了，见不着爷爷哭了好半天，陛下随我去看看他吧！"说完冲皇帝挤了挤眼，挽着画帛起身，对盛希夷道，"公主要回府，使君替我送她一程，可好？"

他自然说好，老老实实恭送今上和贵妃。回身看，公主凝目眺望远处，似乎他的存在并没有引起她太大的关注。

他到现在才敢正眼看她，坊间关于这位同安公主的传闻有很多，据说她幼年凄苦，甚至与国师有过一段情。但也正因为这些神秘色彩，更令她有种凌驾于闺阁女子之上的气度。她长得很美，那种美不单单指眉眼身姿，可以涵盖其他很多东西。虽然是初见，他对她的好感倒是迅速增加了。

他上前向她行礼："臣送殿下回府。"

她这才转头看他，秋水似的一双眼，依旧盈盈含着笑意。微欠了欠身，提裙下望仙台，他在旁小心看顾着。春风吹动她髻上的步摇，金叶子相叩簌簌作响。她低着头看台阶，因为天气渐暖，换上了袒领，那白净的肩颈看上去圣洁美好。他托着两臂唯恐她错步，她见他这样尽心，笑容更扩大了些。

"淮南节度使……驻地在扬州吗？"她和声道，"使君什么时候去扬州？"

他哦了声："因新皇登基广纳良才，臣是这个机缘下才升作节度使的。朝中目下人心大定，臣不日就要前往扬州上任。"

她点了点头："使君以前定过亲吗？"

他略怔了下："臣开窍得晚……"

她笑起来，顿了顿才又道："我以前常听人说扬州美，一直没有机缘去看一看。使君略晚几天，我随你一起下扬州吧！"

盛希夷大感惊讶，既然表这样的态，那就说明公主打算下降了。他仔细看她两眼，她的态度很和软，没有多说什么，只对他莞尔一笑，仿佛交易达成后的圆满。

至少不讨厌，所以就这样吧！反正余生都是将就，嫁给谁又有什么分别。莲灯觉得这人还过得去，最要紧的一点是可以离开长安。其实两个人相处久了，慢慢就有感情了。她也曾经有过爱得死去活来的人，结果怎么样，还不是一场空！

他送她回家，节度使虽然是武官，但他文质彬彬，倒是少见的斯文。她请他入内品茶，他同她聊东都的奇闻逸事，她掖着袖子长叹："中原大地上，我只走过长安通往西域的这条路。"话语间似乎觉得自己狭隘，很有些羞赧。

他立刻宽慰："大历的公主不出长安，恐怕没有哪位能像殿下这样见多识广了。"

他懂得照顾人的情绪，莲灯觉得很高兴，找到个可以聊得来的人不容易，即便不嫁给他，做朋友也不错。

后来便不再用敬语和官称了，直呼名字，相谈甚欢。

他逗留了很长时间，到傍晚才离开。莲灯送他出门，笑吟吟地邀他下次再来。

他说："我这两天很闲在，等散了朝就来看你。你要牡丹吗？明天我送几株来，挑发了新芽的，比较好养活。"

他扬鞭去了，她送走了人回到园里，天灰蒙蒙的，可能要下雨。边上婢女被她遣开了，她独自一人在小径上散步，脑子里空空的，心底无波无澜。花园里有个人工开凿的湖，湖上有假山和凉亭，比不上太液池的广阔壮丽，却自有它的玲珑和巧妙。她慢慢走过去，湖畔种着一株高大的皂荚，她背靠着树干站定，朦胧里见九色带着佳人四处闲逛，见到她，轻快地奔了过来。她垂手抚抚它们，低声道："今天来了位节度使，我想嫁给他，你们看到他了吧？觉得他好不好？"

九色没有任何表态，佳人对他们的过往不了解，见九色有些黯然，便定定地望着它。

莲灯知道它还是向着国师，她问这个问题叫它不高兴了，忙推了它们一把："带佳人回去吧，要下雨了，别淋着。"

九色一步三回头地走了，她站了一会儿，只有半炷香时间，叹了无数口气，一次比一次沉重。转过身来，忽见背后站了个人，她悚然一惊。再仔细看，原来是他，她拍着胸口蹙眉："险些吓死我……你怎么又来了？"

他没有正面回答，只说："见过人了吗？可还合心意？"

她诧异地打量他："你怎么知道？"

亲自挑选的人，当然知道。其实长安的显贵里，能经得起琢磨的不多，为了找个合适的人作配她，他把人家的十八代祖宗都查遍了。盛氏是书香门第，却不迂腐守旧，后世子孙允文允武，百余年来出将入相者大有人在。盛希夷身家清白，人品贵重，将她交给他，能够放一百二十个心。

可是谁能体会他现在的心情呢，把自己的女人送进别人的怀抱，难道不是奇耻大辱吗？他居然还能亲自过问，这是怎样一种胸襟，连他自己也说不清了。他对她不敢有抱怨，只能强颜欢笑："这人可信，你尽管放心。如果他有负于你，神宫不会放过他。我同圣上商议过，他要尚主，需先答应几个条件，首要一条就是不得纳妾。我若娶你，我能够做到，但是现在我……你值得一个全心全意对你好的人。"

莲灯的话全堵在喉咙里，堵得她泪水横流。原来这人是他们一同挑选的，他这么做，叫她心里怎么想？她情愿他不再理会她的事，她幸或不幸都不要他来操心，从此形同陌路就好了。他却还要像交代后事一样替她安排妥当，她不感激他，反而对他充满了憎恨。

她咬着牙说："去办你自己的事，别再管我了，我会过得很好的。刚才与他说了会儿话，这人是个良才，你没有选错。既然觉得他好，我嫁他就是了，你还有什么事？若没有就走吧，别传到人家耳朵里，反而坏了我的姻缘。"

他愣了一下，垂手站在那里，模样消沉，缄默了很久才道："我就想来看看你，想知道你的想法，如果觉得不理想，我再物色别的人……看来你还算满意，那再好不过。"

她别过脸不再看他，心里刀割似的。她不知道自己究竟在坚持什么，明明舍不下，因为他生死未卜，她就胆怯放弃了。其实她对他的爱很有限，痴心不过是自以为是。现在找到个堂皇的理由，因为他没有将来，她的逃避就正大光明。谁知他偏要做出成全的姿态，分明就是有意让她难过。

她恶言恶语，最好他立刻就走。她听见他浅浅的叹息，稍过了会儿递了个小小的盒子给她。她不解地看了他一眼："这是什么？"

他说："下降别人，日久年深难免动情。如果爱上他，就好好同他过日子吧。把解药服了，关于我的记忆也会烟消云散。你还年轻，应该重新开始。不要再为之前的事愁闷了，从明天起做全新的你。"

所以他也是下了狠心了结的。心在胸腔里悸动，闷闷的，疼得厉害。她抓紧裙片，把药接了过来："那你呢？"

他摇了摇头，嘴角浮起笑意："我只剩下记忆了，不能忘。"天上淅淅沥沥下起雨来，他挥了挥手，"走吧，就此别过，后会无期。"

她没有挪步，心如刀绞，他何苦把自己弄得这么悲情，只是为了让她自责吗？

她狠起心肠转身，雨密起来，打得她睁不开眼。掌心被盒子的锋棱剐得生疼，可是再疼也疼不过他给她施加的压力。她一步步往前走，真的要忘记吗？忘了他，和另一个人相爱，成亲生子，不记得他曾经在她的生命里出现过。

不要回头！她对自己说，不要回头，回头就彻彻底底输了。可是小腿肚里像灌了铅似的，举步维艰。她控制不住自己，挣扎犹豫，还是慢慢顿了下来。

雨里依旧夹带着寒冷，她的脑子似乎很久没有这么清醒过了。深深吸了口气，她开始动摇，如果他已经离开，那么就松手吧，放彼此一条生路。如果没有……她慢慢转回身，雨帘重重，透过万道银针，她看见他还在，被雨淋得透湿，脊梁依旧挺得笔直。

真是冤孽，让她怎么坚持下去？她又恨又恼，奋力把盒子扔进了湖里，然后瘫坐下来，捂着脸痛哭失声。

下雨的时候风停了，雨帘稠密，落进湖里，激起万圈涟漪。那只盒子在水中载浮载沉，渐渐被浸透了，消失在水面上。他收回视线，垂眼看泥泞里的人，她扔了解药，表示她已经回心转意了吗？还是纵然嫁人，也绝不会爱上她的丈夫？

他走过去，在她面前跪下，伸出两臂，把她紧紧搂在怀里。雨这么大，狼狈却又相依为命。他从未想过自己的一生会遇见这样震撼的爱情，即便已经到了末路，也觉得不虚此行。

他扶她起来，抹了她脸上的雨水，轻声道："回去吧，会淋坏的。我明日再派人送解药来，你应该冷静一下，好好想想。"

想什么？想她一开始怎样被他的美色迷惑，后来又是怎样不顾一切地为他付出吗？她的爱情不是空穴来风，是用血泪一点一点堆积起来的。比起那些花前月下的美好，她经历的是金戈铁马，是坚若磐石，因此烙印太深，想断也断不了。

或许她是太冲动了，如果接受他的建议，吞了那颗药，前尘往事都散了，对她来说的确更好。可是为什么她不敢想象，见面不相识会是多大的讽刺，她曾经那样呕心沥血地爱过他。他站在她面前，她一直有种卑微的感觉，即便到现在依然是。她放不下，没骨气，没刚性，随便怎么样吧！刚才边走边思量，勾勒出将来他们各自的生活。她会嫁给盛希夷，过上平静的生活。大不了满池荷花开时，忽然想起曾经有过那么一个面目模糊的人，懒洋洋歪在临水的地板上题诗作画。而他呢？他没有希望，拖着一天天苍老的身躯，把自己锁在九重塔内。时间到了，躺进事先准备好的棺材里，闭眼的时候仍旧满心遗憾，却不敢奢望来世。

还剩多长时间，现在谁也不知道。她自己超生去了，他坚守着回忆，独自担负两个人的痛，会有多可怜。一个人一辈子，有过一次刻骨铭心就足够了，他像烟花，灿烂地划过她的天空，余下的寂静和黯淡让她如何度过？

她不说话，用力抓住了他的手腕。婢女拿着伞赶到，着急地唤她避雨，她充耳不闻，只是紧紧扣着，不让他离开。

"我……"她嗓音嘶哑，"不打算服那个解药。"

他沉默了下，说不行。

她抬起眼，悲伤地望着他："你还能活多久？"

他似乎也不敢肯定，迟疑着说："大概一年左右吧。"

她说："够了，你不是要做我的面首吗？我给你个机会，让你留在我身边。"

他愣愣看着她，然后苦涩地笑起来："你需要的不是面首，是一个爱你的郎君。我做不到，也配不上你。"

那双漆黑的眼眸里倒映出他的脸，他仔细看着，有自知之明。他现在这个样子，能给她短暂的快乐，然后呢？到了濒死那天，再让她肝肠寸断吗？她正是最美好的年华，别在他身上蹉跎，从十五岁起就和他纠缠在一起，他可能会像个鬼魅一样伴随她一生。

可是她不认同，脸上有恫吓也有决绝，握着拳道："配不配轮不着你说话，我已经决定，你只管听吩咐就是了。"

她的语气生硬，却让他满心酸楚。他从来不哭，但孩子没了以后，泪海莫名决了堤。他讨厌懦弱，然而控制不住自己。还好下着雨，她看不见他的眼泪。他努力微笑着，笑得嘴角酸涩，不让她看出端倪："给你一晚上，再好好考虑一下。"

她蹙起眉别过脸："用不着考虑。"

从她扔了解药那时起，她就已经想好了，对他的折磨够多了，其实也解了她的恨。陷在爱情里的人，没有哪个是真正狠得下心的。如果说断就能断，便不可称之为爱情了。

她态度坚决，他心里的感动和欢喜难以言表。他两手捧住她的脸颊，在她额头吻了又吻。雨水湿透了他们的衣裳，他搓搓她的手臂哄她："有话可以慢慢说，别着凉了，进去吧。"

失而复得，尤其令她恐惧。她扣着他不松手，他没有办法，打横将她抱起来，她搂住他的脖子，把脸贴在他的颈窝里。

多久没有这样了，记不清，很久很久了。缺了爱情她可以活下去，只不过越活越厌世罢了。就像一个人悬浮在半空中，没有地方借力，是个无根的人。她需要有根线牵住她，想起他总觉得有退路，即便遇到困难也不怕。女人终究是女人，性格里有柔弱的天性，需要一个人为她挡风遮雨。不要管将来如何了，只图眼前。快活一年，强似后悔一辈子。

她静静贴着他，轻轻叫他："临渊……"

他低下头，在她唇角吻了吻。

"你别离开我了，这三个月来，我简直像活在炼狱里，快要坚持不下去了。"

他说："对不起，都是我的错，是我太自私了，不停地伤害你。"

现在论谁对谁错早就没有必要了，她叹了口气：“你还爱我吧？”

他紧了紧手臂：“我爱你，可以不顾一切。”

所以爱情也是需要时间长大的，他是国师，清心寡欲了一百多年，没有爱人的资本。他关心国运，关心天下苍生，唯独不知道应该怎样让一个女人快乐。他和她的爱情，始于他百无聊赖的逗弄，谁知欺负着、欺负着，把自己赔进去了，真是天意。他在爱情方面不比十几岁的少年老练，偏偏这么青涩的心理，搭配上老掉牙的年纪，于是开始倚老卖老，觉得自己有能力操控，可以把一切奇怪的感情消灭于无形。结果他输了，输得那么难看，一败涂地。

他做错了很多次，这次要好好斟酌，不能再只顾自己了。她倚在他怀里，猫儿似的温顺，他把她送进卧房，她湿漉漉地站着，仆婢让她入浴，她拒绝了：“找身干衣裳来换了就好，还有国师的换洗衣服，让人现在就准备。”

公主府什么都有，就是没有男人的衣服。还好昙奴那里有压箱底的陪嫁，借来一用正好。

把人都支出去，面首要伺候公主更衣了。她坐在烛火下，光裸着身子背对他，那窄窄的纤细的身条，脆弱得撼动人心。他束起她的头发，拿簪子绾起来，绞了热手巾细细给她擦拭，她顺从地听他指派，不管他怎么搬弄，都一力配合。他把她转过来，看着她的身段，有些不好意思。莲灯却很大度，笑了笑道：“这半年长得很快，我以前羡慕巫女，现在不必了。”

他红着脸说：“我想靠一下。”

她的耳郭辣辣烧起来，腼腆道：“随便你呀。”

他依言靠上去，莲灯抱住他，心里涌起温柔的浪。他虽然活了那么久，有时候还像个孩子。她捋捋他的头发，想起那位国师来，便问他关于他的近况。

他说：“他的元神本来就依托在那半部经书上，丹书铁券没了，他的神魂便无主了。行尸走肉一样，活着也是折磨，索性把他的两魂逼出来，让他暂时安定。”他抿唇一笑，“别谈那些事了，说起神宫就会扰了好心情，不谈也罢。”

他放轻了手脚替她穿上明衣，那柳色的纱罗隐约映现出她肩臂肌肤的嫩色，他满意地打量，赏心悦目。

他看由他看，反正她不想同他分开。牵他安置，手脚密密地缠住他，仰起脸说：“你不会走，对不对？”

他抚抚她的脸：“我不走，你好好睡吧！”

她找了个舒服的姿势，靠在他怀里睡着了，他心头却乱得厉害，盯着那盏红烛直到天明。

早上起床，她精神奕奕，他却赖在褥子里不肯起来，她也纵着他，自己在妆台前傅粉点面靥，回头望了他一眼，温声道："我要进趟宫，多谢陛下的好意。盛希夷那里请他代我婉拒，不能耽误了人家。你好好歇着，等我回来。"

暖金色的锦被间露出他的半张脸，睡眼惺忪："早些回来。"

她应了，绾好发髻回来亲了他一下："别起来，接着睡。"

她宠爱他，真就像公主对面首。他有些好笑，支着头看她悄声吩咐仆婢，起床后给国师吃什么、穿什么，面面俱到。然后回身对他一笑，出门去了。

彼此都小心翼翼，害怕伤害对方分毫，越是这样，越让人心酸。他仰在那里听脚步声渐远，直到消失，略卧了会儿便起身，去前面的院落找昙奴。

昙奴知道昨天他们冰释前嫌了，虽然有些难过，也还是替他们高兴。

他脚下踯躅，一反常态地吞吞吐吐。昙奴见状把人都遣开了，拱手道："国师有话不妨直说。"

他站在一株花树下，温润的五官，这次竟没有距离感。他说："本座来拜托娘子一件事，昨日我和莲灯的首尾，娘子应当已经知道了，其实并不是真正和好，是我的权宜之计。当初我让她吞药，不过是要她听命于我，后来的种种，你也知道了。如今本座时日无多，不能让这个药害她一辈子。"说着复一叹，"我明白她的心，她是舍不得我，可我不能那么自私。我想让她忘情，给她解药她不接受，只有来托付娘子。"

昙奴看着他，起先有些惊讶。没想到这位不可一世的国师，也有如此成全别人的心。活不长久，就不应该再牵绊住她，作为旁观者，她是赞成他这么做的。

"国师只管吩咐，我尽我所能。"

他点了点头，把春官送来的药交到她手里："请娘子为我想办法，务必让她服下。"

服药不难，可她也担心："这样违背她的意思，我怕最后反倒伤害她。"

他说："她会忘记一切，从遇见我开始，忘得一干二净。我知道一再抹去她的记忆，美其名曰对她好，其实伤她至深。可是现在没有别的办法了，这是最后一次，你也希望她过得无忧的。"

昙奴犹豫再三，那颗解药掂在手里，千斤重似的。她怅然望他："国师当真下定决心了？”

他垂眼说是：“今日起我不会再踏出神宫一步，以后还请娘子替我照应她，临渊这厢先谢过了。”他说完肃容，恭恭敬敬对她行了一礼。

昙奴生受了，尴尬万分：“请国师放心，我与她情同姐妹，就算国师不嘱托，我也会的。她近来常头痛，在服尚药局开的醒脑丸，同这药差不多大小。回头我把药换了，骗她吞下就是了。可是国师……你们这样艰难……”

他抬了抬手，截住她的话：“本座感激娘子，今天的决定是经过深思熟虑的，并非一时兴起。她昨天见了淮南节度使，那人的身家我仔细查访过，很靠得住。托陛下牵线搭桥，为她赐婚，她有了依靠，我就放心了。”

昙奴心头像打翻了五味瓶，一时酸甜苦辣齐涌了上来。他却只是一笑，转身往院外去了，那疏阔恬淡的样子，一如初见时的风华绝代。

莲灯急匆匆入宫，又兴冲冲回来，然而进门他不在，心凉了一大截。转身问仆婢，昙奴恰好进来，说要同她一起挑花样，见她如坐针毡，便笑道：“国师有事回神宫去了，不是定准了要做你的面首吗，总得允许人家把家事处理妥当。等一会儿吧，宵禁前必定回来。”

莲灯有些不好意思，讪讪道：“我只是见不到他，有些慌。”言罢怯怯问她，“你怪不怪我？我不争气，又和他搅和在一起了。”

昙奴心里黯然，面上却装作坦荡：“你自己的事，自己做决定。如果认为做得对，就别问别人的意思。”

她倚着凭几颔首：“要我忘了他嫁给别人，我做不到。就比如现在要给你换个郎君，你能接受吗？”

昙奴委实左右为难，她不忍心破坏她好不容易找回来的幸福，可是国师的真情也令她难以拒绝。其实莲灯若能忘了他，对她有百利而无一害。她也仔细权衡过，出于护短的私心，还是决定照国师的话去做。

傅姆端着碗盏过来，跽坐在一旁唤她：“殿下，该用药了。”

她却懒懒的：“这两天不怎么痛了，就不用了吧。”

昙奴听了移过去，把茶盏送到她手里：“再巩固两天，就能去病根了。”拔了药瓶上的盖子有些犹豫，最后咬了咬牙，还是把那丸药倒进了手心。

她喝了两口茶，曼声道：“转转昨天和我抱怨陛下藏了两个美人，昨晚她和陛下大打出手，我听得冷汗直流。”

昙奴啊了声："她胆子也太大了，现在怎么样了？"

"陛下把那两个美人送还中山王了，下令以后不许再送人进宫，她这才作罢。"她笑了笑，"转转其实是我们之中最敢想敢做的，陛下唯恐她当真回大漠，只有处处让着她。"

昙奴松了口气："这就好，她这人一向叫人提心吊胆，人家好歹是皇帝，她也敢动手。"

莲灯笑道："我劝过她了，她说知道分寸。"说着探手将她掌心的药接过来，就着清茶吞下去了。

昙奴小心翼翼地观察她，她倒不显得有异，只说有点乏，趴在重席上睡了一会儿。昙奴没有离开，眼巴巴等着她醒转，不过一炷香工夫，她撑身坐起来，两眼茫茫的，拍了拍额头。

"怎么了？"她骇异地望着她。

莲灯眨了眨眼："没什么。"转头问傅姆，"今晚吃什么？"

昙奴隐隐觉得她不大对劲，有这闲情逸致关心晚上吃什么，应该是药起效了。她试探道："我看国师穿上那件衣裳很好看，打算再给萧朝都做一件，你说挑什么颜色好？"

她努力想，想了半天："哪件衣裳？"

昙奴紧绷的身体垮了下来，塌着腰说："算了，我自己拿主意吧……你还记得国师吗？"

"国师临渊？"她迟迟反问，吐了吐舌头，"听说已经一百八十岁了啊，我想他一定是个神仙。"

昙奴怅然若失，好了，都过去了，她又变回了鸣沙山上的那个莲灯，以后应该会好起来了。可是不知为什么，她觉得很愧疚，眼泪忍不住落下来，她见了诧异低呼："你怎么了？不高兴吗？"

昙奴说："我要出嫁了，很舍不得你。"

她大而化之一挥手："将军府离这里又不远，你随时可以回来，有什么舍不得的。"说完顿下来，发现自己好像遗漏了什么。从敦煌洞窟的野丫头到今天的公主，她记得所有的转变。然而有一些重要的东西她想不起来了，是什么？

她失魂落魄，撑着头说："昙奴，我觉得脑子有点糊涂，刚才是不是摔跤了？"

昙奴忙说："大约昨晚没睡好，再睡一会儿吧！"

她怔怔坐着，一个人喃喃自语：“忘了什么呢，真奇怪……”后来一整天都在思量这个问题，吃不好睡不好，觉得生命里缺失了什么，很要紧。可是细思量，又毫无头绪。

她开始变得六神无主，转转差人来接她，她也不去，坐在檐下没日没夜地回想，要疯魔了似的。想得发急了，敲自己的脑袋，对九色道：“你听，我的脑袋里什么都没有，空、空、空……”

九色哀伤地凝望她，她忽然变得很惊讶：“你是怎么到我身边来的？我只记得佳人，不记得你了。”

所有同国师有关的人和事她都忘了，连九色的来历都变得没有印象。九色很着急，用力刨蹄子，她觉得它似乎有点焦躁，劝它回去休息。

它走了，可是没过一会儿又回来，嘴里叼着什么，跳上台阶到她面前，一张嘴，瓦块一样的东西落了下来。她捡起来看，是一片小小的铁块，上面字迹清晰，刻着残缺的“中阴境相”。翻过来看背面，一排很奇怪的文字，似乎是在西域三十六国流通的，可惜她看不懂。

“你从哪里弄来的？”她捧在胸前，仔仔细细地研读，“中阴境相是什么？”

奇怪这铁片忽然烫起来，发出听不见但又确实存在的嗡鸣声。然后另一种更尖锐的声音响起来，仿佛找到共鸣似的，同这铁片一唱一和，整个院落都震荡起来。

·第二十章·
转机

她抓在手里，目瞪口呆。九色是个没出息的，发现异样立刻带着佳人绝尘而去，不过也未走远，躲在院墙后，仍旧远远关注着这里的动向。她心里很紧张，脱手扔了出去，那嗡鸣声随即减退，慢慢消失了。她看了只露出半个脑袋的九色一眼，不明白它送这个东西过来是什么用意，难道同她忘记的过去有关吗？一枚小小的铁片罢了，应该不会造成什么伤害的。她走过去，蹲下来拿手戳了下，冷冰冰的，同刚才不太一样。

她很纳闷，觉得这东西肯定不简单，是件神器也不一定。重新捡起来捧着看，渐渐那声音又来了，比上次更强烈，简直震得人头疼。尝试拉开些距离，声音变得轻了一点，靠近身体，它又闹起来，真是个奇怪的玩意儿。

莲灯低头看自己身上，她打扮上不怎么考究，除非要进宫，衣裳首饰精心挑选，否则平时连个香囊都不会挂。这铁片能和她的身体产生共鸣，实在太有意思了。她是个贼大胆，除了刚开始有点惧怕，过后就抱着戏谑的心态了。把它挪到小腿肚上，它安静下来。挪到肚子上，它微微地震颤。再往上，渐渐又活跃起来，贴到颈部时，动静忽然大得惊人。

她明白过来了，是她脖子上的玉竹枝，定王临死的那个晚上给她挂上的，据说是她阿娘的遗物。她把玉料摘下来，以前听说金和玉有缘，没想到玉和铁也能有关联。她把两件东西并排放在一起，那声浪差点震塌她的屋子。

头顶的瓦当砸下来，在她面前四分五裂，她吓了一跳，忙把它们拆开。这时辰河从外面进来，一路走一路左顾右盼，奇道："什么声响，嗡嗡的，是埙吗？"

莲灯站起来，悄悄把碎瓦踢到一旁，含含糊糊地应了，又道："阿兄怎么来了？"

辰河掖着袍子在台阶上坐下，自己斟了一杯茶："我听说你这两天精神不好，特来看看你。怎么了，身上不舒服吗？"

她说："天热起来了，懒得动弹。好一阵子没见阿兄了，你在忙什么？"

辰河转过头看她园里的草木，半束阳光打在他脸上，他眯眼道："我和你说过的，要写一本《西域经略》。以前在碎叶城时忙忙碌碌总没有时间，现在闲下来了，打算收集一些文献做参考。"

有理想是好的，辰河和另几位阿兄不同，定王大军被收编之后，等持他们就成了无所事事的兵痞。有几次宫中设宴，人来了，却是精神萎靡不像个样子。皇帝大约很希望看到他们这样，越是扶不起来，他的江山便越稳固。

莲灯嗯了声，想起敦煌的洞窟来："鸣沙山上开凿了好几个新窟，都闲置着，太可惜了。阿兄下次同陛下提一提吧，派画师进敦煌，把阿菩没完成的壁画都画完。"

辰河道好，顿了会儿说："我刚散朝回来，出宫门的时候淮南节度使同我打听你的近况……你怎么不见人呢？听说他几次来，都被你拒之门外了。"

她垂下眼，没什么兴致："我这几日不想见客。"

"终归是陛下做的媒，好歹赏个脸吧！况且我看他为人很好，怎么不合你的心意呢？"他笑了笑，"你别怪阿兄多事，我邀他中晌过公主府来，你可以试着同他相处。前几天不是聊得很好吗，怎么突然又恹恹的了？"

她也不争辩，既然把人邀约来了，留顿饭也没什么。不过她一直记挂着某些事，说又说不清，心里七上八下罢了。

辰河盏里空了，她又给他舀了一勺，慢吞吞道："阿爷葬在黄河边上，我阿娘留在碎叶城，他们两个永远不能再见面了。如果我把阿娘的坟挪到阿爷身边，你说她会不会怪我？"

辰河放下茶盏，看她的眼神里多了些愧疚："当初杀你阿娘的人并不是阿爷派去的，这个误会应当解开了。我想他们还是相爱的，相爱的人天各一方多可怜，让他们在一起吧。同你阿娘好好解释，过去的事已经过去了，阿爷对她的心没有变。自从四娘遇害后，阿爷一直郁郁寡欢，十多年了，再也没有收人进房。对一个正值壮年的男人来说，做到这样不容易。四娘再大的怨恨，到这里就散了吧，在地底下同阿爷再续前缘。”

不知为什么，莲灯哭了起来，难过得无法自抑。似乎并不是为父母的感情波折伤嗟，而是别的。辰河的那句“相爱的人天各一方”，勾起了她无限的感伤。她没有爱过什么人，却奇异地感同身受，自己也说不清是怎么回事。

就像心里塞满了窝囊气，终于找到个豁口宣泄一样，她痛痛快快地哭了一场，然后擦干眼泪说：“我这就吩咐人去办，把我阿娘送到阿爷身边去。我封了公主后不知在忙些什么，到现在连爷娘的灵位都没有供奉，实在太不孝了。只是我对我阿娘的事知之甚少，神龛上怎么写呢？”

辰河道：“四娘是阿爷的孺人，姓唐。不过我曾经听阿爷说起过，四娘本没有姓，唐是当初家主的姓氏。四娘的小字叫茹仙，回回语中有明亮清晰的意思。”

她抬起眼来：“我阿娘不是汉人吗？”

辰河摇了摇头：“你阿娘是古回回国后裔，回回灭亡后，祖辈在姑臧被人奴役，一直到那个大族被抄家为止。但对于你阿娘的出身，阿爷一直不愿提起，如今你要为她设灵位，我觉得应当让你知道。”

之前因为《渡亡经》，她母亲的身世也常被人拿来做文章，阿爷三缄其口也是有原因的。其实他倒觉得大可不必，回回国那么多人口，岂能人人和《渡亡经》扯上关系。现在尘埃落定了，那些不愉快的记忆她也都摒弃了，现在与她细谈她母亲的身世，没有什么不妥。

莲灯对这些不甚在意，知道神位上该怎么写就够了。又同辰河闲聊一阵，仆婢进来通传，说使君到了，辰河站起身道：“我先出去支应，你好好打扮打扮，洗个脸，傅上点粉。看你脸色不佳，再擦些胭脂就好了。”

莲灯笑起来：“阿兄怎么和傅姆似的！我知道了，你先去吧！”

辰河出了院门，她怅然坐了一会儿，把玉竹枝重新戴起来，那块铁片收到妆匣里。坐在铜镜前篦发绾髻，照辰河的吩咐装扮上，随手拈个花钿贴在眉心，左右照照，气色果然改善了些。

关于那位节度使，她实在有些尴尬。那天进宫回绝过，不知是不是圣上没有把话传到，他的态度还是照旧，来拜访过两次，她都以身体不适为由推托了。难为他百折不挠，辰河邀他，他便又来了，她再不赏脸，似乎有点说不过去了。

她换了件衣裳往前，辰河请他在凉亭赏花喝茶。她从小径上过来，远远看见他，他穿着宽松的罗衣，束着髻子。她脚下放慢了，拧起眉头思量，总记得曾经有那么一个人，能把罗衣穿出道骨仙风的味道……

他们在亭里向她招手，她摇了摇扇子。提裙上台阶，盛希夷还如那次在宫中一样，很快下来接应她，两手前后虚扶着，以防万一。她入亭子，对他浅浅一笑："你前两次来，我都没能相见，真不好意思。"

盛希夷很大度："是我来得不凑巧，我也怕你嫌我麻烦，一次次来……我只是不放心你的病症，现在都好了吗？"

她说："也没什么大毛病，就是春困夏乏，懒病犯了。"说着偏过头吩咐厮儿，"今天怪热的，把席设在这里吧，这里凉快。"

厮儿领命去了，辰河和他聊西域风土人情，莲灯倚着亭柱听他们说话，都是极斯文的人，谈吐文雅，让她想起辰河为她设过的相亲局。局上也是一帮文人雅士，吟诗作画、奏乐取乐，后来不知什么缘故，不欢而散了。

她的记忆就这么古怪，到了某个阶段突然中断，再要想，怎么都连接不上。罢了，想不起来就不想了，她托腮听他们说起西域的儒家，多少旧族为避战火在河西走廊安家落户，出了哪位领袖，有了多大的成就。都是男人的话题，她竟也听得津津有味。

辰河是个识趣的人，留在这里只为缓解尴尬。一顿饭后气氛轻松活跃起来，他就想着该腾出空间给他们独处了。

"下半晌有人给我送手札来，我得亲自相迎，就先告辞了。你们二位接着谈吧，谈谈希夷的牡丹。爱花的人性情温和，我们殿下有时候急躁，两个人在一起可以取长补短，这倒很好。"说着起身拱拱手，"阿妹，我这就去了，你好生款待贵客。"

莲灯知道他是想促成他们，站起来送到台阶上，请他走好。

盛希夷的口才不错，辰河不在了也不会显得冷清，他同她聊一些女孩子感兴趣的话题，比如养鸟和秋千，甚至还有波斯工匠做金线的工艺。莲灯听着，仍旧有些温暾的样子，似乎不怎么感兴趣。他悄悄叹了口气，重新抖擞起精神，笑道："上次说给你送牡丹花苗，因你一直在病中，到现在都没有办成。你稍等，我命人回去搬几株来，伺候得当，来年花盘能有铜盆大呢！"

其实她对养花养草外行得很，他要逗她高兴，还不如抽刀与她切磋两局。她想提议，最后到底忍住了。毕竟现在身份不同，不允许她再舞刀弄棒了。转头看见九色探头探脑，心里一高兴，招它过来，问佳人哪里去了。

佳人有了身孕，开始小心翼翼地养胎，不怎么在外走动了。九色往西边抬了抬头，表示它在湖边消食。莲灯便叮嘱它，不能撇下佳人独自乱逛，要和娘子在一起。九色一面受教，一面看了盛希夷一眼，态度很敌对。

一般人是察觉不出它那点心思的，盛希夷热络地同它打招呼，它理都不理他，傲慢地掉转身子，一步三晃走开了。

盛希夷有点尴尬："神宫出来的鹿，果真不同凡响。"

莲灯有些纳罕："九色是太上神宫出来的？"

他一头雾水："不是吗？它是国师爱宠，以前常带着进宫的。"

她沉默下来，国师爱宠怎么会在公主府呢，这阵子府里人都遮遮掩掩的，提起国师似乎有意规避，越发让人好奇了。

她把扇子合了起来："你知道国师的情况吗？他是个什么样的人？"

盛希夷看她的眼神有点怪，但依旧向她描述，用了很多溢美之词，比方天人之姿、雄才伟略。末了犹豫地问她："殿下不是与国师很熟吗，怎么来问我？"

很熟，却为什么一点印象都没有？因为不好回答，她只有模棱两可地微笑。

没隔多久花苗送来了，牡丹娇贵，种起来有诸多讲究，要背风向阳，土质还必须疏松。盛希夷耐心给她讲解："小苗怕养不活，这株有五年了，照料起来简单些。今天不能种，要在阴凉的地方放上三天，等根须柔软了才好分株。到时候挑个不易积水的花圃，坑挖得尽量大些，理顺了根须覆土踩实，再浇两遍水就好了。"

她听后觉得不太难，欣然答应了，命人把花搬进花房里，实在不太上心，渐渐淡忘了。

她对什么都提不起兴趣来，但对于那位国师却很好奇，找到昙奴不住打听："盛希夷说我和国师是旧相识，为什么我不记得有这个人？"

昙奴张口结舌，周围的人都避之又避，却不料在那里出了岔子。她想了半天，努力敷衍她："也不是多熟，有过一面之缘罢了，想不起来也没什么要紧。"

"可九色是人家的爱宠，怎么跟了我？"

昙奴支支吾吾地说："那鹿是你骗来的，不是人家自愿送给你的。"

她站在那里满脸疑惑，想了想，好像是她的风格，就没什么可计较的了。不过对国师满怀愧疚，嘀嘀咕咕自责着：“我怎么能干这种事呢……”

昙奴唯恐她说要把鹿送回去，她服了药之后并没有如她预期的那样全然忘记，大概真是爱得太深了，仿佛只隔着一层窗户纸，随时可能恍然大悟，忙劝慰她：“国师对九色不太好，所以你才能这么顺利把它骗出来。如今它过得很好，娶了娘子，又快做爷爷了，就这样吧，让它们安安稳稳的，反正国师也不惦记它。”

她听了觉得有道理，自己撑着伞回去了。

后天就是昙奴大婚，府里已经开始张灯结彩，她一路走一路看，每个人都挺高兴。花匠见了她，招她去看新培育的荷，她站在那里欣赏了半天，花苞不见踪影，莲叶却大得吓人。忽然想起盛希夷送来的牡丹，三天应该到了吧。忙赶到花房，照他说的分了株，提着铲子抱着花苗，在苗圃里辟出一块空地来自己栽种。

天色渐晚了，墙根笼罩在一片阴影里，勉强能够看得清。她蹲在那里挖了五六个大坑，然而对刀剑应用得法，铲子使起来却很费劲。把苗放进去，如同婢女给她整理裙裾似的，要把每一根根须都摊开，然后再壅土。坑挖得大，一个人种不太方便，需一手扶着花苗不让它倾倒，一手拿铲子往回拨土，那种费力的程度，练刀都不能与之相比。她的手脚不太协调，不知怎么一晃，割破了食指。别看那花铲形状呆蠢，刀口却锋利得很，这下割得很深，流了不少血。她是能吃苦的人，边上婢女大呼小叫，她充耳不闻。直到把花都种完，才慢吞吞地回卧房打算包扎。

其实那么一点口子对她来说不算什么，随意拿手绢把指头缠起来，包裹了一会儿发现血止住了，便没当一回事。裙子上沾了泥，婢女拿衣服来换，她摆手让她们出去了。半路出家的公主，到现在都没习惯让别人伺候。

她坐在妆台前，抬手解颈上的竹节，起先没什么，待把它摘下来时，伤口压在上面，猛地一阵刺痛。她吃了一惊，发现这竹节自己震荡起来，这种状态和遇上铁片不同，她仔细听着，听见类似骨骼伸展发出的咯吱声，回荡在幽深的房间里，有些瘆人。她往后退了两步，低头看食指，伤口又淌出血来，似乎重新崩裂了。刚才玉竹枝上沾染的血迹不见了，她壮起胆分辨，原本细洁的纹理中渗透进血丝，蜿蜒伸展，有种诡异的味道。

也许里面住了个妖怪，她捏着手指想，心里有点害怕，但好奇心驱使她再试一次。她慢慢凑过去，不敢触碰，挤出血滴在上面，渐渐如海浪涌上沙滩，血迹无声无息地蔓延，染红了竹枝上的叶片。她大感讶异，继续尝试，竹身吃透了血，通体变得赤红。突然一阵强光迸发，在半空中旋转凝结。她呆怔地看着，竹节上方出现了类似海市蜃楼一样的幻境，有瞠目欲裂的明王，也有面目狰狞的判官。然后逐渐演变，变成一轴长卷，卷首有三字篆书，金芒闪耀，古拙又虚灵地写着“渡亡经”。

渡亡经……她傻呆呆地仰望，好像在哪里听过，似乎是个很有用的东西。不管怎么样，滴两滴血就能看到这样的奇景，实在让她觉得很高兴。她抱着胸欣赏了半天，上面的经文看不太懂，只是觉得阿娘的遗物不寻常。当初阿爷把它挂在她颈上，应当知道它的神奇之处吧！

怎么收起来？她伸手过去，手掌阻断了光线，倏地静止下来。她拿起竹枝上下左右查看，宝贝似的合在掌心里，迫不及待要给昙奴看看，便攥着跑出去。刚到台阶下，院子里黑影一晃，凭空多出几个人来。为首的女郎叫了声殿下，急切地追问：“刚才殿下房内光芒万丈，敢问殿下是什么缘故？”

她戒备地看着他们，不知他们是什么来历，把手掩在袖笼下，厉声道：“你们是何人，胆敢夜闯公主府？”

那女郎用力指了指自己：“我是弗居，殿下好好想想，可还记得我？”她咦了声，听起来很耳熟。弗居见她这样，以为她想起来了，笑道，“殿下果真是记得我的……”

她瞥了她一眼：“我不记得你。”

弗居噎了下，暗道药效太强了，与座上有关的人也一并忘记了。他们受命护她周全，她的一切动向都要仔细留意。前两天她院中有异动，当时就感到可疑，今天门窗里透出闪电似的光亮来，是不是预示着会出现某种意想不到的转机？

“殿下还记得云头观吗？我是云头观的女道，也是太上神宫的中官灵台郎。殿下当初和昙奴及贵妃借宿在观里，昙奴中毒，是卑职为她医治的。”她急急道，“请殿下仔细回忆，万万要想起我来。”

莲灯脑子里有些混乱：“一个女道，怎么又做灵台郎呢，你们太上神宫真有意思。”她依稀觉得应该是认识这个人的，不过一时想不起来罢了。不管是不是旧识，她既然找来，总有她的用意，便道，“中官要来找我叙话，应当走正门。半夜三更翻墙进来，似乎不大合规矩。况且长安不是有宵禁吗，触犯者要论罪的，难道神宫的人可以例外？”

弗居很想告诉她，是国师派他们来守护她的，但又不敢自作主张，只得含糊道：“太上神宫保社稷稳固，长安四处都有神宫的人，只要哪里出现异象，卑职们有职责向国师回禀……殿下，殿下卧房里刚才发生了什么，请殿下据实告诉卑职，这也是为殿下的安全着想。”

她发现的小秘密，为什么要告诉外人？况且太上神宫四处设眼线，已经让她很不满了，她要追问，得看她愿不愿意作答。她显然是不愿意的，拂了拂衣袖道：“没什么，我新得了颗夜明珠，是珠子发出来的光。”

这话分明是糊弄人，夜明珠的光柔而淡，熄了灯后不过照亮五步之内，哪里能像刚才这样光芒耀眼？可是她不肯说，弗居也没有办法，只得步步紧盯着她：“那这么晚了，殿下要去哪里？”

她怔怔眨眼：“我的府邸，我想去哪里就去哪里。”

弗居拱了拱手：“鉴于刚才的光来历不明，卑职唯恐殿下遇险，殿下去哪里，卑职便护送殿下去哪里。”

她比手说请，竟是打发不掉了。莲灯不太高兴，想斥她一声大胆，转念想想若是真有交情，这样扫人家的脸不太好。于是耸了耸肩，抬头看月色：“我只是出来散散，哪儿都不去。”说着转身回房，鼓着腮帮子关上了门。

回到榻上捧着竹节研究，它静静躺在她掌心里，看不出任何异样。她闭上眼，把它放在自己鼻梁上，它就势一滚，滚进了眼窝里。她翻个身，瞌睡渐渐上来，枕着瓷枕睡着了。

蒙眬间又做了梦，梦见美人抱着个孩子，孩子头上扎总角，看见她便笑起来，分外亲热的样子。美人把他放在地上，笑道：“宝儿见了阿娘这么高兴？去吧，去阿娘身边，让阿娘抱抱。”

他刚会走路，摇摇晃晃向她奔过来。莲灯忙蹲下迎他，心里还在奇怪，为什么要管她叫阿娘？

孩子扑进她怀里，她来不及思量，把他抱起来，看那眉眼五官，这么漂亮的孩子世间少见。雪白的脸颊，星辰一样明亮的眼睛，还有大而深的笑窝，不知道是哪家的宝贝，叫人打心眼里喜欢。

她抱着他转圈，笑着逗弄他：“谁是你阿娘？”问完指了指那美人，“是她？”

他这么小，却听得懂她的话。摇摇头，轻轻叫她：“阿娘。”然后搂住她的脖子哭起来，边哭边说，“阿娘不要宝儿。”

莲灯尴尬得很，想是这孩子认错人了，见到年轻的女孩就叫阿娘。但弱小的身躯紧贴着她时，她心里泛起温柔的痛，不可遏制。她哄他，拍着他的脊背亲他的脸蛋：“好乖乖不哭，阿娘不会不要你。”

泪水浸湿的眼睛越发明亮了，长长的睫毛忽闪起来，就像九色一样。他捧住她的脸，肉嘟嘟的小嘴亲了她一下：“阿娘爱宝儿。”

莲灯不迭点头：“很爱宝儿……很爱……”

不知为什么，她觉得自己真的爱他，发自每一截骨骼，每一个毛孔。她抱着他，同他说了很久的话，再抬头时那美人不见了，竹林深处走出个人，站得很远很远，只看见飘逸的身形，还有长得几乎垂委于地的乌发。

宝儿大叫：“爷爷！爷爷！”

那个人挥了挥手，举止很优雅，莲灯觉得自己应该见过他。奇怪她最近总是这样，不知到底遗忘了多少。也许是脑子出了问题，得找个医官好好看看了。或者一切都是上辈子发生的，所以才感到陌生又熟悉吧。

没喝孟婆汤吗？孟婆也太大意了，她郁郁地想。远处那人缓步走过来，她努力想看清，可是他面目模糊，仿佛隔着一层浓雾。他走到她面前，叫她娘子，她心头猛地一跳，如遭电击。

忽然有了丈夫，还有了孩子，好像太快了一点。不过可以断定这人不是盛希夷，她摸摸宝儿的脸：“他是你阿爷？”

宝儿笑得咯咯出声，往他那里倾倒。结果她没揽住，孩子脱手摔下去，她挽救不及，惊惶地尖叫起来。

帘外守夜的傅姆忙赶过来，举着烛台问她：“殿下怎么了？可是做噩梦了？”

她心有余悸，压着胸口缓了半天才回过神来，摆手把她打发了出去。转头看窗外，窗户纸刚泛起蟹壳青，她重新闭上眼，抬手捂住嘴，手剧烈地颤抖，忍不住吞声饮泣。究竟是怎么回事，过去发生过什么，为什么让她如此惶恐不安？后来追问昙奴，昙奴一味地同她兜圈子，她有些怨她，赌气决定不去参加她的婚礼了。

坐在窗前纳凉，眼光一扫就扫见枝叶间的身影，似乎并不是有意要避讳她，只是让她看见有些难为情，往边上让了让。她托腮叫了声弗居：“你老在树上不累吗？下来吧，我们说说话。”

弗居听了乘风飘下来，讪笑道：“我也不愿意在树上，还不是怕殿下不待见我吗？！”

莲灯怏怏的，无话可说。给她加了个垫子，让她坐下，撑着身子道：“我觉得很奇怪，你为什么总是盯着我？太上神宫在每个王府都设有眼线？”

她说不是，想了想又觉得不对，别别扭扭地补充：“别的王府我不知道，我只关心殿下这里。殿下原先和我有来往，我保护殿下安全，我愿意。”

她显得很无奈：“你愿意，可我觉得很不方便啊！你到底想知道什么呢，我不与朝臣往来，也没有什么仇家，不需要你保护。”

她往前挪了挪：“不瞒殿下说，卑职在找一样东西。”

她眼里精光四射，莲灯警惕起来：“找东西找到我这里来了？”

她说：“卑职能力有限，希望殿下助我一臂之力。”

她噘着嘴，觉得这人真是不见外。不过既然开口了，她也不好拒绝，便点头道：“说来听听，如果我帮得上忙，一定尽力而为。”

弗居道：“卑职在找一部经书，叫《渡亡经》。其实不单卑职，整个神宫都在找。殿下若有经书的下落，千万提点卑职，事关国师生死，找到了就是积德行善。”

绕来绕去，还是在她身上做文章。莲灯猜她那天一定窥见了什么，所以明里暗里向她索要。有人打她母亲遗物的主意，她有点不太称意，但据说性命攸关，似乎又挺严重的。

“国师不是长生不老吗，怎么又要死了？你别哄我，当心我命人抓捕你。”

这事怎么才能向她解释清楚呢，弗居说：“我若有半句谎话，殿下随时可以处置我。国师不是神仙，不会长生不老，充其量比别人活得长久些罢了。如今大限将至，只有《渡亡经》能够救他。卑职本不想麻烦殿下，可昨夜殿下房里霞光万丈，卑职知道必不寻常。殿下的心地一向善良，绝不愿意大历失去栋梁。莫说他是国师，就算是个普通人，殿下也不会袖手旁观的。”

这话她说错了，若是个不相干的人，她也许真的会坐视不理。可那位是国师，她曾经诱拐过人家的鹿，如今他有难了，她不好意思置身事外。

她犹豫了下：“《渡亡经》在我手上……”

弗居听了这话，还没等她说完就跪了下来，膝行上前，颤声道：“殿下这话可当真？”莲灯点头说当真，她泥首不起，哽声道，“殿下……殿下……”

好多话说不出口，弗居既高兴又伤心，他们两个人走了这么多弯路，是老天爷有意捉弄。如果早一点，莲灯就不用吞药忘情，座上也不必将自己关在塔里了。虽然经书找到后不知有谁能救他，最不济他们五个人耗尽功力，有希望总比没希望的好。

莲灯起先还怀疑她的动机，现在看她这模样，很为她的忠心感动。她垂手在她肩头拍了拍，宽慰道："好了，经书找到不就可以救国师的命了吗，还哭什么？！"

弗居卷着袖子擦了眼泪，起身道："殿下随我去神宫吧，将经书交给国师。殿下与国师，当拨云见日了。"

她懵懂地眨着眼睛，笑道："拨云见日？这词用得古怪。"

弗居拉起她的手匆匆往外："殿下不要耽搁了，宵禁后出不得城，我们现在就走。"

莲灯被她拉得踉跄，想必车辇是坐不成了，挣扎着召人送幕篱来，跟着出了公主府。

长安城内车水马龙，东西市到下半晌才开市，申时前后正是最热闹的时候。她们牵着马穿过人群，从春明门出城，正迎上踏青的人返程，年轻的娘子们山花插满头，笑得比朝阳还绚烂。莲灯隔着纱罗看，觉得自己也应该出城走走，莫辜负了大好春光。

弗居很着急，扶她上马，自己鞭子甩得山响。马蹄踢踏，尘土飞扬，莲灯随她往神禾原方向狂奔，连路来的景致有熟稔之感。反正她如今看什么都似曾相识，便也不太在意了。神禾原离长安四十多里，等到了宫门前，天已经擦黑了。

宫中的人见了她，似乎都很意外，弗居说《渡亡经》找到了，他们脸上的震惊更加明显。

"带殿下去见座上。"弗居对放舟道，"向塔内喊话，座上应当听得见。"

所有的问题都在经书出现后迎刃而解了，能够续命，就能长相厮守，还有什么可回避的！灵台郎们给她引路，放舟走了几步回头看她："殿下还能想起与国师的过往吗？"

莲灯迟迟道："我与国师的过往？"

弗居笑了笑："没关系，想不起来反倒更好。"

看来她与那位国师交集不少，但她的记忆里没有这个人，实在很奇怪。他们领她到九重塔前，高高的夯土底座，巨大的汉白玉台阶，还有四周围绕的翠竹。她静静看了半晌，提裙上去，见正门上贴了封条，回首问他们："国师把自己关起来等死？"

众人脸上一阵尴尬，说得太直白了，明明可以有更唯美的描述方法。不过现在不是计较这些的时候，放舟扬手打算通传，可是手还没落下来，门却豁然开了。檐角上的灯笼照亮门里出来的人，白衣翩翩，恍若谪仙。

莲灯看得发呆，世上还有这么好看的人！这是谁？国师的高徒吗？

可是他神情淡漠，只是责问灵台郎们："这么晚了，怎么劳动公主大驾？"

都是伪装，其实看到她，他几乎连话都说不出来。《渡亡经》没有被唤醒时，他穷其所学也探不到它的踪迹。后来阴差阳错沾了她的血，他便能够感受到它的存在了。原来一直寻找的东西曾经离他这么近，她靠在他怀里入睡，就在他的眼皮子底下。果然所有事冥冥中都有定数，一环扣着一环，缺了哪一环都不成故事。那么她的忘情究竟有没有价值？也许她已经不那么爱他了，但是可以让她忘记痛苦和不愉快，一切又都是值得的。

他静下心来，叉手对她深深作了一揖。她忙抬手请他免礼，笑道："我来拜会国师，还请神使为我通传。"

他愣在那里，神使……又和第一次相见一样，她唤他神使。如果真的可以回到原点重新开始，似乎也不是坏事。

他清了下喉咙："不必通传了，臣就是临渊。"

她啊了声："没想到国师这么年轻，中官却说……"说到一半发觉自己失态，窘迫地红了脸。

这个人，给她一种说不出来的感觉，明明很近，却又相距万里远。她在他面前必须小心谨慎，唯恐冒犯了他。不敢盯着他看，但偷偷地瞥一眼，就把她的心填充了大半。他像壁画上的神祇，庄严又美好。她忍不住唾弃自己，果真是个好色之徒，反正只要漂亮的人，都让她很有好感。

他向后退了半步，让在一旁："殿下请。"

国师尊贵，她不敢怠慢，欠身还了一礼，随他入塔内。十几盏灯树照着前路，四周煌煌如白昼。灵台郎们也尾随而至，一个个眼巴巴地看着她，她有点紧张，把脖子上的玉竹枝摘下来，递到国师手上："经书就在这里面。"

他接过来，纤长素净的手指捏着，在灯下细看。然后转过头来，矜持地对她一笑："殿下说经书在里面？"

那抹笑容直照进她心底，她顿时觉得自己活过来了。忙点头，怕他不信，晃晃手指说："滴两滴血。"说着咬破自己的指腹，听到他哎了声，仿佛阻止不及的样子，她大度地咧咧嘴，"没关系，昨天就是这样。"把血挤了上去。

不负她所望，小小的玉竹枝焕发出全新的光彩，金芒跳跃至半空中，逐渐凝结，汇聚成一幅卷轴，徐徐在众人面前展开。她听见春官低呼："原来这才是《渡亡经》全本，座上这回有救了。"

莲灯转过视线看他，他眉眼淡然。难道他不欢喜吗？她怔怔地说："我阿娘的遗物……对国师可有用？"

他长出一口气："有用，多谢殿下。"

能帮上忙就好，她抿唇微笑。暗暗想，这么好看的人，风华正茂时死去，实在暴殄天物了。

"那么现在可以开始了。"她让到一边，看了弗居一眼。

弗居有些茫然："殿下说什么开始？"

她觉得很奇怪："不是要救国师吗，可以开始了。还是我在这里不方便？那我回避好了。"

弗居哦了声，知道她会错了意，笑道："现在还没到时候，《渡亡经》是超度亡灵的，必须等……呃，国师辞世之后才能用。"

要等人死后吗？也就是说这位如花似玉的国师仍旧要经历一次死亡？神宫果真是个奇特的地方，生生死死对他们来说好像不怎么重要似的。

她搓了搓手："那我的坠子就留给国师好了，等日后用完了我再来取。"她笑了笑，有点小气地重申一遍，"那是我阿娘的遗物，对我来说很重要，所以千万……别忘了还给我。"

众人都有些好笑，她忘记了痛苦的过往，人又活泛起来。苦难是最可怕的腐蚀，可以让人变得面目全非。现在好了，就这样，她还是纯粹的她。脸上再也没有哀绪，有些孩子气，有些吝啬，越发惹人喜爱。

既然国师一时半会儿还死不了，众人验过了经书，就不再留在这里碍事了，纷纷拱手作揖退了出去。一时九重塔里只剩他们两人，莲灯惊觉被落下了，难堪道："弗居怎么走了？她把我带来就不管我了……我今晚怎么办呢？"

他叹了口气："弗居办事一向顾前不顾后，我也不知她怎么把殿下忘了。这样吧，若殿下不弃，在塔里过夜也未为不可。"

也就是说她可以单独与他相处吗？虽然西域长大的姑娘比较开放，但对方毕竟是个陌生人，她得再斟酌一下，便口是心非着："传出去恐怕不好啊。"

他轻轻看了她一眼："我是国师，没人敢怀疑我的人品。公主同我在一起，谁会说半句闲话？”

倒也是，她快乐地说：“我是公主嘛，公主和国师在一起……”最后声音小下去，悄悄嘀咕了句，“很相配。”

他心头一动，假作没听见，只是看着她，五味杂陈。

也许再来一次，他们还是会相爱。姻缘是天注定的，注定他在劫难逃，他就必须沦为阶下囚。可是不敢太明目张胆，怕让她反感，也怕唐突了她，她应该被温柔对待。这次她有选择的权利，是不是再爱上他，或者觉得不合适，扬长而去，他都能够理解。可惜《渡亡经》找到了，也并不表示万无一失，谁有这个修为唤醒他？如果这次招齐师父的三魂七魄，他会不会在他离世时又生私心？他承认自己的占有欲早就大得无法克制了，所以宁愿通过其他途径，也不能冒这个险。

之前心里一直悬着，如今踏实下来，一切都在往好的方向发展。她站在灯下，弯着一双眼，微微笑着，比任何时候都美。很高兴看到她无忧无虑的样子，心里纵然激荡，也只有尽力自持。不要那样浓烈，淡淡的也很好。

他把玉竹枝重新挂回她脖子上：“七天之内。七天之内唤回我的魂魄就可以了，现在经书还是由殿下自己保管。”

他抬着手，袖笼里飘出沉水的味道，醺人欲醉。莲灯有点脸红，他就在她眼前，她想看又不敢看，目光总在闪烁。但愿他没有察觉她的傻样子，漂亮的人总让人紧张，她的反应应该还算正常。尽量显得端庄大方一点，她站直了身子，保持呼吸顺畅，但他似乎遇上了难题，链子上的搭扣找不着了，便前倾身子，努力探过去看她颈后。

这样的姿势，实在过于暧昧了。她僵着身子，连动都不敢动一下，只听见他的鼻息，平稳而绵长。

尝试了半天终于戴上了，分开之后他也有些难堪，嗫嚅着：“臣上了岁数，眼神不太好了。”

她木讷地看他：“国师不老啊，怎么上了岁数呢！”

他说：“臣空有一副皮囊。”

国师这样平易近人，真是难得的好品性。莲灯对自己说，年纪大些的看尽了世态炎凉，更睿智博学，哪里不好？尤其她对他还有种说不清道不明的感觉，很难用语言表述。

“我和国师以前见过吗？”她掖着两手看他整理案上的书籍，“总觉得和国师很相熟似的。”

他想了想点头：“曾经有过一面之缘。”

可是这种感觉不像是一面之缘能够构建起来的，她歪着脑袋思量，想了半天想不出所以然，只得放弃了。

他把东西都归置好，揭了灯罩吹灭烛火，蒲团周围暗下来，她怔怔道：“国师不修晚课了吗？不用担心我，我自己可以走走逛逛。”

他回头笑了笑：“我又不是和尚，没有晚课一说。平时是要到戌正才安置的，今天例外。殿下来了，总不能慢待殿下。”

他说得冠冕堂皇，心里却是另一番滋味。她在身边，怎么让他静得下心来！细算算，有十几日没见了，这十几天她想不起他，他却时时刻刻都在念着她。虽然现在和以往不同，要恪守本分，以礼相待，但只要她在他的视线范围内，和他呼吸着同一片空气，他的心就像在沸水里翻腾，什么都做不成。

他走到她身边，伸手想去牵她，忽然一凛，忙把手收了回来。含糊地打着岔，往前指了指：“臣的卧房在那里。”

这九重塔，外面看上去不算多复杂，里面的陈设和区域划分却雅致合理。国师是个懂得生活的人，他的卧室大而舒适，她站在门口看了眼，比她的房间还要豪华些。可是不好意思进去，支支吾吾说：“我改天再参观吧，今晚我住哪里？”

他垂下眼，掖着广袖微笑：“这九重塔里只有一间卧房。”

她眨了眨眼：“那我霸占国师的房间，多不好意思。”

他的表情很纯洁：“没关系，我的卧榻大得很，两个人睡一点都不挤。”

两个人睡？她惊恐地望向他：“国师，这好像不合礼数。”

他嗯了声：“殿下一向不爱墨守成规，今天怎么说起礼数来了？”见她红了脸，复一笑，“塔内的确只有一间卧房，你睡榻，我睡重席，放下帘幔隔开就是了。”

她这才松了口气，回头看，塔门已经关上了，四周黑洞洞的。她对这里不熟悉，不敢一个人乱跑，只好乖乖随他入内。他请她坐下，自己卷着袖子给她打水拧巾栉，动作不疾不徐，从这个角度看过去很闲淡优雅。然后递了手巾过来，和声道：“殿下一路奔波，梳洗过后就休息吧！”

莲灯愣愣接过来：“不敢劳动国师……”

他未置一词，退到另一边，扬手放下了纱幔。

她有点走神，来神宫是为了救他性命，结果他健在，她却糊里糊涂在这里留宿了。她走时没有知会昙奴，她应该很着急吧！神宫的人办事都喜欢另辟蹊径，连带着她也身不由己了。

她抓着巾帕探看，幔子轻而薄，依稀能够看到他的身影。她压着嗓子叫："国师？"他应个"在"，她讪讪笑道，"你待谁都这么和善吗？"

他听了一阵沉默，半晌才说："我只对殿下和善。坊间传闻国师不近人情，这话没说错。以前为了避免与皇子官员们有交集，神宫内外设阵，闲杂人等不得随意来去。现在天下大定了，阵也都撤了，但是依旧闭门谢客，不见外人。"

莲灯忽然充满了被另眼相看的自豪感，心说这公主的头衔太有用了，至少能得到一定程度的优待。她摸了摸后脖子："那国师不见客是为什么？难道就因为大限将至吗？"

他略顿了一会儿："也不尽然，其实是为约束自己。人有贪欲，有人对权，有人对情。"

说到情，她立刻充满了求知欲："国师占了哪样？我常听说国师对大历有奇功，权势唾手可得，没什么了不起的，难道是对情吗？国师有执念？喜欢过谁？受过情伤？说出来，大家探讨探讨。"

这种事有必要探讨吗？他在帘子的另一边，看着那纤细的身姿发笑。不太敢说，怕勾起她的回忆来，只含糊道："我曾经爱过一个姑娘，但因为我的自私和贪婪，伤害她至深。我不敢求她原谅，也不想耗费她的感情和青春，决心把自己关在九重塔里，永不同她相见。"

她听后有些伤感："你可以弥补的，如果她也爱你，不会不原谅你。"她盘腿坐下来，隔着帘子和他畅谈，"国师的这场爱情是多久以前的事？我听说国师已经一百八十岁了，你爱的人还在世吗？"

他忍不住要翻白眼，这个人淡忘了很多东西，唯独窥探之心不死。不过她的话对应得上她的心，纵然他再不堪，她到最后还是原谅他了。

他叹了口气："是不久之前的事，她当然还在世。"

莲灯多少有点失望，原本她是想捡漏的，结果人家已然名花有主，好像没她什么事了。但她有乐于成全的伟大品格，开解道："眼下《渡亡经》已经找到了，国师就不必担心了。你去找那个姑娘吧，赎清以前的罪过。就凭国师的长相，我相信她一定会原谅你的。"

其实长相上乘的人，很多事情上占优，当初她就是因他的容貌才爱上他的。她在幔子的那边，身影朦朦胧胧，他却仿佛看到了她的眼睛，一字一句宣誓似的说：“如果还有将来，我会尽全力爱她。如今她于我，不单是心上人，更是恩人。可是她现在恐怕已经忘记我了，我下不了决心，因为只有五成胜算，轻易不敢再去打搅她。”

她讶然：“为什么只有五成？经书不是找到了吗？”

他说：“光有经书不行，必须寻见个能够控制它的人。”

这确是个难题，她絮絮叨叨地出主意：“我听说得道的高人都在深山里，咱们派人到各处名山大川打探，一定能够找到的。离成功只有一步之遥了，国师千万不能放弃。至于那位小娘子，你往她面前一站，使劲对她笑，我不信她想不起你来。”

他显得很懊恼：“我已经试过了，笑了好几次，她没有反应。”

莲灯简直有些唾弃那姑娘了：“她一定是眼神不好，你再多笑几次。”

他无可奈何，打起一边帘脚说：“我觉得我的魅力大不如前了，也许笑得不好看了，所以她视若无睹。”

莲灯看着那精致得无可挑剔的脸，困难地咽了口唾沫：“怎么会呢，要不然你对我笑笑，我来把把关。”

他听了说好，膝行挪过去，在她对面跽坐下来，正了正神色，对她莞尔一笑：“如何？”

莲灯觉得自己的心要跳出来了：“美不胜收啊。”

他却好像很失望，喃喃说还是不行，然后再接再厉，越发笑得绰约。微微露出一点牙，他曾经对着镜子练过无数遍的，嘴角仰到这个弧度最耐看。果然她一副要被迷晕的样子，捂着嘴说：“好了好了，不能再看了，再看会出事的，到此为止吧！”

他凄然低下头：“我总会干一些令自己后悔的事，但是这次没有，这样很好。”

莲灯摸不着头脑，这样很好？有什么好的？见面不相识，不是最大的悲哀吗？

他退回自己那边，舒展身子躺了下来，莲灯还在感慨着：“人这一辈子啊，就要找个真正爱的人。就像昙奴找到了萧朝都，转转找到了陛下，相爱就会很幸福。”

他侧过身来，嗓音低低的：“那么你和盛希夷呢？”

“国师也知道他？他很不错，谦恭文雅，有很多武将没有的美德。可是人虽好，却不是我喜欢的。陛下给我做媒，转转希望我嫁给他，跟他去扬州。如果我能静下心来，这人应该是个良配。但……”她有些为难，“我也说不上来是为什么，只敬重他，不喜欢他。我觉得我心里住着一个人，那个人早晚会回来的。如果我嫁给别人，就没有他的立足之地了，对他不公平。”

他忽然哽住了喉咙，原来再好的忘情药，都不能把一个爱过的人彻底从心里拔除。如果忘得一干二净，就说明爱得不够深。他多想现在就过去抱住她，把他所有的忧伤和恐惧告诉她。然而不能，他唯有克制自己，咬着牙挺住。她离他这么近，已经是十几天来不敢奢望的了。

他不说话，莲灯等了好一会儿，轻轻唤了两声国师，他依旧不答，看来是睡着了。她继续惆怅，交叠起手臂枕在脑后。心里盘算着，不知他的心上人是谁，明天最好打听出来。她想去看一看，究竟那姑娘美不美，配不配得上他。

遇见国师，是一场绮丽的邂逅，连梦都变得甜美起来。春日祭的时候在郊外奔跑，田埂上开满了小而繁茂的野花，那个在梦里叫她娘子的郎君又来了，这回她终于看清了他的脸，原来他和国师长得一模一样，真是太巧了。

不知她做了什么梦，笑靥如花。原本是让她睡榻的，她同他闲聊着，犯了困就不愿意往上爬了。这样一来彼此只隔了两步远，他能听见她的呼吸声。他掀起幔子痴痴看了很久，悄悄挪过去，替她盖上薄被，在她边上躺了下来。

一缕头发散落，搭在她的嘴角，他伸手把它拨开了。仅仅是这样的接触难以抚平他的渴望，他小心翼翼地抚摩她的耳垂，圆润厚实，这是有福之相。忽然她的睫毛动了动，蒙蒙睁开眼睛看他，叫了声临渊。他很意外，以为她想起往事了，谁知她往他身边靠近了些，重新闭上了眼睛。

其实她从来没有忘记他，他惊讶过后只剩感伤，对于这段感情该不该继续，依旧拿不定主意。他没有十足的把握可以死而复生，重新唤醒她的记忆，对她到底好不好？考虑再三，最后决定顺其自然。如果当真有缘，是他的终究跑不掉。但若是这期间她决定要嫁给盛希夷，那么就让她高高兴兴追求她的幸福去吧！

次日起身，他和她一起踏出了九重塔。莲灯说：“国师不要这么消极，要好好掌握自己的人生。我觉得我一定可以帮上忙，你告诉我那位小娘子是谁，我去会她一会。”

他只是抿唇而笑，摇头不答她。

她心里酸酸的："国师怕我吃了她？我脾气温和，本性纯良，不会将她怎么样的。"

他依旧很疏淡，转过头去看太阳："时候不早了，我派人备车，送殿下回公主府。过几日有了空闲，临渊再到府上拜访。"

他下了逐客令，她不能赖着不走，磨磨蹭蹭往外腾挪，边走边道："九色在我府里很好，你知道它娶了娘子吗？"

他点了点头："它的娘子叫佳人。"

她笑着说是："佳人有身孕了，医官说立冬的时候生小鹿。九色最近有些烦躁，好像比佳人还要慌，国师有空来看看它吧，男人之间说得上话。"

从头至尾，他们谁都没有把九色当成鹿，甚至觉得它除了不会说话，和人没什么两样。不过他有点尴尬，他能和九色谈些什么呢，劝它好好珍惜眼前的一切，尽量对佳人好些吗？他曾经也有过做阿爷的机会，结果失之交臂。他在聚星池上的桃花林里给孩子建了个冢，自己亲手刻灵位，上面写着爱子……他能为自己的骨肉做的，原来只有这么多。

一个不称职的父亲，有什么脸面去教导另一个即将做父亲的？他沉默了下，但还是点头应允："我会挑个时候……殿下回去吧，路上小心些。"

莲灯登车关上门，奇怪竟有些依依不舍。到底没忍住，掀起竹帘的一角偷看，他站在朝阳下，光辉映照着他的脸，白璧无瑕。大概察觉到她在看他，视线转过来，与她迎头相撞，那深邃的眼眸，猛然叫她心头一栗。她慌忙放下帘子，吩咐车跑起来，不知是不是太紧张了，总觉得心口堵得慌，再加上一路颠荡，进了府门阵阵恶浪翻涌，蹲在墙角捧着耳朵吐起来。

她这一吐，顿时天下大乱，傅姆惊惶来搀她："殿下怎么了？可是坐车颠坏了？"大声吩咐婢女，"快去传医官，来为殿下诊脉。"

她吐得直不起身来，待得肚子里的东西都吐完了，才觉得略微好过些。拿清水漱了口，怔怔看四周，头晕目眩，天都变了颜色。自己还在嘀咕："真是越发娇贵了，坐个马车还能颠成这样。"

"要不就是吃了不干净的东西。"傅姆喋喋道，"殿下昨晚去了哪里？婢子一夜不得安枕，今早四更就起来等殿下回府了。婢子是派来专门侍候殿下的，殿下若有个差池，婢子一家人头不保。下次万万不能这样了，殿下是公主，一举一动关乎皇家脸面。夜不归宿，消息传到陛下和使君耳朵里，总归不太好。”

傅姆一般都是上了年纪的人，不是当初抚育主人的乳娘，就是宫里散出来助长史管理内院事务的尚宫，督促公主言行也是她分内的。可是夜不归宿固然不对，把这件事扯到盛希夷身上就错了。她掖着嘴蹙眉：“他不过是客，用得着向他交代什么？我自己的事自己知道，姆姆只需打理好公主府就是了，其他的不必操心。”

傅姆被她回了个倒噎气，哀声道：“哪里是婢子要管束殿下，婢子领着差事，况且也关心殿下。”

她发觉自己说话太重了，有些不好意思，摇了摇傅姆的胳膊道：“我身上不太舒服，口气冲了，姆姆别多心。”又看看府内的陈设，问，“都安排妥当了吧？入夜萧郎子要来接昙奴的。”

傅姆这才笑起来：“殿下放心吧，一切准备妥当了。”指指门旁靠着的棒子，“喏，迎礼都备好了，只等郎子上门。”

大历有这个传统，新郎官迎接新娘子，先要受一顿下马威。新娘这头的姑嫂们准备好棍棒，踏进门槛便一顿好打，边打边笑，“郎子是新妇家的狗，打杀不论”，新郎官还不准动怒，要笑着忍痛。可是遇上下手重的，难免吃暗亏，莲灯囫囵指了指自己：“打的只有我一人，贵妃又不能来，我看还是作罢了。”

“那不行。”傅姆扶她进房，眉飞色舞道，“这是给郎子提个醒，日后要好好待新妇，否则娘家人不饶他。少了这道，郎子记不住艰难，怕亏待了夫人。”

莲灯只是笑：“昙奴还用得着我撑腰？萧将军有半点不从她，恐怕将军府都会被她拆了呢。”边说边歪在榻上，顺了顺胸口道，“实在不能免，换个细竹枝吧，做做样子就行了。打得太凶，别叫昙奴怨我。”

傅姆诺诺道是，回身见医官到了，便上前引进门来，把她的症状描述了一遍，低声道：“天热了，我怕公主疰夏，看看要不要开个方子预防。”

医官到她榻前行了礼，取出迎枕来垫在她腕下。因为身份不同寻常，诊起来也要万分仔细，结果切了半天脉，脸上表情随他的调整按压而千变万化。

莲灯见他几次欲言又止，心里倒紧张起来：“我得了不治之症吗？”

“不、不……”医官摆手不迭，看了傅姆一眼，显得很为难。

有什么事是要避讳人的？莲灯觉得自己很坦荡，命他直说。谁知医官支吾了半天，嗫嚅道：“从脉象上看，殿下这是……喜脉啊！”

莲灯和傅姆都愣住了，医官诚惶诚恐：“卑职医术不精，不敢妄下断言。请殿下稍待，卑职去去就来。”说着不等她开口，匆忙奔了出去。

莲灯和傅姆还愣着，她眨了眨眼问傅姆：“他刚才说什么？喜脉？”

傅姆觉得天要暗下来了，不敢相信，宁愿这是误诊，挺了挺身腰道：“可能他今天也有些不适，脑子犯糊涂了。且等一等，大概是去请医正了，换个人把脉，不至于再出这种笑话的。”

可是医正来了，得出的结果还是一样，公主有身孕了。

简直是晴天霹雳，这是什么情况？没有成亲，怎么会有身孕？她捂住脸失声号啕起来：“难道我要成佛母了吗？凭空冒出个孩子来，我没脸见人了！我的清白……清白……”

清白虽然不那么重要，但对待字闺中的女郎来说，失去了总不太好。傅姆被吓傻了，晃了晃，跌坐在地上，要淹死似的低呼一声：“老天爷！”

老天爷很忙，管不了那么多，有了就是有了，不能把他变没。可莫名其妙的，这条人命从何而来？她实在难以置信，伸出左手给医正：“仔细再验，验不明白，摘了你的乌纱帽！”

医正险些给她跪下，复两手都看了一遍，结结巴巴道：“不敢……不敢打诳语，殿下真的有孕了。”

这几个字几乎把她的天灵盖砸出个坑来。其实怀孕也不是多可怕的事，但怀得这么随性，就有点难以接受了。难道一个人也能生孩子吗？通常来说应该有个男人，可她不记得和谁有过肌肤之亲，为什么会有身孕？

医官们都成了雨天的蛤蟆，愣了半晌请她做决定：“殿下的胎是留下呢，还是……”

她捧着脑袋要发疯，看来一时不能有说法了。傅姆忙道：“兹事体大，千万不能张扬出去。你们先请吧，等殿下冷静冷静再说。”

医官们俯身去了，傅姆见她跌在榻上，焦急道：“事到如今殿下就不要隐瞒婢子了，孩子的阿爷是谁，可是盛七郎？我们要快快筹备喜宴，否则耽搁太久，怕会掩不住的。”

莲灯望着屋顶欲哭无泪：“没盛希夷什么事，我同他只是泛泛之交……这孩子从哪里来的，我也不知道。没有郎君也能生孩子，天下哪有这种奇闻！”

傅姆却有考量，既然不是淮南节度使，那么就应该是国师了。可她不敢说，说出来不知会有什么样的后果。反正事态很严重，应该早做决断：“殿下好生考虑，若想留，必须将实情报进宫里；若不想留，早早命他们准备药，打了也就是了。”

打了……她茫然看着傅姆：“不要他吗？”

傅姆点了点头：“因为殿下还没许配人家。”

这种情况下，打了是人之常情。可她想起常做的那个梦，梦里的宝儿哭着喊着说阿娘不要他了，现在想起来都令她心酸。

“我想留着他。”

傅姆大惊失色：“殿下……这样殿下的名声就毁了。”

她戳着太阳穴绞尽脑汁：“为什么想不起来了，那个人是谁……”

她一个人嘀咕，傅姆发现劝不动她，退出来大声吩咐婢女：“快去把萧家娘子请来，要快！”

婢女提起裙子飞奔出去，傅姆回头看公主，她坐在榻上呆若木鸡，大概她的世界已经坍塌了。

·第二十一章·
魂归

昙奴很快来了，跑得满头珠钗唧唧作响。进门来不及问傅姆发生了什么，坐在榻上摇了她一下："莲灯，出了什么事？"

她迟迟看她，原本面无表情，忽然悲从中来："我肚子里有了孩子……可我不知道孩子的阿爷是谁。"

昙奴倒吸了口凉气，怎么会这样呢，上次那样惨痛的经历，她竟没有学乖。哀其不幸，怒其不争，她已经不知说她什么好了。分明可以从这场灾难里脱身出来的，最后又重蹈覆辙，该怨国师，还是怨她自己？

"现在怎么办？"昙奴喃喃，"出了这种事，好像没法瞒下去了……"

莲灯没有听她说什么，下了竹榻满地乱转，像九色一样焦躁不安："我还没嫁郎君呢……不行，我得给孩子找个爷爷！"

昙奴听她这话觉得天塌地陷，她已经决定留下孩子了，为了让他的出生名正言顺，打算随便挑个男人嫁了？

她慌起来，这是大事，关系到一辈子。她提着裙裾出去，抬起头四下观望："弗居，你在不在？"

树上一丛枝叶拨开了，探出弗居昏昏欲睡的脸："在呢。"

她手指着神禾原方向，不知道应该怎么把这件事表述清楚。梳理了半天，喘着气道："回禀国师一声，莲灯有孕，要招驸马了。"

树上的人吓了一跳，枝叶猛地一晃："什么？"

昙奴回手："别耽搁了，快去吧。不管怎么样，这次不能再出岔子了。"

上一次的遗憾，她到现在心里都不好过。怪自己没本事，保护不了最好的朋友，让她流尽了眼泪。这次是天意，不管国师能活多久，让他知道，让他做决定，至少别再让悲剧继续了。

弗居二话不说，写了个纸条绑在隼腿上，扬手一抛把鸟撒出去，自己跳进了院子里，进门拱手："恭喜恭喜。"

莲灯立刻红了脸："这种事有什么可恭喜的！"说完想起来，忙嘱咐她，"千万不能让国师知道。"

昙奴和弗居对看了一眼："为什么？"

因为越仰慕某个人，越想把最好的一面展现给他看。现在她出了这样的纰漏，怕国师听说了会看不起她，于是搪塞着："女人的事，不要让男人知道的好。"

"可殿下不想找到孩子的爷爷吗？"弗居说，"国师擅占卜，说不定占一卦，就把那个人算出来了。"

说起这个莲灯就又气又恨："始乱终弃的人，不提也罢。找他干什么，嫁给他吗？我生平最讨厌这种没担当的人，找到了我也看不上他。"

她说得很干脆，叫弗居好一阵尴尬。

所以现在反而不好同她直说了，她把国师忘了，忽然告诉她，她肚子里的孩子是国师的，不知她听后会有什么感想。弗居识趣地退了出去，在公主府外静候座上，等他来了，好把她的情况告诉他，请他斟酌后再同她交代。

昙奴坐在一旁，看莲灯没头苍蝇似的乱转，转得她脑子发晕："坐下休息一会儿吧，会动了胎气的。"

她听了站定，艰难地对她笑了笑："昙奴你看，我还没出嫁，却比你先怀身孕……"说着又瘪起了嘴，像个孩子一样拖着长音哭号，"我觉得我真是太没脸了，你千万不要笑话我。"

昙奴站起来抱住她，在她背上拍了几下，安慰道："我们是什么交情？我会笑话你吗？这个孩子注定是你的，就好好看顾他。"

傅姆有些着急："萧家娘子……"

昙奴抬了抬手："姆姆别说了，里面的利害我比你知道。再等一等吧，事情一定会有转机的。"

傅姆无奈，既然都这么说了，只得叉手作揖退了出去。

莲灯拉着她，告诉她这段时间来总做的一个梦："梦里有个孩子，叫我阿娘。我一直抱不到他，可是前两天他会走路了，一下就撞进我怀里来，你说这是不是胎梦？会不会生出一个像他一样的孩子？"伤感因为这个想法忽然变淡了，她真的很喜欢宝儿，所以有没有郎君是次要的，生出一个那样的孩子，其实也很美好。

昙奴垂着嘴角，无法回答她。那个没有来得及降世的孩子，在用他的方法抗议和争取。躯壳可以换，魂魄还在就好。母子的缘分也是天定的，该叫她阿娘的人，不论早晚，依旧会托生在她肚子里。

"那就让他平平安安地落地吧！"昙奴笑了笑，"你和转转都有孩子了，看来我要加紧才行。"

莲灯变得很高兴："到时候我们三家的孩子在一起，说不定还能结个儿女亲家。"

昙奴笑起来，果真是乐观向上的人，这么大的事，她接受得倒挺快。这种人天生会多吃些亏，但到了老天爷决定要补偿的时候，幸福也会比别人多得多。

"如果三家都是男孩子呢？"

"那更好了，可以结成兄弟。就像我们当初一样，三剑客，从西域横扫到中原。"她一手指天，一足顿地，充满了豪情。

回想以往，确实诸多感慨。还记得当初一场沙尘暴后，灰头土脸却并肩匍匐的三个人。生死相依的友情，恐怕世上的男人也未必及得上她们。如今自己和转转都有了依托，可怜莲灯，到现在还飘荡着，每每想到这里，昙奴就难过得无以复加。到现在她依旧认为莲灯遇见国师是劫数，如果没有那个人，她应该过得平静快乐，哪里会年纪轻轻就饱尝坎坷！本以为这次能够重新开始了，没承想又是一拳重击，迫使人不得不面对。

国师这次来得很快，进门时人怔怔的，眼里痛苦和喜悦交织。走到莲灯面前，说不出话来。

莲灯却惊恐万状："国师怎么来了？"

昙奴悄悄退了出来，他们之间的乱账，是该好好清算了。逃避终不是长久之计，既然已经别无选择了，倒不如勇敢面对。

国师这个时候反而变得笨嘴拙舌，先前弗居知会过他，他不敢贸然来认亲，只是呆呆的，伸手抓住了她的双臂："我听说……殿下有身孕了？"

她呜的一声长鸣，捂住了脸哀哭："真是好事不出门，坏事传千里！"怕他误解她，顾不得涕泪横流，巴巴看着他说，"其实我是很检点的，从来不和别人乱来往。可是这次……这次不知道是怎么回事，莫名其妙就变成这样了。"

他的话很实际："殿下知道天地阴阳的规律吗？没有男人，女人不可能有孕。一个未嫁的姑娘生了孩子，会被世人嘲笑的。"

她点了点头："我知道，所以我要为孩子找个父亲。"

"殿下打算找谁？"

"找……"她想了一圈，悲哀地发现居然无人可找，"实在不行我可以离开长安。"

他盯着她的眼睛："殿下没有想过要放弃他吗？"

她说："没有，我喜欢宝儿，他是我的孩子。"

他心里激动得打战，没法描述刚接到消息时的感受。他以为这辈子都没有机会了，没想到苍天怜悯他。上次他让她喝避子汤，原来她没有。如果不曾忘情，也做好了迎接孩子的准备了吧？阴阳血，果真是天底下最般配的。照这个速度算，如果他能成功续命，他们一辈子应该可以生上一二十个。

他简直忍不住要放声大笑，可是现在还不能，他得一步一步诱哄她接受，不能伤害到她。他舔了舔唇道："不管你到哪里，年轻的姑娘单身带着孩子，都会被人议论。你不是说要给孩子找个父亲吗，我觉得……我可以试试。"

莲灯瞠大了眼睛看他："什么？"

他吸了口气："若殿下不嫌弃，我想做这个孩子的父亲。找生不如找熟，殿下何不试着接受我？我会善待你们母子的。"

她往后跳了一步："国师在开玩笑吗？我原想找个小厮或是马夫的……"

他有点不太高兴："你要这样糟蹋自己和孩子？"

她尴尬笑道："反正只要让他冒充几天，过后和离就是了。"

他沉默下来，低头紧紧握住了手："那我来充当，怎么不行？"

莲灯觉得这种天上砸饼的好事一般轮不到她头上，她从小运气就很差，国师如此雪中送炭，实在令她惶惑。她笑着推托："多谢国师的好意，国师尊贵，不能受这样的委屈。你不用担心我，这点小事难不倒我。况且国师已经有了心上人了，我是君子，君子不夺人所好。”

最后她拒绝他，竟然是这个理由。他觉得有些难办，拧着眉头思忖：“找谁都不如找到孩子的亲生父亲，殿下不记得那人是谁了吗？”

莲灯羞愧地摇头：“没有这个人。”

“所以殿下觉得这是个佛胎吗？自然受孕，将来生出一位菩萨来？你再想想，曾经在哪里过过夜，和谁独处过。”他顿了顿，看她冥思苦想一片茫然的样子，温煦笑道，“殿下竟忘了，昨夜在九重塔里，和我独处过一夜。”

她翕动嘴唇，悚然望着他。

“九重塔本就汇聚天地灵气，是纯阳之所。殿下是纯阴体质，到了那里便如鱼得水。殿下昨晚没有睡榻，席地而卧，对不对？天在上，地在下，天为阳，地为阴，天地合而万物生焉……”他开始胡编乱造，造到最后连自己都觉得难为情，话锋一转，直截了当地说，“所以我觉得，这可能是我的孩子。”

她惊得目瞪口呆：“有什么根据？就因为我在九重塔里过了一夜？国师，这种玩笑开不得。你要是和我牵扯，就辜负那位娘子了。”

“她已经忘记我了，我不想再去打搅她，她应该有全新的人生。至于你……”他垂眼看她，“臣初见殿下，怦然心动。或许就是这一瞬，有了这个孩子也不一定。”

心动一次就会有孩子，那他的孩子岂不是要遍天下？不过他对她有感觉，这让她喜出望外。如果这孩子果真是他的，似乎也不是坏事。

她扭捏着揉搓画帛：“你和那位娘子当真结束了吗？我不希望将来有人找上门，带着你‘怦然心动’后的另一个孩子。”

他窒了下：“臣心里只有你们，我说的都是真话。”

莲灯咬着腮肉，竭尽全力不让自己笑出来。心里琢磨着，歪打正着。这么好看的人，即便是供在那里，她也赚到了。

她欢欣雀跃：“来人啊，快替我具本上奏陛下，我要请婚，迎娶国师。”

男女似乎弄颠倒了，可这都不算什么，他愿意“嫁”给她。如果之前还在犹豫，现在就是老天替他做了决定。不管以后怎么样，珍惜这段姻缘，珍惜这个孩子，是他目前最应该做的。

“那么，臣就算是依附于殿下了。”他笑着，长长作了一揖，“微臣如愿尚主，三生有幸。”

她抬手虚扶了下：“国师不必多礼，虽然刚才你说的那些话我半信半疑，但是危难之中国师愿意伸出援手，莲灯感激不尽。国师放心，我是很专情的人，会一心一意待你的。你现在可要回神宫准备一下，等我来迎你？”

他摇头：“没什么可准备的，臣来前已经把神宫事务安排妥当了。臣随殿下在公主府住上一阵子，然后公主随我回神宫，我们可以两边换着住。”

这样也好，毕竟他的身份不同，草草入赘，似乎对他的尊严有损。两边勤走动，谁也谈不上娶，日子将就过得就可以了。不过他有备而来，料定了她会接受他似的，果然是国师，神机妙算。然后呢？算没算到她的芳心暗许？

莲灯抱着肚子看他，竹帘间吹进来的清风带起他的袍裾，赏心悦目。从今天起他就是她的人啦，反正请旨是走过场，皇帝答不答应，她都要留下他。

她偷偷高兴，蹭过去一步，小心翼翼地碰碰他的广袖：“国师与我还不熟，我可能有些坏毛病，会惹你不高兴。但是两个人在一起，磕磕碰碰难免，先说好，谁也不许提和离。”

他微挑了下眉头：“殿下不是说，给宝儿一个名分，然后就要分道扬镳的吗？”

“我说过那话吗？”她假装惊讶，“婚姻岂是儿戏，我这么明事理的人，不可能有那种想法！”一边说着，一边冷汗直流。好不容易套住的人，可不能因为一时失言就错过了。她本来是想找个人凑合的，既然他自愿上钩，入得她公主府的门，就由不得他中途退场。可她到底觉得有些亏欠他，这个孩子的来历实在不明，她又不傻，不会相信天地生万物那套。反正他是个好人，她决定以后好好疼爱他，不让他受半点委屈。

她表了这个态，临渊才放下心来：“谁都不提和离，殿下今日一言，不许反悔。”

她竖起三根指头：“皇天后土为我做证。”

他抿唇而笑，窗下锦鲤坛中的波光折射在他眼底，金芒万点。他的眼神变得柔和，要滴出水来似的，慢慢靠近一步：“那么臣……现在可以抱抱自己的娘子吗？”

莲灯心头突突地跳，虽然记忆不相熟，感觉上却已经神交很久了。但终归有些不好意思，左顾右盼着，半晌才嗫嚅：“国师随意。”

他不敢让他的感情看上去过分浓烈，放轻手脚抱住她，让她找个舒服的姿势靠在他怀里。她看不见他的脸，他低下头，紧紧贴着她的头发，险些湿了眼眶。

“臣尚殿下，一生不悔。只要臣活着一天，就一天对你们好。”

他表忠心，她就觉得很满足。同他贴得更紧密些，她喜欢他身上的味道，可以让人的灵魂得到安宁。其实她总觉得他眉宇间有哀愁，美人蹙眉虽然美，但是会让她心疼。她举起手，试探着抚抚他的眉心：“从今天起国师要高高兴兴的，那位娘子忘记你没关系，她不要你我要你。我同她相比，应该差不到哪里去，所以国师也不算吃亏。”

他笑着说是：“殿下不比她差，日后臣就跟着殿下过日子了。不过殿下总唤我国师，太见外了。还是叫我临渊吧，显得亲切。”

她腼腆地微笑：“我叫莲灯，你知道吧？”

“我知道……我的莲灯。”他抚上她的脸，这张叫他日思夜想的面孔，现在又回到他身边了。她对他的碰触似乎还不习惯，他有些伤感。怀着他的孩子，对他却是陌生的，是他自己作的孽。

“你怕我吗？”他看着她的眼睛说，“我是你的郎君，是宝儿的爷爷，你不要怕我。”

莲灯认真地望着他：“我不怕你，我只是仰慕你。”

他哧地笑了一声：“你仰慕我，焉知我就不仰慕你呢！今天是昙奴大婚，明天吧，明天我们一同进宫，见过陛下和贵妃，把我们的事通知辰河，然后就再也没有什么可顾忌了，我一天都不离开你，日日陪着你。”

她听了很欢喜，踮起脚尖搂住他的脖子：“我今早还在想，昙奴和转转都有了郎君，我很羡慕她们。没想到我的桃花运说来就来，天上掉下一个郎君，比她们的更好看，我运气真不错。”

她总在庆幸着，或者说卑微着，令他惭愧：“其实我没有你想的那么好，我的很多决定都是错的，很对不起你。”

她不明白他话里的含义，不过反正她喜欢，缺点也会变成优点。她说：“没关系，我宠着你。”

他搂住她，双手缠绵地在她腰侧流连，低头吻她的唇角：“不对，是我宠着你。”

她的鼻息咻咻，很紧张。脑子晕了，视线也模糊了，还不太熟，第二次就亲她，这样好吗？可是他已经答应做她的郎君了，郎君亲娘子，好像是天经地义的。她陶陶然，然后依稀见他缓慢移动，闭着漂亮的眼睛，移过来……移过来……覆盖住她的嘴唇。她心头咚咚跳着，他的嘴唇温暖柔软，沾满她口脂的香气。她不自觉启唇，容他进来，忽然发现自己居然经验很老到。

他呼吸急促，双臂扣紧她，加深这个吻。就像一块烧红的烙铁，随时可能燃起来。因为爱她，触到她就生肉欲，他简直控制不住自己。

他喃喃叫她："莲灯……娘子……"

莲灯傻傻的，被他盘弄得站不直身体。攀着他的时候，误以为自己是一条鱼，他是水，她一刻也离不开他。这种感觉她熟悉，在记忆的最深处，自己有过同样的渴望。

院内院外空无一人，他进来时站班的仆婢就被撤了，所以没什么顾忌。他抱起她，把她放到榻上，袒领阔大的领襟尽显她的肩颈，他急不可待，用力吮吸，在她肩头盖了个红印。这种时候高贵的裸露也会使人犯罪，她胸前一片雪，诃子挡不住波澜壮阔。他想做什么？他知道自己想做什么。他覆在她身上，解开了她背后的缎带。

莲灯忽然拽住了诃子，睁开眼睛说："不行，我听转转说，有了身孕的人不能这样，闹得不好会伤着孩子的。"

他额角一跳："有这种规矩？"

"是啊。"她推开他坐起来，耐心地同他解释，"不单刚有孕的时候，生完孩子没有满月，也不可以。"

这下子国师傻了，蔫头耷脑地坐在榻上，情热时解开的罗衣也在耻笑他，他慌忙把衣襟合起来，尴尬道："你懂得真不少，转转没事就教你这些吗？"

她笑道："女人在一起聊天，天南地北随意胡诌。"看见他额上沁出了汗，卷着袖子给他擦了擦，扭捏着说，"来日方长，不急在一时半刻……你饿吗？我叫人做点心给你吃。吃馎饦吗？我记得你喜欢吃馎饦……"说完顿住了，真奇怪，她居然记得他爱吃馎饦。

他愣了下，很快打圆场："长安一大半人爱吃这个……我自然也喜欢。"为她束好了裙带，见她还怔忡着，忙打岔问她，"盛希夷那里你打算怎么交代？他对你很有好感，你不会不知道吧？"

莲灯摊手道："我又没答应他什么，哪里用得着和他交代？不过收了他几株五年生牡丹，怪不好意思的。回头让人备礼，送到他府上去，再央陛下给他另指一门婚，长安公主郡主那么多，不愁没有好人选。"

他听后长长松了口气："你都已经想好了，就不必我操心了。"

她哈哈笑道："我要把以前的风流账清算干净，才好一心一意迎娶你啊。"

他无奈地摇头，其实这人是投错胎了，本来她应该是个男人吧？否则想法为什么和女人半点不沾边呢？！

放舟他们是最懂得审时度势的，不等招呼，把他常用的东西全送了过来："座上以后要好好照顾自己，常回神宫看看，属下们会日夜记挂座上的。"

他抬眼温暾地打量他们，个个脸上春意盎然，想必对群龙无首的日子充满期待。他哼了声："怎么？本座离开神宫，你们就不行保护之职了？"

"不不不……"秋官道，"属下等会一如既往听命于座上的，不过座上成亲之后属下等不方便再随意出入了，座上近身的事，还需另外派遣两位巫女……"

"不要！"秋官话音才落，一旁吃杏子的莲灯高声抗议起来，"我府里婢女够多了，不需要另派。再说他身边有我，我可以照顾他的饮食起居。"

国师脸上讪讪的："巫女都是自小收留在神宫的，你别乱想。"

她不说话，闲闲地撑着下巴，把视线转到另一边去了。

看来女人吃起醋来可以没有任何逻辑，防患于未然是她们的手段。既然她反对，他自然无话可说，退了一步道："挑两个得力的侲子吧，安排在书房伺候。"

对于派遣侲子她没有太多意见，不过还是发表了一番看法："要挑姿色一般的，不能太好看……免得带坏了我的婢女。"

灵台郎们张口结舌，其实只要是个活的，不论男女她都提防吧？再看座上，他只是点头，显然已经认命了。

很快入夜，府里到处火树银花。大历迎亲是在晚上，逢着喜事宵禁是可以开放的。待天黑透了，新郎官带着仪仗迎亲，隔了很远便听见街头鼓乐阵阵，音浪像潮水一样涌来。

他站在廊柱旁，抱胸看她作梗。她扒着门缝讨红包，讨完了依旧不放人，要萧朝都唱歌。萧将军领兵有一套，歌声却不敢恭维，她听了两句，捂着耳朵认输了："算了，开门吧！这么难听，会吓着我宝儿的。"

新郎官进来，她例行公事，举着一根小竹枝在他身上敲了两下，嘴里大喊着："打杀不论啦！"萧朝都就像个傻子，直挺挺站着任由她打。实在是人丁太单薄，两个人做戏似的，使着花拳绣腿，意思意思就完了。

昙奴没把嫁人当回事，临出门时掀起障面吩咐她：“明天要面圣，进出小心些，我过两天就回来。”

她忙说：“别，你燕尔新婚，多陪陪郎子，我这里只管放心，有临渊在呢。”

昙奴哦了声，看花灯下的人，藤紫的襕袍上晕染了一层迷离的水色，即便是站在那里，也有定国安邦的功效，更别说照应一个怀孕的女人了。

莲灯替她放下了障面，送她上轿，看着昙奴被人簇拥着去了，仿佛丢了重要的东西，心里七上八下。

“你说萧朝都会不会善待她？昙奴会不会被将军府的人欺负？”

国师摇头：“你别忘了，昙奴是定王死士，经历过大风大浪的。恐怕将军府没有一个人敢同她作对，因为怕惹她生气，被她杀了。”

她想了想，觉得很有道理，便不再忧心了。新妇子走了，剩下的一众宾客仍旧要款待。都是当初定王麾下的人，吵吵闹闹汇集在一起。行伍出身的人就有这点好处，即便没有人招呼，他们也可以吃喝得风生水起。

莲灯去了辰河的那一桌，他正与几位武将推杯换盏，见他们来了，众人都放下酒盅站起身行礼。辰河心里讶异，脸上却还安然，莲灯叫了声阿兄，他微颔首，掉转视线看着临渊：“先前军中有人假冒国师，搅得大军不得安宁。后来被他逃脱，小王也命人四处搜寻，可惜都是无功而返。前阵子听说已经被国师擒获，小王的心总算放下了。国师今日也来喝昙奴的喜酒吗？若蒙不弃，与我等同坐如何？”

临渊拱了拱手：“本座不会喝酒，也不打算破戒，怕是要有负大王美意了。本座今日来，不单是道贺，也是来求亲的。待明天天一亮，我们就入宫，奏请陛下赐婚。”

众将一听忙纷纷道喜，国师要娶亲，恐怕比皇帝大婚更加令人震惊。可是辰河的眉头却紧紧拧了起来，他们的缘分一会儿断了，一会儿又续上，是在玩小孩子过家家吗？这位国师究竟什么打算？自己的问题尚未解决，又来扰人清净，难道就不能为莲灯多考虑一下吗？还有他的这个傻妹妹，所谓的忘情也能有假？

他不解地望着莲灯：“你的意思呢？是不是已经答应了？”莲灯支吾了下：“不答应不行……”

他一口气泄到了脚后跟：“这件事关系到你的一辈子，你想清楚了吗？”

没有等她回答，临渊先接过了话头：“我们已经议定了，趁着今天高兴，报与大王听。明日进宫请过旨即定日子，到时候婚宴还要烦请大王替我们主持。”言罢不再看他，转头对莲灯道，“忙了半天，累坏了吧？外面有长史和神宫的人照应，你不必操心。我送你回房，洗漱过后就睡下，现在不宜劳累。”

最后一句是说给辰河听的，辰河是聪明人，不必追问，便已经明白他话里的含义了。不宜劳累……看来大局已定，没有转圜的余地了。既然如此，还有什么可说的？他看着莲灯，重重叹了口气。

世上没有哪位做兄长的，愿意看着妹妹跳进火坑里。同样没有任何一位挚友，愿意甘苦与共过的姐妹奔赴一场没有结局的婚姻。

男人之间的谈话转转不想参与，她只有怨怪莲灯：“你的耳根子怎么这么软？是不是被他哄骗几句，就又找不着北了？明明说已经忘记了，为什么今天进宫来请旨？你要嫁给他吗？他……”压下嗓子来，贴着她的耳朵说，“国师大限将至了，说不定明天就死，你打算替他守寡吗？”

莲灯很忌讳她说这些，毫不客气地打了她一下：“谁说他明天就死？你这张乌鸦嘴！我想和他成亲，是因为我对他一见钟情。”

转转嗤笑了声：“一见钟情是个什么鬼东西，我以为你的那点情早就被现实磨光了呢！不行，我不答应你嫁他，你应该嫁给盛希夷。”

莲灯鼓着腮帮子瞪她：“你要作梗，我就和你翻脸。”

转转啊了声：“好个重色轻友的家伙！就因为那人长了张勾引人的脸，你就被他彻底收服了？你只贪图眼前，想没想过以后怎么办？”

她气得厉害：“《渡亡经》不是找到了吗？！”

“找到了有什么用，谁有这道行驱使它？他师父被他打散了三魂七魄，这世上怕是没有人能够救他了，明知道这是个坑，你还要往下跳？”

莲灯愣愣的，想不出办法。可是那些都不重要，重要的是给宝儿找个父亲。她有些不好意思开口，转转又这样不肯让步，最后只得同她说实话：“我昨天得知了一件骇人听闻的事，不知怎么，医官说我有孕了。”

转转正在吃毕罗，听她这么一说，连咬合都忘了，里面的樱桃酱子流出来，洒得前襟一片狼藉。来不及擦拭，愕着两眼看她：“有身孕了？”

莲灯怏怏低下了头：“我不知道孩子的阿爷是谁，可是眼下不成亲，将来孩子生出来，叫他受别人白眼吗？恰好国师大仁大义，愿意解我的燃眉之急，我求之不得。我很感激他，所以你也不要对人家有成见，如今像他这样好心的人不多见了。”

转转越发愤懑起来，哂道：“国师果真无利不起早，他好心？本来就是他做下的事，担起责任来罢了，哪里称得上好心！只有你这傻丫头总被他骗得团团转，这事昙奴知道吗？她是怎么说的？”

她们三个人常有来往，莲灯为国师渡功力的事昙奴进宫告诉过她，现在莲灯有了身孕，国师就忽然良心发现了。亏得这个蒙在鼓里的人一心替他说话，他从头至尾的所作所为哪一点值得莲灯感激？

莲灯从她的话里听出了点端倪，她一口咬定孩子就是国师的，为什么连她自己也不知道的事，转转却这么肯定？其实长久以来身边的人都在刻意对她隐瞒着什么，她感觉得到。也许她有过不愉快的曾经，让所有人讳莫如深……她打算探一探，就从转转这里突破，便顺势道：“如果他不认账，不也拿他没办法嘛，所以我说要感激他。你不要这么激动，伤了胎气不好。我们真是有缘，总是一起有孕……”

转转的眼睛瞪得更大了：“莲灯，你是不是想起以前的事了？”

她怔在那里，一瞬间眼前划过诸多画面，都是关于她和他的。她慌起来，自己到底遗忘了多少？她抓住转转的手：“最近我的脑子总是犯晕，好多东西都想不起来了，但我知道我和他之间不是这么简单。转转，你若还当我是朋友，就把实情全都告诉我。”

那厢国师和皇帝的谈判也遇到了些障碍，皇帝说得还算委婉：“朕也知道你同阿妹一路走来不易，如今有了孩子，是当给她一个名分的。朕不反对你们结为夫妻，但是……亦不可太过张扬。朕的意思是，可悄悄筹办，瞒过天下人最好。神宫中发生的事外人不会知道，国师依旧是原来的国师，可以为朕镇守这大历江山。”

他有些为难，说实话他扶植他称帝不易，他也希望还他一个稳固的社稷。他知道自己的身份对大历王朝来说意味着什么，国师即便只是个空架子，也有稳固朝纲的作用。但当现实和感情产生冲突时，他已经顾不得那么多了，只能跟着心走。

他作了一揖：“陛下回到后宫，气苦的是什么，不就是不能给贵妃国母的尊荣吗？对于心爱的女人，臣的心思和陛下是一样的。国师娶亲本来就有违天道，陛下既然答应，为什么不能容许臣将事情办得尽善尽美？我对莲灯的感情，从来没有隐瞒过陛下，现在她是皇妹，就更加不能委屈了她。她服了忘情药，对以前的事都记不清了，如果不能明媒正娶，臣应当如何同她解释？还有臣的孩子，不能让他顶着私生子的名头。他应当正大光明地在外行走，而不是像我一样，百余年困在太上神宫里。臣虽不是第一代国师，但辅佐过大历四任君王，从未提出过任何非分的要求。这次是第一次，也是最后一次，万请陛下成全。”

他都已经这么说了，再不通融，似乎有些说不过去。可是皇帝考虑得比一般人多，大历需要一个传奇，如果这个传奇突然之间沦为凡人，那么谁能证明当今圣上是代天巡狩呢？

皇帝沉默下来，半晌方负手长叹：“从你们大婚之日起，天下再无国师矣。”

皇帝显然很不悦，他当然察觉了，但并不打算理会。正要长揖谢恩，莲灯从小径上过来，叫了声陛下：“陛下所言有理，我们的事不过是小事，不能与江山社稷相提并论。今日进宫来，只为把消息告诉阿兄和转转，你们知道就是了，办不办婚宴都不重要。”

她这么一表态，皇帝变得很尴尬：“你别负气，朕正同国师商议呢。”

她说：“我不是负气，是真的想清楚了。他能和我在一起，于我来说这就够了，要不要敲锣打鼓弄得四邻皆知，都是题外话。”

皇帝回身看国师，他面上淡淡的，似乎对她的话也认同了。

于是这次入宫，没有取得他们原先设想的效果。婚事是答应了，但不宜声张，必须静静地办，还要避人耳目。临渊因此感觉很对不起她，坐在车里不敢说话，只不停打量她的神情。她面无表情，发现他总看她，索性别开了脸。这下他紧张起来，战战兢兢地摸她的手：“怎么了？不高兴了吗？不要紧，送你到家后我再进一趟宫。”

可是她烦恼的不是这件事，她抿着唇，唇角直往下捺。憋了半天，实在忍无可忍了，对他喝道：“你就一直瞒着我，瞒到我死吗？临渊，你什么时候真正听过我的心声？什么时候在乎过我的感受？你总是自以为是，自以为是地对我好，自以为是地摧毁我的记忆！”

他听她这通控诉呆住了，看她满眼的泪，知道终于东窗事发了。其实她有很深的执念，不论是对她阿娘还是对这段感情。她有残留的记忆片段，只要适当加以引导，他的那些手段根本对付不了她。

“莲灯，我知道我又错了，我总是做错事，一错再错……”他的脸上写满了恐惧，“你不要生气，现在不能生气的。如果你实在恨，就打我吧，想怎么惩罚我都可以，只是不要生气。”

她怎么能不生气？他一次又一次地愚弄她，打着为她好的旗号，像操控傀儡一样操控她的记忆。她的嗓门因为愤怒变得又尖又厉："你以为这是打扫屋子吗？把不好的全部清理出去，剩下的就都光鲜亮丽了？你对我的坏我全记得，到死都忘不掉。你这个阴险小人，我讨厌你，你给我滚！"

马车缓行，拐进了公主府所在的崇德坊，车门忽然打开，国师被推了下来。驾辕的厮儿吓了一跳，待勒缰已经晚了。好在国师身手敏捷不至于摔倒，但是中途被撵下车，就像个遭到遗弃的孩子，茫然站在路上没有了方向。

厮儿想停，莲灯斥了声："走你的！"对车外呆怔的人喊话，"我不要你了，你哪里来的就回哪里去吧！"然后愤恨地缩回车里，号啕大哭起来。

其实她知道他这次是为她考虑，因为自己将不久于人世，情愿她忘了他重新开始。但他问过她的意见没有？她明确表示不想吃那药，他为什么还要去求昙奴帮他？所幸老天看他不顺眼，她再一次怀孕了，这次他算是完了，现在轮到她来折磨他了。

她咧着嘴，痛痛快快哭了一场，哭完打起帘子回头看，他傻傻地在后面追着，她越发难受，怨恨他，可是又心疼不已。原来她根本看不得他受苦，他一落魄，她会比他更难受。她打算狠起心肠的，然而坚持不了多久，还是让厮儿停下了。她跳下车，手里举着桧扇喝止他："站住！"

他果然停下了，在离她六七丈远的地方，可怜巴巴地望着她。趁她不注意，往前蹭了半步，结果被她一骂，再也不敢上前了。

"你到底想怎么样！"她跺着脚哭喊，其实是不知道自己应该怎么办。她这辈子注定死在他手里了，难道真的欠了他，用无数的苦难也不够偿还他。

他泫然欲泣，嗫嚅着："我错了，你再原谅我一次吧！"

她已经哽咽得说不出话来了，这段爱情里有多少个相似的场景，真是数也数不清了。她想过要给他教训的，可是只要他稍微放低姿态，她就无条件投降，连自己都想唾弃自己。这大概就是爱情，无可奈何的时候除了妥协别无他法。何况又有了孩子，失而复得的宝贝，不能让他没有阿爷。

她把手里的桧扇向他砸过去，微不足道的一点反抗，足以表示她的愤怒。发过一顿火后浑身无力，直接瘫坐在了地上。

他慌忙跑过来，扶她起身，给她拍裙上的土："累了吗？我抱你。"

她推了他一下："我还没原谅你呢！"

他尴尬地立在那里，坊道上人来人往，都掩着嘴窃窃私语，他唯有拉她的画帛："别让人看笑话，有话回去再说好吗？"

莲灯这才发现围观的人不少，顿时红了脸，飞快地钻回车里去了。

虽然同乘，但她依旧不理他，无形中高墙又起。他感到恐惧，哀声说："看在宝儿的面子上……"

她含泪望他："昨天我以为你是好人，还很感激你，结果呢？你费心编了那套说辞，说的是什么？我都替你不好意思！"

他噎了下，低低说："其实我自己也很不好意思，可我想不出应该怎么解释孩子的来历……我怕你不留他，想想上一个，我心里乱得一团麻似的，顺嘴就说出来了。"

他就是仗着口碑不错，才敢这么胡说八道。她不想理他了，独自歪在一边。

车到府门前，几个傅姆一拥而上来搀她，他想接手，她看都不看他一眼。后来进屋也是倒头就睡，他束手无策，只能坐在檐下长吁短叹。

孕妇总是嗜睡些的，莲灯一觉睡到傍晚时分，醒来后见他不在，心里又一惊。匆匆出门看，他背靠廊柱抱着一本皇历，正在排他们大婚的日子。

"今天往后四十日不宜嫁娶，到下月十八星宿轮转，二十是上上大吉的好日子，我们就定在那天，你看好不好？现在开始筹备，到那时候应该差不多了。宝儿也只三个多月，喜服宽大，看不出来的。"

她被他一本正经的态度感染了，坐下接过皇历翻看，看不明白，随口道好："你定准了就办吧，不过还是照我在宫里说的那样，不往外声张，叫上亲近的几个人，大家吃顿喜宴就是了。"

他看她的怒火被一场午觉消磨完了，心里偷偷高兴起来："我没意见，全照你说的办。"

她伸手倒茶，他忙接过去为她斟上，试了温度后递过来，她瞥了他一眼，垂首叹息："我是觉得将来宝儿委屈，不敢同人说自己的爷娘是谁，连入朝为官都不可以。"

他慢慢摩挲着茶盏的盏口，忖了忖道："你还记得以前和我说过的话吗，想回敦煌去？"

她抿了口茶点头："怎么？"

"我这几日一直在想，如果可能，招齐师父的三魂七魄，把国师的位置还给他，我带着你和宝儿，我们一起去大漠。”他后撑着两臂，神情松散地看天边流云，“大历本就是他打下的，我替了他一百多年了，朝廷官员还有个休沐的时候呢，我却没有。现在我不想干了，请辞可以吗？我想带着妻儿去天涯海角，过普通人的日子。你还记得我们途经张掖，投宿驿站的那几日吗？我后来总在回味，那时候很惬意，是我想要的生活。敦煌太干燥了，黄沙漫天，恐怕对宝儿不好。我们可以连路在河西走廊置办产业，宝儿小的时候停留张掖，大些了搬到酒泉，再大些到碎叶城，一路往西，你想去哪里就去哪里。”

他平常都是一副生无可恋的样子，她很少在他脸上看到这种充满渴望的表情。她的鼻子隐隐发酸：“如果宝儿之后又有宝儿了呢？岂不是总走不出玉门关吗？”

他咬着唇皱起眉，嘀嘀咕咕说：“我觉得生太多孩子对你不好，有一儿一女就足够了。余下的日子我们可以天天耳鬓厮磨，否则你总怀身孕，我都碰不得你。”

原来所谓的不好，只是因为他的私心。莲灯面红过耳，轻轻啐他一口。再看他，他眉舒目展，像春日桥头上折柳的贵公子，悠闲又有些懒散。

她挪过去，捏住他的下巴，吻了他一下：“以后要听话。”

他很快点头：“好。”

“不许骗我，不管出了什么事，都要告诉我，让我拿主意。”她恫吓他，“如果再做不到，我就休了你。不是和离，是休了你！”

他果然很惊惶，一迭声道：“我记住了，你别说这种话。”

她的心又软下来，复亲亲他，小声在他耳边道：“转转告诉我，三个月后孩子坐住了胎，就可以同房了。”

他诧然直起身，两眼顿时放光：“真的？转转终于做了回好事，否则我可能要找她算算账了。”

她抿唇笑得很羞涩，转转的确没说错，男人一般都很喜欢谈论这个。据说当你想做某事又求而不得时，可以试试这招。如果他爱你，几乎百试百灵。

于是婚礼就定在下月的二十了，彼此都期盼已久，莲灯因为有孕，过问得少一些，他很看重，几乎样样亲力亲为。

一切都在有序进行，前路也是一片光明。就在莲灯以为可以偷得浮生半日闲的时候，上天又同她开了个玩笑。某一个倦意沉沉的清晨，感觉到他温暖的手抚触她的脸和肚子，一下又一下。她侧过身咕哝：“醒得这么早？”迷蒙地睁开眼，忽然被针扎了似的，骇然撑坐起来。

他跪在她榻前，依然是年轻的脸，却已经变得满头白发，哀哀望着她，眼里装满了回天乏术的凄怆。拉过她的手贴在自己额头，轻声说：“莲灯，对不起，我想我等不到宝儿降生了。”

莲灯捂住了嘴，不敢号哭，但是太慌张，从榻上爬下来，重重跌落，扑进他怀里。

“时候到了吗？”她抓着他的手，哆嗦着问，“可是冬官他们出去探访，还没有消息，怎么办？”

“我也没想到会这么快。”他无奈地笑了笑，“连婚礼都来不及……这样也好。”

好什么？又在庆幸失之交臂？她无语凝噎，怨怪上天待她刻薄，明明幸福就在眼前，却不肯宽限分毫。她把功力渡还给他，谁知只争取到两个月罢了。鬼战过后他元气大伤，就像一株植物腐烂了根须，勉强维持着，早晚还是要面对死亡。

不敢让他看见她落泪，躲闪开来，起身找斗篷给他披上：“回神宫吧，回去了再想办法。”

他走到镜子前照了照，师父离世前并没有像他这样。他耙了耙头发，全白了，真是老态毕现。叹了口气，罩上风帽，怕她担心，回身安慰她：“别怕，总会有办法的。纯阳血的人尸身不腐，就算等上三年五载也不要紧。”

她把那截玉竹枝紧紧攥在手里，抬头道：“可你上次说七日之内的。”

“七日之内魂魄不散，还可以算这辈子，七日之后入了鬼门关，就只能算又一世了。”他摸了摸她的脸，努力对她微笑，“你别愁，到时候我还是会一眼认出你，因为阴阳血天生互相吸引。还有我这辈子没有爱够你，再来一次，依然会选择你。”

她知道他在安慰她，这叫什么事呢，自己要死了，却反过来开解别人。她在他肩上拍了拍：“那是自然，我会看着你，把你囚禁起来，让你见不到别的娘子，只能继续向我屈服。”一面说着，一面为他扣上镏金领扣。他爱美，这头白发不能露出来。她仔仔细细替他整理好，苦中作乐着，“其实这样也很好看，就像雪山里的神仙，抬抬这手下雨啦，抬抬那手下雪啦。”

他抿唇而笑：“不像老头吗？”

她说：“哪有这么年轻的老头？你脸上没斑也没褶子，书上有这种记载，叫作鹤发童颜。”

死亡对谁来说都是可怕的，彼此都在尽量缓和气氛，但是灾难还在，转过身去，眼里尽是泪，只是不敢让对方看到。

莲灯心里火烧似的，不能这样坐以待毙，必须想想办法。她同他一起往外，送他上了车辇，自己没有同乘。他打帘望着她，她说："你先回神宫，我还有件事要办，办完了随后就到。"

他不知道她是什么打算，迟疑道："你别让我担心。"

她把竹枝塞进了他手里，转头对放舟道："替我小心看顾他，我马上就来。"

放舟点头，不再耽搁，驾车驶出了里坊。

她站在台阶下定了定神，转头命人牵马来。眼下容不得她慢吞吞坐辇了，先前是怕他反对，她没敢同他说，想来想去现在除了翠微没有别人可以托赖了。翠微是他的同门，道行虽不及他，好歹也有上百年。上次为了宝儿的事他同她反目成仇，把她撵出了太上神宫，幸好他手下留情，没有废她修为。他同前任国师一战受伤，翠微来看过他，所以她知道她依旧念着旧情。如果得知他已经到了这种地步，应该不会见死不救的。

傅姆在一旁规劝："殿下的身子不宜颠簸……"

她夺过缰绳跃上马背，没有理会她们，扬鞭纵了出去。

翠微的毗沙宫建在龙首原以西，离皇城不太远。因为巫女大多为宫苑效命，所以翠微的行宫并未像太上神宫一样安排在长安城外。她控缰到了宫门前，请巫女代为通报，站在檐下看东边冉冉升起的朝阳，只觉得心烦意乱，再也无暇欣赏什么美景了。

翠微听说她到了，亲自出门来迎。她没空讲究什么礼数，上前拉住了她的手腕道："我来求夫人救命，今早临渊身体有异，看样子劫难要到了。求夫人念在同门之谊，替我想办法救救他。"

翠微也是心头一紧："殿下上次没有把功力渡给他吗？怎么会这么快呢？"

莲灯欲哭无泪："已经照你说的办了，现在看来成效不好，不过延挨了两个多月罢了。我实在没有别人可托付，唯有来求夫人了。我知道之前为了我的事，弄得你们师兄妹不和，不管谁对谁错，他终归是夫人的师兄，眼下人命关天，请夫人发发慈悲吧！"

她说着就要下跪，翠微忙一把搀住了她，难堪道："殿下要折杀我了，如果不是我一时的私心作祟，不会害得你们没了孩子。请殿下放心，只要有一线生机，就算耗尽我的修为，我也会救他。”言罢忙令人备车来，“殿下暂且不能骑马，我们还有时间，别急在一时，若伤了孩子就不好了。”

她有点不好意思：“你也知道我有身孕了？”

翠微笑了笑：“我们做巫女的，要是连这点本事都没有，也不能在长安待下去了。”扶她上了辇车，复问，“我听说《渡亡经》已经找到了？现在哪里？”

她说：“我前几天才发现，经书原来一直藏在我阿娘的遗物里，刚才交给他，让他先带回神宫去了。”说着定眼望翠微，“夫人有没有把握？”

她略迟疑了下：“我会尽我所能，但是以我的修为，能否驾驭《渡亡经》还未可知。”她讪讪地牵了下嘴角，“过去的日子得过且过了，早知道有今天这事，当初就应该多用些功的。”

所以她也不敢把话说满，毕竟这世上能够凭借半部经书唤醒百年亡灵的，只有临渊一个人。现在处境对换一下，谁能够救活他？

莲灯忧心忡忡，转头看窗外快速倒退的山川树木，心底一片晦涩。翠微劝慰她，她勉强打起精神来应了两句，心头焦急，只盼快快赶到神禾原。

翠微见她这样，自己也缄默下来。其实她的心和她是一样的，就算被赶出神宫，听说他有难，还是一门心思想救他，只要他好好活下去，哪怕陪在他身边的不是她也可以。她先前听他提过使用经文的步骤，加上巫女也常用招魂之类的术数，如果不出意外，应该是有胜算的。然而还是不敢断定，因为需要深厚的内力做支柱。她暗里打定主意，实在不行，只好担些风险逼自己的魂魄入师尊体内。那具身体六神无主，但修为强大，若侥幸成功，借他的手救活临渊不成问题。

但这样做是下策，她不好透露太多，目前能做的只有尽量安抚莲灯。她怀着身孕，孩子是他生命的延续，不能急出个好歹来。临渊是凉薄的人，他对所有人的感情都不深，连与他相伴了百年的人，也是说撵就撵了。但对于莲灯，他的感情浓烈到让人讶异，哪怕已经自顾不暇，不见她来，依旧不得安宁。

马车驶上甬道，一路向上攀升，将到宫门前时，远远见一人，紫衣白发孑然而立。她乍见他这样吃了一惊，询问莲灯，莲灯点了点头：“一夜白头了。”

她看惯了他不可一世的样子，突然发现他沦落至此，心头只觉惨然。大概他没想到她会来，只忙着接应莲灯。等她下车时，他分明有些讶然。

她叫了声师兄：“你怎么……”

他眉目温和，不复往日的凌厉。上次的事过去有一阵子了，现在莲灯再次怀孕，他的怨恨已经淡了很多，见到她只点了点头："你来了？"

他不显老态，满头的银发反倒有种妖冶的美。可惜这种美太凄凉，她哽咽了下："你现在觉得怎么样？"

他语气轻松："一切如常。别在外面站着了，进去吧！"

今早察觉自己身体有异，他仔细算了算，他活了一百四十二年，是寿终正寝的时候了，应该和师父一样，走得没有任何痛苦。死亡对他来说，并没有多大分量，但因为忽然有了牵挂，才开始变得无比惧怕。其实安然面对和畏缩不前，结果都一样。他感到难过，静下心来打了个坐，渐渐又想开了。现在什么都做不成，再急又能怎么样？先让灵台郎们试一试，如果不成功，只有等将来机缘到了，或许出现一个人，歪打正着地将他唤醒也未可知。

她们都是天要塌的样子，反而叫他难过。他说："不要紧的，船到桥头自然直，一切随缘。"又对翠微道，"跑了半天，先去休息一会儿。晚上备了宴，我们一起吃顿团圆饭。"

翠微鼻子一酸，险些落泪。勉强点了点头，转身往她的寝宫去了。

"你就是为了去找翠微？"他叹了口气，来牵莲灯的手，"车上颠得厉害，吐了吗？"

她说没有，抚抚自己的肚子强颜欢笑："宝儿知道今天不同于往日，不会给阿娘添乱的。"仰头仔细看他，"你当真没有什么不舒服吗？"

他笑了笑，拉她到殿里去。还是他静室外的那间屋子，浅色的柞木地板上设着矮几和两方锦垫，四周纱幔低垂，有风吹来飘飘拂拂，可以暂时让人忘了忧愁。

他扶她坐下，指了指前面的殿宇："这里能看到来客，上次我就在这里偷看你，要不是九色出卖，你大概不会发现的。"

莲灯想起来，那次他叫人送了一大堆衣料和钱财到云头观，她特地来神宫拜谢，他因为害羞，躲着不愿意见她。好在那时有九色，它带她绕到后面，才发现他根本没有闭关。他躲在门框后偷窥前殿，他们在廊外看他，她笑道："现在想起来，就像昨天发生的似的。你那时候这么别扭，还是国师呢！我起先以为国师高高在上，很了不起，后来和你走近了，发现你是这模样，真叫人敬爱不起来。"

他嘀咕了下："我不要你敬我，只要爱我就好了。我在外可以盛气凌人，但是因为喜欢你，有时候控制不住自己，私下里的情不自禁，也不怕你宣扬出去。其实除夕那晚看烟花时，我就很想吻你……"他腼腆地笑了笑，"我觉得你的嘴唇应该很甜，但是因为刚刚吃过胡饼，上面沾着油腻，难免扫兴。”

“你自己也吃胡饼，我都没想过嫌弃你，你却怪我嘴上油多？”她有点不满，但他的爱意像溪流，涓涓流淌进她心里。她不由得怅然，“要是那时候亲了多好，起码我可以早些爱上你。”

她只想爱，没有考虑能否得到回报。他抚摩矮几上那白得近乎透明的指尖，攥在自己掌心里：“我也后悔，我们在一起的日子那么短，眼看要好起来了，结果……你要答应我，不管将来如何，照顾好自己和孩子。如果我回不来，等宝儿大了，想知道自己的阿爷长什么样，你带他来九重塔见我，让他看看他阿爷曾经如何风华绝代。”

她被他逗笑了：“都什么时候了，还不忘自吹自擂。”把另一只手盖在他手背上，正色道，“不许你说丧气话，我求了翠微，让她一定救你。单是放舟他们我不能放心，有翠微就好多了。她也通奇门遁甲，多一个人多一分希望。”

他顿了下，长长叹息：“我当初和她割袍断义，把她赶出了神宫，现在要她为我续命，又把人找回来……”

“事关生死，还要考虑面子问题吗？况且她也关心你，不想让你有闪失。上次我把功力渡还给你，也是翠微出的主意。她是一心为你好，虽然那时候作梗不让我见你，为了什么，我想你也知道。事情都已经过去了，就不要再揪着不放了。既然别无他法，为什么不试试？这世上除了你，恐怕没有比她修为更深的人了。”

他听了无力反驳，这种关口确实不该穷争气，能让他活下去，和妻儿在一起，这才是当务之急。

晚上大家围坐在一起，连同翠微、灵台郎们还有卢庆，就如他说的那样，这么多年没有吃过一顿饭，到了生离死别的时候，怎么都要聚一聚。

这顿饭吃得并不热闹，每个人脸上都笼罩着愁云，反倒是他，笑着说：“有缘会再聚，无缘也是我的命数，不要怨天尤人。我没有别的牵挂，只有莲灯和孩子，万一《渡亡经》救不得我，还请诸位多多看顾。”

众人站起来，恭恭敬敬揖手领命：“属下们必定誓死效忠殿下与少主，请座上放心。”

莲灯坐在一旁，从头至尾都没有说一句话。她短短十六年的人生，经历了四次死亡，从她的阿娘到阿爷，再到她的孩子，现在是她最爱的人。她有时候找不到自己应该活下去的理由，难道就是为了一个接一个地送走他们吗？她的悲剧什么时候是个头？如果他回不来，她甚至不能追随他，因为她还有孩子，还要继续抱着救活他的希望苟延残喘，这种人生……实在没有任何意义。

她垂首喟叹，对自己束手无策。一天两夜不能安睡，到了第三天早上打了个盹，却梦到他的神坛四周起了火，他被包围了，出不来，只能隔着火舌哀戚地望着她。她受惊睁开眼，身边的榻上没有人。忙翻身起来寻找，隔壁有响动，她奔过去看，他掖着两手在玉棺前打转，见她来了转头吩咐弗居："送殿下出去吧！"

大限之时到了，他自己有预感。不想让她哭，干脆不要她看，也许会好过些。

弗居去扶莲灯，她扬手拒绝了，痛苦地喘了口气说："别让我走，我要陪着你。"

灵台郎们悄声退了出去，容他们单独道别。他没有办法，讪讪道："你要看着我躺进棺材里吗？我怕吓着你。"

她的五脏六腑惨遭碾压，早就碎成了齑粉。他不懂，什么都不比失去他更令她恐惧。她唯恐他难过，努力装得很镇定："为什么要躺进棺材里？你不过是小睡一会儿，马上就会醒过来的，躺在棺材里多不吉利！"

他说："万一醒不过来，免得再搬动……"

她喝道："胡说！你会醒的，我和宝儿都等着你。你说过要带我们去张掖，敢说话不算话，我就火化了你，让你再也美不成！"

他目瞪口呆，知道她怕极了，才会有意虚张声势。要把他火化了……听上去好像很吓人。他在那张紫檀的卷头榻上躺了下来，笑道："罢了，听你的没错……这回是真的等死了。"

她拖了个胡床在他边上坐着，替他整了整衣襟道："和我说些什么吧，说你小时候的事。"

他闭上眼，用极慢的语调讲述："我依稀记得我的家在曲池，边上就是芙蓉园。芙蓉园里每到天黑会有笙歌传出来，夏天的时候我坐在台阶上，一面听曲乐，一面看天上的星。晚风吹来，不比白天闷热，那是我最快乐的时候。我喜欢听曲，如果没有后来那些事，我想我会进梨园，做一名宫廷乐师……曲池有很多人家培育各种花卉，专门向芙蓉园供应。我的爷娘好像也是花农，在我的记忆里，到处都是花草，一年四季长盛不衰。小时候喜欢问我阿娘，我从哪里来。我阿娘不耐烦我，说我是花蕊里结出来的。后来我和两位阿兄商量，想要一个小妹妹，就各自种了两株红药，可惜没到过冬就都枯萎了……"

他的声音渐渐低沉，到最后几不可闻，莲灯的心也跟着下坠，枕在榻沿不敢抬头。总以为他缓了口气会再说下去的，可是等了很久，依旧悄无声息。她鼓足勇气看他的脸，他的唇角微扬着，因为怀念儿时，脸上还带着恬淡的笑。她几乎控制不住自己的四肢，颤抖痉挛着，轻轻唤他，他再也不能回答她了。她弓着身子去听他的鼻息，只听见自己的心跳声，咚咚的，震耳欲聋。

她跌坐下来，扑在他胸口痛哭失声。

接下来该怎么办，莲灯完全没了主张。

翠微和灵台郎们匆匆赶来，看到的是躺在榻上毫无生命迹象的国师，说不难过是假的，只是尚且没有多余的时间去哀伤，人刚走，神魂还不远，现在召唤正是时候。

谁都没有说话，备好的招魂幡在墙上高高张贴起来，黄底红字，烘托出一股恐怖的气氛。翠微设坛，燃上香烛，因为这种仪式见不得光亮，要把门窗都封起来。她看了莲灯一眼："殿下招出《渡亡经》后，请即刻出塔。"

她自然是不肯离开的，抓住临渊的手，低头望着他："我不走，我要看着他活过来。"

翠微有些着急："你是纯阴体，容易吸附亡灵。你忘了扁都口那场鬼仗了吗？留下非但不能帮上忙，还会引来一大帮不相干的东西。你怀着身孕呢，如果孩子有恙怎么好？叫师兄知道了，岂不要怨死我了！"

她哆嗦着，恋恋不舍，但还是以大局为重，弯腰在他唇上吻了一下："记住答应过我的话，反悔了我会恨你一辈子的。"

她不是那种遇到困境只会哭天抹泪的人，略冷静片刻，解下颈上的玉竹枝，咬破手指把血滴了上去。那竹枝原本已经恢复通体雪白了，吃透她的血，泛出妖异的红光来。轰然一声，经书恍如破土而出，迸发出炽烈的光，要灼伤人眼。

塔内昏暗，众人抬袖遮挡，渐渐适应后方敢正眼看它。翠微凝目端详，关于如何中阴救度，经文上的每一个字迹都标注得清清楚楚。她松了口气，全本，胜算又提高几成。她转身道："不能再耽搁了，请殿下速速出塔。这里有我们，请殿下放心。"

她怎么能放心呢，可是必须离开。复看他两眼，最后横下心，迈出了九重塔。

塔门轰然关上了，她站在台基上，怔怔守候。站了很久，也听不见里面的动静，唯有枝头鸟鸣啾啾，塔外的世界依旧一片祥和。

她失魂落魄地来回打转，嘴里絮絮说着：“千辛万苦……千辛万苦，别这么对我……”

昙奴闻讯赶来，见她这样心急如焚，劝她到阴凉处休息，她摇摇头，不肯离开。

“你不管孩子了吗？自己受累，还要拖累宝儿一起？那么多的人在塔里呢，总会有办法的，你急也没用。还是好好照应自己，别让国师担心你。”

她听了迟迟转过眼来：“昙奴，他会活过来的，对不对？”

昙奴点了点头：“他是何等厉害的人物，哪能那么容易就死了。所以你先定定神，怀孕的人不能受累，不能伤情，否则对孩子不好。我扶你回殿里休息，这里派人盯着，有消息便通传你。”

她恨不得把半边身子都嵌进塔里去，万万不能离开。她在昙奴手上压了下：“你别操心我，我自己心里有数……你怎么来了？”她浑浑噩噩的，到现在才看见旁边的萧朝都，“连萧将军都惊动了，真不好意思，闹得你们也不得太平。”

萧朝都朝她揖手：“殿下别这么说，殿下的事就是我们夫妻的事。”

莲灯听到他说“我们夫妻”，莫名有些感动。别人都是成双成对的，想到自己和临渊前途未卜，越发觉得凄凉。没有心思管其他了，她转身看着九重塔，时间久了，觉得自己化成了一块石头，没有思想，也没有知觉。

他们怎么唤醒亡魂，她不知道，那塔一如往常，神秘而又庄严。空中隐隐传来铙钹声，很细的一缕，细得如同头发丝一样。她问昙奴听没听见，昙奴侧耳说有，他们在外看不出有什么异常，想必塔里正经历万难的锤炼吧！

不知什么时候天变得阴沉下来，狂风骤起，像暴雨前夕的暗涌。她仰头看，塔顶厚厚的云层开始旋转，转成一个深深的旋涡，中空的底部隐约透出亮来，可以看到一抹蔚蓝。所以翠微的努力起效了，她紧张得绷紧了身体，恐惧但又充满期待。无论如何他们一定能够救活他的，她坚定着一个信念，他只是暂时走失，很快就会回来同他们团聚。她抚了抚小腹，虽然看不出半点有孕的迹象，但也让她生出相依为命的感觉来。

“阿爷一定会回来的，说好了去河西走廊，他不会骗我们的。”她对孩子说，更像是在宣誓。

天越来越暗了，突然陷入无边的黑夜里，伸手不见五指。莲灯听见萧朝都的喊声："殿下且避一避吧！"她不为所动，依旧挺直脊梁站在那里。

风中夹带着呜咽哭号，她知道这是百鬼奔走，个个都希望有超生的机会。临渊在哪里？魂魄无所依的时候，是不是也在他们其中，被顶撞、推搡着？她交扣起双手放在胸前，把她能够想到的佛祖菩萨都念了一遍，但愿上天垂怜，可以让他平安归来，她已经失去过太多东西，不能再失去他了。

塔内的流程大概也到了至关重要的时候，忽然一道雷劈下来，石破天惊。然后成簇的闪电在塔顶环绕，是天发怒了，在厉声呵斥。她有些怕，昙奴安抚不了她，环起双臂抱住她，希望给她一点力量。她抓紧昙奴的衣袖，风大得睁不开眼，只是颤抖着，吞声哽咽。

大概过了一炷香，声势略微缓和些了，再看九重塔，塔影迷茫，就像隐藏在浓雾之后。她往前走了两步，塔身忽隐忽现，猛然从每一个缝隙里渗透出亮来，光芒万丈不容逼视。但没有维持多久，倏地熄灭，云开雾散，天宇瞬间恢复了澄澈，仿佛刚才的惊心动魄只是幻觉。

她心头剧跳，手足无措。都结束了吗？她匆忙奔向塔门，重重地捶击，隔了一会儿弗居来开门，她紧紧盯着她的眼睛："成功了吗？"

弗居答得模棱两可："那截竹枝……碎了。"

她愣在那里，碎了？然后呢？她等不及她解释，预感大事不妙，趔趄着跑进去，见墙上的招魂幡都残破了，翠微背靠着墙壁，脸色惨白。

莲灯像被钉住的蝴蝶，挪不动步子。玉竹枝的碎片散落在案上，如果这次不能成功，那就表示再也没有机会了。她逐个看他们的神情："临渊……还能回来吗？"

翠微抚着胸口喘息："步骤没错，只是中途出现了点意外，最后能不能成功，要看天意。"

所以她也不敢肯定。莲灯回身跪在榻前，探他的鼻息，听他的心跳，没有，还是静静的。她低下头，拉着他的手贴在自己脸颊上："你怎么还不醒……你这个坏人！"

众人都尽力了，但毕竟没有尝试过将一个已死的人救活，诸如回魂之后隔多长时间才能苏醒，谁也说不准。也许意识有了，想调动四肢还须经过一轮挣扎。翠微说："再等等，不要着急。"

她的嗓音有些怪异，想是损耗了不少元气。莲灯感激地向她揖手：“多谢夫人了。”

翠微摇摇头，叹了口气：“可惜《渡亡经》毁了。”

对莲灯来说什么都不重要了，只要临渊能活，经书毁了也不要紧。她一心扑在他身上，静静观察了他很久，他连一点反应都没有。她啜泣着揉揉他的脸：“不能睡了，该醒醒了。”

眼泪落在他脸上，忙替他擦了。这刻脑子里真的是空无一物，恐怕问她自己叫什么名字，她都答不上来。她就这样傻傻地望着他，不停亲吻他的脸：“郎君，你不能扔下我。如果你醒不过来，我和宝儿可能也要跟你去了。经书已毁，我再也没有任何希望了，你想看着我死吗？”

她这样说，惊坏了灵台郎们：“殿下……”

她抬了抬手：“大家辛苦了，回去歇一歇吧，这里有我看着。”

众人领命，但不敢走远，退到隔壁的禅室里去了。

莲灯现在无能为力，抚摩他，他身上有余温，只要没凉下来，她就觉得不能放弃。她不停地听他的心跳，这个动作重复了几十遍，音讯杳杳。时间万分煎熬地度过，估摸四五个时辰了，他的情况不见好转，身体没有凉下去，但也暖和不起来。难道纯阳血的人就是这样吗？不会冷却，哪怕历经百年也是如此？她越想越绝望，精神被摧残得差不多了，声气变得很弱，自言自语着：“如果今世无缘，下一世也不要相见，我害怕总被伤害，活得太艰难……”

她揭开他的衣襟，仍旧把耳朵贴在他心脏的位置，做好了被打击的准备，但也再次满怀希望。忽然听见羸弱的第一声，她精神一振，可是时间间隔很长，在她以为自己听错了时，又是一次搏动，咚——这次比上次更有力。她啊了一声：“临渊、临渊……”近乎尖叫。

隔壁的人纷纷奔过来，她手舞足蹈地比画：“我听见了，他的心跳！心跳！”

放舟忙过来探他的脉搏，虽然很缓慢，但确实是有了。他深吸了口气，一个大男人，险些哭出来：“座上，你的心要是一直跳得这么慢，这次说不定能活一万年。”

原本很悲伤的氛围，结果被他一句话给破坏了。千年王八万年龟，他这是看准了国师暂时没醒，不能奈他何吧？

大家笑骂他几句，凑近了看，国师的面色渐渐红润起来，不是原先那种白得春雪一样的了，有了淡淡的绯色，越发艳若桃李。

“这下好了，应该快醒了。”一屋子的残兵败将，因为救他修为都折损得差不多了，但是见到他有了复生的迹象，依旧难掩兴奋之情。

莲灯又哭又笑，视线须臾不离左右。可是进展很缓慢，因为死过一回，身体的很多机能停滞下来，恢复需要时间。大家耐心地等，等他睫毛的第一次颤动，手指的第一下弯曲……终于等到了，他睁开眼，在一屋子的欢呼雀跃中。

他可能有点蒙，愣愣地环顾四周，鲜焕的眼神，纯净得像山泉。

莲灯却担心起来，别不是像第一任国师那样，丢了一魂一魄吧！她战战兢兢地问他：“你还记得自己叫什么名字吗？”

他看着她：“莲灯。”

众人的欢乐卡在了喉咙里，缄默下来，面面相觑：“座上，你不叫莲灯。”

他抿唇笑了笑：“我只记得我的娘子叫莲灯。”

他记得她，这就足够了。莲灯扑进他怀里，因为狂喜说不出话来。任何语言都不能描述她现在的心情，过去的几个时辰是有生以来最难熬的。她那时兴起无数的念头，也做了最坏的打算，无非把他搬进棺材里存放，自己再找口棺材一了百了。还好老天怜悯，总算他安然无恙。现在好了，以后他们就有大把的时间在一起，再也不用担心睡着睡着，他忽然谢世了。

他捧着她的脸，缠绵地吻她，众人很识趣，悄悄散了。他和她额头相抵，曼声说：“刚才我做了个很长的梦，似乎是梦见了我们的前世。原来前世我是女的，你是男的。”

她听了愕然：“太不公平了，上辈子我要照顾你，任你驱使，这辈子还是这样？凭什么你这么娇贵，我就像根稻草似的？”

他说不是，换了个委屈的语调：“上辈子你是个商人，在外拈花惹草，对我不闻不问。后来我病死了，你连最后一面都没有来见。所以这世你要对我好，偿还情债。”

她斜眼看他：“又在胡说八道了，我怎么会是这样的人！你恶意诋毁我，是为了让自己看上去无辜一些，是不是？”

她咬了他一口，一点都没有怜惜他的觉悟。他抱着胳膊嘀咕：“我还很虚弱呢，你就这样对我？”言罢一个纵扑，把她扑在了榻上。

起先打闹，后来静下来了，他埋在她颈窝里，叹息着说：“我以为再也见不到你了。”

莲灯紧紧抱住他，有濡濡的触感爬过她的脖颈，她知道他哭了。就这样吧，他心里也有恐惧，不要干扰他，让他发泄。

他毕竟不是热衷感伤的人，转眼便停顿下来，但是呜呜咽咽的，趴在她身上不肯起来。她也纵容他，抬手捋他的头发：“这个再也变不回来了……”

他说：“无所谓，你不是说这样也很好看吗，还说像雪山里的神仙，能行云布雨。”

她噎了下，夸奖他的话他从来不忘，果然有颗足够强大的心。她试探着说：“三魂七魄都归位了吧？不会像你师父一样吧？”

“我并未走远，魂魄未散，你们说的话做的事我全看得见。”他顿了顿，不无遗憾地感叹，“可惜经书没有了，我原想招回师父的。”

莲灯比较看得开：“回回墓里既然有一面丹书铁券，那另一半经文必定散落在别处。如果有缘，找到它，把碎了的这半拼起来，也许将就能用……说起这个，这次多亏了翠微，刚才我见她虚弱得很，回头应该好好谢谢她。”

临渊心头涩然，翠微为救他，确实想尽了办法。她自知修为不够，居然甘愿铤而走险。借尸还魂是下下策，也是师门的大忌。幸而换回来了，否则时间一长魂飞魄散，他如何偿还她的恩情？

无论如何最大的难关渡过了，从相见到相爱不过一年多，生离死别都经历了一遍，世上大约没有谁的爱情经得住这样的考验。他自己也反省过，他确实是个自私又矫情的人，爱情萌芽的时候他觉得爱她就应该欺负她，后来才懂得，那样不对。爱她要捧着她，不让她伤心，让她天天笑着。

她拉他起来：“别困在这里了，出塔吧！”

他却不挪步，把她揽在怀里，下巴磕在她头顶上，轻声说：“我们去西域吧，明天就走。”

她仰起头看他：“陛下连婚礼都不答应，会答应你离开吗？”

他说：“有放舟啊，他假冒国师驾轻就熟。”

她想了想，觉得行不通：“只有一个放舟，没人顶替我，他还是会怀疑。”

“那就传消息进宫，说国师已死，公主远走天涯，他无法求证，到最后只得作罢。”

这似乎是个不错的主意，反正人都已经跑了，即便知道他们扯了谎，要逮也来不及了。

于是连夜备车，把要交代的都吩咐妥当。其实未必是惧怕皇帝知道，但如果硬要逼问，担心县奴夫妇不好交代，便默许他们说出实情。皇帝终是忌惮国师的，不会同他来硬的，国泰民安时也断然想不起他，所以他们少说也有二十年的逍遥时光能够度过。

带上细软和过所，趁着时间充足，国师抽空还染了个头。次日晨曦微露时启程，国师所谓的死遁一点都不避人耳目，他怕自己一个人不够莲灯驱使，还特地带上了夏官和秋官。马蹄嗒嗒，一路向北，远远听见长安城内晨钟大作起来。勒住马缰眺望，一轮红日从云海里喷薄而出，又是一个大好晴天。

【正文完】

·番外一·

一个人活着，不能太斤斤计较。有多大的心，办多大的事，如果心眼小得像一颗尘埃，那么你这辈子就注定是一堆浮土。

这是阿娘的原话，据说是用切身体会得出的经验总结。说的时候一语双关，因为那时她正在给阿爷染头发。阿爷坐在太阳下，手里捧着铜镜，支使阿娘："这里、这里！"一会儿又侧过头去，"那里、那里！"

阿娘一边替他涂抹，一面悄悄翕动嘴唇，见芥子在一旁看着，朝他吐吐舌头，做了个鬼脸。

别人染指甲，染斜红，阿爷却要染头发，因为他和别人不一样，面孔看上去很年轻，却有一头苍苍的白发。芥子不懂，追问阿爷："你究竟有多老了？"

阿爷有点生气，黑着脸告诉他："二十八。"

二十八岁，怎么会长白头发？芥子不太相信，问秋官，秋官竖起一根手指抵住嘴唇，表示拒绝作答。

年龄在这个家里忌讳被谈及，阿爷很爱美，担心和风华正茂的阿娘不相配，对于染发的方剂做了多次调整。起先用茜草，染出来是赤褐色的，他惊恐大叫，在屋子里关了两天，把《本草纲目》都翻遍了，最后研制出了黑豆泡醋浆。这次比较成功，染出来的头发乌黑持久，并且充满光泽，这下他终于愿意在清晨有露水的时候带他出门看风景了。

芥子的爷娘很爱他，虽然阿爷有时候也会和他为一点小事起争执，但大多数时候很纵容他。他穿着华贵的衣裳，不能沾染灰尘，却愿意让芥子骑在脖子上，扣着芥子的两条腿絮絮叨叨叮嘱他："不许乱跑，出门必须有大人相伴。外面贩卖昆仑奴的太多了，你要是不听话，会被人抓走，送到东边挑山。山里有妖怪，最喜欢吃你这样的小孩。"威胁一通，然后在他光裸的腿上啪地亲一口，愉快地嘲笑，"小芥子，小不点……"

一般情况下芥子很敬爱阿爷，但当他叫他名字的时候，他多少感到有些不满。如果他目不识丁，芥子不会怨怪他，但他明明满腹经纶，却有意给他取这样不走心的名字。芥子是白芥的种子，小而卑微，他到底有多讨厌这个儿子啊！

可是阿爷有自己的解释："须弥藏芥子，芥子纳须弥。小小的芥子能装下乾坤，你说这名字好不好？"见他依旧萎靡不振，抚抚额头说，"实在不高兴，那就换一个吧，叫不知火。"

芥子叹了口气："这又是什么怪名字？"

阿爷哈哈大笑："丑柑。"

芥子终于哭了，四五岁的孩子也有他的苦恼。他有时候出门找小伙伴，别人喊他的名字，喊得急了芥子会变成蝎子。有个他很喜欢的姑娘拉着他的手，用满含怜悯的目光看着他，问他："你是捡来的吗？要不然他们为什么给你取了这样的名字？大漠里的人和骆驼都怕蝎子，因为太毒了，蜇一下会死的，大家都讨厌蝎子。"

他憋红了脸："我不叫蝎子，叫芥子。"

"借子？原来你是借来的啊！"

芥子又哭着跑回了家。

到家时看见阿爷坐在临湖的台阶上钓鱼，湖里荷花正盛放，不远处传来鸠摩罗什寺的钟声。听说这里原本是个客栈，因为阿爷留恋从前，便把这里买了下来。

他瞥了阿爷两眼，刚才满肚子气，在见到他之后熄了一大半。有一种人，看上去漫不经心，也从没发过火，但是你知道他不好惹，绝没有胆量去触怒他。芥子挨在边上，看浮漂在水中颠荡，轻轻嗫嚅了声："阿爷，我姓什么？"

阿爷愣了半晌："姓什么……我想不起来了。"

芥子简直唾弃他："阿爷叫临渊，不是姓临吗？"

阿爷摇了摇头："那是名，不是姓。"然后很遗憾地告诉他，"阿爷没有姓。"

芥子觉得难以理解："别人都有姓，你却没有。那我怎么办？以后也没有姓吗？"想起芥子要叫上一辈子，几乎要绝望了。

"你可以跟你阿娘姓。"临渊灵光一闪，"姓曹，叫曹芥子。"

芥子说："不行，总要取个像样的名字的，将来儿要行走江湖，这个名字气势不够。比方阿爷叫临渊，一听就是做大事的人，我叫芥子，听上去像卖草药的。"

他们夫妻想了很久的名字，居然被儿子这样否定，说实话有些伤心。阿爷惨淡地看着他："你想要个新名字吗？"

芥子使劲点头："芥子可以当小字，请阿爷费心，替儿再取一个。"

芥子小小的年纪，说话却斯文有礼，这点很让阿爷满意。忽然鱼线被牵扯了下，有鱼咬钩了。他站起来，竹竿顺势往上一挑，鱼线在空中划了个流利的弧度，一尾鲫鱼在银钩上奋力扭动，肥硕的身子，看上去很喜人。

"芥子你看，多好的鱼，晚上给你阿娘炖碗鱼汤。"他欢天喜地，招了招手，"鱼篓。"

芥子忙把篓子搬过来，虽然有些吃力，但一点都不埋怨。大大的一双眼睛看着他，小心翼翼道："阿爷，我的名字……"

"别着急，等我有空的时候翻翻书，和你阿娘商量妥当了再说。"他拍拍袍子站起来，垂手在芥子丱发[1]上揉了揉，洁白的指尖还带着鱼腥气，"去找如意玩吧，小心别摔着。"

如意是九色的儿子，当初因为佳人有孕，他们走时没敢把它们带上。后来算好了时间，飞鸽传书给放舟，让他专门备了车，把九色一家接到了张掖。它们到时，正是莲灯临盆的时候，合家上下只有九色有做父亲经验，他问它："当初你急吗？"

九色点点头，望向紧闭的产房大门，莲灯是很经得住痛的人，这次却一声声摧人心肝，想必很煎熬。再看国师，他像块风干的腊肉，被抽走了神志，连动都不会动了。

1 丱发：儿童或未婚少女之发式。

好在芥子不太磨人，他阿娘花了两个时辰就把他生下来了，据说头胎这么顺利很难得。做母亲的因为有了孩子一点都不觉得苦，吓坏的是产房外焦急等候的人。有过这次可怕的经历，他再也不想让她怀孕了，反正芥子聪明伶俐，有这一个孩子就够了。

阿爷提着鱼篓上厨房里去了，芥子惦记自己的名字，不声不响跟在他身后。阿爷心情很好，挽袖杀鱼，洗手做羹汤。他们家的分工很奇怪，阿娘比较关心进项，因为盘下客栈后屋舍实在太多，单用来住未免浪费，便划分了前后区域，前面用作经营，后面用作起居。一般来说全家都很悠闲，但及至每月月末，阿娘要到柜上查点账目。因为之前雇的两个掌柜都有中饱私囊的嫌疑，第三个就尤为注意些。也不是克扣得人半点油水也捞不着，略有些可以睁一只眼闭一只眼，可帮工若是赚得比东家还多，那就有点说不过去了。

阿爷是个不愿过问俗务的人，他很有钱，照他的话说，几辈子也用不完，何必费那个心思。阿娘比阿爷更有进取心些，常说他不事生产，坐吃山空。女人总要找些事做，才能把精力从吵架上分散出去，阿爷说她愿意就让她忙去吧，忙完了回来吃现成的就是了。

芥子从小是阿爷带大的，他喜欢带孩子，就像九色喜欢带如意一样。芥子常觉得爷娘的性别颠倒了，阿娘喜欢在外奔走，阿爷更恋家，给他把屎把尿，一点都不嫌他麻烦。他刚学会站立的时候就被阿爷带进厨房，放在竹车里，看他下厨做饭。如今过去好几年了，阿爷的手艺居然一点长进都没有，也是奇了。

果然不出所料，这次的鱼汤还是很失败，阿娘喝了一口，险些呕吐。阿爷很着急："不会又有了吧，药都按时吃了吗？"

阿娘没应他，指指勺子让他自己尝，他抿了口，咂咂嘴："怎么这么苦呢，鱼胆被割破了？"

总是有这样那样的问题，已经不是什么稀罕事了。阿娘往芥子碗里舀蛋羹："宝儿吃这个，多吃些，长得高壮。阿娘让裁缝给你做了新衣裳，在你床上放着呢，吃完去试试。"

阿爷说："娘子，我觉得我缺件薄衫。"

阿娘抬眼道："前两天不是刚做过吗？"

阿爷扭捏了下："波斯商人带来了新料子。"

阿爷在生活各方面的要求都比阿娘高，所以他的周围永远鸟语花香。芥子有些着急，轻轻唤阿爷："我的事别忘了。"

阿娘唔了声："什么事啊？"

阿爷说："芥子觉得自己的名字难登大雅之堂，希望能够改一改。"

孩子大了，有自己的主张，阿娘是非常善解人意的，点头说好："既然不喜欢，改一个使得。要开蒙了，有个响亮的名字，将来先生叫得也勤些。"

五岁的芥子还不懂，其实经常被先生点名不是什么好事。他的愿望达成了一半，只等阿爷再想一个。阿爷说："你的事我放在心上了，今天天色不早，你先回房去吧，咱们明日再议。"

芥子说好，起身拱拱手，退了出去。可是因为心里放不下，想留下听听进展，也许爷娘现在就要商量了呢。他身子一旋，悄悄钻进了书柜和墙的夹角里。阿爷和阿娘果真喁喁聊天，不过聊的不是他的名字，是一些他听不懂的话题。

阿娘说："朝中近来出了大事，陛下推行新政受阻，只怕要打你的主意了。我们到了这里，他都知道，如果有旨意下来怎么办？"

"他下他的，我可以不接。"阿爷语气淡然，"我这两天在想，芥子长大了，张掖也住了五六年，有些厌倦了，去酒泉吧！这里的事交给别人打理，或者盘出去也可以。看你总为进项劳累，心疼死我了。"

阿娘发笑："我早说过的，我负责赚钱养家，你负责貌美如花。"

"明明可以一起优哉度日的嘛。"阿爷在阿娘面前总有股撒娇的劲儿，那么高大的人动不动喜欢枕在阿娘肩头。其实芥子有点鄙视他，但是阿娘很喜欢，这就是所谓的一物降一物。

"王朗游历了西域各国，据说回到长安了。"阿爷说，"我还以为他死了呢。"

阿娘啊了声："这些年一点消息都没有！"

"因为在渠勒国被关押了两年，这人到哪里都喜欢讲经布道，结果国君以为他是奸细，将他扣下了。"

阿娘有些忧伤："会不会像张骞一样，还给他配一位西域娘子？要是这样翠微怎么办？她上次救了你，功力损耗很多。"

"如果能找到剩下的半部经书就好了，等她寿终了，还能续命。"

"翠微比你小几岁？"阿娘说，"看上去应该差不多。"

阿爷算了算："我十八岁的时候师尊把她带回来，那时好像只有两三岁。"

阿娘啧啧道："这么算来也有一百三十多了。"

芥子差点没被吓死，原来阿爷已经一百多岁，难怪连头发都白了。可是一百多岁还能长得这么鲜嫩，也许阿爷是个神仙也说不定。想到这里，芥子对他肃然起敬，连小时候尿了他一身这种事，现在回忆起来也觉得羞愧万分。

可是等啊等，等不到阿爷和阿娘谈论他的名字，看来又把他忘了。他觉得有点难过，难道他就真的那么不重要吗？隐约听见阿娘说话，细声细气的："我这两天没再吃药了，想给芥子添个妹妹。"

添个妹妹是件值得高兴的事，芥子扣着腰带，抿唇满意地笑了。阿爷很犹豫，但是经不住阿娘要求，还是答应了。芥子听见窸窸窣窣的声响，探头看，阿爷把阿娘打横抱起来，放在那张宽宽的榻上，脱下自己的衣裳，露出精壮的身躯，趴在阿娘身上。阿娘轻轻喘息："小心些，渡来渡去的多麻烦。"

阿爷却不以为然："每回都是双份的，我喜欢这样。"

芥子看到过夏天的蛇，两条缠绕在一起，卷得像草绳一样。问夏官，它们在干什么？夏官不苟言笑的脸上浮起了一丝红晕："蛇郎君觉得有点孤单，找了一位蛇娘子。它们都喜欢麻花糖，吃不够，自己扮上了。"

夏官到底是阿爷的得力助手，胡说八道起来和阿爷一样。芥子知道他在敷衍他，明明它们是为了生小蛇。同样的，阿爷和阿娘这样，是为了生妹妹。芥子感到很不好意思，听着阿娘忽高忽低的尖叫，他揪着自己的耳朵，蹑手蹑脚闪了出去。

天上星月正盛，他坐在台阶上捧脸看月亮，忽然觉得有点孤单。

张掖的产业最后没有卖掉，阿娘说要留给芥子，等芥子以后娶了娘子，带娘子来张掖游玩。他们一路向西，走走停停，花了一个月才到酒泉。酒泉和张掖不同，很热，也很干燥。芥子是娇养的，吃不起苦，刚到这里流了不少鼻血。阿娘很害怕，打算带他返回张掖，阿爷却说不要紧，男子汉大丈夫，还不及阿娘小的时候坚强吗？于是芥子咬牙挺住，七天之后适应了，发现酒泉的美异于张掖，茫茫戈壁，皓月清泉，雄壮又苍凉。

阿爷对阿娘的爱，常常要多过他对芥子的爱，芥子是这么认为的。比如生病的时候，给他吃两剂药就完了，对阿娘却不是。阿爷守在她榻前，简直柔肠寸断，把阿娘抱在怀里，哪怕热得一身汗都不肯松开。

不会生痱子吗？芥子摇摇头，这种时候都会识趣地让开。反正等他长大也会娶娘子，到时候可以像阿爷疼爱阿娘一样，疼爱自己的娘子。

阿娘的肚子大起来了，阿爷说里面有个小妹妹，等妹妹长熟了就会出来和他见面。芥子天天等着妹妹，这期间他有了新名字，叫安池，不过似乎没有芥子朗朗上口，所以大家依旧习惯性地叫他芥子。

妹妹在阿娘肚子里待了九个月，终于出生了，芥子第一次看到她的时候觉得真丑，向阿爷提议："就叫她不知火好了。"

阿爷说："不好，姑娘不能叫这样的名字。"

芥子有些落寞，为什么他的名字这么随意，妹妹却那么考究？阿爷说叫春晓吧，芥子觉得不好："太俗气了，应该叫舍利佛，或者叫小僧。"阿爷目瞪口呆，结果经不住他闹，妹妹的名字改成了小狸。芥子觉得小狸长大后一定会恨他的，不过没关系，这个名字很好听，就这么愉快地决定了吧。

事实证明芥子的心血来潮很冒风险，他的性格像阿娘，比较老实温暾，小狸像阿爷，从小刁钻古怪，以至于后来芥子吃了她不少哑巴亏。但芥子很看得开，他认为一家人不必计较那么多，即便小狸正大光明地欺负他，他也是一笑了之，谁让他们血浓于水呢。

总在不停地搬家，小狸长到四五岁的时候他们出玉门关，搬到了碎叶城。据说那里曾经是外祖父的驻地，城东的金光塔是爷娘定情的地方。芥子带小狸去了护国寺，小狸站在塔下仰望："好高啊！"

芥子说："等我能像阿爷一样飞的时候，我也带阿妹上塔顶看月亮。"

小狸微微笑，她虽然霸道，笑起来还是很好看的。

他们在碎叶城也没能逗留多久，大概一两年时间，继续向西行，去了龟兹和楼兰。阿娘经常怀念长安的亲朋，说有位舅母就是龟兹人。每当这时候她就向东眺望，芥子问阿娘在看什么，阿爷说长安。

一个人不管漂泊到哪里，心里总有一个牵挂的地方。年轻时愿意到处走走看看，但时间久了也会感到疲倦。他们花了六年，在西域兜了一大圈，回到张掖的时候芥子十五岁了，当初那个他喜欢的姑娘已经嫁作人妇。一次回娘家来，和芥子迎面遇上，她绾着发髻笑容矜持："蝎子，你回来啦？"

芥子咽了口唾沫，向她作作揖，错身而过。

小狸问："这人怎么叫你蝎子呢？"

芥子叹了口气，这么多年了，她还是没弄明白他的名字，真叫人感伤。

回到张掖没多久，有一天来了好几位具服打扮的官员，进门向阿爷和阿娘行大礼："殿下离开长安十六年了，陛下与定王甚为想念。国师是大历的栋梁，万请国师以天下为重，早日返回长安。"

芥子到现在才知道爷娘的身份，阿爷是大历的国师，阿娘是同安长公主。小狸觉得莫名其妙："国师不是道士吗？阿爷是个道士。"

阿爷笑了笑，岁月在他脸上没有留下任何痕迹，他说："阿爷我非僧非道，即便出了家，遇见你们的阿娘，也还是会还俗的。"

一个人甘愿为另一个人堕入红尘，这就是爱情。

其实阿爷看出阿娘想回长安了，他没有表态，悄悄吩咐秋官准备起来，第二天就带着他们踏上了返乡的路。

长安的繁华富庶是西域诸国难以相比的，芥子和小狸第一次看到阿爷的行宫，被这里的宏伟和奢华惊呆了。阿爷依旧是闲散从容的样子，以前他总与周围的人和事格格不入，原来他天生属于这里。

刚到长安，有见不完的人，诸位舅舅舅母，还有阿娘常念叨的姨母。姨母是辅国大将军的夫人，身上有种沉静的美，见到芥子和小狸，摸摸他们的脸，笑道："和国师长得真像！还有小狸，小狸长得像转转，多奇怪！"

转转是当今皇后，就是阿娘口中的龟兹舅母。皇后是西域人，天生轮廓鲜明。见到小狸就讶然："这眼睛像我，鼻子也像我。"对阿娘说，"你怀她的时候一定天天想我。"

其实小狸只是五官深刻些罢了，长相还是最标准的中原长相，上半截像阿爷，下半截像阿娘。皇后太喜欢小狸了，强烈要求把小狸留在宫里。皇后有个儿子叫那罗延，比芥子还大两岁，皇后把小狸托付给他，大有内定王妃的意思。

至于芥子，遇见了大将军的掌上明珠，这个能够准确叫出他名字的姑娘，长得娇小美丽，还有个可爱的闺名，叫馆娃。

芥子不太清楚父辈的事，但是知道阿娘与皇后及馆娃的母亲是生死之交。她们的感情仿佛遗传给了下一辈，芥子和馆娃之间生来亲厚，两个人在一起，有说不完的话。

伟大的基业，就是要不停地缠绕捆绑。爷娘经历的苦难他们不必承受，因为现世安稳，只需要巩固就可以了。一切都很好，但是美满中也有残缺，阿爷的师妹寿元将尽，阿爷把她接进太上神宫，亲自照顾她。百余年的同门之谊，早就升华成了亲情。据说陇西夫人当初对阿爷有过情，阿娘怅惘地说："要不是我的出现，说不定你阿爷会和她在一起。"

翠微夫人很美，芥子长到这么大，除了阿娘，没发现有人能够超过她。虽然已经一百多岁了，但容貌还是二十来岁，一颦一笑像画一样。她的身边如今有人陪伴，那个苦苦爱了她几十年的人，在她生命的最后一刻依旧不离不弃。

"可惜没有为他留下一儿半女。"她对阿娘说，"我亏欠他的，这辈子还不清了。"

人的执念很可怕，一直在追求得不到的感情，反而忽略了身边的人。等到醒悟时，惊觉时间不多了，然后留下满腹的遗憾，永远分离。

阿娘拉芥子过来，把他往前推了推："你放心，我的儿子就是你的儿子，将来让他给阿菩尽孝。"

翠微夫人很高兴，看着芥子，眼泛泪光。芥子转头望向门上那道清癯的身影，他的面貌相对于翠微夫人是有些老气了，但身形如松柏，年轻的时候应当也是一位翩翩佳公子。

芥子的心往下沉，因为纯阳血与众不同，渐渐会与身边的爱人拉开距离。阿爷逃过天劫，获得新生，将来他和阿娘会如何呢？他希望纯阴血的人也能得永生，让阿爷和阿娘能够永不分离。可是他仔细留意过阿娘，虽然仍旧光彩夺目，但和十几年前相比，终究不一样了，所以纯阴血的人是会衰老的。他不敢想以后怎么样，好在阿娘还年轻，那些事可以暂不考虑。

后来他们慢慢都忙起来，因为长大了，要挑起重担。芥子入朝为官，他的身份显赫，国师和长公主的儿子，当今圣上和定王的外甥，格外受眷顾。芥子是沉稳的人，行事颇有乃父之风，陛下几次夸奖，做爷娘的心里很得宽慰。

阿爷和阿娘以前一直在外奔波，回到神宫后日子才安定下来，没有大风大浪，两个人春花秋月着，一晃又是二十年。这二十年里阿娘光洁的脸上长出了皱纹，她坐在镜子前长吁短叹："我越来越老了，你还和当初一样。"

阿爷听后不说什么，只是微笑，但从此不再染发了，用针挑破了脸颊上的一点皮肤，往伤口上抹墨汁，长好之后就是一块黑斑。他很得意地向阿娘炫耀："你快看，你长皱纹我长斑，我们还是天生的一对。"

芥子回来看到，大为惊讶。阿爷是很爱美的人，现在努力让自己丑一点，可以使阿娘的遗憾少一点。

他曾私下和芥子说："我不会和你阿娘分开，她去哪里我就去哪里。"当时芥子并没有放在心上。

时间在轮转，又有令人难过的事发生，九色去世了。一般鹿的寿命只有二十年，它和佳人活了四十年，它们的儿子如意早就不在了，它们互相扶持着，走到今天。三天前佳人开始不吃不喝，九色似乎有了预感，日夜哀鸣。佳人走后第二天，九色也追随泉下，阿娘哭得很伤心，阿爷却很坦然："这样很好，佳人不至于孤单。"

阿娘的身体变得不太好，染了一次风寒，每况愈下。小狸不愿回宫里去，和馆娃两个人尽心照顾她。芥子在外心神不宁，打算辞官尽孝，阿爷说不必，有他一个人足够了。

他们需要独处，成亲那么多年，这个渴望从来没有停止过。

阿娘枕着他的手臂叹息："临渊，这辈子能遇见你，是我最大的福气啊。我们这世相爱，下一世还要在一起。"

阿娘华发渐生，阿爷轻抚她，专注地凝望她，眼神还如四十年前一样："我们永生永世在一起。"

阿爷照顾阿娘，比他们任何一个小辈都要仔细。几十年相濡以沫，只需阿娘一瞥，他就知道她要什么。他一直在找剩下的半部《渡亡经》，人终有一死，如果那一天到来，他希望能给阿娘续命。可惜走遍了西域诸国，都没能探到下落，也许那半部经文根本不存在，回回国君赏给碎叶城主的，原本就是个残卷。

幸而阿娘慢慢好起来了，延挨过一冬，到了春天，春暖花开，她可以跟着阿爷一起赏花钓鱼了。

阿爷带她外出踏青，他们戴上幕篱，长长的纱罗掩映着阿娘的身姿，依旧窈窕如少女。他们隔着纱罗对视，手牵手出神宫，时间流淌，感情日深，心情却还如初恋时一样。

转眼又是二十年，辰河舅舅病故，陛下的身体也一日不如一日，朝中事务都交给那罗延打理，自己携皇后过上了半隐居式的生活。

芥子和馆娃很恩爱，一口气生了五个孩子，儿孙绕膝，爷娘的晚年在欢笑声中度过。但是日近黄昏，终须一别。今冬的头场雪下了一整夜，次日竟晴空万里。爷娘习惯早起，但是那日到辰末房门依旧紧闭。芥子不敢说，心头隐隐发紧。推门进去看，榻上两人紧紧依偎着，脸上带着眷恋，身体已经微凉。

芥子垂手站着，眼泪糊住了双眼。

窗口照进一束明亮的光，打在阿娘的妆台前。胭脂棍搁在清水碟子上，一端的口脂鲜亮，盖下来，是阿爷心头永远的朱砂痣。

·番外二·

我叫转转，是龟兹人。

我无父无母，从小跟着各色商队讨生活。那时候龟兹和大历互通商业，浩浩荡荡的商队去往长安贩卖绸缎和琳琅小货，我在那些商队间辗转，渐渐从打杂的小使，混成了伎乐的一员。

龟兹以舞乐闻名于世，但并不是所有伎乐都能活得风光无限。我属于散员，没有固定的班子，哪个商队能挣钱，我就投靠哪个。当然，贩卖货物的商队不容易进入，表演舞乐的就可以。感谢老天赏我一张漂亮的脸蛋和优美的身段，我善于旋转，天生就是吃这行饭的。然而行业倾轧无处不在，我混了很多年，始终是个二流，当红的伎乐跳独舞，我只能和一帮初出茅庐的学徒，在露天的木台子上跳胡腾。

野心，每个伎乐都有，用最好的乐器，住单人的帐篷，是我毕生的追求。我每天临睡前都会掏出枕头下的钱袋数金币，盘算着是不是该用这些钱认个干娘。所谓干娘，是老资历的仆妇，她们地位不高，但人面很广，不单在自己商队里吃得开，连同行的其他商队也说得上话。

不过认干娘真的太贵了，我的手指在那好不容易攒下的三十七枚金币间拨弄，可能需要再奋斗一年，才能凑满五十金。好在机会来了，商队萨保对我不错，几次在我面前说我像他病逝的女儿，也许凭借这份另眼相看，我很快就能出人头地。

不认干娘认个干爹也不错，反正我也没有爹。

那天篝火节演出之后，有人说萨保让我去一趟，我以为和平常一样，换了衣裳就出门了，万万没想到，那只猪猡扒了我的裙子，他想睡我！

我当然不从，我们西域姑娘虽然豪迈，但做那种事还是要看脸的。我反抗，可惜萨保壮得像头牛，我被压住了，眼看贞洁不保，这时蹿出两个黑影，一下子就把那只猪猡解决了。

我蹦起来，看见萨保的血渗进泥地里，害怕过后立刻觉得痛快。商队是待不成了，但也没什么，对于我这种没根的人来说，处处无家处处家，江湖儿女要的就是这份狂浪。

我合上衣襟啐了口唾沫："睡你女儿去吧！"然后翻过栅栏狂奔。发现她们没跟上，回身招了招手，"别看啦，快跑！"

过命的交情，当数我们仨，我和莲灯、昙奴成了好朋友。为好朋友两肋插刀，莲灯要去中原找仇人报仇，可她不认得路，我当然要助她一臂之力。大历，那是个美丽的国家，有繁华的都城、旖旎到我听不懂的诗歌和俊俏的少年……说起少年，又有一段哀伤的回忆，在我情窦初开的年纪，曾经暗恋过台下的一位观众。不知道他叫什么、哪里人氏，仅仅惊鸿一瞥就日思夜想，现在回忆起来，心头依旧荡漾。

我喜欢长安，喜欢给她们带路，这些年我四海漂泊，认路是我最大的优点，我带着她们穿州过府，目的地是神禾原的太上神宫。那是大历国师居住的地方，我以前听说过那位国师，一百多岁还没死，绝对是这世上最长寿的人。

费尽周折终于进了神宫，这个神宫不一般，四季如春，果然是神仙住的地方。这里不光景色绝佳，里面的人长得也很好看，特别是那个春官放舟，着实让我重新回味了一把初见台下少年的感觉。

可惜神宫不是久留之地，住了两晚后，我和昙奴决定先入长安城替莲灯打听消息。终于探清了莲灯的杀父仇人要办六十大寿，这可是混进中丞别业的好机会。我自小大历龟兹两头跑，这些年也建立起了一点人脉，恰好乐坊受邀进李府献艺，我认识西凉乐部的人，于是想办法疏通一番，就大摇大摆地带着莲灯进去了。

现在回想起来，真是流年不利，我进门忘了放下帽上纱罗，恰好迎面遇上了一群王子王孙。

这个世界上，最不缺的就是纨绔，加上异域长相在长安很吃香，我不幸被盯上了。那些郎君个个出身高贵，并不急色，随口打听我们的来历。我心里急跳，害怕万一穿了帮，莲灯的计划就要告吹了。

真是麻烦啊，我只好低下头。那些锦衣郎君众星拱月般围绕在一个叫“五郎”的人身边，我行走江湖这么多年，听称呼，立刻就猜出了这个人的来历，必定是当今齐王无疑。

对于有钱人，我一向很有兴趣，他们揶揄笑谈，我趁机悄悄看了一眼，没想到正和齐王的目光相撞。

这个人，又拽长得又好看，长长的眉朝我一扬，拿腔拿调地说：“女郎可愿为本王奏上一曲？”

如果赏金足够丰厚，没有道理不愿意，况且我还要为莲灯周全，创造时机让她动手。

我朝齐王飞了个眼儿，风月场上的花样老娘见得多了，撩拨男人我有好手段。

“请殿下少待，等奴安排好女使就来。”

齐王先行一步潇洒进了阁子，我把莲灯拽到一旁，让她不必为我担心。

“将来我们回敦煌需要盘缠，我先去赚他一票。你不用跟进去，接下来想干什么，你自己看着办。”

莲灯很聪明，她有一身功夫，只要我不拖她的后腿，无论发生什么她都能全身而退。

我交代完，扭着腰进了阁子，满室显贵，确实和以前露天跳舞不一样。但你若经历过世事凶险，就会清楚男人的真面目，也许他们碍于面子暂时按捺，但时候一久便会原形毕露。

我在那方寸之间踮足旋转，裙角带起屋内的熏香，琅琅的铃声在腰间激荡。不知谁伸手在我小腿上摸了一把，然后哄笑间推推搡搡，我没站稳，被推进一个怀抱，抬头一看，正是齐王。

他起先很惊讶，然后漾了漾手里的半杯残酒，笑着调侃：“本王辜负了美酒，不能再辜负佳人了。”

美酒确实被辜负了，一半洒在了胸前的缎子上，我知道大事不妙，这种人要是恼羞成怒，可比萨保厉害百倍。

我灵机一动，把剩下那半杯喝了："奴欠殿下一杯酒，下次一定奉还。"

齐王眼里玩兴顿起，搂在我腰上的手臂用力一收："今日上元，小娘子若陪本王游船，这杯酒就算本王请你的，如何？"

这是什么狗屁不通的买卖！不过我要离开李府，正好顺水推舟，打算到了外面再想办法脱身。

然而世上的事，大多不尽如人意，齐王盯得很紧，我的逃跑计划全都失败了，最后走投无路，灰心丧气地说："我要上茅房。"

你永远无法预测那些贵人有多无耻，齐王自命风流地一笑："月黑风高，本王陪小娘子一道去。"

这下我无话可说了，他低头看着我，等我的回答，我还能说什么？

放眼看，码头上停着一艘华美的画舫，我装作很高兴的样子："哎，那是殿下的船吧？"

孤男寡女夜游船，肯定没什么好事，无奈脱不了身，只能走一步看一步了。

我这个人呢，没别的长处，就是酒量好，当初在商队拿酒当茶喝，喝倒一个中土娇王爷不在话下。

于是进了船舱就开始斗酒，你一杯来我一杯，我急于灌醉齐王，喝得有点浮躁，也不知那是什么酒。两杯下肚我就开始头晕，灯下看郎君，居然看出了甜美的味道。

脐下三寸有火在烧，我一时把持不住扑倒了齐王，那人半推半就假意挣扎："小娘子，本王可不是随便的人啊。"

不随便会带着姑娘游船？这种道貌岸然的伪君子最会装腔作势了，我压住他的双臂，用牙咬开了他的领扣。直到现在我都没想明白，为什么那晚我的牙齿很灵活，舌头却打结。我说："我喝醉了，殿下不能对我为所欲为……"

过程惨烈又血腥，我一定是中了春药，越痛越痛快。厮杀了大半夜，火泻完了，酒劲过去了，我看见齐王奄奄一息地躺在那里，脖子上布满红痕，简直像个麻风病人。

我的脑子里顿时嗡嗡作响，不敢相信我奸污了一个男人。现在能做的就是逃跑，趁着他不省人事赶紧离开，男人对这种事向来大度，醒后不过一笑了之，就当做了一场春梦，反正不会损失什么。

我和莲灯、昙奴会合了，做贼心虚了几天发现一切如常，渐渐也就放心了。可是莲灯在李府上捅的娄子引发了全城追捕。

再见齐王，是他领着大理寺闯进来抓人，发现我后两眼放光，用手一指："此人是本王逃妾，给本王拿下！"

我惊呆了，不知道自己怎么会成了他的妾。当时的情况不太乐观，为了保全莲灯，我只好认栽。

被押回王府的路上我试图和齐王沟通，我说："殿下，误会一场，不必这么较真吧！"

齐王冲我错牙冷笑："谁知道你是不是蓄谋已久，欲图窃取大历皇族血统。"见我要叫屈，又追加了一句，"在王府留观三个月，三个月后若是没有受孕，届时去留随意。"

好吧好吧，看在齐王府伙食不错的分上，我就勉强留下了。不过中原人三妻四妾的毛病实在害人，王府里还有个有名无实的王妃，小肚鸡肠天天来寻衅。刚开始我还去参拜请安，毕竟对衣食父母要有感恩的心。谁知那韦氏让我下跪，还要打我，老娘顶天立地长到这么大，凭什么受她欺负！

看来齐王府不是久留之地，我得另谋出路。奈何我没有功夫，翻过五次墙头都被王府侍从薅了下来，齐王心力交瘁："就三个月而已，你到底跑什么？"

我说："你家王妃欺负人，老娘不奉陪了。"

齐王对这个政敌硬塞过来的王妃很不耐烦："她是个疯子，你不必理会她。"

政客的嘴是骗人的鬼，最好不要太相信，他在我的小院说完这番话，转头就去陪韦氏吃饭了，中原的男人果然说一套做一套。

我太想念莲灯和昙奴了，听说太上神宫出了变故，她们带着国师去敦煌了，我坐在台阶上大哭了一场，我也想一起走。这时不知齐王从哪里冒了出来，和我并肩坐着，轻声说："转转，你留下来，和我做伴好不好？"

他是想说高处不胜寒吗？虽然觉得他在卖惨，但很奇怪，我就是吃这套。

女人的同情心真是要不得啊，那晚他把自己的事原原本本告诉了我，从生母说到地位，从尿布说到处境。惨啊，实在是惨，爹不亲娘死得早，表面风光里面苦。

最后他惨然看着我，握着我的手说：“救人一命胜造七级浮屠，我也想回来有个人听我说话，转转，你就是那个人。”

我一时热血，当晚留他过了夜，又是一场恶战，战后齐王原形毕露：“留观三月得从今天起重算。”

我终于发现自己上当了，一脚把他踹下了床。

然而……然而……我好像喜欢上了他，没办法，谁让他长得好看！

王妃看我越发不顺眼了，但她越是欺负我，我越是能从齐王那里得到好处。女人动情就生嫉妒心，我开始广散钱财招兵买马，所以当王妃要发卖我的时候，没有一个人上来动手，我彻底架空了她。

长安城中优雅的贵妇，气得发疯时很可怕，她冲过来打我，好在我不是娇滴滴的闺秀，老娘跑江湖的时候她还在绣花呢，打架谁怕谁！她没占上风，我也没吃亏，这一战惊动了齐王，他掖着袖子听了半天，忽然站起来说：“本王想到一句绝妙的话，要写进奏疏里，不能耽搁，一耽搁就忘了。”

他走了，没有表态，但分明站在我这边。王妃一气之下拂袖而去，晚上齐王过来，语重心长地对我说：“她到底是王妃，你给她留点面子……”

我伸了个懒腰，最近嗜睡，他一开口，我的眼皮就黏住了。

边关打起仗来，我怀了身孕，这下子真的走不了了。老皇帝的几个儿子为皇位争得头破血流，留在京中无兵无权的齐王命很好，兵不血刃笑到了最后。起先我以为真有天上掉馅饼的好事，后来才知道，国师打从一开始就全心扶植齐王。其他诸王野性难驯，不铲除的话新帝的江山坐不稳，齐王韬光养晦多年，其实他才是最厉害的人。

韦氏因父族入罪，我生了个儿子，连我自己都没想到，我居然成了大历朝有史以来第一位西域皇后，人生真是处处充满惊喜。丈夫还不错，儿子很听话，如果说遗憾，我唯一的遗憾就是莲灯和国师远走他方，一直不能相见。

太子那罗延慢慢长大，我也慢慢老了。某天莲灯夫妇忽然回来，带着一儿一女进宫来看望我，我一瞬恍惚，当初簪花策马的岁月犹在眼前，怎么打了个盹儿的工夫，过去了那么多年？

一辈子好长，一辈子又很短，好在我最珍爱的人都在身边。

我的五郎上了年纪，身体变得不大好了，朝中政务全交给了那罗延。他说：“转转，这些年我太忙了，没有好好陪过你，从今往后我们日夜相对，你不要嫌我烦。”

怎么会呢，虽然我于他算是偶得，但错有错着，我这一辈子很值。

回首看，我想我前生一定做了大善事，今生才能遇上情同姐妹的朋友，又遇见这么好的他。如果有来生，希望筵席不要散，我们一聚再聚，谁也不要忘了谁，那该多圆满！

【全文完】